Knaur.

*Im Knaur Taschenbuch Verlag ist von der Autorin bereits erschienen:*
Die Heilerin von Salerno

*Über die Autorin:*
Ina-Marie Cassens, Jahrgang 1958, ist eine Romanautorin, die in der Lüneburger Heide lebt und arbeitet.
»Der Fluch der Heilerin« ist nach »Die Heilerin von Salerno« ihr zweiter historischer Roman.

Ina-Marie Cassens

# Der Fluch der Heilerin

*Roman*

Knaur Taschenbuch Verlag

**Besuchen Sie uns im Internet:**
**www.knaur.de**

Originalausgabe August 2008

Ein Unternehmen der Droemerschen Verlagsanstalt
Th. Knaur Nachf. GmbH & Co. KG, München

Redaktion: Ilse Wagner
Umschlaggestaltung: ZERO Werbeagentur, München
Umschlagabbildung: Bridgeman Art Library
Satz: Adobe InDesign im Verlag
Druck und Bindung: GGP Media GmbH, Pößneck
Printed in Germany
ISBN 978-3-426-63903-0

2 4 5 3 1

# *Prolog*

## *Alexandria, 10. Oktober 1365*

Unablässig starrten sie diese steinernen Augen an, und wohin Heta auch schaute, sie hatte das Gefühl, die Sphinx von Alexandria wolle mit ihr sprechen. Schon in der Nacht hatte sie diesen Blick gespürt, ja selbst in den wenigen Stunden Schlaf, die ihr vor den Toren Alexandrias vergönnt gewesen waren.

Ich muss es aushalten, dachte sie, als sie von ihrem eigenen Stöhnen erwachte. Ich muss es aushalten, so wahr ich eine Christin bin, die auf Kreuzzug ist. Es ist nur eine Statue, nichts als ein Gebilde aus Stein und Sand.

Trotzdem zeigte die Anspannung Spuren. Ihr Rücken schmerzte vom Liegen auf dem harten Boden, zudem quälte sie schon wieder der Durst. Mühsam richtete sie sich auf und nahm einen kleinen Schluck Wasser aus der Fellflasche, die ihr als Kopfkissen diente. Müde betrachtete sie die mächtige Stadtmauer, vor der sie und das Landheer des zyprischen Königs Peter lagerten. Stimmte es, dass die Stadt kaum eine Verteidigung hatte? Würde sie wirklich bei einem Überraschungsangriff fallen? Es ging das Gerücht, König Peter wolle die Stadt vom Meer her angreifen und, falls sein Plan glückte, sich bis zu den Stadttoren durchkämpfen, um sie von innen zu öffnen.

Alles andere wäre auch zwecklos, dachte Heta und versuchte sich vorzustellen, wie sie unter Trommelschlägen und Flötenspiel durch das Stadttor eilte. Käme es so, würde auf jeden Fall weniger Blut fließen. Unser aller Gewissen würde geschont, und wir blieben wahre Christen.

Sie grüßte zwei Johanniter, die sich mit einem Bündel Ästen vor der Brust der Feuerstelle näherten. Diese hatte nur noch wenig Glut, denn der Knappe, der das Feuer schüren sollte, war eingeschlafen.

»Aufwachen, du Faulpelz!«, rief einer der Johanniter und ließ sein Holz einfach auf den schlafenden Knappen niederprasseln.

Dieser schreckte hoch und entschuldigte sich geflissentlich, dann blies er in die Glut und erweckte das Feuer zu neuem Leben. Der andere Johanniter warf sein Holz geradewegs in die Flammen, musterte Heta und wandte sich dann kopfschüttelnd wieder ab.

Er sieht nicht ein, warum eine Frau an einem Kreuzzug teilnimmt, dachte sie verärgert. Deswegen gönnt er mir kein Wort. Oder hat er etwa ein Gelübde abgelegt, so lange zu schweigen, bis die Stadt eingenommen ist?

Sie schaute um sich. Die meisten Frauen, die sich diesem Kreuzzug angeschlossen hatten, schliefen noch, nur die beiden Laienschwestern aus Reims waren schon wach. Sie hockten im Schneidersitz vor ihrem Zelt und flochten aus abgerissenen Ölbaumzweigen einen Kranz. Als Heta ihnen zuwinkte, erwiderten sie freundlich ihren Gruß und begannen voller Inbrunst ein Ave Maria zu singen.

Wenn es denn hilft, dachte Heta nicht ohne einen Anflug von Neid. Sie wäre auch gerne so gelassen wie diese beiden Reimser Benediktinerinnen, aber leider war es anders gekommen: Alexandrias Sphinx schien es einzig auf sie abgesehen zu haben.

Sie stieß François, den Flötenspieler, an, der neben ihr auf einer Schilfrohrmatte lag. Wie sie kam er aus Montpellier, ein gerade

mal dem Jungendasein entwachsener Bursche, hager wie ein vertrockneter Spargel, aber von allen wohlgelitten, weil er nie schlechte Laune hatte.
Und auch an diesem frühen Morgen war er schon wieder dazu aufgelegt, eines seiner Spielchen zu treiben: Wie schlafend lag er auf der Seite, tatsächlich aber kaute er auf einem Stück Brot herum. Und das tat er mit solch übertriebener Leidenschaft, dass man hätte annehmen können, er wolle eine Kuh nachahmen.
»Hat unsere Lieblingsspitalschwester etwa schlecht geträumt?«, fragte er belustigt, blinzelte und schluckte endlich sein Stückchen Brot. »Ja, hat sie? Ah, dann wissen wir Bescheid: Die Sphinx wirft ihre Schatten voraus, und dies, Heta, heißt natürlich nichts anderes als: Du bist ihr nächstes Opfer.«
»Geschwätziger Kindskopf«, entgegnete sie unwirsch und löste ihr Haar, um es neu zu flechten. »Wie kommst du auf so etwas?«
»Das weiß doch jeder«, erwiderte François erstaunt und schaute auf die im blassen Morgenlicht zartrot leuchtende Sphinx, die am Fuße der riesigen Pompejus-Statue aus rotem Granit ruhte. »Sie frisst denjenigen, der das Rätsel nicht lösen kann, das sie ihm aufgegeben hat.«
»Ach, und welches Rätsel kann ich nicht lösen?«
»Ob du diesen Kreuzzug überlebst.«
Heta warf eine Handvoll Sand nach ihm: »Wie soll mich solch ein heidnischer Götze fressen können? So etwas Dummes.« Sie streifte die Sphinx mit einem verächtlichen Blick, doch mit einem Mal glaubte sie zu wissen, warum deren rätselhaftes, undurchschaubares Wesen ihr so zusetzte: Es drückt meine Ängste aus, Lia möglicherweise in dem Getümmel Alexandrias nicht wiederzufinden, dachte sie besorgt. Weiß ich doch gar nicht mehr, wie sie aussieht. Noch nicht einmal, ob sie noch lebt. Womöglich hat sie einen Muslim geheiratet und sich zu den

Ungläubigen bekannt. »Ich werde zu Gott beten, dass er dieses grässliche Götzenbild zerschmettert«, sagte sie laut.
François nickte: »So ist es recht. Siehst du, jetzt ist dir alles wieder klar. Um uns herum ist Heiden-Land. Deswegen sind wir hier: um Muslime zu bekehren oder sie einen Kopf kürzer zu machen. Ich freilich werde mich darauf beschränken, sie mit Musik zu gewinnen!«
Ein paar Ritter hatten ihnen zugehört und lachten nun lauthals auf. »Du meinst wohl, du willst die Schönen der Stadt mit deiner Flöte gewinnen, wie?«
»Ja, Ihr edlen Herren Ritter, was denkt Ihr denn!«, rief François mit gespieltem Ernst. »Schließlich habe ich zwei Flöten. Eine mehr als jeder von Euch!« Er setzte sein Instrument an die Lippen und begann zu spielen. Einer der Ritter schlich sich von hinten an ihn heran und versetzte ihm mit dem Griff seines Schwertes einen Stoß in den Rücken, so dass François mit dem Gesicht nach vorn fiel. Dieser hatte den Stoß schon erwartet, aber trotzdem tat er das, was alle von ihm erwarteten: weiterhin zu witzeln und den Hanswurst zu spielen.
»Nun rieselt Sand aus meiner kostbaren Flöte«, meinte er bekümmert, drehte sich zu den Rittern um und rief: »Hört mich an: Ein schlechtes Omen habt Ihr provoziert. Denn wie sollt Ihr Erfolg haben, wenn die, die Euch ankündigen sollen, erstens die falschen Töne blasen und zweitens nur wertlosen Sand verschleudern?«
Die Ritter lachten anzüglich. Da sprang François behende auf, zückte seinen Dolch und wirbelte ihn gekonnt in der Luft.
»Wer wagt es, schneller zu sein als ich?«
Die Antwort war Hufschlag und lautes Rufen, kurz darauf erklang in der Ferne Trommelschlagen. Ein Knappe mit einem Banner in der Hand stürmte auf sie zu: »Gott will es: Das Stadttor ist unser! König Peters List ist geglückt.«

Die Sonne stand noch nicht allzu hoch am Himmel, als das kleine Mädchen den Kopf hob. Hatte da nicht gerade ihr Vater gerufen?

»Melissa!«

Wie ungeduldig er klang.

Das Mädchen schaute vom Brunnen zur Treppe, die ihr Vater heruntereilte. Als dieser sie im Schatten des Rosenbusches entdeckte, blieb er auf halber Höhe stehen, winkte und rief noch einmal: »Melissa, schnell! Du musst dich umziehen!«

»Gleich.«

Sie zögerte, doch dann entglitten ihr die farbigen Mosaiksteine, die sie in ihrer Hand gehalten hatte. Bedauernd verzog sie das Gesicht. Jetzt würde sie die Zauberblume, die sie zu legen versuchte, nicht zusammensetzen können. Dabei war sie bis auf wenige Steine schon fast vollständig.

Warum eigentlich sollte sie sich umziehen?

War ein Gast gekommen?

Melissa schlenderte über den Innenhof und tauchte in das Licht-Schatten-Muster des von Säulen umstandenen Hauses ein. Es roch nach verblühten Rosen und Pferdeschweiß. Die gezäumten Rappen standen auf der gegenüberliegenden Seite vor der Tränke.

Warum war nur ihr Vater im Haus?

Sie probierte, zwei Stufen auf einmal zu nehmen, aber das war dann doch zu anstrengend. Schließlich war sie gerade erst vier Jahre alt geworden.

»Wo bist du?«, rief sie fröhlich.

»In meinem Schlafzimmer. Komm, schnell.«

Sie rannte über die Galerie und blieb wie angewurzelt stehen: Ihr Vater trug ein Kettenhemd und legte sich gerade einen Kettenbeinling an. Auf dem Diwan lagen Haube und Fäustlinge, an der Wand lehnte der große weiße Schild mit dem schwarzen Kreuz. Noch bevor sie fragen konnte, zeigte er auf das weiße

Kittelkleid, auf dessen Rücken dasselbe Kreuz zu sehen war wie auf dem Schild. »Wechsel aber auch das Hemd und zieh dir Strümpfe über.«

Melissa entging nicht, dass ihr Vater sich um einen ruhigen Ton bemühte. Sein gutmütiges Gesicht mit den großen braunen Augen aber war angespannt. Und sein Mund, der so gerne lachte und sich so köstlich zusammenzog, wenn er Kirschkerne spuckte, sah aus wie ein verstaubter Streifen Leder.

Sie zog sich um, während ihr Vater den anderen Beinling anlegte. Als sie fertig war, drehte sie sich einmal um sich selbst und spielte Schmetterling.

»Melissa«, sagte ihr Vater gepresst, »ich habe dir doch einmal erzählt, dass einem selbst ein scheinbar unüberwindbarer Drache nichts anhaben kann, wenn man ganz fest auf Jesus Christus vertraut. Nun ist es der Sphinx gelungen, sich in einen Drachen zu verwandeln, der die Stadt unsicher macht. Und den müssen wir zur Strecke bringen.«

»Wer?«

»Alle Christen und auch ein paar gute Männer, die Allah zu ihm sagen. Es wird uns auf jeden Fall gelingen, aber der Drache hat sich versteckt. Wir müssen ihn erst suchen. Und ich möchte nicht, dass du allein hier im Haus bleibst. Also musst du unser Versteck aufsuchen. Weißt du noch, wo es ist?«

Melissa nickte und flüsterte ihrem Vater etwas ins Ohr. »Gut. Trotzdem lege ich dir jetzt einen Zaubergürtel um. Er macht dich unverwundbar.«

»Dann nimm du ihn doch, Vater.«

»Sein Zauber wirkt leider nur bei Mädchen und Frauen.« Er ließ sich auf die Knie nieder und band ihr einen aus dünnen Lederstreifen geflochtenen Gürtel um, der an einigen Stellen versengt und auch eingerissen, doch von einer geübten Hand sorgfältig ausgebessert worden war. »Aber nun frag nicht länger. Ich hab dich lieb, Melissa, und du weißt, auch wenn ich

manchmal ein wenig rauh bin: Ich liebe dich über alle Maßen.«
Ihr lief ein Schauer über den Rücken, und sie schlang ihre Arme um seinen Hals. Noch nie hatte sie Tränen in den Augen ihres Vaters gesehen. Er küsste sie auf Stirn und Wangen und presste sie fest an sich. Dann hielt er sie noch eine kurze Weile an den Schultern und musterte sie mit einem schwachen Lächeln. »Geh jetzt«, sagte er sanft. »Vertrau auf Jesus Christus und vergiss nicht, dass auch deine Mama dich vom Himmel aus immer im Blick hat.«

Die Reimser Benediktinerinnen und sie zählten zur Nachhut, doch obwohl schon alles so ziemlich vorbei war und keine Gefahr mehr drohte, achtete Heta darauf, dicht hinter François zu bleiben. Zusammen mit einem anderen Flötenspieler spazierte er hinter drei Trommlern durch das Tor, doch ihr lärmendes Spiel war genauso lächerlich, wie der Anblick der erschlagenen alexandrinischen Torwachen grauenerregend war. Ohne Waffen und Rüstung lagen ihre Leichen, nur noch mit dem Hemd bekleidet, in ihrem Blut. Ein paar von ihnen waren entmannt, anderen der Bauch so weit aufgeschlitzt, dass die Eingeweide herausquollen.
Auch die zahlenmäßig unterlegene Stadtwache war so gut wie vernichtet. Das Entsatzheer des schwachen Mamelucken-Sultans Al-Aschraf Schaban, so hatten Kundschafter in Erfahrung gebracht, sei gerade erst aus Kairo abgerückt, und damit war den Kreuzzüglern eine Stadt in die Hände gefallen, die in aller Ruhe geplündert werden konnte. Jetzt rächte sich, dass die Mamelucken in den letzten Jahrzehnten ihr Geld lieber für Bauwerke und Bewässerungsanlagen verwendet hatten, als sich um die Kriegskunst zu kümmern. Sie, die einst sogar die Mongolen besiegt und die letzten Kreuzfahrer aus Syrien und Palästina vertrieben hatten, bezahlten jetzt dafür, die Christen unter-

schätzt zu haben – da half es nur wenig, dass König Peter befohlen hatte, sich wie ein Christ und nicht wie ein Barbar zu benehmen.
Heta war froh, keine Ritter um sich zu haben. Denn diese wüteten in einem Eroberungsrausch längst in Gassen und Häusern und verbreiteten nie gekanntes Grauen.
»Schauen wir einfach nicht so genau hin!«, rief François und setzte seine Flöte ab. Sie wurden Zeuge eines Scharmützels, bei dem drei Ritter auf zwei blutende Muslime einhieben. Diese waren nur noch am Leben, weil sie Kraft genug hatten, sich mit ihren Schilden zu schützen.
Ergebt euch doch, sagte Heta im Stillen. Ich würde für euch um Gnade betteln. Doch es war längst zu spät. Der eine Muslim brach unter dem Schlag eines Morgensterns zusammen, der andere sackte wenig später in die Knie. Ohne noch die Kraft zu haben, ihr Schwert zu heben, schauten sie zu den Rittern auf und sahen ihnen geradewegs in die Augen, als diese das Schwert zogen. Heta bemerkte, wie die Ritter sich mit Handzeichen verständigten, dann schloss sie die Augen. Es klang, als würde in zwei Krautköpfe geschlagen. Sie duckte sich hinter François und verwünschte ihren Entschluss, sich dem Kreuzzugheer angeschlossen zu haben, nur um ihre beste Freundin wiederzusehen.
Als sie aufblickte, waren François und sie plötzlich allein. François steckte seine Flöte in den Gürtel und zückte seinen Dolch. Die Gasse, durch die sie gingen, war menschenleer – bis auf einen bärtigen alten Mann, der gegen eine Mauer lehnte. Er trug einen langen schwarzen Kaftan, und der rote Fez auf seinem Kopf war ihm tief ins Gesicht gesunken. Als sie näher traten, rutschte er langsam zur Seite und entblößte eine faustgroße Platzwunde am Hinterkopf.
»Ein Jud und einer weniger«, bemerkte François.
»Sprich nicht so«, tadelte Heta ihn. »Hast du vergessen, dass auch dein Großvater einer war?«

»Aber nur bis zum Alter von acht Jahren.«
Rasch liefen sie weiter, bis sie eine breite Straße kreuzten, auf der ihnen drei riesige graue Tiere mit langen Rüsseln entgegenstampften. Sie trompeteten so furchterregend, dass Heta die Ohren schmerzten.
»Elefanten! Das sind Kriegselefanten!«, schrie sie entsetzt. »Gott steh uns bei!«
»Das tut er doch«, rief François. »Ich sehe weder Bogenschützen noch Speerwerfer. Die Tiere sind herrenlos. Sieh doch, wie langsam sie sich bewegen.«
François hatte genug Mut, auf einen der Elefanten zuzugehen. Da dieser aber drohend seinen Rüssel schwang und eines seiner Vorderbeine hob, als wolle er ihn zertreten wie eine Maus, blieb ihm nichts anderes übrig, als in respektvoller Entfernung stehen zu bleiben. Da stürzte eine Frau aus einem der Ladengeschäfte zur Rechten auf die Straße und rannte voller Panik direkt auf die Elefanten zu. François rief ihr etwas zu, besann sich aber und rannte ihr nach. Rasch hatte er sie eingeholt, packte sie an der Hand und riss sie zurück. Die Frau schrie und wand sich, doch da war auch schon Heta hinzugeeilt und sprach beruhigend auf sie ein.
Sie begriff, wovor die Frau geflüchtet war: Zwei blutbesudelte Kreuzritter warfen den Leichnam eines Mannes auf die Straße. Kurz darauf trieben sie zwei Esel durch die Tür und legten ihnen mehrere Säcke auf den Rücken. Sie unterhielten sich in einer Heta unbekannten Sprache, lachten und warfen triumphierend die Arme in die Höhe, als sie Heta gewahr wurden.
Doch da wandte sich der wütende Elefant von ihnen ab und stampfte, gefolgt von den anderen beiden, trompetend in die nächste Gasse. Heta hielt sich die Ohren zu, trotzdem glaubte sie, die Schreie derjenigen zu hören, die gerade noch die Attacken der Eroberer überlebt hatten und nun von den aufgebrach-

ten Tieren zertrampelt wurden. Sie drehte sich zu der Frau um. Sie war jung und zierlich und hatte ein hübsches rundes Gesicht mit vollen Lippen: »Schnell, sag uns: Wo ist das Christenviertel?«

Die Frau schüttelte den Kopf, schaute von einem zum anderen.

»Sie versteht dich nicht, Heta. Ich werde sie fragen«, wandte François ein.

»Seit wann kannst du Arabisch?«, fragte Heta überrascht.

»Ich konnte schon immer ein wenig. Gerade so viel, um als Musikant durchzukommen.« Er wiederholte die Frage, woraufhin die Frau nickte. Sie sagte etwas und zeigte dabei auf das Minarett einer Moschee, das lanzengleich hinter den Dächern vor ihnen in den Himmel ragte.

»Hinter der Moschee. Aber es ist noch ein Stück«, erklärte François. »Im Übrigen heißt sie Scharifa. Ich glaube, sie will an unserer Seite bleiben. Sie hofft, dann in Ruhe gelassen zu werden.«

»Natürlich«, murmelte Heta.

François wandte sich wieder Scharifa zu, zeigte auf sich und Heta und nannte mehrmals ihre Namen. Scharifa wiederholte sie schließlich, zeigte dann auf sie beide und schien etwas zu fragen.

»Sie will wissen, ob du meine Frau bist.«

Heta schaute Scharifa strafend an und schüttelte den Kopf. Wie konnte sie, die vor plündernden Rittern geflüchtet und gerade fast von Elefanten niedergetrampelt worden war, nur solche Fragen im Kopf haben. Scharifa indes merkte, dass sie etwas falsch gemacht hatte, und beeilte sich zu fragen, ob sie jemanden im Christenviertel suchten.

»Ja, würden wir sonst fragen?«, entgegnete Heta so heftig, dass Scharifa zusammenzuckte.

Eingeschüchtert versuchte sie daraufhin, François klarzumachen, dass sie sich bei den Christen zwar nicht so gut auskenne,

ihr Herr aber, den die Ritter auf die Straße geworfen hatten, ihnen Wein verkauft habe.
Gemeinsam schlugen sie den Weg ins Christenviertel ein. Ein nur mit einem Lendenschurz bekleideter Mohr schlug mit einer Kette um sich. Er verteidigte eine große Kiste, die kunstvolle Schnitzereien zierten. Der Kreuzritter vor ihm klatschte in die Hände, um ihn abzulenken, derweil zielte ein Bogenschütze auf den Rasenden. Der Pfeil bohrte sich ihm von hinten mitten durch die linke Brust.
»Nur ein Sklave«, übersetzte François Scharifas Bemerkung.
Nur ein Sklave. Die Worte füllten Hetas Kopf und machten sie taub. Sie begegneten Rittern mit dicken Stoffballen auf den Schultern, sahen herrenlose Pferde vorübertrotten. Immer wieder wichen sie unter Torbögen aus, suchten Schutz in Innenhöfen, schlängelten sich durch die mit Flüchtenden verstopften Gassen. Sie passierten römische Schutthügel, frei stehende Arkadenbögen, Zisternen und verfallende Häuserzeilen, die vom großen Wohlstand römischer Zeiten zeugten. Und je näher sie dem christlichen Viertel kamen, desto dichter wurde der Strom der Flüchtenden.
Als sie in eine mit Palmen gesäumte Straße bogen, trafen sie auf eine Karawane von Menschen und Lasttieren.
»Sie glauben alle, hier wären sie in Sicherheit«, sagte Heta. »Hoffentlich täuschen sie sich nicht.«
Sie hatte recht. Vor ihnen stieg Rauch auf, aus einem Haus gar schlugen Flammen. Und dann entdeckten sie einen Hof, wo auf der Galerie abgeschlagene Köpfe auf der Brüstung steckten. Kupferteller, Gläser, Elfenbeinfigürchen, Tuchfetzen und Mosaiksteinchen lagen über den Innenhof verstreut. Der Rosenbusch stand in Flammen, und im Bassin des Brunnens trieb ein totes Lamm.
»Wir müssen zur Kirche«, drängte Heta. »Wenn Lia noch lebt, wird sie sich dorthin geflüchtet haben.«

Ein Niesen drang durch den hohlen Altaraufsatz der bescheidenen christlichen Kirche, doch keiner von den Kämpfenden hörte es. Dazu war der Lärm, den sie machten, zu groß.
Melissa blieb unentdeckt. Niemand ahnte, dass hinter der mit Schnitzereien verzierten Vorderseite ein kleines Mädchen kauerte, das die Hände auf die Ohren presste, weil die Schwerthiebe, die auf die Schilde krachten, so laut waren. Liebe Mama, betete Melissa, als wieder ein Mann aufschrie, hilf meinem Vater und allen anderen tapferen Kämpfern, den bösen Drachen zu besiegen.
Sie wagte nicht, durch den Spalt der Altarflügel zu schauen, weil sie es ihrem Vater versprochen hatte, doch dann hielt sie es nicht länger aus.
Diese kleine Sünde wird Vater mir bestimmt vergeben, dachte sie. Für einen kurzen Moment hatte sie die Altarflügel vor Augen. Der rechte zeigte, wie eine Frau Jesus eine Schale mit Weintrauben reichte, der linke, wie ihr Jesus einen von den Toten auferstandenen Jüngling zuführte.
Vergib mir.
Melissa blinzelte. So groß ihre Angst auch war, sie ahnte, dass es jetzt um alles oder nichts ging. Offensichtlich war der Drache furchtbar stark. Er stank entsetzlich nach Schweiß und Eisen, und manchmal wehte ein Dunst heran, der sie an den Geschmack erinnerte, wenn ihr ein Wackelzahn herausfiel.
Wo war denn der Drache?
Melissa erblickte nur ein paar fremde Ritter, die auf die Kämpfer des Sultans einschlugen. Einige von ihnen lagen in Blutlachen auf dem Boden.
Aber wollten sie nicht alle zusammen gegen den Drachen kämpfen?
Sie riss die Augen auf, als einer der Kämpfer des Sultans in die Knie sackte und ihm ein Ritter sein Schwert mit voller Kraft in den Hals stieß. Und dann … dann entdeckte sie die vielen Men-

schen, die auf dem Boden lagen, hörte nicht nur Waffenlärm, sondern auch Stöhnen und Wimmern.
Ein eisiger Schauer lief ihr über den Rücken. Mit einem Mal fühlte sie sich wie gelähmt. Am liebsten hätte sie die Augen wieder geschlossen, aber es gelang ihr nicht.
Plötzlich zischte einer der fremden Ritter dicht vor ihr: »Da kommt er, der Verräter!«
Melissa spähte zum Kircheneingang, wo ein Ritter im weißen Mantel und mit erhobenem Schild auftauchte – ein weißer Schild mit schwarzem Kreuz. Er war verbeult, und der Mantel des Ritters zerfetzt und blutig, trotzdem wirkte er irgendwie unüberwindlich.
Genauso wie ihr Vater.
»Helfen, Heilen, Wehren, das soll ein Ritter des Deutschen Ordens!«, donnerte die Stimme unter dem Topfhelm. »Und das tue ich, indem ich meine Kirche und die Menschen, die in ihr Schutz gesucht haben, gegen euer unchristliches Morden verteidige.«
Melissa blieb ihr Schrei im Halse stecken. Die Stimme gehörte ihrem Vater.
»Ein Christ, der Söhne und Töchter Allahs schützt, ist ein Verräter!«, brüllte ihm einer der beiden fremden Ritter voller Wut entgegen.
»Nein, ein Christ mordet nicht in einer Kirche! Ihr seid gottloses Plündererpack. Nicht einer von denen, die zu Allah beten, wäre so wie ihr!«
»Das wirst du büßen! Du glaubtest, entkommen zu sein, aber jetzt ist die Stunde der Rache gekommen. Dein Blut für die Ehre meiner Familie!«
Es konnte keinen Zweifel geben, wer hier der Stärkere war: ihr Vater! Entschlossen schritt er auf die beiden Ritter zu. Dann zog er sein Schwert. Mit vernichtender Wucht donnerte es auf den Schild eines seiner beiden Gegner. Melissa hörte ihren Vater vor

Anstrengung keuchen. Sie presste die Hände auf ihren Bauch, versuchte zu schlucken.
Er gewinnt, bestimmt … Mama im Himmel, mach, dass er gewinnt!

Als Heta und François durchs Kirchenportal traten, wollten sie kaum glauben, was geschehen war: Die Ritter König Peters hatten die Menschen, die hier Zuflucht gesucht hatten, zusammen mit den wenigen muslimischen Kämpfern, die ihnen helfen wollten, abgeschlachtet. Ob Christ oder Muslim, es hatte kein Erbarmen gegeben.
Es war das Grauen an sich, ein Abbild der Hölle.
Pfeiler und Gestühl der Kirche waren blutverschmiert. Das Altarkreuz fehlte genauso wie die beiden mächtigen Kerzenständer, von denen Scharifa Heta gerade noch erzählt hatte. Der Staub, der im Dämmerlicht des Raumes flirrte, schmeckte nach Metall, und statt von heiligen Messgesängen war die Luft von Stöhnen erfüllt. Überall lagen Tote. Verwundete weinten leise in Kirchenbänken, andere saßen in der Seitenkapelle und starrten fassungslos vor sich hin. Und wo Heta auch hinschaute, es gab niemanden ohne blutdurchtränkte Kleider.
Vor dem Altar aber wurde immer noch gekämpft. Ein Ritter mit den Abzeichen des Deutschen Ordens schlug sich gegen einen Kreuzritter, der wie rasend auf ihn einhieb. Beide kreisten um einen toten Kreuzritter, dem ein Teil des Kopfes abgeschlagen war.
François zischte durch die Zähne: »Meine Flöte für den Ritter vom Deutschen Orden.«
Heta antwortete nicht. Die beiden Ritter schienen ihr gleich stark. Denn auch wenn sie nichts vom Schwertkampf verstand, sie erkannte, wie geübt beide kämpften, geradezu so, als hätten sie denselben Lehrmeister gehabt. Da klirrte es plötzlich. Eines der Kirchenfenster barst, gleich darauf klirrte es noch einmal.

Steine und Fackeln flogen herein, und als sie sich umschaute, strömten Knappen mit brennenden Lumpen durchs Portal, die sie unter die Kirchenbänke stießen.

Diese Barbaren! Sie wollen die Kirche anzünden und damit die Spuren ihrer Greueltaten verwischen!

Sie hörte den Deutschordensritter einen Fluch ausstoßen. Einen kurzen Augenblick vernachlässigte er seine Deckung und schaute verzweifelt in Richtung des Altars. Lia hat vor ihrer Abreise erzählt, schoss es Heta durch den Kopf, dass das Christenviertel unter dem Schutz des Deutschen Ordens steht … und so wie dieser Ritter hier kämpft … so kämpft nur, wer erstklassig ausgebildet ist. Es wird der Komtur sein. Als Ritter ist er hier zugleich Priesterbruder.

Sie wollte ihm etwas zurufen, doch es war zu spät. Entsetzt sah sie, wie der Kreuzritter den Fehler nutzte und sein Schwert gegen den Helm des Komturs schlug. Dieser wankte und brach in die Knie. Mit einem triumphierenden Schrei sprang sein Gegner vor und trat dem Deutschordensritter dabei so kräftig gegen dessen Brust, dass er das Gleichgewicht verlor und auf den Rücken fiel. Noch bevor er sich wieder erheben konnte, war der Kreuzritter über ihm und riss ihm den Helm vom Kopf.

»Nein!«, schrie Heta voller Entsetzen.

Doch der Sieger wollte nicht auf sie hören. Er bekreuzigte sich und holte aus. Der Hieb war so gekonnt, dass die Schwertspitze nicht den Boden berührte.

Heta schrie noch immer. François riss sie an sich, barg ihren Kopf an seiner Brust.

Der Kreuzritter nahm seinen Helm ab und stapfte auf sie zu.

»Wenn ihr euch grillen lassen wollt, bleibt hier«, krächzte er. »Es gibt kein Zurück mehr.«

»Warum?«, stieß François hervor.

»Allahs Kämpfer hätten besser keine Geiseln genommen … verstehst du, Spielmann? Verstehst du?«

Seine Stimme klang drohend. François nickte. Er wusste, dass dies eine Lüge war, aber sicher war sicher. Der Kreuzritter legte ihm die gepanzerte Hand auf die Schulter und grinste. Dann schritt er gemächlich zum Ausgang. François wartete einen Moment, dann zog er Heta mit sich.

Beißender Qualm erfüllte die Kirche, überall züngelten Flammen. Auf allen vieren krochen die Überlebenden zum Ausgang, einige konnten nur langsam über den Boden rutschen, bewegten sich laut stöhnend vorwärts, blieben liegen, richteten sich wieder auf.

Da endlich erbarmte sich Gott.

Scharifa hieß der Engel, der die Verletzten davor bewahrte, lebendig zu verbrennen.

Längst brannte ihr der Qualm in den Augen, und sie hatte das Gefühl, in einer Schwitzkammer zu hocken. Gesicht, Hände, Brustlatz, Beine waren nass. Doch Melissa zitterte und hatte bereits vergessen, wo sie war.

Sie hatte sich in die Knöchel gebissen, bis sie bluteten, jetzt lutschte sie an ihren Knien. Und wenn alles doch nur ein schlechter Traum ist … ein langer, schlechter Traum?

Sie sehnte sich danach, aufzuwachen. Wenn sie doch nur endlich angefasst würde … an der Schulter … ihr Vater rüttelte sie immer. Wo war er? Warum kam er nicht?

Er ist tot, flüsterte irgendetwas in ihr. Und du musst aufwachen, hörst du? Öffne die Augen. Auch wenn es wehtut. Mach sie auf!

Sie glaubte, die Stimme ihrer Mutter zu hören, und freute sich. Am liebsten wäre sie zu einem trockenen leichten Staubflöckchen geworden. Dann würde sie irgendwohin wirbeln, weg aus dieser Hitze, weg von diesem Rauch!

Flieg! Mit einem Mal riss sie die Augen auf und sah durch den wabernden Qualm einen weißen Schild, dann eine große rote Pfütze.

Es ist Vaters Schild, und er ist tot.
Der Kloß in ihrem Hals löste sich.
»Mama!«
Sie schrie aus Leibeskräften, schrie die Frau an, deren Schemen sie im Qualm plötzlich vor sich sah. Melissa glaubte, jeden Moment zu platzen, und doch hatte sie auch das Gefühl, als balanciere sie auf einem Steg, der immer breiter wurde, so dass sie gleich würde springen können.
Endlich waren sie da, die Hände. Sie packten zu und waren kräftig. Jetzt kann ich aufwachen, dachte Melissa, bevor sie sich der sanften Dunkelheit ergab. Mama ist wieder da. Der böse Traum ist vorbei.

Draußen wurden Heta und François von all jenen Rittern und Knappen umzingelt, die beschlossen hatten, alles den Flammen zu überantworten, um die Spuren ihrer mörderischen Plünderungen zu verwischen.
»Ein Kind habt Ihr gerettet, Schwester? Das ist tapfer.«
»Spottet nur«, meinte Heta kalt. Ihr Blick blieb an dem Ritter hängen, der soeben in der Kirche gemordet hatte. »Ja, ich habe ein Mädchen vor dem Flammentod gerettet. Ein unschuldiges Kind, wie alle Kinder unschuldig sind, ob es nun Christen oder Muslime sind. Habt Ihr was daran auszusetzen?«
Der Ritter trat vor sie hin und musterte sie abschätzig. Er hatte ein breites, rotes Gesicht, und oberhalb der rechten Stirnhälfte fiel die Haut wie ein Trichter in sich zusammen, so als ob ihm dort vor langer Zeit einmal ein Stück Schädelknochen herausgebohrt worden war.
»Seht Euch vor, Schwester, Eure Zunge ist lose.« Er strich sich sein schweißnasses Haar in den Nacken, trat einen Schritt zurück und griff sich provozierend in den Schritt. »Einen Verräter der Christenheit zur Strecke zu bringen ist so gut, wie es einer Frau zu besorgen. Aber wie sollt Ihr das nachfühlen können,

Schwester. Oder … könnt Ihr es … doch ein kleines bisschen?«
Die anderen Ritter lachten lauthals auf.
»Hört also, Ritter Gundolf juckt es wieder!«, rief einer. »Braucht er also doch wieder Medizin, der Arme.«
»Richtig, Medizin. Oder besser gleich einen Arzt!«, dröhnte Ritter Gundolf und schaute sich beifallheischend um. Sein Blick blieb kurz an Scharifa hängen, die etwas abseits die Verwundeten mit Wasser versorgte. Dann trat er wieder einen Schritt auf Heta zu und betrachtete das schlafende Kind in ihren Armen. Wenn er wollte, könnte er es mir jetzt entreißen und zu Boden schmettern, dachte diese mit einem Schaudern. Niemand würde einschreiten, niemand mir helfen.
Da aber geschah etwas Seltsames. Als ob Melissa durch ihre geschlossenen Lider sehen würde, streckte sie Kreuzritter Gundolf ihre gespreizte Hand entgegen und runzelte die Stirn. Fast taumelnd trat dieser zurück und fasste sich an die Brust. Sein Gesicht war krebsrot, die Lippen aber auffallend blass.
»Verzieht Euch, Schwester«, stammelte er schwerfällig und winkte dreimal mit abgewinkelter Hand, das Zeichen für seinen Knappen. Sofort eilte dieser mit dem Pferd herbei, hielt seinem Herrn den Steigbügel und half ihm, sich aufs Pferd zu schwingen. Kaum saß Gundolf oben, beugte er sich zu Heta herab und sagte lauernd: »Jetzt, Schwester, brauche ich wirklich … einen Arzt.«
Die Ritter sahen sich wissend an, grinsten. Heta beobachtete, wie Gundolf sein Pferd gemächlich auf die Gruppe der Verletzten zutrotten ließ. Die Ritter stießen sich in die Seite, Gundolfs Knappe reckte seinen Kopf. Da begriff François, was gespielt wurde. Doch genau in diesem Moment gab Gundolf seinem Pferd die Sporen. Aufwiehernd galoppierte es los, direkt auf Scharifa zu.
François fluchte und zog seinen Dolch, schrie Scharifa zu, sie

solle fortlaufen. Diese aber war wie gelähmt. Gundolf hatte leichtes Spiel. Gekonnt brachte er sein Pferd direkt neben ihr zum Stehen, packte sie an einer Hand und zerrte sie über die rechte Flanke seines Pferdes zu sich hoch. Die Ritter applaudierten diesem Kunststück an Gewandtheit und Kraft und wollten sich ausschütten vor Lachen, als François im vollen Lauf stolperte und hinschlug.

# *Buch I*

## *Montpellier, Oktober 1379*

Es war früh am Morgen, das Licht noch golden, geradezu streng. Das Schattenkreuz auf dem gefegten Boden reichte von einer Wand bis zur anderen. Melissa überlegte, was sie an dem Anblick so faszinierte, doch da trat Heta ins Licht. Der Rückenteil ihres weißen Spitalmantels leuchtete auf, und weil sie um den weihevollen Effekt wusste, der dabei entstand, breitete sie die Arme aus und sagte: »Als verantwortliche Celleraria segne ich die Truhen dieses ehrwürdigen Spitals. Mögen sie immer gefüllt sein, auf dass Kranke und Verwundete nie Mangel leiden.«

»Amen.«

Melissa bekreuzigte sich, trat dann aufseufzend an eine der Truhen und klappte den Deckel zurück. Heta und sie waren auf dem Trockenboden des Spitals des Heilig-Geist-Ordens, dem ältesten und ehrwürdigsten Spital der Stadt. Vor rund zweihundert Jahren von Guido von Montpellier gegründet, war das Spital inzwischen längst verweltlicht, und das hieß, dass nicht nur Ordensbrüder Kranke pflegen durften, sondern auch Frauen.

Die Truhe, ein schlichter, aber wuchtiger Kasten, war so gut wie leer. Sie barg nur ein paar goldgelbe Kerzen, von denen sogar zwei zerbrochen waren: »Dein Segen hat nicht gefruchtet«, meinte Melissa und wandte sich zu Heta um, die aus einer anderen Truhe Leinentücher entnahm und sie zu zählen begann. Heta nickte, ohne sich beim Zählen stören zu lassen, legte die Leinentücher zurück und öffnete die nächste Truhe.

»Die Lavendelsäckchen duften kaum noch«, sagte sie. »Sie müssen neu gefüllt werden. Kümmerst du dich darum?«
»Wenn es denn sein muss. Aber was ist mit den Kerzen? In fünf Tagen ist Kirchweih. Du hast gesagt, wir hätten für dieses Jahr zugesagt, Notre-Dame zu illuminieren! Das aber wird mit sieben Kerzen kaum gehen. Es fehlen also mindestens drei Dutzend. Willst du, dass Pater Martinus dich an den Pranger stellen lässt?«
»Das wird er schon nicht«, entgegnete Heta gelassen. »Können wir etwas dafür, dass es seit Anfang Oktober an allem fehlt? Sogar unser Spital wurde geplündert.«
»Weiß ich doch. Aber du hast es ihm nach dem Aufstand zugesagt, Mama. Pater Martinus verlässt sich auf uns.«
»Willst du ... damit etwas andeuten?«, fragte Heta honigsüß. Sie setzte sich mit einem Stoß Leinentücher auf eine der Truhen und musterte Melissa. Diese schaute erst ganz unschuldig, doch dann spielte ein Lächeln um ihren Mund. Du hast deinen Kopf, ich meinen, dachte Heta. Als ich dich in Alexandria aus der brennenden Kirche rettete, ahnte ich nicht, dass du einmal mein einziges Kind bleiben würdest. Und obwohl ich nicht deine leibliche Mutter bin, habe ich, seit du zur Frau erblüht bist, von Jahr zu Jahr mehr Angst um dich.
»Ich dachte, ich könnte die Kerzen bei Malwida ...«
»Kommt überhaupt nicht in Frage.«
»Warum? Jetzt ist doch alles ruhig. Der Aufstand ist vorüber, die Stadt wieder sicher. Im Grunde haben die Aufrührer längst die Hosen voll. Sie wissen, dass die Überlebenden des Rats Namenslisten angelegt haben. Bei der nächstbesten Gelegenheit werden sie dem Herzog ausgehändigt, und der wird dann, ist erst die Ordnung wiederhergestellt, den Henker reich machen.«
»Du klingst, als würdest du es dir wünschen«, meinte Heta. »Hast du vergessen, warum es so weit gekommen ist? All die

Steuern, die der Herzog dem Volk aufbürdet? Salzsteuer, Herdsteuer, Kopfsteuer! Steuern auf alles, was der Mensch verbraucht. Jetzt mit der Begründung, es müssten Lösegelder für die von Piraten geraubten und an muslimische Sklavenhändler verkauften Ritter gezahlt werden. Wer's glaubt, wird selig! Lösegelder! Das hatten wir schon. Vor fast zwanzig Jahren drei Millionen Goldstücke, mit denen Herzog Karl seinen Vater Johann von den Engländern freikaufte. Heute nun geht alles von vorn los, also ab jetzt zwölf Franken mehr pro Haushalt. Unser Herzog stellt sich das so vor: Wir sammeln Schafskötel, bringen sie zum Alchemisten Taissier, und der versilbert sie. Und dann geht alles in die Taschen versprengter Söldner! Einst sollten sie uns die Engländer vom Leib halten, aber dank Bertrand du Guesclin gibt es in Frankreich jetzt fast keine Engländer mehr. Söldner aber sind wie Räuber. Man wird sie nicht mehr los. Sie stehlen unser Getreide, unser Gemüse. Unser Vieh versackt in ihren Bäuchen! Was übrig bleibt, ist teuer, und keiner von den Kleinen kann's bezahlen. Hunger im Languedoc! Noch nicht mal zu den Zeiten der großen Pest war es so schlimm. Aber unseres Herzogs ehrenwerte Speichellecker nicken alles ab, was er befiehlt, nur um sich selbst zu bereichern und dem Herzog sein feudales Leben zu bezahlen. Sollen sie sich also nicht wundern, dass sie jetzt über die Klinge springen mussten.«

Heta war vor Empörung errötet, doch nun schwieg sie erschöpft.

»Ja.« Melissa verdrehte die Augen. »Es hätte nur nicht gar so barbarisch zugehen müssen. Selbst der Totengräber hat gesagt, manchmal sei es ihm zu viel gewesen. Er habe aufgeschlitzte Bäuche gesehen, sogar angebissene Leichen.«

Sie wusste selbst, dass der Totengräber von Tag zu Tag neue Greuelgeschichten verbreitete, aber der Aufstand hatte stattgefunden, und die Stadt würde die Morde und Plünderungen für

Generationen nicht mehr vergessen. Fünf Räte des Herzogs von Anjou und achtzig Bürger waren getötet worden, von der Zahl der Verletzten, von denen auch sie noch etliche im Spital versorgten, ganz zu schweigen.

»Wir haben kaum noch Verbandszeug«, klagte Heta. »Das Leinen, das ich hier eigentlich umsonst zähle, müssen wir sogar zerschneiden …«

»Bräuchten wir alles nicht, hätten die Aufrührer nicht auch blindwütig die Tuchmachereien angezündet … zum Teil mit den Kerzen, die sie uns hier im Spital geraubt haben.«

»Was ist eigentlich los mit dir? So trotzig kenne ich dich gar nicht. Hast du dich verliebt?«

»Nein!«, brauste Melissa auf, aber viel mehr kam ihr nicht über die Lippen. Himmel noch mal, dachte sie, ich muss endlich einmal wieder raus aus der Stadt. Ich bin achtzehn Jahre alt, andere in meinem Alter sind verheiratet. Mama tut so, als wäre ich ein kleines Kind. Ständig will sie mich vor irgendetwas schützen. Und das mit immer derselben Begründung: Die Erlebnisse in Alexandria seien zu viel für meine kleine Seele gewesen, und sie habe Angst, ich könne mich plötzlich wieder daran erinnern und würde dann verrückt werden.

Sie presste die Lippen aufeinander und ärgerte sich, da sie wieder unsicher wurde. Was war, wenn Heta recht hatte? Denn in der Tat hatte sie nicht die geringste Erinnerung – weder an ihre leibliche Mutter noch ihren Vater, noch an Alexandria, die Kirche oder daran, wo sie sich versteckt hatte. Nur wenn sie den Gürtel befühlte, den sie als Erinnerung an ihren Vater und Symbol ihres Überlebens um ihre Hüfte trug, glaubte sie, wieder seine Hände zu spüren. Ansonsten erinnerte sie sich nur an ihren Namen.

»Du hast dich also nicht verliebt«, stellte Heta zufrieden fest. »Was ist es dann?«

»Du weißt es selbst am besten, Mama. Gott hat gewollt, dass

ich überlebe. Einst in Alexandria, jüngst hier. Als der Aufstand tobte, bin ich quer durch die Stadt gelaufen, um einer Schwangeren beizustehen, weil die Hebamme zu feige war, das Haus zu verlassen.«

»Alles ohne mein Wissen …«

»Wie auch immer. Lass mich gehen. Ich werde zu Malwida gehen und Kerzen holen. Söldner wurden in unserer Gegend schon lange nicht mehr gesehen. Das weiß ich von den Hegereitern. Das Umland ist sicher. Und habe ich erst die Kerzen, wirst du ein gutes Wort für mich einlegen …«

»Wie bitte? Du willst dafür, dass ich es dir erlaube, zu Malwida zu gehen, noch eine Belohnung? Unglaublich! Ich höre wohl nicht richtig! Hast du immer noch nicht genug Tote gesehen?«

Heta sprang auf und ließ die Truhendeckel auf die Zargen knallen. Sie warf ihre Lage Leinentücher auf die nächstbeste Truhe, stemmte die Hände in die Hüften und maß Melissa von Kopf bis Fuß mit zornigen Blicken. »Ich will dir mal eines sagen«, fuhr sie fort, »eine Leichenschau ist eine eklige Sache. Das kann dir Roger Fragiardi bestätigen. Schon die Geräusche, wenn das Skalpell die Haut aufbricht, sind schauerlich. Dann das Plätschern der Säfte … das Blubbern der Gase … und vor allem der Gestank. Kannst du dir das vorstellen?«

»Fragiardi sagt auch: Man seziere, wenn es Leichen gibt. Bei den Aufständen wurden einige Kaufleute schwer verwundet. Von denen sterben bestimmt noch einige. Glaubst du, ich wüsste nicht, dass wir sie hier nur verwahren, damit einer von ihnen bald auf den Seziertisch der Universität kommt? Diesmal macht Fragiardi mit den Medizintheoretikern gemeinsame Sache, obwohl er sie sonst nicht ausstehen kann. Bislang hat es mit der Sektion nur deswegen nicht geklappt, weil die Angehörigen der Toten vehement dagegen sind.«

Melissa redete mit einer Kaltschnäuzigkeit, die Heta ihr niemals zugetraut hätte. Aber vielleicht konnte das auch gar nicht anders sein. Wieder stand Heta das Bild vor Augen, wie die schlafende Melissa in Alexandria die Hand gegen den Kreuzritter Gundolf ausgestreckt hatte. Eine mystische Geste, die sie den Rest ihres Lebens nicht mehr vergessen würde. Schon als kleines Mädchen musste Melissa also diese Gabe besessen haben – eine Gabe, die so außergewöhnlich wie nützlich war, obwohl Melissa meinte, die Fähigkeit, mit den Händen zu lesen, sei eher belastend als angenehm.

Als versuchten die beiden Frauen, die Entschlossenheit der jeweils anderen abzuschätzen, standen sie sich gegenüber. Heta aber hatte auf einmal keine Kraft mehr. Sie war versucht, sich an den Rücken zu greifen, der plötzlich wieder schmerzte, aber bislang hatte sie diese Schmerzen gut vor Melissa verheimlichen können. Sie gehen dich nichts an, dachte sie. Erst muss ich dich verheiraten. Dann darfst du bei mir lesen.

»Tu, was du nicht lassen kannst«, sagte sie müde. »Vielleicht hast du recht. Schließlich war auch ich einmal so dumm, einen Kreuzzug mitzumachen.« Sie lächelte, und dies ließ Melissa weich werden. Sie fielen sich in die Arme und bekamen feuchte Augen. Vorsichtig fuhr Heta fort: »Fragiardi wird nicht müde, mir vorzurechnen, dass seit der Pestepidemie vor gut zwanzig Jahren eine ganze Generation fehle und die Lücke aufgefüllt werden müsse. Er will mir damit zu verstehen geben …«

»… ich solle mich endlich auf die mir von Gott zugedachten Aufgaben besinnen, zu heiraten und Kinder zu gebären«, beendete Melissa sanft Hetas Satz. »Am schönsten fände er es wohl, ich würde ihn erwählen. Nein, Mama. Auch wenn er hundertmal unser *chirurgus* ist: Ich kann ihn nicht ausstehen. Er ist alt, und seine Art …«

»Als ob ich das nicht selbst alles weiß. Aber ich will doch nur dein Bestes, verstehst du das? Und mit Fragiardi darfst du es dir nicht verderben. Reize ihn nicht. Wenn er die Beherrschung verliert …«

Heta brach ab, zog Melissa an sich und küsste sie auf die Stirn. Anschließend zupfte sie an ihrem Gürtel. Als du klein warst, habe ich ihn dir doppelt umgelegt, dachte sie. Jetzt bist du eine schöne, begehrenswerte Frau. Du könntest dir die Männer aussuchen. Deine großen Augen und dein seidenweiches blondes Haar sind so verführerisch wie dein leicht wiegender Gang und dein Lächeln, wenn du in Gedanken bist. Am Gürtel, den dir deine Eltern umlegten, haftet ihre Liebe. Er wird dich auch weiterhin beschützen. Ich bin bei allem nur das Werkzeug.

»Mama, versprich mir, dass du ein gutes Wort für mich einlegst. Sag deinem Ferdinand Bouger, ich werde extra ein paar Kerzen für die Sektion mitbringen. Und sag ihm auch, dass ich deswegen sogar barfuß zu Malwida in die Berge hinaufsteigen würde.«

Heta schüttelte sanft den Kopf: »Sei still. Kein Wort von Bouger. Wenn Fragiardi herausbekommt, dass ich mich … nun ja, gelegentlich mit ihm treffe, dann können wir hier einpacken. Das wäre das eine. Das andere, mein Kind: Nichts im Leben ist es wert, dass eine Frau sich dafür die Füße wund läuft! Du und dein Wissensdurst. Was glaubst du, was geschieht, wenn die Universitären entdecken, dass bei der Sektion eine Frau zusieht?«

»Ach was, ich guck dem Toten schon nichts weg«, antwortete Melissa selbstbewusst und ließ jetzt ebenfalls den Truhendeckel zufallen.

Sie trat vor das Fenster, streckte einen Arm aus und tat, als wollte sie einen Teil des Kreuzbalkens in ihrer Hand zerdrücken. Sie meint es wirklich ernst, dachte Heta. Ich werde wohl oder übel mit Ferdinand Bouger sprechen müssen. Wenn Melissa Männerkleidung anzieht …. und den Mund hält … vielleicht kann sie dann wirklich bei der Sektion dabei sein. Hauptsache, Fragiardi bekommt nichts mit. Bouger ist für ihn wie ein rotes Tuch, am liebsten würde er ihn in ein Fass voller Gülle werfen und den Deckel darauf festnageln.

Tags darauf musste Heta das Bett hüten. Sie hatte die letzte Nacht so gut wie nicht geschlafen. Zum einen, weil sie Ferdinand Bougers Gesicht nicht aus dem Kopf bekam, als sie ihm von Melissas Wunsch erzählte, zum anderen, weil ihr mal wieder der Rücken zu schaffen machte. Aber war es wirklich der Rücken? Der Schmerz saß irgendwo zwischen Rippen und Steiß, eigentlich dort, wo sich weder Knochen noch Wirbel befanden.

Wahrscheinlich habe ich mich wieder einmal verkühlt, dachte Heta. Dieser Kreuzzug damals, die kalten Nächte, der harte Boden ... das alles sind jetzt die Folgen.

Sie stauchte sich das Kopfkissen zurecht und schlürfte den Rest des mittlerweile lauwarmen Weidenrinden-Tees. Melissa hatte ihn noch schnell für sie aufgesetzt, bevor sie ins Spital geeilt war, und versprochen, so früh wie möglich zurückzukommen.

Heta schloss die Augen und streckte die Beine aus. Am schönsten ist, dachte sie, wenn die Schmerzen weniger werden. Dann lächelt das Leben wieder.

Zur selben Zeit schleppten zwei Stadtbüttel einen tolpatschig um sich schlagenden Mann durch die Spitalkirche: »Du Hund, du wirst dich jetzt endlich fügen!«, raunzte ihn der eine der Büttel an und trat ihm so kräftig in die Kniekehlen, dass der Mann stöhnend zu Boden sackte. »Oder sollen wir dich abstechen? Teufel, wir haben Besseres zu tun, als uns um Bauerntölpel zu kümmern.« Melissa, die gerade durch die Tür der Seitenkapelle trat, die der einzige Zugang zu den Krankenräumen war, stutzte. Der Mann schien keine äußere Verletzung zu haben, aber sein Mund war halb aufgeklappt, und sein Hemd an der Brust blut-

und speichelverschmiert. Als er Melissa gewahr wurde, begann er erneut, um sich zu schlagen, und seine Augen weiteten sich vor Angst.
»Was hat er?«
»Schwester, er hat seinen Dolch gezogen und wollte auf den Bader einstechen.«
»Aber wohl erst, nachdem der Bader an ihm herumkuriert hat, oder?«
»Schon. Aber was können wir dafür, dass der Bader mal keinen guten Tag erwischt hat?«
Melissa beugte sich herab und versuchte dem Mann in den Mund zu schauen. Dieser lallte etwas, was sie nicht verstand, und wich bis an die Wand der Seitenkapelle zurück.
»Keine Angst«, sagte Melissa beruhigend. »Wir alle wollen hier nur Euer Bestes. Wir können wirklich helfen. Versteht Ihr?«
Der Mann nickte.
»Gut«, fuhr sie fort, »habt Ihr wenigstens etwas Geld?«
Wieder nickte der Mann.
»Dann dankt Gott, unserem lieben Herrn. Ihr werdet gleich keine Schmerzen mehr haben, und wenn Ihr wieder so richtig zu Euch gekommen seid, ist der böse Zahn draußen.« Der Mann heulte auf wie ein verstoßener Hund und hatte mit einem Mal Tränen in den Augen.
»Schwester, könnt Ihr auch zart sein oder nur so reden?«
Die Büttel feixten sich an, zogen den Mann hoch und nahmen ihn in die Mitte. Melissa hielt die Tür auf und folgte ihnen durch den großen Krankensaal. Schwaden von Räucherwerk waberten im Licht der kleinen, weit oben angebrachten Fenster und schienen alle Geräusche zu dämpfen. Die Büttel husteten, murrten.
»Die Luft ist zum Schneiden«, meinte einer von ihnen. »Wie halten die hier das so lange aus?«
»Sie wissen, dass unser Räucherwerk die giftigen Miasmen der Stadtluft abtötet«, antwortete Melissa. »Draußen würden sie

sich daran anstecken. Hier sind sie sicher. Weil es hier sauber ist.«

»Wenn mein Junge sich das Knie aufgeschlagen hat, pustet meine Frau auf die Wunde, bis sie nicht mehr blutet und wehtut. Ist das falsch? Kranke Tiere gesunden doch auch an der Luft.«

»Eben – Tiere«, wiederholte Melissa. Sie zeigte auf eine Tür zwischen zwei Schmiedehaken, an denen mehrere Ketten mit Zähnen hingen. Einige davon waren Nachbildungen aus Elfenbein und steckten in Klammern, die Ähnlichkeit mit winzigen Fackelhaltern hatten. »Er soll sich auf den Kniestuhl setzen. Und dann lasst ihm seinen Frieden.«

»Mit dem größten Vergnügen, Schwester. Ihn lassen wir gerne in Frieden … Euch aber …«

Melissa hörte schon nicht mehr hin. Ihre Gedanken überschlugen sich. Ihr war eingefallen, dass Roger Fragiardi, der *chirurgus* und Leiter des Spitals, gar nicht im Haus war. Denn es war Mittwoch, und fast immer war Fragiardi an diesem Tag im privaten Badehaus seines Freundes Jean-Baptiste Taissier. Dieser war ein unverheirateter Gelehrter und gehörte zu den wenigen, die von den Aufständischen weitgehend in Ruhe gelassen worden waren. Taissier nämlich war ein großzügiger Almosengeber, die er freilich auch nur deswegen gab, damit das Volk ihn in Ruhe seine Kellerexperimente mit Schießpulver machen ließ.

Wenn Fragiardi bei Taissier ist, überlegte sie, ist das jetzt eine günstige Gelegenheit. Ich muss sie nutzen. Zumal auch Mama mir ausnahmsweise mal nicht auf die Finger schauen kann.

Sie eilte zurück in die Spitalkirche, klappte den Altaraufsatz auf und tastete sich mit der Hand nach oben. Ihr Herz klopfte heftig, aber die Vorfreude war viel stärker als die Angst, etwas Verbotenes zu tun. Es stimmte, da hing er, der Zweitschlüssel für die Bibliothek! Das Versteck kannten zwar alle Schwestern und Brüder, die im Spital arbeiteten, aber keinem wäre eingefallen,

die Bibliothek aufzusuchen, ohne Fragiardi vorher zu fragen. Zwar waren dort alle Bücher angekettet, schließlich hatten einige den Gegenwert eines Hauses oder von fünfhundert Schafen, aber Fragiardi war den Hospitalitern rechenschaftspflichtig und würde in diesen kriegerischen Zeiten wahrscheinlich seinen Kopf verlieren, wenn die Bücher Schaden nähmen.
Wieder im großen Saal, schaute Melissa sich mehrmals um, aber niemand achtete auf sie. Die Tür zur Bibliothek war hinter einem Wandteppich verborgen, der an einer vorstehenden großen Eisenstange hing. Der Schlüssel quietschte zwar ein wenig, aber das war Melissa gleichgültig. Sie wusste, nach was sie suchen, bei wem sie Rat holen wollte: bei Guy de Chauliac, einem der ganz Großen aus der berühmten hiesigen Ärzteschule. Er hatte hier vor Jahren an der medizinischen Fakultät studiert und auch gelehrt, war danach als Wanderarzt durch ganz Europa gezogen, bis er Leibarzt dreier Päpste wurde. Seine siebenbändige *Chirurgia magna*, die er der Welt vor sechzehn Jahren geschenkt hatte, war das umfassendste Nachschlagewerk der Medizin, das es gab.
Melissa zog einen der schweren Folianten aus dem Regal und legte ihn aufs Lesepult. Ungeduldig blätterte sie zu den Seiten, die sich mit Zahnheilkunde befassten. Bestimmt hat der Bader dem Bauern den Zahn zermalmt und nicht gezogen, dachte sie. Vielleicht hat er ihm sogar den Unterkiefer gebrochen. Ihr Finger glitt über die Spalten. Chauliac spricht von sogenannten Dentisten, murmelte sie vor sich hin. Alles, was Zähne und Kiefer betrifft, erfordert besondere Kunstfertigkeiten und ein eigenes Studium. Dentisten … nur sie sollen Zähne ziehen … ansonsten ein fähiger *chirurgus*, auf keinen Fall Bader oder Barbiere.
»Was wollt Ihr, Melissa?«
»Im Dentistenzimmer sitzt ein Bauer …«
Erschrocken fuhr sie herum. Roger Fragiardis mächtiger Kör-

per füllte die gesamte Breite des Türrahmens aus. Seine Blicke wanderten forschend an ihrem Körper auf und ab, seine Augen funkelten. »Habe ich mich nicht deutlich ausgedrückt? Wer hier herein möchte, hat mich vorher zu fragen! Wie unbelehrbar und störrisch seid Ihr eigentlich, Melissa?«

Seine Stimme war scharf, und seine Halsader schwoll an. Melissa schrumpfte in sich zusammen. Vor Scham wäre sie am liebsten zwischen die staubigen Ritzen der Holzdielen verschwunden. Warum musste ihr das passieren? Wieder einmal war das Temperament mit ihr durchgegangen, anscheinend hatte sie nie den richtigen Instinkt für den richtigen Augenblick!

»Verzeiht, ich dachte …«

»Ich sei im Badhaus, wie? Aber die Zeiten ändern sich. Was Ihr anscheinend schnell begriffen habt und Euch darum anmaßt, meinen Platz einzunehmen, was?«

Fragiardis Blick war undurchdringlich wie ein morastiger Tümpel geworden. Sympathisch war er ihr nie gewesen, und gefürchtet hatte sie ihn schon seit langem. Aber seit seine Frau sich in der Zeit des Aufstands in den Eiskeller geflüchtet hatte und dort an Unterkühlung gestorben war, war er unberechenbar geworden – auch wenn jeder wusste, dass er sich im Stillen über ihren Tod freute, denn sie hatte ihn mehrfach betrogen.

Melissa trat einen Schritt ans Fenster und erschauerte, als sie ihr Spiegelbild in einem der sauberen Harngläser sah, die nebenan in einem Regal standen. So verzerrt sie auch darin aussah, das Spiegelbild ließ ein ebenmäßiges Gesicht erahnen und zeigte dichtes blondes Haar, das unter ihrer Haube hervorlugte wie eine schmale Aureole.

Mein Kopf im Harnglas, dachte sie beklommen, gibt es ein besseres Symbol für mein Gefühl, hier eingesperrt zu sein? Eingesperrt in ein Spital, in dem ich von Monat zu Monat mehr Angst habe, ihm über den Weg zu laufen?

Am liebsten hätte sie Fragiardi einfach eines der Harngläser zugeworfen und wäre im selben Augenblick an ihm vorbeigeschlüpft, doch das hätte sie mit Sicherheit ihre Stellung gekostet.
»Der Bauer braucht dringend Hilfe. Sein Unterkiefer scheint angebrochen. Ich wollte nichts falsch machen, darum bin ich hier. Magister Chauliac schrieb ja nicht von ungefähr …«
»Dann lest.« Fragiardi unterdrückte ein zynisches Grinsen, sich voll und ganz seiner Macht bewusst. Melissa hingegen war hin- und hergerissen zwischen dem Wunsch, vor ihm zu fliehen und Chauliacs Behandlungsratschläge zu studieren. »Beeilt Euch, oder soll er noch länger leiden?«
»Nein, ich sollte mich bescheiden, Ihr habt recht. Bitte, verzeiht mir. Ich werde jetzt wieder die Arbeit tun, die mir bestimmt ist.«
»Waschen und verbinden? Ich glaube kaum, dass Euch dies zufriedenstellt. Nein, lest nur.« Fragiardi machte eine bedeutsame Pause. »Ich will Euch etwas verraten. Ich habe ein Angebot bekommen, ein kaum auszuschlagendes Angebot …. von einer sehr wichtigen Persönlichkeit. Dafür überlasse ich Euch heute gerne den stinkenden Kiefer eines Bauern.«
Sie glaubte ihm kein Wort. »Ihr seid zu gütig. Aber auch, wenn ich mich kundig gemacht habe, bitte lasst mich nicht allein!«
»Oh, Ihr könnt ja demütig sein, Schwester Melissa. Welch Freude!« Fragiardis Stimme troff vor Hohn. »Und, ja, ich werde Euch assistieren. Der *chirurgus* der niederen Schwester. Verkehrte Welt. Aber warum nicht? Die letzten Wochen zeigten, dass alles möglich ist. Also lest endlich fertig.«
Schmerzlich musste Melissa sich eingestehen, dass Fragiardi ihr die Freude am Studieren gründlich verdorben hatte. Es hatte sie Kraft gekostet, Demut zu zeigen, denn ihre und auch Hetas Stellung waren in dieser Zeit gefährdet. Die Stimmen, die riefen, es sei eine Schande, dass Frauen in einem ehemals reinen

Männerorden arbeiteten, wurden immer lauter. In Wahrheit drückte sich darin nur der Neid aus, dass sie und Heta von den reichen Pfründen der Hospitaliter lebten und sich bislang keine Sorgen um ihr täglich Brot machen mussten.

Der Bauer hockte noch immer auf seinem Kniesitz, gestützt auf die Armauflage eines zwischen seinen Knien emporragenden langen Pfostens. Blanche, neben Melissa die andere der niederen Schwestern, flößte ihm Wein ein und zeigte, als Fragiardi die Tür öffnete, auf die Silbermünze, die auf dem Tisch lag.
»Er hat bezahlt.«
»Sein Glück.« Fragiardi ließ sich den Becher geben und schnupperte daran. »Wein mit Mandragora?«
»Ja … und auch ein paar Tropfen Opiumtinktur.«
»Dann sind wir heute aber sehr barmherzig. Hoffentlich verkürzt uns das einmal das Fegefeuer. Wusstet Ihr, Schwester, dass Melissa heute ihre Vorstellung als *chirurgus* geben wird?«
»Gott bewahre. Aber es würde zu ihr passen«, antwortete Blanche spitz.
Sie beneidete Melissa um ihre Schönheit und darum, dass Fragiardi ihr nachstellte. Fragiardi wiederum hatte seine Freude daran, Blanche genau deswegen zu demütigen. Es verging kein Tag, an dem er nicht irgendwann einmal seufzend an ihr vorüberging und murmelte: »Ach, Schwester Blanche, warum könnt Ihr nicht so aussehen wie Melissa? Ich würde Euch sofort zur Frau nehmen.«

Als Melissa den Dentistenraum betrat, hatte sie Leinenstreifen und mit Alaunlösung und Salbeiauszug getränkte Stoffbausche dabei. Der Bauer war durch die Drogen jetzt so gut wie betäubt: Wie tot lehnte er mit der Brust gegen den Pfosten, doch aus seinem schief hängenden Unterkiefer floss noch immer ein blutiger Speichelstrom.

»Schwester Blanche, wärt Ihr meine Frau, könnte ich zulassen, dass Ihr Schwester Melissas erster Operation zuseht. Aber haltet Euch trotzdem bereit. Ich läute, wenn es so weit ist.«

»Dann hoffen wir, dass Gott dem Mann beisteht.«

Blanche schlug die Tür hinter sich zu.

Melissa verwünschte Fragiardi im Stillen. Jetzt hat er es endgültig geschafft, uns beide gegeneinander auszuspielen, wenn nicht gar, Blanche gegen mich aufzuhetzen, dachte sie. Er hat es im Blut, zu demütigen. Er ist einfach nur widerlich. Doch sie war entschlossen, sich keine weitere Blöße zu geben. Vorsichtig schob sie Zeige- und Mittelfinger zwischen die Vorderzähne des Bauern, spreizte sie und öffnete auf diese Weise seinen Mund. Fragiardi trat grinsend mit einem Metallspiegel neben sie und hielt ihn so, dass sein reflektiertes Licht die Mundhöhle ausleuchtete.

»Ich erkenne einen halb herausgezogenen Backenzahn«, begann Melissa ihre Diagnose. »Ein Stück ist abgebrochen. Zwischen Wange und Zahn befindet sich aber auch eine Eiterbeule. Sie blutet, ist angestochen.«

»Wenn Ihr es sagt, wird es stimmen. Und jetzt?«

»Nun … der Zahn sollte vollständig gezogen und danach die Eiterbeule aufgeschnitten werden. Hinterher wird der Unterkiefer gefügt und mit einem Kopfverband ruhig gestellt.«

»Also los, was wartet Ihr noch.«

»Nein, das wäre vermessen.«

Melissa schüttelte den Kopf. Sie war bleich geworden, spürte, wie ihr plötzlich die Knie weich wurden. Welcher Dämon hat mich bloß geritten, so etwas versuchen zu wollen, dachte sie. Fragiardi hat allen Grund, mich zu verspotten.

»Ihr seht also ein, Schwester, wie anmaßend Ihr wart? Gut. Aber schwach ist das Weib eben nicht nur an Kraft, sondern auch an Geist.«

Er gab Melissa den Spiegel zurück und suchte in einem der Be-

steckkästen nach einem geeigneten Werkzeug. Melissa legte die Armbeuge um den Kopf des Bauern und drückte ihn gegen ihren Bauch, mit der anderen Hand hielt sie den Spiegel. Fragiardi schnaubte missmutig, machte sich ans Werk. Da der Zahn schon gelockert war, brauchte er nicht lange. Mit einem gekonnten Ruck zog er den Rest des Zahns heraus und hielt ihn triumphierend in die Höhe.
Der Bauer stöhnte und verdrehte die Augen, Fragiardi aber hatte nur einen verächtlichen Blick für ihn übrig: »Den Abszess nun dürft Ihr öffnen, Melissa. Ein Schnitt mit dem Skalpell genügt, das schafft selbst ein so dummes Weib wie Ihr.«
Er wird mich so lange reizen, bis ich in Tränen ausbreche, dachte Melissa empört. Also wird mir nichts anderes übrig bleiben, als zu tun, was nötig ist.
Sie suchte sich ein kleines Skalpell und schnitt die Beule auf, in der sich die Sekrete des entzündeten Backenzahns gesammelt hatten. Es stank so fürchterlich, dass sie gegen Übelkeit ankämpfen musste.
»Bitte läutet«, flüsterte sie.
Fragiardi griff zur Klingel, und wenig später kam auch schon Schwester Blanche. So gut es ging, reinigten sie und Melissa die Wunde mit einer Weinspülung. Um die Blutung zu stillen, drückte Melissa anschließend Stoffbausche in die Backentasche. Fragiardi sah ihnen mit vor der Brust verschränkten Armen zu, ließ sich dann schließlich dazu herab, den Kiefer abzutasten, und fügte die gebrochenen Enden zusammen.
Melissa legte den Kopfverband an, der den Unterkiefer ruhig stellen sollte. Beiläufig glitt ihre Hand dabei ein paar Mal über die Brust des Bauern. Melissa stockte in ihren Bewegungen, konzentrierte sich.
»Was ist?«
»Ich lese Wirbel und ein Flirren. Und das … das ist nicht normal.«

Fragiardis Augen verengten sich vor Ärger: »Kommt Ihr mir jetzt etwa wieder mit Euren lesenden Händen? Eurer Gabe? Seid Ihr wirklich so dreist? Oder tatsächlich so dumm? Oder wirklich eine, in der der Teufel sein Unwesen treibt?«
Melissa schoss das Blut zu Kopf. Was war dies nur für ein Tag? Wieso hatte sie vergessen können, dass Fragiardi nichts so sehr hasste wie genau diese Gabe? Heta hatte sie gewarnt, ihn daran zu erinnern, auch Blanche. Selbst sie mutmaßte, dass Fragiardi sie in Wahrheit nur um diese Gabe beneidete. Am liebsten würde er doch genauso gerne wie du erspüren können, wo etwas Schlechtes im Körper steckt. Kannst du dir nicht vorstellen, wie nützlich für einen *chirurgus* solch eine Gabe wäre?
Melissa senkte den Kopf und biss sich auf die Lippen. Tag für Tag ermahnte sie sich, ihren Händen das Lesen quasi zu verbieten, auf jeden Fall aber nicht darüber zu sprechen.
»Verzeiht mir noch einmal, Roger«, sagte sie kleinlaut. »Es kommt nicht wieder vor.«
»Blanche sei mein Zeuge«, blaffte Fragiardi. »Soll ich diesen Tölpel hier also zur Ader lassen? Hat er schlechtes Blut? Oder prophezeit Ihr gar, sein Herz würde heute Abend nicht mehr schlagen?«
»Das schon noch«, stotterte Melissa. »Aber wenn er Pech hat, wird es aussetzen, bevor sein Kiefer wieder geheilt ist.«
Ihre Stimme war kaum noch zu hören, so sehr fürchtete sie sich vor einem neuen Wutausbruch des Hospitaliter-Chirurgus. Fragiardi aber verzog nur geringschätzig den Mund. Einen kurzen Moment musterte er den Bauern, dann befahl er Blanche, ihn zur Ader zu lassen, und setzte gehässig nach: »Sagt ihm, er solle Nüsse essen, wenn er aufwacht!«
Damit packte er Melissa am Ellenbogen und schob sie zur Tür hinaus.

Noch benommen von den schönen Bildern des letzten Traums, zwang sie das wütende Fauchen ihrer Katze, die Augen zu öffnen. Minouche stand mit hochgewölbtem Buckel auf dem Fenstersims, den Kopf zwischen die Gitterstäbe gestreckt. Von unten erklang das heisere Gebell eines Hundes.
»Minouche! Lass es gut sein. Du kennst ihn doch. Er tut dir nichts.«
Es war wie fast jeden Tag. Minouche ärgerte sich wieder einmal über Froufrou, den frechen Spitz von Claudine Sigour. Der Hund war genauso wie sein Frauchen: schlau, laut und immer auf der Suche nach einem guten Bissen.
Seit Melissa denken konnte, wohnten sie und Heta im schmalen Häuschen der Seidenstickerin. Witwe Sigour galt als äußerst geschäftstüchtig und ehrgeizig, zudem war sie eine Künstlerin. Sie verstand sich darauf, die goldfarbenen Barthaare einer seltenen toskanischen Meermuschel zu Fäden zu verspinnen, mit denen sie Kopfbedeckungen, Schals und Kleider bestickte. Wohlhabende Kaufleute oder hohe geistliche Würdenträger leisteten sich diesen Luxus, Kaufleute wie zum Beispiel Thomas de Calambrais, der als der reichste Mann der Stadt galt. Vor zwei Jahren hatte er Witwe Sigours Tochter Amande geheiratet. Amande war einst Melissas liebste Spielgefährtin gewesen, doch mit den Jahren hatte sie sich zu einem immer aufreizenderen Mädchen entwickelt. Amande bezog ihr Selbstbewusstsein aus dem Stolz ihrer erfolgreichen Mutter, mit dem Unterschied, dass für sie von vornherein nur in Frage kam, einmal reich zu heiraten.
Reich heiraten … keine Sorgen mehr haben. Melissa gähnte und schloss noch einmal die Augen. Warum muss ich gerade jetzt an Amande denken?
Deswegen?
Die Erinnerung an die Blamage am Tag zuvor kam mit der Wucht eines Keulenschlages zurück, doch Minouches erneutes

Fauchen befreite Melissa von ihren düsteren Gedanken. Energisch schlug sie die Decke zurück und stand auf. Längst war es Zeit, aufzubrechen. Sie trat ans Fenster und schaute hinaus. Enttäuscht stellte sie fest, dass ihr Traum von einem beschaulichen Aufstieg ein Traum bleiben würde. Über Nacht hatte sich das Wetter geändert. Statt eines blauen Himmels hingen nun düstere Wolken über der Erde. Sie haben Staub geladen, dachte Melissa. Wenn ich Pech habe, wird es sogar einen Sandsturm geben. Ich muss mich sofort auf den Weg machen. Bin ich erst in den Bergen, werden mich die Wälder schützen.
Sie schmiegte ihr Gesicht in Minouches Fell, trug sie auf ihr Bett und kraulte ihr kurz den Bauch. Minouche begann sofort zu schnurren, dann rollte sie sich zufrieden zusammen. Melissa zog sich an, öffnete ihre Truhe und suchte ein Unterkleid zum Wechseln und ein Paar Wollbeinlinge heraus. Sie füllte Wasser in ihre Lederflasche, packte Brot, Hartwürste und drei Käsekugeln ein und verstaute alles in ihrem Quersack. Zum Schluss schlang sie sich einen fein gewebten Leinenschal um Hals und Kopf: »Schlaf schön, Minouche. Und fang dir mal wieder eine Maus.«

Melissa wäre am liebsten gerannt, so sehr sehnte sie sich danach, die Stadt hinter sich zu lassen. Die bedrückenden Sorgen der Einwohner waren förmlich durch die Mauern hindurch zu spüren, die Angst vor einer Strafaktion des Herzogs war allgegenwärtig. Noch immer behinderten herausgebrochene Mauersteine und verkohlte Balken den Verkehr. Rauchfahnen auf schmutzigen Kalkwänden zeugten von den Bränden der vorletzten Wochen, Fliegenschwärme summten dort, wo Blut geflossen war.
Ein Gefühl von Verlorenheit überkam sie, als sie die verhärmten Marktbeschicker aus dem Umland erblickte. Stumpfen Blicks gingen sie zum Markt vor Notre-Dame. Fast alle zogen ihre

Karren selbst, Zugochsen oder Pferde hatten sie plündernden Söldnerhorden überlassen müssen, um wenigstens ihr Leben zu retten.
Warum sind Mama und ich noch hier?, fragte Melissa sich. Warum können wir nicht einfach irgendwo anders hingehen? Nach Salerno, zum Beispiel, an die medizinische Fakultät? Frauen, hat Mama erzählt, stünden dort in viel höherem Ansehen als hier.
Sie blieb einen Augenblick stehen, weil ein Zicklein lustige Bocksprünge vollführte. Sogleich wurde es von Kindern umringt, die es streicheln wollten, doch da hob schon der Hirte seinen Stab und hetzte seinen Hund los. Die Kinder stoben schreiend auseinander, Melissa stockte das Herz, als der Hirtenhund auf sie zuhielt. Doch ein Pfiff seines Herrn genügte, und der Hund machte kehrt. Auf dem Markt wurde sie Zeuge einer kleinen Katastrophe: Ein Hahn war aus seinem Käfig ausgebrochen und rannte flügelschlagend durch die Reihen der Marktschragen. Fluchend hastete der Bauer ihm nach, andere Marktbesucher wollten ihm helfen. Der Hahn hackte auf sie ein, sprang in die Luft und riss einer Obstbäuerin Zwetschgen- und Mirabellenkörbe um. Zu anderen Zeiten hätte dies längst die ersten Lacher auf den Plan gerufen, doch jetzt reagierten die Menschen nur mit Zorn und Empörung. Wenige Tische weiter stürzte bei der Jagd nach dem Hahn eine Pyramide aus Eiern zusammen und klatschte aufs Pflaster.
Die Bäuerin rang die Hände, begann zu weinen. Fremde Kinder stürzten sich auf den Eierbrei und zankten sich mit einer Bettlerin, die das glitschige Etwas mit bloßen Händen aufklaubte und es gierig in den Mund schob. Wenige Augenblicke später waren auch zwei Hunde da, um sich ihren Anteil zu sichern. Inzwischen hatte irgendjemand dem Hahn den Hals umgedreht. Da näherte sich ein weiterer Bettler den Hunden mit einem Knüppel. Melissa sah, wie er ausholte … der Hund jaulte kurz auf.

Darauf folgte der zweite Schlag. Beim dritten lag der Hund tot da. Der Bettler packte seine Beute am Schwanz und schleifte sie mit sich.
Er wird ihn auf einen Spieß stecken und braten, durchfuhr es sie mit Schaudern. Schnell ging sie weiter.
Vor dem Eingang zur Kirche Notre-Dame-des-Tables entdeckte sie ein Grüppchen Pilger, die auf die Frühmesse warteten. Vielleicht sollte ich mich ihnen einfach anschließen und mit nach Santiago de Compostela pilgern, dachte sie, doch da schwang die Kirchentür auf, und sie hörte Pater Martinus zornentbrannt rufen: »Nie erteile ich Euch dafür Absolution. Niemals!«
Melissa wandte ihr Gesicht ab, denn sie hatte keine Lust, ausgerechnet jetzt dem Mann über den Weg zu laufen, dem Heta versprochen hatte, seine Kirche zu illuminieren. Zumal Pater Martinus' Nerven so dünn wie seine Stimme fistelig war. Und offensichtlich war er schon zu dieser frühen Stunde wieder in einer Laune, die sich eine Frau selbst nach einem anstrengenden Tag niemals hätte leisten dürfen.
»Ihr seid verloren, wenn … So nehmt doch Vernunft an!«
Jetzt war sie doch neugierig. Pater Martinus hatte eine Frau in seidenem Kapuzengewand an den Schultern gepackt und schüttelte sie leidenschaftlich. Die Frau hielt ihren Kopf abgewandt, ob aus Abwehr oder Ohnmacht, konnte Melissa nicht erkennen. Plötzlich aber hörte sie sie erbittert rufen: »Nein! Ich habe es Euch gebeichtet, damit Ihr es ihm sagt. Zum letzten Mal: Ich kann und will nicht mehr!«
Energisch stieß sie Pater Martinus vor die Brust und riss sich von ihm los. Melissa stockte das Herz. Unzweifelhaft war dies Amande. Freude und Erschrecken erfüllten sie gleichermaßen. Ihre Blicke trafen sich, und im Nu sah sie Amande über den Kirchplatz auf sie zurennen: »Melissa! Melissa, hilf mir!«
Pater Martinus fuchtelte hinter ihr her und schrie, sie solle zurückkommen, doch weil die Pilger in die Kirche drängten, lief

Amande ihm einfach davon. Ihre Kapuze flatterte hinter ihrem hübschen Kopf. Sie raffte ihr Kleid, um schneller laufen zu können. Wie dünn ihre Beine sind, dachte Melissa entsetzt, eilte ihr entgegen und schloss sie in die Arme.

»Du bist wieder in Montpellier?«, fragte sie atemlos. »Nicht mehr in Avignon?«

»Was sollen wir noch dort? Thomas hat seine Geschäfte erledigt, jetzt überlegt er, woanders hinzugehen.«

»Wie herrlich, Amande! Ihr könnt weg. Weg!«

»Ach, Melissa.« Amande schluchzte auf. Sie schlang ihre Arme um Melissa, drückte ihren mageren Körper an sie. Melissa streichelte ihr über den Rücken, bemerkte entsetzt, wie knochig sich Amandes Schulterblätter unter ihrem kostbaren Kleid anfühlten. »Weißt du, es ist alles aus«, flüsterte Amande, »ich kann nicht mehr. Er hält mich wie eine Gefangene. Wenn ich das Haus verlassen will, muss ich ihn um Erlaubnis fragen. Alles ist anders geworden.«

»Ich dachte, du seiest glücklich verheiratet?«

»Ich war es. Aber nur, weil er damals ritterlich war und ich mich in seiner Großzügigkeit sonnen durfte.«

»Komm, erzähl mir nachher davon. Begleite mich vor die Stadt, ja?«

Melissa erinnerte sich noch gut, wie Amande ihr vor ihrer Abreise nach Avignon mehrere kostbare, mit Silberfäden durchwebte Samtkleider vorgeführt hatte. Amande hatte gesagt, sie warte sehnlichst darauf, den Reichtum ihres Mannes repräsentieren zu können. Melissa indes hatte nie verstanden, dass es Amande nichts ausgemacht hatte, einen Mann zu ehelichen, der ihr Großvater hätte sein können. Sie hatte Thomas de Calambrais das erste Mal auf Amandes Hochzeit gesehen und war wie vor den Kopf gestoßen. Er war dick wie ein Weinfass und eifersüchtig auf jeden, der seiner blühenden jungen Frau allzu neugierige Blicke zuwarf. Um Mitternacht hatte er so sehr geschwitzt, dass es aussah, als sei er gerade einem Nieselregen entronnen. Schließlich hatte er sich ins Haar gegriffen und es, zu jedermanns Entsetzen, abgezogen. Darunter war er kahl wie ein Ei.

Der Weg hinauf in die Berge zu Malwida würde mehr als drei Stunden dauern, Amande aber wirkte schon kurz hinter dem Stadttor reichlich erschöpft.

»Hast du Geld?«, fragte Melissa.

»Nicht viel, aber genug.«

»Das ist auch eine Antwort. Und sie klingt nicht geizig.«

Kurz entschlossen hielt sie einen ausgemergelten Bauern an und fragte ihn, ob sie sich bis morgen seinen Maulesel leihen dürften. Der Bauer schaute von Melissa zu Amande, lächelte, nickte. Bald wurden sie sich handelseinig. Amande ließ sich auf den Maulesel heben, dankte Melissa, dem Bauern und ihrem Herrgott und begann vor Erleichterung zu summen, als die Stadtmauer aus ihrem Blickfeld verschwand.

Melissa musterte ihre Freundin von der Seite und schüttelte mehrfach den Kopf. Was für ein Unglück diese Geldheiraten bringen, dachte sie. Wie hatte sie nur so leichtsinnig sein können? Melissa erinnerte sich noch gut daran, wie Amande ihr Thomas de Calambrais beschrieben hatte: Er hat nirgends Haar, hatte sie ihr freimütig erzählt und dabei gelacht. An allen Stellen seines Körpers ist er so glatt wie ein Wurm. Und solange ich noch nicht schwanger bin, schenkt er mir nach jedem Beischlaf eine Handvoll Perlen. Später, hat er versprochen, will er mir noch kostbarere Geschenke machen. Sag selbst, ist dies nicht der Inbegriff von Großmut?

»Ach, Melissa, ich war dumm und habe alles falsch gemacht. Meine Mutter ist schuld an dieser Hochzeit. Sie hat so lange auf mich eingeredet, bis ich ihr glaubte. Aber jetzt ist Schluss. Ich werde nicht mehr zu ihm zurückgehen. Pater Martinus verlangt dies zwar von mir, schließlich hätte er Thomas und mir seinen Segen gegeben, aber ich sage nein. Der Pater giftete, Gott würde mich strafen, schließlich sei der Bund der Ehe heilig, ich wäre verdammt und so weiter, aber ich bin fest entschlossen.«

»Immerhin habt ihr, weil ihr in Avignon wart, nicht die schrecklichen Plünderungen der Aufständischen über euch ergehen lassen müssen«, wandte Melissa behutsam ein. »Und wenn sie Thomas in die Finger gekriegt hätten … das wage ich mir gar nicht vorzustellen.«

»Schon. Doch ich liebe ihn trotzdem nicht mehr«, gab Amande zurück.

»Damit sagst du aber, dass du Thomas einst geliebt hast«, hielt Melissa dagegen.

Amande betrachtete ihre Fußspitzen, die gegen den Bauch des Maultieres wippten. »Ja. Anfangs hatte ich es gut bei ihm, und ich fühlte mich geborgen wie in einem warmen Zuber.« Sie errötete vor Scham und wandte ihr Gesicht ab. »Doch mit jedem unfruchtbaren Monat verlangte er immer heftiger von mir, dass ich ihm diene, als sei ich nicht eine einzige Frau, sondern ein ganzer Harem. Zu jeder Zeit, wann immer es ihm gelüstet. Er ist unersättlich. Ich will nicht mehr zu ihm zurück. Niemals.«

»Deshalb bist du also so dünn geworden.«

»Dünn? Klapprig! Wenn wir zusammen aßen, verging mir der Appetit. Und wenn ich heimlich etwas aß, reichte allein der Gedanke an ihn, um mich zu übergeben.«

»Und alles nur, weil du nicht schwanger wirst?«, fragte Melissa zweifelnd. »Oder bist du krank?«

»Nein, nur, die ganze Wahrheit ist …« Amande zögerte, wandte sich schließlich wieder Melissa zu und fuhr mit gequältem Blick fort: »Die zweite Wahrheit ist: Ich liebe einen anderen. Ich schlafe in Gedanken mit ihm ein und wache mit ihm auf. Er ist ein Ritter … war ein Kunde von Thomas. Wir tauschten nur wenige Blicke, einmal lächelte er mich an. Er leuchtet von innen … ach, ich kann ihn nicht vergessen. Darum habe ich beschlossen, auf der Stelle ins Kloster zu gehen. Dort bin ich vor Thomas in Sicherheit. Und ich kann mit dem, den ich liebe, im Geiste zusammen sein.«

Melissa schwieg betroffen und wollte Amande, die ihren Gedanken nachzuhängen schien, nicht weiter stören. Vor ihnen lag noch ein gutes Stück Wegs. Die Sonne hatte sich bis jetzt nicht sehen lassen, zudem jagten immer kräftigere Windböen über die Hänge. Nichtsdestotrotz wurde die Luft zunehmend stickig.

Melissa kam ins Schwitzen und blieb stehen, um zu trinken. Wie köstlich reines Wasser ist, dachte sie. Wie gut es schmeckt.

Sie verstaute die Flasche wieder in ihrem Quersack und überlegte, ob sie Amande bitten könne, ihn zu tragen. Doch Amande war in der Tat klapprig wie eine Vogelscheuche. Der Lederriemen würde ihr in die Schulter schneiden, Amande bestimmt bald anfangen zu jammern.

An einer Biegung warf sie einen Blick zurück aufs Meer. Dunkle Wellen schlugen Schaumkronen gegen den Strand, die Luft schmeckte bitter und war klebrig. Energisch fasste sie das Maultier am Zügel, ging mit großen Schritten voraus. Die Garrigue wurde dichter und ging schließlich in den noch nicht gerodeten Waldgürtel über, der die Höhenzüge um Montpellier beherrschte. Kurz bevor sie ihn erreichten, jubelte Amande auf, als eine Windböe ihr unter das Kleid fegte. Doch schon spürte sie auch die ersten feinen Sandkörner auf der Haut: »Sie kitzeln, als würde man von Haarspitzen gestreichelt.«

»Wart's ab: Bald geht's uns so, als würden wir von Flöhen gebissen. Hoffentlich legt sich der Sturm bis zum Nachmittag.«

»Ach, wenn es nicht schlimmer wird, ist es doch herrlich!«

Malwida, die Klausnerin, schlurfte aus ihrer Höhle – der Adler hatte gerufen. Doch wer kam sie besuchen? Wer interessierte sich noch für sie? Wer nahm diesen Weg?

Malwida legte ihre knochige Hand über ihre Augen und blinzelte. Ihre Vorräte waren bis auf einen Zopf Zwiebeln und Knoblauch, etwas Brot und einen Topf Oliven aufgebraucht. Sie war mager geworden, und doch verspürte sie schon lange keinen Hunger mehr. Bei den Mönchen um Essen zu betteln widerstrebte ihr. Zwar kam einmal pro Woche ein junger Novize vom Kloster Aniane und brachte Grütze und Eier, doch er tat ihr leid, weil er sich vor ihr fürchtete und ihr nicht erlaubte, seinen Ausschlag im Gesicht zu behandeln. Sie hätte seine Haut mit Quendelsalbe heilen können. Aber ein so verschlossener wie heftig blühender Novize hätte nie ihren Rat, geschweige denn ihre Berührung angenommen.
Malwidas runzliges Gesicht glättete sich, je gewisser sie sich wurde, dass es Melissa war, die da durch den lichten Bergföhren- und Pinienwald schritt. Ich habe Gott gebeten, dich noch einmal umarmen zu können, rief sie ihr im Stillen zu, und siehe: Er ist so gnädig, mir diesen Wunsch zu gewähren. Doch wen hast du mitgebracht? Wer ist so schwach, dass er nicht selbst laufen kann? Die Antwort war eine Böe, die den Wald rauschen ließ. Du wirst ein paar Stunden bei mir bleiben müssen, dachte sie nicht ohne Freude. Der Sturm … ein Sandsturm in der Garrigue … welch ein Geschenk.
Sie hob den Arm, winkte. Plötzlich war es still, der Wind hatte sich gelegt. Er ruht sich nur eine Weile aus, beruhigte sich Malwida. Wenn er zurückkommt, dann mit doppelter Kraft.

Melissa richtete Hetas Grüße aus und wiegte die alte Klausnerin freudestrahlend in den Armen. Insgeheim überspielte sie damit, dass sie an Malwidas Körper die Anzeichen des Todes las. Sie war sich sicher, dass Malwida den nächsten Frühling nicht mehr erleben würde, doch sie wusste, dass es sinnlos war, die Klausnerin überreden zu wollen, in die Stadt zurückzukehren. Malwida war unbeugsam, ihr Wille so fest wie die Garrigue zäh. Die

Einsamkeit war ihre Heimat, und sie hatte geschworen, einsam sterben zu wollen.
»Tu nicht so, als kämst du zu einer Hochzeit«, tadelte Malwida sie. »Meine Tage sind gezählt. Glaubst du etwa, ich weiß das nicht?«
»Wir glauben zu wissen«, gab Melissa zurück. »Ich darf dir Amande vorstellen. Sie ist meine Freundin.«
Malwida musterte sie. »Du siehst erschöpft aus und, Gott behüte, auch krank. Viel zu mager. Was fehlt dir?«
»Darf ich es sagen, Amande?«, mischte sich Melissa ein.
Amande nickte. »Warum soll ich es verbergen? Schließlich möchte ich ins Kloster.« Erschöpft glitt sie vom Rücken des Maulesels, trat vor ihn und presste ihren Bauch gegen seinen Kopf. Stumm begann sie zu weinen.
»Sie hat den falschen Mann geheiratet«, klärte Melissa Malwida auf.
»So sieht sie auch aus«, bemerkte diese trocken. »Nicht essen, nicht trinken, nicht schlafen. Und jetzt hat sie einen anderen im Kopf, wie?« Zornig runzelte sie die Augenbrauen, doch dann erbarmte sie sich, zog Amande vom Maulesel fort und führte sie zur Bank vor ihrer Höhle. Sie befahl ihr, sich zu setzen, schob den dichten Fellvorhang zur Seite und verschwand für einen Augenblick. Nach einer Weile kam sie mit einer Flasche zurück. »Nimm einen Schluck«, sagte sie streng, »nicht mehr. Es schmeckt bitter, aber es stärkt.«
Amande schaute sie aus großen Augen an, und als Melissa auffordernd nickte, setzte sie die Flasche an und trank. Sie schüttelte sich, hustete. Malwida lachte: »Liebe und Tränen sind einerlei. Also heul ruhig, wenn dir danach ist. Tränen spülen das Salz des Schmerzes aus der Seele.«
»Ach, und dieses scheußliche Zeug macht mich jetzt glücklich?«, begehrte Amande auf.
»Siehst du, wie es schon hilft?« Jetzt lachten sie alle drei, wor-

aufhin Melissa ihren Quersack auspackte und Malwida ihre Geschenke überreichte: Wollbeinlinge, Käse und Hartwürste. Malwida dankte, verstaute die Lebensmittel in ihrer Vorratstruhe und zog die neuen Beinlinge gleich an. Als sie fertig war, kam sie wieder vor ihre Höhle: »Ihr wollt noch zum Kloster, nicht wahr?«

»Leider, Malwida …«, antwortete Melissa. »Ich habe es Amande versprochen.«

»Gut, dann komm jetzt mit in mein Reich.«

Melissa tauchte in die ihr vertrauten Geruchswelten von Kräutern und Bienenwachs ein. Auf einer kleinen Feuerstelle köchelten Pilze, der Rauch zog durch eine Felsspalte ab. Sie tastete das rauhe Gestein ab, folgte den Spuren seiner Maserungen und sah zu, wie Malwida mit einem Stück Holzkohle unter einer Fläche mit den zwölf Tierkreiszeichen einen Strich setzte: »Es wird nicht wieder geschehen, dass ich unter das Bild der Waage Striche setze. Dreiunddreißig Jahre hat mir diese Höhle Zuflucht geboten. Jetzt ist es genug.«

»Sprich nicht so, Malwida.«

»Du bist auch wegen der Kerzen gekommen, nicht wahr?«

»Ja, Mama und ich wissen schließlich, dass du die besten Kerzen der Welt herstellst.«

»Kerzen …« Malwidas Stimme klang traurig, aber es schwang auch eine Spur Verachtung darin. Sie schlurfte in eine dunkle Nische und kam mit einer kleinen Eichentruhe zurück. Melissa wartete geduldig, bis Malwidas knotige Finger das rostige Schloss geöffnet hatten. »Mir fehlte die Kraft, Melissa. Zwei Dutzend habe ich für dich. Wenn du mehr brauchst, kannst du im Kloster Aniane nachfragen. Ich hoffe, dein Geld reicht dafür.«

»Das werde ich schon herausfinden. Aber sind die Kerzen auch schön?«

»Die Nonnen von Saint Guilhem de Desert haben sie gefertigt.«

»Da wollen wir ja hin. Vielleicht sollte ich die Nonnen selbst um weitere Kerzen bitten …«
Malwida antwortete nicht, streichelte Melissa stattdessen über die Wange. Dann nahm sie die Kerzen heraus.
Amande rief.
»Wir müssen aufbrechen«, sagte Melissa leise zu Malwida, während sie die Kerzen in ihrem Quersack verstaute.
Wieder im Freien, umarmte sie die Klausnerin und versprach ihr, sie nach Maria Himmelfahrt mit Heta zu besuchen. Doch Malwida lächelte nur und hob die Hand: »Geht nur. Geht mit Gott!«
Melissa half Amande aufs Maultier, nahm die Zügel. Es war nicht mehr weit bis zum Kloster Aniane. Die Luft war schwülwarm, der Himmel über ihr graugelb. Noch lange Zeit bildete Melissa sich ein, Malwidas Blick in ihrem Rücken zu spüren.

Nach einer knappen Stunde erreichten sie das Benediktinerkloster Aniane. Der Wind wehte wieder heftiger, doch das Kloster wurde durch einen Waldgürtel geschützt.
Melissa schaute in den Himmel. Er schien immer näher zu kommen, fast glaubte man, er würde sich auf die Baumwipfel stützen. Verhaltenes Rauschen erfüllte die Luft, ab und zu knarrte irgendwo ein Ast oder brach Unterholz. Sie bogen auf einen Weg entlang der Klostermauer ein. Die Stimmung war friedlich, nirgendwo auf dem Klostergelände konnten sie einen Mönch oder Laienbruder entdecken.
»Es muss Mittag sein. Alle sind beim Essen«, stellte Melissa fest.
»Oder sie beten, schlafen und treiben Unzucht«, fügte Amande hinzu.
»Das musst du gerade sagen. Malwidas Trank scheint ja ungeheure Wirkung zu haben. Bestimmt hast du jetzt auch Hunger, wie?«

»Stimmt. Darum bitte ich dich auch um ein Stück Brot.«
Melissa öffnete ihren Quersack und brach Amande einen Kanten ab. Derweil waren sie auf dem Weg angelangt, der zum Eingang der Klosterkirche führte. Melissas Blick glitt über Gemüsegärten und Holzställe. Ein buckliger Konverse verteilte eine Fuhre Mist, ein anderer schleppte zwei Gießkannen. Weiter vorn scharrten Hühner, und plötzlich trug der Wind das Summen aus Bienenstöcken heran.
Langsam näherten sie sich der Klosterpforte.
»Hörst du es auch?«, frage Melissa.
»Was?« Amande neigte ihren Kopf zur Seite und lauschte. Melissa hob den Finger, schaute Amande eindringlich an. Amande rutschte vom Rücken des Esels, nickte schließlich. Jetzt hörte auch sie das so sanfte wie ausgeprägte An- und Abschwellen.
»Die Mönche singen! Wenn das kein Empfang ist.«
»Aber bestimmt nicht für uns.«
Helles Bimmeln ertönte, als Melissa am Glockenstrang zog. Sie warteten und erfreuten sich währenddessen am Gesang der Mönche, Amande schien wie verzückt. Endlich hörten sie Schritte, dann ein Husten. Die Klappe der Pforte wurde geöffnet, und sie blickten in ein Paar stechende Augen.
»Seid Ihr es, Bruder Raimond?«, fragte Melissa.
»Er ist krank. Ich bin Bruder Olivier. Wer seid Ihr?«
Melissa nannte ihre Namen und trug ihr Anliegen vor. Bruder Olivier öffnete die Pforte und ließ sie herein. Von einem Hustenanfall geschüttelt, krümmte er sich heftig zusammen, dann spuckte er geräuschvoll aus.
»Mit Verlaub, Ihr scheint mir auch krank«, meinte Melissa und band den Maulesel vor der Pilgerherberge an. Bruder Olivier sagte irgendetwas, das sie nicht verstand, und gebot ihnen, in der Stube auf ihn zu warten.
»Wart Ihr bei der Klausnerin?«, fragte er im Weggehen.
»Ja, warum?«

»Einer unserer Novizen sagt, der Herr werde sie bald zu sich nehmen. Stimmt das?«
»Es ist zu befürchten. Darum möchte ich Euch bitten, alle drei Tage jemanden nach ihr schauen zu lassen.«
»Sie wehrt jegliche Hilfe von uns ab. Auch die von den Nonnen von Saint Guilhem de Desert.«
»Wartet.«
Melissa eilte Bruder Olivier nach und streckte ihm ein paar Münzen entgegen: »Eine Spende für die Pilger und …«
»Ich weiß. Verlasst Euch auf uns. Was die Kerzen anbelangt, werde ich unseren Cellerar fragen.«

Als Bruder Olivier nach einer halben Stunde noch immer nicht zurück war, wurde Amande wütend: »Wir stehen uns hier die Beine in den Bauch und bekommen nichts außer einem Krug Wasser. Weißt du was? Lass uns schnell zum Chor huschen. Ich will den Mönchen zuhören. Ich liebe es, wie sie singen. Für mich gibt es nichts Schöneres auf der Welt.«
»Du hast recht. Sie werden uns deswegen schon nicht den Kopf abreißen.«
Sie schauten sich um, niemand war zu sehen. Am verschlossenen Eingang der Klosterkirche vorbei huschten sie um die Ecke, wo der Weg zwischen Gäste- und Abtshaus entlangführte. Vor dem Gästehaus fielen ihnen zwei Rappen mit außergewöhnlich verziertem Zaumzeug auf. Ihre Beine strotzten vor Schmutz, ihr Bauchfell war grau und zottelig vor Staub. Neben ihnen standen zwei Wassereimer mit Bürsten, doch die Konversenbrüder, die die Pferde eigentlich hätten striegeln sollen, waren nirgends zu sehen.
Amande starrte die Pferde an, schlug sich die Hand vor den Mund.
»Was ist?«
»Ich bin mir nicht sicher, aber …«

Amandes Lippen bebten, Röte lag auf ihren Wangen. Plötzlich schien ihre Schwäche wie fortgeblasen. Ja, sie wirkte beinahe kraftvoll und unternehmungslustig. Der Wind drehte sich und wehte ihnen den Chorgesang nun in aller Deutlichkeit zu. Geduckt schlichen Melissa und Amande am Abtshaus vorbei, bis vor zum Chorschiff der Kirche. Dort stand eine Seitentür offen, aus der die Melodien mit vollendeter Klarheit auf sie zufluteten.

Amande lauschte in völliger Verzückung. Ihre Wangen waren tiefrot, und ihre Augen leuchteten. Doch auch Melissa genoss die Ruhe, die von den tiefen, schönen Männerstimmen ausging.

»Es ist, als ob es still wird in mir«, flüsterte Amande. »Still und leicht zugleich. Ich bilde mir ein, ich könnte mich an seinen Körper lehnen, um seine Wärme zu spüren, und Halt bei ihm finden. Es ist, als schwänge ich mit ihm hin und her, und sein Atem glitte über meine Haut …«

»Was redest du da, Amande?«

»Er ist hier, ich bin ganz sicher«, flüsterte sie. Bestürzt überlegte Melissa, ob Amande den Verstand verloren hatte, andererseits ergriff auch sie eine seltsame Unruhe, und sie fragte sich, wie jene wohl aussehen mochten, die so herzerhebend sangen.

»Ich muss es wissen«, zischelte Amande ihr voller Ungeduld ins Ohr. »Komm … komm.«

»Bist du verrückt?«

Doch schon hatte Amande sie durch die Tür geschoben. Melissa sträubten sich die Haare, doch ob vor Wohlbehagen oder Angst hätte sie nicht zu sagen vermocht. Klopfenden Herzens traten sie näher, reckten die Köpfe. Melissa fielen im Dämmerlicht des Chorraums zwei Männer auf, die keine Tonsur und nur einen weißen Mantel mit schwarzem Kreuz trugen. Sie standen hinter den singenden Mönchen und schauten aufmerksam in den großen Folianten, aus dem die Mönche sangen. Da fiel mit einem Mal Licht durch eines der Fenster, verteilte sich in unzähligen hellen Flecken. Melissa spürte ein wohliges Kribbeln auf der Haut. Sie krallte sich in Amandes Arm und bemerkte im ersten Moment nicht einmal, wie sehr diese zitterte.

Ruhig und mächtig, sinnlich und vergeistigt zugleich füllte der Gesang den Chorraum. Die Zeit schien stillzustehen.

Da schluchzte Amande auf.

Im selben Augenblick hoben die beiden Männer im weißen Mantel ihren Kopf und sahen zu ihnen herüber. Melissa hielt den Atem an. Ihr war, als ob allein der Blick aus einem der Augenpaare sie festhielt, so tief und intensiv durchdrang er sie. Hinter sich hörte sie Amande flüstern: »Gott steh mir bei: Er ist es!«

Verwirrt und erschüttert zugleich, zogen sie sich zurück.

Erst das Husten von Bruder Olivier holte sie wieder in die Wirklichkeit. Mit finsterer Miene trat er auf sie zu, packte Melissa am linken und Amande am rechten Ellenbogen: »Habe ich Euch nicht gesagt, Ihr solltet warten?«

»Verzeiht uns. Der Gesang war unwiderstehlich.«

»Das ist er. Aber für Eure Ohren ist er nicht bestimmt. Habt Ihr vergessen, wo Ihr seid? Der gregorianische Gesang, wie wir ihn hier pflegen, dient der Erbauung und Reinigung allein der männlichen Seele!« Er schob sie energisch ins Pilgerhaus und deutete auf den Tisch, auf dem zwei Dutzend Kerzen lagen. »Ich hoffe, Ihr könnt sie auch bezahlen?«

»Ja.« Amande zerrte ihren Geldbeutel hervor und zählte Bruder Olivier mehrere Münzen in die Hand.

»Der Herr segne Euch. Aber jetzt verschwindet.«

Amande schwieg sich aus, sosehr Melissa sie auch bedrängte, ihr Geheimnis zu offenbaren. Schließlich gab Melissa es auf. Schweigend schritten sie voran, zwischen ihnen den Maulesel, der Melissas Quersack trug.

An der Klosterpforte von Saint Guilhem de Desert erwartete Melissa die nächste Überraschung. Als die Pforten-Schwester die Klappe öffnete, schien sie alles andere als überrascht. Vielmehr wirkte sie, als habe sie bereits mit Amandes Ankunft gerechnet.

»Du hast ziemlich viele Geheimnisse, meine Liebe«, bemerkte Melissa ärgerlich. »Ich komme mir richtig dumm vor.«

»Nein, Melissa, das sollst du nicht. Zwar wurde ich hier schon erwartet, aber niemand wusste, wann ich kommen würde. Die neue Priorin ist die Schwester von Pater Martinus. Und da sich beide alles andere als grün sind, freut sich die Priorin, mich hier aufzunehmen.«

»Nur um ihrem Bruder eins auszuwischen?«

»Ja.«

Sie wurden in den Gästetrakt geführt, der dem Haupthaus angegliedert war. Saint Guilhem de Desert war ein nur kleines Kloster. Es thronte auf einem Felshang, in dessen steil abfallende Flanke sich Zypressen und Föhren gekrallt hatten. Vom Haupthaus schaute man bei gutem Wetter weit in die karstige, von der Garrigue überwucherte Landschaft.

»Die Priorin ist im Dorf«, erklärte die Pforten-Schwester. »Ruht Euch so lange aus. Ich lasse Euch eine Mahlzeit bringen.«

»Danke.«

Melissa setzte sich Amande gegenüber. Sie klappte das Brett herunter, das als Tisch diente, stützte die Ellenbogen auf und musterte ihre Freundin. Der Wind heulte, überall klapperten Fensterläden. Doch so laut es war, Melissa empfand ein ihr unbekanntes Gefühl von Stille und Verlassenheit. Sie konnte es sich nicht erklären, aber mehrfach liefen ihr Schauer über den Rücken.

»Elf Nonnen leben hier?«

»Mit der Priorin.«

»Und du willst die zwölfte werden?«

Amande antwortete nicht, stattdessen schlug sie die Hände vors Gesicht. Melissa wollte sie ihr wegziehen, da mischte sich in das Brausen des Windes aufgeregtes Gänsegeschnatter. Nach einer kurzen Weile verstummte es abrupt.
»Einen seltsamen Ort hast du dir ausgesucht«, meinte Melissa nachdenklich.
Da sprang Amande auf und griff nach ihrer Hand: »Ich möchte, dass du mir sagst, ob ich gesund bin oder bald sterben muss.«
Melissa versuchte, die Hand wegzuziehen: »Du bist nur erschöpft, Amande. Hier wirst du Ruhe finden ...«
»Weich mir nicht aus, bitte, Melissa!«, rief Amande heftig. »Leg mir deine Hände auf. So wie früher, sonst ...«
Melissa seufzte und strich flüchtig über Amandes Gesicht und Oberkörper. »Ich lese nichts. Du bist gesund. Aber du musst mehr essen. Das ist alles.«
»Wirklich?«
»Ich würde dich nie anlügen. Verrätst du mir nun dein Geheimnis?«
Versonnen schaute Amande ihr in die Augen. »Sie sind Deutschordensritter«, begann sie schließlich zögerlich. »Beide. Und sie sind Freunde ...«
Ein schriller Entsetzensschrei gellte über den Hof. Melissa stürzte zur Tür hinaus auf den Hof. Die Pforten-Schwester rannte ihr entgegen, rief, sie sollten sich in Sicherheit bringen. Doch es war zu spät. Der Söldnertrupp war bereits auf dem Klostergelände. Melissa zählte sieben Mann, von denen fünf durch den Choreingang in die Kirche rannten und zwei auf das Haupthaus zu – Gestalten nur im Brustharnisch, kaum furchteinflößender als gewöhnliche Straßenräuber. Sie schwenkten Schwerter und Äxte, einer von denen, die auf das Haupthaus zuliefen, trug eine Fackel, der andere einen Speer.
Melissa sah noch, wie er ausholte, da brach die Pforten-Schwes-

ter schon vor ihr zusammen. Der Speer hatte sie mitten im Rücken getroffen. Sie verdrehte die Augen, Blut quoll aus ihrem Mund. Amande riss Melissa zurück ins Haus. Sie stürmten eine Treppe hinab und kamen durch einen Gang, an dessen Ende eine Tür war.

Als sie sie öffneten, führte eine Treppe wieder nach oben, geradewegs in den Chorraum. Dort hatten drei Söldner die Nonnen zusammengetrieben. Sofort rannte einer auf Melissa und Amande zu, denen nichts anderes übrigblieb, als durch die Tür hinter ihnen in den Kreuzgang zu entkommen.

Eine tödliche Falle.

Sie rannten zum Brunnenhaus, wo eine Nonne mit einem gewaltigen Messer in der Hand versuchte, sich einen Söldner vom Leib zu halten. Doch für diesen war alles nur ein grausamer Spaß. Mit unflätigen Bemerkungen neckte er die panisch mit dem Messer fuchtelnde Nonne und jagte sie mehrfach um den Brunnen. Als ihm dies lästig wurde, hob er seine Axt und schleuderte sie ihr mitten ins Gesicht.

Verzweifelt klammerten sich Melissa und Amande aneinander, als der Söldner axtschwingend auf sie zustürmte. Beide schlossen die Augen und zogen den Kopf zwischen die Schultern, da wurden sie brutal auseinandergerissen.

Jetzt passiert es!, schoss es Melissa durch den Kopf. Und dann wird er mich töten.

Während Amande wild um sich schlug, wurde sie auf den Innenhof des Kreuzgangs gezerrt. Wenn sie sich wehre, würde er sie töten, schrie der Söldner und schlug ihr ins Gesicht. Seine Augen waren glasig vor Gier, und er stank erbärmlich nach Schweiß. Er packte sie um die Hüfte, zwang sie in die Knie und warf sich auf sie. Sie spuckte ihm ins Gesicht, presste die Beine zusammen.

Mit aller Kraft versuchte sie sich auf die Seite zu rollen, doch dieser Söldner war stark wie ein Bär. Mit roher Kraft presste er sie mit einer Hand auf den Boden, während er ihr mit der anderen die Gewänder hochschob. Schon lag sie entblößt vor ihm, unfähig, sich zu rühren.

»Es gefällt dir, wart's ab, Kätzchen.« Amande kreischte, dann plötzlich war sie still. Melissa schloss die Augen, spürte, wie sich etwas in sie hineinzubohren versuchte. Doch da bekam sie einen Arm frei. Sie stemmte ihn gegen die Brust des Söldners, drückte mit aller Kraft.

Ein Schatten fiel über sie.

Sie blinzelte, vernahm das Zischen eines Schwertes. Urplötzlich wurde ihr leicht, und ihre Finger griffen ins Leere. Ein Gurgeln und Knirschen ertönte, dann spürte sie, wie sich ein Kettenhandschuh um ihr Handgelenk legte, und eine Stimme sagte: »Es ist vorbei.«

Der Ritter half ihr auf. Sein blutbeschmierter Mantel mit dem schwarzen Kreuz streifte ihre Wange. Als ob mich ein Engelsflügel streichelt, dachte Melissa benommen, doch im selben Moment fiel ihr Amande ein.

»Amande! Amande!«

»Melissa!«

Auch neben ihrer Freundin stand ein Ritter. Er trug denselben Mantel wie der andere und war nicht minder blutverschmiert.

»Ihr seid unversehrt?«, rief er Melissa zu.

»Ja. Wer seid Ihr?«

Die beiden Ritter zogen den Helm ab. Melissa und Amande stockte der Atem. Sie waren es! Sie, deren schöner Gesang gerade eben ihre Seelen erschüttert hatte … Sie starrten sie ungläubig an.

»Wir kommen vom Kloster Aniane«, begann der eine zu erzählen. »Dort wurde uns berichtet, die Priorin von hier sei nach Montpellier aufgebrochen, um sich Schutz vor versprengten Söldnerbanden zu erbitten. Als wir erfuhren, dass die Nonnen hier in Gefahr sind, sind wir sofort aufgebrochen. Es ist uns eine Ehrenpflicht, die Bräute Christi zu schützen, zumal die Patronin unseres Ordens die Gottesmutter selbst ist.«

»Der Heilige Geist … war … mit Euch«, stammelte Amande und rang um Fassung.

»Für zwei Schwestern kam leider jede Hilfe zu spät. Aber verzeiht, wir haben uns noch nicht vorgestellt: Ich bin Hagen, und das ist mein Freund Avremar – Ritter des Deutschen Ordens.«

Avremar neigte das Haupt, lächelte Melissa an. Obwohl sie kaum klar denken konnte, nahm sie doch das herausfordernde Aufblitzen in den Blicken Hagens wahr, der der kleinere, aber stämmigere von beiden war. Doch da wurden sie schon von den anderen Nonnen umringt. Mit Tränen in den Augen knieten sie vor ihren Rettern nieder, umklammerten ihre Knie und dankten ihnen.

Aus den Augenwinkeln sah Melissa, wie Amande zu schwanken begann. Ihre Freundin griff sich ans Herz, kalkweiß im Gesicht.

»Amande! Helft ihr!«

Gerade noch rechtzeitig konnte Hagen sie auffangen: »Sie ist nur in Ohnmacht gefallen. Aber auch Ihr solltet Euch ausruhen.«

»Ich kann nicht. Ich muss zurück nach Montpellier«, erwiderte Melissa. »Wenn ich mich beeile, schaffe ich es noch, bevor der Sturm losbricht.«

»Dann gestattet, dass ich Euch zu mir aufs Pferd nehme.« Avremar bot ihr die Hand und warf Hagen einen schnellen Blick zu. Melissa schien es, als ob sich einen Augenblick lang Hagens Augen trübten. Doch dann wandte sich Avremars Blick wieder ihr zu, und ein Lächeln huschte über sein Gesicht. Melissa spürte, wie ihr Herz kräftiger zu klopfen begann. Plötzlich erkannte sie es: Es sind seine Augen, schon in Aniane hat mich sein Blick festgehalten, ganz so, als wollte er sagen: Du bist mein …

Doch da geschah etwas Merkwürdiges. Melissa stockte der Atem, als sie sah, wie Avremar langsam eine Locke aus Amandes Gesicht strich und Hagen herausfordernd anstarrte. Diese Geste verdross sie und verschlug ihr einen Moment lang die Sprache, doch dann fasste sie sich wieder und sagte fest: »Danke, Ritter, aber ich habe mein Maultier.«
»Da hörst du's«, trumpfte Hagen auf. »So einfach macht sie es dir nicht.«
Melissa wurde heiß. Das Blut schoss ihr in den Kopf, Avremar und Hagen aber lachten.

Kaum zwei Pferdelängen weit reichte die Sicht, als Melissa und Avremar den schützenden Waldgürtel hinter sich gelassen hatten und sich durch die peitschenden Sandböen kämpften. Der Sturm fegte durch die Garrigue, als wolle er sie abschleifen und für den Rest des Jahres unter einer graugelben Schicht begraben. Zuweilen kam es Melissa sogar vor, als wolle er alles Leben ersticken. Sie hatte ihren Schal tief über die Augen gezogen, doch die feinen Sandkörner drangen durch jede noch so kleine Masche. Er verklebte ihr die Nase, selbst in ihren Mundwinkeln bildete sich eine Kruste. Er kniff und biss in ihre Haut und schmirgelte ihr schließlich Arm- und Kniebeugen wund.
Zum Glück verweigerte sich ihr Maultier ihren Fersenschlägen nicht. Wenn sie auch nur langsam vorankam, Avremar auf seinem Rappen war nicht schneller. Er ritt vor ihr, teilweise im Grau der Böen versunken. Zuweilen vernahm sie das helle Prickeln des Sandes auf seinem Schild. Dieses Geräusch beruhigte sie, und sie fragte sich, wie es sein müsste, wenn Avremar sang und sie mit seinen hellen Augen dabei anschaute. Auch dies half ihr, die entsetzlichen Bilder zu vergessen, zudem hatte sie immer wieder das Gefühl, der Sandsturm sei wie ein das Leid trocknendes Fegefeuer.
Als die endlich die Stadtmauer Montpelliers erkennen konnten,

empfingen sie die Abendglocken von Notre-Dame-des-Tables. In der Stadt angekommen, fiel ihnen auf, dass sich der Sturm endlich ausgetobt hatte. Melissas Rücken glühte vor Schmerzen, Arme und Beine waren wie taub. Kaum vermochte sie den Kopf zu heben, um sich von Avremar zu verabschieden.

An seinem Lächeln aber erkannte sie, dass er es ihr nicht übel nahm. Er hob die Hand zum Gruß und ritt zur Kommandantur.

Melissa überlegte, was sie ihm noch nachrufen könnte, aber ihr Kopf war leer. Trotzdem öffnete sie den Mund. Doch mehr als ein krächzendes Danke brachte sie nicht zuwege.

Als Heta ihr den Quersack abnahm, verzerrten sich ihre Züge vor Schmerz.

»Hast du's schon gehört«, sagte Heta, »Amande ist ihrem Mann davongelaufen. Angeblich will sie ins Kloster. Und wir hier bekommen auch Ärger. Fragiardi nämlich ist dahintergekommen, dass seine Celleraria ein Verhältnis mit einem Arzt von der Universität hat. Ich fürchte, unsere Tage in Montpellier sind gezählt.«

Endlich war Kirchweih. In Notre-Dame-des-Tables brannten die Kerzen, doch das Licht, das sie spendeten, empfanden so gut wie alle Menschen als vergeudet. Der Sandsturm hatte nämlich alle Pläne, die Kirche mit frischen Blumen zu schmücken, zunichtegemacht. Melissa war enttäuscht, ihre Laune auf einem Tiefpunkt. Missmutig ließ sie ihre Blicke über das Chorgestühl schweifen und fragte sich wiederholt, warum sie und das gemeine Volk in der Kirche stehen mussten, hingegen Klerus, Adel und Patrizier sitzen durften.

Unsereins besorgt unter Lebensgefahr die Kerzen, dachte sie, aber das wird als so selbstverständlich hingenommen wie das Amen nach dem Vaterunser. Schon die Messdiener, die Pater Martinus ausgesandt hat, damit wir ein paar Küchenkräuter als Schmuck spenden, hatten nichts als ein loses Mundwerk. Und

als ob das nicht alles reicht, soll sowieso alles umsonst sein. Denn die Alten, die die letzte Pestwelle überstanden haben, orakeln, der Stadt stünden schon wieder schlimme Zeiten bevor.
Melissa schaute sich um. Die Gesichter der Menschen waren versteinert, jeder war mit seinen Gedanken woanders. Dabei hatte Pater Martinus vor der eigentlichen Messzeremonie versucht, Worte des Trostes zu finden, und sich dabei auf etliche Zitate der Heiligen Schrift, besonders aus dem Buch Hiob, gestützt: »Und der Herr wandte das Geschick Hiobs und der Herr gab ihm doppelt so viel, wie er gehabt hatte. So wird er jedem von euch tun, wenn ihr fest steht im Glauben und seine Gebote befolgt.«
Die Worte klangen in ihr nach, aber sie glaubte ihnen nicht. Und sie hatte Verständnis für die vielen Männer, die ihren Frauen verboten hatten, Küchenkräuter zu spenden. Sie hatten die Messdiener angefaucht, ausgepresst wie sie derzeit alle seien, sei es sinnvoller, wenn mit den Kräutern die wässrige Brennsuppe gewürzt werde. »Wenn wir schon nichts Festes in den Bauch bekommen, dann soll das Flüssige wenigstens Geschmack haben!«
Die Vorstellung einer mit Kräutern gewürzten Pilzsuppe ließ Melissa das Wasser im Mund zusammenlaufen. Nach einer Weile begann sogar ihr Magen zu knurren. Heta stieß sie in die Seite, schmunzelte. Sie zeigte auf den Altartisch, der mit einem aus Johanniskraut, Thymian, Lavendel, Wermut und Beifuß geflochtenen Kranz geschmückt war, dann auf die Kerzen, schließlich auf die Weihrauchkännchen schwenkenden Messdiener. Melissa nickte, schaute Heta fragend an.
»Ich wollte nur sagen, dass es zwar schöner, aber auch schlimmer hätte sein können«, flüsterte diese.
»So?«
Mehr fiel Melissa nicht dazu ein, während sie zusah, wie Pater Martinus den Kräuterkranz mit Weihwasser besprengte. Sie

wird bigott, dachte sie besorgt und fragte sich, ob Hetas Verstand durch die Aufstände schwächer geworden war. Doch da stieß jemand rüde die Kirchentür auf. Als folgten sie alle einem einzigen Wink, flogen die Köpfe herum. Murren ertönte, Flüche wurden laut. Melissas Herz aber schlug schneller, denn wer sich da seit zwei Jahren wieder in der Stadt blicken ließ, war François, der Spielmann. Noch immer war er so hager wie ein Spargel, doch vor dem hellen Tageslicht in seinem Rücken erschien er ihr größer als je zuvor.

»Es ist François!«, zischte sie Heta zu.

»Wie schön. Endlich.«

Ein Leuchten glitt über Hetas Gesicht, und sie reckte den Kopf, um den Mann zu sehen, der ihr seit der Plünderung Alexandrias ans Herz gewachsen war. Auch Melissa freute sich. Sie erinnerte sich gerne an die Tage, in denen François bei ihnen zu Gast war. Er konnte Geschichten erzählen wie kein anderer, und als sie größer wurde, hatte er ihr alle Tänze beigebracht, die er bei seinen Streifzügen durch die Welt kennengelernt hatte.

»Verzeiht mir alle, und, bitte, verzeiht auch Ihr mir, Pater Martinus!«, rief er und drängte sich mit der Unbekümmertheit eines Ritters zum Altar vor. »Ich weiß, ich bin nur ein einfacher Spielmann, aber so wahr ich hier stehe, möchte ich Euch alle warnen. Herzog Ludwig beginnt, ein Heer zusammenzuziehen. Weil er unsere Stadt für ihren, wie er sich ausgedrückt hat, Ungehorsam bestrafen will.«

Nach diesen Worten war die heilige Messe vergessen. Die Menschen schrien erbost auf, viele reckten die Fäuste, andere sanken ohnmächtig an die Schulter ihres Nachbarn. François aber warf sich effektvoll vor Pater Martinus auf die Knie und hob flehentlich die Hände. »Pater, betet für uns! Betet für unsere Stadt! Ich komme aus Avignon, wo Papst Clemens Kardinal Albano in Marsch gesetzt hat, damit er uns ausmalt, welche Strafaktion Herzog Ludwig plant.«

Pater Martinus wich entsetzt zurück. »Du bist die Stimme des Teufels! Der Herzog ist weit weg. Verlass sofort das Haus Gottes!«
Da sprang François auf und nahm, einen Arm abwehrend in Richtung des Paters ausgestreckt, breitbeinig Stellung vor dem Altar: »Nein, ich spreche die Wahrheit!« Er wich ein Stück weit in den Chor zurück und blickte sich scheu nach den Patriziern und Professoren um. Einige hatten ihren Platz im Chorgestühl verlassen und bildeten kleine Gruppen, andere huschten durch eine Seitentür aus der Kirche. »Hört mich an und fragt die, die in der Welt herumgekommen sind« – er hob erneut die Stimme – »sie werden euch bestätigen, dass der Herzog mit dem Geld, das er uns allen abpresst, keine herumstrolchenden Söldner bezahlt, sondern seiner Sammelwut frönt – Bücher, Wandteppiche, Bilder, Musikinstrumente, Reliquien und Frauen! Er lässt sich malen, immer wieder, wenn er nicht gerade mit Bären, Schwänen und seltsamen schottischen Hunden unterwegs ist. Und wisst ihr, was er tut, wenn's in seinen Gedärmen festsitzt?« Die Menschen hielten den Atem an. »Er schluckt einen Brei aus Gold und Perlen! Sagt selbst: Kann man so etwas erfinden? Nein. Daran seht ihr, dass ich nicht lüge. Also mit einem Wort: Ich rate jedem, der sich vor ein paar Wochen die Finger schmutzig gemacht hat, fortzugehen oder sich Kardinal Albano vor die Füße zu werfen und ihm und dem Papst zu huldigen. Der Kardinal wird so lange in der Stadt bleiben, bis der Herzog einmarschiert. Im Namen all der Aufrechten, die bekennen und bereuen, wird er ihn dann um milde Strafen anflehen.«
Es wurde gejohlt und gepfiffen, Anhänger und Gegner des Herzogs schimpften aufeinander, Beleidigungen flogen hin und her. Als Pater Martinus bemerkte, dass sich Rangeleien in seiner Kirche ausbreiteten, nahm er das Kreuz vom Altar, hielt es in die Höhe und betete kraftvoll ein Vaterunser.
Doch die Menschen waren nicht mehr zu beruhigen. Nur eine

kleine Schar Aufrechter hielt bis zum Ende der Messe durch, unter ihnen Heta und Melissa.

Nach diesem Ereignis breitete sich die Angst in den Mauern der Stadt aus wie ein Geschwür. Wie viele Menschen Montpelliers wünschte auch Melissa sich fort, und so kam es, dass François das erste Mal um seinen Stand als Fahrender, der in Schlössern und Burgen zum Tanz aufspielte, beneidet wurde. François indes versprach: »Wenn du Hochzeit hältst, dann spiele ich für dich.«
Einmal begleitete sie mit Heta ihn und seine Freunde bis vor die Stadt, weil in einem Nachbardorf eine Taufe gefeiert werden sollte. Als sie wieder zu Hause waren, ging es Heta plötzlich schlecht, und sie musste sich hinlegen. Wenige Tage später stand ein zerlumpter Junge vor der Tür und sagte Melissa, er müsse Heta sprechen.
»Warum?«
»Weil Ferdinand Bouger es will.«
Melissa zuckte zusammen. Sie ahnte, was der Junge Heta zu sagen hatte. Und sie täuschte sich nicht: Ferdinand Bouger kündigte an, Heta von nun an nicht mehr zu kennen, und ließ ausrichten, er sei ihr nie im Leben begegnet.
»Hat er noch etwas gesagt?« Melissa sprengte schließlich die Stille, die nach den Worten des Jungen eingetreten war.
»Ja, und zwar wörtlich: Das andere ginge in Ordnung.«
Melissa klatschte jubelnd in die Hände und umarmte Heta. Die saß aufrecht im Bett und lächelte, während ihr Tränen die Wangen hinabrollten.
»Das war jetzt mein Leben, Melissa«, flüsterte sie Stunden später in der Nacht. »Ein kleines Leben. Aber mit einer Sternstunde. Und dafür hat sich alles gelohnt.«
Sie weinten beide bis zum Morgengrauen. Melissa betete und dachte im Halbschlaf an Amande und Avremar. Ob sie ihn wohl

jemals wiedersehen würde, in Zeiten wie diesen, wo ein Leben so rasch verlöschen konnte wie ein Gedanke?

Trotz aller Gebete machten bald wieder Gerüchte über Massaker vagabundierender Söldnertrupps die Runde. Doch diesmal seien es keine versprengten Söldner der *grande compagnie*, die gegen die Engländer gekämpft hatten, sondern revoltierende Bauern und Handwerker. Die hohen Steuern hätten sie um Hab und Gut gebracht, für sie gäbe es nur noch ein Ziel, und das hieß: Tod jedem Reichen. Sie lauerten an Landstraßen und vor Dörfern, überfielen Klöster und abgelegene Gutshöfe und brächten jeden um, der sich nicht loskaufen könnte.

Und so traf es diesmal auch die Witwe Sigour, Amandes Mutter. Sie hatte zwei Burschen angeheuert, die Flachs- und Leinengarn von einem ihr zuarbeitenden Hof bringen sollten. Der eine wurde erschlagen, der andere rettete nur knapp sein Leben. Die *tuchins*, wie die Aufständischen genannt wurden, hatten den Hof niedergebrannt und alles kurz und klein geschlagen. Die Frauen seien vergewaltigt, ihre Männer mit Knüppeln getötet worden. Die in den Wald geflüchteten Kinder würden als Geiseln gefangen genommen und nur gegen Lösegeld freigelassen.

»Ich sah riesige Aschekegel und schwarz verkohlte Erde«, berichtete der überlebende Bursche der Witwe. »Dann wurde ich von glutäugigen Hunden mit riesigen Bäuchen verfolgt. Und an einem Baum hing ein Skelett.«

Melissa versuchte, ihn mit einem Tee aus Tausendgüldenkraut, Rosmarin und Johanniskraut zu beruhigen. Doch der Bursche war unfähig zu trinken, ohne die Hälfte seines Tees zu verschütten. So half sie schließlich mit einer Prise Bilsenkraut nach, woraufhin er, noch bevor sie ihm den Becher aus der Hand nehmen konnte, vom Stuhl kippte und einschlief.

Es war so weit: Melissa präsentierte sich in Schnabelschuhen, gelben Beinlingen und braunem knielangen Rock. François stülpte ihr die lange braune Kapuzenhaube über, prüfte den Sitz des Gürtels und des Dolchs, den er ihr geliehen hatte.
»Wäre ich ein Mädchen, würde ich diesem hübschen Kerl schöne Augen machen.« François pfiff anerkennend durch die Zähne und fiel theatralisch vor ihr auf die Knie.
»Ja, ja, aber der hübsche Kerl bekommt kaum Luft, so sehr ist ihm die Brust bandagiert«, keuchte Melissa und lief ein paar Mal im Zimmer umher, um sich an die Schuhe zu gewöhnen.
»Wer wissen will, muss eben leiden«, meinte Heta lakonisch. Sie forschte in Melissas Gesicht, ob der rauhe Teint, den sie ihr mit Schlammkreide, Rinde und gemahlener Holzkohle gezaubert hatte, nicht zu aufdringlich wirkte. Aber ihre Sorge war unnötig. Melissa fiel nicht auf, die Verkleidung war perfekt.
»Wenn jemand Verdacht schöpft, lass einfach einen fahren«, riet ihr François amüsiert. »Wir haben gestern ja nicht umsonst Saubohnen gegessen.«
Melissa verdrehte nur die Augen. Als ob ich auf Kommando Wind machen kann, dachte sie. Ist wohl eine Spezialität von euch Spielleuten.

François begleitete sie ein Stück weit durch die Stadt, dann trennten sich ihre Wege. Melissa war auf sich allein gestellt. Als sie das Haus von Ferdinand Bouger, *magister* und *physicus* an der berühmten Medizinischen Fakultät, betrat, konnte sie kaum noch atmen vor Anspannung. Aber der Hausdiener musterte sie nur kurz und fragte nach ihrem Namen.
»Melchior Pisan«, presste Melissa mit erstickter Stimme hervor und hoffte, dass sie nicht rot anlief.
»Genau, ist angemeldet und hat schon gezahlt«, murmelte der Hausdiener zufrieden.
Wie seine Kollegen lehrte Ferdinand Bouger in seinem Privat-

haus, das über mehrere größere Räume und einen beschaulichen Innenhof verfügte, wo schattenspendende Palmen und ein mit Mosaiken ausgelegter Brunnen eine orientalische Atmosphäre verbreitete. Unter der Aufsicht einer Amme, die einem etwa zweijährigen Jungen die Brust gab, spielten Kinder mit Murmeln und gedrechselten Hölzchen. Melissa fing ihren bewundernden Blick auf und wurde deswegen sofort unsicher. Um sich abzulenken, konzentrierte sie sich auf das am Brunnenrand weinende Mädchen – und hatte für einen kurzen Moment das Gefühl, schon einmal hier gewesen zu sein.

Mosaiksteine, dachte sie. Warum bilde ich mir ein, dass sie eigentlich mit Mosaiksteinen spielen müsste?

Sie hatte nicht die Zeit, darüber nachzudenken, denn schon betrat sie ein im römischen Stil gebautes Nebengebäude, von dessen Eingangshalle eine flache Treppe in ein kühles Untergeschoss führte. Sie hörte Stimmen, zudem roch es kräftig nach Räucherwerk. »Melchior Pisan, Herr«, stellte der Hausdiener Melissa vor und verbeugte sich andeutungsweise.

Ferdinand Bouger musterte sie mit halb zusammengekniffenen Augen. Sie konnte nicht erkennen, ob aus Belustigung oder gespieltem Misstrauen. Er machte eine knappe, einladende Geste.

»Ah, willkommen, Melchior. Ihr hattet eine gute Reise?«

»Man ist froh, wenn man angekommen ist«, gab Melissa zur Antwort.

»So ist es«, erwiderte er knapp, und nun umspielte deutlich ein feines Lächeln seine Lippen. »Heute muss ein Mann wirklich stark sein.«

»Das bin ich«, gab sie ebenso knapp zurück.

Bouger reckte sein Kinn vor. »Das wird sich zeigen, Student. Sucht nun Euren Platz auf.«

Diese Prüfung hatte sie bestanden. Bouger wandte sich einem anderen Gast zu, und Melissa verzog sich schnell in die dun-

kelste Ecke. Im Dämmerlicht waren die Gesichter der geladenen Studenten, Kollegen und Stadtoberen kaum zu erkennen.
Ein Glöckchen ertönte.
Murmelnd begaben sich alle hinter den schwarzen Vorhang, der den langen Raum teilte. Die Sitzplätze lagen längsseitig, das Kopfende war vom strahlenden Licht etlicher hoher Kerzen erleuchtet. Davor lag auf einer breiten Bahre der mit einem Leinentuch bedeckte Leichnam. Melissa zählte sieben flache Kupferwannen, zudem etliche chirurgische Instrumente.
Sie setzte sich. Vor Aufregung war ihr ganz schwindelig, da erklang noch einmal das Glöckchen. Der Vorhang wurde zurückgeschlagen, und Ferdinand Bouger trat ein. Er trug seinen hermelinbesetzten Umhang, das Zeichen seiner akademischen Würde, hinter ihm ging Fragiardi.
Dessen Miene war so voller Verachtung, wie es nur sein konnte. Doch obwohl Melissa wusste, dass er und Bouger sich nicht ausstehen konnten, spürte sie, dass Fragiardi eitel genug war, für Bouger zu sezieren. Denn niemals wäre es Bouger, dem *physicus*, in den Sinn gekommen, ein Skalpell in die Hand zu nehmen. Diese Zeit lag hinter ihm. Er lehrte und forschte in den Büchern, sein Gebiet war die theoretische, ja, spekulative Wissenschaft der Medizin. Fragiardi dagegen, dem *chirurgus*, oblag das blutige Geschäft der praktischen Arbeit. Bouger betrachtete sie als lediglich fortgeschritteneres Metzgertum und befand sie seiner unwürdig. Fragiardi dagegen behauptete, allein der *chirurgus* habe wirklich Ahnung von den Zusammenhängen des Körpers und verstehe sich darauf, ihn zu heilen.
Gemessen langsam trat Ferdinand Bouger vor seinen mit Elfenbeinintarsien verzierten Stuhl, stellte kurz Fragiardi vor und fuhr daraufhin mit erhobener Stimme fort: »Es ist uns ein seltenes Geschenk zuteilgeworden. Eine Leiche im Jahr steht uns nach päpstlichem Beschluss zur Sektion zur Verfügung

und, wohlan, hier liegt sie. Womit ich alle herzlich begrüße, die wir uns hier versammelt haben, um der Wissenschaft zu dienen.«

Applaus ertönte, woraufhin sich ein Student erhob und Bouger einen schwarzen Zeigestock mit goldenem Knauf reichte. Dieser dankte, besann sich und fuhr fort: »Das Besondere dieses Leichnams ist, dass der Verstorbene selbst wünschte, der Wissenschaft zur Verfügung gestellt zu werden. Als seine Leiche gefunden wurde, lag ihr ein Brief bei, in dem der Verstorbene mit bereits totklammen Fingern geschrieben hatte, von Neidern vergiftet worden zu sein. Sein Name tut nichts zur Sache, sein Gesicht wird verdeckt bleiben. Wir werden seine körperliche Hülle also auch deshalb öffnen, um nach den Spuren dieses Giftanschlags zu suchen.«

Bouger gab Fragiardi das Zeichen, woraufhin dieser das Leinentuch vom Leichnam zog. Melissa schlug die Hände vor den Mund, um nicht laut aufzuschreien, denn die Leiche war die eines dickleibigen Mannes ohne Behaarung. Entsetzt schaute sie um sich, ob auch andere begriffen, wer da vor ihnen lag, aber aller Augen waren auf den *chirurgus* gerichtet. Er hob das Skalpell wie eine Trophäe in die Höhe und setzte es dann auf Thomas de Calambrais' massigen Körper. Fast geräuschlos zog die Klinge ihre Bahn über den Bauch bis hoch zu den Rippen. Blass leuchtendes Rot sickerte unter der klaffenden Haut hervor. Allgemeines Ächzen erklang, doch schon setzte Fragiardi das Skalpell erneut an und führte vier Querschnitte aus, zwei oberhalb des Schambeins, zwei unterhalb der Rippen. Dann drehte er sich um, ergriff ein Ausbeinmesser und schob es unter die Hautlappen.

Melissa kämpfte gegen ihr Entsetzen an, doch zunehmend hatte sie das Gefühl, das, was sie gerade sah, sei frevelhaft. Es kam ihr vor, Amande stünde hinter ihr und riefe ihr zu: Er hat mich gehabt, und auch wenn er mich bis vor kurzem einsperrte, ich habe auch glückliche Stunden mit ihm erlebt. Ich will nicht, dass er aufgeschnitten und begafft wird wie eine Missgeburt auf dem Jahrmarkt.

Sie konnte nicht anders und sprang auf. Für einen Augenblick wandten sich ihr alle Köpfe zu. Bouger räusperte sich: »Ihr wollt uns schon verlassen, Student?«, rief er provozierend laut. »Gefällt Euch der Körper nicht? Dieser … schöne Körper eines Edlen?«

»Es hat andere Gründe«, sagte sie in das Gelächter, und der Schweiß brach ihr aus.

»So? Ich finde, ein junger Mann, zumal ein Student … sollte über größere Tapferkeit verfügen«, fügte Bouger spöttisch hinzu.

»Das ist richtig«, stammelte Melissa und drängte zum Vorhang, wobei ihre Blicke an einem hellen Augenpaar hängen blieben, das sie eindringlich musterte. Als schaute mich Avremar an, schoss es ihr durch den Kopf. Sie riss die Augen auf, lächelte. Noch während Bougers Diener für sie den Vorhang zur Seite schob, sah sie, wie die Augen aufleuchteten.

Er ist es!, jubelte es in ihr, während sie die Stufen hinauf in den Hof eilte. Und er hat nichts gesagt, mir die Maskerade also auch nicht übel genommen.

Doch die Freude währte nur kurz. Siedend heiß durchfuhr sie der Schreck, als sie an die Konsequenzen dachte, die Thomas de Calambrais' Tod für Amande haben musste! Sicher denken alle, sie habe etwas damit zu tun. Aller Verdacht wird auf sie fallen – was der oder die Mörder natürlich beabsichtigt haben. Damit ist sie jetzt auch im Kloster nicht mehr sicher. Man wird ihr vorwerfen, einen Giftmörder gedungen zu haben. Das Gegenteil kann sie nicht beweisen, und sie steht als Schuldige da.

O Gott, sie ist verloren. Wer kann ihr nur helfen?

»François, was weißt du über die beiden Deutschordensritter, die Amande und mich gerettet haben?«

»Nicht viel. Angeblich kommen sie vom Rhein. Soweit ich weiß, besuchen sie Ordensbrüder im hiesigen Spital. Ich hörte, sie wollen sich in der Medizin fortbilden. Einer von ihnen soll sogar Bücher kopieren lassen, die euer Spital beherbergt.«

»Kennst du ihre Familiennamen?«

»Nein, aber sie sind Freunde, sagt man. Adlige Freunde … edle Männer von hohem Stand, hoch wie unerreichbar …« Er grinste. »Mehr weiß ich nicht.«

Verlegen wandte Melissa ihren Blick von ihm ab. François beschloss, auf weitere Witzeleien zu verzichten und stattdessen zu schweigen. Gemeinsam schauten sie zu, wie der äußere Festungswall ausgebessert wurde. Eine Arbeit, die einer riesigen Schar von Tagelöhnern Brot und Suppe bescherte. Trotzdem murrten und verwünschten die Menschen die Stadtoberen und hatten ihre ganz eigene Sicht der Dinge. Sie rächen sich jetzt mit Hungerportionen an uns, hieß es. Sie rächen sich dafür, dass wir die Aufständischen unterstützt haben. Und wenn sie könnten, würden sie uns alle am liebsten gleich ins Feuer werfen.

Melissa indes hatte ihre eigenen Sorgen. Sie fragte sich nämlich, welchen von beiden Rittern Amande eigentlich liebte – Hagen oder Avremar?

»Das kannst du mir nicht antun«, entfuhr es ihr.

»Was?«, fragte François neugierig.

»Nichts«, erwiderte sie schnell und begann an ihrer Unterlippe zu nagen.

Wenn wir Pech haben, haben wir uns in den gleichen Ritter verguckt, dachte sie bestürzt. Aber wenn das so ist, dann ist es besser, wenn wir beide Avremar nie wiedersehen.

»Weißt du eigentlich, dass Deutschordensritter sich der Keuschheit verschrieben haben?« François schreckte sie auf und schaute ihr forschend in die Augen.

»Ich dachte …«
»Was denn?«
»Nichts. Nun glaub mir doch.«

Zwei Tage nach der Sektion richtete Schwester Blanche Melissa aus, Fragiardi wünsche, sie um die Mittagsstunde in der Spitalsbibliothek zu sprechen. Es war der erste Tag der zweiten Jahreshälfte, an dem die Kamine wieder befeuert wurden. Rauch waberte durch den Saal, und die Kranken hörten nicht auf zu schimpfen – so lange, bis Blanche erbost rief: »Erstunken ist noch niemand, aber erfroren sind sie reihenweise.«
Melissa, die den ganzen Morgen Holzscheite geschleppt hatte, wischte sich den Schweiß von der Stirn und sah zu, wie das letzte Fuder Holz an den Wänden aufgeschichtet wurde. Der Spitalsaal wirkte jetzt geradezu anheimelnd, und als dann noch die Lampendochte frisch beschnitten waren und probeweise Licht gemacht wurde, war die Stimmung geradezu festlich.
»Ein Lied?«, rief sie in die Runde.
»Wenn Ihr dazu tanzt …«, tönte es übermütig aus einem Bett.
Melissa und alle, die konnten, lachten. Sie winkte Blanche, gab ihr ein Zeichen, dann sangen sie drauflos:

*»Ein feiner Liebhaber bist du!*
*Ein schlechter Liebhaber bist du!*
*Oh mein Freund, du linderst Schmerz nicht,*
*Oh du Feind, du stachelst meine Gier.*
*Ah, Liebe, Mitleid ist dir einerlei,*
*Nur meinen Tod willst du.*
*Feiner Liebhaber,*
*Schlechter Liebhaber.«*

Bald stimmten alle mit ein: feiner Liebhaber, schlechter Liebhaber. Die einen klangen, als liefen rostige Ketten über ein Rad, anderen brachten nur fistelige Töne heraus und begannen zu husten, wieder andere krächzten, als hätten sie Sand in der Kehle. Für wenige Augenblicke aber waren Schmerzen und Schwächen vergessen. Melissa strahlte, Blanche drehte sich sogar beschwingt um sich selbst.

»Heute lachen, morgen heulen!«, blaffte eine Melissa und Blanche nur allzu bekannte Männerstimme in die Fröhlichkeit. »Kardinal Albano ist im Kloster Saint Geniès des Mourges eingetroffen. Äbtissin Florence gewährt ihm Gastfreundschaft. Falls es jemanden betrifft: Erstens soll er ein sehr mürrisches Gesicht zur Schau tragen, und zweitens soll Herzog Ludwig angeblich in wenigen Tagen hier eintreffen.«

Es wurde sofort still. Die Worte hatten eine Wirkung, als würde ein Schwall Wasser auf einen Kienspan geschüttet. Melissa und Blanche wechselten betretene Blicke. Schließlich winkte Fragiardi Melissa zu sich. Sie schlüpfte schnell hinter den Wandteppich durch die Tür in die Bibliothek. Er schloss sie rasch hinter ihr und kam unverzüglich zur Sache: »Eure Mutter, Melissa, ist zu oft krank. Aber zwei Hände weniger können wir nicht so einfach entbehren. Eure Mutter muss wieder arbeiten, sonst …«

»… werdet Ihr eine andere zur Celleraria bestimmen?«

»So ist es.« Fragiardi verschränkte die Arme und musterte sie. Ein maliziöses Lächeln spielte um seine Lippen. Die Katze ist noch nicht ganz aus dem Sack, dachte Melissa. Da ist noch mehr. So wie ich ihn kenne, wird er gleich etwas vorschlagen. Aber wenn es das ist, dann sage ich nein. Ich werde dich nicht heiraten, Roger Fragiardi, niemals.

Mit betont sanfter Stimme fuhr er fort. »Melissa, Ihr wisst bestimmt, dass mir mehr über Eure Mutter zugetragen wurde, als ihr lieb sein kann, hab ich recht?«

»Seid großmütig, Roger«, erwiderte sie mit fester Stimme. »Es ist vorbei. Bitte glaubt mir. Behandelt dieses Vergehen, wenn es überhaupt eines ist, wie eine Wunde.«
»Wenn es überhaupt eines ist?«, äffte Fragiardi sie nach. »Die Celleraria eines Hospitaliter-Spitals, formal eine Laienschwester, die bei Eintritt geschworen hat, keusch zu leben, hat den Bund der heiligen Ehe besudelt. Sie hat einen *physicus* von der Universität verführt und Unzucht getrieben. Und das in den Mauern dieses Spitals!«
»Das ist nicht wahr!«
»So?«
Fragiardi trat mit raschem Schritt auf sie zu und stieß sie wie ein ungehorsames Kind aus der Bibliothek, weiter durch den großen Spitalsaal. Die Tür zur Seitenkapelle flog krachend auf, dann ging es hinter dem Altar vorbei zur Krypta. Sie ruhte auf den Grundmauern eines alten heidnischen Tempels und lag tief unter der Erde. Man erreichte sie über eine ausgetretene Wendeltreppe. Für Licht sorgten rußende Öllampen, deren Schatten gespenstisch über Wände und Stufen zuckten. Melissa schlug zunächst feuchtkalte Luft entgegen, doch plötzlich wurde sie von einem trockenen Hauch abgelöst. Unten angelangt, roch es sogar nach ranzigem Fett und Seifenlauge.
»Um Himmels willen«, flehte sie. »Was wollt Ihr?«
Statt zu antworten, schob Fragiardi sie auf eine Brettertür zu. Hinter dieser befand sich ein kleines Tonnengewölbe, das von zwei Tranfunzeln erhellt wurde. Melissa schlug der Geruch von faulen Eiern entgegen. Sie zählte mehrere Säcke mit Holzkohle, Schwefel und einem undefinierbaren weißen Gemenge.
»Fledermauskot«, klärte Fragiardi sie auf. »Magister Taissier braucht ihn, um Schießpulver herzustellen. Dies hier wurde beim Aufstand sein Versteck.«
»Deshalb der Bettkasten mit Decken?«
»Der war schon vorher da«, sagte Fragiardi so leise wie lau-

ernd. »Fragt doch Eure Mutter oder Ferdinand Bouger. Wie oft sie wohl heimlich hier ihren Spaß gehabt haben? Ja, nach außen spielt Bouger den überlegenen *physicus*, den gelehrten Arzt, tut so, als wäre er ein zweiter Avicenna, tatsächlich aber schlich er nachts verkleidet hier herunter und wartete auf sein Vergnügen. Ein geiler Hurenbock ist er!«

»Es ist doch vorbei!«, rief Melissa verzweifelt, doch da hatte Fragiardi sie schon um die Taille gepackt und warf sie auf die Bettstatt. »Man sagt doch, was die Mutter kann, könne die Tochter noch besser!«

»Dann seid Ihr auch nicht besser als ein Söldner!«

»Ihr meint, ich könne es nicht so gut? Ja? Das gelte es auszuprobieren. Ihr und Eure Mutter wollt doch bestimmt weiter hier am Spital arbeiten, oder?«

»Erpressung!«

Fragiardi lockerte seinen Gürtel und nestelte an seinem Wams. Melissa begann zu schreien, aber Fragiardi war mitleidlos. Mit einer Hand drückte er sie auf das Bett, mit der anderen stemmte er ihr die Knie auseinander. Hilflos schlug Melissa auf ihn ein, aber schon fühlte sie, wie Fragiardis Hand sich zu ihrem Schoß vorarbeitete.

»Hilfe!«, schrie sie verzweifelt und begann zu weinen. Fragiardi indes hielt inne und zischte: »Ihr solltet Eure Freundin Amande überreden, das Kloster zu verlassen, damit wir sie hier der irdischen Gerechtigkeit zuführen. Schließlich wisst Ihr am besten, dass sie eine Giftmörderin ist! Ist sie nicht deswegen ins Kloster geflüchtet? Denn wer war wohl der Mann, den ich sezierte? Thomas de Calambrais! Und jener Student, der sich da plötzlich erhob … Für wie dumm haltet Ihr mich, Melissa? Ich kenne Eure Stimme und wie Ihr Euch bewegt. Zugegeben: Es fiel mir erst auf, als Ihr aufsprangt.«

Er ließ von ihr ab und weidete sich genüsslich an der Verunsicherung, die sie ergriffen hatte. Aber nein, sagte sie sich, das ist

alles nicht wahr. Amande ist keine Mörderin. Er will mir nur Angst einjagen. Mich erpressen. Entweder ich gehe mit ihm ins Bett und verrate Amande, oder er macht dem Generalkapitel des Ordens Meldung, woraufhin Mama und ich mit Schimpf und Schande davongejagt werden.
»Ihr habt zwei Tage Zeit, Euch zu entscheiden, Melissa«, meinte Fragiardi kalt. »Zwei Tage.«
Er verließ den Raum. Melissa war so durcheinander, dass sie sich erst sammeln musste. Benommen schaute sie auf die Säcke. Als sie sich schließlich erhob, zitterten ihr die Knie. Sie fühlte sich hilflos, und Fragiardis Unterstellung, Amande wäre eine Mörderin, ließ sie in ohnmächtiger Wut die Fäuste ballen. Trotzdem wirkten seine Worte wie Tropfen eines heimtückischen Giftes. Sie konnte nicht anders, als sich zu fragen, warum Amande im Kloster Saint Guilhem de Desert erwartet worden war. Je länger sie darüber nachdachte, umso wütender wurde sie auf ihre Freundin. Sie hätte es mir sagen sollen, dachte sie ein ums andere Mal. Warum nur hat sie Geheimnisse vor mir?

Heta erzählte sie an diesem Tag nichts von der Erpressung. Doch sie kämpfte mit den Tränen, weil sie ständig an Fragiardis Gesicht und seine Stimme denken musste. Sie konnte nicht einschlafen, dämmerte vor sich hin. Avremar … Avremar, du hättest mir geholfen. Wo bist du? Avremar … Immer wieder flüsterte sie seinen Namen vor sich hin, so als könne er allein ihre Ängste bannen. Im Geiste sah sie sein Gesicht vor sich, labte sich an seinem Blick …
Spät in der Nacht ließ sie das Pochen des Türklopfers hochfahren. Sie eilte ans Fenster, schaute auf die Straße. Eine Fackel rußte, in ihrem Schein erkannte sie Blanche. Willst du mich jetzt auch noch mit irgendetwas erpressen?, dachte sie gereizt, doch da hob Blanche den Kopf und winkte. »Schnell, Melissa, du sollst ins Spital kommen. Fragiardi hat mich geschickt.«

»Nein!«
Sofort verkrampfte sie sich. Er will nicht warten, dachte sie. Er will mich. Und zwar jetzt.
»Doch, du musst! Du sollst lesen. Deine Hände sind gefragt. Los, mach schon. Es ist wichtig. Lass uns jetzt bloß nicht im Stich!«

Vor der Spitalkirche wäre sie am liebsten wieder umgekehrt. Soldaten aus Avignon hatten sich vor der Tür postiert. Sie seien, klärte Blanche sie auf, vom Geleitschutz für Kardinal Albano, der nicht weit von der Stadt entfernt sein Lager aufgeschlagen hatte.
»Er will morgen in die Stadt einziehen.«
»Dann wird er ja erst mal beschäftigt sein …«, murmelte Melissa gedankenverloren.
»Wie bitte?«
»Nichts. Sag mal, du kennst doch auch Amande, meine Freundin. Würdest du ihr Böses zutrauen?«
»Ich traue jedem Menschen Böses zu, Melissa.«
Einer der Soldaten trat mit gesenkter Lanze auf sie zu. Er war so misstrauisch, dass er Melissa befahl, sich mit ausgebreiteten Armen hinzustellen, denn er müsse sie nach Waffen abtasten. Melissa hielt den Atem an, als sie die Hände spürte, die ihr zwischen die Beine griffen und entlang ihres Gürtels tasteten. Hätte ich François' Dolch am Gürtel, wäre er jetzt weg, dachte sie. Wie gut, dass ich ihn ihm damals zurückgab.
»Es ist nur zu Eurem Besten«, meinte der Soldat lakonisch. »Hauptmann Coucy hat nämlich so seine Eigenarten.«
Er winkte den anderen, der Weg in die Spitalkirche war frei. Melissa und Blanche huschten durch das von nur zwei Öllichtern beleuchtete Schiff. Da öffnete sich die Tür der Seitenkapelle, und Fragiardi erschien mit einer Lampe.

»Na endlich.« Seine Miene war düster, mehr noch, Melissa spürte, dass er Angst hatte. »Es geht um den Ruf unseres Spitals, Melissa«, sagte er so besorgt wie leutselig und schickte Blanche hinaus. »Wir dürfen keinen Fehler machen.«
Sie folgte ihm in den Raum der Notablen, die Krankenstube für hochstehende Persönlichkeiten. Bereits vor der Tür, die ebenfalls von Soldaten bewacht wurde, hörte sie einen Mann stöhnen. Er lag auf einem Bett und krümmte sich vor Schmerzen, sein Begleiter stand hilflos mit einem Becher Wein in der Hand daneben, zwischen den Füßen einen Eimer, aus dem es nach Erbrochenem und Galle stank.
»Hauptmann Coucy, unsere Schwester ist da. Sie hat lesende Hände …« Fragiardis Ton war unterwürfig wie der eines einfachen Dieners.
Der Hauptmann streckte die Hand nach ihr aus und blinzelte Melissa vorwurfsvoll an.
»Komm her.«
Melissa trat an sein Bett. Hauptmann Coucys Gesicht war grau und schweißbedeckt, unter seinen kleinen Augen hingen große dunkle Tränensäcke. »Ich komme aus der Auvergne. Dort hatten wir eine weise Frau, die die Hand auflegte und Schmerzen nahm. Los, tut jetzt dasselbe.«
»Ich kann …«
»Ich möchte Schwester Melissa nur kurz erzählen, was Euch zugestoßen ist, Hauptmann …«, mischte sich Fragiardi ein. »Ihr erzähltet, Ihr hättet gestern Abend Fleisch vom Spieß gegessen und viel Wasser getrunken …«
»Ist das wichtig?«, fuhr ihn Coucy an. »Ich kotze und hab Schmerzen. Sie soll sie wegmachen.«
»Mit Rüstzeug kann ich das nicht«, sagte Melissa mit belegter Stimme.
»Zum Teufel, dann schickt noch einen Mann rein, damit sie mich ausziehen.«

Fragiardi zog Melissa aus dem Raum und hob beschwichtigend die Hände. Natürlich wisse er, dass sie keine von diesen Hexen sei, die die Hand auflegten, aber er habe einen anderen Plan.

»Wenn Ihr mir sagen könnt, was er hat, dann kann ich ihn operieren. Während Ihr die Hand auflegt, gebe ich ihm den Becher Wein mit Bilsenkraut und Opium. Ihr sagt dann irgendetwas, vielleicht, dass er einen Riss in der Magenwand hat und Eure Kräfte nicht ausreichen, die Blutung zu stillen.«

»Und was bekomme ich dafür?«, zischte Melissa wütend.

»Welche Wahl habt Ihr, haben wir? Wenn dieser Hauptmann stirbt, springen wir alle über die Klinge. Ich verspreche Euch: Wenn wir das hier überstanden haben, dann vergesse ich den Fehltritt Eurer Mutter.«

Bloß wie lange, dachte Melissa. Und was war mit Amande? Jetzt hast du Gelegenheit, begehrte die Stimme in ihr auf. Verlange, dass er auch Amande nicht weiter verdächtigt.

Doch es war zu spät. Die Tür ging auf, und sie mussten wieder eintreten. Fragiardi nahm Coucys Begleiter das Glas mit dem Bilsenkraut- und Opiumwein aus der Hand und bat den Hauptmann, es auszutrinken. »Schwester Melissa spürt so besser, wo es in Eurem Leib stockt, wo die Knoten sind, die Euch Schmerzen bereiten. Sie weiß dann, worauf sie sich konzentrieren muss.«

Zum Glück ging Coucy darauf ein.

Melissa spielte mit. Sie legte die Hände auf, senkte den Kopf und schloss die Augen. Sie begann auf der Brust, glitt dann langsam zum Bauch. Auf der linken Seite zwischen dem unteren Rippenbogen und dem Hüftknochen hielt sie inne. Coucys Atem wurde ruhiger, und er schloss die Augen. Fragiardi hat dosiert, als wolle er ein Pferd einschläfern, dachte sie, und ihre Aufregung legte sich. Wie gut, dass er nicht weiß, dass ihm keine Operation helfen würde.

»Hat es einen Kampf gegeben, seid Ihr dabei gestürzt?«, fragte sie beiläufig.
»Nein«, sagte sein Begleiter. »Aber sein Pferd scheute vor einer Natter. Er flog aus dem Sattel, aber erhob sich sofort wieder und konnte weiterreiten. Erst abends begannen die Schmerzen.«
Melissa nickte. Coucys Leib entspannte sich zusehends. Die Erleichterung, dass die Schmerzen nachließen, war so groß, dass er wohlig zu stöhnen begann. Melissas Gedanken indes überschlugen sich. Ihre Hände lasen, dass sich Coucy bei seinem Sturz vom Pferd schwer verletzt hatte. Sie wusste, dass er tief im Innern blutete. Ein Organ war verletzt, in der Nähe des Magens, dort, wo er in den Darm übergeht. Doch das war nicht alles. Wo sich Leber und Galle befanden, war ebenfalls der Fluss des Lebens gestört und leckte wie ein rostiger Eimer. Er wird sterben, schoss es ihr durch den Kopf. Fragiardi mag ein guter Chirurg sein, aber bislang ist noch jeder gestorben, dem er den Bauch geöffnet hat.
Was mach ich nur?
»Hauptmann Coucy?«
»Was willst du?« Die Stimme war bereits schläfrig. Coucy blinzelte.
»Meine Hände lesen in Eurem Körper wie in einem Buch«, flüsterte sie und beschloss, Coucy eine faustdicke Lüge aufzutischen. Denn ihm war ohnehin nicht mehr zu helfen. Jetzt kam alles darauf an, Zeit zu gewinnen. »Euer Magen wurde gestaucht«, sagte sie und drückte leicht auf eine Stelle links unterhalb des Bauchnabels. »Hier ist die Magenwand angerissen. Ihr dürft nichts essen und müsst still liegen. Mindestens zwei Wochen.«
»Du lügst!«
Coucy bäumte sich auf, winkte seinem Begleiter. Der riss Melissa von der Bettkante hoch und ohrfeigte sie. Daraufhin zog er seinen Dolch und hielt ihn ihr vor die Nase. »Pass auf, Haupt-

mann Coucy ist nicht nur der Befehlshaber von Kardinal Albanos Leibwache, er ist auch sein Freund. Wenn Ihr und Euer *chirurgus* hier versagen, wird es dem Kardinal ein Vergnügen sein, zuzusehen, wie Ihr gehängt werdet.«

Melissas Herz raste, doch sie verspürte keine Angst. Stattdessen kreiste nur ein Gedanke in ihrem Kopf: Wir müssen fliehen. Mama und ich müssen fort von hier.

»Euer Hauptmann könnte morgen von unserem *chirurgus* operiert werden«, stieß sie hervor und suchte Fragiardis Blick. »Er kann den Riss in der Magenwand nähen.«

»Mehr ist es tatsächlich nicht?«, fragte der *chirurgus* erleichtert, doch Melissa spürte seine Blicke, die sie zu durchbohren schienen.

»Meine Hände lügen nicht«, antwortete sie schnell. Sie spürte, wie ihr das Blut zu Kopf schoss, und wandte sich ab. Heilige Mutter, schickte sie ein Stoßgebet gen Himmel, vergib mir diese Sünde. Doch ich kann nicht anders. Meine Angst ist zu groß.

»Gut, ich habe immer zu denen gehört, die zu Euch gestanden und Euch nicht als Hexe bezeichnet haben«, sagte Fragiardi seltsam stimmlos. »Gleich morgen früh werde ich nach unseren beiden Hospitalbadern schicken, damit sie mir zur Hand gehen. Gute Nacht, Schwester Melissa.«

»Gute Nacht, Bruder Fragiardi.«

Melissa huschte aus dem Raum und rannte durch das Spital, als wären Dämonen hinter ihr her. Im großen Saal traf sie Blanche, die einigen Kranken, die aufgewacht waren, aus einer Schnabeltasse zu trinken gab. »Was ist?«, rief sie Melissa nach, doch diese drehte sich erst an der Tür zu ihr um. Sie ließ ihre Blicke kurz über die Betten wandern, dann schaute sie Blanche an und sagte: »Fragiardi muss operieren. Morgen.«

»Ach so, ich dachte schon, es sei Schlimmeres.«

»Nein. Was denn auch?«

Sie hob die Hand, winkte. Nur unter größter Selbstbeherrschung gelang es ihr, nicht laut aufzuschluchzen. Gemocht haben wir uns nie, Blanche, rief sie ihr in Gedanken zu, aber diese Lüge hast auch du nicht verdient. Verzeih mir.
Sie drückte die Tür auf, ihre Gedanken überschlugen sich. Im Rücken spürte sie die misstrauischen Blicke der Wachsoldaten.

Zu Hause empfing sie der süße Duft von gekochten Zwiebeln mit Honig. François saß auf der Bettkante und massierte Hetas Rücken. Besorgt lauschte Melissa auf den rasselnden Atem ihrer Mutter.
»Als schlagen Haselnüsse in ihrer Brust aneinander«, sagte François. »Ich bin von ihrem Hustenanfall aus dem Schlaf gerissen worden.«
»Ich hab mich nur verschluckt«, stieß Heta röchelnd hervor.
»Nichts da, du Kreuzritterin. Du hast dem Sensenmann schöne Augen gemacht, und jetzt hat er sich in dich verliebt.«
»François!«
Melissa schwankte zwischen Entsetzen und Empörung. Doch Heta lachte. Der Rauch des frischen Herdfeuers, das François entfacht hatte, zog von der Küche herüber. Melissa hörte es knacken und knistern. Zwei Nachtfalter taumelten durch den Rauch, stießen gegen Wände und Decken. Ich muss es jetzt sagen, dachte sie, und vor Anspannung entfuhr ihr ein Keuchen. François reichte Heta ein Taschentuch, beide kicherten noch immer. Melissa fühlte sich ausgeschlossen, gleichzeitig überkam sie ein Gefühl großer Einsamkeit. Ich sage Mama zu ihr, und doch ist sie es nicht, dachte sie bekümmert. Wer sind meine Eltern? Wer ist das Mädchen, das Spitalschwester Heta in Alexandria vor dem Feuer gerettet hat? Was ist meine Bestimmung?
Sie gab sich einen Ruck und sagte: »Ich muss sofort fliehen. Auch du musst fliehen, Mama. Wir haben keine andere Wahl.

Und du, François, du musst noch diese Nacht ins Kloster Saint Guilhem de Desert, um Amande zu warnen.«
»Nichts leichter als das«, sagte François amüsiert. »Montpelliers Stadttore sind weit geöffnet, und man wird dort vor uns das Knie beugen. Und nachts ist der Weg nichts als ein Kinderspiel. In den Bäumen hängen schließlich Lampen.«
»Das mit dem Stadttor lass meine Sorge sein.«
Melissa setzte ihnen auseinander, was passiert war, wie Fragiardi sie erpresste und wie sie hatte lügen müssen. Heta drehte sich um, stemmte sich hoch. Sie hustete noch einmal, doch als François ihr wieder den Zwiebelsaft zu trinken geben wollte, schüttelte sie den Kopf. Ihre Blicke wanderten von ihm zu Melissa und wieder zurück. Melissa schlug das Herz bis zum Hals.
»Ich habe dich nicht in Alexandria gerettet, um dich hier am Galgen baumeln zu sehen«, sagte sie fest. »Wir werden über die Berge gehen, Nîmes umwandern, aber dann den Weg Richtung Rhône nehmen. In Arles, zum Beispiel, könnten wir uns einschiffen. Alles Weitere wird Gott entscheiden.«
»Heta, du bist krank und hast ständig irgendwelche Rückenschmerzen«, wandte François ein. »Als ob du die Kraft hättest …«
»Ich bin Heta, die Kreuzfahrerin«, antwortete Heta wie verwandelt. »Vielleicht bin ich nur krank, weil hier alles so öde und unsicher geworden ist. Du aber, François, was ist aus dir geworden? Hast du Angst?«
»Vor was denn?«, gab er beleidigt zurück. »Vor einem nächtlichen Spaziergang nach Saint Guilhem de Desert? Für wen hältst du mich?«

Die Stadt hatte den Atem angehalten, selbst die Mauern schienen zu lauschen. Fenster, die sonst geschlossen waren, standen offen, jeder wollte hören, wenn der Kardinal und sein Gefolge in die

Stadt einzog. Seite an Seite, mit unbewegter Miene, gingen Melissa und François in Richtung Stadttor. François seufzte, als sie an einer der wenigen noch erleuchteten Schenken vorüberkamen. Es roch nach Wein und Knoblauch, ein Duft, der ihnen beiden sofort das Wasser im Mund zusammenlaufen ließ. Ein Hund lief ihnen nach, scheuerte sich an einem Hauseingang.
Beim plötzlichen Fauchen einer Katze zuckte Melissa zusammen, doch da machte François sie auf die eindeutigen Geräusche eines Liebespaares aufmerksam. Er schloss Zeige- und Ringfinger der rechten Hand zu einem Ring und stieß mit dem Zeigefinger der anderen Hand hindurch. Dazu summte er eine Melodie. Melissa kannte den zotigen Text dazu: Rein und raus. Nur zu, du und ich, wir werden schon was von haben.
Sie drückten sich in einen Hauseingang, als das Stiefelscharren von Soldaten ertönte. Zum Glück bogen sie eine Straße vorher ab, doch nur wenig später stolperte François in ein Schlagloch. »Diese dreckige Dunkelheit!«, fluchte er und rieb sich den Knöchel. Vorsichtig trat er ein paar Mal auf, humpelte, dann stieß er zischend die Luft aus. »Ist nichts«, knurrte er. »Werd mir nachher schon nicht die Füße brechen.«
»Also wird auch alles andere gelingen«, entfuhr es Melissa erleichtert.
Sie hatten den Plan gefasst, sich eine halbe Tagesreise von Montpellier entfernt in einer verlassenen Ölmühle in den Bergen zu treffen. Witwe Sigour war eingeweiht worden, sie sollte morgen in aller Frühe mit Heta und einem Maulesel nachkommen. Amandes Mutter hatte sofort ihre Hilfe angeboten, weil sie begriffen hatte, wie sehr das Leben ihrer Tochter in Gefahr war. Am Geld werde ihre Flucht nicht scheitern, sicherte sie ihnen zu. Sie habe genug, um die Stadtwachen bestechen zu können, damit diese die schweren Tragkörbe, in denen sie Melissas und Hetas wichtigstes Hab und Gut verstauen wollte, nicht durchsuchten.

Kühler Wind schlug ihnen entgegen, als sie das Stadttor erreichten. Die Lampenflammen, die den Durchlass neben dem Stadttor erhellten, flackerten. Es roch nach Pech und verbranntem Fleisch, aus der Wachstube drang das dumpfe Donnern von auf Tische schlagenden Fäusten. Ein leerer Krug fiel scheppernd zu Boden.
Melissa atmete tief durch, schloss die Augen. Dann eilte sie die Stufen zur Wachstube hoch und rief ungeduldig: »Bitte lasst uns passieren. Wir kommen von Hauptmann Coucy. Er hat uns aufgetragen, Kardinal Albano in Saint Geniès des Mourges von seinem Gesundheitszustand in Kenntnis zu setzen!«
Einer der Wachsoldaten, ein vierschrötiger Mann mit hässlicher Wangennarbe, erhob sich vom Stuhl und griff zur Laterne. Geblendet bedeckte Melissa ihre Augen, doch der Wachsoldat riss ihr die Hand weg: »Du lügst doch«, herrschte er sie an. »Welche Botschaft sollst du schon für einen Kardinal haben?«
»Dann schickt doch einen Eurer Männer ins Spital«, entgegnete Melissa trotzig. »Hauptmann Coucy wird morgen früh von *chirurgus* Roger Fragiardi operiert. Da Kardinal Albano aber morgen Abend in unsere Stadt einziehen will, kann ihn Coucy nicht selbst begrüßen und ihm die Stadt übergeben.«
Dieses Argument leuchtete allen Soldaten ein. Und da niemand auch noch mit dem Kardinal Scherereien bekommen wollte, durften Melissa und François passieren. Schnell verschluckte sie die Dunkelheit. Nach wenigen Schritten waren Montpelliers Befestigungsanlagen nur noch zu erahnen. Es war still, ab und zu rief ein Kauz in die Dunkelheit.
Melissa fröstelte, es war kalt. Der Wind aber hatte sich gelegt, und nach einer Weile riss die Wolkendecke auf. Melissa legte den Kopf in den Nacken.
In diesem Moment erblickte sie eine Sternschnuppe. Unverzüglich musste sie an Avremar denken. Der brennende Wunsch, mit ihm im Geiste allein sein zu wollen, überwältigte sie so sehr,

dass sie, ohne noch darauf zu achten, was ihr François gerade versprach, sich in aller Hast von ihm verabschiedete und in der Dunkelheit davonlief.

Als sie die Ölmühle erreichte, war es Mittag. Der Himmel hatte sich wieder zugezogen, der Wind war zurückgekehrt. Er drückte gegen die Mauern der verfallenen Mühle, als wolle er sie endgültig zum Einsturz bringen, dann wieder schien er sie zu liebkosen.

Hier wird uns niemand suchen, dachte sie erleichtert. Dieses Fleckchen ist sicher. Die Pest hat es uns geschenkt.

Sie wischte sich den Schweiß aus dem Gesicht und sank erschöpft auf eine Bank. Das an- und abschwellende Pfeifen des Windes lullte sie ein. Gleichmütig schaute sie auf den gegenüberliegenden Hang, auf dem die Ölbäume von der Garrigue bedrängt wurden.

Wie lange sie sich wohl schon behaupteten?, fragte sie sich. Die Blätter sind noch silbrig grün, aber viele Bäume kränkeln bereits. Einige haben schon kahle Äste, und alle tragen sie zu wenig Früchte. Die Pest hat den Landstrich hier entvölkert. Jetzt ist es so einsam, dass man denken könnte, hinter den Bergen ist die Welt zu Ende.

Sie gähnte. Nach einer Weile erhob sie sich und ging zum nahen Bach, um sich Hände, Füße und das Gesicht zu waschen. Erfrischt lief sie zur Ölmühle zurück und stieß die morsche Tür auf. Ihr Blick glitt über Spinnennetze, Mäusedreck und Scherben zerbrochener Amphoren. Auch wenn hier seit drei Jahrzehnten niemand mehr Oliven presste, schien es ihr, als habe das Gestein noch etwas von dem bitterwürzigen Duft der Früchte bewahrt.

Wann sie wohl kommen werden?

Und was wird dann geschehen?

Melissa seufzte. Sie verdrängte die beunruhigenden Gedanken.

Am liebsten hätte sie etwas Sinnvolles getan, um sich abzulenken, doch sie war einfach nicht in der Laune, den Schutt wegzuräumen, der sie umgab. Träge setzte sie sich wieder auf die Bank. Die verblassenden Farben machten sie müde. Sie lehnte sich an die Mauer, schloss die Augen. Plötzlich hatte sie das Gefühl, von jemandem beobachtet zu werden. Sie wusste, dass keine Menschenseele in der Nähe war, doch sie war sich sicher, nicht allein zu sein.
Melissa stand auf, schaute sich um. Ihr Blick fiel auf eine Sonnenblume, über der eine Biene summte. Im selben Moment musste sie überraschend intensiv an Malwida denken, dabei begann ihr Herz heftig zu klopfen.
»Malwida?«, flüsterte sie.
Langsam begriff sie: Die Klausnerin war tot. Malwidas Seele hatte sie hier oben in den Bergen berührt. Doch jetzt war sie schon nicht mehr da. Mit tränenschweren Augen betrachtete Melissa die im Wind hin und her schwankende Blume. Es war wieder still, die Biene fortgeflogen.

Die Nacht war kalt und schien endlos. Als Melissa glaubte, es nicht mehr auszuhalten, ging die Sonne auf. Um etwas zu haben, worauf sie ihren Kopf legen konnte, rupfte sie einen großen Strauß Gras und Kräuter und legte sich in die Sonne. Erst als sie spürte, wie die Strahlen sie zu wärmen begannen, schlief sie ein. Wieder galt ihr letzter Gedanke Avremar. Seltsamerweise bildete sie sich ein, Malwida spräche zu ihr. Doch so angestrengt sie ihr auch zuhörte, sie konnte sie nicht verstehen.

Am späten Nachmittag vernahm sie den rhythmischen Schlag einer Trommel, bald darauf hörte sie Flötenspiel, und plötzlich quäkte ein Dudelsack dazwischen. François winkte und machte ein paar übermütige Sprünge. Melissa winkte zurück. Sie zählte fünf Personen, von denen zwei auf je einem Maulesel ritten.

»Mama! Amande!« Erleichtert lief sie ihnen entgegen. Heta rutschte vom Rücken ihres Esels, breitete die Arme aus. »Ich hab solche Angst um euch gehabt. Sah dich schon im Turmverlies, Amande.«

»Was nicht falsch gedacht war. Aber nun …«

»Du siehst gut aus, hast zugenommen. Ist der Appetit zurückgekommen?«

»Ja, mit der Hoffnung, vielleicht noch einmal lieben zu dürfen, kam der Hunger.« Amande schaute ein wenig entrückt gen Himmel und tat, als wolle sie beten. Melissa gab es sofort einen Stich ins Herz, doch zum Glück fuhr Amande fröhlich fort: »Die Nonnen haben mich deswegen glattweg schief angeguckt. Aber die Priorin entschuldigte meine Esslust mit dem fürchterlichen Erlebnis des Überfalls.«

»Mit der Futterei wird jetzt Schluss sein«, mischte sich Heta ins Gespräch. »Wir haben zwar ein paar Vorräte und auch etwas Geld, um bei den Bauern einzukaufen, aber auf knurrende Bäuche müssen wir uns alle gefasst machen.«

»Bauchknurren gehörte schon immer zur Musik der Fahrenden«, mischte sich Joffe, der Trommler, ein. Er war ein hochgewachsener Mann und trug eine Filzkappe mit Pfauenfeder.

»Das ist wahr«, bestätigte Gilbert, der Dudelsackspieler. »Vor allem, weil die Langen wie Joffe sich mehr reinschlagen können als einer wie ich.« Er lachte auf und klopfte Joffe begütigend auf die Schulter. Im Gegensatz zu ihm war er nämlich klein und gedrungen, dafür aber besaß er die größten Hände, die Melissa je gesehen hatte. Hände groß wie Forken, die stark genug schienen, einen Krautkopf zu zerquetschen.

»Heute aber wird gefeiert«, bestimmte François. »Wir sind alle glücklich entkommen und jetzt beisammen. Zusammen sind wir stark. Und wer mir oder Gilbert in die Quere kommt …«

»… der wird allegemacht«, fuhr Gilbert fort und legte demonstrativ seine Riesenpranken zusammen.
»Wenn du es sagst, wird es stimmen«, meinte Amande.
Daraufhin räumten sie gemeinsam den Schutt in der Ölmühle beiseite, suchten Holz und machten Feuer. Strohmatten wurden ausgerollt und Decken und Felle verteilt. Heta suchte Kräuter und bereitete daraus einen Tee, Melissa kochte einen großen Topf Grütze. Mit einer Kugel Käse, etwas Speck und Brot wurde dies ihre erste gemeinsame Mahlzeit.
Anschließend wurde gewürfelt, um die Reihenfolge für die Wache festzulegen. Melissa war die Erste, nach ihr kam Amande. Ab Mitternacht übernahmen die drei Spielleute. Heta durfte schlafen, sie sollte sich so viel wie möglich schonen.

Angespannt lauschte Melissa auf die Geräusche der Nacht. Die Sorge, ein Suchtrupp des Kardinals könnte ihre Verfolgung aufgenommen haben, war nicht ganz abwegig. Schließlich hatte sie Fragiardi im Stich gelassen, der Hauptmann Coucy jetzt ohne ihre lesenden Hände hatte operieren müssen.
Muss ich ein schlechtes Gewissen haben?, fragte sie sich. Nein, schon seit Monaten hat er mir das Leben im Spital verleidet. Er hat mich erpresst und so getan, als wolle er mich vergewaltigen.
Nur so getan?
Sie spürte, wie der Zorn sie übermannte. Da ließ sie das Knacken von Zweigen zusammenzucken. Ein Vogel flatterte auf. Sie erhob sich. Sollte sie die anderen wecken? Leise schrie sie auf, als sie in ein grüngelb glimmendes Augenpaar schaute. Dann hörte sie das Piepsen und begriff, dass sich ihnen nur eine Katze mit ihrer Beute genähert hatte.
»Keine Angst. Ich habe mich auch erschrocken.«
Melissa fuhr herum. »Amande? Warum schläfst du nicht?«
»Ich kann nicht. Leg du dich hin.«

Stumm schüttelte Melissa den Kopf. Amande setzte sich neben sie auf die Bank. Beide hoben sie den Kopf und schauten in den Sternenhimmel. Der Mond über ihnen war eine scharfe Sichel, die Sterne schienen nah und unwirklich, gerade so, als habe ein Titan ein schier unendlich großes schwarzblaues Tuch voller winziger Löcher vor eine gleißende Schneefläche gezogen.
»Fragiardi meint, du hättest deinen Mann vergiftet und seiest deswegen ins Kloster geflohen«, stieß Melissa nach einer Weile unvermittelt hervor.
»Ah, die Saat des giftigen Gedankens.« Amande wandte sich ihr zu und schaute sie unverwandt an. »Glaubst du ihm?«
»Willst du mich prüfen?«
»Nein, nur das ausräumen, was zwischen uns steht.«
»Gibt es denn noch etwas?«, fuhr Melissa gereizt auf.
»Womit du zugibst, dass du es für möglich hältst, ich hätte Thomas umgebracht, weil ich ihn nicht mehr leiden konnte«, entgegnete Amande verletzt. »Aber ich schwöre dir: Ich habe mit seinem Tod nichts zu tun. Soll ich dir was sagen? Ich glaube, er hat sich selbst vergiftet. Weil er mich geliebt hat. Selbstmörder aber werden bekanntlich ohne Segen der Kirche irgendwo verscharrt. Also, das ganze Theater mit dem Brief und der Sektion war beabsichtigt.«
»Woher weißt du das alles?«
»Himmel, von François!«
»Und wieso hat er mir nichts davon gesagt?«
»Vielleicht weil du ihn nicht gefragt hast.«
»Aber …«
»Melissa, du kennst die Männer nicht. Sie ziehen es vor, zu schweigen, wenn's um Wichtiges geht.«
»Aha, entschuldige.«
»Schon gut.«
Sie schwiegen. Melissa bemühte sich, nicht weiter zu grübeln, doch es gelang ihr nicht. Wie von selbst schlich sich wieder

Avremar in ihre Gedanken. Sie versuchte sich vorzustellen, was er jetzt tat. Ob er schlief? Oder schaute er wie sie vielleicht gerade in die Sterne? Trafen ihre Blicke dort oben am Firmament zusammen? Berührten sich ihre Seelen, während ihre Körper hier unten auf der Erde unter der Trennung litten?
Je länger sie stumm nebeneinander saßen, umso mehr wuchs die Spannung zwischen ihnen an. Und die Vorstellung, Avremar niemals wiedersehen zu können, oder, was noch schlimmer war, er würde sich, vor die Wahl gestellt, für Amande entscheiden, legte sich wie ein erdrückender bleiernder Gurt um ihre Brust.
Ich werde sie fragen, dachte sie. Ich muss sie fragen, sonst werde ich noch wahnsinnig.
Doch kaum hatte sie diesen Gedanken gefasst, schob sie ihn auch schon wieder zur Seite. Sie hatte einfach zu viel Angst. Denn eines war sicher: Liebten sie beide denselben Ritter, würde dies ihre Freundschaft die nächsten Wochen unerträglich belasten. Und das konnten sie sich beide nicht leisten. Schließlich waren sie auf der Flucht. Erst wenn wieder Ruhe in Montpellier eingezogen war und sowohl Kardinal Albano als auch der Herzog die Stadt verlassen hatten, konnten sie zurückkehren. Aber auch das setzte voraus, dass Fragiardi ihnen beiden nicht mehr gefährlich werden konnte.
Sie schreckte zusammen, als Amande ihren Kopf gegen ihre Schulter lehnte.
»Melissa?«
»Ja?« Ihr Herz klopfte, als würde es zerspringen. Jetzt, jetzt, würde sie ihr die Wahrheit sagen. O Gott, Herr im Himmel, steh mir bei!
»Das andere … ich werde dir nicht sagen, wer es ist. Und du wirst es mir nicht sagen. Wir werden unser Schicksal in Gottes Hand legen. Er wird für uns entscheiden.«
»Ja, Amande, ja!« Erleichtert atmete sie auf, drückte Amandes Hand. Nur eine Freundin wie sie hatte ihre Gedanken lesen

oder zumindest das Gleiche empfunden haben können wie sie. Sie umarmten einander, weinten ein wenig. Und schließlich kehrte Melissa, unendlich erschöpft, zur Mühle zurück. Alles war gut. Alles würde gut werden. Sie suchte ihre Matte auf, zog sich die Decke über den Kopf und schlief fast augenblicklich ein.

Ein Stern nach dem anderen erlosch. Bald begann der Horizont zu glimmen, schließlich färbte er sich glutrot. François, der die letzte Wache hatte, gähnte, rieb sich die Augen. Ruckartig erhob er sich von der Bank und stieß einen leisen Fluch aus. Er war eingeschlafen, etwas, was ihm noch nie passiert war, seit er mit Joffe und Gilbert durch die Lande zog.
Kopfschüttelnd legte er Holz nach und fachte das Feuer wieder an. Als die Flammen stark genug waren, schlich er an Gilberts Lager und griff sich dessen Dudelsack. Spaß muss sein, dachte er, sonst können wir uns gleich alle aufhängen.
Schliefen auch alle noch wirklich fest? Blinzelte niemand?
François holte Luft, und dann war es mit der Ruhe vorbei. Gilbert und Joffe schreckten prustend hoch, Heta und Amande schrien verängstigt auf, nur Melissa blieb ruhig liegen und blinzelte träge ins Dämmerlicht der Ölmühle.
»Raus aus den Furzmulden!«, rief François. »Kardinal Albano ist in der Stadt. Coucy hat gerade seinen letzten Seufzer getan, und der Trupp, der unsere drei holden Damen suchen soll, streitet sich gerade, wer die Schönste vernaschen darf.«
»Was redest du da für einen Unsinn!«, schimpfte Heta.
»Und woher weißt du das alles?«, fragte Amande einfältig und gähnte.
»Ich habe genug Geist, es mir vorzustellen.«
»Wo er recht hat, hat er recht. Auch wenn er ein Lump ist, dem ich viel zu gern die Nase in den Arsch prügeln könnte«, brummte Gilbert. »Wir müssen sehen, dass wir Land gewinnen.«

Sie setzten sich ums Feuer. Zum Frühstück gab es Tee und trockenes Brot, und während Joffe und Gilbert die Maulesel beluden, verwischte François mit Melissa und Amande sorgfältig alle Spuren.

# *Buch II*

## *In der Provence, Spätherbst 1379*

Sie zogen über verlassene Pfade und Wege, waren dankbar für jedes Stückchen Wald, das sie verbarg. Doch das einst von der Pest heimgesuchte Hinterland zwischen Montpellier und Nîmes war ihnen gewogen, sie blieben unbehelligt.

Entdeckte Melissa ein seltenes Heilkraut, pflückte sie es. Schon bald baumelte ein Leinensäckchen voll duftender Kräuter über ihrer Schulter. Heta neckte sie dieses Eifers wegen, aber Melissa blieb stur. Die Kräuter seien ein Schatz, erklärte sie. Wer wirklich Interesse habe, Krankheiten zu bekämpfen, dürfe nie vergessen, sich Vorräte anzulegen.

Die Sonne stand hoch über der Garrigue, als sie der Weg durch einen alten Olivenhain führte. Die knorrigen Bäume wirkten wie verzaubert, und das wispernde Geflirre ihrer Blätter schien allen, als befänden sich die Bäume in einem unablässigen Gespräch. Niemanden ließ die friedvolle Ruhe im lichten Schatten der Olivenbäume unberührt, und als sie einen Bach plätschern hörten, beschlossen sie, eine Rast einzulegen. Eingehüllt in die Düfte von wildem Majoran und Minze, verspann sich Melissa in die Bilder der letzten Tage.

Warum ist alles so, wie es ist?, fragte sie sich und sah zu, wie Gilbert seine Fußlappen wusch und sie zum Trocknen in die Sonne legte. Gedankenverloren löffelte sie die Graupensuppe, die Heta gekocht hatte, und schielte ein paar Mal zu Amande, die sich das Haar bürstete.

Ich bin hübscher, dachte sie zufrieden. Aber sie ist frecher. Und

schneller mit dem Mund. Und wenn es um das geht, was alle Männer am meisten mögen, muss ich völlig passen.
Als habe sie Melissas Gedanken gelesen, hob Amande den Kopf und schaute sie geradewegs an. Melissa hielt ihrem forschenden Blick stand, rang sich schließlich ein Lächeln ab.
»Ach, Melissa!«, rief Amande. »Was sind wir dumm!« Sie lachte und warf eine vertrocknete Olive auf ihre Freundin. Melissa suchte sich auch eine und warf sie zurück. Eine Weile ging das so hin und her, da wurde Amande plötzlich wieder ernst. Sie erhob sich und kauerte sich neben Melissa: »Hat es François dir eigentlich schon gesagt?«
»Was?«
»Die Klausnerin …«
»Sie ist tot. Ich weiß.«
»Wie das?«
»Das kann ich dir nicht erklären. Aber ich habe es gefühlt.«
Amande nickte. »Sie saß aufrecht auf der Bank vor ihrer Höhle, ihr Kopf lehnte gegen den Fels. Ihre Augen waren offen. Wir dachten, sie wäre bereits tot, aber als wir uns ihr näherten, flüsterte sie: Sie soll ihn nie ablegen, er wird sie zu ihrer Bestimmung führen. Mehr war nicht mehr aus ihr herauszubekommen. Wir konnten beide nichts mit den Worten anfangen. François meinte, sie könnte an dich gedacht haben …«
Melissa nickte. »Das könnte gut sein …«
»Ja, aber was solltest du denn ablegen können?« Amande musterte sie. »Ob Malwida deinen alten Gürtel gemeint hat? Du trägst ihn, seit wir dich kennen.«
»Heta ist davon überzeugt, dass er mich damals in Alexandria vor den Flammen gerettet hat. Er ist ein Geschenk meiner Eltern und so etwas wie mein Talisman. Aber vielleicht delirierte sie auch nur. Du weißt ja, in der Sterbestunde fleucht so manches mysteriöse Wort über die Lippen der Menschen. Aber erzähl mir lieber, ob ihr bei Malwida wart, bis sie starb?«

»Nein, das übernahm ein Novize aus Aniane. Er schickte uns fort. Ich weiß aber, dass wir ganz schön erschraken, als er plötzlich auftauchte.«
Melissa schwieg. Sie schaute zu Heta, die sich im Schatten eines Olivenbaums ausgestreckt hatte und vor sich hin döste. Hast du mir auch wirklich alles erzählt, fragte sie Heta im Geiste. Wer bin ich?
Die Antwort war ein Trommelwirbel. Joffe mahnte zum Aufbruch: »Die Tage werden kurz. Die Trauben sind gelesen. Hoffentlich erhalten wir bald ein Zeichen – damit wir wissen, wie es weitergeht.«

Erst als die Schatten lang geworden waren und die Sonne alle Kraft verloren hatte, trafen sie auf ein Gehöft. Es lag an einer Wegkreuzung inmitten abgeernteter Weinstöcke, zwischen denen zwei Ziegen herumstreunten. Sonst aber war niemand zu sehen. Kein Hund bellte, kein Geflügel gackerte. Jeder empfand die Stille als bedrohlich.
Mit gemischten Gefühlen traten sie näher. Schließlich hörten sie Tauben gurren.
»Der Boden zeigt frische Hufspuren«, stellte François fest. »Und da vorn … die behauene Säule? Das ist ein römischer Meilenstein. Irgendein Witzbold muss ihn hierhergeschafft haben. Meilensteine markieren die Via Domitia, die alte Römerstraße. Diese aber liegt viel weiter südlich.«
»Was bedeutet das jetzt für uns?«, fragte Amande.
»Dass wir wieder Land unter die Füße bekommen, in dem die Pest weniger Opfer fand«, antwortete François. »Wenn wir uns rechts halten, kommen wir auf jeden Fall ans Meer, wenn wir links gehen, in die Berge, wahrscheinlich nach Alés. Die Reiter kamen den Hufspuren nach aus dem Norden. Ich schätze mal, es waren irgendwelche gelangweilten Ritter aus der Auvergne, die auf die Via Domitia wollen …«

»… nach Montpellier reiten, um sich dort unserem lieben Herzog von Anjou anzuschließen«, führte Joffe den Gedanken zu Ende. »Da sie schon vor uns hier vorbeigekommen sind und wir eh nach Arles wollen, können wir ihnen also getrost folgen. Eine andere Wahl haben wir sowieso nicht. Denn unser Weg endet hier.«

»Für heute bestimmt«, fügte Heta hinzu. »Die Sonne ist untergegangen. Wir könnten hier übernachten.«

Der Vorschlag fand allgemein Zustimmung. Doch als sie ins Haus traten, prallten sie erschrocken zurück. Es war vollkommen verwüstet, Töpfergut und Stühle zerschlagen, sämtliche Truhen geplündert. Am Zahn über der Herdstelle hing statt eines Kessels eine tote Katze, und natürlich fand sich im Rauchfang keine einzige Wurst mehr.

»Sogar das Spielzeug der Kinder haben sie zerschlagen«, stellte Gilbert fest. »Und in den beiden Schlafzimmern sieht es aus, als hätte ein Wahnsinniger mit Stroh um sich geworfen. Die müssen eine mörderische Wut gehabt haben. Die Leute, die hier wohnten, können froh sein, dass sie das Haus nicht angesteckt haben.«

»Das waren bestimmt keine Ritter«, bemerkte Melissa. »So führen sich nur barbarische Söldner auf.«

Amande nickte – und hatte einen ängstlichen Ausdruck in den Augen.

»Sie sind weg«, beruhigte sie Joffe. »Auf die Nacht hin haben wir nichts zu befürchten.«

Sie schauten sich im Garten um, pflückten ein paar Äpfel. Joffe, der mit Pfeil und Bogen umgehen konnte, machte Melissa auf zwei Krähen aufmerksam. Sie schienen sich ganz in der Nähe um irgendetwas Essbares zu streiten. Ihr Krächzen klang mal belustigt, mal wütend. Immer wieder stießen sie vom Himmel herab, jagten sich, kehrten dann aber wieder an dieselbe Stelle zurück.

Joffe schlich näher, legte den Finger auf den Mund. Nach einer Weile spannte er einen Pfeil in die Sehne, hob den Bogen und zielte. Der Schuss traf sein Ziel. Melissa lief los, blieb plötzlich abrupt stehen und begann zu schreien.
»Was ist?« Joffe folgte ihr mit ausholenden Schritten.
»Sieh nur!«
»O mein Gott.«
Vor ihnen lag ein armloser toter Junge. Er war nackt, vielleicht gerade mal vier Jahre alt. Seine Füße waren verkrüppelt, sein Körper von den Krähen bereits übel zugerichtet. »Sie haben ihm eins mit dem Knüppel übergezogen«, sagte Joffe betroffen. »Bestimmt hat er hier gewohnt. Aber die Familie hat ihn einfach zurückgelassen. Und so einer wie er kann natürlich nicht schnell fliehen. Es kommt schon mal vor, dass Gott nicht in der Laune ist, seinen Geschöpfen gesunde Arme oder Beine zu schenken.«
Nach langem Suchen fanden sie eine Holzschaufel. Als sie den Jungen begraben hatten, war es dunkel.
Natürlich wollte niemand die Krähe essen, obwohl Joffe nicht müde wurde, ihnen zu versichern, wie gut sie geschmeckt hätte. Bedrückt rollten sie ihre Matten aus und legten sich schlafen. Melissa und Amande lagen Rücken an Rücken, doch bald drehte sich Amande auf den Bauch, schlang ihren Arm um Melissa und schlief ein.
Melissa betrachtete die dunklen Härchen auf Amandes Unterarm, die sich sanft bewegten, wenn sie ausatmete. Sie genoss Amandes Nähe, die Wärme, die sie einander spendeten. Und doch konnte sie nicht einschlafen.
Und wenn Avremar nun doch sie, Amande, liebte?
Oder bildeten sie beide sich alles nur ein?
Wir haben nur Lächeln und Blicke, dachte Melissa. Dazu ein paar dürre, eher belanglose Worte. Aber wir müssen diesen Rittern ein Leben lang verbunden sein. Denn ohne sie wären wir geschändet worden, womöglich gar tot.

Und wenn wir sie nun nie wiedersehen würden? Wäre das nicht letztlich besser für uns?
Amande drehte sich um, schmatzte im Schlaf.
Melissa erhob sich. Sie war mit der Wache an der Reihe.

Am nächsten Morgen hatte der Herbst sie erreicht. Es regnete und war kalt. Wolken hingen über der Garrigue und nahmen alle Sicht.
»Dann ruhen wir uns eben aus«, schlug Heta erleichtert vor. »Hier haben wir ein Dach über dem Kopf. Es wird schon wieder besser werden.«
Melissa musterte sie, doch Heta wich ihrem forschenden Blick aus. Lächelnd streckte sie sich wieder auf ihrer Matte aus und wickelte sich in ihr Fell. Melissa entging nicht, wie gequält dieses Lächeln war. Seit geraumer Zeit hast du Fieber, Heta, du tust, als sei es vorbei und du wärest so kräftig wie wir alle. Aber ich glaube dir nicht. Ich bin mir sicher, dass du etwas vor mir, vor uns, verbirgst. Ich vermute sogar, dass du ernsthaft krank bist.
In bedrückter Stimmung trat sie vors Haus und betrachtete den Regen. Er fiel in grauen Schnüren, webte einen undurchdringlichen Teppich. François gesellte sich zu ihr, reichte ihr ein Stück Brot und bot ihr von dem heißen Kräutertee an, den Amande und Gilbert gekocht hatten. Beiläufig stellte er fest: »Sie hat Fieber und isst zu wenig. Auch wenn sie zäh ist, so sollte sie wenigstens trinken. Aber sogar das tut sie nur selten.«
Melissa nahm seinen Arm. »Sprich nicht so, François, du machst mir Angst.«
Liebevoll zog er sie an sich, drückte ihren Kopf gegen seine Brust. Melissa seufzte, schloss die Augen und lauschte auf den Regen. François drückte sie immer fester, begann schließlich, sie sacht hin und her zu wiegen. Er steckte seine Nase in ihr

Haar und murmelte: »Ich wollte, du wärst in meinem Herzen. Oder besser gesagt, ich hätte liebend gern einmal ein Mädchen kennengelernt, das so gewesen wäre wie du. Jetzt bin ich ein in die Jahre gekommener Spielmann geworden.«

»Amandes Mann war viel älter als du.«

»Soll das heißen, ich darf mir Hoffnung machen?«, fragte er neckend.

Melissa löste sich aus seiner Umarmung und schaute ihn lächelnd an. François drehte sich einmal um sich selbst und verbeugte sich formvollendet. Sie lachten und schraken kurz darauf zusammen, als sie Heta in der Hütte hinter ihnen heftig husten hörten. Es klang, als hätte sie sich verschluckt, sie bekam kaum noch Luft. Ohne zu zögern, eilten sie zu ihr und halfen ihr, sich aufrecht hinzusetzen. Melissa klopfte ihr sanft auf den Rücken.

Heta schüttelte den Kopf: »Es ist etwas anderes.«

»Das glaube ich auch«, meinte François leise. »Ich nenne es Schwindsucht.«

»Wenn du wählen könntest, François«, fragte Heta mit einem listigen Ausdruck in den Augen, »wärst du lieber reich oder schwindsüchtig?«

François tat, als überlege er angestrengt. Schließlich gab er auf und antwortete: »Damit du auf deine Kosten kommst, Heta, Kreuzfahrerin, ich wäre lieber reich.«

»Schön falsch«, trumpfte Heta auf. »Wer reicht ist, stirbt auf jeden Fall, aber wer schwindsüchtig ist, überlebt oft wider Erwarten.«

Sie lachten. Melissa setzte sich zu Heta auf den Boden. »Kannst du mir nicht auch ein Rätsel lösen? Von Malwida wissen wir, dass sie in ihrer Sterbestunde sagte: Sie soll ihn nie ablegen, er wird sie zu ihrer Bestimmung führen. Was, glaubst du, könnte sie damit gemeint haben? Hat es etwas mit diesem Gürtel zu tun? Gibt es da ein Geheimnis?«

Heta schüttelte den Kopf.
»Wir haben nie viel miteinander gesprochen, Kind. Du weißt selbst, wie zurückgezogen Malwida lebte und wie wenig sie sprach. Ich erinnere mich aber an den Tag, als ich dich das erste Mal zu ihr mitnahm. Ich brauchte Honig und wollte Kerzen kaufen. Sie lächelte nur, als sie dich sah. Später wunderte ich mich darüber, warum sie nicht danach fragte, weshalb ich ein fremdes Kind aus Alexandria mitgebracht hatte und nicht meine Freundin Lia. Aber erst einmal spielte sie mit dir Verstecken. Ich hatte den Eindruck, es gefiel ihr, und ich habe sie nie wieder so glücklich gesehen wie damals. Wir blieben sogar über Nacht bei ihr. Wie bei kleinen Kindern üblich, wachtest du vor uns auf und hocktest mit einem Wolfswelpen unter der Steineiche vor der Höhle. Du hattest ihm deinen Gürtel um den Hals gelegt. Erinnerst du dich noch?«
Plötzlich fiel es Melissa wieder ein.
»Ja, die Wölfin stand heulend in der Nähe. Ich habe es nicht vergessen. Aber sie wagte nicht, anzugreifen, um ihr Junges zurückzuholen. Ich musste es leider bei Malwida zurücklassen, weil sie es mir nicht erlaubte, es mitzunehmen.«
»Ja, so war es. Das Tier blieb bei Malwida, wurde halbzahm. Ein Einzelgänger, der Malwida immer wieder besuchte. Mir erschien es wie ein Wunder, Malwida aber meinte, du hättest mit deinem Gürtel das Böse in dem Wolf besiegt. Mehr weiß ich wirklich nicht.« Sie tastete nach Melissas Hand, drückte sie. »Dieses Rätsel wirst du selbst lösen müssen.«
Gilbert und Joffe kamen zurück, durchnässt, aber glücklich. Sie hatten je einen Frischling auf den Schultern, und damit stand ihnen allen ein Festmahl bevor.
Endlich machten die Spielleute auch wieder Musik. Das Minnelied »Ich kann nicht … Liebe hält mich fest« erklang, dann das Lied des Troubadours Marcabru, »Friede sei im Namen des Herrn« und schließlich sogar das Lied der Lieder,

wie Heta meinte, das »Palästinalied« von Walther von der Vogelweide.

Melissa aber konnte auch mit vollem Bauch nicht einschlafen. Angestrengt überlegte sie, wer ihr den Gürtel umgelegt hatte. Doch sosehr sie ihr Gedächtnis auch befragte, alles, woran sie sich erinnerte, waren unbeschwerte Kinderjahre im Dunstkreis Hetas. Erschöpft überließ sie sich schließlich den Geräuschen des Regens. Sie stellte sich vor, wie er Strohlage für Strohlage durchdrang, Pfützen schuf, Rinnsale beschleunigte, Trichter in die weiche Erde bohrte, sie wegschwemmte, fortriss. Irgendwann bildete sie sich ein, Wellen schlügen gegen die Außenwände.

Und obwohl sie wusste, dass sie eingeschlafen war, hatte sie auf einmal Angst vor dem blau schimmernden Meer, das für sie das Sinnbild größter Einsamkeit und Weite war.

Goldenes Licht lag am nächsten Tag auf der Garrigue, und in den Tälern hingen Wölkchen, zart wie durchsichtige Schleier. Es knisterte geheimnisvoll, im Gegenlicht sahen Wassertropfen aus wie flüssiges Gold. Obwohl allen die Feuchtigkeit in den Knochen saß, war die Laune gut, selbst Heta hatte sich über Nacht erholt.

Allein die Maulesel scheuten davor, sich wieder beladen zu lassen. Doch als Gilbert und Joffe ihnen ein paar Mal die Gerte übergezogen hatten, hielten sie mit zitternden Flanken still. Langsam ging es weiter. Der Weg führte bergab und war rutschig, an einigen Stellen schlammig. Bald kamen alle ins Schwitzen, denn die Sonne brannte von einem wie frisch gewaschenen Himmel herab.

Am späten Vormittag kam die Gardon in Sicht. Auf der anderen Seite des Flusses lag ein Dorf.

»Wir werden einmal fragen, ob sie Nachrichten aus Montpellier haben«, schlug Heta vor. »Ich würde nur zu gern wissen, was Kardinal Albano so alles an Schrecknissen verkündet hat.«

»Mach dir keine Hoffnung«, entgegnete François. »Du kannst noch lange nicht zurückkehren.«

»Hab ich das gesagt?«, erwiderte sie gereizt.

»Nein, aber ein wenig klingst du so.«

François wechselte mit Melissa lächelnd einen Blick. Sie verstand, nickte ihm zu. Wenn sie so klingt, geht es ihr gut, dachte sie hoffnungsfroh. Vielleicht wird ja doch noch alles gut.

Plötzlich hörten sie Hilfeschreie und das Blöken von Schafen, gefolgt von dumpfem Poltern und Hundegebell. Joffe und Heta trieben die Maulesel an, Melissa, Amande und Gilbert rannten los. Binnen weniger Augenblicke hatten sie das Ufer der Gardon erreicht, wo soeben die Brücke zusammengebrochen war. Der Regen hatte den Fluss anschwellen lassen und zwei Brückenpfeiler weggerissen. Etliche Schafe waren ins Wasser gefallen und kämpften jetzt um ihr Leben. Eines der Tiere konnte sich gerade noch aus eigener Kraft ans Ufer retten, ein anderes aber ertrank jämmerlich vor ihren Augen. Obwohl der Fluss nur mäßig angeschwollen war und nicht schnell floss, war er für Schafe zu tief.

Gilbert zögerte nicht lange, rannte ein Stück weit am Ufer entlang und stürzte sich ins Wasser.

Er konnte ein Schaf retten, Amande ein anderes.

Doch weitaus dramatischer als die im Wasser treibenden Tiere war der Anblick eines Jungen, der apathisch auf einem weißen Karstfelsen am Ufer hockte. Er presste seine Hand gegen seinen Hals, wo Blut zwischen seinen Fingern herablief. Melissa eilte auf ihn zu, fragte, was passiert sei. Der Junge machte den Mund auf, brachte aber keinen Ton zustande. Er zeigte auf einen Eimer mit Fischen und seine Angel.

Melissa erschauerte. Der Junge war kalkweiß, jeder Schlag seines Herzens pumpte frisches Blut aus ihm heraus.

»Er muss genäht werden!«, rief Heta aufgebracht. Entsetzt sah der Junge zu ihr auf.

»Aber wie?«

»Mit einer Gräte!«

Melissa nickte und wusch sich die Hände. Heta schlug einen Fisch auf den Felsen ab und riss ihm mit bloßen Händen den Bauch auf.

Neugierig kam der Schäfer näher und erzählte, Jean habe auf der Brücke gesessen und gerade einen Wurm aufgespießt. »Da brachen plötzlich die Pfeiler weg. Er fiel so unglücklich, dass ihm der Angelhaken in den Hals fuhr.«

»Schon gut. Geht mir jetzt aus dem Licht«, befahl Heta streng und schnitt eine passende Gräte aus dem Fisch. Nachdem sie sie am dicken Ende mit der Messerspitze gespalten hatte, riss sie den Saum ihres Unterkleides auf, zog einen Faden heraus und reichte ihn Melissa samt Gräte: »Du musst es machen. Deine Augen sind besser.«

»Das kann ich nicht.«

»Doch, sonst stirbt er in der nächsten halben Stunde.«

Der Junge zitterte, begann mit den Augen zu rollen. Er war so apathisch, dass er nicht einmal zuckte, als Heta ihm die Hand vom Hals zog und Melissa die Haut über dem eingedrungenen Haken aufschnitt. So behutsam wie möglich zog sie diesen heraus, wobei sie gleichzeitig mit dem Zeigefinger die verletzte Schlagader abdrückte.

Dann ließ sie los und stach zu. Die Gräte drang durch die Aderwand, zog den Faden mit. Mit jedem Stich wurde der Blutstrom weniger, schließlich versiegte er. Der Junge seufzte, fiel zur Seite.

Heta befahl, ihn auszuziehen und in Decken zu wickeln. Dann wies sie Gilbert und Joffe an, ins Dorf zu laufen und eine Trage zu holen.

Noch bis spät in die Nacht feierten die Menschen die Rettung von Jean, dem einzigen Sohn des Fischers. Damit die Wunde sich nicht entzündete, hatte Melissa ihm eine Kompresse aufgelegt, die mit dem frischen Saft von Spitzwegerich, Salbei und Alaunlösung getränkt war.

Bereits am Morgen war Jean wieder ansprechbar.
»Mein Name kommt aus dem Griechischen und heißt Biene«, erklärte Melissa den dankbaren Eltern lachend, »darum weiß ich, wie mit spitzen Gegenständen umzugehen ist.«
»Wir stehen auf jeden Fall tief in Eurer Schuld«, antwortete Jeans Mutter. »Leider sind wir arm. Wir können uns nur mit dem erkenntlich zeigen, was wir an einem geheimen Versteck vergraben haben.«
»Kein Schatz der Welt macht so zufrieden wie wahrer Dank«, entgegnete Melissa. »In Euren Augen steht er geschrieben. Das reicht uns. Vielleicht ist diese Rettung das Zeichen, auf das ich gewartet habe. In der Zukunft anderen helfen zu dürfen – gibt es Schöneres?«
Mit diesen Worten trat sie vor das Haus von Jeans Eltern und wandte sich einer Frau zu, die sie bat, ihr einen Splitter aus dem Fußballen zu schneiden. Sie war nicht die Einzige, die sie um Hilfe bat, auch andere Kranke ließen Melissa in ihr Haus holen. Zum Glück habe ich genug Kräuter gesammelt, beruhigte sie sich, so kann ich jedem wenigstens etwas geben. Oft hilft schon allein das Vertrauen in den, der heilt. Gott und die Natur besorgen dann die andere Hälfte der Heilung.
Am Abend ließen die Rufe eines herangaloppierenden fremden Reiters das Dorf aufhorchen. Er komme geradewegs aus Montpellier, rief er und sprang von seinem schweißüberströmten Pferd. Heta eilte als eine der Ersten auf ihn zu.
»Habt Ihr Neuigkeiten?«, fragte sie atemlos.

»Und ob«, gab er prahlerisch zurück. »Aber wie viel zahlt Ihr mir dafür?«
Heta stemmte die Arme in die Seite und herrschte den Kundschafter an: »Du Halunke! Wir sind Bürger der Stadt! Soll ich etwa für Nachrichten aus meiner Heimat noch Geld loswerden?«
Der Kundschafter zuckte nur mit den Schultern und schaute erwartungsvoll in die Runde. Jeans Mutter klärte Melissa auf, dass der Kundschafter Marc heiße und ein entlaufener Novize sei. »Er reitet ständig zwischen Montpellier, Nîmes und Avignon hin und her und verkauft den neuesten Klatsch. Weil er schreiben kann, hat er es leicht, alles zu behalten. In seiner Satteltasche steckt ein Büchlein aus Pergament. Wenn es voll ist, schabt er es wieder blank.«
Melissa drängte sich vor und hielt Marc eine Münze hin: »Reicht das, um Euch die Zunge zu lösen?«
Marc biss in das Geldstück und nickte: »Für den Anfang schon. Hört also: Kaum dass die Wachen in Montpellier die Stadttore öffneten, stürmte die Reiterei des Kardinals durch die Straßen. Sie hieben wild um sich, und wer sich nicht rechtzeitig ins Haus retten konnte, kam unter die Hufe oder wurde einen Kopf kürzer gemacht. Drei Kinder kamen dabei um. Freiwillig haben sich einige Aufständische abführen lassen. Sie warfen sich dem Kardinal zu Füßen, der auf einer Plattform auf dem Marktplatz in einem goldenen Sessel thronte. Der Kardinal segnete sie und sicherte zu, ihre Frauen und Kinder hätten den Zorn des Herzogs nicht mehr zu fürchten. Immer mehr Menschen warfen sich ihm daraufhin zu Füßen, und seine Schreiber, die all die Namen notierten, begannen schon zu murren.«
»Und das Hospitaliter-Spital?«, fragte Melissa dazwischen.
»Das ist eine andere Geschichte.«
»Dann wisst Ihr etwas?«, fragte jetzt auch Heta aufgeregt.

»Ein Troubadour würde davon singen … und damit bei Hofe sein Glück machen …«
»Ihr lügt doch!«
»Glaubt Ihr mir, wenn ich den Namen Fragiardi ins Geschäft bringe?«, fragte Marc listig und hielt herausfordernd die Hand auf.
»Bursche, ich zerdrück dir den Schädel!«, fluchte Gilbert. »Spuck's aus!«
»Foltert mich, dann würde ich zwar reden … aber wäre es auch die Wahrheit? Wenn Ihr so interessiert seid, warum seid Ihr dann so geizig? Warum, in Allerweltsnamen, soll einer das, was er weiß, immer umsonst geben?«
Heta griff in ihre Schürze, zog eine weitere Münze hervor und drückte sie Marc in die Hand. »Wir können beurteilen, ob es wahr ist, was Ihr uns erzählt. Wehe also …«
»Alles schön der Reihe nach«, meinte Marc gedehnt, trat an sein Pferd und zog das kleine Buch heraus. Er blätterte darin und nickte ein paar Mal bedeutsam. Dann verstaute er es wieder in seiner Satteltasche. »Wenn ich Euch allen sage: Gestern kam der Herzog von Anjou in die Stadt – glaubt Ihr mir?«
»Haben wir denn eine andere Wahl?«, schrie Gilbert wütend.
»Gut. Dann stellt Euch die Prozession vor, die der Kardinal befahl: Alle Bürger über vierzehn Jahre führte er durch die Stadt aus dem Stadttor hinaus. Dort stellten sie sich zu beiden Seiten des Weges auf, sanken auf die Knie und riefen Gnade, als der Herzog und seine Truppen an ihnen vorbeiritten. Demutsvoll wurden die Schlüssel der Stadt und der Klöppel der großen Glocke übergeben, heulend Waffen abgeliefert.«
»Und die Strafen?«, rief Gilbert aufgebracht.
»Strafen?«, wiederholte Marc pathetisch. »Dieses Wort ist zu gering. Stellt Euch das Heulen und Zähneklappern einer Schar von Sündern vor, denen das Rad blüht … es ist nichts gegen die Bestürzung, das Grauen, das Schreien, das sich über die Stadt

legte, als der Herzog auf dem Marktplatz verkündete: Zweihundert Bürger werde ich hängen, zweihundert köpfen und zweihundert auf dem Scheiterhaufen verbrennen. Ihren Besitz werde ich an mich nehmen, ihre Kinder versklaven, aber auch das ist nicht alles. Die Hälfte von dem, was jeder in dieser Stadt hat, wird mir gehören, Mauern und Tore werden geschleift, die Universität wird alle Rechte und alles Eigentum verlieren.«

Die Dörfler rissen die Augen auf, schlugen sich die Hand vor den Mund, ächzten und stöhnten. Melissa und Heta waren starr vor Entsetzen, Amande hatte sich in die Faust gebissen. Gilbert schaute hilflos auf seine großen Hände, Joffe begann nervös, sich zu kratzen. Nur François wirkte, als beeindrucke ihn dies alles wenig. Und er war es auch, der als Erster das Schweigen brach: »Und dann seid Ihr losgeritten, nicht wahr? Weil schlechte Nachrichten Euch am besten die Taschen füllen, wie? Hat der Kardinal denn nicht um Gnade gebeten?«

»Das hat er. Und weil ich nicht lüge: Der Herzog will sich noch bedenken.«

»Und Fragiardi?«, fragte François.

»Der *chirurgus*, nicht wahr?« Der Blick des Boten glitt aufmerksam über ihre Gesichter.

Melissa hatte plötzlich das Gefühl, als griffe eine klamme Hand nach ihr, und von einem Augenblick auf den anderen erfasste sie ein Schwindel.

»Dieser *chirurgus*«, fuhr Marc nun mit erhobener Stimme fort, »wurde in Fesseln vor den Herzog geführt. Er warf sich auf die Knie und bettelte um sein Leben. Nichts als das Wohl kranker Menschen liege ihm am Herzen, rief er. Niemals habe er wissentlich einem Geschöpf ein Leid getan. Er wollte Zeugen nennen, doch ach, Kardinal Albano hatte bereits den Stab über ihn gebrochen. Du hast meinen Hauptmann umgebracht, rief der Kardinal. Du hast seinen Bauch aufgeschnitten! Aber doch nur, weil dies die letzte Rettung gewesen sei, jammerte der *chirur-*

*gus* und erzählte dann unter Tränen von einer entlaufenen Schwester mit lesenden Händen, einer, die ihn ständig zu verführen versuchte, einer, die sich gar als Mann verkleidet hatte, um bei einer Sektion zugegen zu sein. Er führte einen Zeugen von der Universität an, der dies alles bestätigte, und ich sage Euch: So eine Frau wie dort im Spital, so eine Hexe, hat Montpellier noch nie in seinen Mauern gehabt. Wer krank war und genas, ihr aber dann nicht zu Willen war, den machte sie mit ihrem bösen Blick wieder siech. Sie war es auch, die den *chirurgus* mit ihrem Hexenblick glauben machte, dem guten Hauptmann müsse der Bauch aufgeschnitten werden. Sie trägt die Schuld, dass er noch am selben Tag im Fieber verschied. Aber Kardinal Albano kannte kein Erbarmen. Er bewog den Herzog zu einem Gottesurteil: Sieben Mal ließ dieser den *chirurgus* um den Marktplatz schleifen – sieben Mal! Aber Gott schützt die, die um seinetwillen Mühsal auf sich nehmen. Der *chirurgus* überlebte, und Kardinal Albano selbst beugte im Spital das Knie vor dem Gerechten. Die Schwester aber, die Hexe, so der Kardinal, werde er suchen lassen in der ganzen Welt, und die Flammen, die sie dereinst verschlingen würden, werden mächtiger sein als die, die zur Zeit der großen Pest den Juden eingeheizt hätten.«

Wie gut, dass François ein so guter Schauspieler war. Melissa, die kaum noch die Kraft hatte, zu stehen, schmiegte sich in seine Arme und tat, als interessierten sie dessen Liebkosungen mehr als Marcs Geschichte aus Montpellier. Dabei hätte sie am liebsten laut geschrien und musste sich beherrschen, nicht panisch davonzulaufen.

Und dann waren wir noch so dumm, für all das zu bezahlen, dachte sie bestürzt. In Wahrheit haben wir uns tödlicher Gefahr ausgesetzt. In Gedanken zählte sie die Sekunden. Gleich, dachte sie, gleich wird der Erste eins und eins zusammenzählen. Und als hätte er ihre Gedanken gelesen, fixierte Marc sie mit forschendem Blick. »Ihr habt doch gesagt, Ihr seid aus Montpellier, oder? Woher kennt Ihr eigentlich diesen *chirurgus* Fragiardi?«

Die Köpfe der Dörfler drehten sich zu ihr um. »Sie ist doch heilkundig!«, rief eine Stimme. »He, womöglich ist sie die Hexe!«

Melissa wurde heiß vor Angst, doch sie ließ sich nichts anmerken.

»Die meinen Sohn gerettet hat, weil sie nachher mit ihm Unzucht treiben will?«, mischte sich Jeans Mutter empört ein und drehte sich zu dem Mann um, der das gesagt hatte. »Nein! Sie hat ihm ein zweites Mal das Leben geschenkt. Du solltest dich schämen, Jacques! Dass du so gemein sein kannst!«

Melissa klopfte das Herz bis zum Hals. Fieberhaft suchte sie nach einer Ausrede, doch ihr fiel einfach keine ein. Nicht rot werden, ermahnte sie sich. Bleib ruhig. Schmuse, spiele. Sie wandte sich François zu, küsste ihn, auch auf die Gefahr hin, dass er ihre Liebkosung mehr als nötig auskosten würde, was er auch tatsächlich tat. »Keine Angst«, flüsterte er ihr belustigt ins Ohr, während er sie an sich drückte. »Wir sind alle erfinderisch.«

»Brennen soll sie!«, rief Heta plötzlich mit schriller Stimme und stieß Gilbert wütend in den Bauch. »Du hast sie doch einmal in den Fingern gehabt. Warum hast du sie nicht gleich zerquetscht?«

»Weil … weil … sie mir in diesem verfluchten Spital eine Pfeilwunde versorgte … und Hände hatte wie … verdammt, wie die besten Huren von der Loire.«

Gilbert entblößte seinen Hintern und zeigte auf eine Narbe. Damit war der Bann gebrochen. Alles lachte, nur Marc nicht. Misstrauisch musterte er erst Heta, dann Melissa, der sein Blick nicht gefiel. Er glaubt uns nicht, dachte sie, außerdem kann er seine Gier nach Geld nicht verbergen. Er wird alles tun, um uns im nächsten Dorf anzuschwärzen und die Gerüchte zum Brodeln zu bringen …

Tapfer lächelte sie ihm zu. »Wo reitet Ihr jetzt hin? Ihr wollt doch mit denselben Geschichten sicherlich noch einmal Geld verdienen?«

»Heute bleibe ich hier. Und morgen … mal sehen, aus welcher Richtung der beste Wind weht.«

Als sie sich anderntags beratschlagten, war Marc schon fort. Sie bedankten sich für die Gastfreundschaft, jetzt aber müssten sie weiterziehen: »Vielleicht nach Avignon, vielleicht nach Marseille, vielleicht auch nur bis Nîmes. So ist das mit uns Fahrenden. Es hält uns nirgends lange.«

François setzte die Flöte an, Gilbert den Dudelsack. Mit einem Trommelwirbel gab Joffe den Einsatz, dann zogen sie alle, winkend und sich in den Hüften wiegend, aus dem Dorf in Richtung Meer. Die Sonne schien, und die Luft war lau. Die Garrigue duftete betörend, in der Ferne aber ragten große Wolkentürme in den Himmel. Mit jeder Minute, die sie sich dem Meer näherten, wurde es wärmer, das Licht hingegen immer blasser.

Gilbert, Joffe und François beendeten ihr Spiel erst, als das Dorf schon eine gute Stunde Wegs hinter ihnen lag. Erst da konnten sie alle befreit aufatmen. Ausgelassen fielen sie sich in die Arme: »Unser Auszug war wenigstens perfekt«, trumpfte Gilbert auf. »Wir haben sie ganz schön angeschmiert.«

»Ja, so könnte es weitergehen«, meinte Amande an einer Wegkreuzung. »Aber wohin? Für uns drei Frauen führt bestimmt kein Weg mehr nach Montpellier zurück.«

»Und für uns hieße es: mitgefangen, mitgehangen«, fügte Joffe nachdenklich hinzu. »Aber ich bin kein Feigling.«

»Schluss«, entschied Heta, »ich will nichts mehr hören.« Ihr

Gesicht war tief verschattet, ihre Haut ledern. Melissa war sich gewiss, dass sie Schmerzen hatte. Zudem hüstelte Heta die ganze Zeit und spuckte immer wieder aus.

»Willst du hier wieder mal den Befehlshaber spielen?«, fragte François spöttisch und schubste sie ein wenig in die Seite.

»Nicht spielen, Kreuzfahrer François, sein! Und darum entscheide ich: Wir ziehen getrennt weiter. Ihr habt uns schon genug geholfen. Keine Widerrede.«

»… sprach Heta aus Alexandria.« François klang ernst. Er schaute Gilbert an, dann Joffe. Beide erwiderten beklommen seinen Blick, schließlich nickten sie und schlugen beschämt die Augen nieder.

Melissa und Amande wagten kaum, zu atmen. Sie hatten keine Angst, ohne männlichen Schutz weiterzuziehen. Dass aber Heta gleichsam aus heiterem Himmel entschied, sie müssten getrennte Wege gehen, machte mit einem Schlag klar, wie ernst ihre Lage war. Es gab nichts zu beschönigen. Bislang hatten sie Glück gehabt, und wenn es stimmte, was Marc gesagt hatte, war es nur eine Frage der Zeit, bis sie den Häschern Kardinal Albanos in die Fänge gerieten.

Dann haben sie eine vermeintliche Hexe und eine angebliche Mörderin, dachte Melissa mit Schaudern. Zwei böse junge Frauen, eine alte abtrünnige Frau – es würde für alle ein fantastisches Volksfest, ein aufregendes Spektakel abgeben, mit uns als Opfertieren!

Gnade uns Gott.

»Wir sind schwerer ausfindig zu machen, wenn wir uns trennen«, stimmte Amande Heta tapfer zu. »Machen wir es also kurz.«

Doch obwohl sich alle bemühten, den Abschied so rasch wie möglich hinter sich zu bringen, entging Melissa nicht, dass Heta und François weinten. Sie ahnen, dachte sie traurig, dass sie sich nie mehr wiedersehen werden. Es ist ein Abschied für immer.

Am Abend hatten Heta, Melissa und Amande das Mündungsgebiet der Gardon erreicht. Die Pont du Gard lag in ihrem Rücken, die Rhône vor ihnen. Sie nahmen einen Pfad, der durch das Uferdickicht geschlagen war und sie zu einer hübschen Strandbucht führte. An einem Steg lagen zwei Fischerkähne vertäut, in der Flussmitte lugten mehrere Reusen aus dem Wasser.
Müde stapften sie ein kurzes Stück durch den Sand, schließlich band Melissa ihren Maulesel an einen Weidenbusch. Heta und Amande sammelten Zweige und Äste, die in großer Zahl herumlagen, Melissa machte in der Zwischenzeit Feuer. Sie polsterte eine Mulde mit Flechten, trockenem Gras und dünnen Zweigen aus und legte ein Stückchen glühendes Mark auf, das sie im hohlen Stengel des Riesenfenchels mit sich führten. Vorsichtig blies sie das Feuer an, bald schon brannten die ersten Zweige.
»Welch Glück, dass es doch kein Gewitter gab«, sagte Amande. »Das ist ein gutes Omen.«
»Ja.« Stöhnend streckte Heta sich auf ihrer Matte aus. Melissa wedelte sich den Rauch aus dem Gesicht. Die Luft hier war schwer, gesättigt mit den Düften sich gelb färbender Pappeln und harziger Kiefern. Der Sand roch leicht brackig, und das vom letzten Regen hellbraun gefärbte Wasser duftete nach Erde.
»Ihr werdet schlafen, ich wach bleiben«, fuhr Heta fort, ihre Stimme aber klang, als hätte sie gesagt: Ich bleibe liegen und stehe nicht wieder auf.
Amande und Melissa blinzelten sich zu.
»Ja, so machen wir's«, sagten sie im Chor.
»Endlich wird mal nicht widersprochen.« Heta nickte zufrieden.
Melissa und Amande kicherten. Sie packten die Vorräte aus, legten Decke und Felle zurecht. Der Mond spiegelte sich im Wasser, es war still. Die Freundinnen stocherten im Feuer,

legten Holz nach. Jede war mit ihren Gedanken beschäftigt, und lange Zeit sprachen sie kein Wort.
Heta war längst eingeschlafen. Ihr Atem ging schwer, verwandelte sich immer wieder in ein Röcheln. Melissa legte ihr die Hand auf die Stirn und erschrak. »Sie hat wieder Fieber«, flüsterte sie. »Wenn ich ihr doch bloß helfen könnte.«
»Schlaf jetzt«, sagte Amande. »Ich weck dich, wenn ich nicht mehr kann.«
Melissa seufzte, rollte sich in ihre Decke. Bevor sie die Verzweiflung übermannte, schlief sie ein.

Der Schrei eines Habichts weckte sie. Amande lag zusammengekrümmt auf ihrer Matte, auf ihrem Fell winzige Tautropfen, die in der Sonne in allen Regenbogenfarben schillerten. Müde kroch Melissa aus ihrer sandigen Mulde, blinzelte. Nebelschwaden hingen über dem Fluss.
Wieder schrie der Habicht. Melissa lauschte, hielt den Atem an. Hufschlag ließ den Boden erzittern.
Vier Pferde, schätzte sie. Vielleicht aber auch fünf oder sechs. Ihr Blick streifte die Feuerstelle, doch die Glut war fast erloschen, kein Rauch würde sie verraten. Trotzdem schlug ihr Herz schneller.
Schon einen Augenblick später war der Spuk vorüber.
»Möge Gott uns schützen!«
»Mama! Wie geht es dir?«
»Führe mich nicht in Versuchung zu prahlen«, antwortete Heta matt. »Aber ein klein wenig ausgeruht hab ich mich.«
Sie stemmte sich hoch und versuchte, eine zufriedene Miene zu machen. Doch ihre Lippen waren schmal, und ihre geröteten Augen lagen tief in ihren Höhlen. Melissa kniete neben sie und nahm sie in die Arme. Heta seufzte erleichtert auf, bis sie wieder von einem heftigen Hustenanfall erfasst wurde, von dem

Amande aufwachte. Hastig bereitete Melissa, ohne noch einmal Feuer zu machen, ein karges Frühstück aus Brot, Honig und Speck. Während Heta noch ausruhte, beluden sie und Amande den Maulesel. Auf dem Weg zurück durchs Dickicht des Ufergestrüpps scheuchten sie ein Wildschwein auf. Es war ein großes Tier, und Melissa hatte seinen strengen Geruch noch lange in der Nase.

Sie hatten gerade den von Ginster und verwildertem Lavendel gesäumten Hauptweg nach Arles erreicht, als sie auf einen Sattler trafen. Sein Ochsenfuhrwerk war mit Pferdesätteln, Pferdegeschirr und Stiefeln beladen.

»Mutter und Töchter auf dem Weg nach Avignon? Zum neuen Papst? Zu Clemens? Nein, das war ein Scherz, nicht wahr? Bestimmt seid Ihr Pilgerinnen, die zur heiligen Martha wallfahren.« Der Sattler machte einen vergnügten Eindruck und schien sich sichtlich zu freuen, ihnen zu begegnen. Er war untersetzt und hatte ein freundliches Mondgesicht. Als seien sie gute Bekannte, breitete er die Arme aus und fuhr fort: »Ja, ja, die Welt hat jetzt zwei Päpste. Der eine hurt in Rom, der andere in Avignon. Aber warum auch nicht. Schließlich haben wir Menschen ja auch zwei Beine und zwei Arme, und mit denen wird bekanntlich mehr angestellt als mit dem einen Kopf. Ich bin Henri, Sattler aus Nîmes, und jetzt will ich nach Tarascon. Aber nicht zum Grab der heiligen Martha. Ich steh bei ein paar Kaufleuten in der Pflicht.«

»Zur heiligen Martha?«, fragte Melissa reichlich begriffsstutzig.

»Natürlich, Liebes«, sagte Heta so sanft wie ungeduldig, Amande verdrehte die Augen. »Aber, Henri, habt Ihr keine Angst, in diesen Tagen mit Euren Waren so allein über Land zu ziehen?«

»Und wie! Deshalb quassel ich ja auch so bunt daher. Kaum einer verlässt jetzt freiwillig die Stadt.«

»Die Reiter vorhin …«

»… ja, die hätten ihren Spaß mit mir gehabt. Aber wie Ihr war ich am Fluss, weil mein Ochse saufen musste. Dabei gönnte ich mir ein Nickerchen. Wer schläft, sündigt ja nicht. Aber weil der Herzog in Montpellier Gericht hält, zieht er Ritter, Söldner, Banden an. Alle hoffen, in seine Dienste treten zu können. Wehe aber, der Herzog sagt nein. Dann schäumen diese Bluthunde vor Wut. Sie sind weit schlimmer als der Drache von Tarascon, der einst die Bauern fraß.«
Melissa schnürte es den Hals zusammen, und Amande war vor Schreck bleich geworden. Nur Heta tat, als sei das alles nichts Neues für sie. Sie schaute in den Himmel, um den Flug zweier Reiher zu beobachten. »Ziehen wir doch gemeinsam nach Tarascon«, meinte sie gleichmütig. »Pilgerinnen wie uns werden sie schon nichts tun.«
»Und mir sowieso nicht, weil ich einen Gürtel trage, der so alt aussieht, wie die heilige Martha schon tot ist.« Melissa steckte die Finger unter ihren Gürtel und meinte, sie sei schon wieder ein Stück schlanker geworden. »Es fehlt nicht viel, dann kann ich wieder ein neues Loch ins Leder bohren.«
»Lang ist Euer Gürtel ja«, sagte Henri. »Aber auch nicht so lang, dass die heilige Martha damit den Drachen hätte bändigen können. Ihr kennt die Legende?«
»So ungefähr. Aber wenn Ihr mehr wisst …«
»Gerne.« Henri schwang die Peitsche und begann zu erzählen. Je weiter sie gen Osten zogen, umso drückender wurde die Luft. Das Gelände war sumpfig, der Weg teilweise schlammig. »Der Drache, der Tarascon den Namen gab, hieß Tarasque. Und was heute Tarascon ist, war früher das Dorf Nerluc. Als nun der Drache begann, Vieh zu verschlingen und dann sogar Bauern und Kinder, beschlossen die Einwohner von Nerluc, ihn zur Strecke zu bringen. Sechzehn tapfere Männer stöberten ihn am Ufer der Rhône auf, doch der Tarasque verbrannte die Hälfte von ihnen mit seinem Feueratem. Da gingen die Männer zum König. Aber

die edlen Ritter meinten, da der Tarasque eh nur dumme Bauern fräße und keinen Schatz bewache, lohne sich der Aufwand nicht. Die Menschen von Nerluc waren am Verzweifeln und wandten sich an die heilige Martha, die bei Marseille als Einsiedlerin lebte.«
»Und die sagte natürlich nicht nein …«
»So ist es. Sie wanderte am Ufer der Rhône entlang und lockte den Drachen mit Gesang aus dem Fluss. Der Tarasque ließ sich von ihrer Stimme bezaubern und schlief ein.«
»Woraufhin ihm die heilige Martha ihren Gürtel um den Hals schlang und den willenlosen und geläuterten Tarasque den Bewohnern Nerlucs vorführte.«
»Ja, aber nun wollten die Menschen Rache. Sie wollten den Tarasque totprügeln, aber das ließ die Heilige nicht zu. Sie versteckte ihn in einer Höhle. Andere sagen, sie entließ ihn wieder in die Fluten der Rhône.«
»Und die heilige Martha?«, wollte Amande wissen. »Wie lebte sie weiter?«
»Das weiß keiner so genau«, sagte Henri. »Man sagt, die Heilige habe in Nerluc weitergelebt und die Einwohner bekehrt. Als dann Hunderte Jahre später die Sarazenen die Küsten plünderten und die Grabkirche der Heiligen zerstörten, wurden die geretteten Reliquien versteckt. Vor rund zweihundert Jahren wurde ihr schließlich eine neue Kirche geweiht.«
Melissa nickte nachdenklich. Die heilige Martha ist die Patronin der Häuslichkeit, dachte sie. Und weil sie die Schwester des Lazarus war, steht sie den Sterbenden zur Seite.
Den Sterbenden.
Ihr war, als griffe ihr eine kalte Hand direkt ans Herz. Nein, niemals, begehrte sie auf. Deshalb sind wir nicht hierhergekommen. Mama wird sich erholen. Sie verlässt uns nicht, selbst wenn wir bis ans Ende der Welt fliehen müssen.
In diesem Moment brach eine grunzende Rotte Wildschweine

aus dem Dickicht. Der Maulesel erschrak, schlug ein paar Mal mit den Hinterbeinen aus und rannte los. Melissa lief hinter ihm her, doch das Tier wurde immer schneller. Bald war es um die nächste Wegbiegung verschwunden. Melissa hörte es laut schreien, dann war es plötzlich still.
Er hat sich wieder beruhigt, dachte sie und blieb keuchend stehen, um Luft zu holen. Im selben Augenblick hörte sie das Wiehern von Pferden, kurz darauf Geschrei und helles Krachen – ein Geräusch, das sie urplötzlich an einen hochgerissenen weißen Schild mit einem schwarzen Kreuz denken ließ, auf den ein Schwert schlug. Sie erinnerte sich an einen Ritter in Rüstung, hatte vor Augen, wie dieser wankte und in die Knie ging. Doch das war nicht die Wirklichkeit. Denn der Ritter, der in diesem Augenblick vor ihr kämpfte, ging nicht in die Knie, sondern hieb vom Rücken seines Pferdes aus um sich. Melissa bildete sich ein, den Windzug zu spüren, so heftig waren seine Schwerthiebe. Sie ergriff sofort Partei für ihn, denn seine Gegner waren ebenfalls zu Pferd, im Gegensatz zu ihm aber in der Überzahl.
Drei gegen einen, dachte sie entsetzt. Selbst wenn es schlecht gerüstete Söldner sind … sie stockte, ihr wurde heiß. Denn erst jetzt begriff sie, dass der kämpfende Ritter ein Deutschordensritter war. Vor Freude hätte sie am liebsten laut losgejubelt, doch schon im nächsten Augenblick übermannte sie eine Woge der Angst. Ihr Herz setzte aus, als ihr klar wurde, dass der kämpfende Ritter niemand anderes als Hagen oder Avremar sein konnte.
Ich muss ihm helfen, dachte sie, nein, wir müssen ihm helfen.
Sie schaute sich um. Amande fuchtelte mit den Armen, zeigte auf ein paar herumliegende Aststücke: »Wir sind wendig und gesund, Melissa. Komm, wir helfen ihnen.«
»Ja, wenn sie am Boden kämpfen würden … aber so kommen wir nur unter die Hufe.«
»Feigling!«

Amande schwang den Holzprügel und lief schreiend los. Melissa biss sich auf die Lippen. Das Herz klopfte ihr bis zum Hals, gleichzeitig spürte sie eine nie gekannte Wut in sich aufsteigen. Dir werde ich es zeigen, schimpfte sie für sich und packte den nächstbesten Holzprügel. Als ob nur du allein Kraft hättest … Sie rannte ihrer Freundin nach und rief ihr zu, es wäre am besten, den Pferden die Vorderläufe zu zertrümmern. Amande aber hörte gar nicht hin. Unablässig schrie sie »Helfen, Heilen, Wehren!« und übertönte damit ihre Angst. Melissa übernahm ihren Schlachtruf, und vereint zeigte er Wirkung: Die Angreifer hielten inne und schauten ihnen entgegen, für einen kurzen Moment ruhte der Kampf. Doch dann riss einer der Angreifer sein Pferd herum und galoppierte mit gezogenem Schwert auf sie zu.

Melissa und Amande blieben stehen. Die Schlachtrufe blieben ihnen im Hals stecken. »Es ist aus!«, wimmerte Amande, doch als habe Melissa auf diesen Satz gewartet, riss sie ihre Freundin mit sich, genau in die Laufrichtung des Angreifers.

Der Boden bebte, und eine Woge von Pferdeschweiß trieb ihnen entgegen. Die Freundinnen waren taub vor Angst, doch sie liefen immer weiter. Wie bei einem Turnier, durchfuhr es Melissa. Wie auf ein geheimes Kommando hin stürmten sie schreiend auf den Reiter zu und warfen seinem Pferd ihre Prügel in den Lauf. Laut wiehernd stieg das Tier hoch.

Melissa stolperte zur Seite, ihren Blick auf den Reiter gerichtet, dem in einer scheinbar langsamen Bewegung das Schwert aus den Händen glitt.

Stürz doch endlich!, rief sie ihm wortlos zu.

Doch genau dies geschah nicht, stattdessen krallte er sich in die Zügel.

In dem kurzen Moment, in dem für Melissa die Zeit stehen blieb, berührten die Vorderläufe des Pferdes wieder den Boden.

Der Schrei erstarb. Amande riss sie ins Gestrüpp. Ihnen blieb jetzt nur noch die Flucht. Schon flogen zwei weitere Knüppel durch die Luft. Einer davon krachte dem Söldner mit solcher Wucht an den Kopf, dass er vom Pferd stürzte.

»Der ist für dich, du Hund!«, brüllte Henri und hob das Schwert auf, während Heta mit gezücktem Dolch auf den Söldner zurannte.

Er gehört ihnen, dachte Melissa und wandte sich ab. Während der Söldner seinen letzten Schrei tat, frohlockte Amande über den erschlagenen Gegner. Sein Pferd und ihr Maulesel grasten friedlich am Wegrand, doch da preschten zwei weitere Söldner heran, denen ein Ritter in wehendem weißen Mantel nachsetzte.

»Das könnte Avremar sein!«, jubelte Melissa.

»Oder Hagen!«, rief Amande nicht minder begeistert.

Doch ihr Glücksgefühl währte nur kurz. Denn die fliehenden Söldner waren etliche Pferdelängen vor ihrem Verfolger, und das bedeutete, sie hatten ausreichend Zeit, ihrem kämpfenden Kumpan beizustehen. Melissa und Amande sahen, wie ihr Deutschordensritter seinen Schild hob, hörten es zischen, dann krachen. Der Schlag des Angreifers war nicht wuchtig genug, um den Ritter aus dem Sattel zu werfen, doch da kam der Stoß in die Seite. Entsetzt sahen die Freundinnen, wie sich ihr Ritter krümmte und kopfüber vom Pferd stürzte. Zu allem Unglück stieg sein Pferd hoch.

»Nein!«

Es war zu spät. Der Huf des linken Vorderlaufs traf den Ritter mitten auf die Brust.

Bewegungslos blieb er liegen, während die drei Söldner das Weite suchten. Melissa und Amande stürzten aus dem Gestrüpp.

»Avremar!« Es war Hagen, der die Söldner in die Flucht geschlagen hatte. Er sprang vom Pferd und nahm seinen Helm ab.

Rüstung und Handschuhe waren blutbespritzt. »Gott im Himmel! Tu mir das nicht an!«

Er kniete sich neben den Bewusstlosen, während Melissa atemlos hinzurannte, Avremar mit zitternden Fingern den Kinnriemen löste und ihm vorsichtig den Helm vom Kopf zog. Sie fühlte ihm am Hals den Puls, glitt mit ihren Händen unter seinen Harnisch.

»Und? Was ist mit ihm? Ist er tot?« Hagen legte seine schwere Hand auf ihre Schulter und starrte Avremar an.

Melissa schüttelte sanft den Kopf. Das, was ihre Hände ihr sagten, ließ sie aufatmen. »Er lebt, er wird es überleben. Gott im Himmel sei Dank!«

»Aber der Schwertstoß in die Seite ...«, jammerte Amande.

»Den hat der Harnisch abgefangen«, beruhigte sie sie. »Äußere Verletzungen fühle ich nicht, aber möglicherweise hat er ein paar Rippenbrüche. Was machen wir, wenn die Männer wiederkommen?«

»Das tun sie nicht, denn jeder von ihnen ist feige. Sie würden es zwar schaffen, uns zu töten, aber einen von ihnen würde ich dabei zur Hölle schicken.«

Amande richtete sich auf. »Bis Tarascon ist es zum Glück nicht mehr weit. Und wir haben ein Fuhrwerk.«

»Gelobt sei Gott.« Hagen beugte das Knie und legte die Hände aneinander. Er schloss die Augen und verharrte einen Moment lang in einem stillen Gebet. Dann erhob er sich, lächelte Melissa an und sagte mit einem Seufzer: »Dass wir uns unter diesen Umständen wieder begegnen, ist ein Wunder oder ... Bestimmung.«

Als sie über die Rhônebrücke zogen, war es kalt. Alle hatten sie eine Gänsehaut, woran auch der prächtige dunkelblaue Himmel und die tief stehende goldene Sonne nichts änderten. Auf den linker Hand sich erhebenden Schlossruinen von Tarascon, die seit den Zerstörungen des Engländer-Bezwingers Bertrand du Guesclins Söldnern und Raubrittern als Unterschlupf dienten, bogen sich die Bäume nach Süden. Im Gegensatz zum zerstörten Schloss aber machten die Wallanlagen der Stadt einen gepflegten Eindruck. Die Hecken waren geschnitten, und das Wasser in den Gräben kräuselte sich golden.

Es liegt am Pilgergeld, dachte Melissa. Das bringt der Stadt genug ein. Sie drehte den Kopf kurz in den Wind, der hart aus Norden blies. Amande tat es ihr nach, legte schützend ihre Hände auf ihre Schläfen und Ohren, während sie weiter auf das Stadttor zuritten. Sie und Amande auf einem Maultier, ein Stück weit hinter Hagen, dann Heta und Henri. Auf dessen von einem Ochsen gezogenen Karren lag Avremar in einem einfachen Strohbett zwischen den Sattlerwaren.

»Weißt du noch, wie uns damals der Sandsturm um die Ohren pfiff? Jetzt ist es der Mistral!«, rief Amande Melissa zu.

»Dir doch nicht!«, erwiderte Melissa. »Mir!«

»Ja, natürlich. Dir und Avremar. Wie hab ich das nur vergessen können.« Amande verdrehte die Augen.

»Damals! Du sprichst, als seien seitdem Monate oder gar Jahre vergangen. Dabei ist noch immer Oktober.«

»Ja, und nun haben wir einen Verletzten. Da siehst du, wie sich alles verändert hat. Er ist schon wieder zu sich gekommen, glaube ich. Aber was wird jetzt aus ihm?«

»Seine Verletzungen sind nicht lebensbedrohlich, aber jeder Atemzug muss ihm starke Schmerzen bereiten. Ich fürchte, seine Rippen sind gebrochen …«

»… er hat sich vorhin übergeben, klagt über Schwindel«, fügte Amande hinzu.

»Ich weiß, das kommt von der Kopfverletzung. Eigentlich müsste er zur Ader gelassen werden. Vor allem aber braucht er etliche Tage Ruhe, am besten mehrere Wochen.«

»Wie soll das gehen?«

»Ich weiß es nicht, ich weiß es nicht.«
Melissa schaute sich zu Henri um, der den Ochsen antrieb, während Heta ihrem Maultier die Ohren kraulte. Als sie Melissas Blick auffing, schlang sie die Arme um ihren Leib und spuckte zur Seite. Dabei machte sie ein so gequältes Gesicht, als habe sie große Schmerzen.
Melissa stellte betrübt fest, dass ihre Freude über den gemeinsam errungenen Sieg einem seltsamen Gefühlsmischmasch aus Hoffnung und Hilflosigkeit gewichen war. Einerseits beseelte sie das Lächeln, das Avremar ihr geschenkt hatte, als er aufgewacht war, andererseits fürchtete sie sich vor der Zukunft. Natürlich waren zwei medizinisch bewanderte Frauen wie sie und Heta letztlich in jeder Stadt willkommen, aber sie musste der Wahrheit ins Auge schauen: Heta war so krank, dass sie sich noch nicht einmal um sich selbst kümmern konnte, geschweige denn um Kranke in einem Spital.
Und ein Leben ohne sie … Bei diesem Gedanken wurden Melissa die Knie weich. Sie tröstete sich damit, dass wenigstens Amande bei ihr war. Sie würden es irgendwie schaffen müssen, erst einmal auf die Liebe zu verzichten und so lange zusammenzuhalten, bis das Schicksal einer jeden von ihnen ihre Bestimmung zuwies.
Außerdem würden sie bestimmt irgendwann und irgendwo wieder François, Gilbert und Joffe über den Weg laufen. Höchstwahrscheinlich in Avignon, wo François schon immer die besten Aufträge zum Spielen bekommen hatte. Das war schon einmal eine gute Aussicht. Außerdem waren sie jetzt nicht mehr allein, sie hatte Avremar wiedergefunden, und Hagen würde sie schützen, stark und selbstbewusst wie er war. Ihn an der Seite zu wissen schien ihr in diesem Moment wie ein Segen.
Oder?
Irritiert sah Melissa auf. Verwundert stellte sie fest, dass sie vor der zinnenbewehrten Porte St. Jean standen. Augenscheinlich

waren sie wegen des Mistrals die Einzigen, die um Einlass baten. Hagen gab an, sie kämen alle aus Avignon, doch das war ein Fehler, denn der Torwächter kannte Henri.

»Der da aber ist aus Nîmes, Ritter«, hielt er Hagen entgegen und winkte nach Verstärkung. »Und Huren haben wir genug.«

»Wir sind keine Huren!«, begehrte Amande empört auf. »Man hätte uns zu welchen gemacht, wären nicht diese beiden Edlen gekommen, um uns aus den Klauen widerlicher Söldner zu retten. Einer von ihnen hat dafür beinahe mit seinem Leben bezahlt. Glaubt Ihr, zwei Ritter des Deutschen Ordens hätten sich für Huren geschlagen?«

»Was ich glaube, ist, dass Ihr Haare auf den Zähnen habt. Aber ohne Pflastergeld kommt mir niemand nach Tarascon. Erst recht keine Pilgerinnen.«

Des Wortgeplänkels überdrüssig, stieg Hagen vom Pferd und beglich für alle den Wegzoll. Er warf Amande einen schelmischen Blick zu, schaute sich dann zu Melissa um und fragte sie, ob Amande wirklich Haare auf den Zähnen hätte.

»Ja, sie kann energisch werden«, erwiderte Melissa. »Und wenn sie ein Ziel vor Augen hat, kann sie ausgesprochen willensstark sein.«

Hagen lachte. Amande hingegen verzog den Mund. Sie überlegte, ob sie etwas entgegnen sollte, doch da sprach Hagen einen Jungen an und fragte ihn, welche Orden die Stadt beherberge.

»Wir haben hier Benediktiner und Benediktinerinnen, Franziskaner, Dominikaner und Trinitarier.«

»Trinitarier? Das ist gut. Wo haben die ihr Haus?«

»Im Nordosten, dort, wo jetzt die neue Porte Condamine gebaut wird. Unsere Stadt vergrößert sich nämlich. Die Porte Condamine bekommt eine richtige Zugbrücke und sogar Schießscharten. Ist das nicht wunderbar?«

»Und wie«, erwiderte Hagen belustigt und fuhr dem Jungen

übers Haar. Dieser wollte sie zum Kloster führen, doch Hagen schüttelte den Kopf. Sie fänden den Weg allein, meinte er und schenkte dem Jungen einen Apfel.
Ausgehungert biss der Junge hinein und war im nächsten Moment in einer Gasse verschwunden.
Der Mistral war jetzt so stark, dass überall die Fensterläden geschlossen wurden. Kein Mensch ließ sich mehr auf den Straßen sehen. Die Stadt wirkte wie ausgestorben.
»Das Wetter meint es gut mit uns«, sagte Hagen, »schließlich haben wir und besonders die edlen Damen ja kein Interesse daran, Aufmerksamkeit zu erregen, nicht wahr?«
»Ihr sprecht in Rätseln«, meinte Melissa.
»Nein, ganz und gar nicht. Ihr versteht mich gut.« Hagen schaute Melissa offen an und fuhr fort: »Wir waren dabei, als Euer *chirurgus* Roger Fragiardi um den Marktplatz geschleift wurde.«
»Dann sucht man also schon nach uns?«, rief Melissa entsetzt.
»Man wird. Es ist nur eine Frage der Zeit. Aber in unserer Komturei, unserem Ordenshaus in Arles, seid Ihr sicher.«
»Und hier?«
»Die Trinitarier sind ein uns nahestehender Orden. Seit den Kreuzzügen kaufen sie Christen frei, die den Sarazenen in die Hände gefallen sind. Auch sie tragen das Kreuz auf ihren Mänteln.«
Hagen klang so zuversichtlich wie selbstbewusst, und was den Trinitarier-Orden betraf, behielt er recht. Die Brüder waren geradezu erfreut, ihn und Avremar bei sich aufzunehmen, doch sosehr Hagen sich auch für die Frauen einsetzte – der Prior war nicht bereit, in seinem Kloster über Nacht Frauen zu beherbergen. »Unsere Statuten dulden es nicht. Aber ich gebe Euch einen Ring, der unser Abzeichen trägt. Zeigt ihn den Benediktinerinnen, dann werden sie Euch als Gäste aufnehmen.«
Es blieb ihnen nichts anderes übrig, als Henris Angebot anzu-

nehmen und sie zum Kloster der Benediktinerinnen zu führen. Es lag wie die anderen Klöster in der Nähe der Kirche der heiligen Martha. Ohne ein Wort zu verlieren, übergab Heta Melissa die Zügel ihres Maulesels, setzte sich auf Henris Karren, lehnte sich mit angezogenen Beinen an die Karrenwand und schloss die Augen. Melissa strich ihr über die Schulter, doch Heta wehrte sie unwillig ab. Die Sonne war untergegangen, und es war jetzt so kalt, dass alle blaue Lippen bekamen. Es roch nach Straßenstaub und kaltem Stein.

Die Verabschiedung von Henri war kurz. Die Aufnahme bei den Benediktinerinnen frostig. Sie lebten in einem festungsähnlichen Gebäude mit einem großen Hof, die Kirche war unscheinbar. Die Celleraria wies ihnen im Gästetrakt eine Zelle zu, klärte sie kurz über die Gebets- und Essenszeiten auf und ließ sie dann allein.

»Zwei Betten, zwei Strohsäcke, zwei Decken«, stellte Amande ernüchtert fest und zog die Fensterläden zu. »Wir sind aber zu dritt.«

»Da haben es selbst unsere Maulesel besser als wir«, seufzte Melissa und stapelte ihr aller Gepäck in eine Ecke. Heta streckte sich auf einem der Betten aus und stöhnte erleichtert auf, dass sie endlich liegen konnte. »Schlaf ist die beste Medizin, Mama«, sagte Melissa so heiter wie möglich und legte noch die andere Decke über sie. Dann kniete sie sich neben sie und fühlte ihr den Puls. »Morgen wirst du dich wieder besser fühlen. Denk daran, du hast heute gekämpft wie ein Ritter.«

»Ja, und sogar getötet«, flüsterte Heta erschöpft. Kurz darauf wurde sie von einem Hustenanfall geschüttelt. Als er vorüber war, bat sie um Theriak. »Ich halte sonst die Schmerzen nicht mehr aus.«

Melissa beugte sich über sie. »Jetzt sag mir bitte endlich, wo du Schmerzen hast, Heta!« Verzweiflung, aber auch Unverständnis lagen in ihrer Stimme, doch Heta runzelte nur unwillig die Stirn.

Amande zuckte mit den Schultern und verdrehte die Augen. Mimik und Gestik verrieten, rede nicht länger, sondern gib ihr endlich den Theriak. So sind sie eben, die Alten. Ab vierzig werden sie wunderlich im Kopf.
Nachdem Melissa Heta den Theriak eingeflößt hatte, war es endgültig dunkel geworden. Amande huschte in die Kirche und entzündete an einer der Kerzen das Öllicht, während Melissa Brot und Speck auspackte. Wasser werden sie ja wohl noch für uns haben, dachte sie und machte sich auf den Weg ins Refektorium. Dort fand sie eine alte Laienschwester, die den Kopf auf die Arme gelegt hatte und vor sich hin döste. Ihre gichtigen Finger waren ineinander verschränkt, ihre Haube verrutscht.
Melissa sprach sie behutsam an, bat um einen Krug Wasser. Die Laienschwester hob schwerfällig den Kopf, musterte sie kurz und fragte dann, ob sie nicht lieber einen Krug Wein wollte: »Freilich nur, wenn ihr ihn bezahlt.«
»Gerne, hier nehmt.« Melissa drückte ihr eine Münze in die Hand. »Seid ihr zufrieden?«
Die Alte rieb sie zwischen ihren knorrigen Fingern und nickte.
»Aber Wasser ist doch bestimmt umsonst, oder?«, fuhr Melissa spöttisch fort.
»In Tarascon sind Beten und Wasser umsonst, ja.« Die Alte erhob sich ächzend, schlurfte in die Küche und kam mit zwei Krügen zurück. »Zerbrecht sie nicht. Sonst …«
»Ich weiß.«
Melissa konnte nur noch den Kopf schütteln. Zum Glück war der Wein gut. Von tiefdunkler Farbe und sehr körperreich, beruhigte er schon nach wenigen Schlucken, legte sich wie eine Schicht Balsam auf die Nerven. Die Freundinnen sprachen nicht, sondern lauschten auf das Heulen des Mistrals, der an den Fensterläden rüttelte. Auch in ihrer Zelle wurde es jetzt kalt. Melissa kuschelte sich in ihr Fell, Amande legte sich ihre Reisedecke um die Schultern.

Als es auf die Komplet, auf neun Uhr, zuging, rafften sie sich auf, um in der Kirche mit den Nonnen zu beten. Sie knieten sich zusammen mit den Laienschwestern und ein paar Pilgergästen hinter die Chorschranke auf den Steinboden und sprachen, soweit sie die Texte kannten, die Liturgie mit. Melissa genoss den Frieden, den Gebete und Gesang brachten. Die wache Welt des Tages verglomm zur dunklen Welt der Nacht. Die kriegerischen Erlebnisse lösten sich durch die Liturgie in Gleichmut und Schweigen. Die abschließende Marienantiphon, zu der alle Lichter bis auf jenes vor der Statue der Mutter Gottes gelöscht wurden, bewegte Melissa tief. Für einen Augenblick hatte sie das Gefühl, ihr Leib löse sich in der Dunkelheit auf, ihre Seele aber würde von der wärmenden Liebe Gottes umhüllt – und von der Liebe Avremars.

Als es still war, hörte sie Amande schluchzen.

Zärtlich umarmte sie ihre Freundin, küsste sie auf die Wange. Amande seufzte und klammerte sich an ihren Arm. Als sie in ihre Zelle zurückgefunden hatten, schmiegten sie sich eng auf ihrem Bett aneinander. Draußen fegte der Mistral, Heta schnarchte leise.

Wir müssen Freundinnen bleiben, dachte Melissa, nichts darf uns auseinanderbringen. Auch Avremar nicht.

Avremar.

Taubengurren und Flügelschlag rissen die Freundinnen aus dem Schlaf. Der Mistral war schwächer geworden, aber über Nacht hatte sich die Kälte in den Klosterzellen festgesetzt. Amande öffnete trotzdem die Fensterläden. Das hereinflutende Licht hob sofort die Stimmung, draußen schien es wärmer zu sein als innerhalb der Mauern.

Melissa fröstelte, rieb sich über die Wangen. Heta schlief noch tief, was bei der großen Dosis Theriak, die sie genommen hatte,

nicht verwunderlich war. Erleichtert stellte Melissa fest, dass sie nicht fieberte und entspannt atmete. Ihre Brust rasselte nicht, es schien, als ob ihr die kalte trockene Luft guttat.
Das Frühstück im Pilgerraum bestand aus einer wässrigen Graupensuppe und Brot. Wer zu zahlen bereit war, bekam zusätzlich Dörrobst und eine Schüssel saure Milch.
»Und nun?«, fragte Amande. »Wie geht es nun weiter?«
»Wir werden wohl hier bleiben, bis Hagen und Avremar nach Arles aufbrechen. Dort schiffen wir uns nach Marseille ein, dann geht es weiter nach Salerno.«
»Und wenn wir mit ihnen an den Rhein gehen?«
»Das müssen sie entscheiden.«
Melissa bemühte sich, gleichmütig zu klingen. Doch Amandes forschender Blick und ihre leuchtenden Augen ließen sie schließlich befreit auflachen. Die Freundinnen versicherten sich noch einmal, dass keine Macht der Welt sie gegeneinander ausspielen könnte, nicht einmal die Liebe. Und darum verließen sie gut gelaunt das Kloster, um sich bei den Trinitariern nach Avremars Zustand zu erkundigen.
Der Pförtner hatte sie offensichtlich schon erwartet. Er führte sie ins Gästezimmer, bot Brot und Käse an und bat um ein wenig Geduld. Amande und Melissa waren aufgeregt. Als Hagen ins Zimmer trat, klopfte beiden das Herz bis zum Hals. Melissa griff sich mit feuchten Händen ins Gewand, Amande zitterte. Hagen indes entging dies alles. Als seien die Frauen alte Bekannte, zog er sie an sich und begrüßte sie mit einem Wangenkuss. Avremar gehe es den Umständen entsprechend prächtig, beruhigte er sie. Der Infirmarius habe nur Prellungen und Quetschungen festgestellt: »Möglicherweise ist eine Rippe angebrochen, aber das wird alles wieder werden.«
Melissa fühlte sich einmal mehr bestätigt. Sie konnte der Gabe ihrer Hände vertrauen, aber sie hatte vergessen, seinen Kopf zu

untersuchen. »Ist ihm noch übel, oder fühlt er sich schwindelig? Wenn ja, dann hat er eine Gehirnerschütterung …«

»Weniger als gestern«, erwiderte Hagen. »Wir sind hart im Nehmen.«

»Dürfen wir zu ihm?«, fragte Amande.

»Avremar hat schon nach euch gefragt. Aber da noch zwei Mönche in der Infirmerie liegen … Euer Anblick würde sie zu sehr in Versuchung führen.« Er lachte und heftete seine Blicke auf Melissa. Seine Augen wurden dunkel, und für einen kurzen Moment veränderte sich seine Ausstrahlung.

Als ob er nur spielt, durchfuhr es Melissa. Er muss noch eine andere Seite haben. Und diese blitzte gerade eben auf.

Hagen wandte sich wieder Amande zu und erzählte, dass es jetzt nichts mehr mit der Heimreise an den Rhein werden würde. »Was der Herr wohl noch alles mit uns vieren vorhat«, scherzte er und schaute wieder Melissa an. »Vielleicht wart in Wahrheit ja Ihr das Ziel unserer Reise? Avremar hat in Montpellier zwar ein paar *studiosi* der Fakultät aufgetan, die für ihn Bücher kopieren, für sein Spital braucht er aber vor allem gut ausgebildete Schwestern. Oder sehe ich das falsch?«

»Er leitet ein Spital?«, fragte Melissa.

»Nein, er möchte eines stiften.«

»Da wird Melissa, wie ich sie kenne, bestimmt nicht nein sagen«, bemerkte Amande stimmlos.

»Ja, und du kommst mit«, rief Melissa begeistert. »Ich lehre dich alles, was ich weiß. Dann beginnt ein neues Leben für dich.«

Amande nickte wortlos. Sie versuchte zu lächeln, aber es gelang ihr nicht. Sie schaute aus dem Fenster, scharrte dabei ein paar Mal mit dem Absatz über den Boden. Hagen spürte die Veränderung bei ihr. Er trat hinter sie und fasste sie sanft bei den Schultern: »Amande, Avremar steht so tief in Euer beider Schuld, dass er sich den Arm abhacken lassen würde, wüsste er eine von Euch unglücklich.«

Die Atmosphäre in der Kirche der heiligen Martha lenkte Melissa und Amande von ihren Sorgen ab. Weihrauchschwaden waberten durch das Kirchenschiff, vor dem Altar und den Kapellen der Seitenschiffe brannten Hunderte von Kerzen. Murmeln, Singsang und Scheppern brach sich an den Wänden. In der Kirche herrschte größerer Lärm als auf einem Marktplatz.

»Entzündet auch Ihr eine Kerze für die Heilige!«, rief ihnen ein Messdiener zu und bahnte sich rüde seinen Weg durch eine Gruppe fremder Nonnen. Erwartungsvoll ließ er die Münzen in seiner Büchse scheppern, wobei er gleichzeitig nach neuen Besuchern Ausschau hielt. Sowohl Melissa als auch Amande und Hagen kauften eine Kerze, als auch schon der Sakristan auf sie zukam und anbot, sie bevorzugt zum Heiligsten in der Kirche zu führen.

»Umsonst?«, fragte Hagen, und seine Augen blitzten.

»Aber edler Ritter Eures Ordens … Damit Eure Wünsche in Erfüllung gehen …«

»… ist nichts zu teuer. Ist es das, was Ihr uns sagen wollt?« Hagen steckte ein Geldstück in die Büchse und rieb sich begeistert die Hände – gerade so, als billige er dieses schamlose Denken. »Das Gewissen frei im Leibe schwingt, wenn die Münz im Kasten klingt.«

»Hagen, unser Herr sagt bei Matthäus: Mein Haus soll ein Bethaus heißen! Ihr aber macht es zu einer Räuberhöhle. Was ist in Euch gefahren?«

Melissa war nicht weniger befremdet als Amande. Doch Hagen zuckte nur mit den Schultern, zupfte sich seinen Überwurf zurecht und folgte dem Sakristan. Dieser bahnte sich unter heftigem Scheppern seiner Büchse einen Weg zum Westtor, wobei er es nicht unterließ, im psalmodierenden Singsang zu rufen: »Heilige Martha von Bethanien, unser aller Patronin rechtschaffener häuslicher Arbeit: Bitte für die, die mir folgen.«

Schon etliche Meter vor den Stufen, die in die Krypta führten, hatte sich eine Menschenschlange gebildet. Einige sangen, andere beteten laut. Der Sakristan schaute sich nach Hagen und den Freundinnen um, winkte ihnen, schneller zu gehen: »Heilige Martha!«, rief er ein ums andere Mal. »Heilige Martha, bitte für uns alle. Erhöre die, die dich preisen! Leihe ihnen dein Ohr.«

»Amen!«, krähte ein Mann, ein Krüppel, der sich an seiner Kraxe mühsam die Treppe herunterquälte.

Melissa sah Menschen mit Hautkrankheiten zwischen gesunden Pilgern, drückte sich an händeringenden alten Mütterchen und Hochschwangeren vorbei. Immer wieder kam der Zug ins Stocken, weil etliche Gläubige das letzte Stück Weg zum Sarkophag auf den Knien zurücklegten. Melissa erwartete jeden Augenblick, dass sie beschimpft würden, weil sie sich vordrängelten, doch die Gläubigen waren mit ihren Wünschen und Gebeten beschäftigt, schauten bestenfalls neugierig auf den Deutschordensritter, der Amande an die Hand genommen hatte, damit sie nicht stolperte.

»Heilige Martha! Gepriesen seist du! Gepriesen! Du Einzige! Du Wunderbare!«, übertönte eine schrille Frauenstimme in der stickigen Krypta alle anderen verzückten und inbrünstigen Beter. »Einzige. Du hast geholfen. Du hast mich erhört.« Sie sank vor dem Sarkophag auf die Knie und küsste ihn von allen Seiten. Ihr Gesicht war tränennass, und ihr Gewand auf Höhe der Knie voller Blut. »Taub war ich, und du hast mich wieder hörend gemacht. Taub. Aber jetzt kann ich wieder hören. Alles. Meine Kinder, meinen Mann, die Vögel und Biff und Baff, meine Hunde. Du Gute, du Gütige …«

»Preist sie mit einer Kerze, gute Frau.«

»Ja, eine Kerze«, rief die Frau. »Gebt mir eine.«

Der Sakristan schüttelte seine Büchse, und die Frau steckte ein Geldstück hinein. Derweil entzündeten Melissa und Amande

ihre Kerzen an der hüfthohen, pfundschweren Kerze der Heiligen. Hagen suchte nach einem Platz in dem Lichtermeer zu beiden Seiten des Sarkophags, dann beugten sie die Knie und verrichteten jeder für sich ein stilles Gebet. Für einen Moment unterblieb das Scheppern, dann erhob sich die Stimme des Sakristans zu einem enthusiastischen Gesang: »Sei gegrüßt, o unsere Königin, Heilige der Barmherzigkeit, unser Leben, unsre Wonne, unsre Hoffnung. Sei gegrüßt. Zu dir rufen wir, zu dir seufzen und weinen wir. Wohlan, sei du unsere Fürsprecherin, wende uns deine barmherzigen Augen zu. O gütige, milde, o du süße unsere Maria, Amen.«
»Amen.«
Schniefen und Weinen erklang, dann wieder das Scheppern der Büchse. Während des Gebets hatte Melissa die ganze Zeit das Gefühl gehabt, Hagen habe ihr auf die Hüften gestarrt. Zu ihrer Überraschung sah er ehrlich berührt aus, als er sich erhob. Er lächelte und schüttelte dabei den Kopf, als sei ihm gerade etwas sehr Wichtiges eingefallen.
»So muss man es machen«, sagte er vor sich hin. »Genau so.«
»Ich ersticke gleich«, flüsterte Amande. »Ich muss hier raus. Es ist nicht zum Aushalten. Der Sakristan ist auch schon fort.«
»Ich sagte doch schon: Das Gewissen frei im Leibe schwingt, wenn die Münz im Kasten klingt.«
»Schämt Euch!«, entfuhr es Melissa.
Hagen aber lachte. Lachte so ungezwungen, als sei er nicht in einer Krypta, sondern in einem Rittersaal.

Auf dem Kirchenvorplatz liefen sie geradewegs Heta in die Arme. Sie wolle auch zur Heiligen, begrüßte sie Hagen. »Beten ist das Einzige, was jetzt noch hilft.«
»Aber so sehr krank seht Ihr nicht aus«, beruhigte Hagen sie.
»Das liegt am Theriak«, antwortete Heta. »Aber ich bete nicht nur für mich, sondern für uns drei Frauen. Ratet mal, wem ich

über den Weg gelaufen bin?« Sie machte eine Pause und schaute Melissa und Amande eindringlich an. »Ja, genau ihm: Kundschafter und Klatschbase Marc.«

»Ihr steht alle unter meinem und Avremars Schutz«, erklärte Hagen. »Auch wir hatten bereits das Vergnügen, diesen Burschen im Pelz zu haben. Das war in Avignon. Als er hörte, wir kämen vom Rhein, hätte er uns am liebsten in Ketten gelegt, um uns in Ruhe ausfragen zu können.«

Heta schaute sich um. Auch wenn Fremde in Tarascon etwas Alltägliches waren, fielen sie auf. Ein Deutschordensritter mit einer Alten, dazu zwei junge Weibsbilder, dachte sie. Die einen werden glauben, ich sei eine Kupplerin, andere, wir seien auf der Flucht, und wieder ein anderer wird Nachforschungen anstellen. »Bis heute Abend«, sagte sie. »Macht Euch einen schönen Tag. Vielleicht ist es Euer letzter.«

Melissa murmelte irgendetwas, was niemand verstand, woraufhin Hagen sich verabschiedete. In zwei Tagen, schlug er vor, sollten sie abends noch einmal bei den Trinitariern vorbeikommen. Bis dahin sei auch Avremar bestimmt wieder auf den Beinen.

Verlegen wechselten Melissa und Amande einen raschen Blick.

Sie beschlossen, den heutigen und kommenden Tag außerhalb der Stadt zu verbringen und sich am Fluss ein ruhiges Plätzchen zu suchen. Sie kauften einem Fischer gekochte Krebse und Lachse ab und verdösten den Tag am Rhônestrand. Doch schon vierundzwanzig Stunden später wurde Melissa wieder daran erinnert, was bis vor kurzem noch ihr Leben bestimmt hatte. Amande und sie schlenderten auf der Rhônebrücke zufällig hinter einer Bäuerin her, auf deren Zweiradkarren ein kleines Mädchen zwischen Kisten mit schorfigen Äpfeln und Birnen hockte.

Mit einer Steingutflasche mit Most wehrte es einen kleinen Hund ab, der nicht davon ablassen wollte, ihr aufgeplatztes Unterschenkelgeschwür abzulecken.

»Hau endlich ab, Chouchou!«, kreischte es verzweifelt und strampelte dazu mit den Beinen. Der Hund bellte und jaulte fröhlich, sprang auf den Karren und wieder herunter und ließ sich nicht vertreiben. Hilfesuchend sah sich das Mädchen zu seiner Mutter um, doch die schritt stur geradeaus. Statt sich um ihre Tochter zu kümmern, redete sie auf ihren Zugesel ein und kraulte ihn hinter den Ohren. Und schon wieder sprang Chouchou auf den Karren und leckte dem Mädchen jetzt übers Gesicht.

Melissa sah dem Kind an, dass es nicht den Mut hatte, nach seiner Mutter zu rufen. Und obwohl Amande sie festhielt, riss sie sich schließlich los und schloss zu Mutter und Esel auf.

»Ich will mich nicht einmischen, aber die Wunde Eurer Tochter ist längst entzündet. Sie muss ausgewaschen und verbunden werden. Und Chouchou, so niedlich er auch ist, hat Euch zu gehorchen.«

»Hat meine Tochter Euch angebettelt? Wird sie nicht einmal mit Chouchou fertig?« Die Frau, von hinten nicht ohne Reiz, von vorn aber eine Vogelscheuche mit herben Gesichtszügen, stemmte ihre schmutzigen Hände in die Hüfte und musterte Melissa von Kopf bis Fuß. »Seid Ihr vom Pilgerspital? Ich kenne Euch nicht.«

»Ich verstehe mich auf Wundbehandlungen«, erwiderte Melissa, so ruhig wie möglich. »Und da weiß ich eines ganz gewiss: Wenn Ihr wollt, dass Eure Tochter wieder laufen und nicht am Brand sterben soll, so rate ich Euch, tut endlich etwas für sie.«

»Hunde lecken sich doch auch? Daran ist noch keiner gestorben. Das sieht nur wüst aus.«

»Was bereits so stark entzündet ist, heilt niemals von allein. Wollt Ihr, dass sie Fieber bekommt? Soll ihr das Bein abfaulen?«

Missmutig wiegte die Frau den Kopf. Melissa und Amande gingen neben ihr her, schließlich sagte die Frau, sie wohnten in Jonquières-Saint-Vincent und könnten sich keinen Bader aus Tarascon leisten. »Im Dorf haben wir niemanden, der sich mit so etwas auskennt. Bis vor ein paar Jahren lebte wenigstens noch unsere weise Frau. Jetzt müssen wir alle bis zum Juli warten, auf den großen Markt von Beaucaire. Zwischen den Hunderttausenden, die dort Handel treiben, tummeln sich immer etliche Bader und sogar Ärzte.«

»Ich brauche bloß Wein, Honig und saubere Leinenstreifen. Salbei und Rosmarin wachsen bestimmt irgendwo im Kräutergarten.«

»Wenn es wirklich nicht mehr ist, dann soll es mir recht sein.« Die Frau sah sich nach ihrer Tochter um und rief: »Marie, sie hilft dir. Aber es wird ein bisschen wehtun.«

Marie riss die Augen auf, wurde bleich vor Angst. Melissa strich ihr beruhigend durchs Haar und stellte dabei fest, dass es verlaust war.

Amande schüttelte nur den Kopf und machte ein unwilliges Gesicht. »Wir wollten es uns nur schön machen«, murrte sie. »Noch mal einen Tag am Rhônestrand, ein paar Fische braten … und reden.«

»Darüber?«, fragte Melissa bestimmt.

»Auch.«

»Ich habe dich beobachtet, meine Liebe. Wie du Hagen angeschaut hast, als er dich vorgestern an der Hand nahm …«

»Ach, was du alles so bemerkst …«

Amande klang betont belustigt.

»Ganz recht. Schließlich wollen Frauen immer genau wissen, wem die beste Freundin schöne Augen macht.«

»Oh, schöne Augen … Und ich glaub sogar, ich hab mit den Hüften gewackelt.«

Sie lachten.

»Komm, lassen wir es«, beschloss Melissa.
»Genau, sonst …«
»Sonst?«
»Ich mag dich!«, rief Amande und zwickte sie lachend in den Arm.
»Ich dich auch!«
Sie hatten die Klippe wieder einmal umschifft. In der Zwischenzeit hatten sie die Olivenbaumplantagen erreicht, die das Dorf umgaben. Freundlich nickten sie den Menschen zu, die mit Stangen gegen die Äste schlugen, damit die reifen Früchte in die darunter ausgebreiteten Netze fielen. Die Luft war leicht. Es duftete nach grünen Blättern, Oliven, Holz und Thymian. Der Mistral war glücklicherweise abgeflaut, der Himmel strahlend blau. Gleich neben der Kapelle des heiligen Laurentius stand die Hütte, in der Marie mit ihrer Familie lebte.
Melissa glühte den Dolch aus, den sie von Heta geschenkt bekommen hatte, und befahl Maries Mutter, frisches Wasser und Wein zu holen.
Es war so weit: Marie musste sich auf die Bank vor das Haus setzen. Amande hielt sie fest, ihre Mutter stand mit einem Eimer voll kalten Brunnenwassers neben ihr.
»Pass auf, Marie«, sagte Melissa. »Ich entferne jetzt Eiter und fauliges Fleisch. Deine Mutter wird Wasser darauf schütten, dann tut es weniger weh.«
Doch sie hatte kaum die Wunde berührt, da bäumte sich Marie auf und schrie. Amande winkte einen Olivenbauern heran, damit er mithalf, Marie festzuhalten: »Du machst es dir nur schwer«, sagte sie. »Komm, als ich Kind war, hat mir der Bader dort, wo Gott uns zu Frauen gemacht hat, einmal einen Bienenstich aufgeschnitten …«
»Alles Gerede«, brummte der Olivenbauer. Er ging in den Garten und kam kurz darauf mit einem zurechtgeschnitzten Stück Holz zurück. »Feste draufbeißen.«

Marie schrie, dass ihr die Augen aus den Höhlen traten, biss aber zu. Während ein anderer Bauer den winselnden Chouchou festhielt, hörte man nur noch ihr gurgelndes Keuchen. Nachdem Melissa die Wunde sauber gemacht hatte, wusch sie sie mit Rotwein aus. Dann suchte sie im Kräutergarten vor der Kapelle Salbei und Rosmarin, tunkte die Blätter kurz in heißes Wasser und zerrieb sie. Sie drückte sie auf die Leinenstreifen, von denen sie einen zuvor mit Honig getränkt hatte, und verband damit die Wunde.

Als sie fertig war, trug der Bauer Marie ins Haus und legte sie auf ihr Strohlager.

Maries Mutter war nun wie verwandelt. Sie bedankte sich überschwänglich und bot an, sie mit Fleur-de-Aceite-Öl zu bezahlen. »So nennen wir das Öl, das, noch bevor die Matten gepresst werden, allein durch sein Eigengewicht herausläuft. Es ist das beste Öl.«

»Danke«, sagte Melissa. »Aber manchmal ist mir Gottes Lohn lieber.«

Amande machte Anstalten, Melissa mit sich zu ziehen, doch da kam schon der Bauer zurück und schwenkte eine kleine Steingutflasche mit dem Fleur-de-Aceite-Öl. »Marie ist mein Patenkind. Und wir helfen uns hier alle. Habt Ihr noch ein wenig Zeit? Da ist noch ein Kind …«

Er winkte und zeigte auf eines der Häuser, ein paar Schritte von ihnen entfernt. Amande aber stampfte ungehalten mit dem Fuß auf und zischte Melissa böse an: »Nein, du erregst jetzt kein Aufsehen! Wir gehen. Die Samariterin spielen kannst du noch dein ganzes Leben! Aber nicht heute!«

Sie hielt Melissa zurück und rief dem Bauern bedauernd nach: »Entschuldigt bitte, wir müssen zurück nach Tarascon. Die Benediktinerinnen erwarten uns dort. Wir sind ihnen verpflichtet. Aber wir vergessen Euch nicht, versprochen.«

Der Bauer hob die Steingutflasche mit dem Fleur-de-Aceite-Öl,

doch Amande wiegelte ab: »Bewahrt es für uns auf, wenn wir wiederkommen.«
Sie gingen zurück. Melissa machte ein gequältes Gesicht, doch die Vernunft sagte ihr, dass Amande recht hatte. Denn sie waren noch lange nicht außer Gefahr. Jeder Tag vergrößerte die Möglichkeit, dass Kardinal Albanos Suchtrupp sie aufspürte. Eigentlich, überlegte Melissa, ist es hier in Tarascon viel zu gefährlich. Besser wäre es, wenn wir von hier verschwinden. Wenn es Hagen ernst ist, könnte er uns für Arles ja eine Empfehlung schreiben. Dort sehen wir uns dann alle wieder. Aber was ist mit Heta? Ist sie wirklich schon wieder reisefähig?

Sie liefen Marc, dem Kundschafter, geradewegs in die Arme. Sie wollten in die Stadt, er wieder hinaus. Was sie beide erstaunte, war, dass Marc so tat, als würde er sie nicht kennen. Höflich erwiderte er ihren Gruß, schaute aber so unbeteiligt, als habe er sie noch nie gesehen. Weder blitzten seine Augen, noch verriet er sich durch das kleinste Zucken seines Gesichts.
»Das Einzige, was mir auffiel, war, dass er seinem Pferd übertrieben liebevoll die Flanken geklopft hat«, sagte Amande nachdenklich. »Als wolle er sie entstauben.«
»Er wollte uns eben nicht zu lange in die Augen schauen.«
»Und das tut nur einer, der ein schlechtes Gewissen hat.« Die Freundinnen sahen sich an, beschleunigten ihren Schritt. »Sollten wir nicht gleich Hagen und Avremar benachrichtigen?«
»Ja, das ist gut. Dann gehst du zu den Trinitariern und ich zu Heta. Wie ich sie kenne, wird sie sich schlafen gelegt haben. Seit jeher ist dies ihr Credo: Schlaf dich gesund.«
»Die Medizin der Armen und Geizigen«, scherzte Amande.
Melissa sah ihr nach, wie sie in die nächste Gasse einbog. Sie selbst schritt über den Vorplatz der Kirche der heiligen Martha, schaute in strahlende, zuweilen entrückte Pilgergesichter. Ein schwacher Weihrauchduft lag über dem Platz, denn gerade war

die Nachmittagsmesse zu Ende gegangen. Für einen Moment bildete sie sich ein, von allen Seiten beobachtet zu werden. Zudem spürte sie einen Druck auf den Ohren und vergaß für einen Moment, wo sie sich befand. Sie blieb stehen und fasste sich ans Herz. Auf einem Mauervorsprung streckte sich eine Katze, hinter ihr schlurfte ein Bettler über das Pflaster. Da kamen zwei Kinder aus einer Tür: Das eine Kind war als Drache verkleidet, das andere stellte die heilige Martha mit dem weißen Gewand, Kochlöffel und Weihwasserwedel dar.
Melissa lächelte, doch als ihre Mutter hinter ihnen aus der Tür trat und dem »Drachen« einen breiten Hanfstrick um die Hüfte band, lief ihr ein Schauer über den Rücken. Ihr Herz schlug schneller, und plötzlich hatte sie das Gefühl, sie selbst bekäme den Hanfstrick umgebunden. Das Gefühl war von unglaublicher Intensität. Gebannt verfolgte sie jede Bewegung, vermeinte, jeden Handgriff der Mutter zu spüren. Gleichzeitig packte sie eine seltsame Angst. Und plötzlich verspürte sie den Drang zu weinen.
Die Sphinx hat sich in einen Drachen verwandelt, dachte sie entsetzt. Jetzt bleibt mir nur mein Versteck.
Sie roch Rauch, und als sie sah, wie die beiden Mädchen vor ihr ihre Mutter umarmten, erfasste sie heftiger Schwindel. Geh jetzt, tönte es in ihrem Kopf. Vergiss nicht, dass deine Mutter dich vom Himmel aus immer im Blick hat.
Als die Kinder auf sie zukamen, hob sie abwehrend die Hände. Als sie zu laufen begannen, schlug sie die Hände vors Gesicht. »Nicht!« Sie sah einen weißen Schild mit einem Kreuz und gleich darauf eine riesige Lache Blut.
Etwas zupfte an ihrem Gewand, Kinderlachen drang zu ihr. »Ein Almosen für die Armen! Ein Almosen. Bitte!«
Zwei Kinderhände streckten sich ihr entgegen. Das eine gehörte dem »Drachen«, das andere der »heiligen Martha«. Verwirrt tastete Melissa nach ihrem Gürtel. Ungestüm schob sie die Kin-

der zur Seite und rannte los, als wären die Furien hinter ihr her. Erst vor dem Kloster machte sie halt. Gehetzt schaute sie um sich. Als die Pförtnerin endlich öffnete, hatte sie das Gefühl, vor innerer Anspannung zu bersten.

Sphinx und Versteck. Dies waren die Wörter, die auch Heta früher immer wieder gebraucht hatte, wenn sie ihr von Alexandria erzählt hatte. Mein Versteck war der Altaraufsatz, dachte sie beklommen, und in der Kirche kämpfte ein Kreuzritter gegen einen vom Deutschen Orden.

Aber warum?

Weil es eine Kirche des Deutschen Ordens war. Weil der Ordensritter seine Kirche gegen die Barbareien der Kreuzritter verteidigte, weil Alexandria seine Stadt war und er friedlich mit den Muslimen zusammenlebte.

»Mutter! Heta!« Melissa riss die Tür auf. Doch nicht Heta lag auf dem Bett, sondern eine fremde Pilgerin. Melissa fasste sich schnell. Barsch fuhr sie die fremde Frau an: »Wer hat Euch das erlaubt? Und was macht Ihr hier?« Die Frau legte den Finger auf den Mund und zeigte auf die offene Tür. Melissa hielt den Atem an. Ein Verdacht keimte in ihr auf. Sie versuchte, ihn zu unterdrücken, doch ihre innere Stimme sagte, dass sie der Wahrheit nicht ausweichen konnte. »Erzählt«, flüsterte sie und schloss die Tür. »Kennt Ihr uns?«

»Ja, Ihr werdet gesucht.« Melissa nickte, brachte keinen Ton mehr heraus. Die Pilgerin musterte sie, fuhr dann fort: »Eure Mutter hatte mir letztes Jahr geholfen, die Leprosenschau zu bestehen. Sie wurde an der Porte Condamine festgenommen.«

»Woher wusstet Ihr, dass wir hier Quartier genommen haben?«

»Weil sie rief, sie stünde unter dem Schutz der Nonnen.«

»Und jetzt?«

Melissas Gedanken überschlugen sich. Bestürzt dachte sie daran, dass Amande noch unterwegs war. Sie ist schutzlos, ich dagegen bin hier sicher. Was soll ich tun? Ich muss sie zurückholen. Sofort. Doch als habe die Pilgerin ihre Gedanken gelesen, sagte sie: »Flieht. Hier seid Ihr nicht sicher. Wenn die Nonnen erfahren, dass Ihr gesucht werdet, werfen sie Euch hinaus. In dieser Stadt ist für Geld alles möglich. Ich muss es wissen. Schließlich bin ich hier aufgewachsen.«

»Bleibt bitte, bis ich zurückkomme.«

Melissa verließ die Zelle, huschte über den Gang. Niemand hatte sie belauscht. Als sie der Celleraria begegnete, verlangsamte sie ihren Schritt und grüßte sie. Die Angesprochene neigte dankend das Haupt und murmelte einen Segensspruch. Sie weiß noch nichts, dachte Melissa erleichtert. Ich kann es an ihren Augen ablesen.

Auch draußen nahm niemand Notiz von ihr. Melissa atmete tief durch, ihr Herz schlug ruhiger. Eine Taube gurrte, der Himmel über ihr lächelte in einem freundlichen Hellblau. Wäschestücke hingen an Stäben, die aus den Fenstern wuchsen, ein Junge rannte einem entlaufenen Huhn nach. Trotzdem spitzte Melissa die Ohren und bereitete sich darauf vor, jeden Moment harte Schritte und das Klirren von Rüstung und Waffen zu hören. Sie ging im Schatten der Häuser dicht an den Wänden entlang. Mit jeder Minute kam sie ihrem Ziel, dem Kloster der Trinitarier, näher.

Amande indes war nirgends zu sehen.

Sie ist wohl schon bei Hagen, sagte sie sich. Hoffentlich.

»Vorsicht!«

Melissa zuckte zusammen, doch diejenige, die rief, war nur eine Frau, die einen Schwall Schmutzwasser auf die Gasse schüttete. Am Brunnen des Hospitalmarkts füllten Pilger ihre Wasserflaschen auf. Melissa warf einen Blick in die Werkstatt des Krückenmachers – und erstarrte. Zwei Stadtwachen hatten Amande am Ellenbogen gepackt und schoben sie gerade in Richtung Ausgang. Amande riss die Augen auf und wollte etwas sagen, doch der Junge des Krückenmachers kam ihr zuvor.

»Da ist die andere!« Sein Finger wies nach vorn, zeigte direkt auf sie. Melissa erkannte ihn sofort. Hagen hatte ihm am Tag ihrer Ankunft den Apfel geschenkt. Melissa rannte los, rempelte jeden an, der ihr nicht aus dem Weg ging. Sie schöpfte Hoffnung, weil die Stadtwachen ihr nicht nachriefen, sie solle stehen bleiben, doch da hatte sie sich zu früh gefreut.
Trotzdem könnte sie es schaffen. Sie rannte durch eine Gruppe angetrunkener Maurerlehrlinge und stieß unfreiwillig heftig gegen den Käfig eines Vogelfängers. Sein Träger verlor das Gleichgewicht und fiel hin. Melissa schaute zurück, sah, wie er sich aufrappelte und wütend dem Stadtwächter sein Netz über den Kopf warf.
Gott steh mir bei!
Ihr Stoßgebet wurde erhört. Und das auf eine Weise, die ihr unwirklich erschien.
»Avremar!« Er plauderte mit dem Pförtner und hielt ein kleines dünnes Buch gegen seine Brust gedrückt. »Avremar, hilf mir. Sie sind hinter mir her!« Wie eine Ertrinkende streckte sie die Arme nach ihm aus. Und Avremar handelte sofort: Er lief ihr entgegen und nahm sie an die Hand. Melissa hörte, wie er dem Pförtner zurief, er solle schließen, und schon im nächsten Moment tauchte sie an der Seite Avremars ins Dunkel des Gebäudes ein.
Sein Atem rasselte, und er keuchte. Doch ohne anzuhalten, eilte er mit ihr weiter und stieß am Ende eines nach Zwiebeln und Knoblauch duftenden Ganges eine Tür auf. Es war eines der Vorratslager. Zwiebel- und Knoblauchzöpfe hingen von der Decke, an den Wänden waren Kisten mit gelben und roten Rüben aufgestapelt.
Melissa musste sich ducken, so lang waren die Zöpfe. Als sie sich aufrichtete, baumelte ein Knoblauchzopf zwischen ihr und Avremar hin und her. Es war so dunkel, dass sie sein Gesicht nur schemenhaft wahrnahm. Sie fühlte ihre Schläfen klopfen.

»Ich verdanke dir und Amande mein Leben«, hauchte er.
Sie hörte ihn sprechen, wie sie es sich zuvor nur in Gedanken gewünscht hatte. »Mir?«, wiederholte sie zaghaft, so als könne sie sein Geschenk offener Zuneigung kaum glauben. »Mir?«
»Ja, für alle Zeit.«
Vorsichtig streckte er die Hand aus. Seine Fingerkuppen tasteten nach ihrer erhitzten Wange, wanderten weiter zu ihrem Kinn.
Ich träume, dachte Melissa und schloss tief beglückt die Augen.
Sie fühlte, wie seine Fingerspitzen tiefer glitten. Avremar strich über ihren Hals, streichelte sie mit Zeige- und Mittelfinger. Melissa seufzte und sank gegen seine Brust, genoss die weiche warme Hand, die jetzt ihren Nacken berührte und über ihr Haar glitt. Zärtlich drückte er ihren Kopf an sich und liebkoste ihn mit sanften Bewegungen. Melissa glaubte, vor Glück zu zerspringen. Tränen traten ihr in die Augen. Sie lauschte seinem ruhigen kräftigen Herzschlag und wünschte sich, in den Himmel zu fliegen.
Nach einer Weile nahm er ihren Kopf zwischen seine Hände, schaute ihr tief in die Augen und küsste sie sanft. Beinahe fühlte es sich an wie die Berührung eines Schmetterlingsflügels. Doch als er seine Lippen ein zweites Mal auf ihren Mund senkte, gab er ihr mit sanftem Druck zu verstehen, wie sehr er sie begehrte. Eine heiße Woge durchströmte sie, als seine Zungenspitze über ihre Lippen strich und ein kurzes heftiges Spiel mit der ihren begann. Sie riss die Augen auf und begegnete seinem durchdringenden Blick, der voller Verzweiflung und tiefem Verlangen war.
»Hagen und ich können hier nichts für euch tun«, sagte er leise.
»Aber ich habe Zeit gehabt, mir eine Lösung auszudenken. Vertrau mir, so hart es auch kommt. Wir lassen euch nicht im Stich.«
»Wie meinst du das?«, flüsterte Melissa ängstlich.
»Dass ich dich als Diebin bezichtigen werde.«

»Was?!« Vor Erschrecken wich sie zurück. Ihr war, als verschlinge sie das Dunkel um sie herum.
»Wir haben keine andere Wahl. Ich bin noch nicht gesund, also müssen wir Zeit gewinnen.« Avremar nahm ihre Hand, zog sie an sich und küsste sie. Heftiger, als sie es für möglich gehalten hatte, erwiderte sie seinen Kuss. Langsam fiel die Spannung von ihr ab.
»Weißt du noch? In Aniane?«
Seine Stimme …
»Ich sah dich, und mir war, als habe ich die gefunden, nach der ich gesucht habe.«
Ihr war schwindelig vor Glück, doch zugleich durchfuhr sie der plötzliche Schmerz des Zweifels. »Und Amande? Liebst du sie auch?« Sie war kindisch, doch die Frage stand nun zwischen ihnen so klar wie das Blitzen von Metall.
Trotz der Dunkelheit sah sie, wie Avremar beschwichtigend seinen Kopf schüttelte, und gleich darauf spürte sie wieder seine Lippen auf ihrem Mund. Heiße und kalte Schauer liefen über ihren Rücken. Sie fühlte sich geborgen, gleichzeitig aber kam es ihr so vor, als würde sie in einem Nachen sitzen, der im nächsten Augenblick an irgendwelchen Felsen zerschmettern könnte. Sie war taub vor Glück und fror gleichzeitig vor Angst. Sie hatte volles Vertrauen, trotzdem sah sie sich schon am Galgen, glaubte jedes Wort und begriff doch nichts.
Sanft schob er sie von sich. »Verbirg dieses Buch. Sein Umschlag trägt unser Kreuzzeichen. Man wird dich durchsuchen, dieses Buch bei dir finden. Da du widerrechtlich Eigentum deutscher Ordensritter, die als Adlige Gastrecht in der Stadt besitzen, an dich gebracht hast, darf ich darauf bestehen, dich anzuklagen.«
Von draußen erscholl dumpf das Wortgefecht des Pförtners und Stadtwächters. Avremar schob Melissa behutsam Richtung Ausgang.

»Komm, wir werden es schaffen. Vertrau mir.«
Rasch gelangten sie wieder nach draußen. Neugierig blieben sie stehen.
Hinter der verriegelten Klosterpforte tänzelte der Pförtner aufgeregt umher. Er schien sich kaum beherrschen zu können, seinen hochroten Kopf durch die Pfortenöffnung zu stecken. Auf der anderen Seite, ihm direkt gegenüber, tobte der Stadtwächter. Die Worte flogen hin und her, jeder fühlte sich im Recht:
»Wie wollt Ihr Euch anmaßen, Klosterrecht zu brechen?«, schimpfte der Pförtner. »Gewalt anwenden auf heiligem Grund?«
»Aber Ihr entweiht den heiligen Grund, weil Ihr wissentlich Gesindel versteckt! Ist das zu glauben? Tut doch nicht so, als ob so eine nichts auf dem Kerbholz hat.«
»Seid Ihr von Sinnen? Tut Buße! Betet für Euer Seelenheil!«
»Zum Teufel! Warum ist sie wohl geflohen? Sagt mir das! Ein Weib bei den Trinitariern! Wollt Ihr sie für Euer Bett? Mal eine andere Unterlage, wie?!«
»Ah! Deine Geilheit steht dir ins Gesicht geschrieben! Jetzt weiß ich, warum du sie gejagt hast: Weil sie dein stinkendes Rohr nicht angefasst hat.«
»Auch wenn es dich zerreißt, Mönch! Wenn nicht du, dein Prior wird wissen, was rechtens ist.«
Avremar strich Melissa kurz über den Rücken, flüsterte ihr zu: »Pass auf, jetzt geht's los!« Er drehte ihr, so schonend wie möglich, den Arm auf den Rücken, schob sie vor sich her.
»Hört auf!«, rief er scharf. »Sie war frech genug, sich hierhin zu flüchten. Aber sie ist eine Diebin.«
»Da seht Ihr's!«, trumpfte der Stadtwächter auf. »Pilger haben das Herz auf dem rechten Fleck!«
Der Pförtner war fassungslos. Seine Gesichtszüge glichen einem Mann, den gerade der Schlag getroffen hatte. Sein Mund stand offen. Er starrte Avremar an, als käme ein Geist auf ihn

zu. Doch dann besann er sich und blickte kopfschüttelnd in den Himmel. Ein Gebet murmelnd, entriegelte er die Pforte. Melissa hielt ihre Augen geschlossen und fragte sich, ob sie nicht vielleicht doch nur böse träume.
Sie spürte den Schatten hinter der Mauer, das Licht auf der anderen Seite. Avremar stieß sie von sich. Im gleichen Augenblick spürte sie einen Luftzug. Sie hörte ein flüchtiges Sausen und Avremars Schrei, riss die Augen auf, doch es war zu spät. Der Hieb traf sie mit unabwendbarer Härte an der Schläfe. Ein fürchterliches Dröhnen explodierte in ihrem Kopf und betäubte ihre Glieder. Sie nahm noch wahr, wie sie zu Boden sank, doch sie spürte nicht mehr, wie sie aufschlug. Die Welt hatte sich aufgelöst und sie in eine alles verschlingende Dunkelheit gestoßen.

Die Welt war nichts als Schmerz, als sie zu sich kam. Wogen von stechenden Blitzen brachen sich in ihrem Kopf, dann wieder war ihr, als schlüge ihr Schädel gegen das Innere einer Glocke. Aber ich lebe noch, dachte sie. Und ich kann denken und mich an alles erinnern.
Sie war nicht wütend auf den Stadtwächter, der ihr vermutlich mit seinem Stock eines übergezogen hatte, um sich dafür an ihr zu rächen, einem Vogelfänger ins Netz gelaufen zu sein. Doch sie hatte Angst, dass er ihr das Schläfenbein zertrümmert hatte. Alles ist denkbar, dachte sie unter hämmernden Schmerzen. Es war, als sei ihr Kopf ein Amboss, auf den unablässig ein schwerer Hammer einschlug.
Stunden später wachte sie wieder auf. Die Schmerzen waren kaum besser geworden, doch wenigstens wagte sie jetzt, die Augen zu öffnen.
Um sie herum blieb es dunkel – bis auf einen fahlen Lichtschein, der außerhalb ihres Gesichtsfelds lag. Vorsichtig streck-

te sie die Hand aus und stöhnte laut auf, weil sie sofort heftige Stiche im Kopf spürte. Zudem wurde ihr so übel, dass sie sich zur Seite neigte und sich übergab.

»Melissa, Gott sei Dank, du lebst.«

Sie antwortete nicht. Das ist Amande, dachte sie. Bestimmt ist auch Mama in der Nähe. Wir liegen im Turmverlies, und ich habe eine schwere Gehirnerschütterung.

Sie täuschte sich nicht. Sie hörte Wasserplätschern, irgendjemand wischte ihr sacht den Mund ab. Erst da begriff sie, dass sie halb aufrecht saß, den Kopf an Hetas Brust.

»Kein Blut, mein Kind, kein zerschlagener Knochen. Nichts. Du hast Glück gehabt.«

Melissa versuchte zu lächeln, aber es tat zu weh. Doch schon sprach Heta weiter, pragmatisch und schonungslos, wie es ihre Art war. »In deinem Zustand können sie dich nicht nach Montpellier schaffen. Wir haben also noch eine Galgenfrist. Der Kardinal will natürlich, dass wir gesund und bei Kräften sind, wenn wir in der Schlinge zappeln.«

Heta hustete, und in diesem Moment bemerkte Melissa die Wärme, die ihre Ziehmutter ausstrahlte.

»Gibt es denn keine Rettung?«, fragte Amande.

Heta schwieg. Melissa hätte nur zu gerne preisgegeben, dass sie Hoffnung haben dürften, doch sie wagte nicht, den Mund zu öffnen. Außer einem schwachen Stöhnen kam kein Ton über ihre Lippen. Sie kämpfte gegen ihren Brechreiz an, den jede kleinste Anstrengung nur noch größer machte.

Nach einer Weile fiel ihr auf, dass das Buch fehlte, das ihr Avremar gegeben hatte. Er wird es wieder an sich genommen haben, beruhigte sie sich. Es wird in Sicherheit sein. Erleichtert atmete sie auf, und der Brechreiz verlor an Kraft. An seine Stelle trat die Sorge um Heta. Melissa kannte sie zu gut, um nicht zu wissen, dass diese sich nur zusammenriss. In Wahrheit hatte sie Fieber. Aber Heta gehörte zu den Menschen, die in der Not

die Zähne zusammenbissen. Sie sieht sich immer noch als Kreuzfahrerin, dachte Melissa müde, als Kreuzfahrerin … Dann fiel sie erneut in einen tiefen Schlaf.
Erst nach vielen Stunden wachte sie endlich wieder auf und wagte, Heta und Amande die Wahrheit zu sagen: »Es ist alles gut, sorgt euch nicht. Avremar und Hagen werden uns als Diebesbande bezichtigen. Dadurch haben sie als adelige Gäste der Stadt das Recht, uns anzuklagen.«
Kaum hatte sie es ausgesprochen, überkam sie erneute Übelkeit. Sie schaffte es gerade noch, den Kopf zur Seite zu drehen, um sich zu übergeben. Dabei hörte sie, wie Amande in die Hände klatschte und Heta mit heiserer Stimme ein Ave Maria anstimmte. Das Dröhnen in ihrem Kopf nahm zu, dann war plötzlich alles wieder schwarz.

Nach drei Tagen aß sie wenige Löffel Suppe. Da sie den Kerkermeister bezahlen konnten, verpflegte er sie ausreichend. Am vierten Tag ließ er sogar frisches Stroh ins Verlies schaffen. Eine Woche noch müssten oder dürften sie bleiben, verriet er ihnen, dann würden sie nach Montpellier geschafft.
»Aber du hast doch gesagt, der Deutsche Orden würde uns helfen?«, fragte Amande verängstigt.
»Ja, und wir sollten nicht daran zweifeln«, gab Melissa zurück.
Sie blinzelte, weil noch immer jeder Satz, den sie sagte, Kopfschmerzen auslöste. Selbst der Brechreiz war noch nicht ganz überwunden, jedes Bröckchen Brot, jeder Schluck Wasser reizte ihren Magen. Doch sie war sich gewiss, mit jedem Tag ein wenig mehr zu genesen. Ich habe wirklich Glück gehabt, sagte sie sich ein ums andere Mal. Was tödlich hätte sein können, hatte nur einen Bluterguss und eine Beule zur Folge.
Sie erinnerte sich an die Menschen, die damals in Montpellier

ins Spital gebracht wurden. Bei Bauhandwerkern, die vom Gerüst gestürzt waren, war der Schädel aufgeplatzt wie ein saftiger Apfel. Sie starben innerhalb eines Tages. Bei anderen, die kaum Verletzungen zeigten, trat der Tod Tage später ein, obwohl sich ihr Zustand schon zu bessern schien. Fragiardi hatte sie darüber aufgeklärt. Sie hörte ihn von Blutstauungen im Kopfinneren reden, wobei der Druck so groß werden könne, dass dabei das Gehirn zerquetscht werde. Ein paar Mal habe er deswegen eine sogenannte Trepanation des Schädels vorgenommen. Dabei wurde mit einem bogenförmigen Instrument ein Bohrer angetrieben, der ein Loch in die Schädeldecke sägte. Ein Mal sei es ihm auf diesem Wege gelungen, eine Blutstauung zu beheben. Der Patient habe die Operation sogar überlebt. Die anderen freilich …

Das Keuchen Hetas riss sie aus ihren Gedanken. Mit jedem Tag, an dem es ihr selbst besser ging, verschlechterte sich der Zustand ihrer Ziehmutter. Heta lag auf einem Strohlager und wollte trotz größten Durstes nichts trinken. Hustenanfälle und Nierenschmerzen peinigten sie. Und wenn sie Wasser ließ, war es mit Blut vermischt.

»Warum hast du mir nie etwas davon gesagt?«, flüsterte Melissa vorwurfsvoll.

»Weil es nicht heilbar ist«, erwiderte Heta. »Nach dem Kreuzzug begann es. Erst dachte ich, es habe etwas mit der Mensis zu tun, dann wurde aus dem Ziehen im Rücken und den gelegentlichen Bauchschmerzen mehr. Ich weiß, dass mich ein Geschwür auffrisst, zudem bin ich schwindsüchtig. Aber keine Angst, diesen Wettlauf gewinne ich. Den anderen dagegen …«

»So darfst du nicht reden.«

»Ich darf alles.«

Heta fasste nach Melissas Hand und zog sie auf ihren Bauch. Melissa erschrak, als sie Hetas zittrige knochige Finger spürte. Mit einem Mal fühlte sie sich elender als in den Minuten, in denen sie hier im Verlies zu sich gekommen war. Völlige Trostlosigkeit überkam sie, und sie begann stumm zu weinen. Die Tränen rannen über ihre Wangen und tropften auf den rohen Felsboden. Melissa fühlte sich von allen verlassen, haltlos wie ein Blatt im Wind, das durch immer neue Sturmwinde durch die Lüfte taumelte. Sie sehnte sich danach, einzuschlafen und nie wieder aufzuwachen, doch stattdessen gewährte ihr das Schicksal nur die Gnade, Schmerzen zu fühlen und den Modergestank des Verlieses und ihrer ungewaschenen Körper zu ertragen.

»Melissa! Sag doch was!« Amandes besorgte Stimme riss sie aus ihrer Erstarrung. Melissa entzog Heta ihre Hand und kroch zu ihrer Freundin. Amande schloss sie in die Arme und küsste sie auf die Wange. »Alles wird sich wenden«, meinte sie tapfer. »Weißt du, vorhin überkam mich eine ganze Weile lang tödliche Angst. Plötzlich aber wurde sie weniger. Sie verlor sich wie ein dunkler feuchter Fleck in einem heißen Backofen. Jetzt weiß ich, dass unser Herr Jesus zu mir gesprochen hat. Und ob ich auch wanderte im finstern Tal …«

»Ach, Amande!«, seufzte Melissa gequält. »Man will uns zu bösen Menschen machen und an den Galgen bringen. Dabei haben wir nichts getan. Du willst mich trösten, das ist lieb von dir. Aber heute habe ich all meinen Glauben verloren.«

Sie setzte sich auf und forschte in Amandes Gesicht. Lächelnd hielt diese ihren Blicken stand. Melissa konnte es kaum glauben, aber die Zuversicht, die Amande ausstrahlte, schien die einer Heiligen zu sein. Und als wolle das Schicksal ihr beweisen, wie richtig die Zuversicht ihrer Freundin sei, vernahm Melissa kurz darauf Schritte.

»Siehst du? Seit wir hier unten liegen, kam noch nie jemand um diese Zeit«, flüsterte Amande. »Und so wahr ich gute Ohren hab, da kommt nicht allein der Kerkermeister.«

Die dünnen Lichtstrahlen, die zwischen den Bohlen ins Verlies stachen, wichen einer Flut hellgrauer Farben, als der schwere

Lukendeckel aufgezogen wurde. Wenn jetzt noch der Korb heruntergelassen wird, dachte Melissa hoffnungsvoll und rieb sich die Augen, gleich … gleich wird alles gut.
Doch sie wartete vergeblich.
»Ich bin Roland Marais«, sagte eine meckernde Stimme. »Die rechte Hand des Vogts von Tarascon. Das Hospitaliter-Spital von Montpellier hat uns ersucht, euch festzunehmen und auszuliefern. Dem hätten wir bereits stattgegeben, wenn nicht die Ritter des Deutschen Ordens euch beschuldigt hätten, ihr hättet sie bestohlen. Jetzt frage ich euch: Ist das wahr? Habt ihr Hagen von Mehringen und Avremar von Inzlingen bestohlen? Bedenkt, es gibt Mittel, eurem Gewissen auf die Sprünge zu helfen.«
»Wenn wir gestehen, was wird dann aus uns?«, rief Amande.
»Die Ritter wollen euch zur Rechenschaft ziehen. Sie werden in Montpellier Anklage erheben. Ihr wisst ja, was Dieben blüht, wenn sie nicht gleicht gehängt werden.«
»Aber in Montpellier will man uns hängen!«, rief Melissa bestürzt.
»Ganz sicher wird man das tun. Aber ob mit Händen oder ohne – das ist der Unterschied.«
Die Luke schlug zu. Staub tanzte in den Lichtspeeren. Nach wenigen Augenblicken war es wieder still. Melissa und Amande starrten einander an, konnten nicht glauben, was geschehen sollte. Amande griff nach Melissas Hand.
»Avremar und Hagen … Sie wissen, was sie tun?« Ihre heiße Hand tastete zitternd nach Melissas.
»Ja, ich vertraue ihnen.«
Heta schloss die Augen. Sie schlief ein. Stumm harrten Amande und Melissa neben ihr aus. Besorgt nahmen sie wahr, wie Hetas Fieber weiter anstieg, Schweiß ihr Haar verklebte und winzige Rinnsale über Hals und Stirn liefen. Hätten sie ihr doch nur ein bisschen Linderung verschaffen können! So aber konnten sie

nichts anderes tun, als ihren schweißnassen Körper mit ihren eigenen Kleidern abzutupfen. Plötzlich zuckte Heta zusammen. Sie schlug die Augen auf und keuchte: »Hagen?«

Wie irr verdrehte sie ihre Augen in dem Dämmerlicht. »Er heißt nicht so … er ist dein Feind, Melissa.« Sie riss die Augen auf, suchte Melissas Blick, die zusammenfuhr, als sähe sie im selben Moment das gleiche Grauen wie Heta. »Sein Kopf … er ist rot … hat ein Loch …. sein Schwert ist blutig …« Heta wisperte nur noch, glühte wie ein Laib Brot, der gerade aus dem Ofen gezogen worden war. »Hüte dich … deine Hand, strecke sie aus … nach seinem Sohn … alles wird Feuer …«

»Mama! Hörst du mich?«, rief Melissa. »Du hast Fieber. Du glühst. Du musst etwas trinken. Trinken! Hörst du?«

Heta bewegte die Lippen, schmeckte einer eingebildeten Leckerei nach und begann schwach zu hecheln.

»Sie stirbt!«, jammerte Amande.

»Nein, niemals!«, rief Melissa.

Als wolle Heta Amande zustimmen, zuckte sie unter zwei mächtigen Schlägen ihres Herzens zusammen. Es war ihr letztes Aufbäumen. Ihr Atem setzte aus. Schon im nächsten Augenblick hatte Melissa das Gefühl, als öffneten sich an Hetas Körper unsichtbare Türen, aus denen das Leben entströmte wie der Duft einer Blume im Wind.

Als noch einmal drei Tage vergangen waren, standen sie betend am Arme-Sünder-Kreuz, während der Henkersknecht sich daranmachte, Hetas sterbliche Überreste auf dem Areal der Richtstätte zu begraben. Der Herbst hatte sich endgültig im Rhône-Delta festgesetzt. Ein böiger Wind fegte mit kalten Regenschauern über sie hinweg. Der Himmel hing tief, die Garrigue roch bitter. Kein Zikadenzirpen begleitete das Geräusch der in die Grube gestoßenen Leiche, nicht eine einzige Hummel oder Biene summte, als die Erde sich auf dem in ein grobes Tuch eingeschlagenen Körper Hetas türmte.

Melissa hatte sich längst ausgeweint. Doch als der Henkersknecht das einfache Holzkreuz in den Boden geschlagen und schniefend davongegangen war, sackte sie laut aufschluchzend in die Knie.

Ein kurzes Peitschenzischen ertönte, die Warnung, sofort wieder aufzustehen.

»Habt doch Erbarmen!«, bettelte Amande, die drei Armlängen hinter ihr stand und deren Hände wie die ihrer Freundin gefesselt waren. »Sie war ihre Mutter.«

»Sind wir denn grob?«, entgegnete einer der Berittenen und schaute sich zu den Frauen um. Amande wusste nichts zu erwidern. Ihre Bewacher hatten trotz des Wetters gewartet, bis das Kreuz in den Boden geschlagen war. Dass sie jetzt ungeduldig waren und endlich aufbrechen wollten, war nur zu verständlich. Auch sie fror und sehnte sich danach, zu laufen, um wieder ein wenig warm zu werden. »Damit wir uns richtig verstehen«, fuhr der Berittene fort, »wir kommen gut miteinander aus, wenn ihr nicht herumzickt. Ist das klar?«

»Ja, was immer das heißen mag«, entgegnete Amande bitter.

»Das wird sich zeigen.«

Sie zogen los. Die Berittenen nebeneinander, hinter ihnen Melissa und Amande, jeweils mit einem Strick um den Leib, der am Sattel der Pferde verknotet war. Drei Tagesreisen auf der Via Domitia lagen vor ihnen, drei Tage und zwei Nächte, die Avremar und Hagen jetzt nutzen mussten, wollten sie sie wirklich befreien. Was Melissa und Amande nicht wussten, war, dass beide Ritter zu ihren Bewachern zählten – die freilich erst eine gute Wegstunde hinter Beaucaire zu ihnen stießen.

»So sieht man sich wieder!«, tönte Hagen hinter ihnen.

»Ja, fürwahr. Aber irgendwie ist es jetzt anders, wie?«

Das war Avremar, und Melissa hörte mit Schaudern, dass er

kaum weniger feindselig klang als Hagen. Aber dies gehört eben dazu, sagte sie sich. Wir dürfen uns nichts anmerken lassen.

Die Stunden verrannen, die Spannung stieg. In Gedanken war Melissa oft bei ihrer Ziehmutter. Traurig ließ sie den Kopf hängen, schleppte sich gebeugt wie eine Greisin vorwärts. Immer wieder klangen dabei Hetas letzte Worte in ihr nach: Hagen … Hüte dich vor ihm. Bestimmt erinnert er sie an einen Ritter aus ihrer Kreuzzugszeit, überlegte sie. Hagen selbst war damals ja nur wenige Jahre alt gewesen.

Hüte dich … deine Hand, strecke sie aus. Melissa schaute sich kurz zu Hagen um, dessen Blicke sie im Rücken spürte. Wüsste ich nicht, dass er Avremars Freund ist, würde ich mich vor ihm fürchten, dachte sie. Irgendetwas ist mit ihm. Ich darf nicht zu leichtgläubig sein. Und ihm blind vertrauen, schon gar nicht.

Einmal mehr bedrückte es sie, dass der einzige Schlüssel zu ihrer Vergangenheit in Alexandria nach wie vor Hetas Erzählungen waren. Nur eines war sicher, dass die brennende Kirche, aus der Heta sie gerettet hatte, vom Deutschen Orden geführt worden war. Melissa erinnerte sich daran, wie oft Heta ihr vom Kampf der beiden Ritter hatte erzählen müssen, von dem der eine ein Kreuzritter und der andere ein Deutschordensritter gewesen war.

Mama wollte ja eigentlich ihre Freundin Lia wiederfinden, grübelte sie weiter. War sie vielleicht die Geliebte des Deutschordensritters? Und ich ihr gemeinsames Kind, am Tag des Gemetzels im Altaraufsatz versteckt? Aber warum schlugen sich zwei Ritter in einer christlichen Kirche? Warum dieser Hass?

Melissa fand keine Antwort, der Regen indes hörte nicht auf. Auch wenn es ein wenig wärmer geworden war, klebten ihnen die Kleider schwer und kalt am Körper. Das Wasser rann ihnen aus den Haaren. Die Riemen ihrer Bundschuhe hatten längst ihre Haut aufgescheuert. Die Zehen waren eisig, die Füße schmerzten. Zum Glück waren sie kurz vor Nîmes – und begriffen, dass sie dort wohl noch eine Nacht im Kerker verbringen mussten.

»Wenigstens durften wir die Kleider wechseln«, meinte Amande wenig später und sank auf ihr Strohlager. »Ich finde, es ist ein Wunder, dass sie uns unsere Sachen und den Maulesel ließen.«
»Weil es Diebesgut sein könnte«, entgegnete Melissa. »Offensichtlich will man alles richtig machen. Der Vogt von Tarascon weiß genau, dass hinter dem Auslieferungsersuchen Fragiardis Kardinal Albano steckt. Und den will sich niemand zum Feind machen.«
»Hagen und Avremar schon.«
»So scheint es.«
»Glaubst du ihnen etwa nicht?«
»Noch sind wir nicht frei.«
Amande lachte auf. »Das sagst ausgerechnet du?«
»Was soll das heißen?«
»Ach, Melissa! Wir sind wie rollige Katzen, die um den einen Kater herumschleichen. Ich verrate dir jetzt, wem mein Herz gehört: Es ist Avremar.«
»Das dachte ich mir von Anfang an.« Melissa klang resignierter, als sie beabsichtigte. Sie schwieg eine Weile, dann sagte sie: »Es wäre nicht das erste Mal, dass Freundinnen denselben Ritter lieben.«
»Und jetzt? Wer verzichtet?«, fragte Amande keck.
»Ist es nicht noch etwas früh …«
»Hoffe nie, ich würde nicht um ihn kämpfen!«, unterbrach Amande sie leidenschaftlich. »Schließlich darf ich längere Rechte auf ihn anmelden als du. Ich hab ihn zuerst gesehen, seine ersten neugierigen Blicke galten mir. Ich sah seine Augen funkeln, ihn lächeln. Er ist höflich, wenn er dich ebenso anschaut. Aber vor die Wahl gestellt …«

»Amande!«, rief Melissa scharf. »Wir wollten uns nie wegen eines Mannes entzweien! Hast du das vergessen?«

»Nein. Es ist doch nur … ich liebe ihn eben. Und das anscheinend mehr als du. Erinnerst du dich an Kloster Aniane? Wie verwirrt ich war? Ich liebe ihn so sehr, dass ich fortschwimmen könnte zu ihm, wäre ich ein Regentropfen. So sehr, dass ich in Flammen aufgehen würde, damit er mich sähe und meine Glut löschte.«

»Ich hätte nie für möglich gehalten, dass sein Chorgesang dich so verzaubert hat«, neckte Melissa sie, bemüht, sich nicht anmerken zu lassen, dass Amandes Leidenschaft ihrem Herzen einen Stich versetzt hatte.

»Nicht nur sein Gesang«, gab Amande ernst zurück und fuhr leise fort: »Weißt du, es war bei einem Essen des päpstlichen Verwalters in Avignon. Thomas hatte diesem, neben flandrischen Altardecken, auch einen Kragen verkauft, den Mama mit Muschelhaar bestickt hatte. Er erzählte mir, der Verwalter sei ein Musikbegeisterter, der Notenschriften sammele und kopieren ließe. Auch Hagen und Avremar waren seine Gäste. Sie schenkten ihm eine Musikhandschrift aus ihrer Heimat. Nachdem sie reichlich Wein getrunken hatten, meinten sie, man solle ein Lied singen, um eine Dame wie mich zu preisen. Und dabei sah Avremar mir in die Augen. Ich spürte mein Kleid, meinen Schmuck nicht mehr. Ich war wie von Sinnen und sehnte mich danach, er möge mit mir als seinem Instrument spielen.«

Melissa schnürte sich der Hals zu. Es tat so weh, wie gut kannte sie diese Gefühle. Niemals durfte sie Amande die Wahrheit sagen.

»Hagen schmachtete dich doch auch an, oder etwa nicht?«

»Natürlich. Aber Thomas, dieser Wurm, wurde natürlich sofort eifersüchtig und erfand bald darauf eine Ausrede, um mit mir nach Hause zu gehen. Dort nahm er mich wie ein Besessener.

Ich habe es nur ausgehalten, weil ich an Avremar und seine Stimme gedacht hab.«

Melissa schwieg betroffen. Es war fürchterlich, aus Amandes Mund das zu hören, was ihr größtes Begehren war. Sie warf ihr einen angewiderten Blick zu. Sie hatte Avremar im Geiste beschmutzt!

Sie hörte sie weinen, es schien ihr nur recht. Ihre Arme lagen wie Blei auf dem Stroh. Zu einem früheren Zeitpunkt hätte sie sie in die Arme genommen, um sie zu trösten. Das war jetzt vollkommen unmöglich. Sollte sie doch leiden, dieses Weib, das es mit zwei Männern zugleich trieb! Wut stieg in ihr auf, Wut, vor der sie sich selbst zu fürchten begann.

Starr lag sie auf ihrer Strohschütte und starrte an die Kerkerdecke, in der Hoffnung, bald ruhiger zu werden. Sie versuchte, sich die kurzen und intensiven Momente mit Avremar zu vergegenwärtigen, aber ihr Herz wurde nicht warm, es blieb dunkel. Sosehr sie sich auch darauf konzentrierte, seinen Kuss und das Begehren, das er in ihr entfacht hatte, zu beschwören – sie fühlte sich betrogen. Wahrscheinlich habe ich doch nur geträumt, mir alles eingebildet, dachte sie bitter. Weil ich die gleichen Sehnsüchte habe wie jede Frau und dem nächstbesten Ritter, der Charme und Charisma hat, auf den Leim gegangen bin. Alles nur Einbildung. Wahn. Delirium.

Die einzige Wahrheit ist, dass ich bei den Trinitariern niedergeschlagen wurde. Ist mein Verstand irgendwann beschädigt worden? In frühen Kinderjahren? Sonst würde ich mich ja wohl erinnern können, oder? Mein Kopf hat gelitten seit Alexandria, kein Wunder, dass er mir jetzt Streiche spielt, sobald die Gefühle überhandnehmen.

Sollen sie mich in Montpellier also ruhig hängen.

Ihre Augen füllten sich mit Tränen. Heiß und schwer rollten sie über ihre Wangen, während Amandes gleichmäßige Atemzüge die Zelle von Minute zu Minute enger werden ließ. Melissa

glaubte, vor Kummer und Neid auf Amandes selbstgerechten Schlaf zu ersticken. Sie warf sich bäuchlängs ins Stroh und schluchzte laut. Erst nachdem alle Tränen versiegt waren, fiel sie erschöpft in einen unruhigen Schlaf.
Wenig später rasselten Schlüssel, Melissa schreckte auf, tat jedoch, als schliefe sie noch. Blinzelnd nahm sie wahr, wie die Tür ihrer Zelle aufschwang und der Schein einer Laterne über Boden und Wände huschte. Ein Junge erschien in der Tür, hielt angewidert den Atem an und murmelte verärgert: »Pennen ja schon.«
Er trat einen Schritt vor und hob die Laterne. Als Melissa den Schein auf ihrem Gesicht spürte, schlug sie die Augen auf. Er zuckte zusammen, riss den Mund auf. Er war mager, vielleicht fünfzehn Jahre alt und trug eine Augenklappe.
»Was willst du?«, flüsterte Melissa.
»Ihr sollt Wein haben.« Er hob einen großen Krug, setzte ihn an seine Lippen und nahm einen großen Schluck. »Er ist gut.«
»Dann gib her«, zischte Melissa wütend.
»Tu ich. Aber dir was reinstecken, wäre auch nicht schlecht.« Er streckte ihr die Zunge raus, stellte den Krug ab und schloss die Tür. Melissa warf ihm im Geiste alle Schimpfwörter an den Kopf, die sie kannte, und begann zu trinken. Dann sauf ich mich jetzt eben tot, dachte sie.
Sie leerte den Krug wie eine Verdurstende, stieß auf und fiel zurück auf ihr Lager. Nach einer Weile glaubte sie, der Boden schwanke, dann begann auch die Zellendecke zu schaukeln. Kurz bevor ihr übel wurde, schlief sie ein.

»Geschieht dir recht. Gier ist eine schwere Sünde. Mich, die beste Freundin, nicht aufzuwecken! Was ist bloß aus dir geworden? Aber ich drücke gerne beide Augen zu. Schließlich weiß ich ja, dass du trauerst.«

Amande war voller Schadenfreude, aber ihr fast schon gehässiger Ton war Melissa in diesen Stunden völlig gleichgültig. Sie würgte und spuckte, konnte sich kaum auf den Beinen halten. Immerhin war sie ehrlich genug, sich einzugestehen, dass sie nicht Hetas wegen getrunken hatte.
Noch einmal krampfte sich ihr Magen zusammen, doch es kam nicht einmal mehr Galle. Sie spürte, wie ihr Maulesel sie in den Rücken stieß, auch er schien kein Mitleid zu haben. Stöhnend stolperte sie vorwärts, wachsweiß im Gesicht, die Stirn, hinter der es entsetzlich pochte, schweißnass. Windböen schlugen ihr entgegen, der Himmel war hoch, Wolken aller Formen und Farben zogen über ihnen dahin. Wenn es doch nur ein wenig wärmer wäre … und es keine Regenschauer mehr gäbe … Das dumpfe Pochen in ihrem Kopf wurde stärker. Nach einer Weile hatte sie das Gefühl, ihre Stirn würde beim nächsten Schritt bersten. Stöhnend sackte sie in die Knie und legte sich auf die Seite. Ihr Kopf lag auf einem flechtenbewachsenen Stück Fels, ihre Füße ragten auf die Fahrbahn. Der Strick, der Amande und sie aneinander fesselte, spannte sich, der Zug stockte. Ihr war alles egal.
Die Peitsche knallte.
Melissa rührte sich nicht.
Amande versuchte ihr aufzuhelfen, aber Melissa wehrte ab. »Sie sollen mich abstechen«, murmelte sie. »Sag ihnen das.«
Hilflos zuckte Amande mit den Schultern, bat um eine kleine Pause. Sie suchte die Blicke Avremars und Hagens, die mit maskenhaften Gesichtern den Schluss ihres Zuges bildeten. Avremar nickte ihr zu, Hagen dagegen schaute sich besorgt um. Die Via Domitia war keine einsame Straße. Händler, Pilger, Kuriere, Soldatentrupps des Herzogs, Bauern waren unterwegs. Gerade waren zwei Reiter an ihnen vorübergaloppiert, und vor ihnen rumpelte ein Ochsengespann. Sie zogen gerade durch ein

von Gestrüpp durchsetztes Eichenwäldchen, hinter und vor ihnen lagen abgeblühte Lavendelfelder.

»Steh auf, du versoffenes Stück!«, rief einer der Bewacher. Er schaute sich um, schwang noch einmal die Peitsche. Melissa aber rührte sich nicht. »Na dann, wie du willst.« Der Mann stieg vom Pferd, grinste missmutig. Der erste Schlag mit dem Peitschengriff traf ihre Hüfte, der zweite ihre Wade. »Los jetzt.«

»Nicht! Bitte!«

Amande warf Hagen und Avremar einen flehentlichen Blick zu. Dessen Hand lag auf dem Griff seines Schwerts. Amande spürte, er war kurz davor, die Beherrschung zu verlieren.

»Du Schwein! Schlag doch … na dann schlag doch!«, rief Melissa voller Verachtung und richtete sich auf.

Der erste Peitschenhieb traf sie auf die Brust, der zweite und dritte gegen den Hals. Zum vierten Schlag kam es nicht mehr, weil Avremar vom Pferd gesprungen war. Ein scharfes Zischen ertönte, dann ein Schrei, und im nächsten Augenblick lag eine abgeschlagene Hand, deren Finger noch den Griff der Peitsche hielten, auf dem Straßenpflaster. Melissa sah, wie der Armstumpf zum Schwert zuckte, plötzlich innehielt. Ihr Bewacher schnitt eine Grimasse, begann zu schreien. Wütend stürzte sich sein Begleiter auf Avremar. Der Kampf war hitzig und schnell entschieden. Melissa lief es eiskalt den Rücken herunter, als sie den Todesschrei hörte. Sie schloss die Augen, schaute Avremar stumm an, als er ihr und Amande die Fesseln aufschnitt.

»Und was machen wir mit ihm?«, fragte Hagen.

»Gnade!« Der Mann sank auf die Knie. Seine linke Hand umklammerte seinen Armstumpf. Sein Körper stand unter Schock, noch floss kein Blut. Er schaute zu Hagen auf, während Avremar den Toten ins Gestrüpp schleifte.

»Er wird uns verraten.«

»Nein. Ich schwöre es Euch bei allen Heiligen.«

Hagen zog sein Schwert.

»Nein!«, rief Melissa. »Auch wenn er mich geschlagen hat, so ist er dennoch unschuldig. Ihr dürft ihn nicht töten, Hagen!«
»Sie hat recht.«
Avremar kam zurück, wirkte wie verwandelt. Er streckte dem Mann die Hand hin und bat ihn um Verzeihung: »Bei meiner Ehre und der meines Ordens will ich es wiedergutmachen, soweit ich kann. Aber Ihr müsst schweigen. Erzählt in Tarascon, irgendwelche Truppen des Herzogs hätten sich an den Frauen vergehen wollen. Ihr seid dazwischengegangen, wir hätten angesichts der Übermacht nur zugesehen und seien dann geflohen.«
»Das ist nicht dein Ernst!«, rief Hagen wütend. »Bist du von Sinnen? Du beschmutzt den Orden und bringst Schande über Namen und Familien.«
»Helfen, Heilen, Wehren, Bruder!«
»Wer hat denn um sich geschlagen?«
»Ich. Und deshalb willst du jetzt noch mehr Blut vergießen?«
Hagen steckte sein Schwert zurück in die Scheide. Mürrisch blieb er auf seinem Pferd sitzen und schaute unbeteiligt über alle hinweg. Während Avremar den Armstumpf abband, faltete Melissa ein Tuch zu einem Dreieck. Vorsichtig bettete sie den Arm ins Tuch und verknotete die Tuchzipfel schließlich seitlich am Hals.
»Euer Arm ist jetzt ruhig gestellt. Ihr bekommt noch Geld, dann aber … Gott sei mit Euch.«
Der Mann zitterte am ganzen Leib, seine Lider flatterten. Er machte einen Schritt, stellte fest, dass er nicht umfiel. Speichel rann aus seinem offenen Mund, sein Gesicht war grauweiß wie das eines Toten. Unsicher schritt er vorwärts, schwankend, als habe er einen Rausch.
»Könnt Ihr reiten?«, fragte Avremar.
»Ja.«
»Dann los. Heute Abend müssen wir in Arles sein.«

So schnell sie konnten, verteilten sie das Gepäck und saßen auf. Den friedlich am Wegrand grasenden Maulesel ließen sie zurück. Melissa und Amande schauten sich an und forschten in den Augen der anderen. Warte du nur, sprachen ihre Blicke. Es ist noch lange nicht entschieden.

Nicht nur die Sonne schien wieder, auch der Empfang am Stadttor von Arles war freundlich. Statt sie nach dem Woher und dem Grund ihres Besuches zu fragen, winkte der Torwächter sie einfach weiter. Die Freundinnen konnten es kaum fassen und brauchten eine ganze Weile, bis sie sich wirklich gewiss waren, dass ihnen keine Gefahr drohte. Doch schließlich freuten sie sich, angstfrei und erhobenen Hauptes durch die geschäftige Stadt reiten zu können.

Zwei Trommler wichen ihnen aus, gleich darauf rannte ein quiekendes Schwein aus einer Gasse.

»Die Ordenskomturei liegt am südöstlichen Ende der Stadt«, brach Avremar sein Schweigen und drehte sich zu ihnen um. Hagen und er hatten die letzten Stunden nicht mehr miteinander gesprochen und auch mit den Frauen kein Wort gewechselt. Melissa empfand die Verstimmung der Freunde geradezu körperlich und machte sich Vorwürfe, schuld daran zu sein, doch Avremars Blick beruhigte sie. »Ihr werdet also noch einiges zu sehen bekommen«, fuhr er laut fort, um das Gehämmer aus einer Stellmacherwerkstatt zu übertönen. »Im Gegensatz zu Montpellier ist Arles nämlich eine alte Römerstadt.«

»Das wissen wir. Aber mehr auch nicht.«

Amande ließ Melissa nicht aus den Augen. Bestenfalls ahnt sie etwas, dachte Melissa. Aber wissen tut sie nichts. Und vielleicht habe ich mir ja wirklich alles nur eingebildet.

Sie ritten geradewegs auf den Benediktinerkomplex von St. Trophime zu, der das Herz der Stadt bildete. Richtig begonnen habe alles mit Gaius Julius Cäsar, erzählte Avremar. Er habe in

Arles eine Militärkolonie errichtet, später sei die Stadt unter dem Sohn des ersten Christenkaisers Constantin sogar zur Hauptstadt Galliens erhoben worden. »Die Steine, die hier verbaut wurden, sind alle mindestens tausend Jahre alt. Besucht nur die Ruinen der beiden römischen Theater und die Thermen, dann glaubt ihr mir sofort. Arles muss einmal ein kleines Rom gewesen sein. Aber wenn sich jeder weiterhin von den alten Monumenten das nimmt, was er braucht, wird niemand mehr den Chronisten glauben. Denn letztlich wollen wir sehen und berühren. Das *noli me tangere* gilt nur für unseren Heiland.«

Avremar erzählte noch manches andere aus der Geschichte von Arles. Melissa aber war sich im Klaren, dass er dies nur tat, um von der angespannten Stimmung abzulenken, die sich zwischen ihm und Hagen aufgebaut hatte. Trotzdem hörte sie Avremar aufmerksam zu und konnte sich für das Doppelportal von St. Trophime mit den überlebensgroßen Apostelstandbildern genauso begeistern wie er. »Dieses Portal hat übrigens unsere Marburger Baumeister inspiriert, als sie die Elisabethkirche bauten. Jene Kirche ist der ganze Stolz unseres Ordens. Natürlich muss man wissen, dass die heilige Elisabeth neben dem heiligen Georg der zweite Schutzpatron der Deutschordensritter ist.«

»Und du bist der erste Ritter, der geschwätzig wie ein Waschweib ist.«

Hagen sprengte davon, nichtsdestotrotz fiel Melissa und Amande ein Stein vom Herzen. Denn auch wenn Hagen bissig klang, wenigstens sprach er wieder.

»Waschweiber singen! Und zwar schön!«, hörten sie da die helle Stimme einer Frau. Sie drehten sich um und entdeckten eine junge Frau, die soeben ihr kleines Kind hochhob und es sich auf die Hüfte setzte. Sie schaute belustigt zu ihnen hinüber. Ihr leuchtendes Gesicht passte zum goldenen Abendlicht, das über

der Stadt lag. Über ihr öffnete sich ein Fenster, und man hörte helles Lautenspiel, das nun von Avremars hastigen Schritten durchschnitten wurde. Die junge Mutter sah ihm interessiert nach, auch Melissa und Amande verfolgten nun voller Anspannung, wie Avremar aufgebracht auf Hagen einzureden begann. Dieser aber starrte stur geradeaus.
»Himmel noch mal! Was ist denn in dich gefahren?«, schimpfte Avremar atemlos. »Verträgst du auf einmal keine Kämpfe mehr? Bist du zum selbstgerechten Frömmler geworden?«
Hagen schwieg. Ohne Avremar auch nur eines einzigen Blickes zu würdigen, gab er seinem Pferd die Sporen, das daraufhin in schnellen Trab fiel. Entsetzt beobachteten die Frauen, wie Avremar wütend die Faust hob und ihm fassungslos nachsah.

Das Ordenshaus gehörte einst den Johannitern, die es wegen Geldmangels verkauft hatten. Melissa und Amande gefiel das Gebäude mit dem runden Turm, den kleinen Fenstern und dem begrünten Innenhof auf Anhieb. Seine Loggien machten es luftig und verliehen ihm etwas Großzügiges. Auf einer Steinbank diskutierten zwei Jakobspilger. Ein Stück weiter half ein junger Mann im weißen Waffenrock mit halbem, T-förmigem Kreuz einem graubärtigen Alten, der sich auf eine Achselkrücke stützte, beim Gehen.
Avremar hob grüßend die Hand, dann wandte er sich Melissa und Amande zu, bemüht, sie mit Erläuterungen von dem missliebigen Zwischenfall mit Hagen abzulenken. »Weil Arles am Jakobsweg liegt, unterhält unser Orden hier genauso wie in Montpellier ein Spital. Dieser junge Mann heißt Wulf und ist Ritteranwärter. Erst wenn er den Ritterschlag erhält, bekommt er unseren weißen Rock mit dem Vollkreuz.«
Melissa entging nicht, dass sie alle Blicke auf sich zogen. Ein stattlicher Deutscher Ritter zwischen zwei fremden jungen Frauen scheint auch im betriebsamen Arles höchst selten vorzu-

kommen, dachte sie. Vor allem, wenn er so vertraut mit ihnen tut, als seien sie seine Schwestern.
Sie setzte eine freundlich interessierte Miene auf, während Avremar sich bei Amande und ihr unterhakte und, über die Geschichte des Deutschen Ordens plaudernd, auf eine Bank vor einem Rosenbusch zusteuerte: »Hagen wird hoffentlich bald wieder zu uns stoßen. Dann stellen wir euch dem Komtur vor.«
Melissa wunderte sich, dass er so gleichmütig klang. Hatte er wirklich seine innere Ruhe wiedergewonnen? Oder war er nicht nachtragend? Sie hätte es nicht sagen können.
»Was tut der Komtur?«, fragte sie, nur um etwas zu sagen.
»Der Komtur ist der Befehlende und Hausobere des Arler Ordenshauses. Er wacht über die Ordensdisziplin und hat die Leitung von Kranken- und Waffendiensten inne. Ihm untergeordnet ist der Priesterbruder, der für die Seelsorge im Ordenshaus zuständig war. Ihr habt in der Zwischenzeit bestimmt gelernt, dass die Ordenskonvente des Deutschen Ordens in sogenannten Balleien zusammengefasst werden. Neben den Balleien in den deutschen Ländern gibt es auch italienische und französische Balleien, die wiederum aus einzelnen Kommenden, wie zum Beispiel derjenigen in Arles, bestehen. Doch seit unser Orden seinen Hauptsitz im Jahre 1309 in den preußischen Nordosten, die Marienburg, verlegte, schwächeln alle anderen Kommenden. Zugegeben: Viele Ritter verbreiten nur deshalb die Botschaft Christi im Osten, weil sie hofften, große Landbesitzungen zu erwerben. Der Kampf gegen die heidnischen Preußen ist allzu oft nur ein Vorwand.«
Er schwieg, als sänne er über die Wahrheit seiner Worte nach. Amande und Melissa ließen sich auf die Bank nieder. Suchend schaute er um sich. Doch Hagen war nirgends zu sehen.
Er runzelte die Stirn, schüttelte den Kopf.
Er kann sich beherrschen und verstellen, dachte Melissa. Noch nicht einmal seinen Blicken ist abzulesen, was er empfindet. Er

tut, als wäre nichts zwischen uns gewesen … falls wirklich etwas gewesen war.
In Wahrheit jedoch zweifelte sie nicht mehr. Aber mit der zunehmenden, letztlich unumstößlichen Gewissheit, dass sie sich geküsst hatten, wuchs ihr Misstrauen gegen Hagen. Melissa erinnerte sich an einige Blicke, die er ihr zugeworfen hatte, vor allem jene in der Kirche der heiligen Martha. Kann es sein, dass auch er ein Auge auf mich geworfen hat?, überlegte sie. Dann ist er jetzt eifersüchtig, deutet Avremars Eingreifen, als ich gepeitscht wurde, als eine Art von Liebesbeweis.
Still lächelte sie vor sich hin. Aber das Lächeln gefror ihr auf den Lippen, als sie Hagen an der Seite eines vollbärtigen Ordensritters mit schmerzhaft hellen Augen auf sie zukommen sah. Sie sprang auf. Auch Amande war eingeschüchtert genug, um sich sofort zu erheben. Allein Avremar schien ziemlich ungerührt zu sein, obwohl ihm ein Laut der Überraschung entfuhr.
»Gott zum Gruß, Komtur Arnold. Entschuldigt bitte, ich hätte Euch sofort meine Aufwartung machen sollen.«
»Gottes Dank, Ritter Avremar. Wie ich sehe, seid Ihr wohlauf. Was Ihr Euch allerdings habt zuschulden kommen lassen, macht mich zornig. Mit Eurem Verhalten habt Ihr dem Ruf unseres Ordens geschadet.«
Avremar verschlug es die Sprache. Bestürzt riss er die Augen auf, wollte etwas sagen. Doch der Komtur verbat ihm mit einer energischen Geste, zu sprechen. Stattdessen wandte er sich Melissa und Amande zu, musterte sie kurz und fuhr dann fort: »Seid Ritter Hagen nicht gram, dass er mich ins Bild gesetzt hat. Er hat nur seine Pflicht getan. Mit ein wenig Nachdenken werdet Ihr erkennen, dass es richtig war. Nun aber hört. Ihr habt in vorbildlicher Tapferkeit einen Deutschen Ritter vor Schlimmem, wenn nicht vor dem Schlimmsten bewahrt. Damit steht unser Orden in Eurer Schuld. Seid also willkommen in Arles.«

Der Komtur klang jetzt milder als zu Anfang, und seine hellen eisgrauen Augen hatten das Stechende verloren. Die Freundinnen dankten schüchtern, inzwischen hatte Avremar sich aber wieder gefasst. »Ritter Hagen hat Euch hoffentlich auch erzählt, dass beide Frauen unseres Schutzes bedürfen.«

»Ja. Ich kenne die Umstände. Aber Euer unbekümmerter Ton zeigt, dass mein Tadel offensichtlich nicht genug in Eurem Herzen zündet. Ihr werdet also nach der Komplet beichten und anschließend die Nacht in unserer Kapelle im Gebet verbringen. Gott zum Gruß, Ritter Avremar.«

»Gottes Dank«, murmelte dieser und schaute dem Komtur nach, wie dieser mit energischen Schritten zurück ins Haus ging.

Hagen legte ihm die Hand auf die Schulter. »Es tut mir leid, Bruder. Und ich bitte dich um Verzeihung. Vergib mir. Ich werde mit dir beten.«

Er schaute ernst und aufrichtig. Melissa und Amande hielten ängstlich den Atem an, denn Avremar rang sichtlich um Beherrschung. Doch schließlich huschte ein Lächeln über sein Gesicht. Er reichte Hagen die Hand, der sie ergriff, Avremar an sich zog und umarmte.

Die Freundinnen kamen sich völlig überflüssig vor, und anscheinend waren sie es auch. Denn ohne ein weiteres Wort zu verlieren, zog Hagen Avremar mit sich. Auf halbem Weg drehte er sich um und rief: »Wenn ihr Wünsche habt, fragt einen der Halbbrüder. Ihr erkennt sie am Halbkreuz auf dem kurzen Umhang mit den weiten Ärmeln. Die Tafel teilt ihr entweder mit ihnen und den Ritteranwärtern oder den Pilgern. Gute Nacht.«

Melissa presste die Lippen zusammen, Amande fuhr sich nervös durchs Haar. Nicht einen Blick hat er mir gegönnt, dachte Melissa ärgerlich. Als seien ihm die Ordensrituale wichtiger. Nein, verbesserte sie sich, als sei ihm Hagen wichtiger als ich.

Sie bekamen Avremar und Hagen zwei Tage lang nicht zu Gesicht. In dieser Zeit besuchten sie die Reste der beiden römischen Theater und des antiken Forums. Das Wetter zeigte sich wieder von seiner schönsten Seite. Der Herbst war golden und mild, in Straßen und Gassen duftete es nach Obst. Um nicht aufzufallen, trugen sie Holzschuhe und einfache Wolltuniken, den Kopf mit einem einfachen Gebende umschlungen. Als seien sie Mühlenmägde, hatten sie sich das Gesicht mit Kalk und Holzkohle verunreinigt.

»Niemand wird in diesem Aufzug nach uns suchen. Aber vorhin hörte ich, wie jemand erzählte, im Umland würden Aufständische ihr Unwesen treiben. Weißt du, wir haben uns für unser Leben eine schlechte Zeit ausgesucht. Vielleicht aber sind wir auch nur im falschen Land.«

Hufschlag erklang, gleich darauf unwirsches Schnauben. Melissa und Amande sprangen beiseite, um einem Trupp *gardians* Platz zu machen. Sie waren berittene Hirten, die in der Camargue Rinder hüteten. »Schau dir mal diese Prachtexemplare von Männern an«, brach es aus Amande heraus. »Wie stolz sie sind. Und soll ich dir sagen, warum? Sie sind frei! Die Weiten der Camargue sind ihr Zuhause. Nur alle paar Wochen treffen sie ihren hochherrschaftlichen Verwalter, erzählen ihm, wie es den Rindern geht, und die Tiere, die sie zum Schlachten aussuchen, werden liebevoll von ihnen gestriegelt und geschmückt.«

»Was du nicht erzählst« – Melissa lachte –, »ich dachte, es gäbe da einen gewissen Ritter …«

»Ach du! Der oder die … Lass sie doch beten. Vielleicht halten sie ja sogar Händchen. Das gibt es nämlich auch.« Amande sah Melissa eindringlich an, doch Melissa tat ihr nicht den Gefallen, sich näher auf derartige persönliche Überlegungen einzulassen. Denn sie wusste, war Amande einmal in Fahrt, würde sie so schnell nicht wieder aufhören, über Intimitäten zu reden und nachzubohren, wie sie es denn aushalte und was sie denn eigentlich so dagegen mache. Fragen, bei denen Melissa nur die Augen zu verdrehen pflegte, bis sie schließlich meinte, der Mensch als solcher und die Frau an sich sei durchaus in der Lage, sich zu beherrschen und derartige Anfälle zu verträumen. Amande lachte sie deswegen aus, was sie nachts nicht daran hinderte, ihre Heimlichkeiten mit sich selbst zu verbergen.

Sie bogen in die Straße der Schreiber und Advokaten ein und schlossen sich einer Gruppe Laienbrüder an, die Spenden für die Armen gesammelt hatten. Die Brüder, die aus unterschiedlichsten Klöstern stammten, gingen geradewegs zum Gebäude des Stadtverwesers, der in einem zinnenbewehrten und mit Schießscharten versehenen Palast residierte.

Wieder einmal gab es Wichtiges zu verkünden. Die Menschen strömten in den Innenhof. Ein langgezogener Hornruf erklang, woraufhin es still wurde. Der Ausrufer stieg auf die mit einer Kette umfriedete, sogenannte Bank der Gerechtigkeit, rollte ein Schriftstück aus und begann zu lesen. Kaum waren die ersten Worte gesprochen, machte allgemeines Entsetzen die Runde. Die einen schrien auf, anderen blieb der Mund offen stehen, wieder andere begannen inbrünstig zu beten. Amande packte unwillkürlich Melissas Arm, die beiden Laienbrüder neben ihr falteten die Hände und beteten ein Vaterunser.

Die Pest war zurückgekehrt.

Zwar sei sie noch außerhalb der Stadt, in einem der Gehöfte am Fuß von Schloss Fourques, aber der Stadtverweser und der Rat hätten einstimmig beschlossen, die Stadttore zu schließen. Der Ausrufer gab noch Empfehlungen zum Besten, aber niemand hörte ihm mehr zu. Die Menschen stoben auseinander. Jeder wollte der Erste sein, der die schreckliche Nachricht seinen Angehörigen und den Nachbarn überbrachte.

»Jetzt wäre ich auch gerne einer von diesen *gardians.*« Melissa zeigte auf die Hirten, die hochmütig und grinsend ihres Weges zogen. »Ich finde, ihnen steht ins Gesicht geschrieben, dass die Pest sie kaltlässt.«

Sie bahnten sich einen Weg über den Platz vor St. Trophime. Etliche Menschen strömten in die Kathedrale, einige Alte beratschlagten lautstark, was sie jetzt tun wollten. Sie hatten die schreckliche Epidemie des Jahres 1348 überlebt, die die Hälfte aller Einwohner dahingerafft hatte. »Vor vier Jahren ist die Pest auch aufgeflammt.« Melissa hörte im Vorbeigehen ihre selbstgefälligen Reden. »Aber uns konnte sie nichts anhaben, weil wir vorbeugend zur Ader gelassen haben.«

»Ja, und unsere Familie wurde verschont, weil wir immer viel gespendet haben«, entgegnete ein anderer.

»Schon gut, aber ich nahm auch viel Theriak.«

»Von wegen, das Beste gegen die Pest ist, sie zu meiden. Ich bin abgehauen. Auch Hasenfuß-Medizin genannt.«

Die Männer lachten und bekreuzigten sich, als die Glocken von St. Trophime zu läuten begannen. Die Freundinnen beschleunigten ihre Schritte. Da flogen mit lautem Knall die Fensterläden über ihnen auf. Eine Frau kreischte, sie wolle Durchzug, damit die üblen Miasmen aus dem Haus flögen, ein paar Häuser weiter dagegen wurden eilig die Läden geschlossen.

Als Melissa und Amande die Komturei erreicht hatten, zogen erste Rauchnebel von verbrannten Kräutern durch die Gassen. Ein besonders ängstlicher Familienvater jedoch schien das Maß zu überschreiten, denn aus einem Haus neben ihnen erklang heftiges Kindergeschrei und würgendes Husten. Kurz darauf wurde ein Fensterladen aufgerissen und eine hochschwangere Frau würgte und übergab sich auf die Straße. Hinter ihr stand das Familienoberhaupt und fluchte, einen glühenden Span in der rechten Hand hin und her schwenkend. Die beiden Freundinnen eilten weiter, auf eine Kreuzung zu, wo

mehrere Bürger aufgeregt miteinander debattierten. Einige von ihnen aber taten nichts anderes, als derbe Verwünschungen auszusprechen.
Amande machte ihre Freundin auf ein Geschwisterpaar aufmerksam, das Tür und Fenster eines der angrenzenden Häuser mit geweihtem Wasser besprengte.
»Lächerlich. Nichts hilft gegen die Pest«, sagte Melissa kopfschüttelnd.
Erstaunt musterte sie Amande. »Wie meinst du das? Nichts soll gegen sie helfen? Gar nichts?«
»Doch, nur eines: die soeben gehörte Hasenfuß-Taktik. Und noch eines: Sauberkeit. Sie ist äußerst wichtig. Wo es stinkt, tritt nicht hin, heißt es.«
»Woher weißt du das?«
»Ich habe eben so meine eigenen Vorstellungen. Überlege doch einmal selbst. Wenn unser lieber Herrgott denen nicht hilft, die wirklich gut sind und mit Aufrichtigkeit im Herzen zu ihm beten, dann ist er entweder böse – was er nicht ist –, oder die Pest ist reines Menschenwerk. Gegen menschlichen Unrat aber kann man sich schützen. Und zwar am besten, indem man ihm ausweicht.«
»Das ist doch Unsinn. Die Pest hat außerhalb der Stadt genauso gewütet. Oft sogar stärker als innerhalb der Mauern.«
»Das heißt, du willst hierbleiben?«
Sie hatten das Deutschordenshaus bis auf wenige Meter erreicht. Schon öffnete Amande ihren Mund, um zu antworten, als die in greifbare Nähe gerückte Eingangstür direkt vor ihnen rumpelnd ins Schloss krachte. Auf der Stelle rannten sie los, hämmerten aufgebracht gegen das Holz, riefen laut ihre Namen und dass sie Gäste des Hauses seien. Vergeblich. Hinter Mauer und Tür blieb es so ruhig, als seien bereits alle Menschen der Pest erlegen.
»Das gibt es doch gar nicht. Der Teufel soll diese Ritter holen!«

Erschöpft lehnte sich Amande gegen den Türrahmen. Melissa indes spähte durchs Schlüsselloch.
»Und? Siehst du jemanden?«
»Noch nicht«, gab sie zurück.
»Und jetzt? Was machen wir?«
»Warten.«
Sie lehnten sich gegen den breiten Türrahmen und starrten vor sich hin. Nach und nach wurde es stiller, gleichzeitig begann es immer stärker nach verbrannten Kräutern und Weihrauch zu duften. Die Freundinnen wurden müde, dösten ein wenig. Ein Hund hinkte auf sie zu, knurrte erst leise, begann dann jedoch zu winseln. Er ließ sich neben Melissa nieder, legte den Kopf auf ihre Füße und schaute sie unablässig an. Nach einer Weile spitzte er die Ohren und begann erneut leise zu knurren. Melissa streichelte ihm über den Kopf, woraufhin der Hund sich zitternd wieder erhob. Er lief ein Stück von der Tür weg und drehte sich um. Seine Flanken zitterten. Als er sich nach Melissa umschaute, zerriss Hufschlag die Stille. Das Schnauben eines ungeduldigen Pferdes erklang, gleich darauf quietschten und knarzten die schweren Verriegelungen der Hoftür.
Der Hund bellte aufgeregt, jaulte.
Endlich schwangen die Torflügel wieder auf.
»Hagen!«
Der Ruf ertönte wie aus einem Mund, doch Hagen preschte erst ein Stück vor, bevor er seinen Rappen zügelte. Die Schabracke unter dem Sattel trug das Zeichen des Deutschen Ordens, und auch Hagen trug über der Rüstung den unverkennbaren Mantel.
»Wo ist Avremar?«, fuhr er sie eine Spur zu heftig an.
»Wie sollen wir das wissen?«, gab Amande verärgert zurück.
Plötzlich wieherte der Rappe und stieg hoch. Es sah aus, als wolle er mit den Vorderhufen den Hund zerquetschen, doch dieser wich gerade noch rechtzeitig zur Seite aus und fiel um. Schnaubend tänzelte Hagens Rappe ein Stück zurück. Hagen

klopfte ihm beruhigend auf den Hals, stieg ab und beugte sich mit Amande über den Hund.
»Er ist tot!«, rief diese entsetzt. »Eben hat er noch gelebt! Jetzt ist er tot!«
Melissa prallte zurück. Amande schaute auf. »Du hast ihn angefasst, dieses eklige Viech!« Ihr Stimme wurde schrill. »Er hat seinen Kopf auf deinen Füßen gehabt … und du … du hast ihn gestreichelt. Die ganze Zeit! Jetzt trägst du die Pest an deinen Händen!« Sie wich vor ihr zurück.
»Amande, der Hund ist an Altersschwäche gestorben.« Melissa hatte sich wieder gefasst. »Und am Schreck. Schau doch, er sieht völlig verwittert aus. Die Nase ist blass und trocken. Die Haare an der Schnauze, sein Fell, alles ist grau und verfilzt. Außerdem hinkte er wie ein Alter mit steifen Gliedern. Er hat weder Beulen noch Schaum vorm Maul.«
»Das sagst du nur, um uns zu beruhigen. Ich glaub dir nicht! Fass mich nur nicht an!« Voller Ekel trat Amande noch weiter vor ihr zurück und suchte hinter Hagen Schutz. Auch er war noch nicht ganz überzeugt. Misstrauisch musterte er den Hund, forschte dann in Melissas Augen.
»Ich sage die Wahrheit«, fuhr Melissa ärgerlich fort. »Bislang wurden nirgends tote Ratten oder Katzen entdeckt. Sind sie nicht immer die ersten Opfer? Hunde und Menschen sterben später.«
Amande schüttelte den Kopf, Hagen dagegen nickte: »So sei es also. Ich vertraue dir.«
Sie schenkte ihm ein erleichtertes Lächeln, woraufhin sein Blick milder wurde.
»Mich sorgt etwas anderes. Dass ihr Avremar nicht gesehen habt, beunruhigt mich. Er wollte heute Morgen ins Kloster Montmajour, um mit den Benediktinerbrüdern zu singen. So etwas macht er gerne, wie ihr wisst. Erinnert euch an unseren Ausflug ins Kloster Aniane …« Prüfend richtete er seinen Blick auf Melissa, so als wollte er sie an etwas erinnern, was nur sie

und ihn betraf. Aus einer spielerischen Laune heraus nahm sie seinen Ton auf.
»Wo zwei neugierige Zuhörerinnen auf euch warteten …«
Zu ihrer eigenen Überraschung klang ihre Stimme plötzlich wie von verführerischem Schmelz überzogen. Überrascht musterte sie Hagen nun noch eine Spur aufmerksamer. Für einen kurzen Moment schien es ihr, als verstumme plötzlich die Welt um sie herum. Er liebt mich, dachte sie bestürzt und von einer klaren Erkenntnis erfasst, die ihr die Gefahr bewusst machte, die sie in diesem Augenblick selbst heraufbeschworen hatte.
Beschämt schlug sie die Augen nieder. Hagen verstand. Seine Ausstrahlung erkaltete, und ein bitterer Zug umspielte seinen Mund. Jetzt wird er wissen, dass mein Herz in Wahrheit Avremar gehört, dachte Melissa mit klopfendem Herzen. Er wird mir übel nehmen, dass ich mit seinen Gefühlen gespielt habe.
Hagen räusperte sich.
»Ich werde ins Kloster zurückreiten. Möglicherweise verweigert man ihm den Zutritt in die Stadt. Nur der Komtur hat für solche Fälle das Recht, Zutrittsscheine auszustellen. Unser Freund« – er kniff die Augen zusammen – »unser Freund wird mich brauchen.«
Einen Augenblick verschlug es Melissa die Sprache. Doch ehe sie sich's versah, besiegte ihre Sehnsucht nach Avremar ihre Angst vor Hagen.
»Ich komme mit.«
Hagen zögerte kurz, seine Brust hob sich schwer, dann nickte er.
»Gut, wenn dir danach ist.«
Melissa schaute an ihrem Bein herunter, an dem gerade eben eine Katze bei der Verfolgung einer Libelle vorbeigehuscht war. Nun holte sie mit ihrer Pfote blitzschnell aus und zerbiss den schönen blaugrün schillernden Körper mit deutlich hörbarem Knacken.

»Ihr habt euch alle gegen mich verschworen«, murmelte Amande versonnen und anklagend zugleich.
»Unsinn«, erwiderte Melissa und gab der Katze einen leichten Klaps auf den Rücken. Ihr tat die schöne Libelle leid. »Komm, Amande, wir wollen uns doch nicht wegen eines Hundes streiten.«
Versöhnlich ging sie auf ihre Freundin zu, um sie zu umarmen, doch diese hob abwehrend die Hände und kreischte: »Fass mich nicht an! Ich glaub dir nicht mehr! Du hast Heimlichkeiten vor mir.«
Sie wandte sich ab und rannte mit hocherhobenem Kopf durch die noch immer offen stehende Tür des Ordenshauses. Melissa wollte ihr nachlaufen, doch Hagen packte sie hart am Arm.
»Bleib. Hast du nicht Lohnenswerteres zu tun?«
Die Ironie in seiner Stimme tat ihr weh, doch sie wagte nicht, ihm etwas zu entgegnen, aus Angst, ihn noch weiter zu verärgern.
»Lass sie«, fuhr er mit rauher Stimme fort. »Steig lieber auf, und macht in Zukunft eure weibischen Streitereien allein unter euch aus. Mich gehen sie nichts an.«
Trotz eines unguten Gefühls ließ sie sich von ihm in den Sattel helfen.

Kloster Montmajour lag eine Stunde Wegs nordöstlich von Arles auf einem von Sümpfen und Wäldern umgebenen Felsen. Weil es sich seit rund zweihundertfünfzig Jahren rühmte, einen Partikel des Heiligen Kreuzes sein Eigen zu nennen, war es ein bedeutendes Wallfahrtszentrum und dementsprechend reich. Die Anlage war beeindruckend groß und glich mit ihren zahlreichen hochstrebenden Anbauten geradezu einer Festung. Die Mauern, die der Sonne ausgesetzt waren, strahlten weiß, fast grell, umso dunkler dagegen empfand Melissa die scharf gezeichneten Schatten. Zudem wehte hier ein kühler Wind, weshalb sie zu frösteln begann.

»Wozu braucht ein Kloster einen derartig massiven Wachturm?«

»Weil es Schätze birgt. Immerhin dürfen die Mönche Ablass erteilen. Aber nur der kleinste Teil des Geldes wird für die Trockenlegung der Sümpfe verwendet.«

Sie ritten an betenden und singenden Pilgergruppen vorbei, die offensichtlich noch nichts von der Pestgefahr wussten. Am Eingang zur Kirche wurden sie von einem Mönch mit Klingelbeutel empfangen, der ihnen mit Kreide ein Kreuz aufs Haar strich und dabei eine Segensformel sprach.

Wer zahlt, wird selig, dachte Melissa. Hier ist es nicht anders als in Tarascon. Als habe er ihre Gedanken gelesen, nickte Hagen und drehte sich kurz mit blitzenden Augen zu ihr um.

»Wieder ein Zeichen für mich!«, rief er. »Also bin ich auf dem richtigen Weg.«

Melissa wollte fragen, was er damit meine, aber da stieg er schon vom Pferd und hob auch sie herunter. Sie gingen noch ein Stück weit auf das Haupthaus zu, vor dem Laienbrüder damit beschäftigt waren, Weinfässer von einem Fuhrwerk herabzurollen und in den Keller zu schaffen. Vor der Kellertür stand ein hagerer und cäsarennasiger Cellerar an einem Stehpult. Von jedem Fass Wein nahm er mit einer großen Pipette eine Probe, kostete ausgiebig, blähte die Wangen und spuckte alles aufs Pflaster. Dann kratzte tintensprühend seine Feder übers Pergament.

»Ihr seid zufrieden, Bruder Cellerar?«, fragte Hagen höflich.

»Mit dem Wein an sich, ja. Mit der Menge nicht.«

»Darf ich Euch fragen, ob mein Freund und Ordensbruder Avremar noch hier ist?«

Der Cellerar hängte die Pipette an sein Pult und musterte Hagen aufmerksam. »Seid Ihr alle so zuvorkommend in Eurem Ton? Oder nur, wenn Euresgleichen zuvor eine Seele in den Himmel geschickt hat?«

»Oder in die Hölle, Bruder Cellerar. Deutsche Ritter …«
»… sind Engel, ich weiß.« Sein abschätziger Blick huschte kurz über Melissas Gesicht, dann fuhr er mit erhobener Stimme fort: »Aber Euer Freund ist noch hier. Vermutlich beim Prior. Er hat fürwahr eine gute Stimme. Hoffen wir für ihn, seine Seele ist ebenso rein. Im Übrigen aber bin ich der Meinung, Musik sollten nur die machen, die kein Blut an den Händen haben.«
Er winkte einen der Laienbrüder heran und trug ihm auf, Hagens Rappen zu versorgen. Danach beugte er sich wieder über sein Buch, schrieb und winkte, damit ihm das nächste Fass vor die Füße gerollt werde.

Melissa war erleichtert, als sie endlich Avremar sah. Er stand an der Seite des Priors in dessen burgartigem, mit Wandteppichen verziertem Zimmer, in tiefer Konzentration über ein mit einem Musikfolianten bedecktes Schreibpult gebeugt. Er war so sehr in die Betrachtung der Schrift vertieft, dass er ihr Kommen zunächst nicht bemerkte. So hatte sie einen kurzen Moment Zeit, sich umzusehen, aber auch, sich ihrer Gefühle bewusst zu werden.
Selbst hier in diesem fremden Raum und in Gegenwart zweier Männer konnte sie nicht verhehlen, wie sehr sie Avremar liebte. Am liebsten wäre sie auf ihn zugelaufen, um ihre Arme um seinen Nacken zu schlingen. So liebkoste sie ihn nur mit ihren Blicken.
Erst als sie gewahr wurde, dass Hagen sie aufmerksam von der Seite musterte, straffte sie sich und ließ ihre Blicke über den Alkoven gleiten, der das Bett des Priors verbarg. Und dann begegnete sie dem überraschten Blick des Priors. Dieser hatte sie als Erster bemerkt und sich zu ihnen umgedreht. Er war ein stattlicher Mann mit großen Händen und einem Quadratschädel und musterte sie mit einem Ausdruck von Überraschung und unterdrückter Missbilligung. Ob es daran lag, dass eine fremde

Frau in seine Privaträume eindrang, oder ob es an ihrem plötzlichen Erscheinen überhaupt lag, konnte Melissa nicht erraten. Ihr Blick glitt zu Avremar, der sich ebenfalls aufrichtete und ihr im gleichen Moment mit aufleuchtenden Augen zu verstehen gab, welch Glück er empfand, sie hier zu sehen. Doch er vermittelte ihr auch, dass sie beide sich zu beherrschen hatten. Melissa verstand, denn auch sie hatte den Eindruck, dass diesem Prior, der im Studium der Zeichensprache geübt war, keine noch so feine Regung im Mienenspiel seiner Gäste entging.
Nach einer kurzen Begrüßung schlug er Melissa und Hagen vor, ebenfalls den Musikfolianten näher zu betrachten.
»Ihr, Bruder Avremar, könntet unserem weiblichen Gast erläutern, um welch eine Kostbarkeit es sich hier handelt, nicht wahr?«
In seiner höflichen Stimme lag etwas Lauerndes, das Melissa unsicher machte. Sie merkte, wie sie errötete. Klopfenden Herzens stellte sie sich neben Avremar, als könne er sie auch jetzt vor allen Anfeindungen beschützen. Der Prior strich mehrmals über seine Oberlippe, scheinbar nachdenklich in ihren Anblick vertieft. Hagen indessen verfolgte mit deutlich sichtbarer Leidensmiene jede ihrer Bewegungen. So zwang sie sich, sich auf das zu konzentrieren, was vor ihr lag. Rautenförmige Notenköpfe mit und ohne Stiel wechselten sich mit Quadraten und zuweilen schräg über die roten Notenlinien hängenden, schwarzen Balken ab. Sie entdeckte vier abgeschlossene Notenteile, die mit Text versehen waren. Die Anfangsbuchstaben waren jeweils groß herausgestellt und verziert, schlossen sogar kleinste farbige Bilder ein.
»Schau«, hob Avremar mit belehrender Stimme an, »dieses ist ein Agnus Dei des Bischofs von Meaux, Philippe de Vitry. Wir haben es heute Morgen gesungen, wobei wir uns im Halbkreis um dieses Buch aufstellten. Was du da siehst, ist eine Doppelseite aus einem Chorbuch. Die voneinander abgesetzten Teile

nennen sich Triplum, Motetus, Tenor und Contratenor. Es ist eine Gnade, singen zu dürfen und zu können. Nichts Irdisches kommt dem Göttlichen so nah wie das Singen heiliger und mit Inbrunst komponierter Messgesänge.«

»Und was hast du gesungen?«, wagte sie zu fragen.

»Ein Mal den Tenor, das andere Mal den Contratenor. Er ist noch hoch genug für meine Stimme.«

Voller Bewunderung schaute sie ihn an. Er trug nur ein einfaches Mönchsgewand, seine Waffen und Ritterausrüstung lehnten störend und fremd an der Wand, ganz so, als gehörten sie nicht ihm, sondern einem anderen. Noch nie hatte sie so deutlich empfunden, dass seine Ausstrahlung die eines Mannes war, der so tat, als wisse er nichts mit der Rolle eines Ritters anzufangen. Und sie fragte sich, ob die anderen seine besondere Aura verspürten, die sie durchströmte, wie es nur die Wärme beständiger Liebe vermochte.

Der Prior warf ihr zunehmend durchdringende Blicke zu, die ihr Unbehagen verstärkten. Als er schließlich spöttisch die Augenbrauen hochzog, zuckte sie in Erwartung eines Angriffs zusammen. Und sie sollte recht behalten.

»Wollt Ihr mir einen Gefallen tun, Jungfer Melissa?«

»Gerne, wenn es Euch danach gelüstet.« Blieb ihr denn etwas anderes übrig, als mitzuspielen?

Verärgert über ihre Wortwahl, presste er seine Lippen zusammen, doch er fasste sich schnell.

»Gut, dann stellt Euch einmal vor Eure beiden Freunde.«

Melissa tat, wie ihr geheißen.

Spöttisch betrachtete der Prior alle drei.

»Nun, Jungfer Melissa, jetzt seid so gut und beantwortet mir eine Frage. Wenn Ihr Euch entscheiden müsstet, mit einem von beiden durch feindliches Gebiet zu reisen – wer verspräche Eurer Meinung nach wohl mehr Schutz?«

Während Avremar sie ruhig anschaute und schmunzelte, begannen Hagens Blicke zu flackern. Melissa spürte seine Eifersucht, und mit einem Mal wurde ihr bewusst, wie gefährlich die Frage war, die ihr der Prior da gestellt hatte. Er starrte sie an und verbarg nicht, wie sehr er sich daran weidete, sie vor Hagen und Avremar zu demütigen, ganz so, als wollte er beiden vorführen, für wie unbedeutend er sie als Frau hielt. Sie würde ihre Worte also gut abwägen müssen, schon allein deswegen, um es sich nicht mit Hagen zu verderben. Doch das Bewusstsein für die Situation und ihre Empörung schärften ihren Verstand. Nach einigem Überlegen fand sie schließlich die richtigen Worte.

»Die Antwort hängt davon ab, ob ich das Herz sprechen lasse oder den Verstand. Denke ich an die letzten Tage zurück, sagt der Verstand: Setze nicht auf den betenden Diener des Herrn, sondern seinen tatkräftigen Ritter Hagen. Würde ich selbst eine Waffe führen können, würde ich jedoch den Mönch Avremar wählen und darauf vertrauen, dass Gott ihm in Situationen der Prüfung die richtigen Worte eingibt.«

Der Prior lachte auf und rieb sich halb vergnügt, halb wütend über die Klugheit ihrer Antwort die Hände. Doch da sie Eindruck gemacht hatte, löste sich die Spannung auf, und man begann zu plaudern.

Die Stimmung wurde erst dann wieder ernst, als Hagen dazu überging, Avremar und den Prior über den Grund ihres Kommens aufzuklären.

»Die Pest also …« Nachdenklich kratzte sich der Prior den Schädel, schaute abwechselnd von einem zum anderen und bat sie schließlich, ihr Wissen für sich zu behalten. »Alles, was ich Euch versprechen kann, ist, dass ich einen Konvent einberufen werde.« Er wandte sich zum Gehen. »Aber auf Euch, Bruder Avremar, kann ich doch heute zur Nachtmesse zählen, nicht wahr? Es wäre mir sehr lieb, wenn Ihr uns mit Eurer Stimme unterstützen könntest.«

»Selbstverständlich«, gab Avremar zurück, vermied es aber, dabei Hagen oder Melissa anzusehen.

Die Klosterglocke läutete, als sie den Hof überquerten und das Gästehaus aufsuchten. Für die Edlen gab es Einzelzellen, die anderen Pilger schliefen nach Geschlechtern getrennt in einem Gemeinschaftslager in doppelstöckigen Brettgestellen.
»Willst du dich nicht auch umziehen?«, fragte Avremar, an Hagen gewandt.
»Nein, ich reite wieder zurück in die Stadt. Mir ist nicht nach Singen. Außerdem möchte ich wissen, ob wir wirklich wieder von der Pest heimgesucht werden oder nicht.«
Avremar nickte. Sie maßen sich mit flüchtigen misstrauischen Blicken. Die Spannung zwischen ihnen schien Melissa mit Händen greifbar zu sein. Am liebsten wäre sie aus der Zelle geflohen, doch eine unsichtbare Macht hielt sie auf der Schwelle fest, ebenso war sie außerstande, irgendwelche Worte zu finden.
»Melissa, kommst du mit?« Hagen klang schwach, in seiner Stimme schwang noch Hoffnung. Er streifte sie mit einem flüchtigen Blick, rang sich ein Lächeln ab.
Ihr klopfte das Herz bis zum Hals. Und auf einmal überschlugen sich ihre Gedanken. Fieberhaft suchte sie nach einem Ausweg, der Hagen nicht das Gesicht verlieren ließ, aber die Vorstellung, ohne ihn mit Avremar allein zu sein, war einfach zu verlockend. Wenn sie ehrlich war, hatte sie schon in Arles darauf gehofft, und wenn sie wirklich in die geheimsten Winkel ihres Herzens blickte, wünschte sie sich nichts sehnlicher, als dass sie und Avremar endlich allein waren. Doch was hatte sie davon, wenn sich beide jetzt ihretwegen zerstritten? Würde ihre Liebe überhaupt Bestand haben? Avremar ihr nicht sogar eines Tages Vorwürfe machen, sie habe sich zwischen sie gedrängt und ihre Freundschaft zerstört?

»Ich würde so gerne dem Konvent beim Singen lauschen, Hagen. Wenigstens ein Mal. Morgen kommen wir ja wieder nach Arles zurück.«
Sie wandte sich Avremar zu, spürte, wie ihr Gesicht glühte. Sie hatte nicht gelogen, doch wusste sie nur zu gut, dass ihr Wunsch kaum mehr als ein Vorwand war. Hagen tat, als habe er sie nicht gehört. Avremar indes trat auf seinen Freund zu, fasste ihn bei den Schultern und versuchte, ihm ins Gesicht zu schauen. Hagen presste die Lippen aufeinander und riss sich schließlich los.
»Dann bis morgen«, verabschiedete er sich und stelzte den Gang entlang.
»Bis morgen, guter Freund.« Ein schwaches Lächeln spielte um Avremars Mund, dann wurde seine Miene ernst. Beide lauschten sie auf die sich entfernenden Schritte, und als sie kaum noch zu hören waren, stieß Avremar die Tür mit dem Fuß ins Schloss. Melissa glühte und hatte das Gefühl, jeden Moment vor Sehnsucht in Ohnmacht zu fallen. Sie stand da wie festgewachsen, wagte weder zu atmen noch zu schlucken.
»Und jetzt?«, flüsterte Avremar.
»Jetzt?«
Der Bann war gebrochen. Er riss sie an sich und küsste sie leidenschaftlich. Melissa gaben die Knie nach, so erleichtert und glücklich war sie. Als Avremar sie zur Pritsche trug, wünschte sie, er würde sie auf der Stelle zu seiner Frau machen. Doch da war etwas, was sie verunsicherte. So selig sie ihn küsste und so geborgen sie sich in seinen Armen fühlte, irgendetwas passte nicht. Wir sind noch nicht am Ziel unserer Wünsche, dachte sie. Von Sekunde zu Sekunde wurde dieser Gedanke stärker. Sie hätte vor Seligkeit und bitterem Schmerz schreien können, und als sie endlich begriff, was in diesen Minuten falsch war, war es zu spät: Hagen drückte die Türklinke auf, und ihre und seine Blicke trafen sich im selben Moment.

Das Herz blieb ihr stehen. Avremar verbarg sein Gesicht auf seinem Lager, rührte sich nicht.
»Sie hat wenigstens Courage«, hörte sie Hagen müde sagen. »Du aber …« Er schwieg, als suche er nach Worten. »Du aber bist so wenig ein Ritter wie ein Freund.«
Er hatte eine kleine Papierrolle in der Hand, die er nun achtlos auf den Boden warf, sich abwendete und ging. Geradezu sanft zog er die Tür ins Schloss, aber da sprang Avremar auf und rief wütend: »Du eifersüchtiger Hahn! Was gönnst du mir schon wieder nicht? Genügt dir Amande auf einmal nicht mehr?«
»Sie?«, begehrte Hagen noch auf dem Gang auf. Er kam zurück und donnerte die Faust gegen die Tür: »Darf ich reinkommen, du geiler Bock? Ja?«
Er riss die Tür auf. Zwei Schritte reichten. Mit beiden Händen packte er Avremars Kutte, doch dieser umklammerte mit derselben Entschlossenheit Hagens Handgelenke. »Ich wollte, du wärst gerüstet«, zischte Hagen hasserfüllt. »Dann würden wir es auf der Stelle hier ausmachen.«
»Hagen! Nicht! Es ist echte Liebe. Seit Aniane. Schon der erste Blick …«
»Schweig!«
Erschrocken schrie Melissa auf, weil Hagen sich blitzschnell aus Avremars Griff befreit hatte und nach ihr schlug. Er verfehlte sie nur um Haaresbreite, nichtsdestotrotz loderte Avremars Zorn jetzt mit einer Leidenschaft auf, die ihn genauso unbeherrscht machte wie Hagen. Er ohrfeigte Hagen, woraufhin dieser sich auf ihn stürzte und ihn zu Boden warf. Zum Glück eilten, angelockt durch den Lärm, ein paar Laienbrüder herbei, trennten die Tobenden mit erstaunlicher Entschlossenheit und zerrten sie auf den Hof. Als wären die beiden Ritter gemeine Strauchdiebe, stießen sie sie vor den Cellerar, der jetzt keine Weinfässer mehr prüfte, sondern Schinken und Öl.
»Unwürdig seid ihr!« Er sprach von oben herab und ohne auf-

zublicken. »Und das an Geist und Seele. Ich werde Komtur Arnold schreiben, euch die härtesten Strafen zukommen zu lassen, die euer Orden kennt. Jetzt geht mir aus den Augen und kommt nie wieder.«
Dann hob er den Kopf, fasste Melissa fest ins Auge. Feindselig musterte er sie und sagte leise: »Wer auch immer Ihr seid – der Teufel steckt in Euch.«

# *Buch III*

## *Über die Chaînes des Alpilles, Winter 1379*

Es dunkelte bereits, als Avremar hinter einer der Biegungen, die zum Kloster führten, auftauchte. Stumm half er Melissa, die auf ihn gewartet hatte, aufs Pferd. Sie lehnte sich an ihn und schloss die Augen.

Jetzt nicht wieder unnütz grübeln, ermahnte sie sich. Konzentriere dich auf den Gang des Pferdes, lass dich treiben. Wir haben Glück im Unglück. Wenn die Gerüchte der Pilger stimmen, gibt es in Fourques bereits die ersten Pesttoten. Dies würde bedeuten, dass spätestens übermorgen die erste schwarze Leiche in Arles auf der Straße liegt. Denn der Fluss ist keine Hürde. Die Pest kommt auch über die Rhône. Und dann hat sich der Spieß umgedreht: Niemand aus Arles ist danach noch irgendwo willkommen.

Sie ließen das Rhône-Delta hinter sich und gelangten auf die trockenen Höhen der Chaînes des Alpilles. Wie monströse Ruinenreste ragten die weiß und blau schimmernden Kalksteinmassive in den Himmel und gaukelten dem Reisenden vor, er stünde am Rand eines überwältigend großen Gebirges. Die Luft wurde leichter, aber auch kälter, und der Mond schien wieder näher zu kommen. Er schimmerte durch abgeerntete Kronen von Olivenbäumen, versteckte sich hinter Kiefern und einzelnen Pinien. Die Garrigue nahm sie erneut in Empfang, nur duftete sie nicht wie im Mai süß und verführerisch, sondern herb und zuweilen sogar bitter. Überall raschelte es. Igel und Hasen kreuzten ihren Weg, und in der Ferne blökten unablässig Schafe.

Melissa wurde schläfrig. Eine Zeitlang noch verfolgte sie den pfeilschnellen Flug der Fledermäuse, doch als die ersten Sterne sichtbar wurden, fielen ihr die Augen zu.
Er wird schon wissen, wie es weitergeht, dachte sie, als Avremar sich vorbeugte und sie auf Hals und Haar küsste. Mit einem zufriedenen Lächeln döste sie ein, vermeinte bald, eine Hand streichle sie, die so groß und stark war, dass sie sich einbildete, sie sei ein kleiner Vogel, der sein Nest nur im Schutz dieser Hand bauen konnte.
Doch das ständige einsilbige Schreien einer Zwergeule zerrte an ihrem Schlaf, und als sie die Augen endlich aufschlug, war es tiefe Nacht. Sie fror, obwohl Avremar noch immer seinen Arm fest um sie geschlungen hielt. Sie sah ihren weißen Atem und den des Pferdes, das so langsam dahintrottete, als sei es selbst längst eingeschlafen. Plötzlich merkte sie, wie hungrig sie war.
»Wie lange noch? Und wohin wollen wir überhaupt?« Sie gähnte und rieb ihren Hinterkopf an Avremars Brust.
»Das hängt davon ab, ob wir auf ein Gehöft oder Dorf stoßen.«
»Liebst du mich?«
»Dich … und nur dich.«
»Zeig's mir.«
Sie wandte den Kopf, und sie küssten sich leidenschaftlich. Das Pferd blieb stehen, um am Wegrand zu grasen. Nach einer Weile drehte sich der Wind, und sie rochen Rauch. Der Geruch wurde stärker, je weiter sie auf dem Weg vorankamen. Schließlich sahen sie zwischen den unheimlichen Schatten einer Reihe verkrüppelter Kiefern ein Feuer. Und nach einer Weile hörten sie eine Flöte und eine Trommel, die eine Farandole spielten, den beliebten und überall getanzten Reigen der Provence.
»Schneller.«
Mit einem Schlag war Melissa hellwach. Die Hoffnung, die beiden Musikanten würden sich als François und Joffe entpuppen,

war so groß, dass sie vor Anspannung mit den Zähnen klapperte. Doch die Enttäuschung folgte schon im nächsten Moment. Die Musiker waren zwei halbwüchsige Jungen, die um ein verdrecktes und betrunkenes Mädchen buhlten. Es tanzte mit wiegenden Hüften um das Feuer. Dabei raffte sie ihr Kleid so hoch, dass der blanke Hintern zu sehen war.

»Gott mit euch!«, rief Avremar ihnen zu. »Hab ich recht, dass ihr aus einem Dorf in der Nähe seid?«

»Und wie Ihr recht habt!«

Der eine der Jungen, der Trommler, schien nicht minder betrunken zu sein wie das Mädchen. Er warf die Trommel auf den Boden und torkelte auf das Pferd zu. Staunend betrachtete er Avremar, pfiff leise durch die Zähne. Das Mädchen kam ebenfalls heran und fragte kichernd: »Wollt Ihr?«

»Was denn?«

»Na, ein Lager.«

»Wenn es nicht weit ist …«

Das Mädchen drehte sich einmal um sich selbst und wäre dabei fast ins Feuer gefallen. Ein Scheit brach, Funken stoben auf.

»Was feiert ihr denn?«

»Dass ich endlich schwanger bin. Die beiden sind der Vater. Na ja, einer eben. Endlich geht's aufwärts.«

Das Mädchen fasste nach den Händen der beiden Jungen und tanzte mit ihnen ums Feuer. Melissa drehte sich zu Avremar um, schaute ihn fragend an. Dieser zuckte mit den Schultern. Sie stiegen ab, warteten.

»Gibt es bei euch denn auch etwas zu essen?«, rief Avremar schließlich ungeduldig.

»Oliven, Brot, Nüsse, Kräuter, Äpfel, Kohl, Zwiebeln, Kürbis. Wenn Ihr dafür zahlt, stechen wir auch das Schaf ab. Dann machen wir ein Festmahl, und das ganze Dorf hat etwas davon. Aber nur, wenn unser Offizier ja sagt.«

Das Mädchen knickste unbeholfen, und die Jungen nickten.

»Dann auf zu eurem Offizier!«
Avremar klatschte auffordernd in die Hände, woraufhin das Mädchen und die Jungen wieder ihren torkelnden Freudentanz begannen. Ein derart ungewöhnliches Benehmen und solch seltsame Worte hatten Melissa und Avremar noch nie erlebt und gehört. Neugierig folgten sie den drei Halbwüchsigen auf einem schmalen, von Thymian- und Rosmarinstauden gesäumten Pfad. Er führte durch einen Olivenhain. Bald darauf kamen die Schemen einer zerzausten und brandgeschatzten Windmühle in Sicht. Um sie herum lagen ein knappes Dutzend Häuser und Schuppen, die alle einen verwahrlosten Eindruck machten.
Die Jungen stießen gellende Pfiffe aus, und in ein paar Häusern öffneten sich die Türen, und Kinder und andere Halbwüchsige traten hervor.
»Sie wollen zahlen für die Zick! Los, einer muss den Offizier wecken.« Das Mädchen rannte um ein Haus herum und kam mit einem fetten Schaf zurück, das sie an einem Strick hinter sich herzog. »So, Ritter, hier ist das Schaf.« Die Augen des Mädchens leuchteten, Pfeifen und Johlen erklang, dann Beifallklatschen.
»Langsam. Wo sind denn eure Eltern?«
»Tot. Seit letztem Herbst. Nur wir hier, zwei Alte und der Blöde, der im Winter beinah verhungert ist, haben überlebt. Die Söldner wollten anfangs nur Öl und unsere Schafe, dann fiel es ihnen ein, sich unsere Mütter zu nehmen. Zur Strafe haben unsere Väter drei von den Söldnern mit Forken erstochen. Aber zwei von ihnen waren riesenhafte Wikinger, die sich mit Doppeläxten rächten. Sie erschlugen, wer sich ihnen in den Weg stellte. Sogar die Alten. Deren Frauen haben sich danach selbst umgebracht, die Mütter aber, die nicht tot waren, haben sie zusammengetrieben, um sie in Marseille zu verkaufen. Wir sind ihnen heimlich gefolgt, aber als sie uns bemerkten, haben sie

eine Frau von einem Felsvorsprung gestoßen. Jetzt warten wir, dass wenigstens drei oder vier zurückkommen.«

Die Stimme des Mädchens klang merkwürdig fröhlich. Sie erzählte all diese Greuel, als gingen sie sie nichts an, als sei dies nur eine von vielen Geschichten. Während sie erzählte, war sie in unablässiger Bewegung. Sie hüpfte auf der Stelle oder drehte sich, dann wieder rieb sie ihre Hände aneinander, roch an ihnen, um sich gleich anschließend damit durchs Haar zu fahren.

Und jetzt ist sie schwanger, dachte Melissa entsetzt. Bestimmt haben sie hier den Gedanken gefasst, ihr Dorf wieder mit Leben zu erfüllen. Und Leben bedeutet für sie, sich zu vermehren. Die Jungen beschlafen die Mädchen, und die wetteifern untereinander, wer als Erste schwanger ist. In Wahrheit hat das Grauen ihren Verstand angegriffen. Aber alle glauben sie, es gäbe für sie hier Zukunft und sie könnten überleben.

Aus der Dunkelheit kam ein Junge auf sie zu, der von allen der Älteste zu sein schien. Er stellte sich als der Offizier vor, zeigte auf das Mädchen und sagte, sie sei seine Schwester, aber auch schon letzten Sommer sei sie etwas wunderlich gewesen.

»Was willst du damit sagen?«, fragte Avremar.

»Dass wir hier auch ohne Erwachsene zurechtkommen. Wir haben die Olivenbäume, stellen Fallen und bestellen sogar die Äcker. Einzig Geld fehlt uns. Zum Beispiel, um Salz zu kaufen.«

»Und woher habt ihr den Wein?«

»Der ist vom letzten Fass. Wir haben auch gutes Öl. In Arles werden wir es schon loswerden.«

»Jetzt besser nicht. Es gibt Gerüchte, dort sei die Pest ausgebrochen.«

»Auch gut. Dann warten wir eben.« Der Junge klang, als könnte ihn nichts mehr schrecken. Er zeigte auf eines der Häuser, wo sie Nachtlager nehmen könnten, und erbat für das Schaf zwan-

zig Sous. »Es ist groß und gut genährt. Macht schnell. Wir alle gieren nach Fleisch.«
»Um der Barmherzigkeit willen zahle ich dreißig Sous.« Avremar nestelte in der Satteltasche seines Pferdes nach dem Geldsäckel. »Damit kaufst du dann zwei Lämmer.«
Alle jubelten, und das Mädchen führte einen wilden Freudentanz auf. Sie fasste Melissa an den Händen und riss sie mit sich. Widerwillig tanzte Melissa mit, nur um nicht mit ansehen zu müssen, wie Avremar das Schaf schächtete.

Nach einem Nachtmahl mit viel Fleisch und Fett, reichlich Öl und Wein nahm Melissa am nächsten Morgen bestürzt wahr, wie wenig gut es um die Gesundheit ihrer Gastgeber bestellt war. Es gab nicht einen Einzigen, der nicht unter Krätze, Läuse oder eitrigen Wunden litt. Sie beschloss zu handeln. Während Avremar dem »Offizier« und anderen Jungen half, Ackergerätschaften zu reparieren, versammelte sie die Mädchen um sich und erklärte ihnen, wie und wann welche Kräuter Nutzen brachten.
Gemeinsam streifte sie mit ihnen durch Wiesen und Wegraine und pflückte, was sie fand. Vor einer hüfthohen Pflanze mit goldgelb gefüllten Trugdolden blieb sie stehen und verlangte, sie auszugraben. »Dies ist der Gelbe Enzian. Seine Wurzeln haben wertvolle Bitterstoffe, die gegen Magenverstimmungen helfen. Er wirkt gegen böse Säfte, hilft auch bei Verstopfung. Mönche legen die Wurzeln in Branntwein. Ihr könnt sie trocknen und Tee daraus machen. Dieser Tee ist wirksamer als der aus Lavendelblüten.«
Mit dem Rest Wein wusch sie juckende und eiternde Ekzeme aus, legte Salbeiblätter auf und verband die Wunden mit ausgekochten Stoffstreifen. Als der Wein zur Neige ging, ließ sie Spitzwegerich sammeln und kochte ihn aus, gleichzeitig braute sie aus Thymian Hustentees. Doch das war längst nicht alles.

Tags darauf ließ sie Wasser warm machen und befahl den Mädchen, ein Eichenrindenbad zu nehmen. »Das ist gut für uns Frauen und hält uns gesund, da wir nun mal offen sind. Wenn dann noch Kamillenblüten ins Wasser kommen, ist es richtig heilsam.«
Immer wieder musste sie die Jungen fortscheuchen, die den Mädchen dabei zuschauen wollten, wie sie sich wuschen. Als es ihr zu viel wurde, herrschte sie sie an, einen neuen Zuber herbeizuschaffen. »Der ist dann für euch. Damit ihr auch ein Bad bekommt.«
Sie zerstampfte Königskerzenblüten, ließ sie im Wasser ziehen und befahl den Jungen, sich kräftig mit dem Sud abzureiben. Anschließend musste jeder einmal im Zuber untertauchen. Bald war das Wasser so schwarz, als hätte ein Köhler darin Kohle gewaschen.
Ihr Lieblingspatient aber war ein kleiner Junge, der unter einer Augenentzündung litt. Für ihn suchte sie auf den Wiesen nach Augentrost und bereitete aus dem Saft eine Tinktur, mit der sie die vereiterten Lider betupfte. Der Junge seufzte vor Wohlbehagen. Schließlich legte Melissa ihm einen leichten Umschlag aus den Blättern der Königskerze auf die Augen und wickelte ihm ein Leinentuch um den Kopf.
»Aber auch unser einfacher Weißkohl ist nicht zu verachten!«, rief sie, als sie später die Reste des Schafes verkochte, um einen Eintopf zuzubereiten. »Wenn einer sich verwundet hat, ritzt ihr die großen sauberen Innenblätter an und legt sie auf. Zumindest wird die Wunde dann erst einmal etwas gekühlt. Und merkt euch: Achtet auf Reinlichkeit. Wascht euch. Deswegen hat Gott uns ja das Seifenkraut geschenkt.«

Die Zeit verging wie im Flug. Abends fühlte sie sich so erschöpft, dass sie, noch während Avremar sie küsste, einschlief.

Sie hatte einfach keine Kraft mehr für Zärtlichkeiten. Jedes Mal vertröstete sie Avremar auf den kommenden Morgen, aber kaum, dass er sie umarmte und sie bereit war, ihm ganz zu gehören, wurde stets die Tür aufgerissen. »Frühstück!«, rief ihnen das schwangere Mädchen kichernd zu und rannte wieder hinaus. Einmal wurde sie wegen dieser Frechheit von ihrem Bruder, dem »Offizier«, geschlagen. Aber seine Entschuldigung nützte ihnen auch nichts, und so gab Avremar es auf.

»Es ist wohl nicht Zeit und Ort.«

Er seufzte und schaute mit großen Augen zu, wie Melissa ihr am Vorabend ausgewaschenes Untergewand überstreifte und sich daranmachte, ihr Kleid auszubürsten. Es war schmutzig, sie brauchte dringend neue Wäsche. Aber ihr und Avremars Hab und Gut waren noch in Arles. Avremar hatte Komtur Arnold zwar gebeten, es per Schiff nach Marseille zum Orden der Lazarus-Bruderschaft zu schicken, aber sollte in Arles wirklich die Pest ausgebrochen sein, war es zweifelhaft, ob der Komtur die Zeit hatte, solchen Wünschen zu entsprechen.

»Wann wäre denn Zeit und wo der richtige Ort?«, fragte Melissa mit verführerischer Stimme. Sie rieb mit dem Kinn über Avremars Rücken, hauchte ihm in den Nacken und streichelte seinen Bauch.

»Wer soll das aushalten?« Avremar steckte den Kopf in einen Zuber und hielt ihn so lange unter Wasser, bis Melissa angst und bange wurde. Er riss den Kopf hoch, schnappte prustend nach Luft. »Ich finde, wir haben hier genug getan. Überlassen wir sie von nun an Gottes Schutz.«

Er spritzte sich Wasser auf den Oberkörper, drehte sich um, um sie zu küssen. Melissa seufzte. Es war der sinnlichste Kuss, den sie Avremar schenkte. Doch als wäre dies ihr Schicksal, stürzten plötzlich zwei Kinder schreiend herein.

»Du musst mit uns Pilze sammeln! Komm! Wir wollen Schnecken und Pilze essen!« Sie zerrten an Melissas Kleidern.

Melissa löste sich taumelnd aus Avremars Umarmung.
»Gleich. Wartet.«
»Wir warten draußen auf dich. Beeil dich! Einmal rein, einmal raus, fertig ist die nasse Maus.«
Das fröhliche Lachen entschädigte Melissa für die entgangenen Zärtlichkeiten. Sie küsste Avremar auf die Nase, schaute ihn liebevoll an und streichelte wie um Entschuldigung bittend seine Schultern.
»Lass mich heute noch einmal mit ihnen gehen, ja? Ich komme ja wieder. Weißt du, in Montpellier habe ich mich eigentlich nie wohlgefühlt. Oft hatte ich beim Arbeiten das Gefühl, mir gewissermaßen selbst zuzuschauen. Sicher, alles, was ich tat, hatte Sinn, und wie wissensdurstig ich bin, zeigt die Geschichte mit der Leichenschau – trotzdem trieb mich immer nur der Verstand. Hier spüre ich das erste Mal, wie schön es ist, wenn auch das Herz mitarbeiten kann.«
Avremar strich ihr über den Kopf.
»Du wirst deine Bestimmung schon finden. Wenn nicht hier, dann woanders. Und wenn dort nicht, dann als Mutter und meine Frau. Auf jeden Fall aber hoffentlich bald in meinen Armen.«
Er klang zuversichtlich. Melissa erwiderte seinen Blick ernst und mit leichtem Zweifel. »Auch eine Klausnerin sprach einmal davon, dass ich meine Bestimmung noch finden würde. Ihr hatte es mein Gürtel angetan. Wen er umgürtet, den führt er zu seiner Bestimmung, sagte sie.«
»Er ist dein Talisman, nicht wahr?«
»Ja. Meine Mutter ließ ihn mir, weil ich ihn am Leib trug, als sie mich aus der brennenden Kirche rettete.«
»Wo war das?«
»In Alexandria.«
»Ja, dort gibt es viele christliche Kirchen. Vielleicht bist du gar keine Katholikin, sondern Koptin?«

»Nein. Das hätte Mama gewusst.« Sie schüttelte den Kopf und wollte Avremar gerade von ihren intensiven Gefühlen in Tarascon erzählen, wo sie gesehen hatte, wie eine Mutter einem ihrer Kinder einen Hanfstrick um die Hüfte gebunden hatte. Doch just in diesem Moment stürmten wieder die Kinder herein und fragten, wo sie denn bliebe.

Melissa verabschiedete sich mit einem Kuss und ließ sich von den Kleinen in die Mitte nehmen.

Es war ein gleißender Herbsttag. Die weißen Gespinste von Spinnen und Raupen leuchteten im Gegenlicht, und die Tautropfen auf den Wiesen glitzerten wie Edelsteine. Es roch nach Erde und Pilzen. Im Schatten eines Felsens fanden sie die ersten Schnecken.

Melissa genoss die friedliche Stimmung. Das erste Mal in ihrem Leben hatte sie das Gefühl, wirklich gebraucht zu werden. Nachdenklich schaute sie einem der Mädchen zu, dessen linker oberer Schneidezahn schon halb abgebrochen und schwarz war. Dabei ist sie so hübsch, dachte sie. Was für ein schönes Mädchen könnte sie werden.

Dann dachte sie an den »Offizier«. Er war gerade einmal fünfzehn Jahre alt … sein Gesicht aber trug bereits greisenhafte Züge. Es war erschütternd, mit anzusehen, wie er jeden Morgen und Abend am Grab seines Vaters kniete und betete.

»Sagt mal, ihr findet auch wieder zurück, ja?«

»Immer.«

Die Kinder liefen kreuz und quer umher. In ihre leiser werdenden Rufe mischten sich die Schreie von Eichelhähern. Einmal schrak Melissa zusammen, weil sie ein Rebhuhn aufscheuchte. Sie lief durch einen Eichenhain und freute sich über zwei schöne feste Steinpilze. Vom Rand einer Anhöhe aus verfolgte sie den Gleitflug eines Adlers.

Plötzlich roch es ein wenig nach verbranntem Holz. Sie ging dem Geruch nach und gelangte an ein Felsriff. Ein schmaler

Pfad führte um das Riff und vor den Eingang einer Höhle. Sie schaute sich um. Doch weit und breit war niemand zu sehen. Aber das rauchende Holzscheit in der Höhle bewies, dass bis vor ein paar Stunden jemand hier gewesen sein musste.
Wo aber waren die Kinder? Sie machte sich auf die Suche, rief laut ihre Namen, sammelte Schnecken und Pilze ein, aber sie erhielt keine Antwort mehr. Schließlich beschloss sie, zurückzulaufen, doch plötzlich wusste sie nicht mehr, welche Richtung sie einschlagen sollte.
Ihr Herz begann schneller zu schlagen. Jetzt hatte sie sich tatsächlich verlaufen. Sie hielt Ausschau und entschloss sich schließlich, die Richtung einzuschlagen, die sie bergauf führte. Bestimmt finde ich irgendwann einen Aussichtspunkt, beruhigte sie sich. Es kann doch wohl nicht so schwierig sein, wieder zurückzufinden. Nachdem sie eine Weile dem Anstieg gefolgt war, fand sie sich plötzlich am Rand einer kleinen Schlucht wieder. Unter ihr glitzerte ein Bach in der Sonne. Er führte ein Stück weiter zu einer Wiese, die aussah, als sei sie von Wildschweinen durchpflügt worden.
Als hätten sie Trüffeln gesucht, dachte Melissa. Vielleicht habe ich ja Glück … Für einen Moment vergaß sie, dass sie sich verlaufen hatte, und marschierte in Richtung der weiter unten liegenden Wiese. Hin und wieder rief sie nach den Kindern und blieb immer wieder stehen, um zu lauschen, doch niemand antwortete ihr, außer ein paar Zikaden. Da sie keine von den Wildschweinen ausgegrabenen und liegen gelassenen Trüffeln fand, ließ sie sich schließlich erschöpft auf einen Felsbrocken nieder und überlegte, was sie tun sollte.
Vielleicht sollte ich einfach umherirren, kreuz und quer durch den Wald. Allzu weit kann ich unmöglich vom Dorf entfernt sein.
Sie stand auf und versuchte, sich die Umgebung so gut wie möglich einzuprägen. Um nicht im Kreis zu laufen, legte sie

Wegzeichen. Nach einer Weile roch sie wieder Rauch. Es ermutigte sie, schneller zu gehen. Der Geruch wurde intensiver, und sie begann zu laufen, in der Hoffnung, gleich am Ziel zu sein.
Da stürzte sie plötzlich ins Leere. Sie hörte sich aufschreien, im nächsten Augenblick aber explodierten die Schmerzen.
Als sie ahnte, was passiert sein könnte, gefror ihr das Blut in den Adern. Aber sie hatte Glück – denn gleich darauf wurde sie ohnmächtig.

Das Erste, was sie wahrnahm, war der brandige Geruch von Holzkohlemeilern, doch schon im nächsten Augenblick flammten die Schmerzen auf. Sie gingen über alles Maß und waren so schrecklich, dass Melissa nur einen Wunsch hatte: Lieber Gott, lass mich sterben oder schicke mich auf der Stelle wieder in eine Ohnmacht.
Doch der liebe Gott tat weder das eine noch das andere.
Dafür spürte sie, wie jemand ihr eine bittere Flüssigkeit auf die Lippen träufelte und befahl, sie zu schlucken. Theriak, dachte sie. Oder Bilsenkraut … Schierling … Eine Schwade teerigen Rauchs zog ihr in die Nase. Mit aller Macht unterdrückte sie den Hustenreiz, blinzelte. Das, was sie über sich sah, war ein verrußtes Strohdach. Ihr gegenüber erhob sich ein glatter weißer Felsen, den eine mit Lehm verputzte Flechtwand einrahmte.
Melissa spürte, dass ihr leichter wurde und die Schmerzen in den Hintergrund wanderten. Es wirkt, dachte sie erleichtert und drehte den Kopf. Neben ihr kniete ein hagerer, struppiger Mann, der sie aufmerksam betrachtete. Das Weiß seiner Augen war gelblich verfärbt, die Lider stark gerötet, seine Lippen nur ein Strich. Das zerlumpte, offene Hemd gab den Blick auf eine schmale, aber dichtbehaarte graue Brust frei.
»Mit ein wenig Glück werdet Ihr überleben.« Er tätschelte

Melissa die Wange und lächelte schief. Seine Hand war schwarz, vernarbt, der Handrücken an einer Stelle rot und nässend. »Schlaft. Das ist unsere beste Medizin.«

Melissa schlief, ohne Tag oder Nacht zu erkennen. Wachte sie auf, spürte sie die Kühle der Tropfen auf ihren Lippen und schlief sofort wieder ein. Eines Tages, als sie gerade erwacht war, kam der Köhler mit einem Holzlöffel auf sie zu und schob ihn ihr in den Mund. Sie schmeckte Wasser, köstliches Wasser, und trank gierig, bis die Erschöpfung sie wieder übermannte. Sie verlor jegliches Zeitgefühl, bildete sich ein, die Schmerzen würden weniger werden.

Irgendwann verspürte sie Hunger, zugleich aber merkte sie, dass sie wieder klarer denken zu können schien. Sie war allein bei diesem fremden Köhler, noch dazu im Rausch, ihm somit schutzlos ausgeliefert. Er musste also sehr versteckt und einsam im Wald leben, sonst hätte sie Avremar längst gefunden.

Melissa verdrängte ihr Verlangen, etwas Essbares zwischen die Zähne zu bekommen, so übermächtig wurde ihre Furcht vor ihm.

Was ist, wenn er sich schon an mir vergangen hat?

Sie berührte sich und stellte erleichtert fest, dass er sie geschont hatte. Blitzartig schoss ihr der Gedanke durch den Kopf, dass sie wohl wieder einmal ihr Gürtel beschützt hatte. Auch dass sie ihre Arme und Beine trotz der großen Schmerzen bewegen konnte, war erstaunlich.

Ist es ein Wunder?

Oder doch nur Zufall?

Eine glückliche Fügung des Schicksals?

Warum weiß ich es nicht?, fragte sie sich verzweifelt. Warum gibt mir niemand eine Antwort auf meine Fragen? Selbst Gott nicht?

Sie begann zu weinen und fragte sich zum wiederholten Mal, warum sie so viel erleiden musste, bis sie sich ihrer Bestimmung, wenn es denn eine gab, wirklich gewiss sein konnte.
Vor Erschöpfung fiel sie wieder in einen tiefen Schlaf, der sie in einen Alptraum fortriss: Immer wieder musste sie erleben, wie sie stürzte, wieder und wieder, und genauso regelmäßig stießen grellblitzende Spitzen in ihre Augäpfel.
Schweißgebadet und schreiend erwachte sie am frühen Morgen. Sie blickte aus tränennassen Augen um sich. Den Köhler zu sehen tröstete sie so sehr, dass sie unbewusst zu lächeln begann. Der Köhler brummte etwas, was sie nicht verstand, nickte ihr aber beruhigend zu.
Wenig später setzte er sich mit einem Teller voll reifer Oliven und Brot an ihre Lagerstätte. Sie dankte ihm und ließ sich von ihm wie ein kleines Kind füttern. Während sie langsam kaute, den Geschmack aus den Früchten, dem Brot heraussaugte, beobachtete er sie versonnen. Erst als sie den Anblick seiner Hand nicht länger ertragen konnte, kam ihr in den Sinn, selbst nach dem Essen zu greifen, doch jetzt war der Teller leer.
»Ihr seid wohl noch hungrig?«, fragte er belustigt.
»Wäre das so verwunderlich?«, gab sie verschämt zurück.
Er erhob sich und kehrte nach einer Weile mit dem gleichen Teller zurück. Bis an den Rand war er mit dampfenden Pilzen gefüllt, über die alle möglichen Kräuter gestreut waren.
»Gebt mir den Löffel, bitte.« Melissa streckte den rechten Arm aus. »Wenn Ihr nur den Teller hieltet. Ich kann dann schon allein essen.«
»Versucht es. Dass Ihr wieder Arme und Beine bewegen könnt, zeigt, dass der Himmel Euch mag.«
Er hielt ihr den dampfenden Teller hin. Während sie den Löffel in die heißen Pilze schob, fragte sie: »Bitte sagt mir, was ist passiert?«
»Nun ja … Ihr werdet Narben zurückbehalten.«

Melissa hielt vor Schreck die Luft an. »Ja, aber jetzt sagt endlich: Woher kommen die Verletzungen? Und wovon die Schmerzen?«

»Ganz einfach, Ihr seid in meine Wildschweinfalle gestürzt. Was, zum Teufel, hat Euch bloß in diese Einsamkeit getrieben! Glaubt Ihr, das war schön, Euch da wieder herauszuziehen? Euer rechter Fuß wurde glatt durchbohrt. Andere Spitzen drangen tief in Euren Allerwertesten und in beide Oberschenkel. Wärt Ihr nicht senkrecht gefallen und hättet den Fall abgefangen, indem Ihr Euch mit den Fingern in die Wand gekrallt habt …«

Melissa schluckte krampfhaft. »Die Heiligen haben es gut mit mir gemeint.«

»Die Heiligen und alle Schutzengel dazu!« Der Köhler lachte, doch dann wurde sein Gesicht wieder ernst. »Jetzt sagt mir: Wer seid Ihr? Wie konntet Ihr Euch so weit verirren?«

Melissa wich seinem Blick aus. »Wer ich bin? Eine Ausgestoßene. Alles andere ist nicht wichtig. Aber was geschehen ist, ist eben geschehen. Auch wenn ich keinen Sinn darin sehen kann.« Erschöpft legte sie den Löffel neben sich, schloss die Augen. Das Reden hatte sie müde gemacht. Die Wahrheit über ihren Unfall zu erfahren zehrte an ihren Kräften. Zudem sah sie keinen Grund, diesem Köhler, in dessen Falle sie gestürzt war, Rede und Antwort zu stehen. Schließlich hatte er ihr die bislang entsetzlichsten Schmerzen ihres Lebens zugefügt.

Sie schlief wieder ein und träumte – diesmal von Avremar, der sie umschlugen auf seinem Pferd hielt und zu ihr sprach. Doch sosehr sie sich auch bemühte, sie konnte ihn nicht verstehen, genauso wenig wie sie vermochte, sich zu ihm umzudrehen. Voller Verzweiflung begann sie zu schreien, um Avremar auf ihre Not aufmerksam zu machen, doch das Pferd trabte ebenso weiter, wie auch Avremar weiter auf sie einredete. Plötzlich tat sich ein Abgrund vor ihnen auf. Ihr Herz klopfte wie wild, aber es war zu spät. Avremar, sie und das Pferd stürzten in die Tiefe. Im selben Augenblick wusste sie, dass sie träumte, hatte aber trotzdem Angst vor dem Aufprall … und dem Gefühl, dass sich etwas Spitzes in sie hineinbohrte.

Schweißgebadet schreckte sie hoch. Sie bekam kaum Luft, weil der Rauch eines der Meiler geradewegs durch die Hütte zog. Der Köhler selbst schlief, dabei war es taghell. Melissa jedoch wusste, dass Köhler ständig müde waren. Weil sie stets bei ihren Meilern nach dem Rechten sehen mussten, konnten sie nie länger als drei, vier Stunden am Stück schlafen. Dazu litten sie trotz ihrer im Laufe der Jahre gesammelten Erfahrungen ständig an Brandwunden.

Sie lauschte auf das Knistern des heruntergebrannten Feuers, gab sich schließlich einen Ruck und stemmte sich auf. Schorf platzte an ihrem Allerwertesten und ihrem linken Ellbogen ab. Unter den Verbänden ihrer Oberschenkel begann es heftig zu stechen. Am schlimmsten aber waren die Schmerzen in ihrem rechten Fuß. Sie waren so stark, dass sie aufstöhnend zurücksank und zu wimmern begann.

Ihr fiel ein, nichts mehr gegen die Schmerzen bekommen zu haben, doch als sie nach dem Köhler rufen wollte, stellte sie fest, dass sie gar nicht wusste, wie er hieß. Der Rauch brachte sie zum Husten, wovon er schließlich aufwachte.

Fluchend rieb er sich die Augen. Er war sofort hellwach. »Es ist eine Schinderei, eine elende Schinderei. Stellt Euch vor, einst war ich Korbflechter in Avignon. Wäre ich es bloß geblieben! Wie schön ich hätte leben können. Aber nein, mein Schicksal war mir nicht so gnädig wie Eures.«

»Erzählt weiter«, murmelte Melissa und massierte ihre Arme und Beine.

»Wenn es Euch interessiert? Also, eines Tages sah ich, wie eine

Nonne direkt vor meinen Augen auf meinen Wäschekorb pieselte. Ich war jung, ich war stark. Nun, ich tat, was ein Mann eben tut, wenn er sich in seiner Ehre gekränkt sieht. Ich schimpfte die Nonne als eine Braut nicht des Herrn, sondern des Teufels und griff ihr zwischen die Beine. Was ist schon Schlimmes dabei? Sie hatte ihr Sackgewand ja schon wieder unten! Ich kam gar nicht ran an ihre sündige Frucht. Aber wen das Pech verfolgt … Das Nönnchen schrie wie am Spieß und schwärzte mich so lange bei ihrer Oberin an, bis die zwei Kerle auf mich hetzte, die mir nach einer Zechrunde auflauerten, mein Stück abschnitten und meiner Frau morgens in die Suppe warfen. Meine Frau fiel in Ohnmacht, weil sie noch Kinder wollte, und machte sich bald an meinen Bruder ran. Ich rächte mich. Als ich einen von den Burschen traf, es war am Tag, stieß ich ihm mein Messer in den Unterleib. Daraufhin wurden wir beide der Stadt verwiesen. Zum Glück hatte ich hier einen Freund. Er lehrte mich das Köhlerhandwerk, starb aber an einem Schlangenbiss. So geht's. Die Köhlerei, sag ich Euch, ist gar nicht so einfach. Der Meiler braucht eine luftdichte Decke aus Gras, Laub und feuchter Erde. Doch damit das Holz richtig schwelt, muss dann und wann Luft heran. Die Kunst ist es, es richtig am Kochen zu halten. Das geht nicht ohne Fingerspitzengefühl. Sonst erlischt der Meiler oder er geht durch.«

»Er geht durch? Was heißt das?«

»Nun, das Holz schwelt nicht, sondern fängt Feuer. Brennt dann ab wie ein Scheiterhaufen.«

Eine Pause entstand, in der Melissa darüber nachsann, ob dieses mühselige Handwerk Gottes Fluch oder Segen für das Schicksal dieses seltsamen Mannes aus Avignon war. Da es schien, als ob er von ihr erwartete, dass sie weiter mit ihm sprach, fragte sie:

»Wie heißt Ihr?«

»Charles. Es ist schon gut. Macht Euch keine Sorgen um mich.

Ihr braucht kein Mitleid mit mir haben. Wollt Ihr etwas trinken?«

Melissa nickte. »Ja, habt Ihr noch etwas gegen meine Schmerzen?«

»Nein. Es ist alles aufgebraucht. Ich gab Euch alles, was ich hatte.«

»Ist auch gut. Es muss auch ohne gehen.«

Melissa biss die Zähne zusammen und schaute an Charles vorbei. Ich bin zu wehleidig, dachte sie. Heta hätte mich jetzt ausgeschimpft. Was hat sie alles jahrelang ertragen müssen. Da kann ich mir ruhig ein Beispiel daran nehmen.

Charles ging hinaus, schöpfte Wasser und gab ihr zu trinken. Sie vermied es, ihn näher anzusehen, denn der Anblick seiner Augenwinkel, in denen sich Eiter gesammelt hatte, seiner schmalen blassen Lippen, die gesprungen und blutig waren, flößte ihr trotz all seiner Bemühungen um sie Ekel ein.

Als wüsste er, was sie fühlte, beeilte er sich zu sagen: »Ich habe zwei Rebhühner gefangen. Das könnte ein Festmahl geben, wie?«

»Aber nur, wenn sie nicht vorher davonfliegen.«

Melissa versuchte zu lächeln, Charles sah ihr tief in die Augen.

»Nein. Überhaupt scheine ich im Einfangen von Zartem in letzter Zeit Glück zu haben, meint Ihr nicht auch? Aber irgendwie hab ich nichts davon. Die Rebhühner können nicht fliegen und ich nicht …«

Er grinste schief und half Melissa, sich aufzusetzen. Er drückte ein altes, gegerbtes Wildschweinfell zu einem Polster zusammen und stopfte es hinter ihren Rücken. Melissa traten Tränen in die Augen, so groß waren die Schmerzen. Tapfer hielt sie durch, nicht zuletzt, weil die Aussicht auf einen Leckerbissen einfach zu verlockend war. Charles beim Rupfen und Ausnehmen der Tiere zuzusehen, drängte ihre Schmerzen tatsächlich allmählich in den Hintergrund. Und als ihr endlich der Duft der

über offenem Feuer gebratenen Rebhühner in die Nase stieg, fühlte sie sich das erste Mal seit ihrem Abschied von Avremar wieder wohl.
In den folgenden Tagen schritt ihre Genesung voran. Die Wunden, die Charles ausgewaschen und mit wildem Honig behandelt hatte, schlossen sich, ohne zu eitern. Schließlich konnte sie sogar aufstehen. Auf eine Achselkrücke gestützt, humpelte sie um die Hütte und versuchte, ihren verletzten Fuß mehr und mehr zu belasten. Eines Tages dann warf sie ihre Krücke von sich. Jubelnd streckte sie die Arme gen Himmel und rief: »Charles, es ist so weit. Die Stunden hier sind gezählt!«
Schweigend drehte er sich zu ihr um, erwiderte nichts. Sie merkte, dass etwas in ihm vorging, das sie nicht verstand. Wortlos nahm sie neben ihm an der Feuerstelle Platz. Zwei Kaninchen schmorten auf dem Rost. Mit Genugtuung sah sie, dass Charles sich noch mehr Mühe gegeben hatte. Sie garten im Lehmmantel und waren mit Kräutern und Beeren gefüllt. Der Duft, der von ihnen ausging, war unwiderstehlich. Ihr lief das Wasser im Mund zusammen. Zufrieden stellte sie fest, dass mit der Heilung auch ihr Appetit zurückgekommen war. Allerdings hatte Charles in den beiden zurückliegenden Tagen nur Hafergrütze gekocht. Bestimmt hatte dies ihren Heißhunger auf Fleisch angeheizt. Sie konnte es kaum abwarten, ins saftige Kaninchenfleisch zu beißen.
Als sie endlich den ersten Bissen im Mund hatte, seufzte sie genießerisch. Selten hatte es ihr so gut geschmeckt, noch nie aber hatte sie sich so sehr nach Wein gesehnt.
Charles warf ihr einen Apfel zu. Die einzige Beilage neben einem Stück Brot. Lange schaute er sie eindringlich an, so als wollte er sich ihr Gesicht für den Rest seines Lebens einprägen.
»Ihr wollt gehen, das verstehe ich. Und Ihr braucht auch keine Angst zu haben, denn ich halte Euch nicht zurück. Aber eines

muss ich Euch gestehen: Es war schön mit Euch. Als ich Euch, berauscht wie Ihr wart, in den Armen hielt, um Eure Wunden zu versorgen, hab ich innerlich ganz schön geflucht. Verzeiht und vergebt mir, aber ich glaube, ich wäre schwach geworden. Doch mir war dann immer auch so, als hörte ich Stimmen hinter mir, die mich auslachten. Ein Mann wie ich … unvollkommen wie ein Elefant ohne Rüssel, weniger als ein Kapaun … und dann mit einer so schönen Frau wie Euch. Ich hab geheult.«

»Ihr hättet wirklich meine Lage ausgenützt?«

»Ich hätte Euch angeschaut, versteht Ihr? Aber nicht so wie ein Madonnenbild.«

Sie verstand ihn zwar nicht, empfand jedoch Mitleid mit ihm, da er so wehmütig lächelte. Sie streckte die Hand nach ihm aus. Er schüttele den Kopf, wischte sich verstohlen die Augen.

Er ist oder war bestimmt kein schlechter Mensch, dachte Melissa gerührt. Aber so hat eben jeder sein Schicksal.

So wie ich meines habe.

Und Avremar seines.

Ob Gott zulässt, dass wir ein gemeinsames haben?

Sie schloss die Augen. Wo mochte er jetzt sein? Ob er an sie dachte? Oder sie bereits aufgegeben hatte? Womöglich hatte er nach ihr gesucht? So weit in die Irre gelaufen war sie doch gar nicht, schließlich war sie nur zu Fuß unterwegs gewesen. Zu Pferd hätte er sie doch finden müssen! Oder hatte er es gar nicht versucht?

Wo bist du jetzt, mein Ritter, fragte sie mit wachsender Sorge. Du bist doch bestimmt nicht mehr bei den Kindern, oder doch? Wartest du in Marseille auf mich? Sie biss in den Kaninchenschlegel in ihrer Hand, von dem das Fett auf ihr Kleid tropfte. Sie merkte es kaum.

»Wie gut könnt Ihr jetzt laufen?«

Charles' Stimme riss sie aus ihren Gedanken. Irritiert schaute sie auf. Charles wirkte angespannt. Er kaute nicht, hielt den

Atem an. Er hat Angst, schoss es ihr durch den Kopf. Angst wie ich. Aber wovor?

»Was ist los, Charles? Erwartet Ihr von mir, dass ich Euch schlage, nur weil ich noch humpele?«

»Ihr wart in Gedanken«, entgegnete er hastig. »Ich habe sie gelesen. Ich weiß, was Ihr gedacht habt.«

»Und das wäre?« Belustigt fuhr sie damit fort, den Kaninchenschenkel abzunagen.

»Ihr fragt Euch, warum Euer Ritter nicht länger nach Euch gesucht hat.«

Melissa erstarrte. Vor Schreck rutschte ihr der Knochen aus der Hand. Nicht weil sie glaubte, Charles könne wirklich Gedanken lesen, sondern weil sie ahnte, dass er genau diese Frage beantworten konnte. Er hat etwas damit zu tun, schoss es ihr durch den Kopf. Er fürchtet sich, mir die Wahrheit zu erzählen. Vielleicht sogar … Ein Verdacht keimte in ihr auf, doch bevor sie ihn in Worte fassen konnte, begann Charles zu reden.

»Melissa, es war der dritte Tag. Ihr lagt im Rausch, aber ich wusste, Ihr würdet überleben. Es war gegen Abend, da hörte ich Hufschlag. Schnell warf ich Euch eine Decke über und verbarg Euer Lager unter etwas Stroh. Dann schaute ich bei meinem Meiler nach dem Rechten. Wenig später kam ein deutscher Ritter. Er herrschte mich an, ob ich einer Frau begegnet sei. Sie habe die Gegend durchstreift und sei auf der Suche nach Pilzen gewesen. Seine Augen blitzten vor Aufregung und Verzweiflung. Immer wieder zuckte seine Hand nach dem Schwert. Sein Pferd zitterte und war schweißnass, er selbst sah übernächtigt aus. Ich ahnte, wie wenig genügte, dass er die Beherrschung verlor. Todesangst packte mich. Ich stotterte, ich würde keine Frau kennen, seit Jahren sei mir hier nie eine begegnet. Ich riss vor ihm sogar meine Hose herunter, damit er mir glaubte, dass eine Frau in meinem Leben keinen Sinn mehr ergäbe, bettelte, er solle mir nichts tun, ich sei nur ein armer Köhler. Ich stammelte und redete wie wild, so als hätte ich den Verstand verloren. Da machte Euer Ritter kehrt. Noch heute bin ich überzeugt, er hätte mich getötet, wenn er Euch entdeckt und erfahren hätte, was passiert war.«

Charles senkte den Kopf, schnitt ein Stück Fleisch ab und schob es sich mitsamt Knöchelchen in den Mund. Das Feuer knisterte, draußen rief ein Kauz. Eine Windböe ließ die Flammen neu auflodern, gleich darauf fielen sie wieder in sich zusammen, Funken verglühten dicht vor Melissas Füßen.

Sie rang um Fassung, doch es gelang ihr nicht. Voller Verzweiflung begann sie zu schreien, Tränen schossen aus ihren Augen. Trotz der Schmerzen stürzte sie sich auf Charles, krallte ihre Hände um seinen Hals und schüttelte ihn voller Wut. Charles' entzündete Augäpfel traten hervor, und er starrte sie keuchend aus offenem Mund an. Angestrengt bemühte er sich, mit der Zunge den kleinen Kaninchenknochen gegen die rechte Wangeninnenseite zu drücken, damit er nicht erstickte.

Melissa indes schien es, als schüttele sie einen Totenschädel, in dessen Augenhöhlen die rötlichen Augäpfel lose hineingesetzt waren. Und als sei es ihr Ziel, sie hinauszukatapultieren, schüttelte sie Charles immer heftiger. Dann jedoch blieb ihr Blick an dem hängen, was in seinem Mund war. Ekel stieg in ihr hoch, und sie kam schlagartig wieder zu sich. Sie ließ Charles' Hals los, trat zurück und begann wie irre zu lachen. Er griff in seinen Mund und zog den Knochen heraus.

»Ihr hättet es fast geschafft! Schade … jetzt, wo Ihr weggeht … Nehmt ruhig Rache an mir. Verachtet mich! Ich weiß selbst, wie unwürdig ich bin.« Er robbte zu ihr hinüber, fasste nach ihrer Hand und zog sie wieder zu sich herunter. »Melissa, es tut mir leid. Verzeiht mir, bitte.« Er streckte ihr wie ein Büßer die Hände entgegen und weinte. Melissa schien es, als bräche sein Gesicht auseinander. Tiefe lichtlose Falten umschlossen seine zitternden Augen und seinen bebenden Mund.

Ihr Mitleid siegte. Sie wischte sich mit dem Ärmel ihres Kleides Schmutz und Tränen vom Gesicht, dann umfasste sie seine Hände. »Es ist gut, Charles. Ihr könnt Buße leisten, indem Ihr mich morgen bis nach Marseille begleitet.«

Schon bei Sonnenaufgang jagte ein kräftiger Wind graue Wolken vor sich her. Es war kalt, als sie aufbrachen. Hätte Charles ihr nicht ein schweres Schaffell um die Schultern gelegt, Melissa hätte vor Kälte mit den Zähnen geklappert. Es ist, als hätten wir Mistral, dachte sie. Doch das hier ist nur der späte Herbst. Und da ist der Himmel nun mal nicht blau wie beim Mistral, sondern grau.

Sie tröstete sich damit, dass es sicher bald wieder besseres Wetter geben würde, und deutete es als gutes Omen, dass sie sich überraschend schnell an die Kälte gewöhnte. Auf ihre Krücke gestützt, humpelte sie, so gut es ging, hinter Charles her, der mit ihr auf einem mit Tannennadeln und Pinienzapfen übersäten Waldweg ging. Wenn sie versehentlich auf einen Zapfen trat, durchzuckten heftige Schmerzen den Fuß, doch sie bemühte sich, tapfer zu bleiben und durchzuhalten. Es beruhigte sie, dass Charles bei ihr war. Mehrfach versicherte er ihr, er würde sie niemals im Stich lassen und so lange bei ihr bleiben, bis sie Marseille erreicht hätten.

Um sich abzulenken, glitten ihre Blicke über seinen krummen Rücken, seinen zotteligen, flachen Hinterkopf, auf dem eine verfilzte Wollmütze saß. Er ist wie ein altes Maultier, dachte sie belustigt, so wie er sich vor die Deichsel seines Karrens gespannt hat. Was er wohl mit dem Geld machen wird, das er für seine vier Säcke Holzkohle bekommen wird? Bei den Huren wird er es wohl kaum lassen …

Im gleichen Moment fiel ihr Blick auf seine Waffen, die von

Zweigen verdeckt auf dem Karren lagen: ein grober Knüppel und Pfeil und Bogen.
»Charles! Wie kommt Ihr zu Pfeil und Bogen, wo Ihr doch nur einfacher Köhler seid? Ist Euch mal ein Ritter in die Wildschweinfalle gegangen?«
Er drehte sich grinsend zu ihr um, in seinen Augen aber blitzte der Stolz.
»Das ist ein englischer Langbogen, Melissa. Damit haben die Engländer, diese Teufel, uns so manches Mal besiegt. Könnt Ihr Euch vorstellen, dass ein Pfeil, von solch einem Bogen abgeschossen, Ketten- und Plattenrüstungen, selbst Eichenbohlen durchschlägt?«
»Nein. Aber den Bogen … Ihr habt ihn natürlich im Wald gefunden, nicht wahr?«
Übermütig hob sie ihre Krücke und stieß ihm damit in den Hintern.
»Nein, den Bogen habe ich aus Avignon. Ein Pfeilschnitzer hat ihn mir damals verkauft, allerdings ohne Sehne. Die gönnte ich mir später.«
»Wozu dann die Fallen, Charles?«
»Ganz einfach: Ich bin eine fleischfressende Pflanze.«
»Wilderer kommen schon mal aufs Rad …«
»Wilderer wie ich, denen was abgeschnitten wurde, haben ihren Bogen. Aber wer erwischt sie und klagt sie an?«
»Ich.«
»So? Und was habt Ihr davon?«
»Genugtuung.«
»Pah. Für wie lange denn? Bald würde ich Eure Träume besetzen. Ihr säht nur noch Rad, Tod und Knochen. Dann nützt Euch auch Euer Ritter nichts mehr.«
Nach einer Weile, in der sie schweigend hintereinander hergegangen waren, wurde der Wald lichter. Als sie den Waldessaum erreicht hatten, hielt Charles neben einem Felsen an. Jetzt, da

sie die Alpilles halb hinter sich gelassen hatten, fühlte Melissa frische Kraft in sich. Sie bildete sich ein, bereits das Meer riechen zu können, und wäre am liebsten auf der Stelle weitergegangen. Doch Charles zwang sie, obwohl sie protestierte, zu einer Pause.

Es war kein guter Platz, hier, wo sie dem Wind schutzlos ausgeliefert waren. Doch es war nötig, denn Melissas Fußverband war durchnässt und locker geworden. Zum Glück bot der Windschatten des Felsens etwas Schutz. Charles half ihr, den Verband abzuwickeln und die Wunde neu mit Honig zu bestreichen. Melissa biss die Zähne aufeinander. Sie fror und spürte die Schmerzen umso stärker. Als der Verband wieder angelegt war, zogen sie sofort weiter. Die Garrigue brauste, Windböen trieben ihnen Sand in die Augen.

Melissa schloss ein paar Mal die Augen und redete sich ein, sie stünde auf einer vom tosenden Meer umschäumten Klippe. Charles stieß sie an, reichte ihr ein Stückchen getrocknetes Fleisch. Dankbar biss sie hinein, doch mit den wiedererstarkten Kräften stiegen auch die alten Gedanken in ihr hoch: Was ist, wenn ich ihn nicht in Marseille treffe? Was ist dann? Ich habe kaum noch Geld unter dem Gürtel.

Sie wurde langsamer, blinzelte gegen eine plötzlich milchige Sonne.

Ich werde wieder nach Arles zurückgehen, beschloss sie trotzig. Auch wenn alles aus sein sollte, so wird doch noch immer Amande dort sein. Sie ist meine Freundin, und sie wird es auch bleiben. Egal, worüber sie sich geärgert hat, wir werden uns wieder versöhnen.

Nachdem sie sich zwei Stunden später wieder eine Weile ausgeruht hatten, nahmen sie ihren Weg Richtung Meer erneut auf. An einer Kreuzung trafen sie auf einen Theriak- und Kräuterkrämer aus Arles. Als Melissa ihn nach der Pest dort fragte, lachte der Mann nur auf und winkte ab. »Blinder Alarm! Ein tollwütiger Hund war's! Er hatte mehrere Menschen gebissen, bis man ihn endlich in einem Hühnerstall gestellt hat. Ab mit ihm ins Feuer, dann war Ruh. Zwar wurde noch zwei Tage gebangt, dann aber umso lauter gejubelt. Dankgottesdienste wurden gefeiert, und die ganze Nacht wurde auf allen Plätzen getanzt!«

Also doch keine Pest, dachte Melissa zufrieden. Vielleicht war also Avremar in Arles? So wie Amande?

Eine bittersüße Vorstellung.

Sie zermürbte ihr fast ihren Geist.

Hätte sie nicht Charles' ständig vor Augen, wäre sie beinahe wahnsinnig geworden.

Bilder, die sie früher nie für möglich gehalten hätte, tanzten vor ihrem inneren Auge. Bilder voller Eifersucht, voller Sehnsucht, voller Wut und Ohnmacht. Warum musste sie so ein Schicksal haben? Es war wie ein Fluch.

Am Rande der Alpilles schlugen sie in einem abgebrannten Hof ihr Nachtlager auf. Der Wind kam jetzt vom Meer, wehte ihnen die salzhaltigen Düfte der Camargue in die Nase. Lange Zeit konnte Melissa nicht einschlafen, fand keine Ruhe. Schließlich versank sie übermüdet in halbwache Träume. Von weit her schlugen Wellen wieder und wieder nach ihr, bis der Sand unter ihr nachgab und sie mit sich fortriss.

Nach drei Tagen humpelte sie an einer völlig gleichgültigen Torwache vorbei durchs Markttor. Nicht einmal Charles wurde angehalten, was er für ein gutes Omen hielt: »Gespartes Pflastergeld ist Trinkgeld. Aber erst das Geschäft.«

Sie verabschiedeten sich mit einer kurzen Umarmung, dann ging jeder seines Weges. Charles lief linker Hand an der Stadtmauer entlang zur Baustelle des neuen Königstors, wo die Schmiede ihre Werkstätten hatten, Melissa in Richtung Hafen.

Trotz des kalten und grauen Wetters war sie in gehobener Stimmung. Auch wenn ich Avremar hier nicht wiedersehe, sagte sie sich, werde ich erfahren, wo er ist. Dann brauche ich bloß ein Schiff zu besteigen …

Sie fuhr sich über die Lippen. Der Duft frisch gerösteter Pistazien zog ihr in die Nase, und plötzlich wusste sie, was sie jetzt als Erstes tun würde: ein Säckchen salzige Pistazien kaufen.

Sie war nicht die Einzige, die dem Duft erlag. Auf dem Weg zur Rösterei traf sie auf eine zunehmende Anzahl von Kindern und Mägden jeglichen Alters, die von ihrer Herrschaft zum Einkaufen geschickt worden waren. Bald konnte Melissa über die Köpfe hinweg das Schildchen erkennen, das kundtat, wer hier der Meister seines Faches war. Es waren die Eheleute Arenne. Abwechselnd erklang der tönende Bass des Mannes, der singende Sopran der Frau den herbeiströmenden Menschen entgegen. Sie priesen ihre Nüsse und Mandeln an, die sie vor aller Augen in einer großen Pfanne rösteten, wobei jedes Mal, wenn die Menge gewendet wurde, eine köstliche Duftwolke aufstieg. Dazu boten sie allerlei Zuckernaschwerk an, wobei sie nicht müde wurden zu betonen, dass es auch den allerhochnobelsten Kunden munden würde.

So entdeckte Melissa tatsächlich einige Kunden, die mit ihrer pelzbesetzten und mit Schmuck verzierten Kleidung der gehobenen Schicht entstammten. Fasziniert blieb sie in der vordersten Reihe zwischen Kindern und einigen jüngeren Mägden stehen. Monsieur Arenne war ein beleibter rothaariger Mann mit grünschwarz gestreifter Weste und brauner Kappe, seine Frau hatte wache, lachende Augen, ein mütterlich weiches Gesicht und volle blonde Locken, die kaum unter ihre Haube zu passen schienen, denn sie hielt von Zeit zu Zeit inne, um sie mit einer aufreizenden Bewegung ihrer kleinen Hände erneut unter eines der bunten Bänder zu schieben, die ihre Haube zierten. Dabei hob sich ihr Busen, der ein wenig zu üppig aus dem Ausschnitt

ihres braunen Kleides ragte, so dass man glauben konnte, sie trüge zwei riesige weiße Nüsse in ihrem Mieder.
Die Kunden jedenfalls strömten herbei.
»Pistazien! Frische griechische Pistazien! Aus Ägina! Kauft, so schnell gibt es diese nicht wieder.«
Eine Kelle nach der anderen wurde in hohle Kinderhände geschüttet, Geldstücke hingegeben – was gar nicht selten mit säuerlichem Gesicht quittiert wurde, denn die Eheleute Arenne verstanden ihr Geschäft. Und so blieb auch der Blick des Mannes plötzlich an Melissa haften.
»Aber Ihr, schöne Frau, Ihr wisst hoffentlich, wie wohlfeil unsere Pistazien sind? Seid Ihr neu in der Stadt? Noch nie haben wir Euch hier gesehen. Was ist mit Eurem Bein? Kommt Ihr aus dem Spital?« Die Fragen plätscherten über Melissa hinweg, und am Ton hörte sie, dass sie nicht wirklich zu antworten brauchte. Stattdessen fragte sie, ob die Pistazien auch wirklich salzig genug seien. »Das sind sie«, beruhigte sie Madame Arenne und reichte ihr das Leinensäckchen mit dem Ausdruck vollster Zufriedenheit. Sie zwinkerte ihr zu und wünschte ihr noch einen segensreichen Tag.
Melissa ging ein Stück beiseite und ließ es sich schmecken, während sie das Treiben um den Nussstand herum in aller Ruhe beobachten konnte. Nach der Einsamkeit im Wald bei Charles war sie regelrecht ausgehungert nach Menschen und Ablenkung. Außerdem schmeckte das Salz viel zu köstlich, um es einfach im Vorbeigehen zu essen. Viel zu lange hatte sie es entbehrt. Sie war in diesem Moment unendlich dankbar dafür, endlich wieder Salz schmecken zu dürfen. Während sie die Pistazien genoss, verfolgte sie neugierig, wie beide Arennes plötzlich hinter ihrer Ladentheke hervorschossen, um sich tief vor einer jungen, elegant gekleideten Frau und ihrem nicht weniger noblen Begleiter zu verbeugen.
Melissa wandte sich an einen ärmlichen Jungen, der neben ihr

stand und die Beine zusammenkniff. Er schien kein Geld, wohl aber ein dringendes Bedürfnis zu haben. Er tat ihr leid, und so schob sie ihm eine Münze in die Hand.

»Wer ist das?«, fragte sie.

Errötend sah er zu ihr auf.

»Der Graf von Uzès und seine Schwiegertochter«, erwiderte er leise. Erleichtert rannte er davon. Melissa sah ihm nach, er würde sicher gleich wieder hier sein und sich so wie alle anderen auch bei den Nüssen anstellen.

Sie dachte über seine Antwort nach. Die Grafschaft der Uzès lag nördlich von Nîmes. Das war zwar nicht sehr weit weg, aber immerhin. Sie beobachtete, wie der Graf reichlich Zuckerwerk für seine Schwiegertochter kaufte, dann in die Runde schaute, ein paar Kinder heranwinkte und den Arennes befahl, ihnen süße gebrannte Mandeln zu schenken. Das Händler-Ehepaar beeilte sich, seinem Befehl nachzukommen, woraufhin großer Jubel ausbrach. Melissa entdeckte den Jungen wieder, der ihren Blick auffing, die Münze jubelnd hochhielt und sie dann tief in seine Tasche gleiten ließ.

Unter fröhlichen Rufen ließen die Menschen den Graf hochleben und wünschten ihm und seiner Familie Gesundheit und ein langes Leben.

Auch Melissa stimmte mit ein. Sie stellte sich auf die Zehenspitzen, winkte, dabei fiel ihr ein Mann auf, der neben der jungen Gräfin stand und ihr etwas zutuschelte. Er duckte seinen Kopf, doch als er ihr einen kurzen Moment das Gesicht zuwandte, glaubte Melissa Marc, den geldgierigen Kundschafter vor sich zu haben. Dieser Mann hier war aber besser gekleidet und hatte ein glattes, sauberes Gesicht. Es konnte also nur eine Täuschung sein, schließlich gab es in einer so großen Menschenmenge immer mal wieder Gesichter, die einem bekannt vorkamen.

Als er sich verbeugend von der Gräfin verabschiedet hatte und

in der Menge untergetaucht war, blickte diese wie zufällig in Melissas Richtung. Ihre Blicke kreuzten sich. Unwillkürlich musste Melissa lächeln, denn ihr gefiel das offene schöne Gesicht der jungen Frau. Zu ihrer Überraschung erwiderte diese ihren Gruß. Wenige Augenblicke später traten zwei Stadtbeamte auf den Grafen zu und verwickelten ihn in ein Gespräch. Melissa traute ihren Augen kaum, als sie die junge Frau auf sich zukommen sah. Diese zeigte fragend auf ihr gekrümmtes Bein.
»Es ist hoffentlich nichts Ernstes? Eure Krücke sieht scheußlich aus. Sie passt so gar nicht zu Eurem Gesicht.«
»Danke, Gräfin, für Euer Mitgefühl. In wenigen Tagen, denke ich, werde ich ohne Krücke auskommen. Dann kann ich wieder so laufen wie zuvor.«
»Was ist denn passiert?«
»Na ja« – Melissa zögerte, weil sie nach einer passenden Erklärung suchte –, »ach, man wird eben bestraft, wenn man ohne Sandalen Pilze sucht, dabei in ein Erdwespennest tritt und den Fuß nicht schnell genug wieder aus der Kuhle herausbekommt.«
Die Gräfin lachte auf, aber es klang nicht schadenfroh.
»Das stelle ich mir keinesfalls lustig vor«, entgegnete sie und musterte Melissa neugierig. »So habt Ihr sicher viele Stiche bekommen?« Ohne auf eine Antwort zu warten, fuhr sie fort: »Wie heißt Ihr?«
Melissa nannte ihren Namen, woraufhin die junge Gräfin ihre Stirn runzelte. Sie warf einen raschen Blick zu ihrem Vater, dem anzusehen war, dass er bestrebt war, das Gespräch mit den beiden Stadtbeamten so rasch wie möglich zu beenden.
»Bienen und Wespen scheinen es Euch angetan zu haben«, fuhr sie hastig fort. »Ihr interessiert mich, Melissa. Ich möchte Euch näher kennenlernen. Ich bin Gräfin Delphine von Uzès. Wollt Ihr mir den Gefallen tun, mich zu besuchen? Wenn Ihr könnt und Euch Euer Bein genügend Kraft gibt, so kommt doch heute

Abend zur Kommandantur St. Johann am Hafen. Wir logieren dort.«
Sie hastete davon, winkte Melissa noch einmal kurz zu, woraufhin diese trotz der Schmerzen und mit Hilfe der Krücke ihr Knie beugte. Salz bringt Glück, dachte sie freudig. Während sie noch ein wenig umherging, malte sie sich aus, wie es wäre, wenn sie mit Avremar bei der Gräfin aufwarten würde oder gar mit ihm auf einem der gräflichen Familienfeste tanzte. Wäre die Krücke nicht gewesen, hätte sie, ohne sich um die Blicke der Menschen zu kümmern, Tanzschritte ausprobiert. Einen Moment lang nahm sie die Krücke in beide Hände, streckte sie auf Armlänge von sich und schloss die Augen. Und wenn er jetzt so vor ihr stünde? Ihr Bein zitterte vor Schmerz. Verlegen schaute sie um sich und schalt sich eine vor Sehnsucht verrückt gewordene Närrin. Langsam ging sie Richtung Hafen.
Wo mochte nur der Lazarus-Orden sein?
In der Hafenmeisterei lachte man sie wegen dieser Frage aus. Wie dumm sie sei! Seit wann die Ordensleute des heiligen Lazarus wohl innerhalb der Stadtmauern zu finden seien? Sie, die Aussätzigen, die einen Kult um diese Krankheit trieben?
»Geht vor die Stadt. Auf die Klippen. Wo die Kirche steht.«
Melissa ließ sich nicht verdrießen. Sie passierte das Tor der Kommandantur, ruhte sich ein wenig am Strand aus und machte sich schließlich an den Aufstieg.
Der Weg führte steil bergan, aber schon bald sah sie den Festungsturm des Ordens. Die schwarze Fahne mit dem achtspitzigen grünen Malteserkreuz flatterte im Wind. Melissas Ungeduld trieb sie voran. Sie machte immer größere Schritte, in der Hoffnung, schneller voranzukommen. Anfangs wollte es ihr nicht gelingen, da die Schmerzen zu stark waren. Dann gewöhnte sie sich daran, jedes Mal die Krücke so kräftig in die Erde zu rammen, dass sie ihr verletztes Bein abstützen und auf

diese Weise mit etwas kleineren Schritten umso rascher vorankommen konnte.
Ihr Herz schlug schneller, als sie den Ritter gewahr wurde, der auf dem Turm stand und aufs Meer schaute. Sie hob die Hand und winkte, obwohl sie sich im Klaren war, dass sie sich närrisch benahm. Er war nicht Avremar, wie an seinem Mantel mit grünem Tatzenkreuz zu erkennen war. Er mochte ein gesunder Ritter des Ordens sein, aber auch einer aus der Mehrzahl jener, die an Aussatz erkrankt waren. Wie auch immer, was mochte er von ihr halten? Von einer hinkenden jungen Frau, der das lose Haar um den Kopf flog?
Sie konzentrierte sich auf ihren Weg, der, je höher sie kam, immer feuchter und dunkler zu werden schien. Es störte sie nicht, sie schaute auf ihre Füße, die auf dem unebenen Weg festen Halt suchen mussten, wenn sie nicht stürzen wollte. Dabei genoss sie es, dem Tosen der gegen die Klippen anbrandenden und aufschäumenden Wellen zu lauschen. Schließlich hinderte der Lärm sie daran, nachzudenken. Seltsamerweise fühlte sie sich frei und leicht. Sie genoss das bittere Salz, sogar den kalten Wind, der sie immer wieder erschauern ließ.
Kurz bevor sie die Hügelkuppe erreicht hatte, hob sie wieder ihren Blick. Sie sah zum Himmel und stellte fest, dass in der Zwischenzeit das helle Grau des Himmels einer tiefblauen Dunkelheit gewichen war. Gleich würde sie es geschafft haben, sicher noch, bevor es anfangen würde zu regnen.
Endlich stand sie vor der klosterähnlichen Anlage. Ein Knappe bewachte das Tor des Festungsturms. Lässig hob er die Hand, als Melissa ihn grüßte. Sie ging unbehelligt weiter, die Meeresbrandung schien mit einem Mal ganz nah, doch der Eindruck trog. Das, was sie umgab, war ein weiter Burghof, in dessen Mitte ein gewaltiger Nussbaum stand. An seinem Stamm lehnten und dösten zwei Aussätzige mit frischen Fußlappen. Da Melissa sonst niemanden erblicken konnte,

trat sie auf sie zu und rüttelte dem Älteren von ihnen an der Schulter.

»Wo finde ich den Infirmarius?«

Er erwachte ächzend, wies ihr aber mit einer stummen Geste den Weg.

Melissa trat in einen kleinen Raum, in dem ein Ritter mit einem bunt und edel gekleideten Mann würfelte. Sowohl der Ritter als auch sein Gegenüber hatten eine Knollennase.

»Der Infirmarius?«, wiederholte sie, fragend von einem zum anderen blickend.

Der Ritter hustete, stellte den Würfelbecher in die Mitte des Tisches.

»Bin ich. Zu Diensten.«

»Ich bitte Euch um Antwort auf zwei mir wichtige Fragen: War in den letzten Tagen und Wochen ein Ritter namens Avremar vom Deutschen Orden bei Euch? Und habt Ihr Kisten aus Arles von Komtur Arnold in Empfang genommen?«

»Wer seid Ihr? Warum wollt Ihr das wissen?« Er musterte sie neugierig.

»Ich bin Melissa.«

»Ihr also seid Melissa.«

Der Lazarus-Ritter legte so viel Nachdruck in ihren Namen, als wüsste er alles über sie. Sie hielt die Luft an. Sie zitterte vor Aufregung, abwechselnd war ihr heiß und kalt.

»Ich bin's, ja. Was könnt Ihr mir sagen? Bitte!«

»Gut, dann beantworte ich Eure Fragen mit ja. Soviel ich weiß, sind Ritter und Kisten nicht mehr hier oder am Hafen.«

Sie schwankte zwischen Glücksgefühl und Enttäuschung und bemühte sich, sich nichts anmerken zu lassen.

»Und … und habt Ihr eine Nachricht für mich?«

»Wenig. Euer Ritter erzählte nur, er habe nach Euch gesucht. Er schärfte mir ein, dass, falls Ihr doch noch hierherfinden solltet, ich Euch ausrichten solle, dass er in Arles seine, wie er sich ausdrückte, Strafe antreten würde. Zusammen mit seinem Freund.«

»Gelobt sei Jesus Christus!«, entfuhr es ihr.

»In Ewigkeit, Amen«, ergänzten die beiden Ritter ernst.

Melissa legte ihre Hände zu einem kurzen stillen Gebet zusammen. Als sie wieder aufsah, hatte sie Tränen in den Augen.

Den Männern entging ihre Ergriffenheit nicht, und so stand der Lazarus-Ritter auf und legte seine Hand auf ihre Schulter.

»Geht nur, unsere Kapelle steht jedem offen. Macht Euch und Gott ruhig die Freude.«

Ein Lächeln erhellte sein entstelltes Gesicht, sein Gegenüber dagegen seufzte. »Ihr dürft lieben. Wisst Ihr, was für ein Geschenk Euch Gott damit macht?«

»Ja. Aber verzeiht, wer seid Ihr?«

»Der Graf von Uzès, besser gesagt, dessen unglücklicher Sohn.«

»Was für eine Fügung!«, rief Melissa, von einer plötzlichen Begeisterung überwältigt. »Erst vor wenigen Stunden erwies mir Eure Gattin die Ehre, mich anzusprechen, Graf. Sie lud mich sogar zu einem Fest ein. Ich kann es noch gar nicht glauben.«

»Ja, Delphine ist ein Goldstück.«

Melissa pflichtete ihm bei, dabei betrachtete sie ihn aufmerksam. Des Grafen Gesicht war rot und geschwollen und voller Pusteln, die knollige Nase von roten und blauen Äderchen durchzogen. Bestimmt hat er die Rosenblüten-Krankheit, dachte sie – und begriff, warum die Uzès hierher nach Marseille gekommen waren. Der junge Graf stand unter Verdacht, sich mit Aussatz angesteckt zu haben. Zu Hause konnte er sich nicht blicken lassen, jetzt suchte er Rat bei den Lazarus-Brüdern. Er hofft auf ein Gutachten von ihnen, dachte Melissa. Zusammen mit einem Segensbrief von kirchlicher Seite wäre er dann als Nicht-Aussätziger anerkannt. Nur so kann er die Nachfolge seines Vaters antreten.

Sicher, auch König Balduin von Jerusalem hatte einst Aussatz gehabt, aber vor allem in Europa war es selten, dass Menschen von Stand und Vermögen daran erkrankten.

»Graf, verzeiht mir meine Direktheit. Ihr seid sicher, zu den Jüngern des Lazarus zu gehören?«

»Schaut mich doch an!«

»In Montpellier …«

»Dort wird unser Geschlecht gehasst. Schließlich sind wir seit Generationen königstreu. Nun geht. Denn ich wüsste nicht, was dies Euch angeht.«

»Verzeiht mir.«

Melissa verbeugte sich und verließ den Raum. Der Wind hatte aufgefrischt und sich zum Sturm ausgewachsen. Durch eine Mauerluke schaute sie auf das aufgewühlte Meer, lauschte auf die Brandung und erfreute sich an der turmhoch aufspritzenden Gischt. Hinter ihr ächzte der Nussbaum. Gelbe und braune Blätter wirbelten durch die Luft. Als Melissa sich auf ihrem Rückweg noch einmal umdrehte, sah sie, wie der Ritter auf dem Turm die Fahne einzuholen versuchte. Diese schlug laut knarrend im Wind, und beinahe sah es so aus, als wolle sie ihn verschlingen und in die Tiefe hinabreißen.

Der Abstieg war nicht weniger beschwerlich, denn ihr Gewicht belastete nun auch noch das Knie des verletzten Beines, doch es machte Melissa nichts aus. Sie verspürte nur große Erleichterung. Es ist Dezember, dachte sie, bei diesem Wetter wird kein Schiff auslaufen.

Ich werde mich gedulden müssen.

Es dunkelte bereits, als sie durchgefroren und hungrig die Kommandantur St. Johann erreichte. Jetzt erst fiel ihr ein, dass sie sich noch eine Unterkunft würde suchen müssen. Sie dürfte keineswegs allzu lange bei der Gräfin bleiben, nach Mitternacht würde ihr wohl kaum noch jemand, der Anstand hatte, die Tür

öffnen. Sie zählte ihre wenigen Münzen, die sie unter ihrem Gürtel noch bei sich trug. Die meisten davon würde sie für die Überfahrt nach Arles brauchen.
Einen Moment lang überfiel sie Zweifel, ob es richtig war, hierhergekommen zu sein. Wusste sie denn, was sie erwartete? War es nicht einfältig, von wohliger Heiterkeit, üppigen Mahlzeiten, Kerzenschein und angenehmen Gesprächen zu träumen?
Ich war dumm, schimpfte Melissa mit sich, nur weil es mir schmeichelte, von einer Gräfin angesprochen zu werden. Und wenn sie andere Absichten hat? Vielleicht hat sie in mir ein lüsternes Mädchen gesehen, das sich für geteilte Bettfreuden gerne bezahlen lässt? So etwas soll es ja geben …
»Was steht Ihr hier herum?«
Erschrocken wich sie einen Schritt zurück. Ein Mann war aus der Wachstube an sie herangetreten, ihm folgte ein weiterer, eine Fackel in der Hand, die er ihr vors Gesicht hielt.
»Ich komme von den Lazarus-Brüdern …«
Die Wachen starrten auf ihre Krücke. »Das sehen wir. Geht dorthin zurück, von wo Ihr kommt!«
»Gräfin von Uzès erwartet mich! Bringt mich zu ihr!«
Die Wachen brachen in schallendes Gelächter aus. Ein dritter gesellte sich hinzu, warf ihr begehrliche Blicke zu.
»Auch auf einem Bein lässt sich gut tanzen …«, meinte er anzüglich.
»Wenn denn das eine schön hart ist«, ergänzte der erste Wachmann und bewegte seine Hüfte vor und zurück.
»Was fällt euch ein, ihr Halunken!« Die schneidende Stimme der Gräfin ließ die drei Wachleute zusammenschrecken. Sie zogen ihre Köpfe zwischen die Schultern und schlichen in die Wachstube zurück.
»Ich dachte, sie lassen mich schon allein wegen meiner Krücke in Ruhe«, meinte Melissa.
Die Gräfin lachte.

»Da seht Ihr einmal, wie überwältigend Eure Schönheit ist. Was kümmert es die Männer, wenn sie ein Härchen in der Suppe finden, solange sie sich von der heißen Suppe den Bauch vollschlagen können! Jetzt kommt! Ihr seid mein Gast.«

Sie zog Melissa mit sich in die Halle, die steinerne Treppe hinauf. Unterdessen plauderte sie munter drauflos. »Was sagt Ihr zu diesem Sturm? Ist er nicht herrlich? Ach, ich liebe es, wenn die Natur sich so wild gebärdet, dass man sie auf der Haut fühlen kann. Auf See freilich möchte ich jetzt nicht sein. Ich kann nämlich nicht schwimmen. Könnt Ihr es?«

»Nur in ruhigem Wasser, Gräfin. Aber gerade mal eine Viertelstunde lang. Schwimmen ist gesund, es zehrt nicht aus, wie viele glauben. Im Gegenteil, es stärkt den Körper.«

»Ihr kennt Euch aus …«

»Das sollte eine Spitalschwester auch, Gräfin.«

»Ihr seid eine Spitalschwester? Welch ein Zufall. Aber so spielt manchmal das Leben.« Sie bedachte Melissa mit einem ebenso abschätzenden wie zufriedenen Seitenblick. Was bedeute ich jetzt für sie, fragte sich Melissa beklommen. Was will sie wirklich von mir?

Sie hatten die oberste Stufe der Treppe erreicht und betraten eine mit Wandbehängen verzierte Galerie. An den Pfeilern flackerten rauchige Fackeln, die die Jagdszenen auf den Wandbehängen in scheinbar lebendige Bilder verwandelten.

»Kommt, folgt mir. Es ist nicht mehr weit. Riecht Ihr es?«

Melissa nickte, wandte ihren Blick in Richtung des dunklen Flurs, von wo es nach Wein, Braten und angebrannter Grütze roch.

»Wir lieben es schlicht, beinahe wie die einfachen Leute«, sagte die Gräfin und kicherte. »Sicher habt Ihr Euch anderes vorgestellt, nicht?«

Verlegen biss sich Melissa auf die Unterlippe. Sie war enttäuscht, natürlich hatte sie anderes erwartet. Jetzt aber mischte

sich zunehmend Misstrauen in ihr Unbehagen. Sie kam sich vor, als sei sie in eine Falle geraten.
»Ihr schweigt, also habe ich recht! Ihr braucht Euch aber nicht zu fürchten, schon gar nicht vor mir!« Wieder lachte die Gräfin, es klang so unverfänglich, dass Melissa wieder Zutrauen fasste, dass die Gräfin ihr die Wertschätzung für das, was sie ihr gleich sagen würde, nicht vorenthalten könnte.
Vor zwei Türen, wo ein halbes Dutzend Zofen und Diener auf Pritschen vor sich hin dösten, blieb die Gräfin stehen. »Wir sind da«, flüsterte sie und schob den Riegel beiseite. Der Raum, in dem es so durchdringend nach Speisen und Wein roch, maß höchstens zehn Schritte in der Länge und sechs Schritte in der Breite. Mehrere größere Wandteppiche bedeckten die holzvertäfelten Wände. Vor dem Fenster stand ein Tisch mit zwei Stühlen, als Bett diente ein mit bunten Kissen verzierter Diwan.
»Setzt Euch, Melissa.« Die Gräfin deutete auf den Diwan. Zögernd blieb Melissa stehen.
»Wenn Ihr erlaubt, mein Bein, ich würde mich lieber auf den Stuhl setzen …«
Spöttisch spitzte die Gräfin ihre Lippen. »Aber ja, natürlich. Nehmt Platz, wo immer Ihr wollt.« Sie trat an den Tisch, und als Melissa saß, griff sie nach deren Krücke und lehnte sie in die kaum vom Kerzenlicht erhellte Ecke des Zimmers. Stirnrunzelnd beobachtete Melissa sie.
Die Gräfin lächelte sie an. »Nun, wir haben Zeit, nicht wahr? Und entgegen dem, was Ihr vermutet, haben wir noch nicht zu Abend gegessen. Ihr seid doch hungrig, Melissa?« Sie wartete deren Antwort nicht ab, sondern fuhr fort: »Es wird Folgendes aufgetischt: Fischsuppe und Langusten, Rebhühner, Würste und Rindfleisch – das Übliche.« Sie lachte. »Nichts Besonderes also. Aber alles mit viel Pfeffer und Piment.«
»Danke für Eure Einladung, Gräfin. Ich glaube, ich kann Eure Großzügigkeit mit etwas Wichtigem entgelten.«

»So?«, entgegnete die Gräfin gedehnt. »Was meint Ihr damit?«
»Ich habe heute mit Eurem Ehemann bei den Lazarus-Rittern gesprochen. Auch sie werden ihm nicht helfen können.«
Die Gräfin schlug die Hand vor den Mund, riss ihre Augen weit auf.
Melissa lächelte. »Er hat nämlich keinen Aussatz.«
»Was?« Die Gräfin packte sie bei den Schultern. »Ihr müsst es ihm noch heute selbst sagen! Ihm und meinem Schwiegervater!«
»Euer Gatte wird mich nicht anhören wollen … so wie heute Mittag …«
»Er ist nur verbittert! Er hat sich mit seinem Schicksal abgefunden. Er muss wissen, dass er umsonst leidet. Ich werde gleich einen Boten zu ihm schicken. Aber erst hole ich meinen Schwiegervater.« Gräfin Delphine raffte ihr Kleid und stürmte aus dem Raum. Nur wenig später hörte Melissa den alten Grafen vor der Tür. Er beklagte sich etwas weinerlich, so grob behandelt zu werden, schien tatsächlich schon reichlich angetrunken zu sein.
Die Tür ging auf. Graf von Uzès taumelte gegen den Türpfosten, in der Hand einen Pokal voller Wein, der ihm zwischen den Fingern hindurch auf die Dielen tropfte.
Die Gräfin packte ihn am Arm und zerrte ihn so ungestüm in den Raum, dass noch mehr Wein verschüttet wurde.
»Sagt es ihm!«, forderte sie Melissa auf. »Gebt ihm Hoffnung. Ein größeres Geschenk könnt Ihr ihm nicht machen.«
»Was redest du da?«, murmelte er, während Melissa sich an Stuhllehne und Tischkante hochstemmte.
»Euer Sohn, Graf, leidet vermutlich unter der sogenannten Rosenblüten-Krankheit. Sie kann ein Gesicht derart entstellen, dass alle Welt glaubt, es sei Aussatz. Ihr müsst wissen, Graf, allein seines Aussehens wegen wird heute keiner mehr zum Aussätzigen erklärt. Dies ist erst der Fall, wenn weitere Anzei-

chen zutreffen. Und ich bin überzeugt, Euer Sohn würde jede Leprosenschau bestehen.«
»Wenn das wahr ist …« Graf Bernard trat näher an Melissa heran und blies ihr seinen Weinatem ins Gesicht. »Wenn Ihr recht habt, wird unser Dank großzügig sein.«
»Erlaubt mir, dass ich Euren Sohn untersuche. Lasst ihn kommen. Ich war oft bei Leprosenschauen dabei. Ich kenne die Prüfungen, die vorgenommen werden. Ihr dürft selbstverständlich Zeuge dabei sein.«
Melissa hatte fast vergessen, dass sie einem mächtigen Grafen gegenüberstand. Er schüchterte sie nicht ein, mehr noch, sie fühlte sich ihm auf seltsame Weise sogar überlegen. Sie genoss geradezu die bewundernden Blicke des Grafen.
Dieser aber drehte sich plötzlich um und zog die junge Gräfin mit sich hinaus aus dem Raum.
»Wir kommen gleich zurück!«, rief ihr Delphine über die Schulter zu, dann war es still.
Melissa ließ sich wieder auf den Stuhl nieder und schaute aus dem Fenster, vor dem noch immer der Sturm tobte.
Er glaubt mir, dachte sie erfreut. Was für ein Gefühl!
Und plötzlich kehrten ihre Gedanken wieder zu Avremar zurück, der sie gesucht hatte und in Arles auf sie warten würde. Diese Worte, die sie aus dem Mund eines Lazarus-Ritters erfahren hatte, waren es in Wirklichkeit, die ihr die Stärke gaben, hierherzukommen, und die ihr das Selbstvertrauen in ihre Heilerrolle zurückgegeben hatten. Ein süßes Gefühl wie das von schmelzendem Zuckerwerk machte sich in ihrem Bauch breit. Gleichzeitig fühlte sie sich frei und unverwundbar, sicher in Avremars Liebe aufgehoben.
Dass sie wegen des Sturms mit Sicherheit mehrere Tage würde warten müssen, bis wieder Schiffe ausliefen, war zwar ärgerlich, aber andererseits verlängerte es die Vorfreude.
Bald werde ich in deinen Armen liegen, und wir werden glück-

lich sein. Dieser Satz kreiste durch ihren Kopf wie eine Melodie, die sie nicht mehr loswurde. Melissa schloss die Augen vor dem Dämmerlicht des kleinen Raumes, tauchte in ihr inneres Leuchten ein.
Nichts und niemand wird mir jetzt noch etwas anhaben können, dachte sie.

Kurz nach Mitternacht traf Graf Alzias von Uzès triefend vor Nässe ein. Er war kaum weniger betrunken als sein Vater. Man habe ihn beinahe mit Gewalt aus einem heimlichen Zechgelage herauszerren müssen, berichteten die beiden Wachen, die der alte Graf gleich nach Melissas medizinischer Offenbarung mit einer großzügigen Spende für das Hospital auf den Weg geschickt hatte.
»Kein Aderlass, keine Egel, sondern Heilung.« Das hatten sie ihm vom Vater ausgerichtet. Nun stand er in dem kleinen, überheizten Raum seiner Frau in einer immer größer werdenden Pfütze und wischte sich die nassen Haare aus der Stirn.
»Engel, lass mich gesund werden«, rief er. »Engel, lass mich gesund werden!«
Sturzbetrunken schwankte er nach vorn, die blutunterlaufenen Augen auf Melissa gerichtet. Die Wache, auf deren Schultern sein Arm gelegen hatte, fing ihn gerade noch auf. Sein Vater, der seinen mit Luchsfellen bedeckten Lehnstuhl neben den Diwan seiner Schwiegertochter hatte stellen lassen, schaukelte ärgerlich vor und zurück. Wobei er weiterhin die Hand der jungen Frau tätschelte. Auch er war nicht weniger betrunken.
»Vergiss nicht, wer du bist, Sohn! Da schickt uns Gott eine Heilerin, stell dir vor. Sie weiß etwas, was niemand weiß. Das wird dich in den Schoß deiner Familie zurückbringen. Aber du musst ihr zuhören!«
Der so Angesprochene brach in rülpsendes Lachen aus.

»In den Schoß, ja, da will ich hinein! In den Schoß, mit raschem Stoß!«
Die Wachen brachen in lautes Gelächter aus. Selbst der alte Graf grinste schief.
Melissa wechselte mit der jungen Gräfin einen missbilligenden Blick.
Sie entzog ihrem Schwiegervater ihre Hand.
»Steckt ihn in den Zuber! Ich will, dass er nicht stinkt, wenn meine Freundin ihn untersucht! Und kühlt ihn danach tüchtig ab!«
Ihr Mann durchbohrte sie mit wütenden Blicken.
»Du wagst es nicht …«
Sie erhob sich, wobei sie ihrem Schwiegervater unters Kinn fasste und ihm einen Kuss auf die Nase gab.
»Vater, vergib mir, ja? Du weißt, dass ich für unsere Ehre kämpfe, nicht wahr?« Spielerisch kraulte sie dem Alten den Bart und ging dann auf ihren Mann zu.
»Mach schnell! Und komm so zurück, dass ich dich küssen will!«
Der Alte drehte sich ihm zu und blickte ihn mit glasigen Augen fest an.
»Sie hat recht! Geh.«
Graf Alzias schwankte zur Tür, drehte sich noch einmal zu ihr um. »Verfluchtes Weib!«
Sie lachte nur.
Er kam schneller zurück, als sie angenommen hatten. Er trug frische Wäsche, roch nach kaltem Wasser und Seife und frisch gewichstem Leder. Sein Gesicht war jetzt so rot, als hätte er Kirschsaft darauf eintrocknen lassen.
Die Gräfin klatschte in die Hände.
»Na also. So, Melissa, jetzt könnt Ihr beginnen.«
Graf Alzias sank auf den Diwan.
»Wenn Ihr eine Hexe seid, bringe ich Euch eigenhändig um.«

Ungerührt von seinen Worten, stellte sich Melissa neben ihn. »Ich will Eure bösen Worte Eurer Trunkenheit zuschreiben, Graf. Jetzt seid so gut und vertraut mir, so wie es Eure Gattin bereits tut.«
Er rülpste laut, schwieg aber. Sein Blick glitt kurz zu seinem Vater hinüber, der für einen Moment seine Hand von der seiner Schwiegertochter löste, um seinem Sohn aufmunternd auf den Oberschenkel zu klopfen.
»Beeilt Euch, ich bin müde.«
»Das weiß ich, Graf. Ich werde mich bemühen. Eure Gattin, das solltet Ihr wissen, hat nämlich extra für Euch ein Nagelbrett aufgetrieben. Ich werde jetzt Euren Daumen kurz damit spicken müssen …«
»Und wenn es blutet und wehtut?«
Melissa konnte sich ein Lächeln nicht verkneifen.
»Dann müsst Ihr es aushalten. Was es bedeutet, sage ich Euch später.«
»Herr im Himmel, steh mir bei.«
Graf Alzias schaute seine Frau an, als Melissa ihm den Daumen auf das Nagelbrett drückte. Es blutete kräftig, und der Graf stöhnte unwillig auf.
Melissa nickte. »Das ist ein gutes Zeichen, Graf. Es bedeutet nämlich: Ihr leidet weder an Gliedertaubheit noch an Durchblutungsstörungen. Das ist sehr wichtig, wie Ihr natürlich wisst.«
Der Graf schaute seine Frau eindringlich an, die errötete. Melissa verstand, was zwischen beiden vorging. Dass Graf Alzias sich überhaupt mitten in der Nacht auf den Weg gemacht hatte, war also kein Wunder, sondern pure Berechnung. Er wird gehofft haben, dass, wenn ihn jemand vom Aussatz freispricht, seine Frau keinen Grund mehr hat, ihn zurückzuweisen.
»Fahren wir fort, Graf«, sagte Melissa betont streng.
»Seid Ihr hier der Kommandant?«, entfuhr es ihm.
»Lass sie, Alzias!« Die Stimme der Gräfin klang beinahe eben-

so streng, dabei schob sie wie zufällig ihren Daumen zwischen ihren Brüsten hinauf, die verführerisch von einem etwas zu lose geschnürten Mieder betont wurden.

Melissa hatte Mühe, den Blick des jungen Grafen wieder auf sich zu lenken. Sie hob zwei kleine Holzhaken in die Luft und erklärte:

»Ich werde nun, Eure Erlaubnis vorausgesetzt, das Innere Eurer Nase untersuchen. Ich darf keine Geschwüre finden, und bluten darf es auch nicht.«

Graf Alzias nahm einen ordentlichen Schluck Wein. »Wenn es nur die Nase ist und kein anderes Teil …«

Seine Frau kicherte, sie schien keinerlei Abscheu zu empfinden und ernsthaft besorgt zu sein, denn sie griff zu dem Kerzenleuchter und beugte sich vor, damit Melissa genug Licht hatte, um ihrem Mann die Nasenlöcher auseinanderziehen und untersuchen zu können.

Das Ergebnis stand schnell fest.

»Ich kann im Innern Eurer Nase nichts feststellen, Graf. Ihr seid gesund.«

Die junge Gräfin bekreuzigte sich, küsste ihren Mann auf dessen frisch gewaschenen Kopf und umschlang ihren Schwiegervater, der dabei war, einzuschlafen.

»Und jetzt singt!«, befahl Melissa.

»Was?«

»Stimmt ein Trinklied, oder was immer Ihr wollt, an. Wenn Eure Stimme sauber ist …«

»Ah ja.«

Graf Alzias räusperte sich – und sang. Seine Stimme war laut und kräftig. Sein Vater zuckte zusammen, lächelte und trank in einem Zug den Pokal mit Wein leer. Er rülpste laut und hielt ihn dem Diener entgegen, damit er ihn frisch auffüllte. »Ist es vorbei?«, lallte er mit schwerer Stimme.

»Gleich«, entgegnete Melissa, darum bemüht, sich ihren Ekel

nicht anmerken zu lassen. Sie wandte sich wieder seinem Sohn zu.

»Euer Haar sitzt fest?«

»Ja.«

»Fiebert Ihr, wenn Euch unwohl ist?«

»Nein, da kotz ich.«

»Gut, Graf. Da Ihr Ruhe ausstrahlt und niemand Euch ein betrügerisches und zorniges Wesen bescheinigen kann und wird, habt Ihr aus medizinischer Sicht keinen Aussatz. Das ist so wahr, wie Frauen Kinder bekommen.«

Gräfin Delphine umarmte ihren Mann, was diesen indes nicht munterer machte. Er rutschte zur Diwankante vor, ließ sich ebenfalls einen Pokal voll Wein reichen und trank ihn wie sein Vater in einem Zug aus. Seine Augen fielen ihm fast zu, sein Gesicht indes blühte umso mehr. Er starrte Melissa an.

»Jetzt ist es genug, Schwester. Lasst mich in Ruh.«

»Gerne, Graf. Ich hoffe, Ihr seid jetzt froh.«

»Froh, froh, froh wie ein Floh. Der sticht und sticht sein Rüsselchen ins …« Er suchte nach einem passenden Reim, da flüsterte ihm eine der Wachen zu:

»Er pflügt sein Rüsselchen ins Pünzchen …«

Der Graf hob verärgert den Arm. »Du bist dumm! Halt's Maul!« Er schien weder Lust zum Dichten noch zum Zuhören zu haben, denn er ließ sich in die Kissen fallen und schlief auf der Stelle ein. Kurz darauf schnarchte er laut. Die Gräfin und Melissa wechselten vielsagende Blicke. Der Apfel fällt nicht weit vom Stamm, dachte Melissa und wunderte sich einmal mehr, dass die junge Frau so um ihren wenig attraktiven Mann besorgt war. Eigentlich müsste sie viele Verehrer haben, überlegte sie. Sie ist ohne Dünkel, hat ein schönes offenes Gesicht. Auch wenn ihre Bewegungen etwas eckig sind wie die einer Taube. Aber sie wirkt sinnlich, beinahe anmaßend sinnlich. Jetzt hob sie die Hand und schickte die Wachen hinaus.

»Was also können oder müssen wir tun, Schwester?« Mit einem Mal klang ihre Stimme honigsüß, was Melissa etwas irritierte, doch sie ließ sich nichts anmerken.
»Gräfin, ich möchte, dass Ihr Folgendes wisst: Eine fortgeschrittene Rosenblüten-Krankheit, wie sie Euer Gatte hat, zu besiegen, das ist fast unmöglich. Sie kann nur durch viel Geduld, sorgfältige Pflege und eine Änderung des Lebenswandels gelindert werden.«
Wie erwartet, begann die junge Gräfin herzhaft zu lachen.
»Mit anderen Worten: Mein Mann wird so bleiben. Ich verstehe.«
Ein Bediensteter trat ins Zimmer. Er verzog keine Miene, als er die beiden Grafen sah.
»Es ist angerichtet, Herrin.«
Die Gräfin ging auf ihn zu und gab ihm eine Ohrfeige. »Camille, zum Teufel mit dir! Weißt du, wie oft ich dir schon befohlen habe, die Grafen nicht vor dem Essen abzufüllen?«
»Verzeiht, aber Graf Bernard gefiel es, mir deswegen wieder seinen Dolch an die Kehle zu halten.«
Camille klang weinerlich und hochmütig zugleich. Sein Mund hing schief, und in seinen Augen blitzte der Hass.
»Feigling – wie ihr alle, die ihr hier bloß rumlungert!« Sie wandte sich zu Melissa um. »Kommt. Erzählt mir beim Essen, wie man es richtig anstellt.«

Nach dem späten, üppigen Nachtmahl fasste die Gräfin Melissas Ratschläge noch einmal zusammen: »Also, nur Wasser, keine Öle. Regelmäßig mit Kamille- und Arnikaauszügen betupfen und vor Ausritten eine Honig-Zimt-Weihrauch-Salbe auftragen.«
»Ja, und vergesst nicht: Euer Gemahl sollte weniger Wein trinken, nichts Scharfes essen und bei der Jagd im Winter die Haut mit einem Seidentuch abdecken.«

Die Gräfin nickte, hielt die Hand vor den Mund und gähnte. Sie rief nach dem Bediensteten und befahl ihm, die Männer aus ihrem Zimmer zu schaffen und für Melissa eine Pritsche aufzustellen. Eine Stunde später wurde das Licht gelöscht, und es kehrte Ruhe ein. Draußen heulte noch immer der Sturm.
Melissa lächelte. Ihre letzten Gedanken galten Avremar. Sie schürzte die Lippen, knabberte an ihrem Zeigefinger. Wie sehr er ihr fehlte! Es war kaum auszuhalten. Aber es dauert ja nicht mehr lange, dachte sie glücklich. Bald ist es so weit.

Den nächsten Tag verbrachte sie mit der Gräfin beim Kartenspiel. Die Mahlzeiten wurden gemeinsam eingenommen, aber wie Melissa befürchtet hatte, tranken die Männer weiterhin Wein, als wäre er Wasser.
In der Nacht wachte sie vom Schluchzen der Gräfin auf. Scheu legte sich Melissa zu ihr und nahm sie vorsichtig in den Arm. Gräfin Delphine rollte sich zusammen wie ein Kind. Sie weinte, wie Melissa noch nie eine Frau hatte weinen hören. Ihr Leib bebte, das Nachthemd aus feinem Batist war nass vor Tränen und Schweiß. Melissa ahnte Schlimmes. Wie um sich selbst zu beruhigen, begann sie, ihr den Rücken zu streicheln.
»Wollt Ihr mir sagen, was Euch quält, Gräfin? Vielleicht kann ich Euch helfen.«
Die Gräfin schluckte, schneuzte sich. »Ich kann nicht länger so tun, als wäre nichts. Ich bin schwanger. Aber eben nicht von ihm.«
Habe ich es nicht geahnt, fragte sich Melissa beklommen. Es ist doch immer dasselbe … Sie schwieg, wartete, bis die Gräfin wieder zu sprechen begann. »Himmel noch mal, ich bin keine Nonne. Ich hab einfach Lust gehabt! Lust, versteht Ihr? Wie sollte ich mich beherrschen, wenn ich mich fühlte, als sei ich ein Sprengfass und eine Fackel schlüge gegen mich.«

Melissa holte tief Luft. »Dann geht in der Frühe zu Eurem Gatten. Spielt mit ihm. Macht die Augen zu und wohnt ihm bei.«
»Er würde Verdacht schöpfen, schließlich habe ich ihn lange genug zurückgewiesen. Deshalb geht er noch häufiger zu den Huren als all die Jahre zuvor.«
»Und wenn Ihr gesteht?«
»Schlägt er mich halbtot und lässt den, von dem er ahnt, dass er der Vater ist, foltern und hinrichten. Mir bleibt keine Wahl. Ihr müsst mir helfen, Melissa. Das Balg muss weg.«
Melissa verkrampfte sich, ihr wurde übel. Was die Gräfin verlangte, war die Todsünde schlechthin. Allein der Gedanke war verwerflich, von den Gefahren, die mit einer Abtreibung verbunden waren, einmal abgesehen. Dabei kommt es täglich vor, dachte Melissa. Alle wissen es, aber niemand möchte etwas damit zu tun haben. Aber wenn es so weit ist, haben wir Frauen immer das Nachsehen. Es ist ungerecht. Sie würde nein sagen. Sie hielt den Atem an, hoffte, die Gräfin wäre eingeschlafen.
»Warum schweigt Ihr?«
»Ihr verlangt Ungeheures, Gräfin.«
»In den Augen der Männer mag es das sein. Was interessiert sie, was sie anrichten, wenn sie uns besteigen? Ihnen geht es um ihre Lust, fertig. Hinterher werden sie moralisch.«
»Wisst Ihr, wie viele Frauen dabei sterben? Sie verbluten unter entsetzlichen Qualen«, wandte Melissa ein. »Ist es das wert?«
»Was versteht Ihr schon davon. Erst recht von den Nöten und Ängsten einer Gräfin. Wie stehe ich da! Wenn das Balg wenigstens von edlem Geblüt wäre. Aber es ist nur vom Gehilfen unseres Falkners.« Gräfin Delphine klang immer trotziger. »Ein junger Bursche … mein Bote. Er ist stark und ausdauernd für viere! Ich habe es geahnt, und ich hatte mich nicht in ihm getäuscht. Habt Ihr jemals so etwas erlebt? Ihr seht einen Mann nur an und habt das Gefühl, nur noch aus Lippen, Brüsten und überquellender Scham zu bestehen. Alles schwillt an, schreit

nach seinen Händen, unter denen Ihr Euch winden wollt. Eure Kehle bringt nur Seufzer und Schreie heraus. Ihr seid dabei, wahnsinnig vor Begehren zu werden. Ich musste ihn haben.« Sie lachte. »Er war großartig.«
Dann begann sie wieder zu weinen. Nach einer kurzen Weile löste sie sich aus Melissas Umarmung und setzte sich auf. Der Schein des Öllichts beleuchtete die eine Hälfte ihres Gesichtes, machte es hart und herrisch. Melissa schloss die Augen, fühlte, wie ihr Herz härter schlug. Sie spürte die immer größer werdende Spannung – und wartete auf jene Worte, vor denen sie aus unerfindlichen Gründen seit heute Angst hatte.
Und sie kamen, deutlich und schonungslos. »Ihr seid Spitalschwester und erzähltet, Ihr kämt aus Montpellier. Unser Kundschafter berichtete mir, dass Kardinal Albano und der Rat der Stadt Montpellier ein Kopfgeld auf eine flüchtige Spitalschwester und ihre Freundin, die eine Mörderin sein soll, ausgesetzt haben.«
»Ich verstehe Euch sehr gut, Gräfin. Verratet Ihr mir noch den Namen Eures Kundschafters?« Sie sprach so leise, dass sie selbst kaum glauben konnte, dass es ihre Stimme war.
»Er heißt Marc und ist ein entlaufener Novize.«
Melissa glaubte, ins Bodenlose zu fallen. Die Kraft und die Freude, die sie die letzten Tage hatte genießen dürfen, waren mit einem Mal nur noch blasse Erinnerung. Das Leben war plötzlich wieder grau und mühselig, die Seele wie eine Nussschale auf tosendem Meer.
Der Herr ist mein Hirte, er weidet mich auf einer grünen Aue …
Zu mehr reichte es nicht. Plötzlich fühlte sie sich von den Armen der Gräfin umfasst.
»Habt keine Angst, ich kann Euch beschützen, Melissa, meine honigsüße Biene …« Sie schmiegte sich an sie. »Niemals werde ich Euch verraten, das glaubt Ihr mir doch, nicht wahr?« Sie streichelte Melissa über Gesicht, Hals und küsste sie kurz zwi-

schen ihre Brüste. Dann seufzte sie, tat, als fiele es ihr schwer, Melissa allein in ihrem Bett zurückzulassen.

»Geht, schlaft schön, Biene Melissa.«

Melissa schleppte sich auf ihre Pritsche zurück. Sie hörte, wie die Gräfin leise zu stöhnen begann. Beine und Hände raschelten unter ihrer Bettdecke. Melissa hielt sich die Ohren zu, als die Gräfin zotige Worte hervorstieß, und das Rascheln lauter wurde. Noch zweimal musste sie Delphines geräuschvolle Befriedigung erleiden. Dann war es vorbei.

Lange Zeit lag Melissa wach. Es fiel ihr schwer, anzunehmen, was von ihr erwartet wurde. Ihre Gefühle für Delphine waren zwiespältig. Sie hatte Verständnis für ihre Sinnlichkeit, nicht aber für ihre Art, zu provozieren. Reizte sie die Gefahr? Oder verfolgte sie in Wahrheit ganz andere Ziele?

Dieser Verdacht zermürbte Melissa über Stunden hinweg, bis ihre Gedanken von Traumbildern fortgerissen wurden. Der Boden, auf dem sie stand, brach, und sie stürzte, von betäubendem Lärm angezogen, in eine bodenlose Tiefe.

Irgendetwas, das wie ein kriegerischer Fanfarenruf von der Spitze eines Wachturms klang, riss sie wenig später aus dem Schlaf. Erschrocken setzte sie sich auf, lauschte. Ein Hahn schrie, einmal, zweimal. Mit ihrer Nachtruhe war es vorbei.

Der nächste Tag forderte von ihr das, wovor sie sich fürchtete. Es war unmöglich, der Unerbittlichkeit in den Augen der Gräfin auszuweichen. Melissa wusste, sie musste handeln.

Glücklicherweise erinnerte sie sich daran, wie man vorgehen musste. Heta hatte es ihr einmal erzählt. Schon während ihrer Kreuzfahrerzeit auf der Insel Rhodos hatte sie einer Abtreibung beigewohnt. Denn nicht wenige Frauen hatten sich damals auf den Weg gemacht, um unterwegs und im Heiligen Land abtreiben zu lassen. Gegen entsprechende Zuwendungen

waren die Hebammen vor Ort auch immer bereit dazu gewesen.
Später, in Montpellier, hatte Heta sogar selbst einmal eine Abtreibung vorgenommen. Eine wohlhabende Patrizierfrau hatte ihr eine große Summe Geldes geboten, und sie hatte nicht widerstehen können. Der Eingriff war ihr geglückt, die Frau aber habe noch wochenlang unter schmerzhaften Blutungen gelitten. Jedes Mal, wenn sie ihr begegnete, hatte es sie erschüttert, zu sehen, wie das zuvor hübsche, zufriedene Gesicht schmal und verhärmt geworden war. Das war der Grund gewesen, warum Heta es nie wieder gemacht hatte.
Sie hatten damals über jede Einzelheit des Eingriffs gesprochen, nicht jedoch darüber, woher Heta die passenden Instrumente hatte. Schon seit dem frühen Morgen hatte Melissa darüber nachgedacht, und auf die gereizte Frage der Gräfin, was sie heute nun zu tun gedenke, spontan geantwortet, sie müsse in die Stadt gehen. Vielleicht, dachte Melissa verzweifelt, komme ich dort auf eine Idee.
»Ich begleite dich natürlich«, hatte Delphine daraufhin gerufen, doch es hatte so geklungen, als wolle sie sie nicht aus den Augen lassen. »Außerdem«, hatte sie schmeichlerisch hinzugefügt, »sind wir heute früh ungestört, denn die Männer schlafen noch ihren Rausch aus.«
Sie waren schon seit gut zwei Stunden in den Gassen der Stadt unterwegs, und noch immer wusste Melissa nicht, was sie tun beziehungsweise suchen sollte. Sie hatten sich hier und dort hingesetzt, um dem einfachen Volk bei der Arbeit zuzusehen, ja, sie waren sogar zur Messe gegangen.
Die Zeit schritt voran.
Noch schien Delphine das vielfältige Treiben in der Stadt zu genießen, doch Melissa wurde immer ungeduldiger. Sie wusste, die Gräfin betäubte in Wahrheit ihre Angst. Wenn sie der Ablenkungen überdrüssig sein würde, würde sie sie zur Rede stellen.

Fieberhaft suchte sie in ihren Erinnerungen an die Zeit im Spital. Hatte sie dort in Fragiardis Arbeitszimmer Abbildungen gesehen? Wohl kaum. Hatte er entsprechende Instrumente besessen? Ihr fiel keines ein. Krampfhaft versuchte sie sich an alles zu erinnern, was ihr Heta damals berichtet hatte.
Ihr Kopf schmerzte, der Tag ging bereits auf die elfte Stunde zu, als aus einer der Gassen Musik erklang. Ohne länger nachzudenken, humpelte sie auf ihrer Krücke, so schnell es ihr möglich war, los.
»Melissa!«, rief ihr die Gräfin nach. »Was hast du vor?«
»Tanzen! Was sonst!« Gott steh mir bei, dachte Melissa verzweifelt. Du musst mir jetzt helfen. Vielleicht ist François hier!
Atemlos kam sie an einen Platz, wo Spielleute eine Farandole spielten. Schnell hatte sich um sie ein Kreis fröhlich tanzender Menschen geschlossen. Melissa stellte sich auf die Zehenspitzen und lugte zwischen den auf und ab hüpfenden Leuten hindurch. Nein, François war nicht unter den Spielleuten.
»Na, los, Melissa! Was schaust du? Hast du dich etwa in den Trommler verguckt?« Die Gräfin hatte sie eingeholt.
Der Trommler sah tatsächlich gut aus. Er hatte lange, gerade Beine mit kräftigen Schenkeln, eine breite Brust, deren dunkle Härchen verführerisch aus seinem Hemd hervorlugten. Er war sich seiner Wirkung bewusst, und während seine schönen Hände die Stöckchen auf die Trommel schlugen, spielten seine Blicke mit jeder von ihnen, so dass jede glaubte, er hätte es nur auf sie allein abgesehen. Und als zwei Mädchen, die hintereinander standen, auch noch darüber zu streiten begannen, welche von ihnen er bevorzuge, begann er sie noch mehr zu reizen, indem er seine Zungenspitze zwischen die Lippen schob und lächelte.
Die Leute außen herum amüsierten sich, und die Stimmung hob sich noch mehr.
Plötzlich gingen die Mädchen aufeinander los, schlugen einan-

der die Hauben herunter. Erst als es der Größeren der beiden gelang, das Mieder der anderen aufzureißen, so dass deren blanke Brust hervorquoll, schrien einige der umstehenden Frauen vor Entrüstung auf. Männer feixten und pfiffen, die Musiker beschleunigten das Tempo der Farandole.

Die Angreiferin nutzte den Schreck ihrer Gegnerin, presste ihr alle zehn Fingernägel an den Hals und zerkratzte ihr die Haut bis über die Brust herab. Die zehn blutigen Striemen und das Kreischen des Mädchens sorgten für einen heftigen Aufruhr. Einige lachten, andere versuchten, die beiden auseinanderzuzerren. All das aber feuerte die Ausgelassenheit der Tanzenden nur noch mehr an.

Auch die Gräfin lachte und wollte schon Melissa in den Kreis der Tanzenden mitreißen, als ihr bewusst wurde, dass es ihr ja nicht möglich war.

»Tanzt nur«, rief Melissa ihr zu und sah ihr nach. So konnte sie eine Weile allein sein und nachdenken. Mehr und mehr vermischten sich in ihren Ohren der derbe Schlag der Trommel, die aufreizenden Melodien der Pfeifen mit den Erinnerungen an François' und Hetas Stimme. Plötzlich fiel es ihr ein.

Sie wusste, was sie tun musste. Sie wartete, bis die Spielleute eine Pause einlegten, und trat auf den Pfeifer zu.

»Wer macht hier solch schöne Flöten?«

»Am Heilig-Geist-Spital gibt's einen Beindrechsler. Der macht aber auch Pfeifen und Flöten aus Holz.«

Der Trommler trat hinzu.

»Seid Ihr sicher, schöne Frau, dass Ihr nur an Flöten aus Holz interessiert seid?« In seinen Augen blitzte es.

Die Gräfin, die Melissa gefolgt war, lächelte ihn zornig an.

»Ihr versteht Euch auf Komplimente der direkten Art, nicht wahr? Seid nur vorsichtig, dass Euer Kopf dabei nicht in die falsche Höhle gerät.«

Sprachlos starrten die Spielleute sie an.

»Komm jetzt, Melissa!« Die Härte in ihrer Stimme ließ diese zusammenzucken. »Du hattest mir etwas versprochen!«
»Schlange!«, hörten sie den Pfeifer mit unterdrückter Stimme hinter sich schimpfen. Der Trommler aber lachte. »Traue keiner Höhle, in der du nicht schon selbst gewesen bist!«
Delphine beschleunigte ihren Schritt, Melissa warf rasch einen Blick zurück. Die Spielleute lachten hinter vorgehaltener Hand. Sie beeilte sich, Delphine einzuholen. Sie ahnte, was in ihr vorging.
Am liebsten hätte sie ihn sich genommen, dachte Melissa betroffen, und nur weil ihr jetzt die Strafe für eine solche Stunde der Lust bevorsteht, ist sie so kratzbürstig.
»Was willst du bei diesem Drechsler? Zeit schinden, während ich darauf warte, dass du tust, was ich von dir will?«
»Es hat mit Euch zu tun, Gräfin«, erwiderte Melissa. »Vertraut mir.«
Sie wurde blass. »Ich verstehe dich nicht. Was hat dein Handwerk mit dem eines Drechslers zu tun? Ich rate dir, verhöhne mich nicht. Betrüge mich nicht.« Ihr Zorn war einer bedrohlichen Härte gewichen.
»Ich weiß, was ich tue, Gräfin. Ich erfülle Euren Wunsch nach bestem Wissen, Ihr müsst nur dafür zahlen.« Im doppelten Sinne, fügte sie in Gedanken hinzu. Einen Moment lang dachte sie, Delphine würde sie ohrfeigen.
»Verzeih, Melissa« – plötzlich klang ihre Stimme weich –, »ich bin wohl ein wenig durcheinander. Ich vertrau dir, komm.«
Sie betraten die Werkstatt von Meister Hemminger, einem Schwaben. Die Gräfin zückte ihre Geldbörse und drückte ihm hastig sieben Livre in die Hand, was mehr als ein doppelter Monatslohn war. »Ihr kennt uns nicht, fragt nicht und redet nicht.«
»Selbstverständlich.« Er verbeugte sich tief.
»Tu alles, was nötig ist. Alles! Verstehst du, was ich meine?« Delphine sah Melissa eindringlich in die Augen, strich ihr in

einem scheinbaren Sinneswandel zärtlich über den Arm und huschte wieder hinaus.
»Womit kann ich Euch dienen?«
»Führt mich in Eure Werkstatt, seid so gut, Meister Hemminger«, bat Melissa.
Irritiert zog dieser die Augenbrauen zusammen, er wollte etwas sagen, aber der Anblick der Münzen versiegelte ihm den Mund. Er machte eine auffordernde Geste und ging voraus. Die Regale seiner Werkstatt schienen wohl sortiert: Hölzer verschiedener Art und Knochen verschiedener Tiere waren ordentlich in Kisten und offenen Schächtelchen versammelt.
»Darf ich mich umsehen? Ich suche etwas ganz Spezielles.«
»Wenn Ihr meint … Seid Ihr sicher, dass Ihr meine Hilfe nicht braucht?«
Sie hielt inne und schaute ihm fest in die Augen.
»Lebt Ihr allein, Meister Hemminger? Ich sehe weder Frau noch Kind, noch Magd …«
Er errötete. »Mein Weib starb vor sechs Jahren, wir hatten keine Kinder, und Chloé, meine Magd, ist einkaufen.«
»Das ist gut«, erwiderte Melissa rasch.
»Wieso? Tun das nicht alle Mägde?«
»Ja, ja, das schon. Lebt sie bei Euch?«
»Bin ich bezahlt worden, damit Ihr mich über mein Leben ausfragt?«
»Ihr botet mir gerade Eure Hilfe an. Ich muss wissen, ob ich sie annehmen kann. Also, beantwortet mir meine Frage.«
»Nein, sie lebt bei ihrer Schwester, kommt morgens und geht abends.«
»Sehr schön. So, jetzt möchte ich mich umschauen.«
»Bitte« – er breitete die Arme aus –, »seht Euch um. Es ist alles da, meine Werkzeuge und Musikinstrumente werden auch von anderen Meistern geschätzt.«
»Das erwarte ich auch«, murmelte Melissa leise. Rasch fand sie

das, von dem sie sicher war, dass es für ihren Eingriff das Richtige sein würde: gebogene und konisch auslaufende Knochen, hohl und noch ohne Bohrungen.
»Jetzt brauche ich nur noch einen dicken festen Strohhalm …«
Der Drechsler schüttelte den Kopf. »Hab ich nicht. Aber wozu …?«
»Ihr wisst doch, Ihr sollt keine Fragen stellen.«
Er seufzte. »Gut, gut. Was haltet Ihr von Holunder? Marklos?«
»Ja, aber verstärkt die Spitze mit Blei.«
Sein Gesicht wurde blass.
»Bis wann?«
»Könntet Ihr es bis morgen schaffen? Und uns einen stillen Raum bereitstellen?«
Er wurde noch eine Spur blasser, wich schwankend an seine Werkbank zurück. Er schien zu ahnen, für was seine Instrumente dienen sollten. Er schluckte krampfhaft, und Melissa sah deutlich, dass er es kaum begriff, dass sieben Münzen die Macht besaßen, die blutige Welt der Frauen mit Urgewalt in sein behagliches Männerreich zu drängen.
»Man hat Euch großzügig bezahlt«, mahnte Melissa eindringlich.
»Ihr … Ihr könnt Euch auf mich verlassen, Dame«, stammelte er. Dann wandte er sich um, eilte aus der Tür und übergab sich in seinem Garten.

Der Tag brach an, als wolle er sich selbst feiern – mit einem sattblauen Himmel und einem Meer, das unentwegt zu lächeln schien, so lieblich waren die Dünung und das Glitzern der Wellen. Marseille blühte wieder vor Geschäftigkeit, niemand verlor mehr ein Wort über den Sturm.
Melissa stand am Hafen und schaute sehnsüchtig in die Weite. Jeder auslaufende Segler versetzte sie in Unruhe, jedes Fischer-

boot verstärkte ihren Wunsch, so bald wie möglich von hier wegzukommen. Doch statt sich auszumalen, wie es sein würde, Avremar und Amande wiederzusehen, ihn zu küssen und von ihm geküsst zu werden, kreisten ihre Gedanken um Gräfin Delphine und den bevorstehenden Eingriff.

Mein Beruf hat eine Sklavin aus mir gemacht, dachte sie verbittert. Aber wenn dies meine Bestimmung sein soll, wäre es wohl besser, den Gürtel zu verbrennen, weil er mich selbst vor dem Schändlichsten nicht schützt.

Plötzlich hörte sie schnelle, leichtfüßige Schritte hinter sich. Sie drehte sich um. Es war die Gräfin.

»Ich bin so weit.« Sie klang, als sei sie extra gekommen, um mit ihr eine Seereise anzutreten. Ihr Lächeln war anmutig, doch in ihren Augen spiegelte sich die Angst. »Gehen wir?«

Melissa nickte schicksalsergeben. Alles war vorbereitet: der Dachboden, auf dem Meister Hemminger Holz lagerte, war gefegt und gelüftet, ein Tisch hinaufgetragen und mit Sand gescheuert, ein Kessel heißes Wasser aufgesetzt, die Instrumente gereinigt. Gerade eben hatte sie bei Meister Hemminger die letzten Handgriffe getan. Sie hatte einen Boten zur Gräfin geschickt, der ihr ausrichten sollte, sie würde für den verabredeten Spaziergang am Hafen auf sie warten.

Meister Hemminger hatte an diesem Tag sein Geschäft wegen Unwohlseins geschlossen. Sie bedeckten ihre Gesichter mit langen Schleiern und schlüpften unbemerkt durch die Gartenpforte in seine Werkstatt, wo er sie erwartete. Er trug ihnen die Schüssel mit dem heißen Wasser und einigen Tüchern die steile Treppe zum Dachboden hinauf. Sie lauschten dem hastigen Trampeln seiner Füße auf den Stufen, als er wieder hinuntereilte.

Dann waren sie allein.

Melissa gab der Gräfin ein paar Bilsenkrautsamen, die diese, sofort und ohne nachzufragen, zerkaute und mit einem Glas

Wein schluckte. Melissa hatte sich fest vorgenommen, ihr n einmal ins Gewissen zu reden, aber als sie vor der Stiege st den, war es längst zu spät gewesen. Es hätte eh nichts genü tröstete sie sich. Jetzt stehe uns Gott bei – wenn er uns nic schon längst verdammt hat.

»Melissa, uns ist auch wirklich niemand gefolgt, nicht wahr?«

»Warum fragt Ihr mich das?«

»Ich möchte sicher sein.«

»Ich habe niemanden gesehen. Jetzt bitte ich Euch, geht noch einen Moment lang in Euch … betet.«

Statt zu antworten, entledigte sich die Gräfin ihres Überrocks, legte sich auf den Tisch und spreizte die Beine. Als ihr Kopf die Kissen berührte, schloss sie die Augen und zog gleichzeitig ihr Untergewand hoch. Ihre Brust bewegte sich heftig, Gesicht und Hals waren weiß und voller roter Flecken. Melissa hielt eine Weile ihre Hand, wartete, bis sich ihr Atem beruhigt hatte.

»Wirkt das Bilsenkraut?« Sie fühlte ihren Puls.

»Ja.«

Melissa griff zum Schwamm und reinigte den Schoß Delphines mit Wein. Sie fühlte nichts. In ihrem Kopf war völlige Leere. Sie wusste nur, sie musste handeln, so wie sie es sich in den letzten Stunden hundertfach eingeprägt hatte.

Sie ölte den hohlen gebogenen Knochen und führte ihn ein. Die Gräfin zuckte zusammen, verspannte sich und schlug die Knie aneinander.

»Lasst sie offen«, flüsterte Melissa tonlos.

»Noch nicht vorbei?« Die Gräfin keuchte.

Melissa schüttelte den Kopf. Es fängt erst an, dachte sie, wagte aber nicht, es auszusprechen.

»Beeilt Euch, Biene Melissa, stecht schon zu!«

»Ruhig, Gräfin, oder wollt Ihr schon jetzt verbluten?«

»Oh, mein Gott! Seid still!« Delphine drehte ihren Kopf zur Seite und schloss die Augen.

Melissa atmete tief durch. Jetzt. Jetzt.
Sie blies in den Knochen und verteilte das Nelkenöl vor dem Muttermund.
»Es betäubt ein wenig, hat Heta gesagt«, murmelte sie mehr zu sich selbst als zu Delphine, die halb berauscht, halb panisch vor Angst nichts mehr zu hören schien. Mechanisch griff Melissa nach dem spitzen, hohlen Holunderstab und tunkte ihn in die konzentrierte Salzlösung. Nachdem sie ihn vollgesogen hatte, schob sie ihn mit der Spitze voran durch den Knochen. Der Hals war ihr wie zugeschnürt. An und für sich war es einfach: Wenn sie die Bleispitze durch den Muttermund stieß und gleichzeitig die Salzlösung in die Gebärmutter blies, war der Eingriff so gut wie vorüber. Die Leibesfrucht würde verätzt und sich auflösen, doch dies war mit tagelangen Schmerzen und heftigen Blutungen erkauft.
Auf einmal begann sie zu zittern, und ohne dass es ihr bewusst war, weinte sie. Ihre Zähne schlugen aufeinander, während die Gräfin im Bilsenkrautrausch zu seufzen begann.
Tu es jetzt!
Doch sie konnte nicht – und als plötzlich die Tür aufflog, war sie regelrecht erleichtert. Sie hob ihren Blick. Graf Alzias und sein Diener Camille standen mit gezücktem Dolch in der Tür.
Es ist ausgestanden, dachte sie dankbar. Für sie und mich. Es ist mir egal.
»Nimm sie in Gewahrsam«, befahl der Graf, woraufhin Camille Melissa vom Tisch wegzog und ihre Hände fesselte.
»Eure Strafe wird Eure Verdienste berücksichtigen«, bemerkte Graf Alzias trocken. Er zog seiner Frau das Untergewand über die Hüften und tätschelte ihr die Wangen. »Warum diese Umstände, Liebes? Hast du vergessen, dass es Klöster gibt?« Seine Stimme troff vor Hohn und Ironie.
»Schone ihn«, wisperte Delphine, nachdem sie erfasst hatte, was vor sich ging. »Bitte.«

»Nein. Wozu haben wir Scharfrichter? Ich kann nicht zulassen, dass er aus der Übung kommt, Liebes. Aber du brauchst nicht dabei zu sein. Ist das ein Wort?«

# *Buch IV*

## *In den Salinen von Peccais, 1379/1380*

Das Schiff kreuzte die Küste der Camargue entlang. Die Rhônemündung lag bereits hinter ihnen, es war Nachmittag. Melissa stand am Bug des Schiffes und hielt den Kopf in den Wind, leckte die Gischt von ihren aufgesprungenen Lippen. Die Sonne blendete sie, da sie gen Westen segelten. In ihrem Rücken blähten sich die Segel, unter ihr pflügte der Kiel durch die Wellen. Sie glitzerten einladend, und am liebsten hätte sie sich in ihre sanften Bewegungen hineinfallen lassen. Sie hätte es getan, wäre da nur nicht dieser Strick …

Sie hob ihren Blick zu dem Schwarm kreischender Möwen, die sie seit ihrem Aufbruch in Marseille begleiteten.

Mein Traum hat sich auf teuflische Weise erfüllt, dachte sie bitter. Ich bin jetzt endlich auf einem Schiff, doch es ist eine Strafe.

Kreuzte der Segler, so dass er Kurs auf die Weiten des Meeres nahm, wurde ihr leichter ums Herz, kam indes die Küste näher, packte sie die Verzweiflung. Dabei war sie weder angeschrien noch geschlagen worden, trug nur diesen Strick, der sie an den ersten Mast des Schiffes fesselte. Sie sei zu schade für einen frühen Tod, hatte Graf Alzias zynisch gemeint und ihr damit zu verstehen gegeben, dass er wusste, sie würde sich ins Meer stürzen, um dem zu entgehen, was ihr bevorstand.

»Ihr werdet in unseren Salinen erfahren, wie bitter und ätzend Salz sein kann.« Dies waren Graf Alzias' letzte Worte, die er an sie gerichtet hatte. Wie lange sie dort büßen sollte, wusste er offensichtlich selbst nicht. Sie war seiner Gnade ausgeliefert. Wenn sie Glück hatte, erinnerte er sich in einem halben oder einem Jahr an sie. Wollte es das Schicksal anders, würde er sie vergessen.

Von der Gräfin konnte sie keine Hilfe erwarten. Sie hatte sich von ihrer schlechtesten Seite gezeigt, indem sie ihrem Mann einzureden versucht hatte, allein sie, Melissa, sei für die Abtreibung verantwortlich gewesen. »Ich hatte mich schon durchgerungen, dir alles zu beichten, da kam sie …«

Er hatte seine Frau vor ihren Augen geohrfeigt.

Dafür hasste die Gräfin sie jetzt.

Sie wird mich so lange in den Salinen gefangen halten, bis ich entstellt bin, bis mir das Salz Gesicht und Körper zerfressen hat. Sie bekam zu essen und zu trinken und durfte mit jedem sprechen, doch für die Grafen und die Gräfin war sie seit diesem letzten Gespräch wie Luft. Sie schauten durch sie hindurch, als sähen sie sie nicht, und natürlich hatten sie kein Wort für sie übrig.

Dabei müsste ich froh sein und laut singen, dachte Melissa. Sie haben mich nicht angezeigt und liefern mich nicht aus. Aber sie tun mit mir, was sie wollen. Ich soll für sie arbeiten, für sie leiden.

Sie war durstig, leckte sich über die schmerzenden Lippen. Jetzt ist Winter, dachte sie, wie wird es erst im Sommer sein?

Mit jeder Minute näherten sie sich den Salinen von Peccais, und als ob das nicht schon schlimm genug war, wuchs für Melissa die Bedrohung, je weiter sie sich Montpellier näherten. Noch lag es eine gute Tagesreise von ihnen entfernt. Noch.

Als sie die Fahne der Grafschaft Uzès auf den Hügeln nördlich von Montpellier flattern sah, wurde der Kloß in ihrem Hals dicker. Sie bildete sich ein, sie schlüge quer übers Meer nach ihr, um sich um ihren Hals zu legen und sie zu erwürgen.

Vor ihrem inneren Auge sah sie das Stadttor von Montpellier, durch das sie und François geflohen waren.
Niemals, dachte sie mit Schaudern, niemals möchte ich zurück in diese Stadt.

»Du gehst den Weg der Gerechtigkeit.« Mit diesen Worten verabschiedete sie der Kapitän eine Stunde westlich von St. Maries-de-la-Mer. »Ist das nicht Hoffnung genug?«
Obwohl es nicht höhnisch klingen sollte, stieß er sie so unsanft in das Ruderboot, dass Melissa heftig mit dem Fußknöchel gegen die Bootswand schlug. Vor Schmerz schossen ihr Tränen in die Augen. Die Seeleute aber hoben sie kurz vor dem Ufer ungerührt über Bord und ließen sie ins knietiefe Wasser fallen. Melissa blieb liegen und wartete mit geschlossenen Augen darauf, dass das kalte, salzhaltige Wasser ihren Schmerz linderte. Sie war sich sicher, dass sie dieses Salzwasser bald hassen würde. Es würde das erste und letzte Mal sein, dass es ihr guttat.
Sie hörte das Knirschen von Schritten auf dem Strand und sah auf. Es war ein Mönch in grauer Kutte, der sie neugierig betrachtete.
Sie stemmte sich vom sandigen Untergrund hoch. Tatsächlich hatte der Schmerz deutlich nachgelassen. Ein wenig erleichtert schob sie die Ärmel ihres Übergewands nach oben, bückte sich und wusch Arme und Gesicht. Dann watete sie auf den Mönch zu, der nun seine Arme ausbreitete.
»Du hast dich vor meinen Augen gereinigt. Das ist ein wohlgefälliges Zeichen. Ich heiße dich im Namen meiner Mitbrüder willkommen. Ich bin Bruder Joseph, und ich sage dir: Du wirst hier Demut lernen und Achtung vor unserem lieben Herrn gewinnen. Denn welche Sünde du auch begangen hast, Gottes Liebe ist grenzenlos.«
Melissas Blicke huschten über seine magere Gestalt, dass er entzündete Augen und einen geschwollenen Hals hatte, igno-

rierte sie. Sie beeilte sich, das zu tun, was er von ihr erwartete. Gehorsam beugte sie ihr Haupt und empfing seinen Segen.

»Damit bist du aufgenommen in die Gemeinschaft der Salinenarbeiter.«

Er fragt nicht nach meinem Namen. Er scheint keinen Unterschied zwischen seiner Zunft, gefallenen Mädchen oder anderen Sünderinnen zu machen, dachte Melissa beklommen. Hier sind wir alle Gottes sterbliche Geschöpfe – ohne Rang, ohne Würde, ohne Unterschied. Sie sah zu ihm auf.

»Geh mit freudigem Herzen. Wir sind keine Unmenschen«, fügte Bruder Joseph hinzu, als hätte er ihre Gedanken lesen können. Hoffentlich, dachte sie, während sie vorausging. Nach einer Weile kehrten die Schmerzen wieder zurück. Sie blieb stehen, atmete schwer.

»Dein Bein?«

Sie nickte und verzog ihr Gesicht.

»Du wirst mich nicht in Versuchung führen, hörst du?«

Wieder nickte sie stumm.

»Gut, dann darfst du dich eine Stunde auf mich stützen. So lange dauert es, bis wir unsere Salinen erreicht haben.« Er fasste sie, ohne zu fragen, um die Taille. Gemeinsam schritten sie voran.

Obwohl bereits Ende Dezember, war es in dieser späten Nachmittagsstunde so warm wie an einem Frühlingstag. Melissa blinzelte in die tief stehende Sonne und legte mehrmals die Hand über die Augen, so intensiv war ihr Licht. Warmer Wind fuhr ihr durchs Haar, und die Luft war von den Geräuschen unzähliger Vogelarten erfüllt. Schmerzhafter hätte ihr die Natur nicht zu verstehen geben können, dass sie eine Gefangene war. Für einen kurzen Moment blieben sie stehen. »Das Schwemmland um und zwischen den beiden Mündungsarmen der Rhône gehört zu den tierreichsten und fruchtbarsten der Welt. Glaub mir, wer es einmal lieben gelernt hat, den stören nicht einmal die Mücken.« Er legte den Kopf in den Nacken und sog die Luft so genießerisch ein, als verheiße sie den Genuss eines mit Knoblauch und Kräutern gespickten Bratens. »Riechst du es?«

»Verzeiht, Bruder, ich rieche Lehm, Gras, Brackwasser. Auch ein wenig Dung. Dann Stroh und sogar etwas Fruchtiges, Gäriges, als würde irgendwo gemostet.«

»Richtig! Das ist es doch!«, rief er enthusiastisch und beschrieb mit dem Arm einen weiten Bogen über das Land, das im Osten und Norden unter einem Dunstschleier versank. »Dieses Land mit seiner ganzen paradiesischen Fruchtbarkeit kündet vom Leben! Vom Kreislauf des Werdens und Vergehens.« Er hielt inne. »Aber dort, wo wir sind, in den Salinen, gibt's nur zweierlei: Salz und Mücken.«

Er hatte mit gebrochener Stimme weitergesprochen und wirkte plötzlich wie erloschen. Melissa war irritiert. Bis auf seine entzündeten Augen und seinen geschwollenen Hals schien er gesund. Hatte etwa sein Verstand gelitten?

Eine Mücke sirrte heran, setzte sich auf ihren Unterarm. Sie schlug nach ihr, vergeblich. Bruder Joseph lächelte.

»Du wirst es lernen. So wie wir alle.«

Sie werden stärker sein als ich, antwortete sie ihm in Gedanken, denn längst juckte es sie überall – am Handrücken, an der Wange, an den Fußknöcheln. Sie sehnte sich nach frischem Wasser und nach Kühle. Doch der sanfte, stetige Wind kühlte nicht. Sie hätte sich blutig kratzen mögen, aber was hätte es geholfen? Je weiter sie auf den deichähnlich ausgebauten Wegen vorwärtsgingen, desto zahlreicher und dichter wurden die Mückenschwärme, die sie wie feindliche Heere umzingelten und nicht wieder freigaben. Es war wie in einem Alptraum.

»Du musst lernen, sie zu lieben«, hörte sie Bruder Josephs Stimme neben sich. »Gott schuf sie nicht umsonst. Stellst du dich gegen sie, leidest du nur noch mehr. Nimm sie also an und lächle. Auch wenn das Fieber kommt.«

Er muss wirklich verrückt sein, dachte sie, während sie ihren Arm hob, um ihr Gesicht gegen die Mücken zu schützen.

Schwärme von Flamingos zogen am glutroten Sonnenball vorbei, als Melissa endlich die kleine, festungsähnlich ausgebaute »Insel« Peccais erreichte. Sie lag inmitten salziger Seen, trug mehrere Lehmhäuser mit Schilfdächern, ein Haupthaus aus Stein und eine Kapelle.

Beete mit Kohl, Rüben und Zwiebeln säumten die Wege, und an langen Gestellen trocknete Fisch. Melissa lief das Wasser im Mund zusammen. Sie war hungrig, schließlich hatte sie seit dem Morgen nichts mehr gegessen. Schlimmer als der Hunger aber plagte sie der Durst, der noch qualvoller wurde, als ihr der Duft frisch geräucherter Aale in die Nase stieg.

»Erst beten, dann futtern, Neue.«

Melissa schrak zusammen. Sie war in Gedanken gewesen, hatte die Schar Männer und Frauen, die sich nach und nach hinter Bruder Joseph und ihr versammelt hatten, nicht bemerkt. Die junge Frau, die sich ungefragt bei ihr unterhakte, hatte ein sonnenverbranntes, schmales Gesicht und schrundige Lippen. Sie trug einen schmutzig weißen Kittel, ihre Füße steckten in lehm- und salzverkrusteten Holzschuhen.

»Keine Angst«, fuhr sie betont heiter fort, »wir fressen dich nicht. Das überlassen wir dem Salz. Ich bin Maria. Und du?«

»Melissa.« Es tat gut, wieder den eigenen Namen aussprechen zu können. Sie lächelte Maria zu, fing dabei Bruder Josephs Blick auf.

»Ich lasse euch am besten allein, es ist gleich Messe. Ich erwarte euch.«

Die beiden jungen Frauen nickten ihm zu. Dann fuhr Maria fort:

»Maria und Melissa. Das klingt schön. Komm mit in unser Haus. An meine Seite. Dort ist wieder Platz, denn unsere kleine

Ada ist jetzt bei ihrem Allah, der ihr auch das Schwarzwasserfieber geschickt hat.«

»Ada? Wer war sie?«

»Ein frommes Mädchen, glaube ich. Man brachte sie hierher, weil sie in Uzès geschrien hat, Christus sei nur ein Prophet und mehr nicht. Gott hänge niemals am Kreuz! Schließlich gäbe es keinen Gott außer Allah, und Mohammed sei sein Prophet. Das war ihr Glaube, und dafür starb sie hier. Sie war so zart wie ein Vogel.«

»Bist du auch Muslimin?«

»Nein. Aber wir sterben trotz Christus nicht seltener als sie, stimmt's?«

Bevor Melissa etwas entgegnen konnte, wurde sie von den von allen Seiten herbeiströmenden Salinenarbeitern zum Eingang der Kapelle gedrängt. Nachdem alle Platz gefunden hatten, hörte sie, wie hinter ihnen die Tür verriegelt wurde.

»Wir sind ihre Arbeitssklaven, sie brauchen jeden von uns, verstehst du?«, flüsterte Maria ihr ins Ohr.

»Kommen denn nicht genug sogenannte Büßer nach?«, fragte Melissa zweifelnd.

»Das Land ist, wie du weißt, von Hunger und Krieg ausgeblutet. Bruder Joseph sagt, es sei schwierig geworden … Sie müssen ja schon so hübsche Rosen wie dich und mich nehmen!« Sie kicherte und schob Melissa energisch den Mittelgang entlang, bis dicht vor die Stufe des Altars.

»Du musst ganz fromm tun, fromm und friedlich wie eine Taube sein. Keiner von den Mönchen ist bösartig, sie lassen uns in Ruhe, solange wir arbeiten und beten. Los!« Sie stieß Melissa in die Seite und zerrte sie auf die Knie. Melissa konnte gerade noch rechtzeitig ihrem Blick folgen. Maria hatte nämlich soeben Bruder Joseph entdeckt, der mit langsamen Schritten aus einem Seiteneingang auf sie zukam. Er schwenkte das Weihrauchkännchen und murmelte ein Psalmgebet. Er hielt dabei die

Augen geschlossen, ganz so, als bete er nur für sich allein. Er sang und sprach so hingebungsvoll, wie es Melissa selten erlebt hatte. Dennoch erschien ihr das, was sie erlebte, so unwirklich und im Widerspruch zu allem, was sie bisher gesehen hatte, dass sie fürchtete, sie könne eines Tages, noch bevor das Salz ihren Körper besiegt haben würde, ihren Verstand verlieren. Fasziniert und verunsichert zugleich sah sie zu dem Mönch auf, während der Durst sie mit unvorstellbarer Macht peinigte. Es hätte nicht viel gefehlt, und sie hätte sich über das Weihwasserbecken hergemacht.

So starrte sie nur, ohne einen klaren Gedanken fassen zu können, auf seine Lippen. Maria schmiegte sich näher an sie, hakte sich wieder bei ihr unter. Sie flüsterte ihr etwas ins Ohr, das sie zunächst wegen eines hustenden Mannes hinter ihnen nicht verstehen konnte.

»Die Weisheit des Gehorsams«, wiederholte sie, »das ist sein Thema. Er schmuggelt es in jede Predigt ein. Stell die Ohren einfach auf Durchzug, wenn dir sein Gelalle zu viel wird.«

Melissa nickte nur.

»Durst, ich habe so entsetzlichen Durst.« Sie öffnete ihren Mund, schob den Zeigefinger hinein, so dass einige Salinenarbeiter ihr wütende, aber auch anzügliche Blicke zuwarfen.

»Danach, Geduld!«, murmelte Maria und stieß sie in die Seite, denn Bruder Joseph hatte ihre Geste auch wahrgenommen.

»… zu büßen die Sünden, die wir begangen, ist unseres Lebens Ziel …«

Melissa sank in sich zusammen. Für ihn, nur für ihn, Avremar, war sie bereit, diese Tortur hier auf sich zu nehmen. Er schien ihr mit einem Mal so nah, dass sie zu weinen begann. Wie viel Gehorsam würde sie hier beweisen müssen, damit Gott ihr vergeben könnte?

Sie schluchzte, verbarg ihr Gesicht in ihren Händen. Hinter ihr stieß ihr jemand derb in den Rücken, so dass sie beinahe mit der

Stirn auf die Altarstufe gefallen wäre. Bruder Joseph tat, als bemerkte er es nicht.
»... müssen wir erst durch viel Leid gehen, um die himmlischen Freuden zu empfangen ...«
Avremar, klang es in ihrem Kopf, Avremar, wo bist du? Meine Sehnsucht nach dir wird meine Seele auszehren wie das Salz meinen Körper. Ich werde sterben, wenn du mich nicht bald zurückholst.
Sie fing ihre Tränen mit ihrer Zungenspitze auf. Sie schmeckten süß.
Trinken! Wenn sie doch endlich frisches Wasser trinken könnte. Ihr Durst wurde übermächtig, langsam versiegten ihre Tränen. Sie litt, weil die Messe kein Ende zu nehmen schien. Die trockene Luft, der salzige Schweißgeruch der Salinenarbeiter, ihr Husten, vermischt mit dem Ruß der Kerzen, raubte ihr zusätzlich den Atem.
So sank sie immer weiter vornüber, betete, beinah schwindlig vor Durst.
Bruder Joseph nahm ihre scheinbare Inbrunst mit Wohlgefallen wahr.

Das Essen wurde im Haupthaus eingenommen. Es roch nach Kohlsuppe und Fisch mit Zwiebeln. Melissa fühlte sich besser. Hatte die Messe ihre Wirkung nicht verfehlt? Oder lag es an der Aussicht, gleich etwas trinken zu können? Es war ihr egal. Hauptsache –
»Wasser!«
Der Mönch drehte den Fasshahn auf und füllte die ihm hingestreckten Becher, die groß waren wie Bierhumpen. Gierig trank Melissa das Wasser und begann im nächsten Augenblick zu würgen. »Pfui Teufel! Das schmeckt ja wie Gift, so modrig ist es!«
»Es gibt morgens, mittags und abends je drei von diesen Be-

chern. Du wirst es lieben lernen.« Maria trank und ließ Melissa nicht aus den Augen. »Weißt du, das Brot wird damit allemal weich. Aber Wasser ist hier nun mal knapp. Fass für Fass wird es von Aigues-Mortes hierhergebracht. Unsere Mönche trinken es auch – natürlich nur, wenn sie kein Bier mehr haben.«

Ihre Schlafstelle war ein Strohlager, die Decke ein ranziges Schaffell. Darauf lag ein glatt gestrichener Kittel. Melissa zögerte, ihn anzufassen, doch Maria drängte sie dazu. »Er ist gewaschen und gehört dir. Du kannst ihn als Kopfkissen haben. Denn so ist der Brauch: Wer hier stirbt, hinterlässt seinem Nachfolger sein Kleid. Du darfst es anziehen, dich drauflegen oder damit zudecken. Nur eines darfst du nicht – es verschenken oder wegwerfen. Und wenn du freigelassen wirst, musst du es verkaufen und für das Geld eine Messe lesen lassen. Sonst trifft dich der Fluch der Saline.«

Melissa schluckte. Sie ließ sich auf die Knie nieder und faltete den Kittel. Ich werde es überleben, redete sie sich Mut zu. Ich werde durchhalten. Und wenn das Fieber kommt, werde ich an ihn denken.

»Avremar«, flüsterte sie. »Avremar.«

»Sei still und leg dich hin.«

Maria gähnte und versuchte, Melissa auf ihr Strohlager zu ziehen. Doch diesmal zeigte Melissa ihren Unwillen. Sie riss sich los und blieb absichtlich eine Weile stehen. Maria murrte etwas, doch erst als sie sich auf die Seite rollte, ließ sich Melissa auf ihre Bettstatt nieder. Sie starrte in die Dunkelheit und lauschte auf das Sirren der Mücken. Plötzlich wurde ihr leicht, und sie fühlte, wie sie über den salzigen Wassern der Camargue schwebte. Sie wollte dem Ritter vor ihr nachfliegen, doch dieser war schneller. Er galoppierte davon … und als er verschwunden war, fiel ihr ein, dass sie Amande auf seinem Pferd erkannt hatte.

Der Wind frischte endlich auf und kühlte ihre zerstochene Haut. Wie schön wäre es, wenn er wenigstens ein klein wenig den Durst löschte, dachte Melissa und schaute sehnsüchtig auf das Wasserfass, das am Rand des Salzbeckens stand und von einem Mönch bewacht wurde. Doch Wasser gab es nur für jene, die es wirklich dringend brauchten – und die Mönche wussten sehr genau, ob einer nur gierig oder wirklich am Verdursten war. Schließlich bewirtschafteten sie die Salinenbecken seit fast einhundertunddreißig Jahren.

Sie wischte sich die Stirn und schlug die Hacke erneut in den Damm des Salzsees, um ihn einzureißen. Seit Oktober wurde kein Salz mehr geerntet, und obwohl es noch etliche laue Tage gegeben hatte, war die Jahreszeit nicht mehr zu leugnen. Um Salz zu gewinnen, war es zu kalt, der Sonne fehlte die nötige Kraft.

»Man möchte fast tanzen, so leicht wird einem.« Maria hieb die Hacke in den Damm, und das Wasser floss wieder ein wenig schneller in das flache und fast ebene Becken. Wie jedes Jahr wurden die Salzbecken im Spätherbst geflutet, um sie vor Frösten und Stürmen zu schützen. Da in diesem Jahr die Temperaturen lange Zeit noch mild gewesen waren, hatte sich die Arbeit bis weit in den Dezember hinein hingezogen. Später, im Frühjahr, wurden die Becken vom Schlamm befreit und die Dämme ausgebessert. Dann beginne die Schinderei, hatte Maria ihr erzählt. Dagegen sei die Arbeit an solchen Tagen wie diese geradezu eine Erholung.

Sie stützte sich auf ihre Hacke und verschnaufte einen Moment. Melissa schaute zu den weißen und schwarzen Vogelschwärmen hoch, die in Richtung Horizont flogen.

»Stellst du dir vor, wie sie schmecken würden?«, fragte Maria. »Wir hören sie jeden Tag, allein ihre Stimmen machen uns kirre. Die schwarzen Kormorane krächzen, die Gänse schnattern und tröten. Tausende von essbaren Vögeln über uns. Warum fallen uns nicht einmal ein paar altersschwache Tiere vor die Füße? Ist das zu viel verlangt?«

»Noch lieber wäre mir, wir würden uns aus ihren Federn Flügel bauen können …«

»Du bist verliebt! Wenn ich ein Vöglein wär, flög ich zu dir. Wer ist es?«

»Du würdest es nicht glauben. Aber seinen Namen verrate ich dir: Avremar. Er ist … so herrlich wie die Helden in den Liedern der Spielleute.«

Maria lachte nicht. Stattdessen schaute sie Melissa ernst, geradezu neidisch an. »Du hoffst also«, sagte sie tonlos. »Was für ein Glück du hast. Ich habe niemanden.«

»Du hast noch nie geliebt?«

»Wen Gott liebt, lässt er leiden«, erwiderte sie zynisch. »Fragt sich nur, wen von uns beiden er mehr liebt … Ach, was soll's. Jeder hat sein Schicksal. Vielleicht stirbst du schon übermorgen, während mich in ein paar Jahren ein wunderschöner Fürstensohn in seine Kammer sperrt!« Sie verzog ihr Gesicht, lachte aber nicht.

»Warum bist du hier?«

»Weil ich einen Laib Brot gestohlen hab, deshalb. Sechs Jahre soll ich arbeiten. Sonst hätten sie mir in Uzès die rechte Hand abgehackt.«

»Und wie lange musst du noch hierbleiben?«

»Zwei Jahre. Aber vielleicht werde ich ja nächstes Jahr begnadigt. Weil ich fleißig bin … und demütig.«

Sie hieb in den Damm. Da zerriss ein Pfiff das Klirren der Hacken. Melissa schaute auf. Der Mönch winkte, und das bedeutete, es war genug. Der Zufluss, um das Becken ganz unter Wasser zu setzen, war ausreichend. Er pfiff noch einmal und zeigte auf das Nachbarfeld. Maria, Melissa und die anderen vier Arbeiterinnen balancierten auf dem schmalen Damm zurück zum Hauptdamm. Melissa schmerzten die Zehen, ihre Füße waren

wund und brannten. Sie habe einfach noch nicht genügend Hornhaut, beruhigte Maria sie. Das gebe sich.
Wieder war ein Feld winterfest. Wie viele Felder es gab, wussten allein die Mönche. Aber es war auch nicht wichtig. Denn die Zahl schwankte von Jahr zu Jahr und damit auch die Anzahl der Salinenbecken. Mehrere von ihnen bildeten ein Feld. Und das Herzstück eines jeden Feldes war das Kristallisationsbecken, wo im Sommer die Salzblume, das weiße Gold der Mönche von Peccais, geerntet wurde.

Die Zeit verstrich langsam und eintönig. Melissa schickte ein Stoßgebet nach dem anderen zum Himmel. Lieber Gott, lass mich hoffen dürfen, bevor das Fieber kommt. Gib mir ein Zeichen, dass Avremar weiß, wie es um mich steht. Sie wusste, dass sie sich gedulden musste. Er wird erst in Arles seine Strafe verbüßen, die Komtur Arnold ihm und Hagen auferlegt hat, überlegte sie. Hagen und er werden niedere Dienste für die Pilger verrichten … Das kann lange dauern. Erst dann wird er nach Marseille zu den Lazarus-Brüdern aufbrechen.
Wenn sie nachts aufwachte, dachte sie nur an ihn und begann sogleich zu weinen, so sehr sehnte sie sich nach ihm. Einmal umarmte sie sich selbst, wälzte sich auf ihrem Lager und versuchte sich vorzustellen, es wären seine Arme, die sie festhielten. So konzentrierte sie sich auf ihn und rief im Stillen seinen Namen. Doch da erklang ein paar Schlafstellen weiter ein lautes Schmatzen, das das geistige Band zerschnitt, und innerhalb eines Augenblicks wurde Melissa klar, wie lächerlich sie sich benahm. Ein Gefühl größter Ohnmacht überwältigte sie. Sie stöhnte auf und ballte die Fäuste. Der Kloß in ihrem Hals wurde groß, quoll immer weiter auf. Sie rollte sich auf die Seite und begann zu schluchzen, dann zu wimmern. Nach einer Weile

spürte sie, wie Maria ihr den Rücken tätschelte. Sie beruhigte sich und schlief wieder ein.

Am nächsten Morgen glaubte sie, der Winter sei in ihre Behausung eingezogen, so kalt war ihr. Als Maria sich neben ihr räkelte, wollte sie sich für den Trost bei ihr bedanken, doch da spürte sie, wie kraftlos sie war.

»Es ist so kalt«, flüsterte sie und zog sich das Schaffell bis unters Kinn. Sie klapperte mit den Zähnen, gleichzeitig wurde ihr von Minute zu Minute flauer.

Maria schaute von oben auf sie herunter und schüttelte den Kopf.

»Es ist nicht kalt. Aber du bist so weit. Der eine wartet zwei Wochen, der andere vier, beim andern sind es acht. Aber wir kommen alle dran. In den Salinen geht's gerecht zu.«

Von zwei Frauen gestützt, führte man Melissa ins sogenannte Spital. Es sah genauso aus wie die anderen Schlafhäuser, der Unterschied war nur, dass hier Betten standen. Der Infirmarius fühlte ihr die Stirn, dann rief er eine der Arbeiterinnen, die ihr die Kleider ausziehen sollte. Melissa war zu schwach, um sich zu wehren, darüber hinaus vertraute sie den Mönchen. Bislang kam sie gut mit ihnen aus, und von Strafen hatte sie auch noch nichts gehört. Die gab es nur, wenn einer versuchte zu fliehen. Aber eine Flucht war noch keinem gelungen, denn die Salinen wurden Tag und Nacht äußerst aufmerksam bewacht.

Melissa wurde in dicke Tücher gewickelt und zugedeckt, trotzdem bekam sie Schüttelfrost.

»Du frierst, aber hast doch Fieber.«

Melissa hörte es nicht mehr. Sie bildete sich ein, im Fegefeuer zu schmoren, so heftig brannte ihre Haut. Sie stöhnte und bettelte um Wasser, so sehr schwitzte sie, doch kaum benetzte es ihre Lippen, krümmte sie sich zusammen und übergab sich. Sie spuckte, bis nur noch Galle kam, aber es war noch lange nicht vorbei. Das Fieber stieg immer weiter und verfolgte sie mit

Halluzinationen. Sie flog durch eingebildete riesige Scheiterhaufen und hörte sich heulen, so heiß war ihr. Doch da fiel ihr ein, dass sie einen Gürtel trug, der sie beschützen sollte. Sie hörte Stimmen, sah kämpfende Ritter und erkannte in einem von ihnen ihren Vater. Der Drache ist los, rief er, und schon schleifte sie eine ungekannte Macht in die Krypta der heiligen Martha.

Melissa schrie nach Heta und riss die Augen auf, doch es war Maria, die sich über sie beugte. »So ein Anfall dauert einen halben Tag. Morgen schon kann es dir besser gehen. Und dann … dann sehen wir weiter.«

Am späten Abend war das Fieber so gut wie verschwunden, und auch die Übelkeit war fort. »Wenn du morgen und übermorgen nur wenig fieberst, ist es die Quartana«, klärte sie der Infirmarius auf und ließ sie in trockene Tücher wickeln. »Geht es aber in der Nacht oder morgen früh wieder los, die Tertiana.«

»Was ist schlimmer?«, flüsterte sie.

»Die Quartana. Das Wasser, das du abschlägst, wird braun bis schwarz. Aber wem Gott vergeben hat, dem schenkt er Genesung.«

Dann müsste er die kleine Ada verworfen haben, dachte Melissa. Und das nur, weil sie woanders geboren wurde und ihn Allah nennt? Unsinn … es ist Lüge. Es gibt nur Ursache und Wirkung. Mückenstiche bringen die Malaria. Sie lässt uns schwitzen frieren und sterben … weil der Mensch nicht dort seinen Platz hat, wo die Mücken leben … weil er lieben soll und Gutes tun …

Sie schlief ein und wachte fieberfrei wieder auf. Mit wackligen Beinen stand sie auf und schaute vors Haus. Sie roch Salz und Meer, in der Ferne rauschte die Flut.

Hast du mich schon vergessen?

Ein verzagtes Lächeln umspielte ihre Lippen. Sie umklammerte ihren Gürtel und hielt ihn fest. Malwidas Worte klangen in ihr nach. Doch da wurde ihr schwindelig. Die Knie wurden weich, mit letzter Kraft schaffte sie es zurück in ihr Bett. Der Infirmarius lächelte, legte die Hände zusammen und stimmte ein Benedictus an. »Gepriesen seist du, Herr, dass du ihr die Gnade der Tertiana erweist.«

Nach knapp zwei Wochen war es ausgestanden. Melissa war so schwach, dass sie gefüttert werden musste. Sie bekam Biersuppe, dazu weiches Brot, Sauerkraut, Äpfel mit Speck und frische Karotten.
Aber auch die anderen Arbeiter bekamen etwas Besseres zu essen. Die Weihnachtszeit stimmte alle freudig und milde. Wie für jeden anderen auch, der von der Malaria genesen war, wurde für Melissa eine Dankmesse abgehalten. Jetzt gehörte sie endgültig dazu, war in die Gemeinschaft der Salzarbeiter aufgenommen. Für wenige Momente vergaß sie, eine Gefangene zu sein, die Zwangsarbeit für die Herren von Uzès leistete.
»Lass dich nicht blenden«, warnte Maria sie. »Die Mönche arbeiten nämlich vor allem für ihre Kasse. Sie zahlen den Uzès zwar Geld dafür, dass diese ihnen unsere Arbeitskraft schenken, aber die Uzès selbst behalten nur einen Teil des Geldes. Den größten Anteil bekommt der König.«
»Du meinst, die Mönche sind die eigentlichen Ausbeuter?«
»Ora et labora. Bete und arbeite heißt es doch, nicht wahr?«
»Du bist klug.«
»Nein, nur länger hier als du.«

Im Frühling wuchs die Verzweiflung. Melissa hatte das Gefühl, aus der Welt gefallen und von allen Menschen vergessen worden zu sein. Es fiel ihr immer schwerer, morgens aufzustehen. Einmal blieb sie einfach liegen und wurde dafür von einem der Wachsoldaten ausgepeitscht. Die Mönche brauchten ihnen, die zu Pferd waren und Kanäle und Dämme bewachten, nur zuzuwinken. Sie nannten ihnen die Anzahl der Hiebe und gingen fort. War die Strafe vollzogen, kamen sie zurück und segneten den Verzagten.

Am ersten warmen Tag des Jahres hielt Melissa es nicht mehr aus. Nach der Morgenmesse warf sie sich Bruder Joseph zu Füßen und bettelte ihn um Hilfe an. Doch dieser schüttelte nur den Kopf. Weder habe er eine Nachricht aus Arles oder Marseille noch eine von Graf Alzias. Sie müsse sich in Demut üben, tröstete er sie. Gott vergesse niemanden. »Warte. Wenn wir die Blume des Salzes eingefahren haben, besucht uns der Graf. Er gibt stets ein Festessen und begnadigt diejenigen, die wir ihm als fleißigste Arbeiter vorstellen. Freilich tun wir dies erst nach einer angemessenen Zeit.«

Bruder Joseph schwieg und schickte Maria fort, die bei Melissa bleiben wollte, um sie zu trösten. Er war bleich und abgemagert, schließlich machte die Malaria auch vor den Mönchen nicht halt. Wiederholt hatte er einen Anfall überstanden, und jeder Anfall bestärkte ihn in seinem demütigen Glauben. Es war ein offenes Geheimnis, dass Bruder Joseph sich selbst als Sünder begriff. Einst hatte er einem schiffbrüchigen Kaufmann den Geldbeutel abgeschnitten, ihm die Kleider ausgezogen und ihn am Strand liegen lassen. Die Untat verfolgte ihn bis weit ins Hinterland. In Saint Laurent d'Aigouze schließlich brach er unter den Gewissensqualen zusammen und beichtete im Mutterhaus der Salzmönche dem Abt. Dieser nahm das Geld an sich und ihn als Novizen auf. Aus Quentin wurde nach der Profess Bruder Joseph. Er war ihr aller Priester und mit der Zeit ein erfahrener Salinenbauer geworden.

Melissa war so niedergeschlagen, dass sie vor Bruder Josephs Füßen zusammengekauert liegen blieb. Sie wünsche die Peitsche, flüsterte sie, nur Schmerzen würden sie wieder spüren lassen, ein empfindender Mensch zu sein. Doch nichts geschah.

Bruder Joseph schaute über sie hinweg, aber er rührte sich auch nicht von der Stelle.
»Die Peitsche«, flehte Melissa. »Bitte. Ich bin verlassen von Gott und der Welt. Ab jetzt sei der Schmerz mein Reich.« Es drängte sie, sich noch weiter zu demütigen, doch als sie begann, Bruder Joseph die Füße zu küssen, riss er sie an den Haaren hoch.
»Was glaubst du zu sein?«, herrschte er sie an. »Andere dienen uns bis zu zwölf Jahren und bleiben stark! Erst nach drei Jahren hast du dir das Anrecht erworben, von uns zur Begnadigung vorgeschlagen zu werden.«
Er packte sie an den Schultern und schüttelte sie. Melissa ließ den Kopf hängen und schaute auf ihre von Salzrändern gezeichneten Holzschuhe. Die teils blassen, teils kräftigen Linien kamen ihr wie ein Labyrinth, dann wieder wie geheimnisvolle Runen vor. Wenn sie eine Botschaft enthielten, könnte ich sie nicht lesen, dachte sie und begann sich ihres unbeherrschten Ausbruchs von Selbstmitleid zu schämen.
Melissa schaute auf. Bruder Joseph schwankte. Er atmete flach und schnell, die entzündeten Augen lagen tief in ihren Höhlen.
»Ihr seid totenblass, Bruder Joseph, und kaum genesen. Und doch vermögt Ihr es, Kraft zu schenken. Verzeiht mir meine Schwäche.«
»Wir sind alle nur arme Sünder, Melissa. Wie lange sollst du uns dienen?«
»Das weiß ich doch nicht.«
»Ich werde es für dich herausfinden. Aber nun geh. Tröste dich mit der Arbeit.«
Mit zittriger Hand schrieb er das Kreuzzeichen auf ihren Scheitel. Umarme ihn, hörte Melissa plötzlich eine Stimme. Sie klang so deutlich, dass sie hätte schwören können, Heta habe neben ihr gesprochen. Einen kurzen Augenblick wurde ihr leicht ums Herz, und sie fühlte großen Frieden. Schon im nächsten Moment

aber umschlang sie Bruder Joseph mit aller Kraft und küsste ihn auf den Hals.
Wie lange hatten ihre Hände nicht mehr gelesen! Jetzt war es, als würden sie von Bruder Josephs Körper angeschrien, so deutlich waren die Signale. Es war, als triebe ihr jemand kleine Nadeln in die Finger. Sie glichen Mückenstichen und waren doch mehr, denn sie verwandelten sich in winzige Löcher, aus denen das strömte, was sie in Montpellier einmal mit der unsichtbaren Energie eines Magnetsteins verglichen hatte.
Bruder Joseph wollte sie von sich stoßen, doch seine Kraft war aufgebraucht. Melissa spürte, wie die unsichtbaren Löcher größer wurden. Sie waren wie ein Sieb, aus denen das Leben hinausfloss. Dem Mönch gaben die Knie nach. Melissa versuchte, ihn auf den Beinen zu halten, doch er war zu schwer, zog sie mit auf den Boden des Deiches. Melissa hielt ihn fest, kippte mit ihm auf die Seite – als müsse und könne sie verhindern, dass Bruder Josephs Leben im Sand der Camargue versickerte.
Maria kam mit einem Mönch und anderen Arbeitern herbeigelaufen. Alle schrien sie, er müsse leben, dürfe nicht aufgeben. Es war, als begriffe jeder in derselben Sekunde, wie außergewöhnlich Bruder Joseph war, doch Melissa wusste es besser: Niemand würde ihm mehr helfen können.
»Das Leben entströmt ihm. Es ist, als wären die Dämme, die es halten, gebrochen. Er wird noch heute sterben.«
Maria und sie blieben zurück, während Mönche und Arbeiter Bruder Joseph in seine Zelle brachten.
»Woher weißt du das?«
»Ich kann es spüren. Meine Hände … haben diese Gabe.«
Maria riss die Augen auf, trat einen Schritt zurück. Dann aber fasste sie sich, griff nach Melissas Hand, zog sie hoch und drückte sie sich an die Brust. Angst stand in ihren Augen, Melissa aber schüttelte den Kopf. »Deine Zeit ist noch lange nicht gekommen.«

»Aber die Malaria?«
»Möglicherweise würde ich lernen, sie zu fühlen. Bei Bruder Joseph jedoch bin ich mir gewiss.«
Einer der Mönche kam zurück und bestimmte, dass heute nicht mehr gearbeitet werden sollte. Er schickte Melissa und Maria los, auch die anderen zu benachrichtigen. »Geht in die Kapelle und betet. Bittet im Namen der Heiligen Mutter um Genesung.«

Am späten Nachmittag erging an Melissa der Befehl, ins Haupthaus zu kommen. Dort musste sie eine Mönchskutte anziehen und sich zusätzlich zu ihrer Haube ein Tuch um den Kopf schlingen. Anschließend wurden ihr die Augen verbunden, dann wurde sie in die Mitte genommen und durch den Schlaftrakt der Mönche zu Bruder Josephs Zelle geführt.
Sie kniete sich neben das Bett, an dessen Kopfende eine Kerze brannte. Bruder Joseph lag mit gefalteten Händen auf dem Rücken. Die Augen waren offen, und auf seinen Lippen lag ein kaum wahrnehmbares Lächeln.
»Sie ist da.«
Melissa hörte Bruder Joseph aufseufzen – aber danach blieb es still. Minutenlang kauerte sie neben seinem Bett. Sie fühlte sich wie ausgebrannt, die Leere in ihr begann zu dröhnen. Ihr wurde schwarz vor Augen. Mühsam hob sie den Kopf und warf den Mönchen einen anklagenden Blick zu. Doch die zuckten nur mit den Schultern und führten sie, ohne ein weiteres Wort zu verlieren, wieder hinaus.

Der Sommer war qualvoll, trocken und heiß. Unbarmherzig blendete die Sonne, Schatten gab es keine. Melissa glaubte, vom Licht zerfressen zu werden, und trotz des ständigen Windzuges glich die Arbeit in dieser Hitze einer ausgesuchten Folter.

Sie schloss die Augen, und als sie sie wieder öffnete, glaubte sie erst recht zu erblinden.
Maria, die am Rand eines Kristallisationsbeckens stand und mit einem Siebrechen die Salzblüte abschöpfte, schüttelte nur den Kopf. Melissa erinnerte sich an ihre Worte. Die flachen Salinenbecken spiegeln das Sonnenlicht wider, du musst lernen, vorbeizuschauen. Nachts dann starre in die Dunkelheit, bis die Augen tränen.
»Wir sagen, dem Meer Salz abzugewinnen ist so schwer, wie einen Gefolterten zum Lachen zu bringen.«
Maria wandte den Kopf, hielt für einen Augenblick inne. Aber Melissa antwortete nicht, denn jedes Wort kostete Kraft und vergrößerte ihren Durst. Sie leckte sich über die gesprungenen Lippen, auch wenn sie wusste, dass es falsch war, denn damit machte sie es nur schlimmer. Es war, als würde sie Feuer darauf verstreichen und ihre Zunge über ein zerknülltes Papier streifen. Konnte sie es wenigstens ungestraft wagen, sich die juckenden Augen zu reiben? Melissa zögerte. Sie stellte sich vor, wie sie Schweiß und Salz in sie hineinrieb, wie die Augen hinterher nur noch mehr jucken und brennen würden.
Sie beherrschte sich. Aber jetzt fiel ihr das Atmen schwer – und mit einem Mal war der Drang, sich einfach fallen zu lassen, übermächtig.
»Nicht«, warnte Maria sie. »Gibst du nach, setzt es abends sieben Stockschläge.« Ihre Stimme erstarb. Sie stand still da und führte die immergleichen Bewegungen durch. Fast geräuschlos glitt ihr Siebrechen durch die Lauge, sanft und konzentriert. Als liebe sie diese Arbeit, dachte Melissa. In Wahrheit aber ist sie längst abgestumpft. »Und gehst du mehr als dreimal am Tag zu Boden, bekommst du nichts zu essen.«
Maria flüsterte nur noch. Auch sie ging durch die Hölle. Melissa seufzte, hob wieder ihren Rechen, folgte Marias Bewegungen

im Gleichtakt, so als seien sie zwei Pantomimen auf einer gleißenden Bühne voller Salz.
Für die Mönche von Peccais war dieser Tag ein guter Tag.

Als gäbe es unter den Dämmen geheimnisvolle Salz-Maulwürfe, türmte sich das Salz häufchenweise auf den schmalen Dämmen rings um die Kristallisationsbecken. Hier vollzog sich die Wandlung von Lauge in Salz, hier, wo das Wasser den maximalen Sättigungsgrad erreicht hatte. Zuvor hatte es von Becken zu Becken eine immer höhere Konzentration erreicht, ein Prozess, der, wenn die Sonne nicht oft genug schien, bis zu fünf Monate dauern konnte. Noch wichtiger war, dass es nicht regnete.
»Werdet nicht faul!«, rief ein Mönch und zeigte auf den wolkenlosen Himmel. »Carpe diem!«
Er schwenkte einen leeren Becher, das Zeichen, dass bald eine Sonderration Wasser ausgeteilt wurde.
»Wer ist hier faul?«, zischte Melissa. »Wer?«
Der Mönch trat auf sie zu und schlug ihr ins Gesicht. Die Strafe kam so unvermittelt, dass es sie von den Füßen riss. Sie fiel ins Wasser, schluckte Salz und spie es aus. Der Mönch stand über ihr und schaute spöttisch auf sie herunter.
»Du wirst deine Zunge zähmen lernen!«
Er wendete sich ab. »Keinen Becher heute für diese hier!«
Melissa spürte die mitleidigen Blicke der anderen, rappelte sich auf. Ihr grober Kittel war vollgesogen mit dem salzigen Wasser. Der Wind würde es innerhalb kurzer Zeit trocknen, und dann würde sie sich vorkommen wie bei lebendigem Leib gegerbt.
Was Demut anbelangt, bin ich noch immer eine schlechte Schülerin, dachte sie verärgert. Warum habe ich nicht meinen Mund halten können? Sie spürte, wie der Mönch sie aufmerksam beobachtete.
Stumm bückte sie sich, um den vor ihr liegenden Salzhaufen abzutragen. Um größte Sorgfalt bemüht, schaufelte sie das kost-

bare Gut in einen Korb, den ihr eine andere Arbeiterin hinhielt. Dabei vermied Melissa es, ihr in die Augen zu schauen, sie wollte nicht sehen, ob man sie bemitleidete oder verspottete. Immerhin brauche ich heute nur zu schaufeln, tröstete sie sich und schaute der Frau nach, die den vollen Korb über den schmalen Damm zu einer der Sammelstellen auf den Deichen brachte. Wie die anderen Trägerinnen und Arbeiterinnen war auch sie barfüßig. Nur so ließ sich auf den schmalen und von scharfkantigen Graten überzogenen Beckenrändern das Gleichgewicht halten.

Sohlen und Knöchel brannten, die Haut war rot, wie gekocht. Irgendwo schimpfte ein Mönch. Das taten sie immer, wenn die Schöpferinnen nicht aufgepasst und die empfindliche Salzschicht hatten zerbrechen lassen. Wie eine feine Eisschicht schwamm diese an der Oberfläche, sank sie jedoch zu Boden, wurde sie verunreinigt, und das Salz verlor an Wert.

»Wir sind hier nicht in der Bretagne!« Melissa hörte eine der Frauen einen Mönch nachäffen. »Unser Salz ist weiß, verstehst du? Lass die Bretonen Lehm hineinmischen! Wir wollen es weiß wie die Seelen reiner Jungfrauen!«

Die Umstehenden taten so, als hörten sie es nicht, bewegten sich im Rhythmus ihrer Arbeit, doch jeder grinste in sich hinein. Im gleichen Moment brüllte der Mönch:

»Recht hat sie! Dafür darf sie eine Stunde länger für die Reinheit ihrer Seele schuften!«

Erschrocken schauten alle auf.

»Arbeitet!«, brüllte der Mönch außer sich und hob den Arm, um eine der Wachen auf sich aufmerksam zu machen.

Flehendes, um Verzeihung bittendes Murmeln erklang aus allen Richtungen. Jeder hatte Angst. Der Soldat bewegte sich ein Stück weit auf sie zu, hielt aber inne, da der Mönch keine weiteren Anstalten machte, ihn herbeizurufen. Einige begannen laut zu beten, jeder fuhr hastig mit seiner Arbeit fort. Die Stim-

men versiegten bald, dann hörte man nur noch die vertrauten Arbeitsgeräusche: das Plätschern des Wassers, das Schaben und Rascheln der Salzkristalle.
Wenig später fiel die Frau um. Ein Hitzschlag hatte sie getroffen. Melissa und Maria schleiften den schweißüberströmten Körper über den Beckenrand zu einer der Sammelstellen. Dort nahmen sie ihre breitkrempigen Hüte vom Kopf und legten sie der Frau auf den Leib. Um sie herum funkelten die Salzkristalle, was aussah, als seien sie zusätzlich mit Licht erfüllt worden.
Ein Zweiradkarren wurde besorgt. Als Melissa und Maria ihn endlich in den Schatten ihres Schlafhauses gezogen hatten, war die Schicht zu Ende. Die Frau lächelte, als Melissa ihr einen Schwamm nach dem anderen auf dem Kopf ausdrückte.
Plötzlich hörte sie auf zu atmen.

Tags darauf brach ein Mann zusammen. Er fiel in eines der Vorbecken und verschluckte sich, bevor er das Bewusstsein verlor. Abends wachte er auf, bettelte nach Wasser, fiel in einen Dämmerzustand. Nachts besaß er die Kraft, nach draußen zu kriechen, morgens lag er tot im Gras.

Mitte Oktober kam schließlich die Stunde, in der Maria einen neuen Malaria-Anfall erlitt. Melissa beneidete sie darum. Denn nur wer an der Malaria litt, kam in die Krankenstation. Vielleicht genießt sie es ja, zu frieren, dachte sie. Vielleicht wünscht sie sich aber auch den Tod.
Eines Nachts stand sie auf und ging nach draußen. Es war dunkel und kalt. Kein einziger Stern blitzte hinter der düsteren Wolkendecke hervor, und der Mond schimmerte schwach und milchig. Tatsächlich waren die Temperaturen in den letzten Tagen gefallen. Für die Mönche ein Zeichen dafür, dass es schlechtes Wetter geben würde. Morgen musste das Salz in den Speicher.

Melissa war dazu eingeteilt, es von den Sammelstellen, wo es an der Luft trocknete, in Säcke zu schaufeln und diese zuzubinden. Die Männer würden diese dann in den Speicher schleppen, einem Gebäude auf hohen Stelzen mit tief herabgezogenem Dach.

Der Wind fuhr ihr unter den Kittel und kühlte das erste Mal seit Wochen die wunde Haut. Langsam ließ das beißende Brennen der Haut nach und machte Platz für ein Gefühl, das Melissa zunächst irritierte. Ihr schien es nämlich, als ob der kühle Luftstrom ihren pulsierenden Körper erregte. Sofort dachte sie an Avremar, stellte sich vor, ihre Haut wäre gesund und weich. Sie schaute sich um, ob sie allein war, hob ihren Kittel bis unter ihre Achseln und drehte sich langsam im kühlen Wind, damit er jede Stelle ihres Körpers liebkosen konnte. Die Gänsehaut empfand sie als prickelnd. Ihre Brustwarzen verwandelten sich in kleine harte Beeren. Ihre Brüste begannen zu spannen, ihre Scham pochte, während eine kalte Luftzunge über sie hinwegfuhr.

Endlich wieder Gefühle, Empfindungen, die so natürlich waren wie ihre Sehnsucht nach Avremar.

Aber schon im nächsten Moment schalt sie sich eine Närrin, denn das, was sie empfand, war hier, an diesem Ort, nichts als sinnloses Begehren. So nutzlos wie ein Fleckchen Wolkenschatten auf einem Salinenbecken.

Wenn du mich jetzt sehen könntest, würdest du mich noch begehren? Wenn ich jemals die Freiheit wiedererlange und wir uns gegenüberstehen: Nimmst du mich auch, wenn meine Lippen eitern und meine Füße lahm sind? Sie schloss die Augen und beschwor noch einmal all die Bilder herauf, in denen Avremar und sie sich körperlich nahe waren. Sie spürte, wie ihr Körper darauf reagierte, und seufzte unglücklich.

Niedergeschlagen ließ sie ihren Kittel fallen und reckte das verbrannte Gesicht in den Wind. Wie oft hatte sie nach einer Erklärung gesucht, warum sie nichts von Avremar hörte oder er sie nicht besuchte. Wie lange hatte sie sich den Kopf darüber zerbrochen, was und wer ihn alles daran hätte hindern können. Sie hatte keine vernünftige Antwort gefunden. Jetzt war nur noch die Hoffnung übrig geblieben.

Melissa huschte in ihre Bettstatt zurück und lauschte. Der Wind nahm immer mehr zu. Er pfiff durch die Ritzen der Wände, fegte heulend über die Dächer, wühlte das Meer auf.

Irgendwie schien er Zeit und Raum zu verändern. Irgendetwas lag in der Luft, ganz so, als solle ein neuer Abschnitt beginnen.

Aber leider nicht mit mir, dachte sie unglücklich.

Nicht mit mir. Ihre Augen wurden feucht, doch bevor sie zu tränen begannen, war Melissa bereits eingeschlafen.

Am Morgen darauf stürmte es. Der Himmel war grau, in der Ferne schäumte und brüllte das Meer. Selbst die Spiegel der flachen Salinen kräuselten sich, zuweilen schwappten sogar kleine Wellen aus der Lagune in die Verdunstungsbecken. Nervös inspizierten die Mönche die Becken. Um die Ränder zu erhöhen, war es zu spät, außerdem fehlten Arbeitskräfte.

Also wurde gebetet.

Dies aber auch nur am Morgen. Denn noch während der Messe wurde die Tür zur Kapelle aufgerissen. Demütig beugte Bruder Nicolas, der die Nachfolge von Bruder Joseph angetreten hatte, das Haupt, als der Prior des Mutterklosters vor den Altar trat. Er dankte Bruder Nicolas für seine Glaubensfestigkeit und versank in ein stilles Gebet, anschließend wandte er sich um und sagte: »Eure Arbeit dem Meer zu überlassen ist nicht Gottes Wille. Wenn er uns auch jetzt mit Sturm und möglicher Zerstörung zu prüfen gedenkt, das Salz, für das wir alle so hart gearbeitet haben, möchte er uns nicht nehmen. Lasst es uns also noch einbringen und, wenn möglich, verkaufen. Es wird euer Schaden nicht sein. So wahr ich der Prior der Mönche von Psalmody und Peccais bin.«

Innerhalb weniger Minuten schlug die Atmosphäre um. Wachen und Mönche traten vor und scheuchten unter den wohlgefälligen Blicken des Priors alle Arbeiter und Arbeiterinnen zu den Sammelplätzen. Dabei schrien sie durcheinander, ein jeder solle so viel Salz wie möglich in den Speicher schaffen. Es sei keine Zeit zu verlieren. Sogar einige Salinenwachen halfen mit. Andere schwangen die Peitsche, mal drohend, mal anspornend. Und auch wenn sie sie nur durch die Luft zischen ließen und ganz selten einmal einen der Arbeiter trafen, war Melissa doch mehr als erleichtert, als Bruder Nicolas auf sie zukam. Hinter ihm ging der Prior, aufmerksam alles Geschehen um ihn herum beobachtend. Erst dachte sie, Bruder Nicolas wolle ihr beim Sackfüllen und Zubinden helfen, doch sie irrte sich.

»Du kannst doch schreiben, oder?«, fragte er stattdessen.

»Ja, auch rechnen.«

»Dann geh! Geh hinauf zum Speicher vor die große Waage. Unserem Herrn nämlich gefiel es, nicht nur Maria, sondern letzte Nacht auch unserem Cellerar einen Malaria-Anfall zu schicken.«

Voller Sorge schaute der Mönch in den Himmel. Noch regnete es nicht, aber die Wolken hingen tief und wurden stetig dunkler. Bruder Nicolas und der Prior beratschlagten, was zu tun wäre, sollte der Sturm zunehmen und eine Springflut ankündigen, da galoppierte der Offizier von der Salinenwachmannschaft heran.

»Mönche, in St. Maries-de-la-Mer liegt eine Genueser Karacke vor Anker! Sie kam aus Byzanz mit einer Fracht Affen und Alaunsalz. Eines der Viecher haben die Seeleute behalten.«

»Ja und?«, fragte der Prior ungeduldig.

»Langsam, Mönch. Das Alaun ist gelöscht, der Kapitän aber kränkelt. Er möchte nicht mehr auf weite Fahrt gehen. Jetzt hofft er, irgendwo etwas zu laden, was er in Genua weiterverkaufen kann.«

»Das wäre unser Salz!«, rief Bruder Nicolas enthusiastisch.

»Deswegen bin ich hier. Ich soll Euch fragen …«

»Hat er denn Geld?«

»Er hat Alaun und Affen verkauft. Und war noch nicht in Genua …«

»Reitet zu ihm und sagt, wir kommen ins Geschäft.«

»Und Euer Dank?«

»So wahr ich der Prior von Psalmody und Peccais bin …«

Der Offizier lachte nur und stieg wieder aufs Pferd. Melissa sah ihm sehnsüchtig nach. Er ist ihm ähnlich, dachte sie. Und wie er ist er frei. Ein Lächeln huschte über ihr Gesicht. Seit langer Zeit schöpfte sie wieder Hoffnung, dass vielleicht in naher Zukunft alles anders werden würde. Wenn Graf Alzias uns besucht, nahm sie sich vor, werde ich mich ihm zu Füßen werfen. In der Tiefe seines Herzens ist er ein weicher Mann. Bestimmt wird er mir vergeben.

Die Karacke, ein zweimastiger Segler, hatte am Hafen von Aigues-Mortes festgemacht. Das Salz von Peccais kam auf flachen Lastenseglern und wurde sofort verladen. Sack für Sack verschwand im Bauch des stolzen schwarzbraunen Schiffes, das den Elementen hohnzulachen schien, so ruhig lag es am Kai.

»Diese Karacke könnte Ladung bis zu einem Gewicht von tausend Pferden aufnehmen«, klärte Bruder Nicolas Melissa auf und drehte sich zu ihr um. »Ist das nicht gewaltig?«

»Ja, sehr.«

Sie stand hinter ihm und dem Prior, weil sie in ihrem dünnen Kittel fröstelte. Der Sturm, der wieder ein wenig stärker geworden war, ging ihr durch und durch. Fast wünschte sie sich, mitarbeiten zu können, um warm zu werden, aber sie hatte nur den

Kaufvertrag abschreiben müssen, den der Kapitän mit dem Prior geschlossen hatte.
Obwohl es bereits zu dämmern begonnen hatte, wurden noch immer Salzsäcke in die Karacke geschleppt. Melissa stampfte mit den Füßen auf und schlang die Arme um sich. Ein Kälteschauer nach dem anderen rieselte über ihren Rücken, und sie begann mit den Zähnen zu klappern. Als sie sich umdrehte, bildete sie sich ein, Stadtmauer und Stadttore in ihrem Rücken bildeten einen riesigen Mund, der sie zu verschlingen drohte. Sie kannte die Stadt König Ludwigs, den sie den Heiligen nannten, nur aus Hetas Erzählungen. Heta hatte sich mit vielen anderen Franzosen von hier aus nach Rhodos eingeschifft, um sich dort dem Kreuzzugsheer König Peters anzuschließen.
Damit hat alles angefangen, dachte Melissa. Ohne diesen Kreuzzug stünde ich jetzt nicht hier, würde nicht frieren und wäre vor allem keine Gefangene des Grafen von Uzès. Ich wäre noch in Alexandria, und Geist und Seele wären vermutlich gesund. Ob mir wohl jemals wieder einfallen wird, was geschehen war, bevor Heta mich rettete?
Sie befühlte ihren Gürtel. Er war das Einzige, was ihr geblieben war. Was wird, wenn die Grafen von Uzès mir die Freiheit schenken? Wohin soll ich gehen? Nach Arles? Oder zurück nach Marseille?
Die Schreie einer Frau rissen sie aus ihren Grübeleien. Überschnappend, schrill, verzweifelt. Melissa hatte das Gefühl, eine kalte Hand griff nach ihrem Herzen: Mein Gott, das ist Gudrun, dachte sie. Sie wird doch nicht …
Sie wusste die Antwort, noch bevor sie Gudrun sah. Ihre Schreie waren zu eindeutig. So schrie nur, wer geschlagen wurde – und dies konnte nur eines bedeuten: Gudrun hatte versucht zu fliehen.
Zwei berittene Wachen schleiften sie heran. Stumm hing sie zwischen den Gäulen, blutüberströmt und mit zerschundenen,

verdrehten Füßen. Direkt vor Bruder Nicolas und dem Prior ließen die Wachen ihre Arme los. Prompt schlug sie mit dem Gesicht voran auf den gepflasterten Kai. Die Wachen schenkten ihr keinen einzigen Blick mehr. Stolz wandten sie sich an den Prior.

»Stellt Euch vor, sie wollte in die Stadt entwischen. War dumm genug, uns zu unterschätzen. Uns! Die wir dafür bezahlt werden, jeden aufzugreifen, der fliehen will. Wir sind Diener des Grafen Uzès. Zu Recht, nicht wahr?«

Sie wendeten ihre Pferde und ritten davon. Melissa stürzte auf sie zu, drehte sie auf den Rücken. Ihr zerschlagenes Gesicht blutete an Stirn, Nase, Mund. Melissa unterdrückte einen Würgereiz, Wut und Ekel. Sie überwand sich und bettete Gudruns Kopf in ihren Schoß. Sie schien leblos wie eine Puppe.

Angewidert wandte sich der Prior ab. Nach ein paar Schritten besann er sich, kam zu ihr zurück und sagte: »Weil Gott dir vergibt, tun es auch wir Mönche. Und wie unser Herr Jesus Christus einst sagte, rufe ich dir zu: Sündige hinfort nicht mehr.«

Er schlug das Kreuz über ihr. Sein Blick kreuzte den Melissas. »Kümmere dich um sie. Die Barmherzigkeit gebietet es.«

Melissa wischte ihr mit einem Zipfel ihres Kittels die unversehrten Teile ihres Gesichts sauber. Ihre verbrannten Lippen waren rissig und voller Dreck. Sie atmete flach.

»Du kannst sie an Deck bringen und pflegen«, entschied Bruder Nicolas. »Morgen holen wir euch.«

Er pfiff und winkte ein paar Männer zusammen. Melissa sagte kein Wort, aber ihr Herz klopfte heftig. War das ihre Möglichkeit zur Flucht? Wenn sie es nun auch probierte … in der Nacht? Vielleicht würde ihr sogar jemand helfen? Ihre Gedanken überschlugen sich. Einen verrückten Moment lang war sie bereit, sich sogar für ihre Freiheit zu verkaufen. Seeleute waren ja immer hungrig auf Frauen. Vielleicht würden sie sie einfach mitnehmen? Sie auf ihrem Schiff so gut verstecken, dass die

Wachen sie nicht fänden? Und dann … doch als sie länger darüber nachdachte, wurde ihr übel.

Als es dunkel war, schwächte sich der Herbststurm ab, dafür setzte Regen ein. Er begann so zart, als wolle er nur locken und würde sich wieder verwehen lassen. Doch er nahm beständig an Stärke zu. Erst ein Sprühregen, verdichtete er sich zu einem Schnürlregen, und am späten Abend prasselte er vom Himmel, als offenbare sich eine neue Sintflut.

Melissa indes achtete nicht darauf. Sie hockte im Schneidersitz in der Kajüte des Steuermanns, an eine Wand gelehnt, und hielt Gudrun in ihren Armen. Dadurch, dass Gudrun von ihr gestützt wurde, konnte diese leichter atmen. Nach einer langen Dämmerphase kam sie wieder zu Bewusstsein.

»Ich hab als Hure gearbeitet«, flüsterte sie. »Hat Maria dir das erzählt?«

»Nein.« Melissa schluckte, errötete. Ein tiefes Schamgefühl ergriff von ihr Besitz.

»Werde nie zur Hure. Selbst wenn es das Letzte ist, womit du überleben kannst.«

»Ja.«

Melissa begann, Gudrun sanft zu wiegen. Sie wusste, sie konnte nichts für sie tun, sie würde nicht wieder gesund werden. Abgesehen davon, dass beide Füße gebrochen waren, hatte sie sich beim Sturz auf den Kai innere Organe verletzt. Melissa konnte deren Blutfluss spüren, aber das war auch alles. Wieder einmal wünschte sie sich, sie hätte nicht nur lesende Hände, sondern, so wie einst die Apostel, auch heilende. Aber diese Gnade besaßen wohl wirklich nur die Heiligen. Sie dagegen konnte nur warten und ihren Händen lauschen. Oder aber, wie jetzt, mit ihnen trösten.

Sie wiegte Gudrun weiter sanft hin und her, strich ihr wieder und wieder über den Bauch, wie bei einem Kind, das zu viel

unreifes Obst gegessen und nun Schmerzen hatte. Die Vorstellung, dass dieser Bauch sich immer mehr anspannte, ließ Melissa innerlich frösteln. Es war ihr, als pumpe eine fremde Macht Luft in ihn hinein. Tödliche, erstickende Luft. Irgendwann wird Gudrun das Bewusstsein verlieren, dachte sie, und dann ist sie erlöst. Sie merkt dann nicht mehr, wenn ihr Herz nichts mehr hat, was es pumpen kann, wenn es aufhört zu schlagen.
Der Steuermann streckte seinen Kopf hinein: »Und? Einen Becher Wein?« Melissa entging nicht, wie er die Luft anhielt. Denn nicht nur Gudrun roch streng.
»Für mich gerne, ja.«
Da bäumte sich Gudrun auf. »Melissa, bete für mich.«
Melissa faltete ihre Hände über Gudruns Bauch und begann laut zu beten. Gudruns Atem ging nur noch stoßweise. Doch plötzlich schlug sie ihre Augen auf, wandte unter größten Mühen ihren Kopf ein winziges Stück zur Seite.
»Bete, in deinem Spital … für mich.« Im nächsten Moment spürte Melissa, wie das Leben aus ihr herauszufließen begann.
»Ja, ja«, murmelte Melissa, ohne weiter über ihre Worte nachzudenken.
»Amen«, schloss sie ihr Gebet, im selben Moment verflüchtigte sich Gudruns letzter Atemzug über ihren Händen. Verzweifelt blickte sie zu dem Steuermann hoch, der noch immer mit dem Weinglas vor ihr stand und sie aufmerksam und seltsam gleichmütig beobachtete.
»Sie ist tot«, flüsterte sie.
Er nickte, zog seine Mütze.
Sie küsste Gudrun auf den Scheitel und konnte die Tränen nicht mehr zurückhalten. Zu viel Tod, dachte sie. Immer nur Tod. Ich kann nicht mehr.
Der Steuermann kniete sich vor sie und strich Gudrun über die Augen. »Du hast recht behalten. Es ist noch nicht einmal Mitternacht, und sie lebt nicht mehr.«

»Das haben mir meine Hände erzählt«, flüsterte Melissa und wischte sich die Tränen aus den Augen. »Sie haben es herausgelesen. Es ist eine Gabe. Aber glaubt mir, es ist auch ein Fluch.«

Er betrachtete sie ein wenig neugieriger als zuvor. »Hier, nehmt einen Schluck Wein.« Er reichte ihr das Glas, tat, als überlege er, während Melissa trank. Dann fuhr er fort: »Unser Kapitän ist krank, wie du weißt. Wenn deine Hände lesen können … würdest du sagen können, was ihm fehlt?«

»Ich kann es versuchen.«

»Gut.« Er lächelte.

Sie sah zu ihm auf. Er war groß und schlank und wirkte mit seinen feinen Zügen eher wie ein Schreiber denn ein Seemann. Sein Blick war frei von der verschleierten Lüsternheit, die in den Augen der Matrosen stand. »Was meinst du, haben wir vielleicht noch Verwendung für dich?«

Um sich darüber klar zu werden, was seine Frage bedeutete, nahm sie hastig noch einen Schluck Wein. Die Trauer um Gudrun hatte sie aufgewühlt, das aber, was dieser Steuermann da zu ihr sagte, stachelte ihren Lebenswillen an.

»Warum nicht«, stieß sie schließlich hervor. »Ich war Spitalschwester in Montpellier und kenne mich aus.«

»Ah ja? Worin denn?«

»In …« Sie brach ab, das Blut schoss ihr in den Kopf. Ich rede mich um Kopf und Kragen, dachte sie erschrocken. Tu so, als ob ich noch in ganz anderen Dingen bewandert wäre. »Helft mir bitte, ich bin keine …«, stieß sie hervor und stemmte Gudruns leblosen Körper von sich.

»Das sehe ich.« Er machte eine kurze Pause, in der er sie betont ruhig ansah. »Mein Name ist Miguel, vertrau mir.« Er zeigte auf Gudrun. »Wir sollten jetzt handeln. Diese da legen wir am besten auf Deck. Der Regen wird sie wohl kaum mehr stören. Und du kommst mit. Wasch dich. Ich gebe dir Seife.«

Verzweifelt sah Melissa ihn an. Er schüttelte den Kopf. »Keine Angst.«
»Und mein Kittel?« Sie zitterte nun vor Anspannung. Wie sollte sie hier überleben, wenn nicht als Hure für die Mannschaft?
»Wasch ihn mit«, entschied er ernst. »Ich suche nach einer passenden Hose und einem Hemd. Als Kerl lebt es sich auf einem Schiff einfacher.«

Melissa fühlte sich wie neugeboren, als sie hinter Miguel in die Kajüte des Kapitäns trat. Dieser lag träge in einem Alkoven und starrte regungslos auf die gegenüberliegende Wand mit dem Kruzifix. Er warf ihnen nur einen müden, flüchtigen Blick zu. Melissa wunderte sich. Im gleichen Moment schlug ihr eine kräftige Duftmischung aus Weihrauch und Lampenöl entgegen, nahm sie völlig gefangen. Erst als Miguel die Tür hinter ihr schloss, roch sie den abgestandenen Wein. Ein Schiff mit einer weiblichen Leiche und ein Kapitän im Vollrausch, was für eine Fügung! Was hatte das zu bedeuten? Vorsichtig sah sie sich um. Eine Laterne spendete sanftes Licht. Es spiegelte sich in den polierten Vertäfelungen und Messinghaken, an denen allerlei seltsame Objekte hingen: Tierschädel, bunte Steine, fremdartige Ebenholzfiguren, Glasperlen, Zähne. Am frappierendsten waren eine fratzenhafte Maske und ein kleiner menschlicher Kopf mit ledriger weißer Haut und langen schwarzen Haaren.
»Ein mumifizierter Kopf, aber ohne Schädel«, erklärte ihr Miguel. »Der Mund ist mit kleinen Ebenholzstäben verschlossen und die Haut am Hinterkopf zusammengenäht. Wie uns schien, wurde der Kopf dann lange geräuchert. Missionare haben ihn am Strand von Lanzarote gefunden, einer Insel weit draußen im Atlantik. Angeschwemmt in einer ausgehöhlten Kokosnuss.«
»Ein Zeichen dafür, dass die Welt riesengroß ist«, murmelte sie.

»Dazu barbarisch und furchteinflößend. Dieser Kopf kommt aus der Hölle. Der Teufel hat ihn gemacht.«

»Du redest zu viel, Miguel«, ertönte die müde Stimme von Kapitän Luca Antonini. »Ansonsten brauch ich hier keine Hure.«

»Wenn eine Frau meine Hosen trägt, ist sie keine Hure, Luca. Sie könnte dir trotzdem nützlich sein. Sie hat die Gabe, die Hände aufzulegen und zu sagen, ob dich nächstens dein Schrumpfkopf holt oder nicht.« Miguel durfte sich offensichtlich bei seinem Kapitän viel herausnehmen, so respektlos war sein Ton. Er schnupperte an der kalten Räucherpfanne, die auf dem ovalen Kapitänstisch lag, und wischte etwas Asche von der abgegriffenen Karte, die die Küstenlinien Südfrankreichs und Italiens wiedergab. Melissa erkannte das Rhône-Delta und den oberen Schaft des italienischen Stiefels. An einigen Stellen waren Schraffierungen vorgenommen und der Verlauf der Küstenlinie war korrigiert worden.

»Was ist?«, fuhr Miguel fort. »Soll sie? Oder hast du Angst?«

»Scher dich raus.«

»Wie du wünschst.«

Miguel ging hinaus, nicht ohne Melissa einen aufmunternden Blick zuzuwerfen.

»Zeig mir erst deine Hände.« Kapitän Luca warf die Decke zur Seite, die ihn verhüllt hatte. Nun kam ein gewaltiger Bauch zum Vorschein, so groß, als sei ein Kürbis darin gewachsen. Unter lautem Ächzen schaffte er es, sich aufzusetzen. Seine Beine waren dick wie Säulen. Sein bärtiges Gesicht mit den tief in ihren Höhlen liegenden Augen war verquollen und unrein. »Der Schrumpfkopf habe das aus mir gemacht, meint Miguel«, erklärte er. »Ich glaube ihm nicht, er ist doch bloß abergläubisch.«

Er griff zur Karaffe, die auf einem kleinen Wangentisch stand, und schenkte sich ein Kelchglas Wein ein.

»Ihr dürft keinen Wein mehr trinken, Kapitän. Ihr bringt Euch sonst um.«
Sie streckte dem Kapitän ihre Hände entgegen. Luca Antonini aber winkte ab. »Warum?«
»Ich war Spitalschwester in Montpellier. Patienten mit Eurem – verzeiht mir meine Direktheit – Äußeren litten alle an Bauchwassersucht.«
»Das haben mir die Ärzte aus Salerno auch schon gesagt. Aber damit kann ich leben. Ich bin robust. Was mich anwidert, ist diese Unbeweglichkeit, die von meiner Hüfte ins Bein zieht.«
»Ein Nerv vielleicht … Ihr seid kalt geworden …«
»Nein. Denn es wird von Tag zu Tag schlimmer. Bald ist das rechte Bein steif. Aber du kannst ja helfen, oder?«
»Eigentlich …« Es klang etwas zögerlich, aber Melissa fasste sich schnell und nickte geflissentlich. »Ja, meine Hände sind sehr empfindlich. Lesen können sie allemal.«
Die Augen des Kapitäns färbten sich dunkel und gewannen an Glanz.
Er winkte sie näher an sich heran, packte sie und legte sich ihre rechte Hand auf den geschwollenen Bauch: »Du wirst in diesem Wanst fühlen, wie viel Leben in ihm ist. Los!« Er drückte ihre Hand auf seinen Bauch und lachte leise auf, weil sie vor Schreck die Luft anhielt. Als wolle Luca Antonini sich massieren, schob er Melissas Hand über seinen Leib, drückte sie hierhin und dorthin und begann wohlig zu stöhnen.
Ich muss es aushalten, dachte sie. Sie erwartete jeden Augenblick, dass der Kapitän ihre Hand woanders hinlegen würde, doch da ließ er es genug sein. Stöhnend sank er in den Alkoven zurück und wälzte sich auf den Bauch.
»Pack zu«, stöhnte er. »Such.«
Melissa zerrte ihm das Hemd aus der Hose und schob es hoch. Antoninis Gürtel saß locker genug, um auch den rechten Bein-

ling ein Stück weit herunterziehen zu können. Sie legte ihre Hände auf, konzentrierte sich. Am Bein war nichts, aber in der Nähe des Steißbeins erfühlte sie eine Verhärtung. Sie hob die Laterne vom Haken, damit sie besser sehen konnte, und untersuchte den Fleck. Er war gerade einmal daumennagelgroß und ein wenig gerötet. In seiner Mitte aber befand sich ein schwarzer Punkt. Sie umkreiste ihn mit den Fingerspitzen und fühlte, wie ihre Fingerkuppen mit unsichtbaren Stichen beschossen wurden.

»Das ist es.«

»Was?«

»Es sieht aus, als stecke Euch etwas im Fleisch. Wenn es ein Insekt ist, könnte es eine Zecke sein.«

»Mach es weg!«

Melissa ließ Tücher, heißes Wasser und Branntwein holen, ließ zudem mehrere Messer ausglühen. Miguel und drei andere Männer drückten ihren Kapitän bäuchlings auf den Boden. Melissa weichte die Haut zunächst mit Wasser auf, dann schnitt sie mit schnellen Schnitten um den Fleck. Luca Antonini schnaufte wie ein Blasebalg, aber die Gesichter seiner Männer waren so gleichmütig, als schauten sie dem Treiben auf einem Markt zu. Niemand sprach ein Wort, aber nach einer Weile begannen die Männer vor Anstrengung zu schwitzen, so viel Kraft brauchten sie, ihren Kapitän auf dem Boden festzuhalten. Melissa arbeitete konzentriert. Blut, Wasser und Branntwein netzten ihre Knie, mehrmals verbrannte sie sich an den glühend heißen Messerklingen.

Die Operation dauerte nur wenig länger als eine Viertelstunde, aber als der Kapitän endlich wieder in seinem Alkoven lag, hatte Melissa das Gefühl, Stunden seien vergangen. Sie war todmüde, fühlte sich wie ausgewrungen.

»Du kannst in meiner Kajüte übernachten, ich habe Wachdienst«, raunte ihr Miguel, für die anderen unhörbar, leise zu.

»Danke«, erwiderte sie erschöpft und dankbar. Kurz darauf fiel sie auf Miguels schmaler Pritsche in einen tiefen Schlaf.

Sie bildete sich ein, gerade eben erst auf ihrem Strohsack eingeschlafen zu sein, als er sie wieder wachrüttelte.
»Aufwachen. Da ist jemand auf dem Kai – ein fremder Ritter.«
Das Herz blieb ihr stehen.
»Ein Ritter, hörst du? Kein Gespenst. Er will dich sprechen!« Miguel reichte ihr die Hand, zog sie hoch. »Du hast gut gearbeitet. Unser Kapitän behauptet, er fühle sich schon nicht mehr ganz so steif.«
Melissa konnte nur nicken. Sie war Miguel dankbar, dass er sie stützte, denn sie hatte das Gefühl, unter der Last der Hoffnung zu zerbrechen. Mit jedem Schritt wurde der Name, den sie glaubte, für immer vergessen zu müssen, schwerer. Er kroch in jeden Winkel ihres Selbst und begann in ihr zu klingen wie eine Glocke. Ihre Augen füllten sich mit Tränen, und der Kloß, der ihr im Hals wuchs, drohte sie zu ersticken.
Der Sturm hatte sich gelegt. Die Karacke lag ruhig am Kai. Auf den Tauen hockten Möwen und schliefen, der dünne Nieselregen machte ihnen nichts aus. Es roch nach Sand und Tang, die Luft war lau.
»Melissa!«
Er war es wirklich – Avremar. Er schien ihr wie eine Gestalt, die sich aus ihrem Traum hierher an den Kai gerettet hatte.
»Avremar, du?« Sie konnte nur flüstern, begann zu schwanken. Miguel hielt sie fest. »Avremar.« Sie wollte schreien, fand aber keine Kraft dazu.
»Melissa! Ich kaufe dich frei!« Er schwenkte eine Schriftrolle. »Hier siehst du? Das ist die Urkunde, die Graf Alzias für deine Freilassung unterschrieb. Er hat dir vergeben. Ich muss dies

jetzt nur noch eurem Prior sagen und dem Wachoffizier der Saline. Beide sind in der Stadt.«
Sein Pferd tänzelte unruhig, stieg wiederholt hoch. Als wolle es sich mitfreuen, dachte Melissa. Heiße Tränen liefen ihr über die Wangen. In rührender Hilflosigkeit streckte sie die Arme nach ihm aus. Avremar sprang vom Pferd und bat, an Deck kommen zu dürfen, doch Miguel schüttelte den Kopf und rief:
»Das Fallreep ist gestern leider zerrissen, Ritter! Erledigt, was zu tun ist. Ich passe so lange auf sie auf.«
Avremar fluchte. Doch ihm blieb nichts anderes übrig, als sich wieder aufs Pferd zu schwingen. Er ritt an die Bordwand heran und streckte Melissa die Hand entgegen, doch sosehr diese sich auch herabbeugte, es gelang ihnen nur ein einziges Mal, dass sich ihre Fingerspitzen für einen kurzen Augenblick berührten.
»Ich liebe dich!«, rief sie.
»Du bist für mein Leben wie das Licht von Sonne und Mond.«
»Und du für meines wie für alle Meere das Salz.«
Sie verschlangen sich mit den Augen, bis Avremar sagte:
»Warte auf dem Schiff, bis ich dich abhole!«
Dann galoppierte er davon. Melissa wurde es vor Glück schwindelig. Sie fiel Miguel um den Hals und ließ es zu, dass er ihren Rücken streichelte. Doch weil der Regen stärker wurde, schickte er sie wieder unter Deck.
Erschöpft und überglücklich fiel sie auf ihren Strohsack. Minutenlang wusste sie nicht, ob sie lachen oder weinen sollte. Miguel schenkte ihr ein Glas Wein ein, gab ihr Brot und ein Stück Käse. »Schlaft noch ein wenig. Ich muss jetzt nach dem Kapitän schauen und mir Anweisungen holen.«
Melissa trank den Wein, dann stand sie auf, breitete die Arme aus und drehte sich so lange um sich selbst, bis ihr schwindelig wurde und sie sich wieder hinlegen musste. Das Schiff schaukelte sanft. Das Ächzen des Holzes klang in ihren Ohren wie Musik. Sie schloss die Augen, genoss die Müdigkeit, die sie

trotz aller Euphorie erfasst hatte. Ich will, dass du mich nachher zur Frau machst, dachte sie voller Sehnsucht. Ich will für immer dir gehören. Und gehe mit dir bis ans Ende der Welt.
Sie lächelte noch, obwohl plötzlich ein Schrumpfkopf vor ihr auftauchte. Die Pflöcke vor seinem Mund aber fehlten.
Der Schrumpfkopf sprach!
Aber sie verstand ihn nicht.
Da begriff sie, dass sie träumte.
Als sie erwachte, zitterte das Schiff. Sein Bug pflügte durch eine leicht gedünte See. Miguel stand im Türrahmen. Er zuckte mit den Schultern.
»Du bist eingeschlafen. Aber das hätte einen Kapitän wie Luca Antonini auch nicht abgehalten. Er meint, du wärst der Mann, der an Bord gefehlt hat. Weil du ihn so gut operiert hast.«

Das Fieber der Malaria Tertiana hatte sie fest im Griff, gleichzeitig aber war es ein Geschenk, das Melissa Todesängste ersparte. Ihre Fieberdelirien waren so heftig, dass sie weder die Schreie der Mannschaften begriff noch mitbekam, wie Woge auf Woge über das Deck der genuesischen Karacke Kapitän Luca Antoninis schlug. Miguel hatte sie vor dem Sturm noch schnell in eine Hängematte gewickelt. Sie konnte keinen Finger mehr rühren, sie schaukelte wie eine riesige Wurst. Hin und wieder schlug sie gegen die Kajütenwand, was sie jedoch kaum wahrnahm, da Miguel ihren Kopf vorsorglich mit Kissen geschützt und ihren Körper mit zwei ranzigen Schaffellen umwickelt hatte.
Erst als die Laterne mit einem hellen Knall an der Decke zerbarst und Melissa das Gefühl hatte, kopfunter zu hängen, kam sie zu sich. Sie schrie leise um Hilfe, doch natürlich hörte sie niemand. Denn die Campo Santo Luca Antoninis, das von ihm so getaufte »Heilige Feld«, stürzte gerade in ein so tiefes

Wellental, als wolle sie mit ihrem Bugspriet einen Hai harpunieren.

Gleich kommt das Wasser! Ich werde ertrinken ... jetzt ... komm, süßer Tod.

Doch der kam nicht – auch wenn die Campo Santo mit einer solchen Wucht gegen die Wasserwand krachte, dass das Bugspriet splitterte und der Großmast in halber Höhe wie ein Strohhalm abknickte. Miguel war so geistesgegenwärtig, sich mit den Unterarmen in die Speichen des Steuerrads zu verhaken, doch als er wieder wagte, Luft zu holen, konnte er so viele Befehle rufen, wie er wollte, niemand hörte ihn mehr. Die sechs Seeleute, die versucht hatten, sich auf Haupt- und Achterdeck an Fallen, Schoten oder sonstigem Tauwerk festzuhalten, waren vom Sog der ablaufenden Wassermassen über Bord gerissen worden. Zwei von ihnen waren sofort tot, weil sie mit dem Kopf gegen die Bordwand schlugen, die anderen ergaben sich in ihr Schicksal, als sie begriffen, dass niemand ihnen bei diesem Sturm helfen konnte.

Miguel sah zwei von ihnen noch die Arme aus den Wellen strecken, rief, schrie und brüllte, doch dann bekreuzigte er sich und bereitete sich auf das nächste Wellental vor.

Von alldem bekam Melissa nichts mit.

Als das Fieber Stunden später nachließ, war der Sturm vorüber, und Kapitän Antonini, der bei der Schadensinspektion auch in Miguels Kajüte trat, war gut gelaunt. »Sechs Mann zum Teufel, aber die Ladung ist trocken. Mann Melissa, du hast wohl zum richtigen Heiligen gebetet, wie?«

Er drehte sich grinsend zu Miguel um, der noch immer in seinen nassen Kleidern steckte und sich erschöpft am Türrahmen seiner Kajüte abstützte.

»Wenn sie richtig gebetet hat, dann lässt du sie frei?«, fragte er leise.

»Darauf kannst du einen lassen. Und Heuer kriegt sie auch. Soll niemand mir nachsagen, ein Luca Antonini würde sich lumpen lassen.«

Melissa wurde leicht ums Herz, mochte er sie auch ruhig als »Mann Melissa« bezeichnen. Wichtig war für sie nur, dass er sich noch nie zuvor so eindeutig geäußert hatte. Damit waren die Tage ihres Sklavendaseins als Schiffsärztin und »Mann Melissa« gezählt. Jetzt musste sie nur noch diesen Malaria-Anfall überstehen.

»Wo sind wir?«, flüsterte sie, als Miguel sie und die verdrallte Hängematte in die ursprüngliche Position drehte, damit sie endlich wieder Arme und Beine bewegen konnte.

»Eine halbe Tagesreise vor Genua. Im Übrigen hat dein Heiliger nur an Lucas Gewinn gedacht. Für die anderen meinte er wohl, ein Seemannsgrab sei Lohn genug.« Miguel klang, als werfe er ihr dies vor, doch mit diesem Ton konnte sie längst umgehen. Sie wusste, er klang immer dann so, wenn Luca Antonini in der Laune war, seine eigene Mannschaft als einen Haufen wegzuspülenden Dünnschisses zu beschimpfen. »Sechs Männer tot«, wiederholte Miguel tonlos und schälte sich aus seinen Kleidern, bis er splitternackt war. »Aber so ist das, so ist die Seefahrt. Und darum tut Luca so, als freue er sich, dass er jetzt sogar noch Heuer spart.«

Melissa sah zu, wie Miguel sich abtrocknete, und wunderte sich wieder einmal, dass er die vergangenen drei Monate nie zudringlich geworden war. Männer aus der Mannschaft hatten ihr an den Hintern gegriffen und sich vor ihr wollüstig in den Schritt gefasst, Miguel aber hatte sie stets behandelt, als wäre sie seine Schwester. Um geschützt zu sein, schlief sie in seiner Kajüte, wo sie nachts im Geiste Zwiesprache mit Avremar hielt. Diesmal werde ich dich finden, Geliebter, rief sie ihm zu. Warte also, sei mir treu, wenigstens in deinem Herzen.

So abgrundtief ihr Entsetzen über den Verrat Luca Antoninis auch gewesen war, der Schmerz hatte ihr nicht den Verstand geraubt. Mit Fäusten war sie auf den Kapitän losgegangen und hatte so lange auf ihn eingeschlagen, bis ihr die Arme lahm wurden. Antonini ließ sie sich austoben, erst dann verabreichte er ihr eine Ohrfeige. Damit war es genug. »Nur diese eine kleine Reise, Mann Melissa«, hatte er ruhig gesagt, »das wird dich doch nicht umhauen. Pass auf, danach wirst du ihn vergessen haben und sogar freiwillig bei mir bleiben.«

Natürlich hatte er sich in Letzterem geirrt. Nur der Tod hätte die Kraft besessen, ihre Sehnsucht nach Avremar einzuäschern.

»Miguel?«

»Ja?«

»Ich glaube, das Schlimmste ist ausgestanden.« Melissa konnte spüren, wie das Fieber fiel. Zwar fror sie noch, als würde sie nackt in einer feuchten Höhle stehen, aber die Übelkeit war verschwunden. Einen Tag werde ich jetzt fieberfrei sein, dachte sie. Danach wird noch ein Fieberschub kommen, aber wenn dieser vorüber ist, habe ich es überstanden – bis zum nächsten Mal und so fort, bis zu meinem Lebensende. »Miguel, was mache ich in Genua? Bringst du mich in ein Spital? Ich bin so schwach, dass ich nicht stehen kann.«

»Komm doch mit zu mir nach Hause.«

»Warum bist du so gut zu mir?«

»Schlaf einfach.«

Melissa war zu schwach, weiterzufragen. Ihr letzter Gedanke, bevor der letzte schwache Fiebertraum des Tages sie in Empfang nahm, galt Avremar. Bald bin ich bei dir, flüsterte sie ihm zu und strich mit dem Daumen über ihren Gürtel. Sie fühlte, wie der Gürtel lebendig wurde, als wäre er eine Schlange, gleichzeitig wurde das Knarren der Campo Santo immer leiser. Sie spürte, wie Miguel sich über sie beugte und sie betrachtete. Sie wollte aufwachen, weil ihr das nicht gefiel. Doch warum? Was war Miguels Geheimnis?

Schon schwebte sie über dem Fockmast. Sie sah das geblähte Segel und versuchte, das Gesicht, das auf ihm hin und her rutschte, zu erkennen. Doch es wollte ihr einfach nicht gelingen.

# *Buch V*

## *Von Genua nach Bozen, Winter 1380/1381*

Genua empfing sie mit frühlingshaftem Winterwetter – doch davon bekam Melissa kaum etwas mit, denn sie hatte den letzten großen Fieberanfall der Tertiana auszuhalten.

Die Männer auf Deck johlten und pfiffen, als Mario, ein Bär von einem Mann, sich den »Mann Melissa« auf die Schultern lud und das Fallreep hinunterkletterte. Natürlich sorgte er dafür, dass die Mannschaft einen freien Blick auf die, wie sie es nannten, »blanke Freude« von »Mann Melissa« bekam, nichtsdestotrotz gab es keinen, der nicht aufrichtig bedauerte, dass sie für immer von Bord ging. Denn abgesehen von ihrer Nützlichkeit bei der Behandlung schwärender Wunden, von Durchfällen und Schmerzen aller Art, war es ein kleines Fest für alle gewesen, sie überhaupt anschauen zu dürfen. Allein wie ihr Busen unter Miguels Hemd zur Geltung kam … wie ihr Hintern in seinen Hosen wackelte … Luca Antonini musste ein Mal ein Exempel statuieren, damit sie in Zukunft über Deck laufen konnte, ohne dass ihr Anträge unzüchtigster Art gemacht wurden.

Als sich herumgesprochen hatte, dass ihre lesenden Hände Kapitän Antonini vor dem völligen Steifwerden bewahrt hatten, war jeder bei ihr gewesen, um sich von ihr sagen zu lassen, ob er noch gesund war oder nicht. Daran dachten sie jetzt alle, als Mario sie auf einen Zweiradkarren legte, mit dem man gewöhnlich die Toten wegfuhr, die fast täglich morgens am Kai lagen. Die einen mit durchschnittener Kehle, andere erdolcht,

wieder andere von irgendwelchen kräftigeren Händen im Streit erwürgt.
Als der Karren die Mole entlangrumpelte, schlug Melissa die Augen auf. Es beruhigte sie, dass Miguel neben ihr ging. Sie hob ein wenig ihren Kopf, roch frischen Fisch, Pferdeschweiß und den sauer-dumpfen Geruch von Werg. Auch Möwengeschrei, das Trappeln von Maultieren, Rufe und Pfiffe, Schafsblöken drangen zu ihr durch. Ich bin an Land, dachte sie erleichtert, in Genua. Sie blickte in einen ätherisch blauen Himmel und spürte, wie ihr die Sonne das Gesicht kitzelte. Plötzlich stach ihr eine scharfe Essigfahne in die Nase, dann hörte sie Klopfgeräusche. Wasser platschte auf Planken, gleich darauf erklangen die typischen Scheuergeräusche der Deckschrubber.
Im Schlagschatten eines Schiffes drehte sie den Kopf ins Licht. Sie sah einen Mann im Panzerhemd, der auf zwei hochschwangere Frauen einredete und dabei deren Brüste wog. Die Frauen schauten ihn teilnahmslos an. Dem Äußeren nach zu urteilen waren es Musliminnen. Miguel blieb stehen, begrüßte den Mann. Dieser zeigte auf Melissa und fragte etwas, Miguel aber schüttelte den Kopf. Dann lachten sie beide. »Cum lacte«, sagte der Mann, dann redete er wieder italienisch.
Schwangere Sklavinnen, dachte Melissa. Sie sollen Ammendienste leisten. Wo sind sie her? Aus Chios? Sevilla?
Sie merkte, wie die Empörung das Fieber wieder ansteigen ließ. Obwohl schweißnass, fror sie so erbärmlich, dass sie mit den Zähnen klapperte. Dabei war es ein milder Januartag, sanft und von einem klaren Licht, als wäre es gesiebt.
Miguel griff nach ihren Händen, hielt sie fest.
Sie konzentrierte sich auf die schlurfenden Schritte Marios, der den Karren zog, lauschte dem monotonen Knirschen und Scharren der Räder.
Nach einiger Zeit spürte sie, wie es aufwärtsging. Sie erinnerte

sich, dass Miguel ihr von den *carruggi*, den engen und steilen Gassen Genuas, erzählt hatte, die so düster seien, dass man auch im Sommer das Licht darin suchen müsste. Unsere Plätze, hatte er gespottet, sind oft gerade einmal so groß, dass zwei Hunde umeinander herumstreichen können. Mehrfach kippte Melissa einfach aus der Zeit, bis vereinzelte harte Stöße sie wieder in die Wirklichkeit zurückholten.

Ausgelassenes Geschrei ließ sie hochfahren. Plötzlich war sie von einer Gruppe junger Frauen umringt, die Mario und Miguel um den Hals fielen. Sie tanzten mit den Frauen, schlugen ihnen auf den Hintern.

»Was ist, Miguel? Wo bringst du mich hin?«

»Zu mir, Melissa. Ruh dich aus, vertrau mir.«

Ich darf nicht wieder einschlafen, dachte Melissa. Irgendetwas ist hier nicht richtig. Sie stemmte sich hoch, was Mario ein beifälliges Brummen entlockte. Er hob sie hoch und verschwand mit ihr in einem engen eisigen Flur. Melissa zählte die Stufen und hielt vor Anspannung die Luft an, als sie in einem Zimmer auf ein Bett gelegt wurde.

»Willkommen in meinem Haus, Melissa.«

Ihre Augen weiteten sich vor Angst, als Miguel sie auf den Mund küsste, nachdem er ihr Gesicht mit einem Essigschwamm abgewischt hatte. »Jetzt stehst du unter meinem Schutz und gehörst zu meiner Familie.«

Mario winkte ihr mit den Fingern zu, als sei sie ein Kleinkind, dann forderte er in rauhem Ton etwas ein. Melissa verstand einen Frauennamen, sah Miguel nicken. Mario schlug ihm kumpelhaft auf die Schulter, lachte und fasste sich in den Schritt. Er … er will ein Mädchen, überlegte sie, und wenn Miguel nickt … und so wie ihn die anderen gerade begrüßt haben, ihr Lachen … Gott steh mir bei, hat er mich etwa in einem Hurenhaus einquartiert?

»Miguel!«

Eine laute und befehlsgewohnte Stimme drang aus dem Dunkel der offen stehenden Tür ins Zimmer.
»Mama?«
»Sí.«
Melissa erkannte auf den ersten Blick, welcher Typ Miguels Mutter war: klein, aber energisch. Ihr schwarzes, teils angegrautes Haar war gescheitelt und am Hinterkopf zu einem ausladenden, mit roten Seidenbändern umwickelten Knoten gebunden. Mit ausgebreiteten Armen trat sie auf ihren Sohn zu, umarmte ihn kurz und zog dann seinen Kopf zu sich herab, um seine Stirn zu küssen.
Melissa lauschte auf die mit rauchiger Stimme gesprochenen Koseworte, die in eine Unterhaltung überging, von der sie kein Wort verstand. Erst jetzt wurde ihr so richtig bewusst, wie gut Miguel und Kapitän Antonini Französisch sprachen und wie schwer sie es mangels italienischer und deutscher Sprachkenntnisse in Zukunft haben würde.
Bei den Gebildeten kann ich es mit Latein versuchen, dachte sie. Aber das geht auch nur bröckchenweise. Im Moment verstand sie nur die Namen. Miguel erzählte seiner Mutter, wo er gewesen war und welche Häfen die Campo Santo angelaufen hatte. Er sprach von Phokäa in Kleinasien und der ganz in der Nähe liegenden griechischen Insel Chios, wo sie das Salz der Mönche von Peccais gegen Alaun und Mastix getauscht hatten, von dem Sturm vor Genua und dass dieser sechs Männern das Leben gekostet hatte.
*»E lei?«*
Melissa zuckte zusammen. Jetzt geht es um mich, dachte sie, so viel ist klar. Sie schloss instinktiv die Augen und versuchte so zu tun, als sei sie wieder eingeschlafen. Miguel indes antwortete in einem Ton, den sie höchst befremdlich fand. Wie einsilbig und abschätzig er klingt, dachte sie verwirrt. Überhaupt nicht mehr so wie auf der Campo Santo.

Als seine Mutter heiser, geradezu gehässig, auflachte und an ihr Bett trat, gefror ihr das Blut in den Adern. Angespannt versuchte sie das Gemurmel zu deuten. Jetzt wenigstens klang es zufrieden, doch plötzlich lupfte Miguels Mutter die Decke. Melissa zuckte heftig zusammen, doch es kam noch schlimmer: Miguels Mutter fasste ihr an den Busen und dann sogar in den Schritt.

»Ruhig, Täubchen«, schnarrte sie, weil Melissa entsetzt aufschrie. »Es ist doch gar nichts.« Sie zog ihre Hand zurück und streichelte ihr mit dem Rücken von Zeige- und Mittelfinger kurz, aber lieblos über die Wange.

»Ihr sprecht Französisch?«

»Ein wenig. Genug. Du wirst jetzt gesund werden. Dann beten wir alle in San Giovanni für dich, dass die Tertiana dich die nächsten Jahre in Ruhe lässt.«

»Ihr kennt Euch aus …«

»Das muss ich auch. Ich bin zu gleichen Teilen Hebamme, Bader und Arzt.«

»Warum habt Ihr mich so … angefasst?«

»Weil ich wissen will, ob der Körper hält, was das Gesicht verspricht.«

Ohne ein weiteres Wort zu sagen, drehte sie sich um und verließ den Raum. Melissa jedoch musste sich der unausweichlichen Wahrheit stellen. Miguel hatte sie in seine Höhle geschleppt, in ein Hurenhaus. Die Alte hatte sie gerade eben auf ihren Marktwert hin geprüft. Natürlich würde sie sie einem reichen *padrone* anbieten. Schließlich war sie als Jungfrau einen hohen Preis wert. Und genau das hatte Miguel gewusst. Deshalb hatte er sie nicht angerührt. Dass er sie schützte, geschah nur aus Eigennutz, seine Freundlichkeit war so egoistisch wie gespielt.

»Miguel, tu es nicht!«, flüsterte sie und stemmte sich hoch. »Bitte.«

Miguel hob eine Augenbraue und nagte auf der Unterlippe.

Statt zu antworten, schwieg er. Nachdenklich, fast traurig, musterte er sie. Schließlich sagte er leise: »Alles war gut, bis dein Ritter aufkreuzte. Ich war wenige Stunden glücklich. Ja, du hättest meine Frau werden können.« Er griff in sein Wams und warf ihr einen Beutel voller Münzen aufs Bett. »Hier, deine Heuer. Meine Mutter heißt übrigens Teresa. Du hast gemerkt, wie streng sie ist. Mach mir also keine Schande.«
Melissa sackte erschöpft zurück. Das Fieber war noch immer nicht gesunken. Da konnte sie so viel schreien, wie sie wollte – sie war Miguel und seiner Mutter ausgeliefert, was diese ihr deutlich machten, indem Miguel einfach die Tür hinter sich abschloss.

Hatte Maria sie in den Salinen unter die Fittiche genommen, war es in Miguels Hurenreich Ines. Allerdings war Ines auch ihre Bewacherin, was sie ihr von Anfang an klargemacht hatte: »Wenn du Schwierigkeiten machst, darf ich dich sogar schlagen.« Ines war stolz auf dieses Privileg, trotzdem hatte Melissa das ängstliche Flackern in ihren Augen bemerkt. Lass es bitte nie so weit kommen, sagten ihre Blicke, denn ich bekomme hinterher einen viel größeren Ärger. Melissa hatte sie sofort beruhigt. »Schau mich an, Ines, wie soll ein derart malariageschwächtes Wrack wie ich dir Schwierigkeiten machen?« Ines hatte sie umarmt und ihr sofort ihre Freundschaft angeboten. »Wenn es dir einmal nicht gut geht, weißt du, dann übernehme ich deine Freier. Lass uns immer zusammenhalten.«
Was blieb ihr anderes übrig, als einer Hure zu vertrauen? Melissa verdrängte, so gut es ging, Gudruns letzte Worte. Nie, hatte diese sie beschworen, nie solle sie das tun, was Huren taten.
Und jetzt?
Wieder einmal wurde Melissa klar, dass auf ihr ein Fluch lag. Gudrun, rief sie ihr in Gedanken zu, Gudrun, was soll ich tun?

Kein Engel erschien ihr. Kein Geist. Keine Stimme antwortete ihr. Sie musste sich fügen. Gehorsam sein. Geduld üben. Melissa wurde übel, wenn ihr die Sätze der Mönche wieder in Erinnerung kamen.
Aber was konnte sie schon tun, als sich zunächst damit trösten, dass sie eine Frau gefunden hatte, die freundlich zu ihr war – Ines, mit der sie ihre Muttersprache teilen konnte. Wenigstens das, und für den Augenblick schien ihr das schon viel.
Ines war eine von zwei jungen Französinnen und kam in der Hierarchie gleich hinter einer kapriziösen Spanierin namens Carmelita. Sie diente zurzeit einem der reichsten Genueser Kaufleute als Gespielin. Sie war trotz ihres schlanken Körpers mit einem üppigen Busen ausgestattet, dessen Brustwarzen wie zwei zusätzliche Augen in die Welt zu starren schienen. Jeder Mann, der ihr begegnete, geriet sofort in Erregung. Sie war eine jener Frauen, die von Natur aus für die Lust geboren zu sein schienen. Sie war eitel, stolz und gesund, liebte es, zu reizen, die Lippen zu schürzen, ihren biegsamen Körper zu drehen und zu wenden, als sei er eine Spindel, die die Fäden lüsterner Männer aufzurollen verstand. Seit sie den besten Faden erwischt hatte, den Goldfaden des Genueser Kaufmanns, strahlte sie wie eine Königin.
»Du wirst sehen, Täubchen, dass die Welt auch schön sein kann, wenn du es richtig anstellst. Es geht das Gerücht, du wärst Jungfrau, stimmt das?«
Melissa antwortete nicht. Du bist trotz deiner Schönheit eine ganz falsche Schlange, dachte sie. Denn wer, wenn nicht du, wird dieses Gerücht wohl in die Welt gesetzt haben? Schließlich hast du mich eine Woche lang gepflegt.
Sie schlenderte mit Ines durch das Viertel, das um die Kirche San Giovanni di Pré lag und wegen seiner Hafennähe als Paradies der Seeleute galt. Neben Schankstuben, Spielhöllen und Läden, in denen es von Gewürzen über Teppiche bis hin zu an-

geblichen Waisenkindern alles zu kaufen gab, wimmelte es hier vor Liebesdienerinnen. Melissa wurde Zeuge, wie eine Dirne ihr Kleid hob und einem glutäugigen und angetrunkenen Mann einen Preis zurief. Sofort erhob sich Geschrei, denn von einem in der Nähe stehenden anderen Mädchen wurde die Summe unterboten, woraufhin wieder ein anderes einen noch niedrigeren Preis rief.

»Es ist bloß ein Spiel«, klärte Ines Melissa auf. »Alle tun so, als würden sie den Preis unterbieten, aber nur die dummen Freier fallen drauf rein. Denn die Straßenmädchen haben untereinander und mit dem Rat der Stadt eine Entlohnung ausgemacht. Wir alle zahlen eine feste Summe, Teresa zahlt Schmiergelder, und Miguel, wenn er von seinen Seereisen zurückkommt, macht ausgefallene Geschenke.«

»Zum Beispiel einen Schrumpfkopf, wie? Ach, ist das schön, dass ich all so etwas lernen darf. Wie bildend, wie wichtig.«

Ihre Ironie entlockte Ines nur ein spöttisches Auflachen. Sie wollte sich bei ihr unterhaken, doch Melissa schüttelte sie ab. Noch fühlte sie sich zu schwach, entschlossen aufzubegehren, aber seit sie ihr Zimmer verlassen hatte, überlegte sie fieberhaft, wie sie ihrer Bewacherin entfliehen konnte. Eigentlich ist dieses Gassengewirr doch wie geschaffen dafür, sich zu verstecken, dachte sie, vielleicht sollte ich gar nicht so lange überlegen.

Sie schaute sich um und legte den Kopf in den Nacken, um Ines abzulenken. Es war dasselbe Wetter wie an dem Tag, als die Campo Santo am Kai festgemacht hatte. Ein frühlingshaft warmer Tag, einer jener köstlichen ligurischen Wintertage, in denen man sich von dem ätherisch hellblauen Licht gestreichelt glaubte.

Eines der Stadttore ist ganz in der Nähe, überlegte Melissa. Eigentlich brauche ich nur loszulaufen. Ich flüchte mich in die Wachstube … Geld habe ich auch …

Ohne zu zögern, rannte sie los.
Ihre Gedanken überschlugen sich. Nur hinein in die Stadt. Nicht zur Porta dei Vacca. Wie sollen die Wachen mich dort verstehen!
Ihr Plan schien nicht schlecht. Melissa wunderte sich, dass Ines ihr nicht sofort nachrief, aber da hörte sie sie schon.
»Was soll das? Bleib stehen!«
Melissa lief einfach weiter. Noch hatte sie Kraft, erstaunlich viel sogar, wie sie verblüfft feststellte. Sie schickte ein Stoßgebet gen Himmel, dass Ines ihr nicht nachsetzte. Vergeblich, sie schien ihr dicht auf den Fersen zu sein.
»Melissa! Es ist sinnlos!«
»Ist es nicht«, zischte sie vor sich hin.
Die Hoffnung, entfliehen zu können, verdoppelte ihre Kräfte. Fast hätte sie hysterisch zu lachen begonnen, da hörte sie wieder Ines' Stimme, diesmal ein Stückchen näher.
»Tu's nicht! Hast du vergessen, wie du aussiehst?«
Melissa riss ihr rotes Kopftuch, das sie als Hure kennzeichnete, herunter und warf es weg. Blieben noch die bis zu den Knien reichenden roten Hängeärmel und ihr eng tailliertes Kleid. Kurz entschlossen riss sie die Ärmel ab.
»Das gibt Prügel!«, rief Ines ein Stück weit hinter ihr. »Wie kannst du so dumm sein!«
Lass mich doch, frohlockte Melissa. Ich bin eben nicht so eine wie du.
Vor der Kirche San Siro bog sie ab und rannte auf eine Treppe zu, vor der ein kleiner Gemüsemarkt stattfand. Es roch nach Kohl, Zwiebeln und Heu. Melissa sprang über einen großen leuchtenden Kürbis, bekam Seitenstiche. Ein mürrischer Ruf bohrte sich in ihren Rücken. Sie verstand sofort, dass sie als vermeintliche Hure entdeckt worden war.
Keuchend nahm sie die ersten Stufen, schaute nach hinten. Ines war ein Stück zurückgefallen, winkte ihr zu, war sichtlich ver-

zweifelt. Plötzlich aber begann sie laut zu schreien, erst auf Französisch, dann Italienisch: »Haltet sie! Die Hure! Eine Diebin. Mörderin!«

Soll sie doch, dachte Melissa trotzig und hastete weiter. Doch ihre Kräfte waren aufgebraucht. Ihr Hals schmerzte, ihre Beine waren auf einmal bleischwer. Ich muss, dachte sie zornig. Ich darf nicht aufgeben. Tränen traten ihr in die Augen. Schon hatten zwei junge Männer die Verfolgung aufgenommen. Melissa mobilisierte ihre letzten Reserven. Wie lang die Treppe war, wie steil! Endlich hatte sie ihr Ende erreicht. Ihre Verfolger aber waren nur wenige Stufen hinter ihr.

Jetzt nach links, oder nach rechts?

Lieber Gott, hilf mir doch!

Wenn sich nicht gleich eine Haustür auftat, war sie verloren. Melissa schrie um Hilfe, aber statt einer Tür flog nur ein Fensterladen auf. Schon spürte sie den Atem ihrer Verfolger, bog den Kopf in den Nacken.

Nur einen Augenblick später war es vorbei. Melissa wurde schwarz vor Augen, sie taumelte und fiel den beiden Burschen geradezu in die Arme. Sie hielten sie fest, einer bog ihr die Arme nach hinten, der andere packte sie an den Haaren und schimpfte höhnisch auf sie ein.

»Hab ich es dir nicht gesagt!« Ines schnaufte die Treppe hoch und verpasste Melissa erst eine heftige Ohrfeige, bevor sie die Arme in die Hüfte stemmte. »Dumm bist du auch noch. Ich hätte mich nach San Siro abgesetzt. Vielleicht hätte sich eine saubere und noch frommere Seele deiner erbarmt. Aber in Genua gibt es das nicht.«

Wütend schaute sie Melissa an. Diese aber hielt ihrem Blick stand, fest entschlossen, mit keinem einzigen Ton zu antworten. Doch ihre Kraft war verbraucht. Sie hielt Ines' anklagende Miene nicht lange aus, seufzte schließlich resigniert. »Jetzt hab ich mir wenigstens nichts vorzuwerfen.«

»Soso. Dann sieh mal, was du angerichtet hast.« Ines zeigte nach unten, wo am Fuß der Treppe eine Gruppe Neugieriger stand, hauptsächlich Frauen und Kinder. »Jetzt müssen wir erst mal deinen Häschern erklären, dass du nur weglaufen wolltest. Hoffen wir, dass sie uns auch glauben.« Sie zog ihr Geldsäckelchen hervor, doch die Burschen schüttelten den Kopf. Kein Geld, wir wollen kein Geld, deutete Melissa ihre Gesten, wir wollen was anderes – und das seid ihr. Sie grinsten übers ganze Gesicht und redeten auf Ines ein, bis diese ihr Kleid hob und ihnen zeigte, was sie gewöhnlich verkaufte. »Los, jetzt du!«, herrschte sie Melissa an.

»Niemals!« Melissa stampfte wütend mit dem Fuß auf. »Sag diesen Dummköpfen, ich hab meine Tage und sei besonders giftig.«

»Wie schlau du auf einmal sein kannst.«

Ines übersetzte, woraufhin die Burschen es vorzogen, wieder mit Geld belohnt zu werden. Schließlich wusste jeder Mann, dass die Weiber, wenn sie ihre rote Woche hatten, gefährlich waren. Ein Tropfen genügte, einen Mann wirr zu machen, mehrere davon in Wein mit Bilsenkraut oder Stechapfel gemischt, konnten einen sogar umbringen.

Das Problem war gelöst. Selbst Ines schien erleichtert. Dafür hatte Melissa keinen Funken Kraft. Totenblass stieg sie die Stufen hinab und hatte nur noch den einen Wunsch, sich hinzulegen. Egal, was Teresa und Miguel mit mir anstellen, ich muss liegen, dachte sie. Sie werden mich schon nicht schlagen. Schließlich wollen sie mit meinem Körper Geld verdienen.

Sie wurde angespuckt, an den Haaren gerissen. Eine Frau trat ihr in den Hintern, Kinder versuchten, ihr das Kleid zu lupfen. Der Gemüsemarkt war vergessen. Ines redete auf die Menschen ein, Erbarmen zu zeigen, und entschuldigte sich, sie angelogen zu haben. Doch dafür erntete sie jetzt nur Knüffe. Ein alter Mann begann laut zu zetern und griff ihr brutal zwischen die

Beine. Die Marktfrauen lachten. Eine hob ihr Kleid an und imitierte Ines' spitze Schreie, ein Junge kam mit einer dicken Karotte angelaufen.

Plötzlich drängten sich zwei glattrasierte junge Männer mit Tonsur und gezücktem Dolch zu ihnen durch. Voller Angst stoben die Menschen auseinander und schrien um Hilfe. Die Männer würdigten Ines keines Blickes, dafür aber packten sie Melissa, bevor diese auch nur einen klaren Gedanken fassen, geschweige denn einen Schritt tun konnte. Grob und nach allen Seiten Hiebe verteilend, zerrten sie sie zurück in Richtung Treppe. Fassungslos schaute Ines ihnen nach.

»Himmel, was wollt ihr von ihr?«

»Schweigt lieber.«

Melissa glaubte zu träumen. Willenlos ließ sie sich wieder die Treppe hinaufführen, besser gesagt, hinaufstoßen. Es soll wie eine Entführung aussehen, schoss es ihr durch den Kopf. Aber was ist, wenn sie mich in Wahrheit retten wollen? Arbeiten sie im Auftrag von Kapitän Luca Antonini? Will er mich wieder als »Mann Melissa« und Schiffsarzt zwangsverpflichten?

Fragen über Fragen, die sie nicht beantworten konnte. Sie riskierte einen Blick über die Schulter und sah Ines noch immer wie vom Donner gerührt hinter ihr herstarren. Schon liefen die Menschen erneut zusammen. Ihr Rufen, aber auch ihr Gelächter und die zotigen Wünsche schwollen zu einem hässlichen Geschrei an, doch niemand wollte der Erste sein, der die Verfolgung aufnahm.

»Schneller, Ihr seid noch nicht sicher.«

Melissa wollte etwas sagen, doch sie konnte nur noch krächzen. Ihr Herz schlug so hart, als grabe es sich einen Weg durch ihre Brust. Die Kraft, die diese völlig unverhoffte Wende gebracht hatte, war aufgebraucht. Die Beine knickten ihr weg.

»Reißt Euch zusammen. Es ist so schon schwierig genug.«

Die Männer hakten sie unter, schauten sich besorgt um. Wenigs-

tens hatten sie die Treppe hinter sich. Doch der Weg, der nach einer Biegung geradewegs auf die Stadtmauer zulief, war steil. Bin ich erst draußen, stehen hinter der Mauer bestimmt Pferde bereit, dachte sie, doch im selben Augenblick zogen sie die Männer in den Eingang eines mehrstöckigen Hauses.
»David!«, rief einer in den Hausflur, wischte sich über die Stirn und musterte Melissa mit glasigen Augen.
»Wer seid ihr?«, platzte sie heraus. »Woher wusstet ihr von mir? Dass ich hier in Genua bin? Sag doch endlich einer was!«
»Ich kein Französisch sprechen«, antwortete der Mann und zeigte auf sich und seinen Begleiter. »Roland, Martin, Deutsch.« Er räusperte sich, schwankte.
Melissa war total verwirrt. Sie schaute den anderen Mann an, doch der legte den Finger auf den Mund und zeigte zur Treppe. Schritte waren zu hören, die schnell näher kamen.
»Pass auf sie auf«, sagte der Mann, der französisch sprach.
»Ja, ja, und nun macht, dass ihr fortkommt.«
David öffnete eine im Dunkel verborgene große Truhe und holte zwei weiße ärmellose Mäntel heraus. Melissa hätte am liebsten gejubelt. Denn sie trugen das schwarze, halbe Tatzenkreuz. Damit waren diese beiden Männer Angehörige der Deutschen Ordensritter, genauer gesagt, Ritteranwärter.
Dann müssen Hagen oder Avremar in der Nähe sein, überlegte sie aufgewühlt und sah gerührt zu, wie die Männer Gürtel und Schwert anlegten und dann in den ärmelgeschlitzten Mantel, die Manteletta, schlüpften. Wortlos klopften sie David auf die Schulter, verneigten sich grinsend vor Melissa und machten sich über den Hinterausgang davon. Zurück blieb ihr saurer Atem. Offensichtlich liebten ihre Retter den hiesigen Wein.

Es war noch nicht ausgestanden. Kurze Zeit später streifte bereits die Stadtwache durchs Haus. Davids wiederholt ausgerufenes »No!« klang immer verzweifelter. Um sie zu schützen, brachte er es sogar fertig, einen Zusammenbruch vorzutäuschen, bei dem er alle möglichen Heiligen beschwor. Er klang, fand Melissa, ziemlich überzeugend. Wer er wohl war? Reich musste er sicherlich sein, sagte sie sich, sonst würden ihm die Wachen anders begegnen.

Nur in einem war sie sich sicher – dass dieses Versteck nichts für Männer mit Bauch war. Die Wandnische war so flach und schmal, dass ihr bereits die Luft knapp wurde. Sie versuchte, kurze Atemzüge mit langen Pausen zu machen. Doch das half nicht gegen das Gefühl, bald ersticken zu müssen. Geht endlich, flehte sie. Ihr findet mich nicht, es sei denn, ihr kommt mit Bluthunden wieder, und dann werde ich sowieso schon tot sein.

Rücken und Schultern drückten gegen den Stein, ihre Nasenspitze presste sich gegen das Holz. Ihre Qual war zugleich ihre Sicherheit. Denn zum Raum hin war diese Holztür mit dünnen Steinen verschalt, die genauso aussahen wie die der Wand. Es war zweifellos das geschickteste Versteck, das sie bislang zu Gesicht bekommen hatte – und auch das dreisteste. Die Tür war nämlich nicht mit Teppichen verhängt, dafür lag sie in der dunkelsten Ecke des Raumes, im Schatten der Zimmertür.

Langsam atmete sie aus. Längst war sie schweißgebadet. Durch ein winziges Loch konnte sie erkennen, wie die Wachen sich in dem mit einem Esstisch und sieben Stühlen möblierten Raum umsahen.

Plötzlich erstarrte sie vor Schreck, weil sie einem der Männer geradewegs in die Augen sah. Panik packte sie. Sie riss den Mund auf, weil sie glaubte, mit einem Mal alle Luft verbraucht zu haben. Schweiß tropfte ihr von der Stirn. Die Hitze, die sie spürte, war unerträglich. Von einem Augenblick auf den anderen war ihr alles egal, so groß war ihre Angst, zu ersticken. Schon öffnete sich ihr Mund zu einem Schrei, doch das, was sie hörte, war ein erstickter, dumpfer Laut.

Es ist aus, schrie es in ihr. Das war mein Leben.

Und obwohl sie eingezwängt war, bildete sie sich ein, in einen Schacht zu fallen. Seltsame Bilder und Szenen blitzten auf, jede war aus ihrem Leben gegriffen. Sie fühlte Avremars Umarmung, schmeckte seine Küsse, hörte Amande lachen und ging an Hetas weicher Hand zu Malwida, der Klausnerin. Und da geschah es: Sie sah einen Mann, der den Mantel der Deutschen Ritter trug, und wähnte sich an einem schönen orientalischen Brunnen. Mosaiksteine glitten ihr aus der Hand, sie schwebte für einen Augenblick über dem Steinboden einer Kirche und fand sich in einem Altaraufsatz wieder. Wie entsetzlich das Geräusch klang, wenn ein Schwert auf einen Schild schlug. Wie widerlich das Metall roch, das umherspritzende Blut … Melissa erhaschte einen letzten inneren Blick auf zwei kämpfende Ritter … Und erinnerte sich wieder daran, dass sie das Kind eines Deutschen Ordensritters war, der in Alexandria einer kleinen christlichen Gemeinde vorgestanden hatte.

»Keine Bange, sie sind weg. Ein paar Tage habt Ihr jetzt Ruh.« Halb ohnmächtig sank Melissa David an die Brust, nachdem er die Tür mit einem kleinen Schürhaken aufgehebelt hatte. »Zugegeben, es ist eng, aber jetzt sind sie weg. Bitte kommt zu Euch, auch wenn es schön ist, Euch so zu halten.« Er streichelte ihr über den Rücken, tätschelte ihr die Wange.

Melissa indes fand erst nach ein paar Atemzügen die Orientierung wieder. Sie glühte, als hätte sie hohes Fieber, zudem schmerzten ihr sämtliche Glieder.

»Es war alles voller Rauch …«, stammelte sie und schaute durch David hindurch. »Und es war sein Kopf … Vaters Kopf.«

Verständnislos schüttelte David den Kopf: »Nein, Ihr irrt. Sie haben nicht nach Eurem Vater gefragt. Euch wurde nur übel wegen der wenigen Luft. Aber jetzt geht es wieder, ja? Es ist alles in Ordnung?«

»Ja, alles …« Endlich fand sie wieder zu sich. »Jetzt weiß ich wieder, wer ich bin.« Sie schaute David fest an, nickte. Ein Lächeln umspielte ihren Mund. »Ihr habt mir mehr geholfen, als Ihr für möglich halten werdet, David. Nie hätte ich das zu hoffen gewagt.«

Sie saßen sich in einer kleinen Stube an einem mit grünem Samt überzogenen Tisch gegenüber, jeder mit einem Becher Wein in der Hand. Wenn Melissa aufschaute, fiel ihr Blick auf ein dreibrettriges, geschlossenes Regal. Das obere Brett barg eine Waage, die von zwei leeren farbigen Vasen flankiert war. Mehrere Gewichtskästen lagen auf dem mittleren Brett. Im unteren standen Rahmen, in denen verschiedenartige Münzen steckten. Die einen waren nach Größe geordnet, andere nach der Farbe: Gold, Silber, Kupfer.
»Ja, ich bin ein Geldwechsler. Und natürlich verleihe ich auch Geld. Wie es sich für einen Juden gehört.«
David lachte, nahm einen großen Schluck und schaute Melissa über den Rand seines Becher herausfordernd an. Er hatte ein faltiges Gesicht mit großen traurigen Augen, und sein Haar war so kurz, dass es aussah, als wäre er kahl.
»Ihr wirkt überhaupt nicht jüdisch, David«, entgegnete Melissa verwundert. »An der Tür habe ich keine Mesusa gesehen und im ganzen Haus bislang keinen einzigen Menora-Leuchter entdecken können.«
»Ich bin ja auch konvertierter Jude«, entgegnete er. »Meine Familie stammt aus dem maurischen Spanien. Im Zuge des Córdobakreuzzugs von 1336 hatte mein Vater beschlossen, sich und die ganze Familie taufen zu lassen. Er meinte, es sei besser, zu leben, als für den Glauben auf einem Scheiterhaufen zu enden. Auch war er der Ansicht, nicht auseinandergerissen und nicht versklavt zu werden sei besser, als verstreut und unfrei dahinzuvegetieren. Ja, mein Vater war schlau, zumindest glaubte er

das. Aber man kann seinem Schicksal nicht entrinnen. Meine Familie ist ausgelöscht, ich bin der einzige Überlebende. Gott hat unseren Namen für diesen Verrat bestraft.«

»Warum?«

»Erst nahm Gott mir die Mutter, indem er sie auf genau der Treppe, auf der Ihr hierher finden solltet, ausrutschen und stürzen ließ. Sie erschrak über einen riesigen Aal, der aus einem Korb fiel. Aale sind unreine Tiere, versteht Ihr? Dann nahm Gott mir meinen kleinen Bruder. Wir hatten Muscheln gegessen. Für uns Juden gehören sie zu den Greueln, wie Ihr wisst. Meine schöne Schwester schließlich und mein Vater kamen 1349 durch die Pest um. Da war ich neunzehn. In meinem Schmerz wollte ich sterben. Aber natürlich schenkte Gott mir ein glückliches Geldverleiher-Händchen. Er wollte, dass ich allen Juden meine Geschichte erzähle. Zur Warnung und als Abschreckung. Das tue ich, aber ich erzähle sie nicht nur Juden. Am häufigsten muss Gott selbst sie sich anhören. Ich weiß, dass dies kleinlich wirkt, aber ich bin wütend auf ihn und fest entschlossen, seine Ansprüche, die er auf die Angehörigen seines Volkes erhebt, zu unterwandern. Darum gibt es nichts Jüdisches in meinem Haus. Ich esse all das, was uns Juden verboten ist, besuche christliche Gottesdienste und bete zu den Heiligen. Nun, wie findet Ihr das?«

Melissa schwieg. Er kämpft gegen seinen Gott, dachte sie. Nach dem Tod all seiner Lieben hat er sich geschworen, ihn herauszufordern. Was aber hat er mit dem Deutschen Orden zu schaffen?

In dem Moment, als sie anhob, ihn zu fragen, ging die Tür auf, und ein junger Mann trat ein. Melissa riss die Augen auf. Einen solch schönen Mann hatte sie noch nie gesehen. Er sah aus wie ein griechisch-römischer Apollon, war athletisch wie ein Olympionike. Sein Haar war geschnitten wie das eines römischen Kaisers, wozu der togaähnliche weiße Überwurf passte. Die

Beine waren von den Knien abwärts nackt, die Sandalen bis zur Mitte der Waden geschnürt.

»Endlich, Habib, mach dich gleich ans Werk. Weg mit der Pracht.«

Melissa war die Schere in der Hand dieses Adonis zwar nicht entgangen, aber niemals hätte sie damit gerechnet, dass sie bei ihr zur Anwendung kommen sollte.

»Seid Ihr von allen guten Geistern verlassen? Warum das?«

»Weil zu Männerkleidern nun mal keine langen blonden Haare passen.«

»Ich soll mich schon wieder wie euresgleichen anziehen? Hört das denn nie auf? Mann Melissa?«

David verzog nur geringschätzig den Mund, und ohne dass Melissa sich's versah, hatte der Adonis ihr die erste Strähne abgeschnitten.

»Haltet still. Er ist gut darin. Im Übrigen kennt er sich mit Abschneiden aus, denn ihm fehlt ein Teil der Zunge. Natürlich nur deswegen, damit er nicht mehr Allah sagen kann, meinte zumindest sein Vorbesitzer in Pisa. Allerdings hatte Habib ihm zuvor eine runtergehauen und ihn angefahren, er solle die Finger von ihm lassen, wenn er vorher im Bordell war, danach aber beten und beichten ginge. Nun, jener Pisaner Kaufmann entschied auf Gotteslästerung, stellte Habib vor Gericht, doch als das Urteil vollstreckt war, grämte er sich und schenkte ihn mir. Seitdem ist Habib mein Sklave.«

»Was?«

»Ihr meint, ich, der ich Euch geholfen habe, bin so verworfen, mir einen Sklaven zu halten?«

»Ja.«

»Warum nicht? Meine Köchin ist auch eine Sklavin. Jeder in Genua, der nur ein wenig Geld hat, leistet sich einen oder mehrere Sklaven. Das ist eben Genua. Die Pisaner und Venezianer sind da nicht anders. Und was Habib betrifft – übersetzt heißt sein Name: geliebt. Von meiner Seite ist das wörtlich zu nehmen. Nun brecht über mich den Stab.«

»Nein, nein.« Melissa schüttelte den Kopf, mit der Folge, dass Habib ärgerlich murrte, weil er ihr beinahe die Schere in die Schläfe gestoßen hätte. »Warum sollte ich«, fügte sie ergeben hinzu. »Ich bin Euch doch dankbar.«

Strähne um Strähne fiel. David erhob sich, nahm Melissa den leeren Weinbecher ab und sagte, er werde einen Spiegel holen. Als er wiederkam und ihn Melissa vors Gesicht hielt, war sie so entsetzt, dass ihr der Schrei im Halse steckenblieb. Sie konnte sich nicht erinnern, jemals so kurzes Haar getragen zu haben, aber offensichtlich war es immer noch nicht genug. Habib begann nämlich damit, ihr das Haar durchzukämmen, und nahm einzelne Strähnen mit dem Kamm auf, um sie weiter zu kürzen. Melissa schaute zu Boden, den ihre blonden Haare bedeckten. Nie zuvor waren sie ihr so wertvoll erschienen wie in diesem Moment. Es war ein eigenartiges Gefühl. Das, was sie bislang an manchen Tagen als störrische Last empfunden hatte, schien ihr nun, da es im Staub lag, wie eine Kostbarkeit. Nein, sie war keine Frau mehr, die Begehren erweckte. Sie war nichts als ein geschrumpftes Menschlein.

»Versprecht Ihr mir, dass ich hinterher nicht so aussehe wie Ihr, David?«

»Verlasst Euch auf Habib. Wollt Ihr eigentlich gar nicht wissen, warum meine jüdische Wenigkeit mit christlichen deutschen Rittern verfilzt ist?«

»Schon die ganze Zeit!«

Habib schnitt und schnitt, ganz so, als wolle er ihr Zeit geben, sich an seiner männlichen Schönheit zu ergötzen. Tatsächlich half es ein wenig, ihre Gedanken nicht in Düsternis abgleiten zu lassen. Sie zwang sich, hier und jetzt wenigstens ein wenig Frieden mit ihrem Schicksal zu schließen. Schließlich gab es Schlimmeres, als sein Haar zu verlieren, oder? Es würde bald wieder nachwachsen, beruhigte sie sich. Vielleicht sogar noch glänzender und kräftiger.

Auf jeden Fall war David einer der ungewöhnlichsten Charaktere, die sie bislang kennengelernt hatte. Und dies nicht, weil er ihr freimütig klargemacht hatte, welche Art von Liebe er lebte. Es war die kompromisslose Leichtigkeit, die er ausstrahlte. Er schien ihr wie ein Mensch aus einer fernen oder auch zukünftigen Welt – wozu wiederum passt, überlegte sie, dass ich bei ihm einen Teil meines Gedächtnisses wiedergefunden habe. Ich weiß jetzt, dass ich die Tochter eines Deutschen Ordensritters bin. Ich habe als kleines Kind aus einem Versteck heraus miterleben müssen, wie mein Vater im Zweikampf mit einem Kreuzritter getötet wurde. Der Schock darüber muss damals für mich so groß gewesen sein, dass meine Seele von dem Moment an alles vergaß.

Wenn ich doch endlich Avremar davon berichten könnte! Wie sehr würde er sich freuen! Es ist schon ein seltsames Schicksal, das uns zusammengeführt hat. Und wie geheimnisvoll erst nehmen sich jetzt Malwidas Worte aus: »Der Gürtel, den du trägst, wird dich zu deiner Bestimmung führen.«

»Melissa«, unterbrach David ihre Überlegungen, »wo seid Ihr mit Euren Gedanken? Habt Ihr vergessen, dass ich Euch gerne erklären wollte, warum meine jüdische Wenigkeit …«

»… mit christlichen deutschen Rittern verfilzt ist? Ja, natürlich, verzeiht«, erwiderte Melissa ein wenig schuldbewusst. »Bitte, erzählt es mir.«

»Das ist rasch getan«, sagte David und nahm den Faden wieder auf. »Wie Ihr wisst, vertreten die Deutschen Ritter die Auffassung, sich überall niederlassen zu müssen. So konnte es eines Tages auch nicht ausbleiben, dass ein paar von ihnen Geschmack daran fanden, den Córdoba-Kreuzzug mitzumachen. Nun, nachdem die Christlichen glorreich gewonnen hatten und die Beute verteilt war, erhielten die Deutschen Ritter als Nachschlag zwei

Moscheen. Sie bauten sie zu Kirchen um, doch als sie die Reliquien des heiligen Nikolaus aus Bari holen wollten, ging ihnen das Geld aus. Aber da war mein Vater zur Stelle, und er war sinnigerweise auch gleich einer der Ersten, der sich taufen ließ. Das haben die Deutschen Ritter ihm nie vergessen, und wie es so ist, die Geschäftsbeziehungen halten sich bis heute. Was der Vater erwarb, festigte der Sohn.«

»Warum blieb Eure Familie nicht in Córdoba?«

»Mein Vater fand es für sich und seine Familie gesünder, all die erschlagenen Juden und Muslime zu vergessen.«

Melissa schaute betreten zu Boden. Auch wenn die Eroberung Córdobas nicht so viel Grauen nach sich gezogen hatte wie später die Plünderung Alexandrias, war es ein ehernes Gesetz, dass auch die einfache Bevölkerung ihren Blutzoll zu zahlen hatte. War es jemals anders? Würde es jemals anders werden?

Habib indes schien fertig zu sein. Melissa sog scharf die Luft ein, als sie in den Spiegel schaute. Ihr Haar war kaum länger, als ihr kleiner Finger maß, wenn sie auch zugeben musste, dass Habib nicht formlos drauflosgeschnitten hatte.

»Ich sehe aus wie ein gerupftes Huhn, findet Ihr nicht, David?«

»Gefällt es Euch nicht?«

»Schon gut. Der Zweck heiligt eben die Mittel. Aber woher wusstet Ihr und der Deutsche Orden, dass ich …«

David machte eine wegwerfende Handbewegung, als wäre eine Erklärung dafür eigentlich überflüssig.

»Eurem Ritter war klar, dass ein Genueser Schiff mit einem Genueser Kapitän irgendwann wieder in seinen Heimathafen einlaufen wird. Er schrieb dem Komtur in Trient und bat ihn, Sorge dafür zu tragen, dass Männer des Ordens vor Ort sind, wenn die Campo Santo sich wieder blicken lässt.«

»Und woher wisst Ihr das?«

»Einer der beiden Ritteranwärter stammt aus Trient. Er hat es mir erzählt.«
Melissa nickte nachdenklich. Sie versuchte zu lächeln, doch es gelang ihr nicht. So froh sie war ... im tiefsten Grund ihres Herzens hatte sie gehofft, Avremar hätte hier auf sie gewartet. Aber wahrscheinlich war das ungerecht, bestimmt sogar maßlos ungerecht. Schließlich hatte Avremar noch andere Sachen zu tun, als sich nur um sie zu kümmern.
Trotzdem ... sagte eine innere Stimme, es wäre so schön gewesen ... hätte er nicht vielleicht doch auf sie warten können? Vier Monate ... warum hatte er nicht in Arles überwintert? Es war leicht, sich in derlei Grübeleien zu verlieren, so lange zu suchen, bis man sich unglücklich gemacht hatte.
Melissa atmete tief durch. Schluss jetzt, ermahnte sie sich. Da reicht man dir die Hand, und du willst gleich wieder den ganzen Arm.
»Und wie geht es jetzt weiter? Abgesehen davon, dass die Frau Melissa wieder Beinkleider anlegen soll?«

Die Antwort scholl ihr von jenseits des Stadttores entgegen. Rufe von Lastenträgern und Treibern, Schreie von Maultieren, laut palavernde Stimmen: streitend, handelnd, schmeichelnd, fordernd. Keine Frage, dort rüstete eine Karawane zum Aufbruch.
Nur noch wenige Meter bis zu jenem Stadttor, durch das sie vor kurzem am liebsten geflüchtet wäre – in Hurenkleid und mit wehendem Haar! Lächerlich, es wäre aussichtslos gewesen. So aber, in Männerkleidern, könnte ihr die Flucht gelingen. Hätte sie nicht selbst auf diesen Gedanken kommen können? Sie warf David einen vorwurfsvollen Blick zu.
»Eure Geheimniskrämerei in Ehren, David. Aber warum habt Ihr mir das nicht gesagt? Zwei Tage lang habe ich mir den Kopf darüber zerbrochen, wie ich nach Trient komme ...«

»Es war nicht von Anfang an sicher«, sagte er abwiegelnd. »Eure beiden Ritteranwärter und Begleiter fanden es schon reichlich verwerflich, Euch scheinbar zu überfallen und zu entführen. Euch dann auch noch bei einer Karawane mitzuschicken, hielten sie schlichtweg für irrwitzig. So etwas würde niemals gutgehen. Ich bin da aber anderer Meinung. Wir müssen es wagen. Es ist die einzige Möglichkeit, von hier wegzukommen.«

»Sich einer Karawane anzuschließen ist in der Tat eine brillante Idee. Niemand würde mich dort suchen, nicht?«

»Ja, aber das Problem ist, erst einmal aus der Stadt zu spazieren. Ihr müsst wissen, Miguel und seine Mutter, Miguel e Madre, wie beide hier in der Stadt genannt werden, haben sämtliche Torwachen der Stadt auf ihrer Lohnliste, damit ihnen auch gewiss kein Mädchen davonläuft.«

»Darum also diese Verkleidung.«

»So ist es. Und nun haltet besser den Mund. Euer Stimmchen straft Euren Aufputz nämlich Lügen.« Er wühlte in seiner Tasche.

»Macht mir doch nicht noch Angst!«

»Mund auf!«

Überrascht tat sie, was er verlangte. Er hob die Hand. Beinahe sah es aus, als schlüge er ihr ins Gesicht, doch er schob ihr einen Kalkbrocken zwischen die Lippen.

»Mund zu. Und dann: Kaut langsam.«

Es schmeckte widerlich, am liebsten hätte sie den scheußlichen Brei ausgespuckt, doch sie gehorchte. Sie vertraute David.

Vor ihnen bummelte ein mit Unrat voll beladener Maultierkarren. Hin und wieder stockte er abrupt, wobei stinkende Strohfladen herabfielen. Melissa hielt stur ihren Kopf gerade, bemüht, sich nichts davon anmerken zu lassen, wie sehr sie sich vor dem Gestank von Mist, Stroh und Maultierschweiß ekelte. Um sich abzulenken, warf sie ab und zu einen Blick auf ihre groben

grauwollenen Beinlinge, die an ihrem gleichfarbigen Unterwams angenestelt waren. Auf den ersten Blick glich sie einem jungen Burschen. Sie fragte sich aber, ob diese auch solch anziehend geformte Beine hatten. Denn der rote Ärmelrock, den sie über dem Wams trug, war so kurz, dass ihre Oberschenkel gerade zu Hälfte bedeckt waren. Und da bei jedem Schritt der Mantel ein Stück weit aufschlug, hätte jemand, der sie genauer betrachtete, misstrauisch werden können. Aber gab es nicht auch weibisch gerundete Mannsbilder? Mit hängenden Schultern, breiten Hüften und vollen Schenkeln? Trotzig hob sie ihr Kinn. Sollte ihr erst einmal jemand seinen Verdacht ins Gesicht sagen, sie würde ihm männiglich eine Ohrfeige verpassen.
Ein anderes Problem war es, zu urinieren. Und wenn die Blase noch so drückte – niemals dürfte sie ihrem Instinkt nachgeben, sich hinzuhocken. Sie würde stattdessen das Wams hochziehen und die Beinlinge runterdrücken. Bei jedem Schritt stellte sie sich die Handgriffe vor, um im Notfall gewappnet zu sein. Denn schon verspürte sie ein gewisses Bedürfnis. Jetzt endlich waren es nur noch wenige Meter bis zur Stadtwache. Der Karren vor ihr ruckte wieder an, passierte nach kurzem Wortgeplänkel. Dann kamen sie an die Reihe.
Melissa drückte sich die runde Samtkappe auf den Kopf und machte das mürrischste Gesicht, das ihr möglich war. Den Torwächter beeindruckte es nicht. Er hielt unverwandt seinen misstrauischen Blick auf sie gerichtet.
»Etwa auch zur Karawane?«, fragte er David, ohne Melissa aus den Augen zu lassen.
»So ist es«, gab dieser ruhig zurück.
»Und Ihr?«
Melissa presste die Lippen aufeinander, schaute ihn, so gleichgültig wie es ihr möglich war, an. »Anche, auch.«
In ihren Ohren klang es rauh, krächzend, falsch. Sie spuckte zur Seite, kratzte sich im Ohr. Der Torwächter brummte etwas,

nickte. David stieß sie an, zufrieden, dass sein Trick geholfen hatte. Melissa schickte sich schon an, weiterzugehen, da sah sie aus den Augenwinkeln, wie die Tür der Wachstube aufging.
Es war Miguel.
Verflucht, er hatte es geahnt.
Ihre Blicke trafen sich. Er trat einen Schritt auf sie zu. Ohne zu zögern, spuckte sie ihm vor die Füße und rannte los, an der Wache vorbei, durch das Tor.
»*Stupido!* Du Idiot!«, hörte sie ihn hinter sich den Wächter anbrüllen. »Das ist sie! Hast du keine Augen im Kopf?«
Sie konnte sich denken, was er noch alles rief. Es war egal. Sie rannte um ihr Leben. Sie hatte nur diese eine Chance. Natürlich würde er sie nicht entkommen lassen, doch was half es? Sie war froh, dass sie Männerkleidung anhatte. Keuchend preschte sie auf einen Pulk Maultiere zu, die von Treibern mit Heu gefüttert wurden. Sie fuchtelte mit den Armen, zeigte hinter sich, schrie, man solle ihr helfen, sie werde verfolgt. Die einen verzogen verärgert ihr Gesicht, die anderen drohten ihr, sie solle abhauen. Auch wenn niemand sie verstanden hatte, wer interessierte sich schon für einen durchgedrehten Jüngling?
Aufgewühlt wirbelte sie einmal um ihre eigene Achse.
Wo war David?
Sie lief an den ersten Maultieren vorbei, immer auf der Suche nach ihm, dem Mann, der ihr Rettung versprochen hatte. Wo war er nur? Wo waren Roland und Martin?
Da, plötzlich, entdeckte sie ihn. Hinter einer kleinen Baumgruppe standen sie sich mit gezücktem Dolch gegenüber: David und Miguel. Wie zwei sich belauernde, zähnefletschende Kampfhunde. Entsetzt schlug Melissa die Hand vor den Mund. Ihr war klar, dass, wenn sie aufeinander losgingen, David den Kürzeren ziehen würde. Es würde ihr sehr leidtun, aber sie musste ihr Leben retten. Die Gelegenheit konnte nicht günstiger

sein. Der Kampf der beiden Männer hielt Miguel davon ab, sie weiter zu verfolgen.
Unverzüglich wandte sich Melissa von ihnen ab. Mochte Gott im Himmel David beschützen. Sie jedenfalls musste so schnell wie möglich Roland und Martin finden. Sie wusste, dass die beiden Ritteranwärter mit anderen Bewaffneten den Begleitschutz für die Karawane stellten. Doch soviel Melissa auch hin und her lief, von beiden keine Spur.
Da die Karawane über einhundert Lasttiere umfasste, die alle beladen werden mussten, war das Durcheinander von Trägern, Händlern, Reisenden, Körben, Kisten, Karren und Tieren groß. Sie musste Roland und Martin irgendwo übersehen haben, ganz bestimmt. Und obwohl ihr Hals schmerzte und sie bereits vor Anstrengung Seitenstiche hatte, beschloss sie, noch einmal an der langen Schlange der Maultiere vorbeizugehen und zwischen jede einzelne Lücke zu schauen, die sich ihr bot.
Etliche der Tiere waren bereits mit Alaunsäcken beladen. Am Anfang der Karawane wieherten Pferde. Einige standen angebunden um drei Pinien herum, andere fraßen winzige grüne Hälmchen, die das warme Winterwetter hatte wachsen lassen. In ihrer Nähe beluden Landarbeiter zwei Ochsenfuhrwerke mit Heu. Daneben stand ein Händler mit seiner Familie. Die Frau schniefte und weinte, während sie ununterbrochen auf den Mann einredete. Er drückte ihre Hände, zog sie an sich, doch es half nichts. Sie hörte nicht auf zu weinen, worüber zwei Frauen mit Körben voller Tuchwaren zu spotten begannen. Melissa ging auf sie zu. Aus dem Augenwinkel sah sie, wie der Händler ein kleines Kind nach dem anderen hochnahm und küsste.
*»Cavaliere allemagne? Dove?«,* fragte sie sie.
Die Jüngere von ihnen zog ihre Augenbrauen hoch. Sie schien von Melissa als attraktivem Jüngling angetan zu sein. Sie schürzte die Lippen, doch die Ältere stieß ihr in die Seite und schüttelte den Kopf.

Enttäuscht zog Melissa weiter. Überall, wo sie fragte, erntete sie lediglich Schulterzucken. Nur ein einziges Mal gab ihr ein Mann mit einer Handbewegung zu verstehen, sie solle weiter vorn suchen. Kinder liefen ihr nach. Eines von ihnen presste ein Kaninchen an seine Brust und blieb schließlich bei einem Maultier stehen, das soeben einen noch nicht festgezurrten Mastixsack abgeworfen hatte. Der Mann neben ihm fluchte und hob schon die Hand, doch er hielt inne, drehte sich Richtung Stadt um. Im selben Moment hörte auch Melissa die Stimmen. Sie beschleunigte ihren Schritt, denn sie war sich sicher, dass etwas geschehen war.

Sie drehte sich um, schaute zum Stadttor zurück, von wo Lärm herüberklang, der immer lauter wurde. Auch die anderen Menschen um sie herum, Treiber und Händler, schauten auf. Von irgendwoher erklangen anfeuernde Rufe, Applaus mischte sich hinein und Gelächter.

Sie kämpften! David gegen Miguel. Miguel gegen David. Melissa schloss die Augen, hielt sich die Ohren zu. Nein, sie wollte nichts sehen, nichts hören. Vor allem aber wollte sie kein schlechtes Gewissen haben. Gerade als sie den Gedanken beiseiteschob, David könnte blutend im Sand liegen, wurde der Lärm lauter. Verzweifelt faltete sie die Hände, unfähig, zu beten. Ihr schien es, als legte sich ein Strick um ihren Hals. Ihre Suche nach Roland und Martin war vergebens gewesen, und wenn nun auch noch David stürbe, würde hier niemand mehr sie schützen können. Sie begann zu zittern, kalter Schweiß trat ihr auf die Stirn.

Da plötzlich fiel es ihr ein. Sie drehte sich nach dem nächstbesten Mann um, der neben ihr stand.

»*Guida? Dove?* Wo ist der Karawanenmeister?«

*»La guida è messer Giovanni Lodi.«*

Erleichtert atmete Melissa auf. Endlich würde es für sie vorangehen! Zwar schickten etliche Leute sie unwissentlich in die

Irre, doch nach einer Weile entdeckte sie unter einer Pinie einen Tisch mit zwei Stühlen. Darauf lag eine Karte, in der ein Dolch steckte, damit der Wind sie nicht fortwehte. Zwei Männer standen daneben, einer redete auf den anderen ein. Entschlossen trat sie auf sie zu.

»Messer Giovanni Lodi?«

»*Sí.*«

»*Sono Melissa. Sto cercando due cavaliere allemagne.* Ich bin Melissa, suche zwei Deutsche Ritter.«

Messer Giovanni war von untersetzter Statur und hatte Gesichtszüge wie ein Scharfrichter, andere hätten gesagt wie ein Asket. Allein sein wuscheliges Haar, das unter einer braunen Wollkappe hervorquoll, milderte die Respekt gebietende Ausstrahlung, die von ihm ausging. »Ihr seid aus Frankreich?«

»Ja.«

Messer Giovanni nickte, reichte ihr die Hand. Erst da schien er zu bemerken, wie brüchig, hell durchsprenkelt ihre Stimme war. Melissa schoss das Blut in den Kopf, Davids Kreidetrick hatte seine Wirkung verloren, und sie hatte es bisher noch nicht einmal gemerkt.

Während Messer Giovanni erstaunt die Augen aufriss, bemühte sie sich, ihrer Verlegenheit Herr zu werden. Doch das war gar nicht so einfach, denn der Mann neben ihm, der ein von Narben durchzogenes Gesicht hatte, lachte schallend auf und machte eine übertriebene Verbeugung.

»Ich grüße Euch, Schöner«, sagte er, woraufhin Melissa am liebsten in den Boden versunken wäre. Giovanni Lodi aber tat, als befände er es für nötig, ihr dessen Reaktion zu erklären. »Ich glaube, er findet, dass Ihr gewöhnungsbedürftig aussieht. Rechnet damit, dass es den Rittern, die Ihr sucht, ähnlich geht.« Er zeigte auf ein Zelt und fügte hinzu: »Die edlen Ritteranwärter sind etwas übellaunig. Ein bisschen zu viel Wein, versteht Ihr?«

Erleichtert atmete sie auf. Wie sie aussah, konnte ihr eigentlich gleichgültig sein. Wichtig war nur, dass sie endlich Robert und Martin aufgestöbert hatte. Sie würden ihr das gewähren, was sie so dringend nötig hatte: Schutz und Sicherheit.
Sie musste sie nur noch dazu bringen, David zu helfen.
»Ich muss zu ihnen, jetzt, sofort. Ein Leben hängt davon ab, mindestens eines. Ich erkläre Euch später alles, ja?«
Doch es war zu spät. Miguel kam, umringt von wild durcheinanderredenden Frauen, Kindern und Männern herangestürmt. Das Erste, was Melissa sah, war der blutverschmierte Dolch in seiner Hand. Er hatte David niedergestochen! Entsetzt taumelte sie ein paar Schritte zurück, stieß gegen den Tisch, der zur Seite kippte. Aus dem Augenwinkel nahm sie wahr, wie Messer Giovanni, ohne etwas zu sagen, den Tisch wieder aufstellte. Als er sich aufrichtete, stand Miguel kaum eine Armeslänge entfernt direkt vor ihnen. Er bedachte Melissa mit einem hasserfüllten Blick, wandte sich dann an Giovanni, wobei er mit der blutigen Spitze seines Dolches auf sie wies.
»Messer Giovanni, dieses verkleidete Miststück ist meine Sklavin. Gebt sie mir! Sie war an Bord der Campo Santo, lief mir aber vor ein paar Tagen davon. Dabei habe ich sie aufopferungsvoll gepflegt und neu eingekleidet.«
Melissa zitterte vor Entrüstung.
»Das ist nicht wahr! Ich bin nicht Eure Sklavin, Miguel. Euer Kapitän Luca Antonini hat mich entführt, das wisst Ihr genau. Was habt Ihr mit David gemacht? Habt Ihr ihn etwa getötet?«
Miguel verzog sein Gesicht. »Glaubst du, ich bin ein Mörder? Er ist nur verletzt, liegt auf der Wache. Jetzt komm. Du gehörst mir.« Er versuchte, sie am Handgelenk zu packen, doch sie wich rechtzeitig vor ihm zurück. Miguel wechselte einen Blick mit Giovanni Lodi, der Melissa nachdenklich musterte.
»Also, was ist?« Ungeduldig wischte Miguel seinen Dolch am Hosenbein ab und schob ihn zurück in seine Lederscheide.

In ihrer Hilflosigkeit warf Melissa sich dem Karawanenmeister vor die Füße: »Glaubt Ihm nicht, Messer Giovanni. Ich bitte Euch! Er will mich zu einer Hure machen. David, ein barmherziger Mann, kannte seine Absicht. Er war es, der mich rettete. Hätte dieser hier ihn sonst zu töten versucht?«
»Unsinn. Sei still! Beachtet sie nicht, Messer Giovanni. Sie lügt, so wie alle Frauen lügen, wenn sie gegen die von Gott gewollte Demut aufbegehren. Seht, ich kann es beweisen.« Triumphierend zog Miguel nun eine kleine Papierrolle hervor, breitete sie aus und zeigte auf das Siegel am Ende. »Dies ist ein vom Notar beglaubigter Einstellungsvertrag zwischen mir, besser gesagt, meiner Mutter und ihr.«
»Nein, das ist eine Fälschung!« Melissa schrie nun beinahe. »Niemals habe ich so etwas unterschrieben. Messer Giovanni, bitte glaubt mir, ich bin eine ehrbare Frau, eine Spitalschwester aus Montpellier.«
Giovanni Lodi jedoch begann die Stirn zu runzeln, als er das Dokument überflog. »Hier steht, Ihr habt Geld für die Vereinbarung bekommen und habt zugestimmt, als Hausangestellte der Witwe Teresa zugeteilt zu werden.«
»Das ist nicht wahr! Ich habe als Ausgleich, von Kapitän Luca Antonini gegen meinen Willen als Schiffsärztin festgehalten worden zu sein, sogenannte Heuer erhalten.« Sie zerrte ihr Geldsäckelchen hervor, zog es auf und schüttete sich die Münzen auf die Hand.
Miguel aber beeindruckte dies nicht. Er wandte sich selbstbewusst Giovanni Lodi zu und machte eine auffordernde Geste. »Zählt nach, Messer Giovanni. Dann wird Euch auffallen, dass dies genau der Betrag ist, der dieser Vereinbarung zugrunde liegt.«
»Messer Giovanni, bitte glaubt ihm nicht!«, flehte Melissa und rang die Hände.
»Sie hat recht. Lasst sie in Ruhe.« Das war die Stimme von

Roland, mürrisch, triefend vor übler Laune. Er kam, mit Martin an seiner Seite, barhäuptig, nur im Kettenhemd, aus einem der Zelte herangestapft. Allein der Klang seiner Stimme sorgte dafür, dass niemand es wagte, ihm zu widersprechen. »Und jetzt ist es gut. Zieht ab. Alle!«

Doch niemand rührte sich. Miguel machte eine kleine Drehung zur Seite, wobei seine Hand zu der Stelle glitt, wo sich sein Dolch befand. Melissa merkte, wie in den Augen von Roland und Martin plötzlich jedes Zeichen von Übermüdung verschwand. Und sie hatte sich nicht getäuscht. Denn als hätte es einzig dieser winzigen Bewegung bedurft, um wach zu werden, sprang Roland auf Miguel zu und trat ihm so heftig in die Kniekehlen, dass dieser mit schmerzverzerrtem Gesicht zu Boden ging. Sofort zogen beide Ritter ihre Schwerter, stellten sich zum Kampf bereit vor dem im Sand liegenden Miguel auf. Roland holte aus. Die Umstehenden schrien entsetzt auf. Als sein Hieb eine Fingernagelbreite vor dessen Hals abbremste, trat abrupt atemlose Stille ein.

»Lodi, sagt diesem Lügner hier, dass er sich angemaßt hat, einer Schutzbefohlenen des Deutschen Ordens die Freiheit nehmen zu wollen. Wenn ihm sein Leben lieb ist, sieht er besser zu, dass er verschwindet.« Roland senkte die Spitze seines Schwertes tiefer auf Miguels Adamsapfel. »Diese Melissa, Bursche, gehört uns, verstanden?«

Miguel öffnete lautlos die Lippen.

*»Sí, sí!«,* presste er krächzend hervor, nachdem ihm Martin ungeduldig mit dem Schwert gegen die Fußsohlen gestoßen hatte.

Melissa lief, von einer Woge des Glücks und der Erleichterung erfasst, ein Stück weit davon. Am liebsten hätte sie laut gejubelt, doch niemand sollte ihre Freude sehen, die gehörte nur ihr allein. Endlich war sie frei. Sie sprang in die Luft, drehte sich immer wieder um die eigene Achse, so dass der Sand unter ih-

ren Füßen aufstob. Miguel, fand sie, hatte diese Behandlung mehr als verdient. Dass er sie ein Mal verschont hatte, spielte keine Rolle mehr. So hatte er sich ihr gegenüber verhalten, solange sie auf dem Meer gewesen waren. Hier aber, an Land, hatte er seinen wahren Charakter gezeigt. Er hatte sie zur Hure machen wollen, aus Rache dafür, dass sie nicht seine Frau werden wollte. Was für eine Grausamkeit!
Nein, sie empfand keinerlei Mitleid mit ihm.

Eine Stunde vor Mittag gab Giovanni Lodi mit einem langgezogenen dreimaligen Hornruf das Signal zum Aufbruch. Melissa schwang sich auf ihr Maultier, kraulte es hinter den Ohren und flüsterte ihm zu, sie würden bestimmt gut miteinander auskommen. Das Tier schnaubte, als wollte es ihr zustimmen. Und für einen kurzen Moment fühlte sie sich zurückversetzt in die Zeit, als sie mit Amande auf dem Rücken eines solchen Tieres ein letztes Mal Malwida besucht hatte. Sie sah sich mit ihr auf dem Weg zum Kloster Aniane, während der Sandsturm von der Küste landeinwärts gezogen war. Noch ein Bild stieg vor ihrem inneren Auge auf: das Lichtbündel, das durch das Fenster der Kapelle gefallen war und helle Kreise auf den kahlen Köpfen der Mönche, den aufgeschlagenen Folianten mit seinen rautenförmigen Tonzeichen gebildet hatte. Noch einmal schaute Melissa im Geiste das erste Mal in Avremars Augen, hörte wieder seinen und Hagens Gesang, ruhig, tief, andächtig. Ihr Herz schlug schneller, und ein wohlig sehnsüchtiger Schauder rieselte über ihre Haut.
Wieder erscholl der dreimalige Hornruf, diesmal noch drängender.
Sie wischte sich die Tränen von den Wangen und fragte sich, wie viel Zeit seitdem vergangen sein mochte.
Genau genommen etwas mehr als fünfzehn Monate, gab sie sich die Antwort. Aber sie kamen ihr vor wie fünfzehn Jahre.

Jetzt lag ein weiterer, neuer Lebensabschnitt vor ihr, so blank wie ein unbemaltes Stück Leinwand. Sie musste versuchen, die Vergangenheit ruhen zu lassen. Wenigstens jetzt. Sie ahnte, sie würde alle Kraft brauchen, um diesen beschwerlichen Weg, der vor ihr lag, bewältigen zu können.
Nachdenklich blickte sie in den blassblauen Himmel, der so gut zur frühlingshaften Wärme passte. Hoffentlich waren die Pässe schneefrei, dachte sie. Wenn nicht, würde die Anstrengung der anderen, die Alpen zu überqueren, wahrhaft quälend werden. Wenigstens das würde ihr erspart bleiben.
Sie sah zwei Berittenen nach, die rechts und links an der Karawane vorbeitrabten. Abwechselnd bliesen sie ins Horn. Ein Klirren und Klingeln erfüllte die Luft, Treiber schimpften um die Wette, Hunde bellten, jaulten, rauften, Peitschen knallten. Es waren bestimmt mehr als einhundert Maultiere, die schreiend loszogen. Melissa schien es, als spiegelten ihre durchhängenden Bäuche die Lasten der mit Alaun, Mastix, Kräutern, Gewürzen und Tuchen gefüllten Kisten und Säcke wider. Etliche Tiere trugen riesige Heuballen, von anderen waren nur noch die Beine zu sehen, so tief hingen die Säcke über ihre Flanken.
Plötzlich tauchte Giovanni Lodi bei ihr auf. »Eure beiden Begleiter wollen die nächste Nacht schlafen. Sie sagen, Ihr sollt die Wache übernehmen.«
»Natürlich, gerne, Messer Giovanni«, erwiderte Melissa lächelnd. »Ich bin doch ein Mann, da muss ich das tun, oder?«
Lodi grinste säuerlich und ritt weiter. Melissa aber ließ sich nicht beirren. Sie fühlte sich gut aufgehoben. Bestimmt würde niemand sie verspotten, nur weil sie Männerkleidung trug. Sie war sich sicher, dass allen noch die Furcht vor Roland und Martin in den Knochen steckte, so entschieden, wie diese mit ihrem Schwert aufgetreten waren.
Melissa überließ sich eine geraume Wegstrecke dem wohligen Gefühl der Erleichterung. Vielleicht lag es am monotonen

Schaukeln auf dem Rücken des Maultieres oder daran, dass sie sich danach sehnte, unverfänglich mit jemandem zu plaudern. Je öfter die Karawane ins Stocken geriet und Wartezeit verstrich, bis es endlich weiterging, desto mehr begann sie sich zu langweilen. Schließlich beschloss sie, abzusteigen und neben ihrem Tier herzugehen, in der Hoffnung, irgendwann auf jemanden zu stoßen, mit dem sie würde reden können.

Nachdem sich aber zunächst niemand in ihrer unmittelbaren Nähe fand, der als Gesprächspartner geeignet gewesen wäre, winkte sie einen der Treiber zu sich. »*Appartiene a me. Compris?* Dies gehört mir, verstanden?« Sie wies auf ihr Maultier und drückte dem misstrauisch blickenden kleinen Mann etwas Geld in die Hand. Sein Gesicht hellte sich sofort auf, die Runzeln glätteten sich, und sein Blick verlor das Stechende. Er holte eine Hand voll Heu, hielt es Melissas Tier vors Maul und wedelte kurz mit dem Arm, als Zeichen, dass sie unbesorgt ihrer Wege gehen könne. Melissa war zufrieden mit sich. Sie hatte einen Betreuer für ihr Tier gefunden und würde für den Rest der Reise tun können, wonach ihr der Sinn stand.

Da die Dämmerung früh einsetzte, waren sie an diesem ersten Tag nicht weit gekommen. Melissa war enttäuscht, niemanden gefunden zu haben, der Französisch so fließend sprechen konnte, dass eine Unterhaltung möglich war. Außerdem war der Zeitpunkt gekommen, an dem sie ihre erste Nachtwache würde halten müssen. Sie suchte Messer Giovanni auf. Kaum dass er sie nahen sah, griff er in seine Tasche, holte eine Pfeife hervor und drückte sie ihr in die Hand. »Wenn Euch etwas nicht geheuer ist«, wies er sie an, »gebt Ihr Alarm, verstanden?«

»Bewaffnete sind immer in der Nähe?«, vergewisserte sie sich. Sie hatte keinerlei Lust, nach einer größeren Waffe zu fragen, um den Anschein, ein Mann zu sein, auch noch bei einem Überfall aufrechtzuerhalten. Die Wache übernehmen zu müssen schien ihr schon wenig verlockend genug.

»Ja«, gab Lodi kurz angebunden zur Antwort. Er schien ihr ihre mangelnde Begeisterung anzusehen. »Ihr sollt nur Eure Augen offen halten. Nicht mehr, *compris?*«

*»Sí, sí«,* erwiderte Melissa und lächelte tapfer.

Sie begann ihre erste Runde. Innerhalb kurzer Zeit brach die Dämmerung herein. Der eisige Wind trieb dunkle Wolken vor sich her, die in kurzen Abständen das helle Licht des Mondes verdunkelten. Es war kalt am Fuß des Apennin-Gebirges. So kalt, dass ihr Atem, wie der der anderen, wie ein weißes Fähnchen vor ihrem Mund wehte. Sie zog ihren Mantel fester um sich, stellte den Kragen auf und ließ ihre Blicke über die nun zum Stillstand gekommene Karawane gleiten.

Um sie herum beeilten sich die Träger, Kisten und Körbe von den Maultieren abzuladen. Die Tiere drängten sich, sobald sie angepflockt waren, sogleich aneinander, um sich zu wärmen. Zelte wurden aufgeschlagen, Holz herbeigetragen, Feuerstellen errichtet. Glücklicherweise hatte es einige Zeit nicht geregnet, und so dauerte es nicht lange, bis sich kräftige Rauchschwaden mit dem süßherb-dumpfen Schweißgeruch der Maultiere vermischten. Schon bald zogen die Düfte von gebratenem Fleisch durch das Lager. Melissa lief das Wasser im Mund zusammen, denn sie hatte seit dem Frühstück nichts mehr gegessen. Ob sie es wagen konnte?

»Für ein Stückchen Fleisch …«

Erst da fiel ihr wieder ein, dass niemand sie verstand.

Sie zog zum nächsten Lagerfeuer weiter, aber auf einmal verließ sie der Mut. Sie hatte Wache und musste ihr Bedürfnis zugunsten der anderen zurückstellen. Sie fand sich damit ab, bis zum nächsten Morgen zu hungern. Sie schaute um sich und blickte in viele müde, angestrengte Gesichter. Jeder schien mit sich selbst beschäftigt. Es war sehr unwahrscheinlich, dass jemand ihr ihren Hunger an der Nasenspitze ansah und ihr einen Kanten trockenes Brot anbieten würde.

Allmählich wurde das Stimmengewirr leiser. Irgendwo sang eine Frau ein sanftes Lied, an einer anderen Feuerstelle schlug jemand mit den Fingerspitzen auf eine Schellentrommel. Doch mit der Zeit wurde es ruhiger, der Schein der Lagerfeuer schwächer. Und bei der nächsten Runde war es ganz still geworden. Alle schliefen fest.

Um Mitternacht überwältigte die Müdigkeit auch Melissa. Sie merkte kaum noch, dass sie längst durch das Lager taumelte und unentwegt gähnte. Sie fror, und ihre Beine schmerzten. Ich muss mich hinsetzen, dachte sie, und wenn es nur für eine kleine Weile ist. Danach wird es mir besser gehen.

Sie hielt nach einer Feuerstelle Ausschau, die noch nicht erloschen war. In der Dunkelheit war diese rasch gefunden. In ihrem Schein hockten ein Mann und eine Frau eng aneinandergeschmiegt. Zu ihren Füßen lag ein Lederschlauch, daneben die Hälfte eines Brotes. Die Frau schlief, der Mann aber schlug die Augen auf, als Melissa sich, ohne zu fragen, bei ihm niederließ. Sie konnte nicht anders, als gierig auf das Brot zu starren. Der Mann fing ihren Blick auf. Er sagte etwas auf Italienisch, das sie nicht verstand. Daraufhin warf er ihr, ohne eine Miene zu verziehen, Lederschlauch und Brot einfach zu.

*»Grazie, molto grazie.«*

Ein Mann hätte nicht schneller essen und trinken können als sie. Die Folge aber war, dass sie, eingelullt von der Wärme des Feuers, nun noch müder wurde. So müde, dass sie noch nicht einmal mehr Gefühle verspürte, als sie an Avremar dachte. Sie wäre fast vornüber ins Feuer gekippt, hätte der Mann sie nicht rechtzeitig zurückgerissen. Widerstrebend erhob sie sich. Sie musste durchhalten. Einfach nur durchhalten.

Die Stunden verrannen zäh wie Pech. Nichts geschah. Als der Morgen graute, schien es ihr, als hätte sie umsonst ihren Schlaf geopfert. Alles war vergebens gewesen. Sie hatte kostbare Lebenszeit vergeudet, nur damit diese beiden Ritter ihren Rausch ausschlafen konnten. Wäre ich ein Mann, dachte sie, würde ich sie am Kragen packen und ihre Köpfe in die Aschekegel der Feuerstellen drücken.

Sie war schon ein wenig wirr vor Übermüdung, und als endlich die Sonne über der noch schlafenden Karawane aufging, drohten ihre Beine nachzugeben. Sie taumelte auf einen Felsen zu und sank zu Boden. Mit letzter Kraft öffnete sie noch einmal die Augen und ließ ihren Blick über das Lager schweifen. Es schien alles ruhig. Von irgendwoher näherte sich eine dunkle Gestalt. Das Letzte, was sie sah, war Giovanni Lodis spöttisches Gesicht.

Dann schlief sie ein.

Wenig später weckte sie sein Hornsignal, das zum Aufbruch drängte. Todmüde suchte Melissa ihr Maultier. Kaum saß sie auf ihm, beugte sie sich vor, schmiegte sich an seinen Hals und begann zu dösen. Irgendwann schreckte sie hoch. Es war der Treiber, der sich um ihr Tier kümmern sollte. Er hielt ihr die Münze entgegen, die sie ihm tags zuvor gegeben hatte.

*»Mangiare?«* Er zeigte auf seinen Mund, klappte ihn auf und zu und machte übertriebene Kaubewegungen.

*»Sí, sí.«* Er wollte ihr etwas zu essen besorgen. Das war ihr nur recht. Sie zog ihr Geldsäckelchen hervor und entnahm ihm ein paar Münzen. »Trento? Reicht das bis Trient?«

Der Treiber kratzte sich im Schritt und sagte etwas, das Melissa für sich übersetzte als: Wir werden sehen. Aber im Moment war es ihr egal. Hauptsache, sie würde heute nicht mehr hungern müssen. Nachdem er ihr eine geräucherte Wurst, einen Hühnerschenkel, Brot und Wein gebracht hatte, fühlte sie sich schon ein wenig wohler.

Die Straße wurde schmaler, bis sie kaum breiter war als ein Weg. Die Tiere mussten nun einzeln dicht hintereinander gehen. Melissa hörte Namen von Dörfern und Pässen, die ihr nichts bedeuteten. Sie wusste nur, dass das erste Etappenziel der Karawane Piacenza hieß. Damit war die Poebene erreicht, womit auch schon das schwierigste Stück Wegs hinter ihnen liegen würde, nämlich die Überquerung des ligurischen Apennins. Sieben Tage sollte diese Strecke dauern, die dank des bislang schneefreien Winters aber kaum Gefahren barg.

Hin und wieder stockte die Karawane, schleppte sich unter Mühen durch flache Bachläufe oder wand sich an Schluchten vorbei wie ein zuckender Wurm. Als sie endlich einen halbwegs ebenen Buchenwald erreicht hatten, begann Melissa sich zu entspannen und verspürte sogar ein wenig Freude darüber, mit jeder Stunde ihrem Ziel näher zu kommen. Sie bildete sich ein, ihre Müdigkeit sei verflogen, fühlte sich hellwach, auch wenn ihre Augen immer mal wieder zufielen und sie das Gefühl hatte, wachend zu schlafen.

Hinter dem Buchenwald eröffnete sich der Blick auf den Apennin. Die Berge, besprenkelt von dunklem Grün und mit grauen Spitzen, wirkten so nah, und doch war es noch ein weiter Weg bis zu ihnen. Sobald keine uralten Bogenbrücken, Kirchlein, Burgen oder Dörfer zu bestaunen waren, überließ sich Melissa ihren Träumereien. Ein paar Mal versuchte sie sich vorzustellen, wie Avremar mit ihr an der Hand vor seine Eltern trat und sie als seine Frau vorstellte. Dann wieder malte sie sich aus, wie sie sich küssend mit Trauben und Feigen verwöhnten, wieder ein anderes Mal sah sie sich in hohen Räumen mit prächtigen Wandteppichen, hörte sich, wie sie ihren Dienerinnen Anweisungen für ein festliches Mahl gab.

Am häufigsten jedoch verlor sie sich in den Phantasien über ihr Wiedersehen. Wie würde er sie umarmen? Mit fester Hand an sich pressen? Oder ihren Kopf zart zwischen seine Hände nehmen und an ihren Augen ablesen wollen, ob er ihrer Liebe noch sicher sein konnte? Würde sie weinen? Würde sie lachen? Würde sie sich beherrschen können, wenn sie seine Kraft und Wärme spürte?

Und später?

Was würde sie seinen Eltern sagen?

Plötzlich wurde ihr klar, dass sie noch etwas sehr Wichtiges zu tun hatte: Sie musste jemanden finden, der sie Deutsch lehrte.

Giovanni Lodi saß an einem Tisch, auf dem sieben schön gearbeitete Dolche lagen. Zwei Alaun-Händler interessierten sich für die Waffen, prüften mit dem Daumen die Schärfe der Klinge, wogen sie in der Hand.

Einer von ihnen fragte Melissa, warum sie einen solch abgewetzten Gürtel trage, woraufhin sie, Lodi zugewandt, erklärte: »Sagt Ihnen, dieser Gürtel hat die Eigenschaft, vor dem Tod zu schützen.«

Lodi übersetzte ihre Antwort. Melissa hatte es als Scherz gemeint, doch einer der Händler bot ihr sofort eine beträchtliche Summe. Sie solle, übersetzte Lodi, ihm ein paar Stichworte liefern, wie ihr der Gürtel geholfen habe, dann werde er noch ein paar Geschichten dazu erfinden. Als Melissa darauf beharrte, er sei nicht verkäuflich, wurde der Händler böse. Er stampfte mit dem Fuß auf und redete zornig auf sie ein. Dabei trat er immer näher an sie heran und streckte die Hand nach dem Gürtel aus. Da gab Lodi dem Mann mit dem vernarbten Gesicht, der immer an seiner Seite war, einen Wink.

*»Basta«,* sagte dieser kalt und dann noch einmal: *»Basta.«*

Der Händler hielt inne, schien sich zu besinnen.

*»Scusi«,* stieß er hervor, aber trotz seiner Entschuldigung spuckte er zur Seite.

Melissa warf Lodi einen dankbaren Blick zu. Vielleicht, dachte sie, kann er mir ein weiteres Mal helfen. Sie musste rasch handeln, ihr blieb nicht viel Zeit, denn diesem gierigen Alaun-Händler war zuzutrauen, dass er feilschen würde bis zum Abendrot. Bevor er etwas sagen konnte, fragte sie Lodi, wer sie Deutsch lehren könnte.

Er zögerte nicht lange, holte die Händlerliste hervor, brummte Dutzende von Namen, bis er schließlich mit dem Zeigefinger auf das Papier tippte und sich zu seinem Begleiter umdrehte.

»Tonio, dieser Innsbrucker Weihrauch-Jude, der spricht auch Französisch, oder?«

»Weiß ich nicht. Aber er behauptet, er spreche sechs Sprachen.«

Giovanni Lodi wandte sich wieder Melissa zu: »Er heißt Mendel Birnbaum, geht zu ihm. Er ist mit Frau und Tochter unterwegs. Sie alle tragen ihren Tallith, diesen Gebetsmantel mit den Zipfelquasten.«

»Danke.« Erleichtert lief Melissa davon.

Da Mendel Birnbaum der einzige Jude in der Karawane war, hatte sie ihn schnell gefunden. Er hatte gerade sein Abendgebet beendet. Melissa wartete in gemessener Entfernung, bis er die Tefillin, die Lederriemen, und die Gebetskapsel wieder verstaut hatte.

»Friede sei mit Euch und Eurer Familie«, begrüßte Melissa ihn, als er sich an einen Klapptisch setzte, den seine Frau gerade mit einem Tuch deckte.

»Das wollen wir hoffen.« Das war die Antwort. »Ihr seid?«

»… jemand, der Deutsch zu lernen wünscht. Messer Giovanni empfahl Euch mir.«

»Ich bin Händler, kein Lehrer.«

»Sicher. Aber ich bin auch nur eine verkleidete Frau.«

Mendel Birnbaum, ein großer Mann mit starken Wangenknochen, lachte auf. Das Eis war gebrochen. Er rief nach einem Stuhl und stellte Melissa Rahel, seine Frau, und Judith, seine Tochter, vor. Rahel, die klein und rundlich war, wirkte schüchtern und bescheiden, Judith aber, fand Melissa, war wenig anziehend. Sie mochte so groß wie ihr Vater sein, doch sie war doppelt so dick wie ihre Mutter. Sie hielt ihren Blick gesenkt, weigerte sich, Melissa anzuschauen. Diese rang ihren Ärger nieder, wie Luft behandelt zu werden. Ob es an ihren Männerkleidern lag? Was immer der Grund sein mochte, es war ihr egal. Schließlich war sie wegen ihres Vaters hier, und der wenigstens schien Humor zu besitzen.

»Warum wollt Ihr Deutsch lernen? Die Sprache ist schwierig und klingt plump.«

»Ich brauche es, um mich mit meinen künftigen Schwiegereltern und den Menschen, denen ich Gutes tun will, unterhalten zu können.«

»Hast du das gehört, Rahel? Sie will Gutes tun!« Mendel Birnbaum klang, als habe er so etwas noch nie gehört. Er musterte Melissa eingehend, als wolle er erforschen, ob sie wirklich die Wahrheit sagte. Melissa hielt seinem Blick stand, trotzdem litt sie unter der Spannung, die sich am Tisch ausbreitete. Schließlich hielt sie es nicht mehr aus und erhob sich.

»Ich dachte, Ihr trinkt einen Becher Wein mit mir?« Mendel Birnbaum brach schließlich das Schweigen.

Melissa setzte sich wieder. »Gerne.«

»Na also.«

»Messer Giovanni erzählte mir, Ihr sprecht sechs Sprachen?«

Mendel Birnbaum schaute in den dunstigen Himmel und überlegte: »Nein, acht. Deutsch, Italienisch, Französisch, Spanisch. Natürlich die Sprache meines Volkes, weniger gut Arabisch und Parsi, die Sprache der Perser. Da Italienisch, Französisch und Spanisch aber nur Dialekte des Lateinischen sind …«

»… das Ihr natürlich auch beherrscht …«

»… sind es theoretisch fünf, praktisch aber acht.«

Sie lachten. Rahel stellte zwei Becher Wein auf den Tisch. Mendel Birnbaum hob seinen Becher, Melissa den ihren. Sie tranken sich zu. Der Wein war vollmundig und nahrhaft wie ein gut gewürzter Eintopf mit Fleisch, Liebstöckel und Bockshornklee. Melissa genoss jeden Schluck, schmatzte leise, rollte den Wein am Gaumen. Wieder beobachtete Mendel Birnbaum sie eindringlich, dann klatschte er sich auf die Schenkel und meinte, alles sei gut, sie solle ab morgen früh hinter ihm reiten. Melissa freute sich, dankte für den Wein und fügte hinzu: »Ich hoffe, ich kann mich irgendwie und irgendwann für Eure Hilfe erkenntlich zeigen.«

Er nickte. »Das müsst und werdet Ihr. Gott wird uns schon noch die richtige Stunde dafür anzeigen.«

Er erhob sich, wünschte ihr eine gute Nacht und verschwand in seinem Zelt. Melissa nickte den beiden Frauen zu, die sich sofort daranmachten, die Becher abzuräumen und das Tischtuch zusammenzufalten. Erst jetzt hob Judith ihren Blick. War es Neid? Bewunderung? Scham? Hastig verabschiedete sich Melissa. Mochte Judith mit ihren Gefühlen hadern, wie es ihr beliebte, sie hatte ihre eigenen Sorgen, denn die Kälte kroch ihr in die Glieder. Fröstelnd eilte sie durch das Lager. Sie ärgerte sich darüber, dass David vergessen hatte, ihr Matten und Felle für die Nacht mitzugeben. Außer ihrem Mantel besaß sie nur einen Quersack mit Beinlingen und Hemden und … ihre Heuer. David musste wohl wirklich in mir den Mann gesehen haben, dachte sie, während ihre Zähne vor Kälte aufeinanderschlugen. Er wird davon ausgegangen sein, dass ich als Mann auch bei Männern wie Roland und Martin schlafe. Ihr graute innerlich bei dieser Vorstellung. Doch so, wie es jetzt aussah, würde ihr nichts anderes übrigbleiben. Die Kälte ließ ihr keine Wahl.

Wie sie befürchtet, aber auch erhofft hatte, schliefen die beiden Männer bereits, als sie ins Zelt trat. Die Luft roch entsetzlich nach ihren Körperausdünstungen. Melissa schüttelte sich vor Ekel, aber was sollte sie tun? Hastig suchte sie ein paar herumliegende Felle und Decken zusammen und dankte Gott für die letzte durchwachte Nacht. Denn müder als jetzt konnte sie nicht mehr sein. Sie schlief auf der Stelle ein.

Als im Morgengrauen Giovanni Lodis Hornrufe die Stille zerschnitten und Melissa vors Zelt trat, verbarg sich die Welt hinter einem satten Nebelschleier. Der Nebel war so dicht, dass man nicht mehr als vier, fünf Schritte Sicht hatte. Alles triefte vor Nässe, und die Geräusche von Menschen und Tieren wirkten lauter als üblich. Denn ein jeder schien, aus Furcht, nicht wahrgenommen zu werden, lauter zu sprechen, lauter zu klappern, zu schnalzen und zu klopfen als sonst.
Die Gelegenheit ist günstig, dachte Melissa. Keiner wird mich sehen. Sie ging zurück ins Zelt und bat Roland um Seife. Ohne zu antworten, zeigte dieser auf seine Satteltaschen. Sie fand ein kleines Bröckchen Olivenseife, die genauso roch wie die Seife, die Heta und sie in Montpellier benutzt hatten.
»Wo habt Ihr die denn her?«
»Von dort, wo es Sklaven und leichte Mädchen, also Dreck, gibt.«
Sie zuckte zusammen. Bei Miguel wäre sie also zu Dreck geworden … Was für ein Wort!
»Aber die wissen schon, wie sie sich wieder beduften. Sie schmieren sich mit einer Seife ein, die aus Savona kommt. Die Stadt liegt eine Tagesreise westlich von Genua und hat ihren Namen von *sapone,* der Seife, die alles wieder sauber macht.«
Er schob sein Kinn vor, rülpste und trank den Rest Wein aus dem Krug.
Melissa gefielen Ton und Art dieser Antwort überhaupt nicht, aber sie hoffte, dass daran nur sein Kater schuld war, den er auf seine Weise zu bekämpfen schien. Sie warf einen flüchtigen Blick auf Martin, der schnarchend vor dem Zelt an einem

Baum lehnte. Sein Atem roch so sauer, als zerstäube jemand billigen Essig in der Luft. Sie beschleunigte ihre Schritte Richtung Bergbach.

Nicht nur sie war auf die Idee gekommen, den Schutz des Nebels zu nutzen. Melissa machte die Schemen von einem Dutzend Frauen aus, die sich an dem schmalen, halbwegs ebenen Grasufer des Bergbaches ausgezogen hatten und wuschen. Prusten und Plätschern, gelegentlich auch Lachen drang durch den Nebel.

»Ich bin's nur, die Frau in Hosen!«, rief Melissa ihnen im Vertrauen auf den unzweideutigen Klang ihrer Stimme zu.

»Hier unten ist kein Platz mehr für Euch!«, erwiderte eine Stimme. »Geht ein Stück den Hang hoch!«

»Judith?«

»Wer sonst!«

Sie hatte sich also nicht getäuscht. Es war eindeutig Judith, und wieder wurde sie aus dem Klang ihrer Stimme nicht schlau. Sie klang scharf, doch nicht unfreundlich. Man wollte sie nicht in der Nähe haben, duldete sie nur in einem gewissen Abstand. Das war zwar nicht nett, aber erträglich. Melissa stieg über Felsen und Grassoden ein Stück weit bergan am plätschernden Bachlauf entlang. Schon nach wenigen Metern schälte sich Mendel Birnbaums Tochter aus dem Nebeldickicht. Sie trug nur ein dünnes Untergewand. Von ihren schaukelnden Brüsten tropfte Seifenschaum.

»Judith? Guten Morgen. Seid Ihr's wirklich?«

»Wie Ihr seht, verändere ich mich nicht.«

»Das kann man sehen, wie man will.« Die Worte waren schneller über ihre Lippen gekommen, als ihr lieb war. So hätte tatsächlich ein richtiger Mann gesprochen, dachte Melissa erschrocken. Judith aber strafte sie sofort, indem sie ihre Brüste mit einem Arm bedeckte, mit der anderen Hand abwehrend wedelte.

»Ihr glotzt wie ein Mann! Schaut gefälligst woandershin!«, kreischte sie empört.
»Schon gut, regt Euch nicht auf. Ich bin doch auch eine Frau.«
»Ha, das will ich sehen! Ihr scheint mir nicht koscher!«
»Und ob!«, rief ihr Melissa zu. Hastig stieg sie noch ein Stück weiter den rutschigen Hang hinauf, fluchte, weil ihr Fuß umknickte, so dass sie vornüber in den Bach gestürzt wäre, hätte sie sich nicht mit den Händen im eisigen Wasser abgestützt. Rasch entkleidete sie sich, kniete sich hin und spritzte sich nass. Jedes Mal, wenn sie die Hände ins Wasser tauchte, gab es ihr einen Stich ins Herz, so kalt war es. Trotzdem war es eine Wohltat, sich einzuseifen, vor allem den Unterleib. Mit vollen Händen spritzte sie das Wasser auf ihren Körper, prustete und kreischte.
»Judith?«
»Ja?«
»Hört Ihr mich?«
»Ich sehe Euch sogar!«
»Und, fehlt mir etwas?«
Judith war näher gekommen. Sie guckte und schwieg. Melissa wirbelte wieder Wasser um sich auf. Jauchzte vor Kälte und Vergnügen.
»So sagt doch was! Oder kennt Ihr Euch nicht aus?«
Da kicherte Judith und drehte sich um.
»Eins, zwei, drei!«, rief Melissa und hielt die Luft an. Wie erhofft, warf ihr Judith einen neugierigen Blick über die Schulter zu. Melissa tauchte in dem kleinen Bachbett unter. Als sie wieder auftauchte, spürte sie die Kälte nicht mehr. Judith war kopfschüttelnd ein paar Schritte bergab gegangen.
»Judith?«
Sie blieb stehen, drehte sich um. »Was ist jetzt schon wieder?«
»Wartet bitte auf mich. Sonst finde ich in diesem Nebel nicht zu Euch.«

»Ihr seid eine Plage, Melissa«, gab sie spöttisch zurück.
»Aber wohl nur für Euch!« Melissa lachte.
»Um mit Euren eigenen Worten zu reden: Das kann man sehen, wie man will«, erwiderte sie, ärgerlich und ironisch zugleich. Melissa sammelte ihre Kleider auf.
»Weshalb seid Ihr überhaupt hierhergekommen?«, rief ihr Judith zu. »Ich dachte, Christinnen nehmen es mit der Sauberkeit nicht so genau wie wir.«
»Ihr irrt. Wir denken sogar noch pragmatischer. Es ist ganz einfach so: Wer sich nicht wäscht, der friert.«
»Und wer nicht duftet, darf nicht lieben.«
Beide Frauen lachten. Judith wartete, bis Melissa sie eingeholt hatte.
»Hm.« Judith tat so, als schnuppere sie. »Hab ich's doch gewusst: Eure äußere Schale riecht nach Mann, darunter riecht Ihr wie eine Frau. Irgendetwas stimmt nicht mit Euch.«
»Findet es doch heraus!« Melissa lachte.
»Das wird Vater schon können.« Jetzt klang sie wieder mürrisch, und Melissa fragte sich, was wohl wirklich in ihrem Kopf vorging. Aber was es auch sein mochte, eigentlich war es ihr egal. Jeder Mensch hatte so seine Eigenheiten, warum also nicht auch die Tochter des achtsprachigen Weihrauch-Händlers Mendel Birnbaum.

Ob Maultier, Pferd oder Zweiradkarren-Gespann – alle mussten sich wieder einreihen wie Perlen auf einer Schnur. Der Pfad durch den dichten Wald war steil, an einigen Stellen sogar rutschig. Immer wieder mussten Träger die Karren, die in der durchnässten Erde feststeckten oder zur Seite gerutscht waren, auf die Spur zurückzerren. Als wenn das nicht schon schwierig genug war, hatten sie noch unter den Flüchen und zur Eile antreibenden Wachen zu leiden, die nervös überall umherliefen. Aus Angst, die Karawane könne in einen Hinterhalt geraten, hetzten sie vor und zurück, keuchend und übellaunig. Jedem war klar, für Räuber wäre es ein Leichtes, ein paar Maultiere auszusuchen, die Treiber niederzumachen und mit der wertvollen Beute durch den Wald zu entkommen.

Melissa und Mendel Birnbaum aber ließen sich von der Unruhe und dem Missmut der Wachen nicht anstecken. Als ginge es sie nichts an, saßen sie auf ihrem Maultier, Mendel hinter ihr, Judith und seine Frau jeweils auf ihrem Maultier vor ihr.

»Wir machen es nach der Papageien-Methode«, entschied Mendel Birnbaum. »Vorquatschen, nachquatschen. Sätzchen für Sätzchen. Lasst mich nur machen.«

Er sagte ihr einfache deutsche Sätze vor, die sie unablässig wiederholen musste, fragte die Bedeutung einzelner Wörter ab, bis sie sie behalten hatte. Auch musste sie einzelne Verben beugen lernen und erfuhr so, wie sie Avremar ihre Liebe auf Deutsch ins Ohr würde flüstern können. Dabei korrigierte Mendel Birnbaum ihre Aussprache so lange, bis er zufrieden war, schließlich tauschte er nach und nach einzelne Wörter seiner Übungssätze aus. Melissa lernte eifrig und wunderte sich, wie viel sie im Gedächtnis behielt. Aber auch Mendel Birnbaum machte dieses Lernspiel Spaß, das sie das monotone Voranschreiten für Stunden vergessen ließ. Am Nachmittag waren beide heiser, Melissa aber war in der Lage, auf einfache Fragen einfache Antworten zu geben.

Tags darauf stellten die Wachen am Ende der Karawane einen Mann, der vorgab, Ziegenhirte zu sein. Das Gerücht, er sei in Wahrheit der Spion einer Räuberbande, pflanzte sich in Windeseile bis zu Giovanni Lodi an die Spitze des Zuges fort. Lodi befahl, den Mann bis zum Abend festzuhalten, um ihn dann zu befragen. Bis dahin aber war das Urteil längst über ihn gesprochen. Er hat einen Hirtenstab, hieß es, aber wo sind seine Tiere?

Wo ist sein Hund? Und wie er aussieht! Habt ihr schon jemals einen solchen verschlagen dreinblickenden Menschen gesehen? Selbst Melissa und Mendel Birnbaum beteiligten sich an den Spekulationen – bis Judith sich umdrehte und ihren Vater anfuhr: »Was ist denn mit dir los? Hat sie dir den Kopf verdreht? Seit wann interessiert dich das Geschwätz der Leute? Lass den Mann doch Ziegenhirte sein. Verurteile ihn nicht wie all diese *trejfenen gojim.*«

Mendel Birnbaum strahlte übers ganze Gesicht: »Hab ich eine gute Tochter? Sagt es!«

»Sie hat … Verstand, ja«, antwortete Melissa. »Der Mann, den sie heiratet, darf nicht dümmer sein als sie.«

»Mischt Euch nicht ein!«, kreischte Judith.

Bestimmt nicht, dachte Melissa. Du bist so unberechenbar wie der Flug einer Mücke. Und wenn dir danach ist, zeigst du sogar, dass du zustechen kannst wie eine Hornisse. Warte nur, irgendwann komme ich dir schon noch bei. Dabei glitt ihr Blick über Judiths breiten Rücken, ihr ausladendes Hinterteil. Sie braucht einen Mann, dachte Melissa amüsiert, einen kräftigen Mann, der ihr ihre Launen auf männliche Weise austreibt.

Die Geschichte des angeblichen Ziegenhirten klang folgendermaßen: Er stamme aus einem Dorf bei Antibes, sei im letzten Herbst eines Nachts am Feuer eingeschlafen und beim Aufwachen ohne Hund und Herde gewesen. Vor Angst sei er davongelaufen, immer weiter in die Berge, in der Hoffnung, seine Tiere wiederzufinden.

»Und das sollen wir glauben?«, fragte Giovanni Lodi. Er saß am Tisch, trank Wein und sah dem angeblichen Ziegenhirten zu, wie dieser mit zittriger Hand eine warme Brennsuppe mit Linsen löffelte. Er hatte Melissa zu sich gerufen, damit sie ihm das stark dialektgefärbte Französisch des Ziegenhirten übersetzte.

»Ihr behauptet, als Einziger verschont worden zu sein? Und Euer Hund, warum hat er nicht angeschlagen?«
»Das weiß ich nicht. Es ist …« Er stockte kurz, schluckte, fuhr dann, etwas bleicher im Gesicht, fort: »Hört mir zu: Ihr müsst mir glauben! Ich sage die Wahrheit. Also, ich suchte meine Tiere und fand meine Hündin. Sie kam mir entgegen. Wir haben beide eine feine Nase. Wir haben uns gerochen. Aber wo waren all die Ziegen? Eine Herde von sechs Dutzend Tieren?« Er starrte zu Boden, schüttelte den Kopf, wobei ihm ein Faden Speichel aus dem Mund tropfte. Er wischte sich über das Gesicht, hob seinen Kopf.
»Ich …« Wieder unterbrach er sich und schaute Melissa starr an.
»Ja, wo waren sie?«, fragte sie ihn ungeduldig. »Du redest dich um Kopf und Kragen, wenn du darauf keine Antwort weißt.«
Mit einer heftigen Bewegung stieß er seinen Teller von sich. »Aber natürlich weiß ich es! Die Greife waren es.«
Sein Blick flackerte, huschte hektisch zwischen Melissa und Lodi hin und her. Plötzlich aber entglitten ihm die Gesichtszüge, und er brach in ein monströses Kichern aus. Er rutschte vom Stuhl, fiel auf die Knie, krümmte sich zusammen und schrie in einem fort: »Die Greife, die Greife! Sie sind Löwe und Adler in einem! Sie haben sich von den Fahnen und Wappen gelöst. Sie hatten Hunger und haben meine Herde gefressen.«
Wie tot blieb er liegen.
Melissa und Giovanni Lodi schauten einander ratlos an. Einer der Wachen zog seinen Dolch. Lodi schüttelte den Kopf, erhob sich.
»Bewacht ihn. Morgen früh steckt ihr ihm einen Kanten Brot zu und jagt ihn zum Teufel. Er ist verrückt.«

Judith begann zu weinen, als Melissa den Birnbaums die Geschichte erzählte. Sie war wie verwandelt, von ihrer Widerborstigkeit war nichts mehr zu spüren. Inständig bat sie Melissa, sie zu diesem Mann zu führen, doch Mendel Birnbaum verbot es ihr. Es sei der Lauf der Welt, meinte er, dass die einen in Gott aufgehoben seien, die anderen dagegen seiner Gnade nicht teilhaftig wurden.

»Vielleicht in einem anderen Leben, mein Kind. Du musst jetzt nicht einen der sechsunddreißig Gerechten geben, um derentwillen Gott die Welt trotz ihrer Sündhaftigkeit nicht untergehen lässt.«

Judith hörte nicht auf ihren Vater. Sie nahm einen Korb und eilte durch das Lager, um Brot, Käse, Würste für den Verwirrten zu sammeln. Melissa rührte ihre Fürsorge, doch jetzt wurde sie ihr noch rätselhafter.

Als sie endlich in flaches Land kamen, zeigte sich das Wetter von seiner unangenehmsten Seite. Die Temperaturen lagen nahe am Gefrierpunkt, der Himmel war grau und der leichte Wind, der über die Ebene wehte, so kalt, dass es kaum jemanden gab, der nicht über Kopfschmerzen klagte. Melissa war der vielen deutschen Redewendungen müde, wollte keine neuen mehr lernen. Mendel Birnbaum war es recht. Der Husten hatte ihn fest im Griff, alle paar Minuten räusperte er sich und spuckte aus. Einmal sagte er, dies sei seine letzte Karawane, den Rest seiner Tage werde er in Innsbruck verbringen. Er machte Melissa auf die Krähen aufmerksam, die mit ihnen zogen, sinnierte über den Tod. Als sie vor Piacenza ihr Lager aufschlugen, war er so erschöpft, dass er nicht mehr ohne Hilfe von seinem Maultier herunterkam.

Melissa trug ihn mit Rahel und Judith ins Zelt. Sie legten ihn auf eine Lage Felle und rollten ihn in mehrere Decken. Judith tupfte ihrem Vater den Schweiß vom Gesicht, denn er begann binnen weniger Minuten heftig zu fiebern. Rahel und

Melissa wechselten besorgte Blicke, Judith begann zu weinen.
»Am Fluss stehen Weiden«, flüsterte Melissa. »Ich schäle die Rinde ab und koche mit Enzian einen Tee daraus. Ihr besorgt Zimt.«
»Seid Ihr Heilerin?«
»Eigentlich nur Spitalschwester.«
Rahel nickte, Judith sah Melissa mit tränennassen Augen an.
»Als ob das noch hilft!«, begehrte sie auf. »Das wisst Ihr doch selbst!«
Rahel rutschte die Hand aus, woraufhin Judith sich aufschluchzend über ihren Vater warf. Melissa huschte aus dem Zelt, hörte noch, wie Judith jammerte: »Du kannst mich doch jetzt nicht allein lassen, Papa. Das darfst du nicht, hörst du? All diese bösen Frauen … hörst du?«
Sie ist nicht weniger verrückt als der Ziegenhirte, dachte Melissa. Aber leider hat sie recht. Was ich jetzt tue, ist nur Augenwischerei.
Sie kraulte zwei Maultieren die Ohren, die die Weiden am Flussufer ebenfalls für sich entdeckt hatten, und schälte ein paar Streifen Rinde ab. Zurück im Zelt, schabte sie sie sauber und schnitt sie in kleine Stücke. In der Zwischenzeit hatten die Treiber Feuer gemacht. Melissa wies sie an, die Rinde auszukochen, und machte sich anschließend auf die Suche nach jemandem, der *genziano*, Wurzelstücke des gelben Enzians, besäße. Bei Giovanni Lodis Leibwächter Tonio wurde sie fündig, traf dort auch Rahel, die bei ihm Zimt kaufte.
»Dass dieser Mann mit Heilkräutern handelt, hätte ich nicht gedacht«, meinte Melissa, nachdem sie bezahlt und zusammen an den rauchigen Lagerfeuern und aufgestellten Zelten vorbeigeschlendert waren. »Hättet Ihr es für möglich gehalten?«
»Ich wusste es«, erwiderte Rahel. »Wollt Ihr seine Geschichte hören?«

»Gerne, wenn es Euch nichts ausmacht. Euer Mann …«
»Judith ist bei ihm«, unterbrach sie Rahel. »Ich kann mich auf sie verlassen. Also, hört, ich weiß viel, weil ich meinem Mann immer gut zugehört habe. Dieser Tonio war einst der Gehilfe des Genueser Henkers. Er fing mit dessen blutjunger griechischer Sklavin etwas an und wurde von seinem Meister dafür fast getötet, daher seine Narben. Er floh mit ihr nach Savona, heiratete sie, nutzte ihr Kräuterwissen und wurde schließlich Bader. Er zog mit ihr über die Dörfer und machte sich einen Namen. Dann wurde seine Frau schwanger und starb im Kindbett. Tonio gab das Baderhandwerk auf und diente sich in Genua Giovanni Lodi an. Dieser nahm ihn mit nach Innsbruck, wo Tonio zum Leidwesen meines Mannes vorteilhafte Geschäfte mit Harzen und Kräutern machte. Er schaltetet ihn aus, indem er sagte: Tonio, hör zu, du verkaufst Kräuter, ich Harze. Und damit du nicht widersprichst, geb ich dir Geld. Hast du das verstanden? Tonio ließ sich auf den Handel ein. Er fühlte sich von meinem Mann eingeschüchtert. In der Folge lernte er bei Genueser Rittern das Kämpfen und machte sich so für Giovanni Lodi unentbehrlich. Aber in den Handel mit Harz, also Weihrauch, Mastix und Gummi arabicum, ist er nie wieder eingestiegen.«
Melissa schwieg, dachte sich ihren Teil. Kann es sein, Rahel, dass dein Mann, gäbe es sie wirklich, niemals zu den sechsunddreißig Gerechten zu zählen wäre?
Die Antwort war müßig. Als sie Mendel Birnbaum die Stirn fühlte, wusste sie, dass ihm auch das stärkste Fiebermittel nicht mehr helfen würde. Trotzdem kochte sie den Weidenrindensud mit Zimt und Enzianwurzel auf und süßte ihn mit Honig. Judith richtete ihren delirierenden Vater auf und stützte ihn. Tröpfchenweise flößten Melissa und Rahel ihm den Sud ein. Eine mühevolle Prozedur, die eine Stunde lang dauerte, denn im Delirium vergaß Mendel nicht nur alles um sich herum, sondern vor allem vergaß er zu schlucken. Immer wieder lief ihm der

Sud aus dem Mund, verteilte sich in seinem Bart und verklebte ihn – und wenig später trat das ein, was Melissa befürchtet hatte: Mendel wurde bewusstlos. Ihre Hände lasen an seinem Herzen und Kopf, dass es zu Ende ging.
Mendel Birnbaum starb eine Stunde nach Mitternacht.

Am nächsten Morgen machte sich Rahel auf den Weg zur jüdischen Gemeinde in Piacenza. Sie wirkte erstaunlich gefasst, klagte nicht, weinte nicht. Judith hielt die Totenwache und bat Melissa, draußen alle Neugierigen abzuwehren. Auch sie überließ sich nicht ihrem Kummer, sondern dachte wie ihre Mutter einzig und allein daran, dass für ihren Vater endlich Kaddisch, das Totengebet, gesprochen werden konnte.
»Dazu müssen zehn erwachsene Juden anwesend sein«, klärte sie Melissa auf. »Sonst darf es nicht gesprochen werden, von Frauen sowieso nicht.«
Melissa fügte sich Judiths Wunsch und machte jedem, der sich Mendel Birnbaums Zelt näherte, klar, dass die beiden Frauen keine Trostworte, zumindest nicht von Christen, brauchten.
»Und was wird jetzt mit uns?«, fragten die Treiber Giovanni Lodi.
Die Unsicherheit stand ihnen ins Gesicht geschrieben. Sie sagten, Mendel habe versprochen, ihre Dienste bis Innsbruck in Anspruch zu nehmen. »Wir brauchen das Geld, das er uns dort zahlen wollte. Sonst können wir unsere Familien zu Hause nicht ernähren.«
Lodi beruhigte sie. Es sei unwahrscheinlich, dass Rahel jetzt hier in Piacenza alles Harz verkaufen werde. »Das wäre kein jüdischer Geschäftsgeist, versteht ihr? Nein, das wäre einfach nur dumm. Denn in Innsbruck bekommt sie die Hälfte mehr an Geld. Das wisst ihr doch selbst!«
Die Treiber waren zufrieden. Sie kümmerten sich wieder um

die Tiere, fütterten und striegelten sie. Als Rahel mit zehn Männern und einem Totenkarren ins Lager kam, sorgten sie dafür, dass dieser nicht mit Unrat beworfen oder angespuckt wurde. Denn die Juden, die Rahel mitgebracht hatte, sahen nicht aus wie Mendel Birnbaum. Sie waren bis auf drei Männer allesamt zerlumpte Gesellen, denen man ansah, dass Rahel ihnen Geld gegeben hatte, damit sie mit ihr ins Karawanenlager gingen.

Als sie ins Zelt drängten, wurde es so voll, dass sich die Umrisse ihrer Leiber an den Zeltbahnen abdrückten. Neugierig versammelten sich etliche Karawanenmitglieder vor dem Eingang des Zeltes, um zu lauschen. Bald erhob sich darin eine helle Stimme und begann zu singen. Melissa sah an den Gesichtern der Zuhörenden, dass jedem der Gesang gefiel. Sie würden es aber nie zugeben, dachte sie. Das ist das Traurige.

Unruhe entstand, als ein paar Mal das Wort Amen erklang. Die Mienen verhärteten sich, Kiefer mahlten.

»Wie dürfen sie Amen singen?«, murrte Giovanni Lodi neben Melissa. »Das ist Christus vorbehalten. Nicht von ungefähr sagt er doch, wir sollen nicht plappern wie die Heiden.«

»Ja, aber auch Moses gebraucht das Wort, als er diejenigen verflucht, die wissentlich Böses tun. Amen heißt ja nichts anderes als: So sei es.«

»Und wennschon. Was stehlen sie uns auch noch unsere Wörter.«

Lodi wandte sich brüsk ab, einige Händler und Treiber begannen Steine zu sammeln.

Das darf doch nicht wahr sein, dachte Melissa entsetzt. Das dürfen sie nicht. Doch kaum dass der Sänger das Kaddisch zu Ende gebracht hatte und die Zeltplane vor dem Eingang zurückgeschlagen wurde, flogen ein paar Steine, die zum Glück niemanden trafen. Beschimpfungen machten die Runde, und kaum ein Mann war dabei, der nicht auf den Boden spuckte.

Mendels Treiber drängten die empörten Männer zurück, aber

Melissa sah, wie halbherzig sie es taten. Immerhin rührten alle Judiths und Rahels verweinte Gesichter, so dass niemand störte, als Mendel Birnbaum, eingehüllt in ein schlichtes leinenes Hemd, auf den Totenkarren gelegt wurde. An dessen Kopfende wurde noch ein Windlicht angesteckt, dann gingen die Juden fort.

Nach drei Tagen brach die Karawane wieder auf. Der Nebel hatte sich verzogen, aber es war nicht wärmer geworden. Melissa ritt an der Seite von Rahel und Judith auf ihrem Maultier. Sie bat die beiden Frauen, ihr ein paar deutsche Übungssätze vorzusagen, was diese auch bereitwillig taten. Judith war erheblich umgänglicher geworden, Rahel geradezu dankbar, dass Melissa sie von ihrer Trauer ablenkte.

Andere trifft es schlechter, dachte sie im Stillen. Rahel und Judith müssen nur noch bis Innsbruck durchhalten, dann sind sie zu Hause. Auch wenn Rahel Mendels Harze nicht so geschickt losschlägt wie ihr Mann, in Armut geraten sie nicht. Und wenn Judith ihr Herz nicht einem armen Hirten schenkt, wird auch sie es gut haben. Oder? Vielleicht sollte ich sie noch einmal tüchtig necken.

»Judith?«

»Was ist?«

»Habt Ihr einen Bräutigam?«

»Was geht Euch das an?«

»Weil ich einen habe und mich nach ihm verzehre.« Sie grinste schelmisch.

»Wie schön für Euch. Schaut mich an: Ich bin keine Schönheit, aber meine Mitgift würde nicht gering sein. Wer mich nimmt, heiratet das Geld. Ich werde geschwängert werden, bis ich einen Knaben zur Welt bringe oder das Kindbett mich dahinrafft. Wie findet Ihr das? Sind das Aussichten?«

»Dann studiert Schriften und lernt Musik.«
»So was Dummes hab ich in meinem ganzen Leben noch nicht gehört. Als ob der Geist die Liebe und das Glück einer guten Ehe ersetzen kann.«
Melissa seufzte. Judith war wirklich eine harte Nuss. Ich glaube, ich muss mich damit abfinden, dass nicht ich, sondern nur ein starker, herzenswarmer Mann sie knacken kann, dachte sie.
Sie rutschte vom Rücken ihres Maultiers und eilte zum Kopf der Karawane. Diese war kleiner geworden, denn einige Händler hatten ihre Waren schon in Piacenza veräußert. Melissa hatte ihre zufriedenen Gesichter gesehen, als sie abzogen. Die meisten von ihnen hatten das begehrte Alaun zu hohen Preisen verkauft. Während sie voranschritt, zählte sie stumm auf, wozu dieses Salz nützlich war: Sie selbst kannte es als blutstillendes Mittel. Man konnte mit ihm sowohl verlauste Körper wie auch innere Entzündungen behandeln. Auch beugte es der Entstehung von Geschwüren vor. Besonders Vorsichtige trugen die Kristalle in einem Stoffsäckchen bei sich, um die schmerzhafte Gürtelrose abzuwenden. Wieder andere mischten Wasser, Baumrinde, Minze und Alaun, um sich ihre Zähne zu reinigen, weil es seit alters her für seine geruchstilgende Wirkung bekannt war. In großen Mengen brauchten es die Gerber wegen seiner beizenden und gerbenden Eigenschaften. Nur mit Hilfe dieses Salzes war es möglich, Farbstoffe auf Leder, Wolle und Leinen zu fixieren. Melissa erinnerte sich, gehört zu haben, dass seit Plinius' Zeiten Alaun unter Zusatz von Natriumchlorid und Ziegenmehl Gold zu reinigen vermochte. Wem es eines Tages gelänge, das alleinige Handelsrecht auf Alaun zu gewinnen, würde Macht über Papst und Könige haben.
Mit diesem Gedanken im Kopf kam sie bei Tonio an. Er hockte mit geschlossenen Augen auf seiner Fuchsstute. Der Blick in sein vernarbtes Gesicht riss sie zurück in die Wirklichkeit.

»Keine Gefahren weit und breit? Ihr schlaft ja schon!«, rief sie ihm belustigt zu.
Er zuckte zusammen, schaute um sich: »Ach, der Schöne. Komm hoch zu mir, Jüngling.«
»Damit Ihr ihm die Herzmulde wärmen könnt, wie?«
Er erwiderte ihr Lachen. »Ah, der erste Spaß heute. Ich bekenne, diese Karawane ist bis jetzt die langweiligste meines Lebens.«
»Wir sind weniger geworden«, stellte sie fest.
»Cremona, Mantua, Verona, du Schöner, dann ist unsere Karawane nur noch halb so groß. Bis Innsbruck haben wir nur noch geringen Schwund. Ein paar Blaufärber in Trient und Bozen warten bereits auf unser Alaun.«
»Trient … da werde ich Euch verlassen.«
»Schöner, mach keinen Fehler.«
»Bestimmt nicht.«

Als sie Verona hinter sich gelassen hatten, wuchs bei Melissa die Ungeduld. Ihre Träumereien der letzten Tage kamen ihr auf einmal lächerlich vor. Sie war kein unbedarftes Mädchen, das auf seinen Prinzen hoffte, sondern eine schicksalsgeprüfte Frau. Eine Frau, die bereits große körperliche und seelische Schmerzen hatte aushalten müssen. Wer auch immer sie in Trient erwarten würde, würde sie so annehmen müssen, wie sie war.
Sie nagte auf ihrer Unterlippe. Es war wieder kälter geworden, feiner grieseliger Schnee wirbelte durch die Luft. Der Weg führte dicht an der Etsch entlang, die ihnen seit Verona träge und leise entgegenfloss. Immer häufiger begegneten ihnen Flößer mit dicken Baumstämmen in gewaltigen Mengen. Stets pfiffen und winkten sie ihnen zu, und Melissa, Rahel und Judith erwiderten ihren Gruß.

Endlich, nach unzähligen Stunden ungeduldigen Ausharrens, schälten sich am Horizont die Ausläufer der Alpen aus der grauen Ebene. In ihren Senken und auf ihren Gipfeln schimmerte es weiß. Hier in der Ebene ließ der Schnee noch auf sich warten. Melissa gähnte und wickelte sich ihren Schal, den Rahel ihr für den Rest der Reise geliehen hatte, zum wiederholten Mal an diesem Tag um ihren Kopf.

»Tonio hat recht, es ist ein langweiliges Reisen«, sagte sie zu Rahel. »Wenn man wenigstens auf einem Pferd säße, traben oder galoppieren könnte. Aber nein, wir sind unseren Maultieren ausgeliefert. Es ist zum Auswachsen.«

»Dafür ist die Strecke sicher und obendrein die einzig befestigte, die über die Alpen führt.«

Rahel löste den Stopfen ihres Lederschlauchs und trank einen Schluck Minztee. Sie reichte den Schlauch Melissa, die ihn dankbar an die Lippen setzte. Als sie aufgebrochen waren, hatte sie den Tee heiß eingefüllt, jetzt war er immerhin noch lauwarm. Sie teilten sich einen Kanten Brot, das Rahel einem Veroneser Bauchladen-Bäcker abgekauft hatte, anschließend gab es für jede ein hart gekochtes Ei. Zum Nachtisch viertelte Judith mit dem Dolch ihres Vaters eine Käsekugel. Das übrig gebliebene Viertel warf sie einem ihrer Treiber zu.

»*E io?* Und ich?«, rief sofort ein weiterer.

»Stell dich nicht so an!«, schimpfte Judith. »Ihr seid ja schlimmer als die futterneidischen Hunde von Rom.«

Der Treiber machte eine obszöne Geste, raufte sich die Haare und entschuldigte sich wortreich bei Rahel.

Als ihnen ein Trupp Veroneser Ritter entgegenkam, stieg in Melissa unwillkürlich die Erinnerung an das Erlebnis in Davids Versteck auf. Auch ich bin das Kind eines Ritters, rief sie ihnen im Stillen zu und lächelte stolz. Ich bin die Tochter eines Deutschordensritters, der seine Kirche gegen die Plünderungen der Kreuzritter verteidigt hat. Was habt ihr bislang an Heldentaten zu bieten?

Die Antwort konnte sie sich eine Stunde später geben, denn da kam die Berner Klause in Sicht, ein Nadelöhr, das jeder bezwingen musste, der entlang der Etsch reiste. Giovanni Lodi ließ die Karawane halten, zählte Maultiere und Reisende und befahl, dass alle sich hintereinander aufreihen sollten. »Jeder sieht auf diese Ordnung: Händler, Tiere, Treiber. Dann wieder Händler, Tiere, Treiber und so weiter. Alles klar?«

»Ja, ja, aber die Frauen?«, rief jemand. »Wie nun: Auf den Händlern, den Tieren, den Treibern? Oder *a tergo?* Also die Frauen vorn und dann der Rest hinten?«

Brüllendes Gelächter machte die Runde. Lodi und Tonio schlugen sich auf die Schenkel, wischten sich die Tränen aus den Augen. Dann ging es los mit Rufen, Peitschenknallen, Maultierschreien, Flüchen, Gelächter – es dauerte eine gute Stunde, bis die Formation eingenommen und endlich wieder die Lodischen Hornsignale erklangen.

Melissa war neugierig. Endlich eine Abwechslung! Die Berner Klause war ein nur steinwurfbreites Felsental, durch das sich die Etsch und ein Weg zwängten. Letzterer war so schmal, dass tatsächlich nur ein Pferd oder Maultier ihn passieren konnte – und das nicht ohne Gefahr, vor allem, wenn er vereist war. Jetzt war der Pfad nur leicht mit Schnee bestäubt, aber Melissa fühlte sich unwohl, als sie an den zu beiden Seiten hoch aufragenden Felsen emporschaute, neben sich den Abgrund und die schäumende und tosende Etsch. An der schmalsten Stelle befand sich ein Tor, vor dem zwei Veroneser Ritter standen, die das Wegegeld erhoben. Sie hatten auf halber Höhe holzverschalte Unterstände in den Fels gehauen, die mit Treppen verbunden waren. Auf manchen Stufen türmte sich gestapeltes Brennholz, denn natürlich wollten die Ritter nicht frieren. Melissa erspähte sogar ein Weinfass, und aus einem der Unterstände quoll dichter blauer Qualm.

Wie langsam es jetzt voranging. Immer wieder kam die Karawane ins Stocken.

Melissa, die vor Rahel und Judith ritt, drehte sich um und rief: »Himmel auch! Warum zieht denn jeder seinen Geldsack?«

»Weil alles immer teurer wird. Lodi hat zwar schon in Genua die Wegzölle einkassiert, aber all dieses Geld fließt ja in die Stadtkasse von Verona. Was bleibt da für die armen Rittersleut übrig? Sie müssen schauen, wo sie bleiben. Das ist der Lauf der Welt.«

Rahel war die Ruhe selbst. In Melissas Ohren aber klang es, als sei es das Selbstverständlichste von der Welt, sozusagen erpresst zu werden. Sie hörte, wie die Ritter die Maultiere zählten und jedes mit einem Klaps durchs Tor trieben. Dann kam sie an die Reihe.

»Wie viele Tiere?«, fragte der Ritter-Zöllner, der Helm und Kettenhemd trug und sich seit Tagen nicht rasiert hatte.

»Nur das, auf dem sie sitzt!«, antwortete Rahel hinter ihr.

»Auch gut.« Der Ritter nickte, hielt die Hand auf.

»*E adesso?* Und jetzt?«, fragte Melissa provozierend.

Der Ritter sagte etwas, Melissa zuckte ratlos mit den Schultern.

»Ihr sollt einen halben Gulden rausrücken«, übersetzte Rahel.

»Das ist nicht sein Ernst, oder? Für einen drittel Gulden bekomme ich ein ganzes Schaf!«

»Zahlt, Melissa«, drängte Rahel sie. »Wir halten ja alles auf.«

Mürrisch öffnete Melissa ihr Geldsäckchen und suchte nach Münzen. Sie spürte die begehrlichen Blicke des Ritters, wunderte sich aber, dass er sie nicht darauf ansprach, warum sie in Männerkleidern reiste.

Vielleicht sieht er schlecht, dachte sie, und hat einen Gehörschaden dazu. Doch genau in diesem Augenblick rief der Ritter

etwas, das auch sie sofort verstand: »Teufel noch mal, das ist eine Frau!«
Neugierig stapfte der zweite Ritter heran, der weiter vorn stand. Er musterte Melissa, woraufhin ein Disput ausbrach. Rahel übersetzte wieder: »Sie streiten sich, ob Ihr als Mann oder Frau zu taxieren seid. Als Frau wärt Ihr tatsächlich billiger, nämlich nur einen Drittel Gulden oder achtzig Deniers teuer. Als Mann, wie gesagt, müsstet Ihr einen halben Gulden oder hundertzwanzig Deniers an Wegzoll zahlen.«
»Also sind wir so viel wert wie ein blödes Schaf! Ist das gut?«
Melissa lachte und klatschte übermütig in die Hände, doch das war genau die falsche Reaktion. Die Miene der Ritter verdüsterte sich. Bevor sie noch etwas sagen konnte, packte sie der unrasierte Ritter und zog sie derb von ihrem Maultier herunter. Melissa zeterte, schlug um sich und schrie nach Roland und Martin. Die aber waren etliche Längen hinter ihr. Selbst wenn sie sie hörten, wie sollten sie ihr helfen?
Auch Rahel und Judith konnten nichts tun. Ohnmächtig mussten sie mit ansehen, wie Melissa der Mantel von den Schultern gerissen und dann der Ärmelrock aufgeknöpft wurde. Ehe sie sich's versah, fuhr ihr der Ritter unters Wams und grapschte nach ihrer Brust. Dann hob er sie hoch, damit der andere Ritter ihr zwischen die Beine fassen konnte. »Sie ist wirklich eine Frau!«, grölte dieser. »Hätte nie gedacht, was es für ein Spaß ist, einem an die Wäsche zu gehen, der Beinkleider und Ärmelrock trägt!«
Völlig zerzaust wurde sie wieder auf ihr Maultier gesetzt.
»Jetzt sind wir uns gewiss: Ihr müsst nur achtzig Deniers zahlen.« Grinsend hielt der Unrasierte noch einmal die Hand auf.
»Vierzig Deniers gespart«, meinte Melissa dumpf, »aber dafür um vierzig Demütigungen reicher.«

Stumm ritt sie durch die Ebene, die hinter der Berner Klause begann. Rahel und Judith versuchten sie aufzuheitern, Melissa aber schüttelte nur den Kopf.
In Windeseile sprach sich herum, was ihr widerfahren war. Roland und Martin kratzten sich verlegen die Köpfe und gaben sich gegenseitig die Schuld, weil keiner von ihnen auf die Idee gekommen war, sich hinter Melissa einzureihen. Das kann ich euch sagen, dachte diese, weil ihr euch schon längst den Verstand aus dem Hirn gesoffen habt, deswegen.
Schweigend hörte sie sich eine Weile ihre Entschuldigungen an, dann war sie es leid. Sie wollte nichts mehr hören und schickte die beiden Ritteranwärter fort.
In Borghetto, der nächsten Station der Karawane, legte sie sich sofort schlafen, während andere Händler und natürlich auch Martin und Roland die Schenken aufsuchten. Als sie am nächsten Abend in Rovereto ankamen, rochen Martin und Roland immer noch nach Wein.

An einem frühen Nachmittag erreichten sie endlich Trient, eine Stadt, die noch italienisch war, aber von einem österreichischen Bischof regiert wurde. Lodi hatte beschlossen, außerhalb der Stadtmauern ein Lager auf dem weiträumigen Gelände des Klosters San Lorenzo zu errichten. Er kenne einige der Mönche von früheren Aufenthalten her, berichtete er, und wolle den einen und anderen gerne wiedersehen. Außerdem seien sie hilfsbereit, wie es die Gewohnheit der Benediktiner sei.
Tatsächlich kamen ihnen drei Mönche mit ausgebreiteten Armen entgegen und begrüßten ihn und die anderen Reisenden überaus freundlich. Die Sonne schien, und man hörte das kräftige Rauschen der Etsch, die das Kloster gen Osten, zur Stadt hin, begrenzte. Wohin man auch sah: Obstbaumreihen, Beete, Felder, Stallungen, Wirtschaftsgebäude. Der Turm der Kloster-

kirche ragte spitz in den frostblauen Himmel. Melissa lief, damit ihr ein wenig wärmer würde, zum Fluss, der in beinah durchsichtigem Türkis in seinem breiten Bett übers Gestein strömte. Hinter seinem östlichen Ufer sah man die Dächer Trients mit ihren Rauchfahnen. Wie sehr sehnte sie sich danach, endlich wieder in einem warmen Haus essen und schlafen zu können! Es beruhigte sie, zu wissen, dass die Stunde nicht mehr allzu fern war. Sie würde sich nur noch ein wenig gedulden müssen.

»So ist das in den Bergstädten. Im Sommer sind sie mitunter ein Backofen, im Winter dagegen wähnt man sich im Eiskeller im Warmen.«

Sie schaute sich um. Rahel schlang sich die Arme um den Leib, hinter ihr stapfte Judith mit den Füßen auf der Stelle.

»Ihr habt blaue Lippen, Melissa«, sagte Judith.

»Ihr auch, Judith.«

Sie wechselten einen Blick.

»Wir müssen zurück. Vielleicht können wir …«

»… bei den Mönchen schlafen? Igitt!« Judith schüttelte sich und machte auf der Stelle kehrt.

Rahel und Melissa folgten ihr mit schnellen Schritten. Auf dem Rückweg fiel ihnen auf, dass ein Teil des Klostergebäudes von einem Feuer zerstört worden war. Frost umhüllte die verkohlten Balken. Melissa beeilte sich, denn gerade hastete ein Mönch mit einem dampfenden Kessel über den Hof, an seinem Gürtel baumelten mehrere Becher. Zwei weitere Mönche folgten ihm, umarmten Lodi herzlich und wiesen ihm einen von hohen Hecken geschützten Platz zu. Sofort begannen die Treiber damit, die Lasten der Maultiere abzuladen. Kaum dass diese davon befreit waren, drängten sie sich eng aneinander. Aus allen Mündern und Tiermäulern wehte der Atem wie weiße Fahnen. Einer der Mönche holte Hämmer und machte sich mit einem weiteren Glaubensbruder daran, den Treibern zu

helfen, die Heringe der Zelte in den gefrorenen Boden zu schlagen.
Zwei weitere Mönche erboten sich, die Maultiere in einen Stall zu führen, damit sie vor dem Januarfrost Schutz fanden. Sie entschuldigten sich dafür, nicht genügend Schlafplätze zur Verfügung stellen zu können, da durch einen Brand im vergangenen Jahr ein Teil des Klostergebäudes zerstört worden war. Noch fehlte ihnen das nötige Geld zum Wiederaufbau, außerdem würden sie den nächsten Sommer abwarten müssen.
Inzwischen hatte ein jeder vom heißen Holunderblütentee getrunken. Die Gesichter hellten sich auf, die Stimmung wurde besser, und alle nahmen die Einladung der Mönche an, zur nächsten Messe zu kommen. Nur Judith und Rahel waren nicht angesprochen worden. Lodi merkte, dass sie sich ein wenig zurückgezogen hatten, und eilte auf sie zu. »Rahel, Euer Mann war klug, seid Ihr es bitte auch: Schenkt den Brüdern doch ein wenig Weihrauch.«
»Ein Pfund?«
»Sie würden Euch segnen.«
»Lieber nicht.«
Melissa nutzte die Gelegenheit, sich von Messer Giovanni zu verabschieden. Sie wusste, er würde, sobald das Lager errichtet war, zu den Mönchen gehen, um zu plaudern. Auch sie wäre am liebsten gegangen, einfach über die breite Etschbrücke gerannt, hinein in die Stadt. Aber solange Rahels Treiber noch damit beschäftigt waren, ihr Zelt aufzustellen, würde sie schon aus Höflichkeit warten. Außerdem fehlten noch Roland und Martin, die sie begleiten sollten, aber von ihnen war weit und breit nichts zu sehen.
Wenn sie nicht bald kommen, gehe ich allein, dachte sie trotzig. Ich weiß ja, wohin: zur Kirche Santa Maria Coronata in der Nähe des Kastells.
Die Dämmerung senkte sich auf das Lager, schon brannten die

ersten Feuer. Rahels Weihrauchgabe hatte ihnen, gegen eine kleine zusätzliche Münzgabe, mehrere Hühner eingebracht, von denen einige im Feuer brieten, andere in der Brühe kochten. Dazu gab es Speck, Gewürzbrot und eine dicke Gerstensuppe mit Schweinerippen. Über den flackernden Feuern spannte sich ein sternenübersäter Nachthimmel. In der Nähe rief ein Käuzchen. Zwei wilde Hunde streunten, angelockt von den Essensdüften, zwischen den Zelten herum. Da die Mönche Wein anbauten, hatte Giovanni Lodi ihnen ein Fässchen abgekauft und reihum ausschenken lassen. Anfangs genoss Melissa die heitere Stimmung, doch als sie satt war, überfiel sie das Gefühl, fehl am Platze zu sein. Ja, ihr war bewusst, dass sie schon viel länger hier ausgeharrt hatte, als sie jemals geplant hatte. Sorgenvoll betrachtete sie die hereinbrechende Dämmerung. Sie ärgerte sich, dass Roland und Martin sie tatsächlich im Stich gelassen zu haben schienen.

»So, Melissa, nun geht. Ihr habt lange genug gewartet.«

Erleichtert drehte sich Melissa zu Rahel um, froh, ihrer angestauten Empörung Luft machen zu können. »Sie sind einfach nicht gekommen, diese Halunken!«

Rahel lächelte. »Ich weiß. Vielleicht ist es Fügung. Es wird schon seinen Sinn haben. Nun lauft. Ich sehe es Euch an der Nasenspitze an, dass Ihr tun müsst, was Ihr tun wollt. Hier, nehmt meinen Schal und dann geht!« Sie legte ihr ihren Schal, den sie die letzten Tage gegen die Kälte um ihren Kopf gewickelt hatte, um die Schultern, küsste sie auf beide Wangen und trat beiseite. Auch Judith umarmte sie, Tränen in den Augen.

»Ihr werdet mir fehlen, Melissa. Zu wem soll ich denn jetzt böse sein, ohne dass er mich verflucht?«

»Ich wünsche Euch, dass Ihr bald jemanden findet, der Euch Eure Launen aufs süßeste austreibt, liebe Judith!« Melissa lachte und nahm dankbar ihre Einladung an, sie eines Tages in Innsbruck zu besuchen. Sie dankte ihnen für alles und machte sich unverzüglich auf den Weg. Dann hielt sie plötzlich ihre Unruhe nicht mehr aus. Noch waren die Tore der Stadt offen, sie tat aber so, als schlössen sie innerhalb weniger Minuten, und begann zu laufen. Die Kälte zwickte ihr in die Schultern und Zehen. So mochte es auch den wenigen Menschen gehen, die ihr dick verhüllt begegneten. Je dunkler es wurde, desto beißender wurde die Kälte. Bald war sie allein, und ein Gefühl grenzenloser Einsamkeit machte sich in ihr breit. Um sich ein wenig abzulenken, begann sie jeden Schritt zu zählen.

Nirgends aber konnte sie Roland und Martin entdecken; weder in der Nähe des Klosters noch auf der Brücke Ponte coperto. Na wartet, ihr beiden, dachte sie voller Zorn. Ich werde eurem Komtur schon erzählen, auf welche Sorte von Ritteranwärtern der Deutsche Orden seine Hoffnungen setzt. Wie viele Schritte waren es jetzt? Ach ja, einhundertsechsundvierzig.

Und wie viele noch bis zum Stadttor? Ein Dutzend? Zwei Dutzend? Sie hätte es nicht sagen können.

Aus dem noch offen stehenden Stadttor blies ihr ein strenger, eiskalter Wind entgegen, der ihr winzige Schneekristalle ins Gesicht trieb. Sie blickte sich um. Weder vor ihr noch hinter ihr war eine Menschenseele zu sehen. Sie schaute mit halb zusammengekniffenen Augen zum Tor, in dessen Durchgang eine Pechpfanne qualmte. Was für ein Empfang, dachte sie bitter, statt Licht nur stinkende Schwaden.

Vorsichtig schritt sie weiter. Ihr Blick glitt über den ausgetretenen Weg vor ihr. Je näher sie dem Tor kam, desto stärker spiegelten sich in den kleinen Eisinseln, die von der letzten Überschwemmung zeugten, die schwarzen Rauchfahnen. Sie zog ihre Kapuze tiefer in die Stirn. Nur noch wenige Schritte. Noch immer war niemand zu sehen. Sie ging durch das Tor, und wie von unsichtbarer Hand geführt, senkte sich seitlich eine Hellebarde vor ihr nieder.

Erschrocken blieb sie stehen. Erst jetzt trat der Torwächter hervor. Auch er fröstelte, Bart und Augenbrauen waren voller Eis.
»Wohin?«
»Zum Deutschen Orden.«
»Habt Ihr Waren zu verzollen?«
»Nein.«
»In Ordnung.«
Er hatte Deutsch gesprochen, und sie hatte ihm die richtigen Antworten gegeben. Sie war überglücklich. Mendel Birnbaum sei Dank! Die Freude ließ sie noch schneller gehen. Das war auch gut so, denn der eisige Wind fegte unbarmherzig durch die Straßen Trients. Nur wenige Menschen waren unterwegs. Hin und wieder blieb sie stehen, hauchte in ihre Hände und rieb sie an ihrem Gesicht. In dieser Kälte zu leben ist eine Strafe, dachte sie.
Sie schaute auf, weil sie jemanden rennen hörte. Ein Mann war es nicht, dazu waren die Schritte zu leicht. Eine beißend kalte Windböe erfasste sie und trieb ihr Tränen in die Augen. Sie wischte sie sich von den Wangen – und entdeckte eine Frau, die direkt auf sie zulief. Sie war schlank, hatte ein schmales Gesicht, umrahmt von lockigem Haar. Der Wind riss ihre Kapuze zurück. Sie winkte ihr zu. Melissa stockte der Atem. Das konnte doch nicht sein. Nein, das war doch …
»Melissa!«
»Amande?« Melissa blieb stehen, konnte es kaum glauben. Doch dann flammte die Freude so heftig in ihr auf, dass sie noch einmal laut den Namen ihrer Freundin rief: »Amande! Amande!«
Sie rannte los, schluchzte vor Freude, als sie ihr in die Arme fiel. Die Freundinnen weinten und jubelten abwechselnd, drehten, wiegten sich auf der Stelle.
»Das ist der schönste Moment meines Lebens«, sagte Amande schließlich. »Dass ich das noch erleben darf!«

»Ja! Wir dürfen uns nie wieder trennen.« Melissa presste Amande an sich. »Hörst du? Nie wieder.«

Ihr war es gleichgültig, dass Amande als Erstes erzählte, die Komturei und Bruderschaft der Deutschen Ritter von Trient sei so unscheinbar, dass etliche Trienter gar nicht wüssten, dass hier überhaupt Deutsche Ritter ein Spital unterhielten. Im Moment zählte für Melissa nur, dass sie endlich wieder in ein ihr liebes und vertrautes Gesicht blicken durfte. Amande wiederzusehen, das schien ihr wie eine Belohnung für all die Entbehrungen der vielen vergangenen Monate.

Als würde ich mit jedem Schritt, der mich hier zu den Deutschen Rittern führt, ein Stück dieser entsetzlichen Zeit aus mir herausschütteln, dachte sie. Es ist wie das Erwachen aus einem Alptraum. Schon deswegen werde ich diese Stadt bestimmt in guter Erinnerung behalten, so kalt die Steinhäuser hier auch wirken.

»Weißt du, die Komtureien in Tirol leiden alle an Auszehrung, und hier unken sie, dass bald kein vernünftiges Konventleben mehr möglich ist«, plapperte Amande wie ein Wasserfall und vertrat sich prompt. »Ach, zum Henker … flugs folgt die Strafe, dabei hab ich heut doch noch kein einziges Mal gelästert.« Sie bückte sich und massierte ihren Knöchel, einen Moment später aber strahlte sie bereits wieder. »Also, das Ospedale Santa Maria Vergine dei Teutonici, wie es genau heißt, teilt sich hier die Barmherzigkeit mit wohl einem halben Dutzend anderen Spitälern. Wie bei uns in Montpellier. Da fühlt man sich doch gleich heimisch.«

Sie zog Melissa am Ärmel und bog kurz vor dem Kastell, das im Nordosten der Stadt mit der Stadtmauer verschmolz, in eine Straße ab, an deren Ende eine kleine Kirche stand – Santa Maria Coronata. Ein feuchtkalter eisiger Luftzug wehte ihnen entgegen, als sie die dunkle Straße entlanggingen, die wie ausgestor-

ben wirkte. Melissa zog ihr Kopftuch tiefer in die Stirn und war froh, als Amande endlich eine schwere breite Rundbogen-Tür öffnete.
Mit lautem Knarzen schwang die Tür auf. Sie traten in einen von nur einer Öllampe erleuchteten gewölbten Hofraum, in dem es nach Tran, Zwiebeln, ausgelassenem Speck und gebratenen Eiern roch. Erst als Melissas Augen sich an das Schummerlicht gewöhnt hatten, nahm sie die dunklen Scheiben der drei Pfründner-Kammern wahr.
»Zwei Weiblein und ein Männlein«, klärte Amande Melissa auf. »Er ist der Hahn im Korb. Ein Schnitzer aus irgendeinem Bergdorf. Sie nennen ihn hier alle den Krippenmeister. Die Frauen sind Witwen von einem Glockengießer und einem Plattner. Natürlich schlafen sie jetzt. Was sollen sie auch anderes tun bei dieser Kälte. Wein haben sie reichlich.«
»Wegen nur drei Pfründnern eine ganze Komturei?«, fragte Melissa erstaunt.
»Eine Kammer für Kranke gibt's auch noch. Aber ich sagte dir ja schon, hier ist's nicht weit her mit der Herrlichkeit der Deutschen Ritter. Der Konvent besteht aus zwei Mann. Dem Ritter und dem Priester.«
»Man lernt nie aus.«
Amande zeigte auf eine Treppe, die in den ersten Stock des Spitals und der Komturei führte. Hier wohne der Komtur mit seiner Frau und seinen beiden Töchtern, und über ihm, unterm Dach, der Priester mit seiner Haushälterin.
»Beide stöhnen genau gleich, wenn sie's tun«, bemerkte Amande und ging mit ihr zum Ende des Flurs auf eine mit farbigen Malereien verzierte Tür zu. »Unser Zimmer«, fuhr Amande mit einer einladenden Geste fort. »Es ist das Gästezimmer. Hagen und Avremar haben es sich geteilt, meine Wenigkeit schlief bei den Töchtern des Komturs.«
Aufseufzend sank Melissa auf eines der beiden Betten: »End-

lich sich ausstrecken können! Und wie ich sehe, haben wir hier sogar den Luxus eines Tisches und zweier Stühle. Aber, Himmel noch mal, es ist kalt! Dabei ist der Kachelofen hier doch warm?«

»Ja, aber Komtur Meinulf feuert erst seit einer halben Stunde. Wenn wir zu Bett gehen, ist es warm. So, ich werde dich ihm jetzt vorstellen.«

»Wunderbar, dann kriegt er gleich was zu hören.«

Schon auf dem Flur hörten sie den Streit. Zwei helle Mädchenstimmen gegen eine mütterlich besorgte Stimme. Amande und Melissa wechselten einen belustigten Blick.

»Und? Du meinst, wir sollten sie jetzt stören?«, fragte Melissa unsicher.

»Warum nicht? Vielleicht verhüten wir ja Schlimmeres?«, gab Amande zurück. Ohne zu zögern, klopfte sie an die Tür und trat, ohne Antwort abzuwarten, ein. »Komtur Meinulf, das ist meine Freundin Melissa. Avremar und Hagen haben sie Euch ja angekündigt.«

Amande sprach deutsch, wie Melissa überrascht feststellte. Sie hat also auch ein bisschen was gelernt, dachte sie. Das ist gut. Jeder ein bisschen, das ergibt zusammen bereits ein wenig. Und das reicht oft schon auf Reisen.

Komtur Meinulf, gedrungen, mit grauem Kräuselbart, saß mit Frau und Töchtern bei Tisch und kaute mit vollen Backen. Er hob die Hand, sofort wurde es still. Neugierig schaute er Melissa entgegen, wandte dann seinen Kopf seinen Töchtern zu, die sich sofort erhoben, und deutete auf die beiden frei gewordenen Plätze: »Willkommen. Setzt Euch.«

»Danke. Gerne.«

Seine rundliche Frau, deren Gesicht so rot war wie der Wein, den sie in zwei frische Steingutbecher schenkte, nickte Amande und Melissa freundlich zu und wies auf die Tür, hinter der ihre

beiden Töchter verschwunden waren und bereits wieder zankten.
Melissa lächelte und nickte verstehend.
Der Komtur schnitt Brot und Schinken ab, musterte Melissa. Von seiner Statur her könnte er Holzfäller sein, dachte sie. Seine Blicke aber sind listig und wach. Man sollte ihn nicht unterschätzen. Und das Erste, was ich hier lerne, ist: Die Deutschen sprechen bestimmt dreimal weniger als wir aus dem Languedoc oder der Provence.
»Wie lange wollt Ihr denn bleiben?«, fragte Komtur Meinulf. Amande und Melissa schauten sich beide gleichermaßen erstaunt an.
»Ihr wünscht, dass wir gehen?« Amande fasste sich als Erste. Komtur Meinulf schien die Frage zu amüsieren, denn er schlug krachend die Faust auf den Tisch und lachte lauthals auf.
»Ein Mann kann gar nicht genug Frauen im Haus haben«, rief er. »Nein, das ist es nicht. Aber am sechsten Februar bin ich in Bozen. Dort wird dieses Jahr das Gründungsfest unseres Ordens begangen. Einhundertzweiundneunzig Jahre wird er alt. Ja, damals vor Akkon im Heiligen Land … das waren die großen Zeiten der echten Kreuzzüge! Walbot von Bessenheim, Hermann von Salza, Hochmeister, die mit den Großen der Welt auf Du und Du standen. Und wir Ritter gehörten alle dazu, wir, der Orden der Brüder vom Deutschen Haus Sank Mariens in Jerusalem.«
Komtur Meinulfs Augen glänzten, seine Stimme bebte vor Ergriffenheit. Melissa schien es, als sähe er durch sie und Amande hindurch in die ferne glorreiche Vergangenheit des Ordens, die im Heiligen Land einhundert Jahre währte. Sie wusste, dass mit dem Fall von Akkon im Jahre 1291 der Orden das Heilige Land verlassen musste und seinen Hauptsitz nach Venedig verlegt hatte. Aber Venedig war nur eine Zwischenstation. Im Jahre 1309 hatte der damalige Hochmeister den Hauptsitz ins preu-

ßische Marienburg verlegt. Seitdem konzentrierte sich die kämpferisch eingestellte Ritterschaft des Deutschen Ordens vor allem auf die Kolonisation Polens und Litauens, was, wie Avremar ihr einst erklärt hatte, nichts anderes hieß, als sich Land und Leute untertan zu machen. Andere Komtureien, vor allem in Frankreich, Italien und in den Gebirgsregionen, verloren von Jahr zu Jahr mehr an Bedeutung. Die Pfründe dort brachten zu wenig ein, hingegen stiegen die Kosten der Spitalsdienste für Kranke und Pilger. In den deutschen Landen war dies anders, dort verfügten die Deutschen Ritter noch über genügend Besitzungen, von denen sie leben konnten.

Eine lange Pause trat ein, in der Amande und Melissa ihre Becher leerten. Der Komtur schob ihnen Brot und Schinken zu und brummte zufrieden, weil Melissa kräftig zulangte.

»Kommt mit nach Bozen«, sagte der Komtur schließlich. »Ein Fest ist ein Fest.«

»Gerne. Dort sind dann auch die Ritteranwärter Roland und Martin? Weil es viel zu trinken gibt?«

»Kenne ich nicht. Es gibt keine Ritteranwärter, die so heißen.«

»Was?«

Melissa schnellte von ihrem Stuhl hoch. Das Herz schlug ihr bis zum Hals. Schlagartig wurde ihr bewusst, dass der vorgeblich so gut abgestimmte Plan ihrer Rettung nicht überzeugend war. Irgendetwas daran war falsch. Hatte David sie in Genua belogen? Dieser Mann hier, Komtur Meinulf, sollte Sorge dafür getragen haben, sie in Genua abzuholen, wenn die Campo Santo wieder ihren Heimathafen anläuft?

Ausgeschlossen. Komtur Meinulf tat wie ein völlig Ahnungsloser. Und so bescheiden, wie hier alles aussah, verfügte er bestimmt nicht über genügend Geld, zwei Männer rund ein Vierteljahr in Genau auszuhalten.

Und noch etwas: Warum war Amande hier? Warum nicht Avremar und Hagen?

Melissa hatte das Gefühl, auf einmal sei alles um sie herum nicht wirklich. Sie war versucht, sich in den Arm zu kneifen, doch Komtur Meinolf schlürfte mit so irdischen Lauten seinen Wein, dass es keinen Zweifel geben konnte – sie träumte nicht. Stattdessen sah sie zu, wie er bedächtig eine Scheibe Schinken abschnitt, sie aufspießte und sich in den Mund schob. Anschließend wischte er sich den Mund, nickte und wiederholte, dass er keine Ritteranwärter namens Martin und Roland kenne.

»Setzt Euch wieder.«

»Nein, Komtur Meinulf. Ich danke Euch für Eure Gastfreundschaft. Aber jetzt muss ich mit meiner Freundin sprechen.«

Sie wandte sich Amande zu und zupfte sie am Ärmel. »Komm. Ich glaube, du kannst mir einiges erzählen, was ich noch nicht weiß.«

Sie klang so scharf, dass Komtur Meinolf den Kopf schüttelte und irgendetwas murmelte, das mit Zanken und bösen Weibern zu tun hatte, mit Hölle und armen Rittern. Amande dagegen seufzte. Sie schaute zur Seite, Melissa aber war es nicht entgangen, dass ihre Freundin errötet war. Sie verbirgt etwas, dachte sie empört. Gerade noch lagen wir uns in den Armen, jetzt hat sie schon wieder Geheimnisse. Bestimmt hat es etwas mit Avremar zu tun. Sollte er …

Sie wagte nicht, zu Ende zu denken, denn es tat einfach zu weh.

Amande nahm sich noch ein Stückchen Schinken und erhob sich.

»Wir kommen mit nach Bozen, Komtur«, sagte sie. »Sorgt Ihr für Pferde, ich hab Geld.«

Melissa hatte Mühe, an sich zu halten. Aber kaum dass die Tür des Gästezimmers ins Schloss gefallen war, war es mit ihrer Geduld vorbei. »Was treibst du für ein Spiel, Amande? Warum bist du hier, Avremar und Hagen aber nicht? Woher hast du Geld?«

»Erzähl du mir erst mal, warum du so kurze Haare hast, liebe Freundin!«, erwiderte Amande schnippisch und drehte das Öllicht auf dem Tisch höher. »Übrigens haben wir's jetzt warm. Schon gemerkt?« Sie zündete einen Kienspan am Öllicht an und brachte das andere Öllicht zum Leuchten, das auf einer gewaltigen Truhe stand, die Melissa erst jetzt bemerkte.
Sie atmete tief durch und ließ sich auf einen der Stühle nieder. Amande setzte sich ihr gegenüber. Sie sah ernst aus. Der Schein des Lichts verlieh ihrem Gesicht etwas Abweisendes. Ihre Augen glänzen, dachte Melissa, um ihren Mund aber liegt etwas Leidendes. Doch eigentlich wirkt sie nicht so, als sollte sie für mich den Unglücksboten spielen.
Melissa holte Luft: »Also, warum ich kurze Haare hab …«
»Ach, das war doch nicht ernst gemeint! Du trägst Mannskleider, dazu passt das kurze Haar. Komtur Meinulf bringt auch das nicht aus der Ruhe, so dickfellig ist er. Aber wie du bestimmt schon richtig vermutet hast, ja, was in Genua geschah, damit hat er nichts zu tun.«
»Wer dann?«
»Unsere Herzensritter. Hagen und Avremar. Sie haben Roland und Martin aufgrund einer Empfehlung des hiesigen Bischofs angeheuert.«
»Ich verstehe das alles nicht!«, rief Melissa.
»Wie solltest du.«
»Dann erklär's mir doch!«, brauste Melissa auf.
»Also pass auf: Nachdem Avremar von den Lazarus-Brüdern in Marseille erfuhr, dass du irgendetwas mit den Uzès zu schaffen hattest, war es für ihn und Hagen nicht mehr schwer, dich freizubekommen. Dem Grafen war es eine Ehre, Deutschen Rittern gefällig sein zu dürfen. Dann geschah deine Entführung in Aigues-Mortes. Sie brachte Avremar schier um den Verstand, Hagen aber setzte darauf, dass ein genuesisches Schiff irgendwann seinen Heimathafen anlaufen wird.«

»Sie haben sich also wieder versöhnt?«
»Ja. Komtur Arnold hat sie in Arles kräftig ins Gebet genommen. Wochenlang wurden sie zu Spitaldiensten eingeteilt, mussten Nachtwachen halten und Bußübungen verrichten. Hagen hat es gestählt, Avremar aber ist fast daran zerbrochen, weil er in dieser Zeit ja nicht nach dir suchen konnte.«
Amande machte eine Pause. Sie stützte die Ellenbogen auf, ließ ihren Kopf in die Hände sinken und starrte ins flackernde Licht. Melissa aber lächelte verklärt. Sie schniefte, wischte sich die Augen. Zwar fiel ihr auf, dass Amande ohne Ausdruck und Anteilnahme erzählte, aber sie war viel zu neugierig, sich jetzt Gedanken darüber zu machen.
»Und weiter?«
»Na ja, nichts Großes. Hagen erreichte wenige Tage nach Aigues-Mortes die Nachricht, dass sein Vater im Sterben läge. Von da an ging alles Schlag auf Schlag. Wir packten zusammen, Bücher, Abschriften, Musiknoten, schifften uns nach Genua ein und waren dort Davids Gäste. Er riet unseren Rittern, über den Brennerpass zurückzukehren. Er erzählte uns, dass die Rhein-Route über den San Bernardino und Chur zurzeit von räuberischen Banden unsicher gemacht werde, seitdem ein Rheingold-Wäscher eine Handvoll bohnengroßer Goldstücke gefunden habe. Darum also bin ich jetzt hier in Trient. Avremar und Hagen haben mich hier in der Obhut des Komturs zurückgelassen, während sie aus den Söldnern Roland und Martin Ritteranwärter machten und sie nach Genua schickten, damit sie dich dort in Empfang nähmen und wieder hierherbrächten. In ritterlicher Treue harre ich hier jetzt seit Anfang Dezember letzten Jahres aus. Und alles nur wegen dir.«
Den letzten Satz sprach sie völlig emotionslos. Amande ließ den Kopf hängen. Plötzlich wurde Melissa bewusst, wie sehr ihre Freundin litt, wie schwer die letzten Monate für sie gewesen sein mussten. Alles nur wegen dir, hatte sie gerade gesagt –

und das mit Recht. Schließlich hatte Amande aus nächster Nähe miterleben müssen, wie sehr Avremar um sie gebangt, wie sehr er sich nach ihr verzehrt hatte.

Gerade hat sie es selbst gesagt, dachte Melissa. Wie muss es sie gedemütigt haben, dass auch Hagen nichts wichtiger war, als mich zu finden, zu befreien und in Sicherheit zu bringen. Und alles nur wegen dir ... Wenn ich daran denke, was im Kloster Montmajour geschehen war, dieser Ausbruch von Hagens Eifersucht! Wie schmerzlich muss es für Amande gewesen sein, sich der Wahrheit zu stellen, dass auch Hagen sein Herz an mich verloren hat. Und als ob dies nicht schon genug ist, hat sie wieder wegen mir in Trients eisiger Winterkälte auf mich warten müssen!

»Du bist böse auf mich, Amande, oder? Mehr noch, du bist eifersüchtig, nicht wahr? Ich jedenfalls wäre es an deiner Stelle. Denn kann es anders sein? Nein. Alles nur für mich. Du hast ja recht.«

Amande hob den Kopf, starrte sie an und nickte schließlich. »Der, den ich liebe, liebt nur dich. Und der, der mir schöne Augen machte und mich missbrauchte, auch.« Sie schlug sich die Hände vor den Mund.

»Er hat was?«, schrie Melissa entsetzt auf. »Hagen hat dich entehrt?«

Amande schüttelte den Kopf, brach in Tränen aus. Sie warf sich aufs Bett, sprang aber im selben Moment wieder hoch, stolperte zum Fenster, drehte sich aber sofort wieder um und lief zur Tür. Sie legte die Hand auf die Klinke, fuhr herum, begann im Raum auf und ab zu wandern. Hektisch huschten ihre Blicke zwischen dem Licht der Öllampen und Melissa hin und her, dann endlich begann sie zu reden. »Ich weiß jetzt, dass ich einen Fehler gemacht habe, Melissa. Es war falsch, seinen schönen Worten, seinen verliebten Blicken zu trauen. Hagen zu trauen. Aber bin ich nicht auch nur ein Mensch? Wie verbittert war ich, nachdem mir endlich klargeworden war, dass Avremar nur dich, dich ganz allein liebt! Wie verbittert! Ach was, ich war verzweifelt und weinte, wie ich noch nie in meinem Leben geweint hatte. Da begann Hagen um mich herumzutänzeln. Er nutzte meine Schwäche aus, bot mir seine Schulter zum Trost, und irgendwann, ich merkte es nicht, weil ich so leer war, begann er mich auszufragen.«

Melissas Herz klopfte vor Aufregung. »Was wollte er denn von dir wissen?«

Amande schneuzte sich. »Er wollte wissen, woher du kämst. Ich erzählte ihm die Wahrheit, auch, dass Heta nicht deine leibliche Mutter war.« Sie brach ab, senkte ihren Kopf.

»Mehr nicht?«

»Doch, auch von Malwidas Weissagung«, flüsterte Amande. Sie sank zurück auf ihr Bett, doch dieses Mal blieb sie steif auf der Bettkante sitzen, unfähig, ihren Blick von Melissa zu wenden. »Ich habe ihm verraten, dass der Gürtel, den du trägst, dich zu deiner Bestimmung führen würde.«

»Und du hast ihm erzählt, dass ich aus Alexandria komme ...«

»Ja. Und seitdem ging etwas in Hagen vor. Ich begann, ihn genau zu beobachten, versuchte, seine Blicke zu entschlüsseln, diesen plötzlichen Glanz in seinen Augen, die so wirkten, als habe eine unsichtbare Macht einen Schleier beiseitegeschoben. Irgendwann dann gab er preis, jetzt wisse er, welche Reliquie er zu Hause seiner Kirche schenken werde.«

»Er will einen Wallfahrtsort gründen?«

»So habe ich ihn verstanden.« Amande rutschte von der Bettkante vor Melissa auf die Knie. »Kannst du mir verzeihen? Es war mein Schmerz, mein Erwachen aus dem süßesten Traum, dass Avremar mich lieben könnte. Es gab Tage, da habe ich nur noch gehasst.«

Melissa kniete sich hin und rutschte neben sie: »Ach, Amande!« Sie schlang ihre Arme um sie. »Du hast weder etwas Böses getan noch irgendein Geheimnis ausgeplaudert. Stattdessen hast du dein Herz und deine Sehnsucht für mich geopfert, ich aber habe nichts, dich zu trösten. Das Einzige, womit ich dies vielleicht jemals aufwiegen kann, ist das Versprechen, dich nie mehr allein zu lassen. Was immer du brauchst, was immer dich betrübt, ich werde für dich da sein, Amande. Vergiss dies nie, hörst du?« Melissa schluchzte und zog Amande an ihre Brust. »Bitte bleibe auch in Zukunft bei mir«, flüsterte sie. »Und lass uns unseren Weg gemeinsam gehen. Gott wird wissen, warum es so sein soll. Und du wirst deine Bestimmung genauso finden wie ich.«

Amande löste sich aus ihrer Umarmung. Sie lächelte und küsste Melissa auf die Stirn. Dann aber schaute sie wieder zu Boden und fragte: »Müssen wir jetzt nicht Angst haben, Melissa?«

»Vielleicht vor der Kälte. Aber komm, lass uns erst schlafen. Ich bin so müde. Mir fallen gleich die Augen zu.«

Gemeinsam legten sie sich auf eines der Betten, deckten sich zu. Amande vergoss noch ein paar Tränen, dann schlief sie ein. Melissa aber war nicht müde, sondern hellwach. Malwida, warum hast du nur in Rätseln gesprochen?, dachte sie. Welches Geheimnis hast du mit dir genommen?

In Gedanken ging sie noch einmal die Wochen und Monate nach ihrer Flucht aus Montpellier durch. Bilder und Worte begleiteten ihre Erinnerungen, auf einmal stockte der Fluss. Sie sah sich in Tarascon und hatte den psalmodierenden Singsang der Pilger im Ohr, die die heilige Martha von Bethanien anriefen.

Hagen war mit mir und Amande in der Krypta, erinnerte sie sich. Und hinterher … wie er mich anschaute und auf meine Hüften starrte … damals dachte ich, er sei erregt, meinte mich, die Frau. Aber was sagte er, nachdem wir die Krypta verlassen hatten? Melissa hielt die Luft an, ihr Herz schlug schneller. »Das Gewissen frei im Leibe schwingt, wenn die Münz im

Kasten klingt.« Ja, das waren seine Worte. Und jetzt denke dir deine Geschichte und die der heiligen Martha dazu: der Heiligen, die den Drachen von Tarascon mit ihrem Gürtel gebändigt hat.

Melissa hatte das Gefühl, als fügten sich die Steine eines Mosaiks wie von selbst zusammen. Ihr Herz klopfte immer heftiger. Ich bin das Kind eines Deutschordensritters und trage einen uralten geheimnisvollen Gürtel, den mir mein Vater als Talisman umgelegt hat, dachte sie. Er war die Reliquie der kleinen christlichen Kirche in Alexandria, der Gürtel der heiligen Martha! Hagen hat es seit Tarascon geahnt, durch Amande hat er jetzt Gewissheit. Er weiß, welch kostbare Reliquie mich schützt. Sie ist Gold wert. Und weil sie Eigentum einer Deutschordensgemeinde war, glaubt er im Recht zu sein, sie mir wegzunehmen.

Je länger Melissa darüber nachdachte, desto sicherer wurde sie in ihrer Erkenntnis. Und jetzt verstand sie auch, warum Amande so verzweifelt gewesen war. Sie hat es sofort mit dem Herzen begriffen, durchfuhr es sie siedend heiß. Deshalb ihre Angst. Sie fürchtet sich nicht vor Roland oder Martin, sondern vor Hagens Habgier.

Mitfühlend strich sie Amande über Stirn und Wangen. Es war ein bedrückendes Gefühl, sie durch ihr gemeinsames Schicksal auch noch ungewollt in Gefahr bringen zu müssen. Aber gemeinsam sind wir stark, redete sie sich und ihr in Gedanken zu. Wir dürfen hoffen. Jetzt sogar auf die Hilfe der Heiligen selbst. Sie wird uns zu unserer Bestimmung führen.

Melissa erhob sich, löschte die Öllichter. Der Kachelofen war kalt. Für einen Moment umhüllte sie vollständige Dunkelheit. Vorsichtig trat sie ans Fenster: Der Himmel war schwarzblau, so dass die Sterne wie funkelnde Pfeilspitzen auf sie zu zielen schienen.

Zwei Reitstunden hinter Trient setzte starker Schneefall ein. Als wollten sie Melissa und Amande mit Gewalt in den Süden zurückdrängen, trieben ihnen von Norden Böen ins Gesicht. Tapfer stemmten sie sich gegen den Sturm, während die Hufe ihrer Pferde durch Schlamm- und Eispfützen brachen. Komtur Meinulf schien dieses Wetter nichts auszumachen. Immer wieder trieb er sein Pferd an, so dass ihnen nichts anderes übrigblieb, als mitzuhalten.

»Es hilft nichts, wir müssen weiter!«, rief er und wies auf die undeutlichen Schemen einer Brücke wenige Pferdelängen vor ihnen. Der Weg hier glich einem von unsichtbaren Windhänden glattgestrichenen Schneetuch, war von jeglichen Spuren unberührt. Die Etsch dagegen führte kantige Eisschollen mit sich, die ächzend an den Brückenpfeilern zerbarsten. Auf der Brückenmitte drehte sich der Komtur zu ihnen um und stimmte überraschend ein kräftiges *Te deum laudamus* an. Er schloss enthusiastisch: »Willkommen in den deutschsprachigen Landen. Nicht mehr lange, und wir sind in Salurn.«

Bald tat sich hinter der Brücke und dem wüsten Treiben der Schneeflocken ein riesiges Waldgebiet auf. Es verhieß Windstille und Schutz vor dem Schneesturm, so dass sie auf dem weiten, unberührten Weg endlich schneller vorankamen. Komtur Meinulf winkte, damit Melissa und Amande ihn überholten. Ihrem Maultier, das sie an langer Leine hinter sich herzogen, gab er einen Klaps und trat hinter den nächstbesten Baum. »Jetzt wird er besser wachsen!«, rief er. »Darauf könnt ich wetten.«

Melissa schüttelte nur den Kopf. Irgendwie ist er kindisch, dachte sie. Oder tut er nur so? Vielleicht ist er aber wirklich froh, einmal ohne Frau und Kinder zu sein.

Nach einer Weile erreichten sie eine Kreuzung, an der ein steinerner Bildstock mit Wegezeichen stand. Melissa und Amande schüttelten sich den Schnee von Kapuzen und Schultern, warteten, bis der Komtur sie wieder eingeholt hatte. Während sie frierend ihre Arme um sich schlangen, sprang er vom Pferd, wischte den Schnee vom Bildstock und fragte: »Wollt Ihr Gott um Beistand bitten? In der Nähe steht ein Kirchlein. Es ist immer offen.«

»Haben wir denn so viel Zeit?«

»Wie sollte ein Christ dazu keine Zeit haben?«

»Nun … dann … ja«, antwortete Melissa.

Sie zogen wieder los, doch es dauerte noch eine Weile, bis sie das Wegkreuz fanden, das ihnen die Richtung zur Kirche des heiligen Ulrich wies. Wie ein riesiger Handschuh umhüllte der Schnee das niedrige Schindeldach. In Inneren der Kirche aber war es kalt und düster, trotz der faustdicken Honigkerze, die vor dem Altar brannte. Melissa, Amande und Komtur Meinulf knieten auf dem Teppich nieder und beteten. Heiliger Ulrich und heilige Martha, rief Melissa im Stillen, steht auch ihr uns im Land der Deutschen Ritter bei. Lasst uns nicht im Stich, gewährt uns euren Schutz.

Als sie eine Viertelstunde später den Kirchenraum verließen, hatte Melissa das Gefühl, ihre Sorgen wögen leichter. Dafür aber war ihnen die Kälte wieder tiefer in Mark und Bein gedrungen, zudem plagte sie der Hunger. Komtur Meinulf aber war zuversichtlich, noch am Abend Salurn zu erreichen. Ergeben folgten sie ihm. Doch als sie am späten Abend tatsächlich vor einer bescheidenen Herberge haltmachten, waren Melissa und Amande vor Kälte bewegungsunfähig. Wie zwei eingeschneite Puppen saßen sie auf ihren Pferden, die Gesichter weiß, die Lippen blau. Der Komtur hob sie vom Pferd und trug sie durch die leere Wirtsstube in einen Stall, der bis unter die Decke mit Heu gefüllt war.

»Zieht Euch aus und deckt Euch mit dem Heu zu. In einer Stunde fühlt Ihr Euch wie neugeboren. Und dann wird gebechert.«

Gestärkt und frischen Mutes, ging es am nächsten Morgen bei Sonnenaufgang weiter nach Bozen. Es war ein klarer sonniger Wintertag. Die Berghänge waren tief verschneit, die Bäume bogen sich unter den Schneelasten. Axthiebe und Glöckchengeklingel waren zu hören, einmal kam ihnen aus einem der Waldwege ein riesiger Schlitten entgegen, der mit zwei langen Tannenstämmen beladen war. Vier kräftige zottelige Pferde waren vor ihn gespannt, die die schwere Fuhre, die Köpfe gesenkt, zogen. Dampfwolken entwichen ihren Nüstern, trotzdem wurden sie von dem Bauern, der den Schlitten lenkte, immer wieder angefeuert. Melissa und Amande staunten, denn hinter dem Schlitten hingen an zwei langen Seilen jeweils zwei Bergbauern.
»Wird's steiler, stemmen sie sich mit den Absätzen in den Schnee, damit der Schlitten nicht zu viel Schub bekommt«, erklärte Meinulf. »Ja, Holz ist bei den Berglern alles. Damit leben sie. Stein ist so gut wie verbannt, denn davon haben sie ja genug.«
Kurz vor Sonnenuntergang hatten sie ihr Ziel erreicht. Das Areal des St.-Johannes-Spitals lag außerhalb der Stadtmauern Bozens, an der Ausfallstraße nach Trient, südlich der Brücke, die über den Eisack führte. Es war von einer niedrigen Mauer umgeben, die nicht nur mehrere Gebäude umschloss, sondern auch einen kleinen Friedhof.
Vor der Komturei zeigte Melissa auf ein freistehendes Haus, vor dessen Eingang ein Zweiradkarren stand. Ein Mann in Soutane mit Ordenskreuz befestigte ein Licht an der Kopfseite des Karrens, gleich darauf erschien ein Ordensritter in der Tür.
»Der Totenkarren des Sondersiechenhauses«, flüsterte Melissa.
»Ja, und Fracht hat er auch«, antwortete Amande.
Sie bekreuzigten sich und beobachteten, wie der Deutsche Ritter die Zugstangen packte und zu einem frisch ausgeschaufelten Grab stapfte. Priester und Ritter packten den in weißes

Leinen eingeschlagenen Leichnam und ließen ihn ins Grab fallen. Nach einem kurzen Gebet winkten sie dem Totengräber, der sich an den anderen Gräbern abmühte, die schiefen Holzkreuze wieder aufzustellen.

Was für ein Gegensatz, dachte Melissa bei sich. Die einen bereiten ein Fest vor, die anderen bringen die unter die Erde, die kein Fest mehr brauchen.

Frierend stiegen Amande und sie vom Pferd, schlangen die Arme um sich und stampften auf den Boden, um wenigstens wieder ein bisschen Gefühl in die Zehen zu bekommen. Komtur Meinulf war bereits in der Komturei verschwunden, kam aber nach einer Weile mit zwei Ordensbrüdern wieder heraus, denen zwei Knechte mit groben Wollumhängen und Laternen folgten.

»Wir sind noch nicht zu spät!«, rief er vergnügt. »Die Nachtmesse verpassen wir nicht. Vor allem aber morgen nicht das Schlemmen! Aber nun umarmt erst einmal meine Ordensbrüder, Komtur Arnfried aus Brixen und Komtur Thomas aus Sterzing.«

»Zwei Schönheiten, die unserem Fest den richtigen Glanz bescheren!«, rief Komtur Arnfried und umarmte die beiden Frauen.

Komtur Thomas, nicht weniger untersetzt und stämmig wie Komtur Arnfried, tat es ihm gleich und fügte hinzu: »Unsere Ordensbrüder Avremar und Hagen haben Euer Kommen bereits angekündigt. Wie schön, Euch bei unserem Hochfest zu Gast zu haben.«

Als wollten sie Amande und Melissa zum Tanz führen, boten sie ihnen den Arm und traten mit ihnen ins Warme. Komtur Meinulf gab die nötigen Anweisungen, wie die Pferde und das Maultier zu versorgen seien. Er ließ es sich nicht nehmen, Melissas und Amandes Gepäck in ihr Zimmer zu tragen, erklärte, heute müsse jeder noch von seinen Vorräten zehren, erst ab morgen seien sie alle, so habe es der Bozener Komtur verfügt, gastfrei.

»Ihr seht, bei uns in Tirol sind die Komtureien knapp mit dem Geld. Aber Wein lass ich Euch bringen. Brot und Käse habt Ihr noch. Also, wir sehen uns dann bei der Messe.«

Nach der Messe, bei der sie die einzigen Frauen waren, fielen Melissa und Amande sofort in tiefen Schlaf. Mit Bratenduft in der Nase wachten sie auf. Rasch kleideten sie sich an und suchten den großen Saal der Komturei auf, der mit Tannengrün und den Fahnen der jeweiligen Ortskomtureien festlich geschmückt war.

Im Kamin brannte ein mächtiges Feuer, trotzdem war es nur mäßig warm.

»Bis zum Schmaus wird es hoffentlich gemütlicher werden«, flüsterte Amande. »Und hoffentlich fällt er nicht genauso schlicht aus wie Tische und Bänke.«

»Na, es duftet doch schon nach Braten. Als ob Deutsche Ritter fleischlos essen …«

»Und schlafen …?«

Sie kicherten und suchten sich einen freien Platz. Pfründner und Ordensritter frühstückten mit Knechten und Mägden, Melissa entdeckte aber auch einige Kranke mit unförmigen Wollmützen, die es Kraft kostete, sich aufrecht auf den Bänken zu halten, um ihre wässrige Erbsensuppe zu löffeln.

Auch hier bekommen die Kranken weißes Brot, dachte Melissa und lächelte. Sie trug ihre Spitaltracht, fühlte sich endlich wieder wohl in ihrer Haut. Komtur Meinulf, der wenig später zu ihnen stieß, meinte, er habe sie nur aufgrund ihrer kurzen Haare wiedererkannt, in der Tat aber gefalle sie ihm so viel besser.

»Alles andere ist verkehrte Welt und passt nur in die närrischen Tage des Karnevals.« Er griff in den Brotkorb und winkte einer Frau, die eine ähnliche Tracht wie Melissa trug. »Ein Mus wollen wir. Dazu frisch gebrochenes Schüttelbrot, Milch mit Honig, Äpfel und, wenn ihr habt, Birnen.«

Amande und Melissa sahen sich an, zuckten die Schultern. Der Komtur rieb sich die Hände und begann zu erklären: Ein Tiroler Mus werde in der Pfanne zubereitet. »Der Boden wird dick mit Butter ausgestrichen, dann darin kalte Milch aufgekocht. Gewürzt wird mit Salz und Muskat, schließlich rührt man Schwarzplentenmehl ein und lässt es weiter köcheln. Dann ein wenig rasten lassen und mit geschäumter brauner Honigbutter überschmelzen.«

»Aha.«

Weder Melissa noch Amande hatten irgendetwas verstanden. Aber das Mus schmeckte köstlich, genauso das harte, nach Anis, Kümmel und Fenchel schmeckende Schüttelbrot, das sie in der Honigmilch aufweichten. Der Komtur schälte die Äpfel und viertelte sie, Melissa musste lange nachdenken, wann sie sich das letzte Mal so wohlgefühlt hatte.

Komtur Meinulf ist richtig redselig geworden, dachte sie. Er zwinkert uns zu und tut so vertraulich, als sei er unser leiblicher Bruder.

Die Festmesse begann am späten Vormittag nach einer Ruhepause. Auf allen Fluren klingelten die Glöckchen und luden zum großen Schmaus ein. Im Festsaal loderten Fackeln, die weißen Tischdecken trugen alle das Deutschordenskreuz. Es roch nach Wein, Baumharz und Weihrauch, ein Ritteranwärter aus Bozen wies Melissa und Amande ihre Plätze am Tisch für die Deutschordensgäste zu.

Der Schmaus begann mit dem feierlichen Einzug der Tiroler Komture. Sie sangen einen Hymnus, daraufhin verlas der Komtur ein Kapitel aus der Bibel. Anschließend erhoben sich alle zum Vaterunser, dann endlich wurde aufgetragen: dampfende Suppen, Forellen und Zander, Berge von Knödeln, Siedewürste,

Kohl und Rüben, Geflügel, Wildbret, Rindszungen. Ritteranwärter schenkten einen tiefdunklen, nach Brombeeren und Rosen duftenden Wein aus, der, wie Melissa fand, eher der Besinnlichkeit als dem Gespräch förderlich war.
Es fehlt die Musik, überlegte sie. Oder kommt sie mit den Nachspeisen?
Sie dachte an Avremar und fragte sich, wo er und Hagen wohl jetzt speisten. Denn auch sie feierten heute dieses Hochfest des Deutschen Ordens. Oder hatten sie sich bereits wieder gestritten?
Noch bevor sie weiter darüber nachdenken konnte, hörte sie lautes Geschimpfe hinter der Tür des Festsaals. Der Bozener Komtur horchte auf und machte einen Ritteranwärter, der ihm gerade einschenkte, darauf aufmerksam. Sein Gesicht war versteinert, das des Ritteranwärters wirkte zu allem entschlossen.
Doch es war zu spät.
Die Tür flog auf, und eine Frau stürzte herein. Sie hielt einen Hühnchenschlegel in der Hand, die Mägde hinter ihr rauften sich das Haar.
»Essen, trinken, schlafen gehn, das ist alles, was die Deutschen Ritter dreh'n!«, rief sie wütend. »Schande über Euch! Meine Familie liefert Euch die Hühner und Gänse, Ihr fresst Euch satt, aber meinem Jungen habt Ihr nicht helfen wollen. Jetzt liegt er wieder bei uns auf dem Ofen und redet wirr. Da seht Ihr, was Eure ärztliche Kunst und Eure Gebete taugen.«
»Was stört Ihr unser Fest!«, rief der Komtur leidenschaftlich. »Eurem Sohn, Sibill Steinmayr, wurde nach bestem Gewissen geholfen. Wenn er nicht gesund geworden ist, ist es Gottes Wille. Geht endlich! Schon heute Morgen hab ich Euch dies gesagt. Geht! Sonst verlier ich die Geduld!«
Der Ritteranwärter drängte die Frau zurück, doch die war kräftig genug, sich nicht so einfach durch die Tür schieben zu las-

sen. Sie klammerte sich an der Zarge fest, schimpfte, schrie und jammerte.
»Stich sie nieder, du Feigling!«, brüllte der Bozener Komtur unbeherrscht den Ritteranwärter an. »Los, tu endlich was!«
Melissa zögerte nicht länger. Sie eilte zur Tür und konnte dem Ritteranwärter gerade noch in den Arm fallen. »Lasst mich nach ihrem Jungen sehen!«, rief sie dem Bozener Komtur zu. »Ich bin Spitalschwester aus Montpellier. Vielleicht kann ich helfen.«
»Ihr könnt Hand auflegen?«, fragte Sibill Steinmayr hoffnungsvoll.
»Nein, aber Krankheiten lesen«, gab Melissa zur Antwort. Schnell schob sie die Frau durch die Tür, im nächsten Moment stieß auch Amande zu ihnen. »Ich lass dich nicht allein«, sagte sie. »Außerdem bin ich bereits so voll, dass ich kaum noch Luft bekomme.«

Melissa war dankbar für die Abwechslung. Das Essen und der Wein hatten sie ebenso müde gemacht wie Amande, und sie freute sich geradezu darauf, endlich wieder das tun zu können, was ihr am vertrautesten war: Kranken zu helfen und ihnen zumindest wieder Hoffnung zu geben.
Sie eilten über den von Schneewehen gesäumten Bozener Marktplatz und gelangten zu einem schmalen Haus, hinter dessen Giebelfenster ein Öllicht flackerte. Kaum dass sie den Hof betraten, hörten sie aufgeregtes Gänseschnattern. Eine Gans rannte mit gestrecktem Hals auf sie zu und wurde flugs von Sibill zurück in den Stall gescheucht.
»Vier Gänse haben sie uns gelassen.«
»Ihr seid den Deutschherren zinspflichtig?«, fragte Melissa.
»Wir halten unsere Schweine auf ihrem Land. Und dieses Jahr war der Zins in Gänsen zu bezahlen. Was für ein schlechtes Geschäft! An Martini hätten wir das Doppelte bekommen. Und

Ihr kommt aus Frankreich? Was für eine weite Reise. Ich kenn nur unsere Stadt. Mehr nicht.«
Sibill Steinmayr, die Frau eines Bozener Obsthändlers, hämmerte mit den Fäusten gegen die Tür. »Herrje! Mach endlich auf!«
Eine junge Magd öffnete. »Ich dachte, weil die Gänse so angeschlagen haben …«
Sibill Steinmayr verdrehte die Augen. »Nein, Hanna, ich bin's nur und kein Dieb nicht und auch nicht der Teufel. Aber sag schon – redet er noch oder schläft er?«
Sibill nahm Melissa und Amande die feucht gewordenen Mäntel ab und drückte sie ihrer Magd in die Hand.
»Grad schnarcht er.«
»Ach, es ist ein Elend.«
Sie stiegen eine Treppe ins obere Stockwerk hinauf. Hanna sei abergläubisch und so furchtsam wie die Murmeltiere auf den Almen, erklärte sie und trat in die Zirbelholzstube mit dem großen weißen gewölbten Ofen. Ein vielleicht zehnjähriger Junge lag auf ihm und röchelte leise vor sich hin. Eine Katze schlief eingerollt zu seinen Füßen. Im Vogelkäfig, der auf einer hohen Stange steckte, flatterte ein Star.
»Das ist mein Damio«, flüsterte Sibill Steinmayr.
»Er schläft mit offenen Augen?«, fragte Melissa.
»Ja, dann ist er schon tot?«
»Nein. Aber wir müssen ihn vom Ofen herunterheben, damit ich ihn untersuchen kann.«
Sibill und Hanna stellten sich auf die Ofenbank, nahmen eines der Rahmenbretter weg und hoben Damio herunter. Der schmächtige Junge seufzte erst, dann knurrte er unwillig.
Sofort bekreuzigte sich Hanna.
»Eine Watschn, du, ist das wert!«, zischte Sibill böse.
»Streitet euch nicht«, flüsterte Melissa und fühlte dem Jungen

die Stirn. Sie war heiß und trocken. Sibill küsste sie und betupfte sie mit einem feuchten Schwamm. »Wie lange hat er es schon?«
»Das Fieber? Seit vier Tagen. Das Schlimmste aber, sagt er, sind die Schmerzen an der Schläfe. Als ob Pfeile drin steckten. Die von Tag zu Tag immer tiefer wachsen.«
Melissa und Amande wechselten einen kurzen Blick. Amande schlug die Augen nieder. Sie hat allmählich Erfahrung, dachte Melissa. Auch sie weiß, dass ich hier nicht helfen kann. Und bestimmt hat der Komtur die Wahrheit gesagt … dass sie im Spital alles ihnen Mögliche ausprobiert haben. Freilich könnte man ihm den Schädel aufbohren … aber wenn Geschwüre ins Gehirn wachsen … wer soll das operieren?
Da begann Damio zu sprechen: »Ich will wieder spielen«, sagte er und schaute Melissa an. »Schneemänner bauen, Bogen schießen. Acht von zehn Mal treffe ich ins Schwarze. Und das auf fünfzig Schritt.«
Melissa hatte nicht alles verstanden, aber sie lächelte. Sie legte ihre Hände um Damios Kopf und hielt die Luft an. Innerlich hatte sie sich vorbereitet, doch jetzt brauchte sie alle Kraft, sich nichts anmerken zu lassen. Er wird keinen Frühling mehr erleben, dachte sie betroffen. Der Komtur hat recht: Es ist Gottes Wille. Damio hat ein bereits faustgroßes Geschwür. Selbst ein Fragiardi würde ihm nicht mehr helfen können.
»Was ist es? Sagt schon!«
Vor Anspannung klapperte Sibill Steinmayr mit den Zähnen.
»Kann er … gut sehen und steht er ohne fremde Hilfe?«
»Nicht mehr so wie früher.«
»Dann muss ich Euch unter vier Augen sprechen.«
Sibill Steinmayr trat mit ihr auf den dunklen Flur.
»Die Deutschherren haben ihn auf dem Gewissen, nicht wahr?«
»Wie viele Kinder habt Ihr?« Melissa wich der Frage aus.
»Ihn, den Tonio und den Maximilian, beide sind älter, dann

noch die Angela.« Sibill reckte sich voller Stolz, doch dann fragte sie misstrauisch. »Warum?«

»Gebt Damio, wann immer er will, Bilsenkrautsaft. Er wird noch mehr Schmerzen bekommen ... bis der Herr ihn zu sich nimmt. Sein Kopf ist voller Geschwüre. Wenn kein Wunder geschieht ...«

Sibill presste sich die Hand auf den Mund. Mit weit aufgerissenen Augen starrte sie Melissa an, wenige Herzschläge lang war es totenstill.

Doch plötzlich schlug Sibill zu. Melissa spürte den Luftzug, dann einen brennenden Schmerz an der Wange. Noch nie hatte sie eine derartige Ohrfeige verpasst bekommen – und noch nie einen derartigen Ausbruch an Hass erlebt. Sibill beschimpfte sie als Hexe, als Höllenbrut, Deutschherrenhure, wünschte ihr ewige Verdammnis an den Hals und schrie, sie würde sie unters Rad bringen.

Völlig außer sich, stürzte sie zurück in die Stube und griff nach dem Schürhaken. Amande hatte Hanna bereits die Mäntel aus der Hand gerissen, und erst im letzten Moment gelang es der Magd, Sibill den Arm wieder herunterzureißen. Wie eine Keule krachte der Schürhaken auf die Dielen, doch da hatte Sibill Hanna schon beiseitegestoßen. Aufschluchzend warf sie sich über ihren Sohn, während Melissa und Amande die Treppe hinunterpolterten und unter lautem Gänsegeschrei fluchtartig den Hof verließen.

»Noch nie war die Wahrheit ein gern gesehener Gast«, sagte Melissa keuchend.

»Das kann doch keiner ahnen!«, rief Amande aufgebracht. »Eine wahnsinnige Berglerin. Sehen wir bloß zu, von hier wegzukommen.«

»Es war nur ihr Schmerz ... aber sie wird es überwinden. Ihr bleiben immer noch drei andere Kinder.«

Die Sonne war bereits untergegangen, als sie wieder die Komturei des St.-Johannes-Spitals betraten. Ein Ritteranwärter stand in der Tür zum Festsaal und musterte sie eindringlich. Er musste gerade erst im Spital eingetroffen sein, denn draußen stand sein Pferd. Sein Körper strahlte Kälte aus, der Deutschordensmantel mit dem halben Kreuz war am untersten Zipfel noch steif.

»Wo kommt Ihr denn her?«

Statt zu antworten, gab der Ritteranwärter lächelnd die Tür frei. Komtur Meinulf winkte ihnen zu, und Melissa sah auf den ersten Blick, dass sich in der Zeit ihrer Abwesenheit die Sitzordnung aufgelöst hatte. Sie entdeckte zwei Lautenspieler und einen Balljongleur, die mit vollen Backen den Kuchen aßen, der ihnen vorgesetzt wurde.

»Es gibt ein Dutzend Kuchen, eingemachte Früchte und Gefrorenes!«, rief Komtur Meinulf. »Ihr kommt gerade noch rechtzeitig. Aber warum seht Ihr aus, als sei der Teufel hinter Euch her?«

»Das erzähle ich, wenn wir unseren Schrecken mit Wein weggespült haben«, antwortete Melissa auf Französisch. Komtur Meinulf aber hatte schon verstanden.

»Vin, Vino, Wein. Trinken wir!« Er erhob sich und eilte aus dem Festsaal. Nach einer Weile kam er mit einem vollen Krug Wein und zwei Bechern zurück. Zuerst goss er sich seinen noch gut gefüllten Becher randvoll, dann schenkte er Amande und Melissa so übermütig ein, dass deren Becher überliefen. »Und jetzt geben wir allen bösen Bozner Geistern Bescheid!«, rief er und erhob sich. »Auf die Ehre der Deutschen Ritter!«

Aug in Aug tranken sie ihre Becher leer. Komtur Meinulf füllte sofort wieder nach. Für ihn reichte der Wein nicht mehr, also griff er kurz entschlossen nach dem vollen Becher des Sterzinger Komturs Thomas.

Wieder leerten sie die Becher. Und dann noch einen.

Melissa und Amande plumpsten auf die Bank und begannen zu erzählen. Man scharte sich um sie, das Stimmengewirr wuchs, im Hintergrund erklang ein erstes Lied.
Zu viel getrunken, dachte Melissa und zupfte Amande am Ärmel. Die saß schwankend auf der Bank und lächelte vor sich hin. Da kam einer der Lautenspieler an ihren Tisch: »Es war einmal ein König …« Melissa hörte die ihr unverständlichen Worte. Sie konnte kaum noch die Augen offen halten. Auf einmal schien der Festsaal auseinanderzugehen wie ein Hefeteig. Das Lied hatte sich in ein schrilles Geheul verwandelt, das sie plötzlich ängstigte. Instinktiv fasste sie sich an ihren Gürtel. Sie sah noch, wie Amande die Arme um den Kopf schlang und sich auf den Tisch sinken ließ.
»Heilige Martha«, murmelte sie.
Im nächsten Moment war alles still und schwarz.

Melissa erwachte mit entsetzlichen Kopfschmerzen. Wie eine Perlmuttscheibe auf dunklem Wasser bewegte sich das vereiste Fensterglas hin und her. Ihr war schwindelig und übel zugleich. Zitternd setzte sie sich auf. Sie schlang ihre Arme um ihren Leib – und erschrak: Der Gürtel war weg. Ihr Talismann, ihr Beschützer, die Zauberkraft der heiligen Martha – fort!
Mühsam versuchte sie sich zu erinnern. Zwischen den einzelnen Kopfschmerzattacken blitzten Bilder vom gestrigen Abend auf, vermischt mit Worten Hagens und Avremars, aber vor allem denen von Komtur Meinulf.
Seine Augen, erinnerte sie sich, der erste Eindruck in Trient … er hat nicht getrogen. Seine listigen Augen, seine Leutseligkeit … alles war nur gespielt. Abgefüllt hat er uns … die Gelegenheit konnte günstiger nicht sein. Bis zuletzt hat er gewartet.
Barfuß taumelte sie zur Tür, tapste über den eisigen Flur in den Festsaal. Es war ihr egal, wie sie aussah und ob sie ausgelacht

wurde: »Wo ist Komtur Meinulf?«, fuhr sie einen Ordensbruder an, der neben der Tür saß und frühstückte.
Begriffsstutzig glotzte er sie an, dann erst schien er ihre Frage zu verstehen: »Er ist fort. In aller Frühe.«
Melissa nickte, drückte sich die Finger an die Schläfen. Sie wollte eine Verwünschung ausrufen, doch was hätte das genutzt? Französisch verstand hier ja niemand.
Und was war mit Amande?
Melissas Nase wusste die Antwort, noch bevor Melissa wieder im Zimmer stand. Amande lag zusammengekrümmt in ihrem Bett, auf dem Boden vor ihr schwamm eine grauenerregende, breiige rote Lache.
»Amande! Er hat den Gürtel!«
Sie rollte herum und riss die Augen auf. Doch die Übelkeit war stärker, und sie musste sich erneut übergeben.
»Und jetzt?«, krächzte sie, als es endlich vorbei war.
Melissa starrte ins Leere. Malwida sagte, der Gürtel wird dich zu deiner Bestimmung führen, dachte sie. Muss er mir erst geraubt werden, damit ich sie endlich finde?
»Ich werde den Kampf aufnehmen«, antwortete sie. »Ich will meinen Gürtel zurück. So wahr ich die Tochter eines Deutschen Ritters bin.«
Mühsam stemmte sich Amande hoch und schaute Melissa entgeistert an. »Du bist was?«
»Verzeih mir, ich hätte es dir längst sagen müssen.«

# *Buch VI*

## *Vom Bodensee zum Hochrhein, Spätwinter 1381*

Und nun, edle Herrin, was machen wir?«, fragte Amande schnippisch. »Was befehlt Ihr angesichts dieser Sicht? Wir kommen immer langsamer voran. Habt Ihr Euch womöglich getäuscht? Den See, sagte unser Dornbirner Wirt heute Morgen, könnten wir nicht verfehlen, weil er so riesig sei. Weit wie das Meer, meinte er, und lieblich wie eine Wolkenwelt. Ich aber sag Euch, er hat Eurer Herrlichkeit einen Bären aufgebunden. Hier gibt es keinen See.«

Melissa verdrehte die Augen. Nicht schon wieder, dachte sie. Seit sie Amande in Bozen erklärt hatte, sie sei das Kind eines Deutschen Ordensritters, neckte diese sie mit der Anrede edle Herrin. Irgendwann hatte sie es aufgegeben, ihr diesen Unsinn auszureden, doch seltsamerweise verließ sich Amande seitdem voll und ganz auf ihre Führung. Verlief die Reise jedoch nicht vollkommen reibungslos, hieß es sofort: Edle Herrin, könnte es sein, Ihr seid nicht mehr ganz Meisterin Eurer Unternehmungen?

»Amande, wir haben Nebel«, antwortete Melissa gedehnt. »Da kann es schon mal vorkommen, dass man nicht mehr als zwei Pferdelängen Sicht hat. Auf jeden Fall sind wir auf der guten alten befestigten Römerstraße.«

Sie hob den Arm und wies nach vorn, doch auch ihrem Pferd schien die kalte, zunehmend dichte Nebelwand nicht zu behagen. Überdies schienen sie die Einzigen zu sein, die unterwegs waren – abgesehen von den Krähen, deren heiseres Gekrächze

unheilvoll die Luft erfüllte. Nach einer Weile ahnte Melissa, warum ihr Pferd plötzlich so unruhig geworden war. Ein süßlicher Geruch lag in der Luft, so ekelerregend wie unverwechselbar. Melissa schauderte: Ganz in der Nähe musste ein Galgen stehen … es wäre nicht der erste, seit sie von Bozen aufgebrochen waren.
Knapp zwei Wochen waren sie jetzt unterwegs. In Klausen, Brixen, Sterzing waren sie Gäste der Komtureien, dann passierten sie den Brennerübergang und übernachteten ab Steinach und Matrei in Wirtshäusern. In Innsbruck erholten sie sich zwei Tage bei Rahel und Judith, dann zogen sie den Inn entlang über Telfs und Imst, überquerten die Lechtaler Alpen, um dann entlang der Flusstäler bis nach Dornbirn zu kommen. Alles Geld war so gut wie verbraucht, lange würden sie nicht mehr durchhalten.
»Und jetzt noch eine Weggabelung!«, rief Amande mürrisch.
»Ja, aber mit römischem Wegweiser.« Melissa stieg vom Pferd und betrachtete den brusthohen rechteckigen Stein. »Schau doch, Brigantium steht für Bregenz, links daneben Ad Renum. Das kann nur Sankt Margarethen sein. Also müssen wir nach links, dann kommen wir nach Rorschach.«
»Wie Herrin meinen.«
»Bitte, lass das endlich.«
»Ich bin einfach zermürbt.«
»Glaubst du, ich nicht?«
Melissa seufzte. Sie musste wieder an die erschütternde Szene in Trient denken: Alles nur wegen dir, hatte Amande gesagt. Jetzt war es wieder so weit. Aller Mut war verbraucht, mehr noch, die Gedanken waren nicht einmal mehr beschwerlich, denn es gab schlichtweg nichts mehr, worüber sich zu grübeln lohnte. Selbst die Wut über den Ritteranwärter, den sie eine gute Stunde vor ihrem Absturz in traumlose Schwärze an der Tür zum Festsaal getroffen hatte, war längst verraucht – auch wenn

Fragen blieben. War er noch am selben Abend mit ihrem Gürtel nach Brixen geflüchtet? Wie viel Geld hatte Hagen ihm gezahlt? Steckte er vielleicht gar nicht allein hinter diesem feigen Raub? War sie das Opfer einer großen Verschwörung des Deutschen Ritterordens?

Melissa schaute auf. Nach ihrem Zeitgefühl musste es jetzt auf die Mittagszeit zugehen. Dazu würde passen, dass der Nebel sich allmählich zu lichten begann.

»Wenn doch bloß die Sonne wieder schiene!«, rief Amande.

Sie schaute in den fast gleißend weißen Himmel, und als sollte sie für ihre Zuversicht belohnt werden, wurden plötzlich die Umrisse der Sonnenscheibe sichtbar. Die Landschaft schien mit einem Mal von einem unendlich großen, silbrig schimmernden Tuch verhüllt, das alle Konturen vor ihnen märchenhaft erscheinen ließ. Je weiter sie ritten, umso klarer traten Bäume, Häuser und Wälder hervor. Da riss plötzlich der Himmel auf und wölbte sich zartblau über ihnen. Und nur wenige Augenblicke später erblickten sie hinter einem zartdunstigen Schleier den See.

»Voilà, der Lacus Brigantinus!«, rief Melissa. »Jetzt sind wir so gut wie am Ziel. Avremar erzählte mir einmal, die Römer hätten sich gegen die Kelten aus Bregenz eine Seeschlacht geliefert. Auf der Insel Mainau sollen sich sogar Reste eines römischen Stützpunktes befinden.«

»Schön, Herrin. Sagt mir bitte nur noch eines: Wo fängt dieser See an, und wo stößt er wieder ans Land?«

»Woher soll ich das wissen? Jedenfalls haben wir endlich flaches Land erreicht.«

Sie trieben ihre vollbepackten Pferde an, denn seit Innsbruck waren sie ohne Maultier unterwegs. Der Weg führte geradewegs auf den Rhein zu, und ein Fährmann brachte sie auf die Westseite des Flusses.

Es war mild, das Licht diesig. Auf dem letzten Stück Weges nach Rorschach begegnete ihnen eine Pilgergruppe, die aus dem nahen Kloster Sankt Gallen kam. Sowohl Melissa als auch Amande betrachteten es als gutes Omen, dass zwei von ihnen sich auf Französisch unterhielten. Jetzt konnten sie das lebhafte Markttreiben der Stadt richtig genießen. Als ihnen die Gerüche von Pech und Salz, Holzfeuer und Fisch, frischem Brot, Milch, Käse und gegrilltem Fleisch in die Nase stiegen, spürten sie, wie sehr sie dieses beschauliche städtische Leben vermisst hatten.

Doch als sie ihre Barschaft zählten, stellten sie fest, dass diese bis auf sechs Kreuzer zusammengeschmolzen war.

»Dafür bekommen wir heute zwar noch etwas zu essen, aber wo sollen wir schlafen?«, fragte Amande. »Und was, edle Herrin, bekommen unsere Pferde?«

»Einen Käufer, Magd«, antwortete Melissa unwirsch. »Ich sage es dir jetzt zum letzten Mal: Höre ich noch einmal ›edle Herrin‹, nenne ich dich bei jeder Gelegenheit Magd. Ansonsten schlage ich vor, von Konstanz aus heute noch die Insel Mainau zu erreichen. Dort gibt es eine Komturei, da sparen wir wieder Geld. Oder hast du einen besseren Vorschlag?«

»Er hätte von mir stammen können.«

»Wie schmeichelhaft.«

Schweren Herzens suchten sie einen Pferdehändler auf und tauschten ihre Tiere gegen ein Maultier ein. Der Händler half ihnen beim Umpacken und trieb sie zur Eile an. Der Segler nach Konstanz, von wo aus sie in einer Stunde zur Mainau kämen, lege bestimmt bald ab. »Schon drei Tage wartet er auf den richtigen Wind. Jetzt, bei diesem Südost, werden wohl etliche andere Schlange stehen.«

Sie trafen in letzter Minute ein. Der Segler war bereits mit Kaufleuten und Pilgern besetzt. Nur mit Mühe fanden sie noch einen Platz zwischen Körben voller Tauben, Bürsten, Glaswerk, Lederhäuten. Ein Fischer führte eine Kiste fetttriefender Räucheraale und Lachse mit sich, ein Sauschneider in seiner Kiepe grauenerregende Zangen und Messer. Als beim Ablegen noch ein alter Händler mit einem Ballen Murmeltierfelle herbeihastete und kreischend forderte, mitgenommen zu werden, mussten sie noch enger zusammenrücken.

Alle sahen ihm zu, wie er mit krummen Fingern in seinem Beutel nach Geld suchte und schließlich dem Fährmann eine Münze hinhielt.

Dieser schüttelte missmutig den Kopf: »Das ist zu wenig, Neidhard. Deine Felle musst du auch bezahlen. Das weißt du ganz genau, du Geizkragen.«

Der Alte fluchte, knirschte mit den Zähnen. »Sahnst von allen ab, mich aber wringst du aus. Siehst doch, wie alt ich bin und immer noch schaffen muss.«

»Das liegt allein an dir, Neidhard«, erwiderte der Fährmann verärgert. »Dein Geiz treibt dich zum Arbeiten, als gäb's nichts anderes. Willst dein Geld mitnehmen? Oder willst du, dass ich dich so lange schüttel, bis du die Kreuzer einzeln herauswürgst?«

»Was weißt du denn! Geld ist gut, denn dann kann ich für mich beten lassen. Solange die Welt besteht, werden sie in der Jakobskapelle vor meinem Altar beten und meiner gedenken. Ich werde nicht lange im Fegefeuer leiden. Aber du!«

Missmutig drückte er dem Fährmann noch einen Kreuzer in die Hand und sank dann auf seinen Murmeltierfell-Ballen nieder.

Endlich ging es los. Melissa und Amande tat der Alte trotz seines vorgeblichen Geizes leid, denn er war bis auf die Knochen abgemagert. Allein seine Willenskraft schien ihn noch aufrecht zu halten. Melissa schätzte sein Alter auf bestimmt siebzig Jahre.

Wie oft wird er über den See gefahren sein?, fragte sie sich. Welche Entbehrungen mochte er in seinem Leben ausgestanden haben? Aus einer Laune heraus trat sie auf den Fährmann zu. »Ist der Alte wirklich so fromm?«

»Wieso interessiert Euch das?« Der Fährmann musterte sie aus halb zusammengekniffenen Augen. »Ihr seid doch fremd hier. Aus Frankreich, oder?«
»Ja.«
»Neidhard ist eben so. Er hat einen Hof, zwei Töchter und genug Geld, um darin zu baden. Seinen Töchtern hat er einst verboten zu heiraten, weil er keine Mitgift zahlen wollte. Jetzt will sie niemand mehr haben, und er tut Buße, indem er sich totarbeitet. Sein Geld stiftet er dann der Pilgerkapelle.«
»Und seine Töchter?«
Der Fährmann zuckte mit den Schultern. »Ein wenig wird er ihnen lassen. Aber Ihr, wohin zieht es Euch?«
»Dorthin, wo auch ein anderer glaubt, Geld sei das Wichtigste«, antwortete Melissa sibyllinisch.
»Und wo ist das?«
»Irgendwo am Rhein. Ich verfolge jenen anderen, der auch von nichts anderem als Geld träumt.«
»Ihr müsst ihn nur noch finden, wie?«, fragte der Fährmann verschmitzt.
»Ja, ihn und meine Liebe.«
»Ihr liebt einen Geizkragen?«, entrüstete sich der Fährmann.
»Nein! Aber einen Ritter. Er heißt Avremar von Inzlingen. Kennt Ihr ihn?«
»Nein. Aber ich habe einmal gehört, dass das Geschlecht derer von Inzlingen reichlich verschuldet sein soll.«
Melissa verschlug es die Sprache. Brüsk wandte sie sich vom Fährmann ab und kämpfte mit einem Kloß im Hals. Tränen schossen ihr in die Augen. Sie wischte sie ab, klammerte sich an die Reling und reckte ihren Kopf in den Wind.
Warum hast du mir das nicht gesagt?, schrie eine Stimme in ihr. Warum, Avremar? Wenn du mich so liebst, warum hast du mir dies verschwiegen? Weil auch du hinter das Geheimnis meines Gürtels gekommen bist? Bist du auch nicht besser als Hagen?

Sie drehte sich um und fing Amandes Blick auf. »Und das ist jetzt auch nicht wahr, oder? Sag, dass das nicht wahr ist!«, zischte sie.
Amande setzte eine ahnungslose Miene auf. »Wie meinen? Ich versteh dich nicht. Was ist?«
Melissa konnte sich nicht mehr beherrschen. »Du hast doch alles mitgehört! Schadenfroh bist du, Amande. Gib es doch zu! Es belustigt dich, dass ich einem Ritter durch die halbe Welt nachreise, der so arm ist wie eine Kirchenmaus.«
Amande lachte auf. »Ach, hast du das gerade erfahren? Ja, wenn es denn so ist … aber du liebst ihn doch! Und bin ich nicht bei dir? Lass ihn arm sein. Er ist dein, Melissa!« Sie erhob sich und trat auf ihre Freundin zu. Sie zögerte nur einen kurzen Moment, dann schloss sie Melissa in ihre Arme. »Beruhige dich. Ich habe auf Avremar verzichtet, du aber kannst gewiss sein, sogar von Stand zu sein. Muss der, den du liebst, jetzt auch noch ein Krösus sein?«
Sie streichelte Melissa über den Rücken. Alle Blicke ruhten auf ihnen, jeder war neugierig. Da rief der Fährmann etwas in einem Amande und Melissa unverständlichen Dialekt, woraufhin sich alle lachend auf die Schenkel schlugen. Der Sauschneider zog eine seiner Zangen und deutete an, was er damit machen könne. Jetzt musste auch der alte Pelzhändler lachen.
»Siehst du?«, jammerte Melissa. »Sie lachen sich halbtot. Mein Vertrauen in seine Liebe ist wie mit einem einzigen Schlag zerstört.«

Als der Segler in Romanshorn festmachte, hatte Melissa sich wieder beruhigt. Zwei Pilger stiegen zu, aber gerade als der Fährmann sich wieder vom Ufer abstoßen wollte, kam ein Mann angerannt, der mit einem einzigen riesigen Satz an Bord sprang. Dabei prallte er gegen den Alten und stieß ihn unfreiwillig von seinem Fellbündel. Der Alte schimpfte drauflos, aber der Mann

umarmte ihn, nur um im nächsten Augenblick dem Fährmann mehrere Münzen in die Tasche zu stecken.
»Gott zum Gruß miteinander. Verzeiht, aber ich und meine Töpfe müssen mit. Unbedingt. Gestattet, dass ich sie noch hole. Ich muss auf die Mainau. Der Koch dort wartet dringend auf seine neuen Töpfe. Ich hab die besten Töpfe der Welt für ihn! Vom Sankt Galler Abt persönlich mit Weihwasser besprengt. Dazu ein Kistchen mit Pfeffer, Koriander und Kreuzkümmel. Die Ritter dort wollen schließlich verwöhnt werden.«
»So ein Unfug!«, wetterte der Alte. »Geweihte Kochtöpfe. In denen brennt nichts an, oder wie? Schmeckt's dann himmlisch?«
»Nein, die Töpfe werden wohl nie mehr leer!«, rief der Sauschneider.
»Aber hier ist es voll!«, rief der Alte ärgerlich. »Wir saufen ab. Wartet mit Euren heiligen Töpfen bis morgen.«
»Das könnte Euch so passen. Ich hab bezahlt!«
Hilfesuchend schaute sich der Händler zum Fährmann um. Dieser nickte und beruhigte alle. »Das Boot ist frisch kalfatert, die Segel sind neu, der Mast ist beste Schwarzwaldtanne. Wir sind sicher.«
Auch Amande und Melissa glaubten dem Fährmann nicht. Jedes Fleckchen des Bootes war belegt, zwischen Oberkante der Bordwand und der Wasseroberfläche war gerade mal eine Handbreit Luft. Der Fährmann aber ließ sich nicht beirren. Der Händler durfte zusteigen, und auch seine schwere Kraxe fand noch einen Platz.
Bei gleichmäßigem Südostwind und Sonnenschein nahm der Segler Kurs auf die Mitte des Sees, dann, versprach der Fährmann, würden sie noch schneller vorankommen. Bald verschwamm das Ufer im Dunst zu einem graugrünen Streifen, und schließlich waren sie nur noch von Wasser umgeben. Melissa meinte, es sähe aus, als glitte der See unmerklich ins Land

hinein, Amande hingegen schien es, als dränge das Land ins Meer. Mit der Zeit wurde die Fahrt eintönig. Melissa zog sich in sich zurück, überlegte, wie sie Avremar begegnen sollte. Doch sie fand keine Antwort. Zu allem Überfluss begann einer der Pilger auf seiner Maultrommel zu spielen. Wenn er wenigstens einen gleichmäßigen Rhythmus beibehalten würde, dachte Melissa verärgert, aber das hier ist ja nicht zum Aushalten! Warum hat der Mensch keine Ohrenlider! So wie der hier spielt, bekommt doch jeder Zahn- oder Kopfschmerzen!
Wütend schaute sie den Pilger an, doch der hatte die Augen geschlossen und gab sich ganz seinem Spiel hin. Die anderen schien es nicht zu stören, Melissa aber hätte Amande am liebsten gebeten, den Mann über Bord zu stoßen.
»Wollen wir in Konstanz eigentlich einen Tag bleiben und ausruhen oder gleich weiterziehen?«, fragte Amande.
»Was weiß ich.«
Melissas Stimmung war auf einem Tiefpunkt. Irgendwie war ihr mit einem Mal alles gleichgültig. Vielleicht sollten wir alle mit diesem Boot untergehen, dachte sie verdrossen und schaute zu, wie die Sonne hinter einer milchig dichten Wolkendecke verschwand. Das Licht wurde diffus, der Wind flaute ab, doch nur, um nach kurzer Zeit böig aufzufrischen.
»He, ich seh immer noch kein Land!«, rief Neidhard. »Wir müssten längst auf der Höhe von Konstanz sein!« Der Fährmann und der in Romanshorn zugestiegene Topfhändler tauschten Blicke – und im selben Moment tauchte wie aus dem Nichts vor ihnen ein Uferstreifen auf. »Donner, das ist die Mainau!«, schrie Neidhard. »Der Fährmann hat uns verschaukelt. Weil ihm das eigene Geschäft wichtiger war als sein Versprechen, uns nach Konstanz zu schiffen. Mir aber Geiz unterstellen! Das ist die Höhe!«
Auch die anderen Reisenden waren empört. Einer der Pilger griff zu seinem Pilgerstab und schrie, er wolle sein Geld zurück.

»Klappe halten und hinsetzen!«, rief der Fährmann, als plötzlich eine Böe in die Leeseite des Bootes fuhr und es bedenklich ins Schwanken geriet. Er gab den Leinen nach, entspannte die Segel, doch eine neuerliche Böe trieb das Boot geradewegs auf den Steg zu. Mit kräftigem Schwung rammte es gegen den Bootssteg. Wasser schwappte über das Deck. Alle schrien, der Fährmann aber lachte. »Ihr Landratten! Habt gebetet, wie? Zum heiligen Nikolaus?« Er sprang mit einer Leine von Bord, vertäute sie und zeigte gen Himmel. »Der Wind hat auf Nord gedreht! So ist das bei diesem See. Er ist unbeständig, wie Glück, Reichtum und Liebe, ihr kleinmütigen Krämerseelen!«

Nicht nur Amande und Melissa gingen von Bord. Auch alle anderen taten es ihnen nach, weil es ihnen sicherer schien, bei diesem Wind die Landroute nach Konstanz zu nehmen.
Die Freundinnen schlossen sich dem Einkäufer mit seiner schweren Kraxe voller Messingtöpfe und duftender Gewürze an. Glücklicherweise war es auf der Insel Mainau wärmer als auf dem Wasser, die Temperaturen dieser letzten Februartage waren geradezu frühlingshaft. Amande genoss die laue Luft, Melissa aber spürte eine wachsende Unruhe. Vielleicht lag es an der nahen Werft, von der Hammerschläge, Schleif- und Sägegeräusche zu ihnen herüberwehten, vielleicht aber auch daran, dass sie bald Deutschen Ordensrittern unter die Augen treten würde.
»Ich sollte mich besser beeilen«, rief ihnen der Einkäufer zu und lief auch schon mit seiner scheppernden Kraxe auf den Hof des Deutschordensschlosses zu.
Amande wünschte ihm viel Glück. »Vielleicht schmecken wir ja schon heute Abend seine Gewürze«, sagte sie. Melissa blieb stehen. Sie atmete heftig, dachte, Avremar wäre hier. Das Herz klopfte ihr bis zum Hals. Sich vorzustellen, er atme die gleiche Luft wie sie, nur durch dieses Mauerwerk von ihr getrennt,

machte sie schwindelig. Vor Aufregung verharrte sie, war unfähig, weiterzugehen.
»Was ist?« Amande drehte sich um. »Komm, Deutsche Ritter mögen zwar zuweilen Diebe sein, aber bis jetzt waren sie immer gastfreundlich.«
»Und wenn er hier ist?«, presste Melissa hervor.
»Dann soll es so sein.«
Sie gingen weiter. Kampflärm scholl ihnen entgegen – die unverwechselbaren Geräusche, wenn gerüstete Ritter gegeneinander antraten und Metall auf Metall schlug. Amande zeigte auf drei alte Krüppelkiefern und band dort ihr Maultier an einem der Stämme an, dann trat sie mit Melissa in den Hof.
Beifallklatschen und Anfeuerungsrufe wogten zu ihnen herüber. Von einem knappen Dutzend Rittern und Ritteranwärtern beobachtet, lieferten sich unter einer alten, entlaubten Linde zwei Ritter einen Schaukampf. Melissa stockte der Atem, umklammerte Amandes Handgelenk. Im selben Moment krachte ein Schwert auf einen Schild, und einer der Ritter strauchelte. Enttäuschtes Aufstöhnen erklang, doch der Ritter hatte sich schon wieder gefangen. Mit zwei schnellen federnden Schritten sprang er auf den Angreifer zu, der vorschnell sein Schwert hatte sinken lassen. Erst im letzten Moment gelang es diesem, den Hieb zu parieren und seinen Gegner wieder von sich zu stoßen. Das brachte ihm Beifall ein, doch anscheinend war er nicht ganz bei der Sache, denn statt jetzt seinerseits anzugreifen, tat er einen Schritt zurück und stieß so unglücklich mit seinen Hacken an eine Baumwurzel, dass er das Gleichgewicht verlor und stürzte. Höhnisches Gelächter machte die Runde, Melissa aber rief: »Avremar!«
Er wandte den Kopf und riss gleichzeitig seinen Schild hoch, doch in dieser Haltung konnte er den wuchtigen Schlag des Angreifers nicht mehr parieren. Sein Arm knickte ein. Sein Gegner

schlug noch einmal zu, dann senkte sich die Spitze seines Schwertes auf Avremars Hals.
Unter dem Beifall der Zuschauer eilte Melissa auf den Kampfplatz und stürzte an Avremars Seite.
»Avremar!«
»Melissa!«
»Ihr kennt die Dame?«, fragte der Gewinner des Kampfes und steckte sein Schwert in die Scheide. Er hielt Avremar die Hand hin, die dieser sogleich ergriff, und zog ihn hoch.
»Ja, ich kenne sie«, sagte Avremar ungeduldig und nestelte an den Lederbändern seines Helms. Achtlos warf er ihn beiseite und rief laut und mit wachsender Begeisterung: »Ja, ich kenne sie. Und ich liebe sie!«
Ungestüm riss er Melissa an sich und küsste sie.
Melissa glaubte, ihr Herz würde zerspringen. Trotz der Kettenhandschuhe fühlte sich Avremars Umarmung so wunderbar an, dass sie vor Erleichterung und Glück ohnmächtig zu werden drohte. Sie küssten sich, als wären sie allein auf der Welt, um sie herum Lachen, Applaus und neugierige Fragen.
Endlich lösten sie sich voneinander. Avremar fasste Melissa bei der Hand und führte sie vor die Zuschauer. »Das ist sie. Melissa, meine Braut!«
»Wir hoffen, mit einer anständigen Mitgift!«, rief ein Ritter.
Melissas Hand schmerzte unter dem plötzlich eisenharten Griff Avremars. Es ist wahr, dachte sie entsetzt. Der Fährmann hat nicht gelogen! Avremar führt mich als seine Braut vor, aber er scheint selbst zu arm zu sein, mir nach der Hochzeitsnacht eine Morgengabe machen zu können.
»Avremar … was soll das heißen?«, flüsterte sie.
»Warte … nicht hier und nicht jetzt.«
Er fasste sie um die Hüfte, wollte sie an den Zuschauern vorbei ins Ordensschloss führen. Doch da legte sich eine Hand auf sei-

ne Schulter, und eine wohltönende sanfte Stimme sagte: »Macht Euch nichts draus, Avremar.«
»Danke, Berthold.«
»Ich bin Berthold von Rickenbach«, stellte er sich Melissa vor. Er hatte lockiges hellbraunes Haar und lachende braune Augen. »Heute ist mein Glückstag, denn noch nie konnte ich Avremar besiegen.«
Er wandte sich an die Ritter, von denen zwei andere sich zu einem Kampf rüsteten, und rief: »Ihr mögt größeren Besitz haben, aber habt Ihr auch seinen Geist? Und in Euren Kemenaten eine solch wohlgewachsene, schöne Braut?«
»Wie ritterlich, du Schmeichler!«, erwiderte einer der Ritter.
Berthold schüttelte den Kopf und wies auf Amande, die noch immer an derselben Stelle stand wie zuvor. »Sie ist aber noch zu haben, Avremar, oder?«, fragte er. »Denn zwei Bräute wären ein bisschen viel, findest du nicht auch?«
Bevor Avremar antworten konnte, war Melissa auch schon losgeeilt. Über all der Aufregung des Wiedersehens hatte sie doch tatsächlich ihre Freundin vergessen. Amande stand verloren da, den Kopf ein wenig gesenkt, mit hängenden Schultern und traurig dreinblickenden Augen.
»Amande, ich … es tut mir leid. Wie konnte ich …« Sie umarmte und drückte sie fest an sich. »Nie wieder lassen wir uns trennen … das weißt du doch. Aber gerade … da hab ich den Kopf verloren. Die Gefühle sind mit mir durchgegangen.«
Sie spürte, wie ihre Freundin zu zittern begann, und zog sie noch fester an sich. Amande seufzte auf und hob den Kopf. »Du brauchst dich nicht zu entschuldigen. Ich hätte auch nicht an mich halten können. Das ist doch ganz normal.«
In der Zwischenzeit waren Avremar und Berthold zu ihnen gekommen. Avremar begrüßte Amande mit einer flüchtigen Umarmung und hieß sie willkommen. Daraufhin stellte er ihr

Berthold vor, der es sich nicht nehmen ließ, Amandes Fingerspitzen zu küssen.
»Berthold und ich kennen sich seit unserer Ritterausbildung«, begann er zu erzählen. »Wir verloren uns aus den Augen, weil er auf Preußenfahrt ging, um an der Seite der Marienburger Ritter gegen die heidnischen Balten zu kämpfen. Schon damals trug er das Herz auf dem rechten Fleck. Jetzt ist er zurück … und hat Hagens Platz eingenommen.«
»Avremar war damals klüger als ich«, fuhr Berthold fort. »Denn was sich in Litauen abspielt, hat nichts mit frommer Bekehrung zu tun. Es ist ein Kampf auf Leben und Tod, ein Hausen auf verbrannter Erde. Die Botschaft unseres Heilands wird den Balten letztlich unter Zwang und mit dem Schwert auf den Leib geritzt. Dies aber ist nicht meine Vorstellung von Rittertum.«
Berthold bot Amande den Arm, Avremar winkte einem Ritteranwärter und befahl ihm, den Maulesel zu versorgen und das Gepäck in den Gästetrakt zu schaffen. Widerwillig kam dieser der Aufforderung nach. Ein geringschätziges Lächeln spielte um seinen Mund.
Melissa entging es ebenso wenig wie Avremar. Und so glücklich auch die ersten Augenblicke ihres Wiedersehens waren, Melissa begriff, dass Avremar nicht frei war und dass ihn große Sorgen plagten.
Er ist hier alles andere als angesehen, dachte sie. Man verspottet ihn, anscheinend hält nur Berthold zu ihm. Wie sehr würde ich Amande wünschen, er schenkte ihr sein Herz und sie ihm das ihre. Sie gäben ein schönes Paar ab. Er hat etwas Schalkhaftes an sich, was gut zu ihrem kapriziösen Wesen passen würde. Und da sie leidenschaftlich ist, würde es einem Mann bei ihr nie langweilig werden.
Als habe Berthold ihre Gedanken gelesen, sagte er plötzlich zu Amande: »Ist es nicht unsere Pflicht, Bräutigam und Braut eine Weile allein zu lassen?«

Amande lachte auf. »Meint Ihr das wirklich ernst, Berthold? Oder seid Ihr vor allem schlau und erfindungsreich?«
»Natürlich meint er es ernst!«, entfuhr es Melissa, schneller als ihr lieb war.
»Ganz bestimmt«, fügte Avremar rasch hinzu. »Berthold ist als Mann so feinfühlig wie als Kämpfer gewandt. Dafür verbürge ich mich.«
»Dann werde ich Euch dem Mainauer Komtur vorstellen, Amande. Es wird ihm eine Ehre sein, Gäste aus Frankreich zu haben.«

Die Dämmerung hatte eingesetzt, über dem See lag ein zarter Nebel, es war fast windstill, das Wasser plätscherte träge ans Ufer. Schweigend schritten Melissa und Avremar an Weidenbäumen vorüber. Hin und wieder streifte sie ein hauchfeiner Zweig. In der Nähe raschelte Schilf. Sie näherten sich dem kiesbedeckten Uferstreifen. Das Wasser des Sees war kristallklar, ein Schwarm kleiner Fische fächelte über Kieselsteine und an einem im Wasser treibenden Tannenzapfen vorbei. Ein Schwanenpaar glitt raschelnd durch eine schmale Bresche im Schilf, direkt auf sie zu. Wenige Meter vor ihnen hielt es Seite an Seite inne, schaute zu ihnen hinüber und zog dann seewärts weiter seine Bahn.
»Sie bleiben ein Leben lang zusammen«, sagte Avremar. »Wusstest du dies?«
»Ja.« Melissas Herz pochte heftig. Sie spürte die Traurigkeit, die Avremar verströmte. Er wirkte zerknirscht, obwohl sie ihn noch gar nicht gefragt hatte.
»So wie wir?«, fragte er hoffnungsvoll.
Sie erwiderte seinen Blick, lächelte. Doch statt zu antworten, bot sie ihm ihre Lippen. Lange küssten sie sich, und erst als eine Ente ganz in ihrer Nähe laut ratschend aufflatterte, lösten sie sich voneinander. Melissa trat ein Stück zurück, Avremar fasste sie an den Händen.

»Was fällt dir an mir auf?«, fragte sie und streckte sich.
»Du bist noch schöner geworden.«
Sie schüttelte den Kopf.
»Und natürlich dein kurzes Haar.«
Wieder schüttelte sie den Kopf. Ihre Augen waren groß, schauten flehentlich. Er muss es bemerken, dachte sie voller Unruhe. Gütiger Gott, bitte enttäusche mich nicht. Sie überlegte, ob sie ihm helfen sollte, doch da nickte Avremar. »Dein Gürtel fehlt. Wo hast du ihn gelassen, deinen Talisman?«
Erleichtert fiel Melissa ihm um den Hals, küsste ihn zärtlich. Dann sagte sie: »Er sollte mich zu meiner Bestimmung führen. Aber er wurde mir in Bozen geraubt. Ein Ritteranwärter wird der Dieb gewesen sein. Vielleicht auch Komtur Meinulf aus Trient. Aber das ist gleichgültig. Auf jeden Fall bin ich der Meinung, dass der Gürtel in Händen ist, die ein Schwert zu führen wissen und dich mehr als einmal in aller Freundschaft umarmt haben.«
Avremar hielt ihrem forschenden Blick stand. »Was für ein Interesse soll Hagen an deinem Gürtel haben?«
»Nehmen wir einmal an, er wäre eine Reliquie?«
Ihre Stimme zitterte ein wenig, und sie schickte ein Stoßgebet gen Himmel, dass Avremar ahnungslos war. Verwundert strich dieser sich übers Kinn, dann bückte er sich nach einem flachen Kiesel und warf ihn so, dass er dreimal über den fast spiegelglatten See hüpfte. Melissa hielt den Atem an. Tu nicht so, als ginge dich das alles nichts an!, rief sie ihm empört im Stillen zu. Antworte mir!
Tränen stiegen ihr in die Augen. Avremar warf einen zweiten Stein. Seine Gesichtszüge waren auf einmal wie gemeißelt, seine Lippen fest aufeinandergepresst. Abrupt wandte er sich ihr schließlich zu und sagte: »Vor einer knappen Woche machte Hagen sich auf und davon. Er müsse nach Hause, sagte er. Tags zuvor war hier ein Tiroler Ritteranwärter eingetroffen. Und

bestimmt hast du recht: Dieser Kerl wird deinen Talisman im Gepäck gehabt haben.«

»Du weichst mir aus«, flüsterte Melissa. »Was weißt du?«

»Nichts!«, rief Avremar leidenschaftlich und warf eine ganze Hand voll Kieselsteine ins Wasser. »Glaube mir, ich weiß nur das, was du bestimmt jetzt auch weißt: dass Hagen versessen auf Geld ist und er dem Traum nachhängt, eine Wallfahrtskirche zu bauen, die ihm die Kassen füllt. Er war auf Reliquienreise, ich suchte medizinische Schriften und Chorbücher. Er dachte nur an seinen Vorteil, ich an Wissenschaft und Kunst. Nach der Beerdigung seines Vaters stritten wir uns deswegen. Auf dem Gedächtnisfest zu Ehren der Gründung unseres Ordens wollten wir uns aussprechen. Wäre Berthold nicht gekommen … vielleicht wäre es gelungen. Dann aber kämpften sie gegeneinander. Der Kampf ging unentschieden aus. Nun wollen beide es wissen, denn ihr Stolz zwingt sie dazu. Ein Berthold von Rickenbach will nicht hinnehmen, dass er als schlachterprobter Baltenkämpfer nur so gut sein soll wie der gegen französische Söldner austeilende Hagen von Mehringen.«

»Avremar!« Melissa fiel vor ihm auf die Knie. »Bitte schwöre mir bei unserer Liebe, dass dies alles ist, was du weißt.«

Er zog sie zu sich hoch. Tränen standen ihm in den Augen. »Ich schwöre es, Melissa. So wie ich schwöre, dich zu lieben bis ans Ende meiner Tage … dich zu ehren …« Er stockte. Seine Stimme klang mit einem Mal rauh und verrostet, seine Augen schienen zu brechen.

Es war dieser tief verwundete Blick, der ihr alles sagte, was in diesem Moment in ihm vorging: Sie spürte Avremars aufrichtige Liebe, aber zugleich seine tiefe Verzweiflung darüber, etwas getan zu haben, das ihr wehtun musste. Er schämte sich, arm zu sein, und er schämte sich für das falsche Bild, das sie von ihm in Frankreich hatte gewinnen müssen. Wie sollte sie sich verhalten? Wie ihn trösten?

Dabei war sie von ihren widerstreitenden Gefühlen selbst völlig aufgewühlt. Ihre Liebe kämpfte gegen Enttäuschung, ihr Mitleid gegen Angst und Hoffnungslosigkeit.
Das Schwanenpaar hatte sich wieder dem Ufer genähert, schmückte dessen stumpfe Farben mit schemenhaftem Weiß. Es war völlig still, die Welt schien eingeschlafen. Melissa schaute auf den silbrig dunklen See und lauschte in sich hinein, während Avremar den Schwänen zusah. Ich bin es, die jetzt Stärke beweisen muss, dachte sie. So wie Heta mich einst aus der brennenden Kirche rettete, muss ich Avremar vor dem Verlust seiner Würde bewahren. Es geht um unsere Zukunft.
Und vor allem unsere Liebe.
Ohne nachzudenken, sagte sie: »Was Hagen kann, wird dir nicht unmöglich sein. Er will eine Wallfahrtskirche bauen? Warum nicht du?«
»Ohne Reliquie?«
»Hast du mir vorhin nicht zugehört?« Tadel und Spott lagen in ihrer Frage. Aber sie fühlte auch, wie ihre Kräfte zurückkehrten. Heta hätte niemals aufgegeben, dachte sie. Aber sie wäre auch nicht so dumm wie ich gewesen, eine Warnung in den Wind zu schlagen: Hagen … Hüte dich … Hätte ich ihre Worte damals nicht als Fieberworte abgetan, wäre ich jetzt noch im Besitz meines Gürtels, und Avremar und ich wären ein großes Stück weiter.
»Ich habe dir zugehört, mein Herz«, sagte Avremar. »Aber warum soll dein Gürtel eine Reliquie sein?«
»Zum einen, weil Hagen ihn mir hat rauben lassen, zum anderen, weil es höchstwahrscheinlich der Gürtel der heiligen Martha ist, den mir mein Vater in Alexandria umgebunden hat.«
Avremar starrte sie an, als stünde ein Geist vor ihm. Melissa aber berichtete, wie nahe es ihr in Tarascon gegangen sei, einer Mutter zuzusehen, wie diese ihren Kindern einen Gürtel um die

Hüften geschlungen habe: »Es war, als hätte ich eine Vision gehabt. Richtig verstanden habe ich sie freilich erst, als mir in Davids Versteck in Genua die Erinnerung wiederkam, dass ich das Kind eines Deutschordensritters bin, der vor meinen Augen von einem Kreuzritter getötet wurde. Und was heißt das? Jahrelang trug ich eine kostbare Reliquie, die, je länger ich jetzt darüber nachdenke, mein Leben begleitete und bestimmte wie ein Fluch. Eine Einsiedlerin weissagte Heta und mir einst, der Gürtel würde mich zu meiner Bestimmung führen. Jetzt, wo er weg ist, finde ich ganz zu dir und weiß, wofür er mich bestimmt hat: dich und deine Familie zu retten, damit unsere Liebe Bestand hat und blüht, solange wir leben.«

»Ich werde um den Gürtel kämpfen, Melissa«, sagte Avremar mit fester Stimme. Er kniete vor ihr nieder. »So wahr ich ein Ritter aus Leidenschaft bin, so wahr ist meine Liebe zu dir, edle Frau.«

»Welcher Familie ich wohl angehöre?«, flüsterte Melissa.

»Ritter des Deutschen Ordens gibt es in ganz Europa«, antwortete Avremar. »Wer immer dein Vater war, wir werden es herausfinden. Wichtig ist jetzt nur eines: dass der Gürtel wieder in deine Hände kommt. Als Kind eines Ritters hast du das Recht, unseren Landkomtur in Beuggen um Hilfe zu bitten.«

»Aber wird er mir überhaupt glauben?«

»Ich kann bezeugen, dass du ihn trugst. Er wird mir glauben und damit auch dir, wenn du ihm erklärst, dass du Hagen des Diebstahls und der Habgier verdächtigst.«

Melissa nahm dankbar seinen Arm. Langsam gingen sie zurück. Es war dunkel geworden. Hinter etlichen Fenstern des Deutschordensschlosses brannte anheimelndes Licht. Avremar führte sie in den Gästetrakt und zu ihrem Zimmer, wo Amande bereits ausgepackt hatte.

»Wo ist Berthold?«, fragte er.

»Hier.«

Mit rotem Kopf trat dieser hinter der Tür hervor. Avremar übersah seine Verlegenheit und fragte ernst: »Würdest du einem verarmten Ritter wie mir dein Pferd leihen, damit seine Braut nicht zu Fuß gehen muss?«
»Wenn's nur ein Pferd ist ... Versprich mir aber, dass du mich benachrichtigst, wenn du Hagen begegnest.«
»Ich verspreche es.«

Tagelang reisten sie den Hochrhein flussabwärts, von Stein am Rhein immer weiter gen Westen. Bei Schaffhausen ließen sie sich von den brausenden Wassermassen faszinieren, die über dreißig Ellen in die Tiefe stürzten. Ihr Tosen war so laut gewesen, dass sie sich nicht unterhalten konnten. So hörten sie auch nicht, wie hinter ihnen ein Trupp habsburgischer Soldaten heranstürmte, die durch scharfe Befehle daran gehindert wurden, an diesem Naturschauspiel haltzumachen. Nur ein Soldat kümmerte sich nicht darum. Er lenkte sein Pferd in ihre Nähe, lachte und erleichterte sich in die tosenden Wassermassen.
Um Näheres zu erfahren, beschlossen Avremar und Melissa, sich dem Soldaten ein kurzes Stück anzuschließen. Sie hörten, dass es der Auftrag des Trupps war, in der Nähe von Säckingen eine Burg zu schleifen, deren Besitzer keine Nachfahren hinterlassen hatte. Schon wollte Avremar fragen, um welchen Besitz es sich handelte, als wütendes Gebrüll vom Ende des Trupps erscholl. Fluchend gab der Soldat seinem Pferd die Sporen und schloss zu den anderen auf.
»Was hat das zu bedeuten?«, fragte Melissa irritiert.
»Die Habsburger beißen sich immer mehr in unser Land«, erklärte Avremar aufgebracht. »Sie verbreiten Unruhe und werden sich eines Tages noch die gesamte Hauensteinsche Grafschaft unter den Nagel reißen.«
Dann erzählte er ihr von den Harzern, Pechsiedern, Glasmachern

und Bürstenbindern, die in den Wäldern ein karges Dasein führten. Vor allem aber von den selbstbewussten Bauern, die frei lebten und frei bleiben wollten, auch wenn sie nichts besaßen als eine einfache Hütte, eine Kuh, ein paar Ziegen, Schweine und Federvieh. »Sie weigern sich, jegliche Obrigkeit anzuerkennen: ob es nun die Habsburger sind, das Geschlecht der Zähringer oder einfache Rittergeschlechter, wie zum Beispiel das meiner Familie. Diese Bauern sind eigenwillig, und wenn sie richtig wütend werden, sind sie kaum weniger gewalttätig als Söldner. Sie rotten sich schon mal zusammen und fackeln ein Gut ab, wenn sie meinen, ihnen werde Unrecht getan. Vor zehn Jahren haben diese freien Bauern das Kloster St. Blasien besetzt, weil es ihnen das Jagdrecht streitig machte und sein Gebiet auf ihre Kosten auszudehnen suchte. Ja, man sollte Respekt vor ihnen haben.«

»Durchaus.«

Melissa blinzelte in das helle Licht, das ihnen ein weites, unerwartetes Panorama bot. Zwei Tage lang hatten sie außer Dörfern und kleinen Städten nichts als die dunklen, scheinbar unendlichen Weiten des Schwarzwaldes gesehen, der sich am gegenüberliegenden Ufer gen Norden hochzog. Jetzt, am dritten Tag nach ihrem Aufbruch, wich der Wald zu beiden Seiten zugunsten buschreicher Wiesen zurück. Laufenburg lag vor ihnen, und damit hatten sie mehr als die Hälfte der Strecke bewältigt.

Die Sonne glitzerte auf dem hier bereits recht breiten Rhein. Die Luft war mild, der März kündigte den Frühling an. Melissa hing ihren Gedanken nach, anders gesagt, sie versuchte Antworten auf ihre Fragen zu finden. Ich habe aus Montpellier fliehen müssen, weil man mich dort sonst wahrscheinlich als Hexe verbrannt hätte, dachte sie. Doch was ist das eigentliche Ziel meiner Bestimmung? Sollte ich nur fliehen, um hier am Hochrhein einem armen Rittergeschlecht unter die Arme zu greifen?

Ist dies der Sinn von allem? Der Gürtel der heiligen Martha ein schnöder Geldbringer? Der Liebe Avremars kann ich mir sicher sein, wenn jetzt auch Amande und Berthold zueinander fänden, wären die Mühen nicht umsonst gewesen. Aber wo bleibe ich? Bin ich nicht eine Spitalschwester? Ist es nicht meine Aufgabe, anderen Menschen zu helfen?
Lautstarke Rufe rissen sie aus ihren Überlegungen. Flößer versuchten, große Gestöre über die schäumenden Rheinschnellen zu steuern. Pfeilschnell schossen ihre mit geflochtenen Weidenruten zusammengebundenen Flöße in die Strudel, um ein Stück weiter rheinabwärts wieder daraus hervorzuschnellen. Die Arbeit war lebensgefährlich. Wer das Gleichgewicht verlor, ertrank oder wurde von einem nachfolgenden Gestör zermalmt. Nur die erfahrensten Männer würden mit diesen gefährlichen Schnellen fertig, erzählte Avremar und winkte zwei Flößern zu, die mit ihren langen Ruderstecken gerade ihr Gestör durch eine Stromschnelle gelotst hatten.
Die Geschicklichkeit der Flößer schien ihn auf andere Gedanken gebracht zu haben, denn eine Weile später wandte er sich Melissa zu und sagte: »Wenn Berthold erzählt, er hätte mir im Zweikampf bis auf den Kampf auf der Mainau nie standhalten können, ist das im Übrigen eine Schmeichelei. Denn dies bezog sich auf unsere Zeit als Ritteranwärter auf der Burg Beuggen.«
Sie erwiderte seinen eindringlichen Blick.
»Fühlst du dich in deinem Stolz verletzt?«
»Gott bewahre. Aber ich mache mir Sorgen um ihn. Was Hagen anbelangt, findet er einfach kein Maß. Beide konnten sich schon in unserer Lehrzeit auf Burg Beuggen nicht ausstehen. Wenn ich mich recht entsinne, waren die von Mehringen und die von Rickenbach sogar einmal verfeindet. Über Generationen hinweg schäumte das Blut. Sie sollen sich auf Turnieren erbitterte Zweikämpfe geliefert haben.«

»Wir sollten uns auf jeden Fall beeilen!«, sagte Melissa. »Da, siehst du, die Flößer sind viel schneller als wir!«
»Schon. Aber wir reisen auf einem Pferderücken trockener und vor allem sicherer.«
»Das wollen wir hoffen.«

Sie verbrachten eine unruhige Nacht in einem Gasthof in Säckingen. Ein Weinhändler aus Reims hatte zu einer Feier geladen, nachdem er in Basel gute Geschäfte gemacht hatte. Er spendierte dem Wirt zunächst einen Krug zur Probe und machte ihn damit weinselig. Im Lauf der Abendstunden brachte er es fertig, ihm ein ganzes Fass aufzuschwatzen.
Melissa und Avremar konnten sich seiner ansteckenden Fröhlichkeit kaum entziehen, und je weiter der Abend voranschritt, desto ausgelassener sangen die Gäste. Melissa ließ sich davon ablenken, aber irgendwann wurden ihr die Augenlider schwer vor Müdigkeit. Avremar trug sie in ihr Zimmer unterm Dach. Die Betten waren klamm, zudem roch es stark nach geräuchertem Fisch. Mäuse huschten über den Boden, Tauben gurrten in ihrem Verschlag nahe ihrer Kammer. Das alles kümmerte sie kaum, erschöpft schliefen sie ein. Doch irgendwann in der Nacht weckte sie Lärm. Es war einer der französischen Gäste, der einer Magd nachstieg. Bald darauf mischte sich ihr Kreischen, Stöhnen und Bettgeknarze mit dem Lärm der betrunkenen Fiedler und Pfeifer im Gastraum unter ihnen.
Übermüdet und mit Kopfschmerzen machten sie sich am späten Morgen auf den Weg zum Wasserschloss Beuggen, dem Sitz des Landkomturs. Lange Zeit sprachen sie kein Wort. Die unerquickliche Nacht, die ihnen keine Erholung gebracht hatte, war daran ebenso schuld wie die Anspannung, die dem vorausging, was ihnen bevorstand.
Avremar hatte Melissa die Burg als lebendiges Zentrum deut-

scher Ritterkultur beschrieben, doch das Bild, das sich ihnen schon aus der Entfernung bot, hatte mit höfischer Herrlichkeit nichts zu tun.
Burg Beuggen war eine Baustelle.
Statt Rittern, die sich im Schwertkampf oder Bogenschießen übten, bevölkerte ein Heer von Handwerkern die Umfriedung der Burg. Der Wehrturm war eingerüstet, Steinmetze besserten die Ringmauer aus. Seilwinden beförderten neue Mauersteine in die Höhe, Meißel schlugen auf Stein. Der Wind trug ihnen die Gerüche von Steinstaub, frisch gesägtem Holz und Mörtel entgegen. Auf dem Dach des Wehrturms hämmerten Zimmerleute Dachlatten an die Sparren, andere Handwerker schlugen Mauerwerk heraus, um Fensterhöhlungen anzubringen.
Melissas Kopfschmerzen wurden von dem Lärm und der Unruhe nur noch größer. Als sie den Kopf in den Nacken legte, um einen an einer Seilwinde schwebenden Balken ins Auge zu fassen, wurde ihr so schwindelig, dass sie beinah vom Pferd gestürzt wäre.
Das sollte kein Omen sein, dachte sie gequält, während sie über die Brücke und den Tordurchgang ritten. Zwei Tagelöhner kamen ihnen auf dem Hof mit Kiepen voller Bauschutt entgegen. Eine tiefe Stimme rief, sie sollten schneller laufen, eine andere, sie sollten mehr tragen.
Sie stiegen vom Pferd und schritten auf den Wehrturm zu.
»Vielleicht hat es Vorteile, dass meine Ritterbrüder alle fort sind. Die Hauptsache ist, der Landkomtur ist hier, und das wird er wohl sein. Schließlich muss er die Arbeiten überwachen.«
Kräftiges Husten scholl über den Hof. Melissa schaute sich um. Ein Ordenspriester presste sich ein Taschentuch vor den Mund. Er war gerade aus der Marienkapelle getreten, deren schwere Eichentür er mit Wucht ins Schloss zog.
»Bruder Wibald!«, rief Avremar erfreut. »Ich grüße Euch! Euer Husten klang letzten Herbst schlimmer.«

»Avremar!« Der Priesterbruder winkte ihm mit der freien Hand zu, krümmte sich aber sogleich unter einem neuen Hustenanfall. Dann rief er: »Du sollst kein falsch Zeugnis reden, schon vergessen dieses Gebot?« Wieder hustete er, spuckte in sein Tuch, besah es und schob es angeekelt in die Seitentasche seiner Ordenstracht. »Die Schwindsucht wird nicht besser, aber danke, dass du mir Mut machen willst.«

Er trat auf Avremar zu, der das Knie vor ihm beugte, murmelte einen Segen und schlug das Kreuz über dessen Haupt.

»Ich suche Komtur Rudolf, Wibald. Ansonsten darf ich dir meine Braut Melissa vorstellen.«

»Melissa? Ein schöner Name«, sagte der Priesterbruder. »Avremar hat mir von Euch und Euren Frankreichabenteuern erzählt. Seid ihm eine gute Frau, wenigstens das hat er sich verdient.«

»Wenigstens?«, fragte Melissa. »Klärt Ihr mich auf, Bruder Wibald. Welche Lasten drücken die Familie von Inzlingen? Avremar fand noch nicht den Mut, mir dies zu sagen. Und ich war zu scheu, ihn danach auszufragen.«

»Das sieht ihm ähnlich.«

Priester Wibald schaute Avremar eindringlich an. Dieser schlug die Augen nieder. Für einen Moment schwiegen alle angespannt. Avremar griff nach Melissas Hand, doch sie entzog sie ihm.

»Besiege endlich deinen Stolz«, sagte sie, und Wibald nickte nachdrücklich. »Armut ist keine Schande.«

»Das ist wohl wahr«, sagte Avremar gedehnt. »Aber wie sieht es mit der Sünde aus?«

»Habe ich gesündigt?«, warf Wibald ein. »Und doch habe ich die Schwindsucht. Alle Krankheit, Avremar, kommt von Gott. Damit möchte er uns prüfen und uns zeigen, dass er uns liebt und an uns denkt.«

»Das sagst du, Wibald, weil du selbst ein Gezeichneter bist. Aber die Welt misst mit ihren Maßstäben.«

»Was ist es?«, drängte Melissa. »Nun sagt es doch endlich!«
»Aussatz, Melissa. Mein Vater, er liebte das Würfelspiel, erkrankte daran ... die Schande, die er dadurch über seine Familie brachte, ertrug er nicht. Er stürzte sich vor den Augen unseres Beichtvaters in sein Schwert. Dieser verweigerte ihm die Bestattung in geweihter Erde, und so wurde er außerhalb unseres Kirchspiels beigesetzt. Aber damit war es noch nicht vorbei. Denn ein Jahr darauf wurden bei meiner Schwester ebenfalls die Anzeichen von Aussatz festgestellt. Seitdem lebt sie im Gutleuthaus in Wolfach. Das liegt mitten im Schwarzwald, drei Tagesreisen von unserem Gut entfernt. Ihre standesgemäße Versorgung dort kostet uns die Hälfte unserer jährlichen Einnahmen. Zudem belastet uns noch der Zins für die Spielschulden meines Vaters. Ich habe ausgerechnet, dass, sollte Gott mir ein langes Leben schenken, am Ende meiner Tage unser Gut wieder schuldenfrei ist.«
»Und du befürchtest, du trägst den Keim des Aussatzes auch in dir?« Melissa schwankte zwischen Entsetzen und Mitleid. Wie oft haben wir uns geküsst?, fragte sie sich unwillkürlich und verbot sich im selben Augenblick, weiter darüber nachzudenken. Denn wusste sie es nicht besser?
Avremar deutete den entsetzten Ton ihrer Frage richtig. »Nein, Melissa, ich weiß einfach, dass es nicht so ist«, sagte er ruhig. »Ich, als das Ältere der beiden Kinder unserer Eltern, hätte längst erkrankt sein müssen. Dass ich es nicht bin, liegt wohl daran, dass ich oft bei befreundeten Familien weilte und in Paris studiert habe, wo ich Musik und Gesang für mich entdeckte. Niemals hätte ich dich angerührt, wenn ich nicht der felsenfesten Überzeugung gewesen wäre, gesund zu sein.«
Melissas Gedanken überschlugen sich. Was wusste sie noch aus ihrer Zeit im Spital in Montpellier. Sie erinnerte sich an den Grafen von Uzès, den sie höchstpersönlich auf Anzeichen von Lepra untersucht hatte.

Sie holte tief Luft und erzählte nach und nach, was sie wusste, Avremar übersetzte.
»Nach Hippokrates und Galen ist ein Übermaß an schwarzer oder gelber Galle und Schleim die Ursache für den Aussatz. Bestimmte Speisen sollen den Fluss dieser Körpersäfte fördern: Schnecken, Eselsfleisch, Linsen. Gefährlich sind für einen Gesunden der Atem und die Körperdünste der Kranken, natürlich auch alle anderen intimen Berührungen.« Sie stockte, errötete. Wibald murmelte etwas, Avremar aber schüttelte den Kopf. »Aber falsch ist, was Constantinus Africanus uns aus der arabischen Literatur überliefert hat: dass nämlich der Samen kranker Eltern für die schlechten Körpersäfte des Neugeborenen verantwortlich sei und der Aussatz damit vererbt werde.«
»Ansteckend aber bleibt der Aussatz, nicht wahr?«, bemerkte Wibald trocken.
»Ja, aber es ist bekannt, dass in Gutleuthäusern und Leprosorien Gesunde arbeiten und auch gesund bleiben.«
»Weil Jesus Christus ihrer Barmherzigkeit wegen seine schützende Hand über sie hält«, sagte Wibald.
»Ich werde Euch, einem Mann Gottes, nicht widersprechen«, antwortete Melissa. »Die Schutzheilige Eures Ordens, die heilige Elisabeth, jedenfalls setzte sich sehr für die Aussätzigen ein. Sie wusch ihnen die Wunden – für sie ein Dienst am leidenden Christus …«
»Und drei gesunden Kindern schenkte sie auch das Leben«, unterbrach Avremar Melissas Redefluss. »Aber, Bruder Wibald, verzeih mir, wir müssen jetzt Komtur Rudolf sprechen. Es ist wichtig.«
Wibald nickte und wandte sich wegen eines erneuten Hustenanfalls von ihnen ab. Da schwang eine kleine Seitentür am Wehrturm auf und schlug krachend gegen die Außenwand. Ein breitschultriger Mann mit kantigem Schädel trat in den Hof. Er trug den langen Mantel der Deutschordensritter und war sichtlich

ungehalten. Der Grund dafür schien der Zimmermann zu sein, der ihm mit einem aufgerollten Bauplan nachlief.

»Komtur, ich hab es nicht so gemeint!«, rief dieser bittend. »Dann bleibt es eben bei dem Betrag. Ich werde zwar nichts mehr daran verdienen, aber Gott wird schon wissen, warum!«

»Lügner!«, fuhr ihn der Landkomtur Rudolf von Schellenberg an. »Ihr habt mit Handschlag versichert, das Geld reicht.«

»Da konnte ich noch nicht wissen, dass das Abrichten des Holzes so teuer kommt …«

*»Pacta sunt servanda!«,* rief der Landkomtur ungerührt.

»Was?«

»Verträge müssen gehalten werden!«, rief ihm Avremar zu und zog Melissa mit sich vor den Landkomtur. Dieser riss überrascht die Augen auf.

»Ritter Avremar, welch eine Überraschung! Aber Ihr kommt ungelegen. Wenn Ihr mir etwas zu sagen habt, warum erst hier und nicht auf unserem Fest auf der Mainau? Habt Ihr ein schlechtes Gewissen bekommen und wollt Euch entschuldigen? Ihr wisst, ich habe Euch immer geschätzt, aber kann ich unwidersprochen zulassen, dass Ihr Euch mit diesem Preußenfahrer Berthold abgebt, Eurem alten Freund Hagen aber die kalte Schulter gezeigt habt? Er ist wegen Euch vorzeitig abgereist. Es habe ihn getroffen, gestand er mir. Um nicht böses Blut zu schaffen, habe er es vorgezogen, wieder in den Schoß seiner Familie zurückzukehren.«

»Komtur, bitte hört mich an«, entgegnete Avremar ernst und nahm Melissa bei der Hand. »Dies ist Melissa, die Frau, die ich liebe und mit der ich mich vermählen möchte. Sie ist selbst von Stand … mein Freund Hagen aber hat sie bestohlen … und das auf heimtückische Art.« Er fuhr fort, dem Komtur die Geschichte des Gürtels und von Melissas Kindheit zu erzählen. Während er sprach, wanderten die Blicke des Landkomturs zwischen ihm und Melissa hin und her. Er verzog keine Miene, wirkte völlig

unberührt. Melissa wurde den Verdacht nicht los, dass er gar nicht richtig zuhörte und ihn ihr Schicksal völlig gleichgültig ließ. »Und darum bitte ich Euch, Komtur«, schloss Avremar, »lasst Hagen vorladen und bewegt ihn dazu, meiner Braut den Gürtel wieder auszuhändigen.«
Er beugte kurz das Haupt und sah dem Landkomtur daraufhin geradeheraus ins Gesicht.
»Eure Geschichte, Avremar, hat gleich mehrere Haken«, entgegnete der Landkomtur gleichmütig und wandte sich Melissa zu. »Ihr, schöne Frau, mögt ja das Kind eines Deutschen Ritters sein, aber welche Beweise habt Ihr dafür? Jede könnte dies behaupten. Das wäre das eine. Zum anderen weiß ich nichts von einer Deutschordenskirche der heiligen Martha oder gar Komturei in Alexandria. Zum dritten aber: Nehmen wir an, es hätte Kirche und Komturei bis zu ihrer Niederbrennung gegeben – der Gürtel wäre dann Eigentum unseres Ordens.«
»Dann, Komtur, mit Verlaub, dürfte ihn aber auch Hagen von Mehringen nicht für seine Zwecke einsetzen«, erwiderte Melissa mutig, was Avremar sogleich übersetzte. »Mir persönlich ist es gleich, ob Ihr glaubt, es habe diese Kirche gegeben. Ich möchte nur den Gürtel zurück. Nun gut, einigen wir uns darauf, dass die Deutschen Ritter auf Alexandrias Erde keine Spuren hinterlassen haben … womit übrig bleibt, dass ich schlicht von einem Eurer Ritter um eine Reliquie bestohlen worden bin.«
Jetzt musste der Landkomtur lächeln. Seine Ausstrahlung veränderte sich. Er schien aufzutauen, sein Blick wurde offener.
»Ihr scheint wirklich von Stand zu sein«, sagte er freundlich. »So wie Ihr sprecht … so klug. Ihr wisst um das Wesen von Reliquien und ihren Wert, der Grund, weshalb Hagen vorgeblich Euren Gürtel widerrechtlich an sich gebracht hat.«
»Eben, Komtur.« Melissa verlor alle Scheu, denn sie wusste, wie sie reden und was sie sagen musste. Ihr war, als würde ihr eine geheimnisvolle Stimme die Argumente diktieren, die den

Landkomtur zwangen, sich ihres Falles anzunehmen. »Wer aber sorgt dafür, dass eine Reliquie auch Wert beigemessen wird und die Menschen an ihre Heiligkeit glauben? Doch nur eine Autorität, nicht wahr? Wenn Hagen etwas mit dem Gürtel anfangen, besser gesagt, verdienen möchte, dann benötigt er Eure Hilfe. Erst wenn Ihr, Landkomtur Rudolf von Schellenberg, erklärt, einer Eurer Ritter habe den Gürtel der heiligen Martha wiedergefunden, wird er wirklich zur Reliquie. Damit aber müsstet Ihr auch seine Herkunft anerkennen: eine Komturei in Alexandria und einen Ordenspriester oder Ritter, der diese Komturei geführt hat.«

»Ihr führt eine bemerkenswerte Frau vor den Traualtar, Avremar«, antwortete der Komtur. »Sie hat in allem recht, was sie sagt. Und jetzt wird mir verständlich, warum Hagen mich am Vorabend seines Abschieds von der Mainau fragte, ob unser Orden Interesse hätte, den Bau einer Wallfahrtskirche auf seinem Land zu unterstützen. Ich werde Hagen also vorladen. Euch aber wünsche ich, dass Ihr herausfindet, aus welchem Geschlecht Ihr stammt.«

»Das werden wir versuchen, Komtur«, erwiderte Melissa, wobei ihr bewusst war, wie schwierig die Suche nach ihren Wurzeln sein würde. »Am einfachsten wäre es, wir könnten Aufzeichnungen einsehen, zu welcher Zeit welcher Ritter des Deutschen Ordens ins Heilige Land aufgebrochen ist.«

In der Nähe fiel mit gewaltigem Krachen eine Mörtelwanne von dem Baugerüst herab, das den Wehrturm umgab. Einige Bretter wurden mitgerissen und schlugen auf die Erde. Bauarbeiter fluchten und schrien durcheinander.

Der Landkomtur fasste sich an den Kopf. »Sie rauben einem den Verstand, diese Tölpel!«, schimpfte er. Im selben Moment stolperte ein junger Helfer mit seiner Karre voller Steine gegen eines der herabgefallenen Bretter. Die Karre stürzte laut polternd zur Seite.

Avremar räusperte sich. »Verzeiht, ich sehe, Ihr habt viele Sorgen, Komtur. Aber ich möchte meiner Braut helfen. Wir haben wenig Zeit. Und ich sehe keinen Grund, warum wir nicht erst einmal auch hier mit unserer Suche beginnen könnten, bevor wir uns an andere Balleien wenden. Kennt Ihr zufälligerweise Namen von Familien, die ihre Söhne als Pilger ins Heilige Land ziehen ließen?«

Nur widerstrebend wandte der Komtur seinen Blick von den aufgebrachten Arbeitern ab, die Bretter und ausgelaufenen Mörtel einsammelten.

»Lasst mich nachdenken.« Er runzelte die Stirn, strich sich über seinen Bart. »Ich erinnere mich nur an die Familie von Steinen, Friedlind von Steinens Sohn. Friedlind ist Witwe. Ihr Mann vermachte unserem Orden einen Flecken Land mit einem Dorf. Ihr Sohn jedenfalls, ein Priesterbruder, zog als Pilger ins Heilige Land. Er kam nicht zurück.«

»Ein Priesterbruder?«, fragte Melissa enttäuscht.

»Ja, aber einer, der es mit der Keuschheit nicht so genau nahm. Es ging damals das Gerücht, er wolle mit dieser Pilgerfahrt seine Verfehlungen sühnen. Aber jetzt lasst mich in Frieden. Kommt in drei Tagen wieder, dann wird Hagen hier sein.«

»Du willst wirklich dorthin und durch diesen dunklen Wald?«, fragte Melissa, als sie wieder über die Brücke des Wasserschlosses Beuggen ritten und Avremar auf den Rand des Schwarzwaldes zeigte.

»Keine Sorge. Nach Steinen sind es gerade einmal zwei Reitstunden«, antwortete er. »Ich kenne Friedlind von Kindheit an. Sie ist zwar stolz und hat seit jeher auf meine Familie herabgeschaut, aber im Alter wird man bekanntlich weise. Wenn wir mit ihr gesprochen haben, stelle ich dich meiner Mutter vor. Unser Gut Inzlingen ist keine Stunde von Gut Steinen entfernt.«

»Und was ist mit Berthold? Du hast ihm versprochen, ihn zu benachrichtigen.«
»Das war vorschnell. Ich konnte ja nicht ahnen, wie klug und geschickt du deine Sache vorzutragen wusstest. Wie du argumentiert hast, das war eines gelehrten Scholastikers würdig.«
»Ach, Avremar, jetzt erst beginnen die eigentlichen Herausforderungen.«
Melissa fühlte sich nach dem Gespräch mit Komtur Rudolf erschöpft und mutlos. Ihre Kraft war verbraucht, sie war des ständigen Reisens müde. Vielleicht wäre es besser, sich mit Hagen auszusöhnen, dachte sie. Vielleicht würde sich alles zum Guten wenden, wenn ich auf den Gürtel verzichte. Malwida kann sich ja auch geirrt haben. Nur weil sie eine Einsiedlerin war, muss ihre Prophezeiung ja nicht eintreffen. Schließlich war sie keine Heilige.
Sie dachte an die lichten Wälder ihrer Heimat zurück, hier dagegen kam es ihr so vor, als gingen sie durch die Düsternis einer unendlich großen Kathedrale aus himmelwärts strebenden Tannen. Ihre Stämme, mannsdick und kerzengerade, und die weit ausschwingenden Äste verströmten den Geruch bitteren Harzes.
Hier und da lugten wie von Giganten fallen gelassene, rotbraune Gesteinsbrocken durch den Wald, schafften Luft und Raum, durchbrachen die Eintönigkeit des Tannenwaldes.
In den dumpfen Hufschlag und das Klirren ihrer trabenden Pferde mischten sich dann und wann die Geräusche naher Holzfäller. Melissa hörte das Ächzen von umkippenden Stämmen, spürte das Beben, als in der Nähe eine Tanne auf der Erde auftraf.
Nach einer Weile lichtete sich der Wald. Wiesen und Weiden kamen in Sicht und endlich auch wieder Gehöfte.
»Jetzt sind wir gleich da, Melissa. Vor uns liegt das liebliche Höllstein.«

*»Nomen est omen.«*
»Warte erst Frühling und Sommer ab. Dann ist es auf den Höhen und hier in den Wiesengründen richtig lieblich.«
Sie ritten einen sanft abfallenden Hang hinab, mitten durch das kleine Dorf. Hier war der Schmied bei der Arbeit. Melissa empfand das gleichmäßige Hämmern als belebend. Das ständige Rauschen der Tannen hatte sie schläfrig werden lassen.
Auf dem Dorfplatz hatte sich eine Anzahl Bauern versammelt, die mannslange Holzstämme auf Ochsenfuhrwerken verladen hatten. Sie würdigten Avremar kaum eines Blickes, grüßten Melissa aber, indem sie ihre Mützen zogen.
»Bauholz für Lörrach«, erklärte Avremar. »Vielleicht auch für Basel. Auf den Speichern ihrer Häuser würden wir jetzt bestimmt bemalte Teller und Schüsseln finden, auch Hirten- und Marienfiguren. Selbst Spinnräder stellen ihre Frauen in den Wintermonaten her.«
»Ach, willst du mich auf meine zukünftige Arbeit vorbereiten?«
»Was du wieder denkst!«
Avremar lachte und zeigte auf ein neues Fuhrwerk, das gerade mit Schindeln beladen wurde. Die Kinder des Schindelmachers hatten mit ihrer Mutter und einem Knecht eine Kette gebildet. Schindel für Schindel wanderten durch ihre Hände und gelangten so auf das Fuhrwerk. Wieder wurde Melissa gegrüßt, Avremar hingegen nicht.
»Mögen sie dich nicht?«
»Jeder Ritter, der ihnen begegnet, könnte einer sein, der sich mit ihrer Herrschaft gegen sie verschwören will.« Avremar zeigte auf eine zerstörte Brücke vor ihnen, die über einen kleinen Fluss führte. Durch die Furt daneben quälte sich ein schwerer Zweiradkarren mit einem großen Steinblock. Fluchend zog der Fuhrmann den beiden Ochsen die Peitsche über

den Rücken, denn die schweren Räder drohten, im Flussbett zu versacken.
»Mit einer hergerichteten Brücke wäre es einfacher«, bemerkte Melissa.
»Sicher. Aber die Leutchen hier wollen nicht einsehen, etwas zu tun, was Aufgabe der Herrenleute ist. Denn hinter der Wiese, so heißt dies Flüsschen hier, beginnt der eigentliche Besitz der Familie von Steinen. Über Jahre rollten Fuhrwerke mit schweren Steinblöcken für den Wiederaufbau Basels über die Brücke, irgendwann war es einfach zu viel. Dabei hat das Baseler Beben vor fünfundzwanzig Jahren Geld in die Kassen gespült. Friedlind ist bestimmt nicht arm. Es gibt Gerüchte, dass sie die Steinbruch-Felder an den Bischof von Basel verkaufen will, weil der mit ihrem Stein das Münster wieder aufbauen möchte.«
»Dann ist sie also geizig?«
»Sparsam.«
Sie durchquerten den schäumenden Fluss und erreichten bald eine von Linden gesäumte Allee. Dahinter lag das große Gutshaus, etwas abseits die Gutskirche. Melissa hörte einen Bach rauschen, der hinter einer Gruppe kahlen Erlen- und Weidengehölzes zu einem Weiher aufgestaut war.
Zwei Mägde eilten mit Laternen und je einem Karren frischen Strohs und Heus über den Hof in einen Stall.
»Wenn Ihr die Herrin sucht, sie ist im Stall«, rief ihnen eine der beiden zu. »Ein Kälbchen kommt auf die Welt.«
»Sagt ihr, Avremar von Inzlingen wünscht ihr seine Aufwartung zu machen.«
Sie stiegen vom Pferd. Ein Knecht kam angelaufen und nahm die Pferde mit sich.
Melissa straffte sich. Das Gut gefiel ihr, selbst im Dämmerlicht dieses Märztages. Wie schön musste es hier im Frühling sein, wenn die Weiden am kleinen See Kätzchen trugen, Schwalben ihre Nester unter dem mächtigen Dach des Haupthauses bauten

oder die Rosenstöcke am starken Ständerwerk dufteten, Rotkehlchen, Meisen und Lerchen die Luft mit ihrem Gesang füllten. Ja, sie hatte das Gefühl, endlich aufatmen zu können. Dieses Gut hier erschien ihr wie eine helle Insel inmitten des Schwarzwaldes.

Als sie Friedlind von Steinen erblickte, schloss sie kurz die Augen. Lieber Gott, betete sie, lass sie genügend wissen und mir weiterhelfen. Mit gemischten Gefühlen schaute sie der alten Witwe entgegen, die sie, nach einem kurzen Blick auf Avremar, eindringlich musterte.

»Seid beide willkommen!«, rief Friedlind mit überraschend klarer und kräftiger Stimme. Sie war schlank und hatte ein schmales Gesicht. Ihr schlichtes schwarzes Kleid war aus feinem Tuch, der einzige Schmuck war ein goldenes Kreuz, das sie an einer Kette um den Hals trug. »Aus Langeweile bin ich jetzt schon so tief gesunken, mir die Geburt eines Kalbes anzuschauen. Was führt dich her, Avremar? Wer ist die schöne junge Frau?«

»Melissa, vom Spital des Heilig-Geist-Ordens in Montpellier, edle Friedlind«, sagte Avremar und beugte kurz das Knie vor der Witwe.

»Deine Frau?«

»Sie wird es.«

»Dann zieht ja neuer Glanz bei ihm ein.« Sie lächelte Melissa zu, die vor ihr knickste. »Er stammt aus einer von Gott gezeichneten Familie, wisst Ihr das?«

»Euer Stolz scheint ungebrochen, Friedlind«, antwortete Avremar und verzog das Gesicht. »Aber Ihr könnt es Euch leisten. Melissa weiß um die Belastungen meiner Familie. Es schreckt sie nicht mehr.«

»Du brauchst also Geld für eine standesgemäße Hochzeit?«

»Deswegen sind wir nicht hier!«, rief Melissa aufgebracht. »Quält Avremar bitte nicht!«

»Das käme mir nie in den Sinn.«

Friedlind musterte Melissa. Ihre Blicke gingen Melissa durch und durch und raubten ihr fast den Atem. Im Vergleich zu ihr wirkte die Gräfin von Uzès wie ein Lamm, dachte sie. Aber die tiefen Falten um ihren Mund zeugen von Gram. Diese Frau ist leidgeprüft. Bestimmt hat sie es nie verwunden, dass ihr Sohn nicht aus dem Heiligen Land zurückgekommen ist.
Die Witwe führte sie in die langgestreckte Wohnstube vor einen großen Kamin. Ein alter Diener legte neue Holzscheite nach, aber die Stube war bereits gut geheizt. Zwei Ritterrüstungen rahmten den Kamin ein, ihm gegenüber hingen die Fahnen des Deutschen Ordens und der Familie von Steinen. Die Gefache waren frisch gekalkt, Dielen und Ständerwerk dufteten nach Bienenwachs.
Friedlind bat sie, an dem großen schweren Tisch Platz zu nehmen, und ließ Wein und Brot bringen.
»Seid meine Gäste. Wenigstens für eine Nacht.«
»Gerne«, antwortete Melissa und ließ sich auf einen der hochlehnigen Stühle nieder.
»Nun sagt schon«, drängelte Friedlind, »weshalb wollt ihr eine alte Frau sprechen, deren Tage gezählt sind? Schickt euch Landkomtur Rudolf? Ich weiß doch, er sorgt sich, ich könnte unsere Besitzungen an den Baseler Bischof verkaufen. Das Spital dort sähe mich gerne als Pfründnerin.«
»Nein, Friedlind. Und um nicht viele Worte zu machen: Melissa wurde in Alexandria als Kind eines Deutschen Ritters geboren. Dieser wurde 1365 im Kampf mit einem Kreuzritter getötet. Sie sucht nach ihren Wurzeln, ihrer Familie. Da Euer Sohn ins Heilige Land gezogen ist … Hat er Euch vielleicht jemals, ganz beiläufig, eine Nachricht zukommen lassen, aus der hervorging, welcher Ritter unseres Ordens in Alexandria weilte?«
Friedlind schnellte von ihrem Stuhl hoch. »Dass du es wagst, Avremar! Hätte ich nicht schon eine Einladung ausgesprochen, würde ich euch beide hinausjagen lassen!«

»Was unterstellt Ihr ihm?«, rief Melissa erbost und erhob sich. Sie ließ alle Zurückhaltung fahren, eilte um den Tisch herum und stellte sich hinter Avremar, als wolle sie klarmachen, dass von jetzt an sie das Wort führte. »Euer Sohn, so der Landkomtur, unternahm eine Pilgerfahrt. Warum er das tat, das wisst Ihr allein. Es gibt Gerüchte, dass ein Deutschordenspriester von Steinen nicht ganz so keusch war, wie es sich geziemt.«

Friedlind schaute Melissa böse an. Ihre Augen funkelten, dann aber seufzte sie auf und zeigte auf den Stuhl. »Entschuldige, Avremar. Und Ihr, Melissa, bitte setzt Euch wieder.« Sie warteten, bis der alte Diener den Wein eingeschenkt und die Stube wieder verlassen hatte. Friedlind brach das Brot, bestreute es mit Salz und reichte Melissa und Avremar die Brocken. Sie aßen, hoben die Becher und tranken sich zu. »Ich habe die Hoffnung nie aufgegeben, dass Ulrich zurückkommt«, begann Friedlind zu erzählen. »Er war Ritter wie du, Avremar. Schon immer wollte er als Führer einer Pilgerschar ins Heilige Land. Also ließ er sich zum Priester ausbilden und empfing vom Baseler Bischof die Weihen.«

»Aber ein Ritter bleibt ein Ritter. Und ein Ritter ist immer auch ein Mann«, murmelte Avremar.

Friedlind schlug kurz die Augen nieder. »Das Beben in Basel war für ihn das Zeichen. Ulrich sah es als Vorboten für das Ende der Welt.« Sie schaute auf und richtete ihren Blick auf eine der beiden Rüstungen. »Das ist alles, was mir von ihm geblieben ist«, fuhr sie fort. »Nein, falsch, drei Briefe erreichten mich ebenfalls noch.«

»Aus Alexandria?«, fragte Melissa hoffnungsfroh.

Friedlind überging ihre Frage und fuhr fort. »Ulrich schiffte sich ein Jahr nach dem Beben mit seiner Gruppe in Genua ein. Irgendwann erhielt ich Nachricht aus Messina. Ulrich schrieb, seine Gruppe und er würden sich einer Schar Pilgerinnen aus dem französischen Aigues-Mortes anschließen. Der nächste

Brief kam dann später aus Kreta, schließlich, wieder Monate darauf, der letzte aus Zypern.«
»Und seitdem habt Ihr nie wieder etwas von Eurem Sohn gehört?«, fragte Melissa.
»Nein.«
»Ulrich war also im Jahr 1357 in Zypern«, sagte Avremar. »Von Lárnaka gelangt man per Schiff binnen eines Tages nach Alexandria.«
»Macht euch keine Hoffnungen. Ich wusste sofort, worauf ihr hinauswollt. Für wie dumm haltet ihr mich? Du, Avremar, willst heiraten und bist arm, ich aber habe keine Kinder mehr und nur noch einen Schwager. Und damit wollen wir es gut sein lassen. Bitte geht auf euer Gastzimmer. Ich kann jetzt nicht mehr mit euch speisen.«

Avremar hielt ihre Hände, Melissa saß ihm gegenüber – erschöpft und verhärmt. Sie atmete flach und starrte blicklos an ihm vorbei an die Wand. Während des Gesprächs mit Friedlind von Steinen hatte sie sich Hoffnung gemacht, einmal sogar gewagt, sich vorzustellen, sie wäre deren Enkelin. Doch diesen Traum hatte Friedlind mit ihrer schroffen Art zerplatzen lassen. Jetzt schien es Melissa, als würden Avremar und sie zwar eine gemeinsame Zukunft haben, diese aber würde für den Rest ihres Lebens von den Sorgen des Alltäglichen verdunkelt werden.
Melissa seufzte, schaute auf den leeren Krug Wein.
»Soll ich noch um einen Krug bitten?«, fragte Avremar.
»Nein, auch wenn ich mit mehr Wein bestimmt besser einschlafen würde.«
Es klopfte.
Der alte Diener trat ein, um die Reste des Mahls und das Geschirr abzuräumen. Sie hatten Graupensuppe mit frischem Bärlauch gegessen, dazu gab es Schinkenwürfel und Brot. Als

Nachspeise hatte es ein Obstkompott mit einem süßen, saftigen Kuchen aus Buchweizenmehl gegeben.
Da schrie unter dem Dach ein Kind auf und begann laut zu jammern.
»Ach, es ist ein Kreuz, meine arme kleine Ursula. Alle zwei Tage muss sie dies aushalten. Und es wird nicht besser. Jetzt bekommt sie sogar Fieber.«
»Was hat sie denn?«, wollte Melissa wissen. »Vielleicht kann ich ihr helfen. Ich war Spitalschwester in Montpellier.«
»Sie hat sich beim Spielen im Holzstall an einer rostigen Axt den Fuß aufgerissen. Wir dachten alle, so schlimm kann es nicht sein, aber die Wunde will nicht heilen. Dabei verbinden wir sie alle zwei Tage frisch und waschen sie mit Essig und Wein.«
»Lasst mich die Ursula untersuchen.«
Melissa sah die Hoffnung in den Augen des Alten aufflackern. Sie und Avremar folgten ihm über eine steile Stiege auf den Dachboden des Gutes, wo der Alte mit seinem Sohn, dessen Frau und Ursula schliefen. Ursula lag mit glasigen Augen auf ihrer Schlafstatt, ihre Eltern knieten neben ihr und wuschen ihre Wunde mit Wein. Melissa fühlte Ursula die Stirn, nickte. Es war das typische Wundfieber. Ursulas Körper arbeitete gegen den Entzündungsherd in ihrem Fuß an, Melissa aber sah mit einem Blick, dass dieser sich immer tiefer in den Fuß des kleinen Mädchens fraß.
»Die Wunde hätte genäht werden müssen«, sagte sie. »Sie war viel zu groß.«
»Genäht? Wie geht das denn?«, rief Ursulas Mutter aufgebracht aus. »Mit Schweineschmalz wird so etwas gemacht.«
Melissa schaute auf. Ursulas Mutter schlug sich die Hand auf den Mund und murmelte eine Entschuldigung. Sie meint es nicht so, hat einfach nur Angst, sagte Melissa sich. Aber Ursula bleibt nicht mehr viel Zeit.
»Vertraut Ihr mir?«

»Sie wird ja eh von uns gehen!«, rief der Vater unglücklich aus. »Also müssen wir alles versuchen, was ihr helfen könnte.«
»Gut, dann bringt eine Schüssel, drei Löffel frischen Schafsdung, Honig und guten Schimmelkäse.«
Während Ursulas Mutter die Stiege hinunterpolterte, wies Melissa ihren Vater und Avremar an, Ursula festzuhalten, damit sie die vereiterten Stellen wegschneiden konnte. Ursula schrie erbärmlich und fiel, als Melissa schließlich den Fuß mit Wein säuberte, in Ohnmacht. Ihr Vater und Avremar bekreuzigten sich, Melissa aber machte ihnen Mut und erklärte, diese Latwerge aus Schafsdung, Honig und Schimmelkäse helfe gegen Unterschenkelgeschwüre genauso gut wie gegen tiefe Fleischwunden.
»Es ist eine deutsche Rezeptur aus dem Kloster Lorsch«, führte sie aus, verstrich die Latwerge auf der Wunde und verband sie. »Schon morgen wird Ursulas Fieber gesunken sein. In zwei Wochen wird sie wieder spielen.«

Am nächsten Morgen war Ursulas Fieber tatsächlich gefallen. Die Eltern waren überglücklich. Rasch sprach sich Ursulas Genesung auf dem von Steinenschen Gut unter den Bediensteten herum. Um sich selbst vom Wahrheitsgehalt zu überzeugen, besuchte Friedlind von Steinen das Kind.
Wenig später klopfte es wieder an der Tür des Gastzimmers. Lächelnd trat Friedlind von Steinen ein. Sie schien wie verwandelt zu sein – die harsche Greisin war zu einer mütterlich besorgten Frau geworden, die mit ausgebreiteten Armen auf sie zuging und sie umarmte.
»Um des Himmels willen, bitte bleibt noch ein paar Tage. Ich war gestern ungerecht und hartherzig, bitte entschuldigt dies. Es sind die Launen einer alten Frau, die nur zu gern ein Urenkelkind wie die kleine Ursula hätte. Sie ist mir ans Herz ge-

wachsen, so wie alle meine Bediensteten. Es sind alles gute, rechtschaffene Seelen.«

Melissa nahm die Entschuldigung an, Avremar hingegen zögerte, ob es Sinn machte, Friedlinds Gastfreundschaft noch einmal einer Probe zu unterziehen. Friedlind aber beharrte darauf und entschied, für den Abend ein kleines Festessen zu geben. Avremar solle seine Mutter holen, sie würde Melissa derweil das Gut zeigen. »Aber erst einmal wollen wir frühstücken«, schloss sie. »Dabei hat Melissa Gelegenheit, mir zu verraten, wie sie dich, Avremar, überhaupt kennengelernt hat.«

Sie hatten gerade zu Ende gefrühstückt und Melissa mit Avremars Hilfe ausführlich die zurückliegenden Monate geschildert, als draußen Hufschlag zu hören war.

Melissa wollte ihren Augen nicht trauen: Amande und Berthold standen vor der Tür. Amande lachte, die Freundinnen umarmten sich. »Hast du vergessen, was du in Trient gesagt hast? Wir wollten uns nie mehr trennen.«

»Das ist das eine«, mischte sich Berthold ein. »Aber nachdem mir Amande so einiges erklärt hat, entschied ich, euch zu folgen. Und dies umso mehr, da ich jetzt weiß, dass Hagen die Braut meines Freundes bestohlen hat. Das werden wir ritterlich ausfechten«, fuhr er fort und rieb sich erwartungsfroh die Hände. »Landkomtur Rudolf, Avremar, möchte als Schiedsherr auftreten. Er wird sich bald mit Hagen hier einfinden. So hat es mir unser Beuggener Bruder Wibald heute früh mehr gehustet als erzählt.«

»Hagen von Mehringen hat gestohlen?«, fragte Friedlind ungläubig.

»Leider«, antwortete Melissa.

Friedlind ging nicht näher darauf ein. Sie bat Berthold und Amande herein und lud sie ein, am Festmahl teilzunehmen. »Welch ein Zufall!«, rief sie und wandte sich an Melissa und Amande. »Die von Inzlingen, von Steinen, von Rickenbach, von

Mehringen und Komtur Rudolf von Schellenberg sind allesamt mehr oder weniger Nachbarn. Ihre Besitzungen liegen nicht mehr als zwei bis drei Reitstunden voneinander entfernt.«
Sie ließ die Freundinnen und Ritter stehen und suchte die Küche auf, um Anweisungen für das Fest zu erteilen. Avremar nahm derweil Berthold beiseite und wies ihn darauf hin, dass er sehr wohl allein für Melissas Rechte einstehen könne.
»Hältst du mich seit dem Mainau-Kampf für solch einen Schwächling?«, fragte er ihn aufgebracht und gekränkt. »Ich bin Manns genug, Hagen entgegenzutreten. Misch dich nicht ein, auch wenn du es gut meinst.«
Berthold grinste und legte ihm den Arm auf die Schulter. »Soll ich vor Amande eine schlechte Figur machen? Das kannst du mir nicht antun. Außerdem weißt du, was ich will. Es muss entschieden werden, mein Freund. Ein von Rickenbach gegen einen von Mehringen, das hat Tradition.«

Kurz vor der Mittagszeit schlenderten Melissa und Amande durch den Kräuter- und Gemüsegarten des von Steinenschen Guts. Melissa zupfte hier und da ein paar alte Kräuterblätter ab, aus denen sie Ursula einen Stärkungstee zubereiten wollte. Sie hatte gerade kurz zuvor noch einmal nach der Kleinen geschaut und den Verband gewechselt.
»Sie erholt sich rasch«, erklärte sie Amande. »Es tut so gut, wieder das tun zu dürfen, was ich, meiner Meinung nach, am besten kann.«
»Lieben!« Amande lachte. »Das ist es, was du am besten kannst!« Sie zwickte sie in den Arm.
»Ach, und du nicht? Du siehst glücklich aus. Berthold ebenso. Er strotzt vor Tatendrang. Sag jetzt nicht, dies alles hätte mit dir nichts zu tun.«
»Man kann auf vielerlei Arten lieben, findest du nicht? Die Liebe ist wie ein Garten. Ich kann den Kürbis seiner Masse und

Größe wegen lieben, die Lilien wegen ihrer Eleganz und Schönheit, den Kohl, weil er mich nährt.«

»Willst du damit sagen, Avremar ist noch immer die Lilie deines Lebens?«, spöttelte Melissa. »Kürbis, Lilie und Kohl in einem?« Sie kicherte, weil Amande gespielt angestrengt nachdachte. »Amande, Berthold könnte dich glücklich machen. Ich verspreche dir auch, dass ich ihm niemals verrate, sollte er für dich doch nur nährender Kohl sein!«

Lachend gingen sie weiter. Da stob in ihrer Nähe ein großer Schwarm Krähen von einem frisch gepflügten Feld auf. Sie sahen ihnen nach, hörten ihr ärgerliches Krächzen und störrisches Flügelschlagen, als die Vögel in einer alten Eiche um ihre Plätze stritten. Nachdenklich schaute Melissa in den Himmel.

»Es riecht nach Regen«, sagte sie. »Das Gut Friedlind von Steinens soll wieder fruchtbar werden.«

»Wie das klingt … Aber, ja, es ist schön hier, zugegeben.« Amande bemühte sich, eine gleichgültige Miene zur Schau zu stellen, dann aber trat sie ihrer Freundin in den Weg und fragte: »Gib zu, du beneidest diese Friedlind von Steinen. Avremar und du auf solch einem Gut … Kinder … Geld ist da … was könntest du noch mehr wollen?«

»Ich weiß es auch nicht«, gab Melissa gedankenverloren zurück. »Aber es gibt ja noch den Gürtel. Er soll mich zu meiner Bestimmung führen.«

»Ach, vergiss den Gürtel.«

»Niemals.«

»Wozu sich streiten. Der Landkomtur wird wohl entscheiden.«

»Es darf kein Blut fließen, Amande.«

»Bei diesen Hitzköpfen?«

Melissa schwieg. Der Himmel war wieder ein Stück trüber geworden. Kurz darauf spürten sie die ersten Tropfen. Die Natur um sie herum begann zu knistern. Es war, als beginne die Erde

zu atmen. Es roch nach Gras und Harz, nach frischen Erdschollen, Mist und Heu. Ein Habicht schoss aus dem Unterholz übers Feld, in der Nähe schnatterten aufgeregt die Gänse.
Eine Magd lief winkend auf sie zu: »Mittagstisch!«, rief sie. »Kohlsuppe und Brot.«
»Das passt doch«, sagte Amande. »Wenn Berthold seinen Teller Suppe leer isst, dann sag ich ja.«

Sie saßen alle in der Stube und löffelten ihre Kohlsuppe. Die Stimmung war freundlich, aber doch auch angespannt. Nach einer Weile hielt es Berthold nicht mehr aus und sagte: »Ich weiß nun, Melissa, auf welche Weise dein Vater sein Leben verloren hat. Dass du dich an seinen Namen nicht erinnern kannst, macht deine Suche ja auch so schwierig. Aber wer war sein Gegner, der Kreuzritter?«
»Meine Ziehmutter Heta kannte nur seinen Vornamen. Es muss ein deutscher Ritter gewesen sein. Er hieß Gundolf.«
»Gundolf?«, riefen Avremar und Berthold gleichzeitig.
Einen Moment lang hefteten sich ihre Blicke auf Friedlind. Diese verschränkte ihre mageren Finger ineinander, starrte vor sich hin. Dann begann sie leise zu sprechen. »So hieß Hagens Vater. Gundolf von Mehringen war bei diesem Plünder-Kreuzzug gegen Alexandria dabei. Er kam mit Geschmeiden und Gewürzen zurück, brachte sogar eine Sklavin mit. Sie starb. Ihren Namen habe ich vergessen.«
»Scharifa«, sagte Melissa tonlos.
Sie war bleich geworden, ihr Herz aber raste. Als ob jeder ihre innere Erschütterung wahrnahm und sofort begriff, was diese Enthüllung bedeutete, wandten sich ihr alle Blicke zu.
Niemand sprach.
Es war still bis auf das Knacken der Scheite im Kamin. Melissa merkte, wie ihre Hände zu zittern begonnen hatten. Sie hätte schreien mögen, doch ihr Hals war wie zugeschnürt. Als sie

aufsah, erschütterte Friedlind von Steinens abweisende Miene sie ein zweites Mal.
Avremar sprang auf. »Friedlind, ist Euch bewusst, wer mit Euch am Tisch sitzt? Eure Enkelin!«
»Nein, niemals!« Sie schlug sich die Hände vors Gesicht und begann zu schluchzen. Doch schon im nächsten Augenblick hatte sie sich wieder in der Gewalt. »Mein Sohn zog als Priester von hier fort, als geweihter Priester, versteht ihr? Er blieb keusch und starb keusch. Alles andere ist eine Lüge!«
»Eine Lüge?«, herrschte Avremar sie an. »Nein, Ihr belügt Euch selbst, Friedlind! Ich aber begreife jetzt, warum ein Kreuzritter und ein Deutscher Ritter sich in einer Kirche bis auf den Tod schlugen! Weil der eine, nämlich Gundolf von Mehringen und Hagens Vater, einen mörderischen Hass auf Euren Sohn Ulrich gehabt hat. Zufällig sind sie sich in Alexandria wiederbegegnet und Eure damals im Altaraufsatz versteckte vierjährige Enkelin war Zeuge dieses Gemetzels. Warum, Friedlind? Was hat Euer Sohn Ulrich von Steinen sich zuschulden kommen lassen?«
Friedlind kämpfte mit sich. Sie hatte die Hände zu Fäusten geballt, zitterte. Unverwandt starrte Melissa sie an, schien sie mit ihren Blicken zu durchbohren. Friedlind begann zu keuchen, dann hielt es sie nicht mehr auf ihrem Stuhl. Sie wandte sich von der Tafel ab und begann, das Gesicht einer der beiden Rüstungen zugewandt, zu sprechen: »Kurz vor dem Baseler Beben, aber bereits als geweihter Priester, ging Ulrich ein Verhältnis mit Gundolf von Mehringens Schwester Mathilde ein. Er … entehrte sie, wenn auch nicht gegen ihren Willen. Mathilde muss ihn wohl sehr geliebt haben, doch nach dem Beben wollte sie ihre Gefühle für Ulrich im Benediktinerinnenkloster Amtenhausen sühnen. Dort aber erlosch ihre Leidenschaft nicht, stattdessen verzehrte Mathilde sich nach ihm und starb an gebrochenem Herzen.« Sie schwieg und fuhr dann herum. »Aber

auch wenn ich jetzt dieses Geheimnis gelüftet habe: Sag mir, Avremar, wer beweist mir, dass deine Braut wirklich die Tochter meines Sohnes ist? Er mag sie versteckt haben, gewiss. Aber ist er auch ihr Vater?«

»Er hat ihr den Gürtel der heiligen Martha umgebunden, Friedlind!«, rief Avremar. »Eine kostbare Reliquie! Das tut nur ein Vater!«

»Ihr wollt doch nur mein Erbe!«, zischte Friedlind. »Mein Sohn sühnte sein Vergehen mit einer Pilgerreise und seinem Leben. Ihr habt keinen Beweis, dass er sein Keuschheitsgelübde erneut gebrochen hat!«

»Sein Schweigen ist es, Friedlind«, sagte Avremar ruhig. »Er lernte eine Pilgerin kennen und lieben. Das ist das Leben. Und es macht Ulrich nicht schlecht. Bedenkt: Er hat seine Kirche verteidigt, sogar das Leben Andersgläubiger geschützt, die dort Zuflucht suchten. Helfen, Heilen, Wehren. Friedlind, Ulrich hat die Ordensregeln mustergültig erfüllt. Seid stolz auf ihn, er war ein guter Deutscher Ritter.«

»Aber er wollte Priester sein! Mein Sohn hat nicht eine Pilgerreise unternommen, um erneut zu fehlen!«

Friedlind wollte fortfahren, da schlug der Hofhund an. Gleich darauf hörten alle, wie Pferde auf den Hof galoppierten. Wenig später eilte Friedlinds alter Diener in die Stube und kündigte das Kommen des Landkomturs und eines weiteren Ritters an.

»Herr im Himmel! Doch nicht jetzt!«, rief Friedlind unwirsch.

»Habt Ihr Einwände, Frau von Steinen?«, antwortete Komtur Rudolf und drängte sich, gefolgt von Hagen, an dem Alten vorbei in die Stube. Beide waren durchnässt, ihre Ordensmäntel tropften. Sie rissen sich die Kapuzen vom Kopf und warfen ihre Mäntel dem Alten hin. Sowohl der Landkomtur als auch Hagen machten ein äußerst missmutiges Gesicht, geradewegs so, als wollten sie Friedlind für das Wetter verantwortlich machen.

»Aber verzeiht, wer mag schon nasse, verschwitzte Ritter. Wir hatten es aber eilig … ich freilich hätte mir mehr Zeit gelassen, aber Hagen …«

»Ihr meint, Hagen von Mehringen, den Dieb!«, rief Berthold aufgebracht und war mit wenigen Schritten bei ihm. »Er hatte es also auch eilig? In dieser Hinsicht sind wir uns gleich.«

Noch ehe der Landkomtur einschreiten konnte, stieß er Hagen gegen die Brust, so dass dieser mehrere Schritte zurücktaumelte und sich unversehens wieder in der Diele befand.

»Willst du dich prügeln wie ein Knabe?«, schrie Hagen ihn an.

»Nein, aber wie ein Ritter schlagen«, rief Berthold.

»Das kannst du haben!«

Hagen zog sein Schwert, Berthold griff sich das nächstbeste, das bei den Rüstungen am Kamin stand.

Der Komtur suchte Avremars Blick und rief: »Ich befehle Euch, sofort die Waffen niederzulegen!«

Doch die beiden dachten gar nicht daran. Lauernd umkreisten sie sich, dann griff Hagen an. Berthold parierte mit dem Schild, den nächsten Angriff führte er. Beide grinsten, als wären sie sich bewusst, wie niederträchtig sie sich verhielten. Mit ihren Blicken aber schienen sie sich töten zu wollen. Und jedem von ihnen stand ins Gesicht geschrieben, so lange auf den Gegner einzuschlagen, bis dieser blutend am Boden lag.

»Zum letzten Mal, legt die Waffen nieder!«, donnerte der Landkomtur und sprang zur Seite, damit Berthold einem Hieb Hagens ausweichen konnte. Aber es war sinnlos. Die beiden waren in ihrem Hass aufeinander wie zusammengeschmiedet. Schwitzend und mit blutunterlaufenen Augen verwandelten sie die Diele in einen Kampfplatz. Ihre Schwerthiebe zerrissen die frisch gekalkten Gefache und fegten Laternen und Steingut von den Simsen. Es wäre lebensgefährlich geworden, sich zwischen sie zu stellen, allein Friedlind von Steinen ließ alle Vorsicht fahren und stürzte auf Hagen zu.

»Es ist genug Blut geflossen!«, rief sie, doch indem sie Hagen in den Arm fiel, streifte sie ein Schwertstreich Bertholds.
Der Stoff ihres Kleides zerriss, Friedlind stürzte. Sofort sickerte ein feines rotes Rinnsal durch den dünnen weißen Beinling, den sie unter ihrem Kleid trug. Amande schrie entsetzt auf, doch da kniete Melissa sich bereits neben Friedlind nieder und riss den Beinling auf. Avremar und der Komtur nahmen Hagen und Berthold die Schwerter ab. Dann war es still.
»Ihr werdet von mir hören, ihr Wahnsinnigen!«, brüllte der Landkomtur. »Das war schwerer Hausfrevel. Ich schäme mich für Euch. Ihr wollt Ritter sein? Nein, nichts als Pack! Einer so gut wie der andere!«
»Es ist nur eine oberflächliche Schnittwunde!«, rief Melissa dem alten Diener zu. »Bringt mir etwas von der Latwerge.«
Amande hatte Melissa inzwischen den Weinkrug gereicht. Melissa tränkte ein Taschentuch und betupfte damit die klaffende Wunde. Friedlind war wachsbleich im Gesicht, ihre Augenlider flatterten.
»Hagen, ich will Hagen sprechen«, keuchte sie.
»Ich habe den Kampf nicht gewollt, Frau von Steinen. Aber … verzeiht. Ich hätte mich nicht hinreißen lassen dürfen.«
Er kniete neben sie, Friedlind griff seine Hand. »Dein Vater hat das Leid seiner Schwester gesühnt, Hagen«, stieß sie hervor.
»Mit dem Blut meines Sohnes.«
Hagen sah sie eindringlich an, nickte schließlich. »Er hat es mir vor meiner Reise nach Frankreich gestanden, Frau von Steinen.«
»Wusste er von Melissa?«
»Nein. Weder er noch ich. Erst ihre Freundin Amande ließ mich letzten Herbst darauf kommen, dass sie seine Tochter sein muss.«
Er hob den Kopf, suchte Melissas Blick. Friedlind indes fauchte ihn an: »Hagen, du lügst. Ulrich lebte keusch.«

Sie wandte ihren Kopf ab, musterte Melissa. »Ihr wollt mir Gutes tun, nicht wahr? Weil Ihr immer noch hofft …«

»Ich bin Spitalschwester, Frau von Steinen«, antwortete Melissa und sah Friedlind ernst an. Sie verstrich eine dünne Schicht der Latwerge auf der Wunde und verband sie mit einem Leinentuch. »Ich will helfen«, fuhr sie fort. »Und ich verspreche Euch, auch diese Wunde wird heilen.«

»Auch?« Friedlind versuchte, sich aufzustützen. Voller Neugier forschte sie in Melissas Augen.

»Ja, auch. Ihr habt Euch einmal den Unterschenkelknochen gebrochen. Ein doppelter Bruch. Aber das ist lange her. Und Euer Fuß« – sie strich mit dem Zeigefinger über eine Stelle an Friedlinds Knöchel – »hat damals auch etwas abbekommen. Meine Hände können es lesen.«

Friedlind hielt kurz die Luft an. Ihr Blick begann zu flackern. Jeder sah ihr an, wie sie mit sich kämpfte. Schließlich rannen ihr Tränen über die Wangen. Mit einer zarten Berührung strich sie über Melissas Handrücken. Dabei konnte jeder sehen, wie ihr Gesicht weich, ja beinahe hell wurde. Schließlich flüsterte sie: »Du hast Hände, die lesen. Wie auch ich sie habe und wie meine Großmutter sie hatte und deren Großmutter. Melissa, du bist mein Enkelkind!« Sie nahm sie in die Arme und wiegte sie. »Mein liebes, gutes Kind.«

»*Te deum laudamus* … Herr Gott, dich loben wir.«

Mit gebrochener Stimme begann der Landkomtur den Lobgesang anzustimmen. Avremar fiel ein, Bertold folgte. Nur Hagen blieb still. Doch auch er kniete mit den anderen nieder.

Friedlinds alter Diener und all die Mägde und Knechte, die sich in der Zwischenzeit in der Diele eingefunden hatten, schauten ergriffen zu. Melissa wünschte sich, Hagen würde ihr ein Zeichen der Einsicht, ja, der Versöhnung geben, doch das war nicht der Fall. Schließlich, als der Lobgesang beendet war, erhob sich räuspernd der Landkomtur. »Es wäre ehrenvoll, Hagen, Ihr

würdet, jetzt, wo alte Fehden beglichen sind, nicht neue anzetteln. Gebt Melissa von Steinen den Gürtel zurück.«
»Ja, Hagen, gib ihn zurück«, flehte Melissa ihn an. »Auf dass er Heil und Frieden in einem Spital der Deutschen Ritter stifte. So, wie es die heilige Martha wünschte, als sie damit den Drachen bändigte.« Sie schaute von einem zum anderen. Jeder nickte, auch Mägde, Knechte und Diener. Melissa nahm ihre Gesichter im flackernden Licht der Fackeln nur undeutlich wahr. Stattdessen tauchte vor ihrem inneren Auge Gudruns Gesicht auf. Melissa, bete für mich. Bete, in deinem Spital ... für mich. Ihre letzten Worte.
Gudrun, in den Salinen von Peccais geschundene Hure, du bist es, die mir Malwidas rätselhafte Botschaft entschlüsselt. Erst heute löst sich der Fluch meines Schicksals auf.
»So soll es sein«, presste Hagen hervor und wandte sich ab. »Aber wir, Berthold von Rickenbach, sind noch nicht miteinander fertig.«
»Heute schon.« Friedlind ließ sich aufhelfen und funkelte beide Ritter an. »Heute feiert Ihr mit mir die Geburt und Wiederkehr meiner Enkelin.«

Das Festmahl war zu Ende. Melissa und Amande gingen hinaus, um ein wenig frische Luft zu atmen. Es hatte aufgehört zu regnen. Die Luft war kühl und von den Gerüchen feuchter Erde gesättigt. In der Luft lag das Versprechen auf den nahen Frühling. Es war Vollmond, der Himmel war sternenklar.
»Was ich dich noch fragen wollte, Amande, hat Berthold eigentlich seinen Teller Kohlsuppe leer gegessen?«
»Ja. Er war sogar als Erster fertig.«

Ina-Marie Cassens

# *Die Heilerin von Salerno*

*Roman*

Salerno im 11. Jahrhundert: Hier hat sich die junge Trota dank ihrer medizinischen Erfahrungen, die sie im Harem von Messina gesammelt hat, einen Namen als Ärztin erworben. Doch ihr Ruhm bleibt nicht unangefochten, denn ihr wird schwarze Magie vorgeworfen. Zudem leidet ihr geliebter Sohn unter einer schweren Krankheit, die nur durch eine geheimnisvolle Medizin gelindert werden kann. Die Rezeptur aber kennt ausschließlich der muslimische Gelehrte und Kräuterhändler Halifa, den sie einst in Messina kennen- und lieben lernte …

Knaur Taschenbuch Verlag